蒙淇淇 作品

[上册]

江苏凤凰文艺出版社
JIANGSU PHOENIX LITERATURE AND ART PUBLISHING, LTD

图书在版编目（CIP）数据

我们的轻熟时光 ： 全2册/蒙淇淇著. 一南京：
江苏凤凰文艺出版社，2018.6
ISBN 978-7-5594-2126-5

Ⅰ.①我… Ⅱ.①蒙… Ⅲ. ①长篇小说一中国一当代
Ⅳ.①I247.5

中国版本图书馆CIP数据核字（2018）第094638号

书　　名	**我们的轻熟时光**
作　　者	蒙淇淇
出版统筹	黄小初　侯　开
选题策划	李文峰　风染白
责任编辑	姚　丽
文字编辑	风染白
责任监制	刘　巍　江伟明
出版发行	江苏凤凰文艺出版社
出版社地址	南京市中央路165号，邮编：210009
出版社网址	http://www.jswenyi.com
印　　刷	三河市南阳印刷有限公司
开　　本	880毫米×1230毫米　1/32
字　　数	350千字
印　　张	16
版　　次	2018年6月第1版，2018年6月第1次印刷
标准书号	ISBN 978-7-5594-2126-5
定　　价	58.00元

影视版权抢订热线　13911704013

目 录 [上册]

目 录 [下册]

Chapter 01

刚上西二环就被交警大叔逮住了，南庄这才想起这辆迈巴赫今天限行，早知道就开那辆保时捷了。车窗降下来，她懒得摘墨镜，从储物格里抓出一堆证件递出去。

“驾驶证、行驶证……”交警大叔一边查验一边咕哝着。

突然，交警大叔瞪圆眼睛，抬高音调：“结婚证？”

怎么顺手把刚领的结婚证也递过去了？南庄蹙眉，伸手夺回那个红本本。

“你刚满二十岁就结婚了？我闺女比你大，男朋友还没影儿呢！急死我们两口子了！”

见南庄抿着嘴不回答，交警大叔只能言归正传，瞅了瞅她的驾照说：“西城的丫头？我说，咱皇城根儿下的北京人，能不能以身作则，带头守点规矩？”

南庄一言不发地接受教育，虽然不算态度良好，但至少没有态度恶劣。

交警大叔也没扣她太久，只是把两证还给她时摇头感叹了一句：“这些富二代啊！”

车公庄、阜成门、复兴门，一路往南，刚过早高峰，西二环主路还算通畅，南庄薄唇紧抿，从西便门桥下到辅路，拐弯掉头，就到了中央音乐学院的西门。

在隐蔽无人处停车熄火，南庄摘掉墨镜，放下遮光板，对着上面的小镜子，用化妆棉蘸上卸妆液，抹掉眼妆、唇彩和腮红……换衣服时，室友杨培培的电话来了。

“瓜娃子。”来自德阳的杨培培满口四川话，“你是不是又用了我的会员？我一打开APP，历史记录里全是《蜡笔小新》。你几岁啊还喜欢那个？”

卸了妆的南庄一边高高扎起头发，一边用成都话反击：“瓜娃子你不懂，我喜欢他的自由。”

“懒得跟你瞎扯！你帮我买点菠菜，我煮方便面要用，煮好了分你一半。”

山珍海味吃遍，南庄最喜欢方便面，加点蔬菜加个卤蛋加根辣条堪称完美。这种垃圾食品，爸妈从小就不许南庄吃，所以她每次偷吃，都觉得满满是自由的味道。

挂了电话，南庄把高跟鞋换成平底鞋，顺手点进杨培培的朋友圈：“跳一跳”又破纪录了，《旅行青蛙》里收割了很多三叶草，“抖音”短视频里又有小哥哥卖萌撩妹。而最新的一条朋友圈是怀春少女风格：“找一个东城的西城的海淀的朝阳的来告别单身。”

南庄嘁了声，评论：“一个通州的顺义的大兴的房山的人来给你伤痕。”

然后她锁屏手机，确认周围没有熟人，才迅速下车，找共享单车。校门口就有一堆，蓝的、红的、黄的，反射着阳光刺人双目，密密麻麻让人分分钟犯密集恐惧症。

咔！南庄用支付宝刷开一辆。

音乐学院嘛，清一色的长发飘飘大长腿，环肥燕瘦，姹紫嫣红。白T恤、牛仔裤和小白鞋，不烫不染的高马尾，素面朝天骑小黄车的南庄反而像一股清流。

可能是太朴素了，甚至有学姐要帮她申请“贫困生补助”……

“请问这是菠菜吗？”菜市场，南庄推着单车问一个大叔。

大叔：“喵。”

南庄以为自己没听清，狐疑地问了一句：“这是菠菜？”

大叔：“喵。”

瞬间一阵恶寒从背脊生出，南庄也没顾上买菜，飞快地骑车回宿舍。

两手空空地回来，免不了被杨培培说，南庄只能坦白从宽。一头乱发、满脸黄瓜的杨培培听完她的惊悚经历，怔了怔，说：“那是菠菜苗。”

南庄：“……”

在宿舍里用小功率煮锅煮了方便面，没有碗，两人直接在锅里吃完。

脱掉一周没洗的臭睡衣，去掉嘴上的死皮，单独洗、吹了刘海儿的杨培培像变了个人似的，圆框眼镜、丸子头、空气刘海儿、背带裤。南庄瞥她一眼：“抠脚糙汉变身甜心萌妹啊。”

“在宿舍邋遢无所谓，出门必须美美的。”杨培培嘚瑟地站在镜子前转了一圈，挥舞着右手，高声喊口号，“颜值即正义！”

南庄翻了个白眼，一边洗锅一边吐槽：“所以你找男朋友，其他无所谓，长得好看就行？你就不怕长得好看的人滥情花心啊？”

“你以为长得丑的人就不会劈腿出轨啊？”杨培培蹲下身穿鞋，“如果在北京找个男朋友，我爸妈有可能就不会让我回成都考公务员了。加油！说不定我出门就遇见真爱了。”

“你的真爱不是鹿晗吗？”

杨培培勃然暴怒，咬牙切齿地扑上来捏南庄的脸：“你还敢在伤口上撒盐？你和关晓彤是北师大附中的校友这事儿，我还没找你算账呢！”

南庄只好求饶，转移话题：“你毕业后真的要回四川？那我们岂不是天各一方？”

“我也想留在北京啊，可房价那么高。而且我是独生女，你不知道现在二线城市抢人有多狠，送房、送钱、送户口。成都有个人才绿卡政策，各种购房补贴、创业扶持。”

两人边说边离开宿舍，一路嬉笑打闹来到大礼堂。

这次九艺游戏来央音举办“《至尊荣耀》高校赛”推广，南庄的男神岑德咏也会莅临。

来自香港的岑德咏，拿过台湾地区金曲奖最佳编曲，参与过北京奥运会主题曲的创作，在现象级电影里担任过联合出品人，还做过嘻哈、街舞等热门“网综”的音乐总监，现在是九艺游戏的音频总监。

“你喜欢他？”杨培培问南庄。

南庄回答：“不，我想成为他。”

两人猫着身子走到前排去看男神。

虽然男神比南庄的父母年纪都大，但南庄还是觉得男神是大叔界的翘楚，眉毛似蹙非蹙，眼神深邃，唇形坚毅，眉心的一颗痣让人过目不忘。气质嘛，不端着，却很有雅痞范儿。

讲台上的岑德咏正在回答学生们的问题。

“作为一名资深制作人，您对刚入行或者准备入行的后辈有什么建议？”

“一，游戏音乐是游戏的附属品，所以对游戏的理解有时比专业能力更为重要。二，音乐是一种语言，它能反映创作者的精神品质，所以切勿一味追求技能，更要注重思想。”

南庄一字一字听得认真，还拿手机录了音，结束时拼命鼓掌。

杨培培转过头问她：“对了，你为什么想做游戏音乐制作人？”

“因为游戏行业最赚钱。”南庄直言不讳，“你想想，毕业了就得自己租房，四环内随便一个合租的单间就要三千元。这个时代，追梦也有最低消费，房租就是我们上的税。”

杨培培白她一眼：“你不是北京人吗？还要租房？”

“我不想靠家里，我只想证明自己。”

杨培培叹息一声：“你那么想独立吗？可是，独立很累。”

“不独立更累。”

最后一个问题，杨培培举手，岑德咏点了她。杨培培站起来说：“岑老师，现在会场放的BGM（背景音）是我们央音作曲系的才女楚南庄编的曲，您也听到了，可以点评一下吗？”

南庄没想到杨培培突然来这么一手，顿时心跳加速，双手微颤。

要知道这BGM是她花了一个多月，反反复复修改，特意为这次活动制作的，可以说凝聚了她全部的心血和在央音三年学业的精华，也是她最满意的作品。

台上的岑德咏微微沉吟，握紧话筒，抬眸：“不好听。”

全场哗然，杨培培的脸色瞬间惨白，南庄心脏骤停，冷汗渗出额头。

岑德咏清了清嗓子，继续说：“这曲子具备很高的专业品质，但是好音乐要深入浅出，再专业的内容最终都需要让人们接受，且最好是很有共鸣地接受，也就是要‘好听’。”

杨培培忍不住反驳：“可是我们都觉得很好。”

“你们是学音乐的，不代表普罗大众。这曲子太炫技了，不接地气，无法引起共鸣。”

岑德咏毫不留情地把她的心血批得一无是处，南庄咬紧牙关。

杨培培坐下来抱住南庄：“对不起对不起，我不知道会这样，南庄你可别哭啊！”

台上的岑德咏视线扫过全场：“其实我更想给你们央音的学生敲个警钟。央音是中国音乐界最高学府，用通俗点的话来说，你们都觉得‘老子天下第一’。”

他顿了顿，继续说：“可是等你们进了社会，就会发现，比你聪明的人比你还努力，比你努力的人比你还有趣，比你有趣的人比你还漂亮，成长就是不断丧失信心的过程。”

台下一片肃静。

岑德咏把目光投向南庄：“都说出名要趁早，赚钱要趁早，可我更希望你们趁早受挫、趁早伤心难过、趁早怀疑自己、趁早迷惘彷徨，这样将来才会少走弯路。”

台下响起一阵雷鸣般的掌声。

南庄使出浑身力气鼓掌，眼泪滑落，不是因为委屈，而是因为感动。她暗下决心，要努力打磨自己的曲子，向岑德咏证明自己不只会炫技！

这个世界，很多时候是结果导向的，没人在乎你付出了多少，没人关心你为此受过多少磨难，他们只在意你有没有把事情做好。

从大礼堂出来，杨培培还在忙着安慰南庄，南庄一眼看到路边一辆熟悉的保时捷。

“你先回去吧，我想一个人静静。”

把不怎么放心的杨培培赶走，趁着夜色迷离，南庄左顾右盼确认无人后，才做贼似的蹿到副驾驶座上，皱着眉头不满地说：“妈妈，您以后在学校外面等我行吗？”

菅乔染坐在驾驶座上，穿着张天爱在巴黎时装周时穿的那款小黑裙，连金色耳饰都是同款，檀棕色中分发型，口红偏紫亚光，妆容简洁大气，不用一丝多余的装饰，已是满身贵气。

知道菅乔染年龄的，经常会说：“你和林志玲一样好会保养哦！”

菅乔染还不乐意：“林志玲比我大三岁好吗？”

保时捷里，菅乔染瞥了南庄一眼：“你怎么又穿得这么土？”

南庄撇了撇嘴：“这样最舒服。”

“妆也不化。”菅乔染气冲冲地踩了油门，“你到底是不是我菅乔染的女儿？”

南庄系上安全带：“我又不是网红，打扮得那么花枝招展干什么？”

“你都二十岁了，这叫什么？‘母胎单身’？从来没交过男朋友，也不反思一下。”

南庄忍不住翻了个白眼：“我是事业型女人，不需要勾搭男人。”

这句话有意无意地刺激到了菅乔染。

菅乔染二十岁生的南庄，今年刚满四十岁，香港人，二十岁前是模特和演员，在TVB演过几部戏，嫁给楚御明后就隐退了，安心做笼中的金丝雀，养尊处优，保养甚好。

听南庄这么说，菅乔染气得声音尖利刺耳：“你在讽刺我？”

南庄意识到自己有点过分了，垂下眼皮，压低声音：“没有。”

菅乔染劈头盖脸地训斥她：“女孩子拼什么事业？事业再成功，还是要回归家庭的！家庭不美满，事业再成功也没用！这道理我跟你从小说到大，你怎么就是听不进去？”

南庄转头看窗外的风景：“人各有志。”

“志什么志？你看当年和我一起做模特、做演员的，心高气傲不早点结婚，三十岁吃不了青春饭了，还不是要想方设法把自己下嫁了！二十岁你挑别人，三十岁别人挑你！”

穿过华灯初上的长安街，菅乔染一路唠唠叨叨，终于到了目的地。

普拉达国贸店，南庄百无聊赖地坐在沙发上刷手机，三个导购跟着菅乔染，拿出新款让她随便挑，菅乔染选了一堆衣服丢到南庄旁边：“来，试衣服！”

正在听歌的南庄惊讶地挑眉：“给我买？不要。”

“少啰唆！你都满法定婚龄了，我在你这个年纪都生下你了。”菅乔染一把扯下南庄的耳机，拉着她的胳膊就往试衣间走。

“等等，你要我穿这些去干什么？”

“相亲啊！”菅乔染把南庄推进试衣间，“是你爸看上的孩子，刚从英国回来。说起来还算是你的青梅竹马，小时候经常和你一起去什刹海溜冰。”

南庄把价格不菲的衣服全部丢到地上：“不见，我说过我不结婚。”

“不结婚？”菅乔染瞪她，厉声道，“你再说这种蠢话，信不信我打你？”

南庄咬了咬下唇：“我就不结婚。”

菅乔染瞪圆眼睛，怒视着南庄，语调上扬：“你再说一遍？”

南庄握紧拳头：“我不结婚！”

啪的一声，火辣辣的耳光就抽到了南庄脸上。她猝不及防，被打得整张脸朝右边偏去，趔趄了下才勉强站稳，头发遮住了眼睛，呼吸急促起来，胸口剧烈起伏着。

普拉达的导购们职业性的笑容瞬间凝固，大概是第一次见到这种场面。

菅乔染一时冲动，打完之后，看到女儿吃痛，眼泪在眼眶里打转，她心下懊恼后悔，伸出手去拉南庄，却被南庄狠狠地甩开。

她叹息一声，示弱地说："疼不疼？唉，你总说不结婚，妈妈真的很着急，你现在年轻不懂事，错过了结婚的最佳年龄将来肯定会后悔的，妈妈不想你后悔。"

"我后悔也不关你的事！"南庄抓起书包就冲出门去。

菅乔染追了几步："等一下，妈妈送你回学校！"

导购帮她拉开大门，菅乔染蹬着高跟鞋追了一阵子，看到南庄头也不回地进了国贸地铁站，才停下脚步，跺着脚说："好！都不结婚、不生孩子！人类灭绝算了！"

晚高峰的地铁一号线，人潮汹涌。

南庄无力地抱着车厢中间的铁柱，耷拉着脑袋，身体随着车厢的晃动而晃动。车厢里大部分人都是她这样，工作一天后，疲惫、麻木的面孔浮现在车窗上，像一张张面具。

哐当哐当……感觉身体被掏空。

从复兴门出地铁，穿过西铁匠胡同，经过北京四中国际校区篮球场时，南庄看到室友艾筱澍坐在长椅上，一边看高中生打球一边抽着烟。

篮球和水泥地面发出生硬的摩擦声。

一件宽松的黑色长T恤遮住了热裤，露出修长雪白的腿，这个一米七的青岛姑娘很清楚如何发挥自己的天然优势，"黑长直"、巴掌脸，酷得像超模，周身散发着生人勿近的气息。

南庄坐在艾筱澍旁边，一起看打篮球。

不久就有个男生抱着篮球羞答答地跑过来，站在艾筱澍面前，嗫嚅着，红着脸挤出一句："我可以要你的微信号吗？"

艾筱澍看都没看他一眼，冷冷地吐出一个字："滚！"

男生哭丧着脸离开后没多久，艾筱澍的手机响起，她接了电话，瞬间就像变了一个人似的，笑容甜美、声音娇嗔："哥哥，人家想死你啦！"

比川剧的"变脸"还夸张，可南庄早就见怪不怪。

艾筱澍一会儿柔弱地撒娇："人家才有没有呢，讨厌！"一会儿嗲声嗲气，"好啦好啦，等你晚上来看人家直播哦，来，啵一个！"

挂了电话，艾筱澍的笑容一秒钟收敛，嘴角下沉，恢复了冷艳的气场。

南庄知道，对方肯定是经常给艾筱澍刷礼物的‘土豪”。

其实看到艾筱澍的直播视频时，南庄的三观很受冲击。

粉红色卡哇伊的公主房，艾筱澍坐在粉嫩、装饰着蕾丝的飘窗上，一身洛丽塔低胸裙，翘着亮晶晶的果冻唇，眨巴着贴了长长假睫毛的眼睛，对着话筒捏着嗓子招呼粉丝。

“唱歌这么难听还唱？”南庄忍不住吐槽。

杨培培反驳道：“你以为他们是来听她唱歌的？那还不如直接去听《中国好声音》。他们都是来看她露出‘事业线’，撒娇说‘哥哥我好想你’的！”

南庄很佩服，这工作真不是一般人能做的，单说撒娇，她就绝对做不来。

“除了直播，她还经营自己的公众号。”杨培培还把艾筱澍的公众号推给了南庄。

“太拼了吧？每天都发两条推送？还自己写广告文案？”南庄咋舌。

“艾筱澍是单亲家庭，要自己赚钱留学，她初中就开了淘宝店，做过微商、代购，现在还炒比特币，关注区块链，总之哪个赚钱就做哪个。她的目标是波士顿的伯克利音乐学院，每年至少九万美元！别说要换算汇率的国际学生了，就算是美国本土学生都很难承受。”

伯克利音乐学院可是被麻省、哈佛等顶尖学府环绕的格莱美最大赢家，虽然SAT（学术能力评估测试）和托福分数要求没那么高，但面试很难过，还要有作品集。艾筱澍果然不是一般人。

其实，在95后自媒体领域，艾筱澍也算小红人。没有扶持资源，没有重金推广，艾筱澍靠着一篇篇10万+的文章引发了诸多同龄人的共鸣。南庄对她的好几个标题都印象深刻——

《好看的女孩自带烧钱属性》。

《年纪越大，越没人原谅你的丑胖穷》。

《女孩子不努力，可是要结婚、顺产、生二胎的》。

她“变美变瘦多赚钱，不婚不育保平安”的论调，再度刷新了南庄的三观。

南庄和艾筱澍各怀心事地在篮球场边从晚上八点坐到十点，宿舍都快要关门了。

南庄站起身：“回去吧。”

艾筱澍一个字都没说，丢下只抽了一口的烟。

长椅边，已满是烟头。

南庄突然想起，杨培培曾说：“我终于知道艾筱澍平时为什么那么面瘫寡言，因为做直播要一直唱、一直说、一直笑，还要伺候那些‘土豪’，累得不行，哪还有精力正常社交？”

是啊，卸下面具，反而没有做自己的力气了。

两人一前一后走回学校，远远地就听到女生宿舍楼前传来的喧哗声。

真是不嫌老套，蜡烛在地上摆出桃心形状，里面撒满了玫瑰花。男生抱着吉他边弹边唱陈粒的《绝对占有，相对自由》：“要你把我灵魂榨取，我的浪漫和极端都拿去……”

听旁边女生的讨论，原来男生是大老远从青岛坐硬座过来的，只为挽回前女友的心。

烛光闪烁，映出男生稚嫩却帅气的五官，他的声音不惊艳，但听得出深情。听说楼上有女生拿手机录视频，手机都掉到楼下了。

宿舍楼下，杨培培一看到艾筱澍，就朝她挥手：“你终于回来了！快来快来！”

艾筱澍不为所动，双手抱胸，远远地站在树影下。

急得杨培培冲过去拉她的胳膊，又对南庄说：“南庄，你倒是劝劝她啊！”

南庄知道那个“前女友”是艾筱澍了，难怪艾筱澍要在外面躲那么久、抽那么多烟。可南庄并不想行动：“这是他俩的事儿，我们又不清楚细枝末节，瞎掺和什么？”

“可是那男生看起来多可怜啊！”杨培培急了。

南庄蓦地冷笑一声："其实我最反感这一套，宿舍楼下当众表白，鲜花、蜡烛、情歌什么的，两情相悦的会觉得浪漫，如果女生对男生没那个意思，那就尴尬了，甚至是麻烦。"

杨培培生气地推开南庄："一点同情心都没有！"她又转过脸，语气严厉地问艾筱澍，"你是不是分手之前就移情别恋了，脚踏两只船？"

艾筱澍抽出一根薄荷味万宝路，慵懒地答："三只船。"

突然圣母心爆棚的杨培培夺过她的烟，高声指责："你这人三观不正！"

艾筱澍双手抱胸，蓦地冷哼一声："他就是个备胎。三年前他没考上北京的大学、留在青岛的那一刻，我跟他就game over（结束）了。他不过是没找到更好的，一直纠缠不休。"

杨培培瞪圆眼睛："你说话好毒啊！异地恋又怎么了，你就不能等等他？"

"女人有多少青春可以等？我可不想在我最好的年纪里一无所有。"

杨培培激动地伸手指着艾筱澍："所以你就是嫌人家穷！没想到你这么拜金、虚荣！"

艾筱澍冷冷地挑眉："年轻时就淡泊名利，是没有希望的。"

人群突然一阵骚动，从中间分开，男生抱着吉他朝艾筱澍这边走过来。

北京早晚温差很大，九月中旬的夜晚就已有了早秋的凉意，晚风吹过，艾筱澍下意识地双手环抱，男生马上脱下条纹衬衣，走上来披在艾筱澍的肩头。

他自己穿着背心，看起来瘦削又寂寥。

艾筱澍没有拒绝他的温柔，她掏出一支烟，男生立刻凑过来，用打火机帮她点火，左手还在侧面挡风。艾筱澍深吸了一口，食指和中指慵懒地夹着烟，左手托住右手手肘。

吐出一口烟圈后，艾筱澍轻轻地说："我承认，跟你在一起很开心，高中时在八大关散步、喝崂山可乐很开心，后来你每个月都来北京，在世贸天阶用天幕向我表白，我也很开心。"

男生低着头，静静地听着。

她顿了顿，又抽了几口烟，继续说："这样的感情，可能在我三十多岁的时候碰到，我会想要安定下来，可是我现在才二十岁，如果就这样，我不甘心。"

男生双肩颤抖，声音很虚弱："所以，我们遇见得太早了？"

艾筱澍置若罔闻："我马上要去香港参加伯克利音乐学院的面试，来回机票三千元，住宿两晚两千元。你花呗的信用额度早超了，怎么给我这五千元？而他呢，甩手给了我五万元。"

她的烟圈被风一吹，瞬间散了："我知道你爱我，你顶着家人和朋友的压力，支持我直播。你花呗每月一万二的额度全花在我身上。失去你，或许这一辈子我再也不会遇见像你这样百分之百爱我的人。"

她垂下纤长的睫毛，声音轻得像叹息："可是对不起，即便你给了我百分之百的爱，我还是嫌不够。"

男生说不出话来，似乎在极力隐忍泪水。

艾筱澍丢了烟，把他的衬衣脱下来，披上他的肩头，拍了拍他的肩膀："回去吧，北京不属于你。"

男生终于忍不住，一米八的大个子，号啕大哭得像个孩子。

半个小时后，南庄戴着耳机用电子琴编曲，艾筱澍敲击着键盘写公众号推送，而参加学生会有偿演出到很晚回来的方如喜因为不知情，开心地笑着回到低气压的宿舍。

"演出就演出嘛，还发什么工资？一下子就俗了。我们都是热爱音乐、不求回报地去表演的，他们怎么就不明白我们的心思呢？"方如喜一边放下吉他包，一边吐槽。

俏丽的鱼骨辫、蓝色条纹海军风衬衫裙、穗饰皮革单肩包、黑色尖头绑带鞋，方如喜像韩剧里的女主角一样，打扮得时尚靓丽却又不夸张。

杨培培正躺在床上捧着手机看一档练习生养成的综艺节目，随口回答了一句："你不是刚贷款买了部华为手机？刚好可以还。"

"你不说我都忘了。其实我爸妈非让我买iPhone X，可是我这人吧，不想靠家里，再说iOS系统我实在用不习惯，还是安卓系统顺手，支持国产。”

杨培培走向卫生间：“我说你这人傻不傻？家里给钱干吗不花？我爸妈是公务员，没你家有钱，我还不是花钱大手大脚的？我爸妈的观点是，女孩子要富养。”

方如喜一边换鞋一边抿嘴笑：“我对物质没那么强烈的欲望，什么包包啊、口红啊、衣服啊，无所谓，大概是因为我从小就不缺什么吧，想要什么，爸妈都满足了。”

下一秒，杨培培就在卫生间里喊：“方如喜！江湖救急！借我一片卫生巾！”

方如喜动作一顿，过了几秒才回答：“不好意思啊，我的卫生巾用完了。”

“不可能啊，我昨天看到你的柜子里还有大半包。”

“你看错了吧。”

“怎么可能？”杨培培从卫生间里走出来，径直走过去，一下翻出了那包卫生巾，“我建议你去配一副眼镜。我先用一片，明天买了再还给你。”

方如喜连忙摆手：“不用不用，一片卫生巾而已，一两块钱的事儿。”

等杨培培返回卫生间，方如喜还站在柜子前，怔怔地望着那包卫生巾。

剩下的这几片，估计不够下次来“大姨妈”的时候用了，看来还得买。下次不能打肿脸充胖子买二十多块一包的了，一片两块多，贵得肉疼，月经时都不舍得换，最后都侧漏到内裤上了。省下来的一两片，就这么被杨培培拿去用了，真心疼自己。方如喜轻轻哀叹一声，悄无声息。

从卫生间出来的杨培培看到方如喜坐在床上看着墙上贴着的一张纸发呆，忍不住问：“方如喜，我一直很奇怪，那录取通知书都是两年前的了，我们的早就扔了，你为什么把它贴在床头，每天晚上睡觉之前还要读《圣经》似的看一遍？”

方如喜笑了笑。紫色的录取通知书上，是烫金的楷书：

亲爱的新同学：

当你收到通知书的这一刻，你将永远成为中央音乐学院的一员，只要你遵守校纪，努力完成学院规定的各项学业，中央音乐学院的光芒将永远照耀你的前程。

其他女生当废纸扔掉的东西，方如喜却视若珍宝。

因为这曾经是她梦寐以求的，承载着她一家四口的希望和荣耀。方如喜还清晰地记得，收到这封通知书后，爸爸在院子里的三轮车上抽了一晚上烟。

“为什么不让我读大学？”

次日妹妹方如凤的哭喊声吵醒了方如喜。

“家里只供得起一个，谁让你成绩那么差？整天就看些没用的课外书。考个专科有什么用？你姐考上的可是重点本科！”妈妈的声音听起来难过又坚决。

“那我怎么办？毕业了就去打工？”方如凤的声音已经带了哭腔。

一直不说话的爸爸终于开口了，声音沙哑得不行：“你去北京打工吧，和你姐彼此也有个照应。”

方如凤大哭起来，哽咽着说：“既然没钱，为什么要生下我？”

妈妈叹息：“当初我们想要个带把儿的啊，可是我这肚子不争气！”

“所以我从小到大都是多余的！让我死了算了！”

方如凤要冲出门去，吓得妈妈跑上去抱住她，最后母女俩一起抱头痛哭。

方如喜躺在床上默默地听着，把脸埋在枕头里，不让自己哭出声音。那一刻她就告诉自己，她不能松懈，不能怠惰，举全家之力供她上中央音乐学院，她没有退路。

她要以最优异的成绩从声乐系毕业，留在北京当一名光荣的大学音乐老师，嫁给一个有房有车的男人，然后把爸妈接到北京，再给妹妹找个有房有车的男人嫁了。

可是有时候她会担心，北京真的有那么多有房有车的男人吗？

“好渴啊，我要叫奶茶外卖，你们谁要？”杨培培的声音把方如喜从回忆里拉了出来。

方如喜这才想起自己还没吃晚饭，晚上十一点了，已经饿过头，竟然也不觉得胃疼，只是有点头晕。

这时杨培培喊了她的名字：“方如喜，你要来一杯奶茶吗？”

方如喜默默地咽了咽口水，摇摇头：“不用，太晚了，我怕发胖。”

“我请你，来一杯吧。”杨培培劝说。

方如喜一皱眉，骄傲地仰起下巴：“我还不至于要你请客。”

杨培培嘀咕了句：“不要就不要，那么冲干吗？”

宿舍里恢复了安静。

方如喜四下看了看，然后站起身，悄悄地把馒头、榨菜塞到口袋里，走进卫生间。

“方如喜，你洗快点啊，我要洗脸敷面膜了！”很快杨培培在卫生间外面敲门催促。

方如喜正躲在卫生间里，打开花洒，在水汽氤氲中，狼吞虎咽地吃下那块冰冷干硬的馒头，听到这话，飞速地解决掉馒头和榨菜，急匆匆地脱衣洗澡。

方如喜洗完后，在外面等着的杨培培和她擦肩而过，杨培培看方如喜穿着一件日式浴袍睡衣，忍不住问：“方如喜，你这睡衣在哪儿买的？好萌啊！”

方如喜笑着捋了捋头发：“不记得是在西单大悦城哪家店买的了。”

“在大悦城买的，那肯定很贵吧？多少钱啊？”

“不贵不贵，就两三百块吧。不过听说淘宝上有仿款，二三十块就可以拿下。”

“淘宝上的做工和质量肯定不好。”

杨培培想要凑近看方如喜的睡衣，方如喜怕被拆穿，慌忙往外走。杨培培站在卫生间门口加了句：“你的衣品真心好，复古又时尚。”

方如喜背对着她，嘴角勾出一抹苦笑。

天知道为了她们这句评价，她花了多少心思研究潮流时尚。

开学的时候，全宿舍就方如喜拖了一箱子旧衣服来。都是初中时买的衣物，穿了七八年，早就过时了，她不舍得扔，只能想方设法把旧衣服搭配着淘宝新款穿。

庆幸的是，时尚圈喜欢炒冷饭，压箱底的东西翻出来，竟然又成了新潮。

这时，杨培培突然在卫生间里喊了句："对了，方如喜，今天轮到你扔垃圾了。"

"这么快就轮到我了？"方如喜走过去，一眼看到垃圾袋里杨培培刚刚喝完扔掉的漂亮精致的奶茶纸杯，塑料吸管看起来也很高级的样子。

方如喜拎着垃圾袋穿过走廊，到无人处，才小心翼翼地把纸杯从垃圾袋里拿出来，摇了摇，里面还有点奶茶。她莫名地心跳加速。

这款网红奶茶她一直想尝一尝，就算一次也好。

刚刚杨培培说要请她，若不是强烈的自尊心不允许，她早就同意了。

她也曾咬咬牙排队去买，在大太阳底下排了半个小时的队，快要轮到她了，她想来想去，还是很尿地放弃了。一杯奶茶三十五块，可以吃三顿饭了。

方如喜曾为那篇《我奋斗了十八年，才能和你坐在一起喝咖啡》湿过眼眶。现在咖啡换成了奶茶，农家子弟奋斗十数年才可以和都市同龄人平起平坐这一点，依然没有变。

往四周看看，确定无人后，方如喜才把奶茶杯的吸管送入嘴里。

咕噜一声！刚刚啃完干硬的馒头，嗓子很干，香甜浓郁的奶茶涌入喉头，那一瞬间美妙的滋味，让她鼻子一阵发酸。

喝完奶茶，她终于忍不住，蹲下身抱着那袋垃圾，在楼梯角落里低声抽泣起来。

北四环，盘古大观，顶层豪华套房。

"上次你的一番批评，她貌似没听进去。或许是因为你还不够严厉。"菅乔染双手抱胸站在落地玻璃窗前，窈窕的身姿在酒店暧昧的橘光下流淌着柔媚的线条。

“没关系，这次她应该还会参加BGM的选拔，我知道该怎么做。”岑德咏刚刚洗完澡，头发还湿漉漉的，穿着浴袍走到她身后。

菅乔染凝望着窗外赤红的鸟巢和深蓝的水立方，任凭他从后面抱住她。

“你不问我为什么要打击自己女儿的梦想？”

身体前倾，岑德咏低头吻了吻菅乔染的头发：“我也不希望我女儿太成功，可她偏偏一路读到博士，还远在德国。也许是因为我和她妈早就离婚了，所以她三十岁也不结婚，只同居，说要丁克，老了再领养一个孩子。”

菅乔染勾勾唇，反过来劝他：“一代人有一代人的活法。”

“不说这个了，”他咬住她的耳垂，吐着热气，“最后一次见面，真舍不得。”

他垂下眼皮，继续说：“其实猎头找到我时，我还犹豫纠结了很久，但是我已经五十多岁了，这样的机会，一辈子不可能再有第二次，AG游戏可是亚洲最佳游戏平台。”

楚家的AG文娱集团，业务范围包括音乐、电视、电影、出版、电信和电子游戏。前几日，岑德咏被挖到AG文娱集团旗下AG游戏担任音乐总监，他不敢再染指集团董事长的妻子。

菅乔染从鼻腔里发出一声冷哼：“原本就是苟且，何必说得这么情真意切？”

岑德咏并不反驳，反过来提醒她：“我劝你还是收敛一点。”

菅乔染冷笑：“他在外面玩，我为什么要守身如玉？”

岑德咏叹息一声，把她的身体转过来：“既然不幸福，为什么不离婚？”

“离了婚，我还有这样奢侈的日子过？”

岑德咏嗤笑：“是啊，婚姻可以给你生活保障，却不能让你学会赚钱，婚后你就是别人叫不出名字的王太、张太和李太，过得再不幸你也不敢离婚。”

菅乔染被触及痛处，瞬间脸色发白，尖着嗓子喊：“你有什么资格嘲讽我？”

她一把将他推开，气冲冲地走到沙发边抓起FENDI银链手袋。岑德咏缄默地立在原地，也不挽留。于是菅乔染连道别的话都没说，蹬着高跟鞋，啪地关上门。

特4路双层巴士，南庄和杨培培兴奋地冲到上层最前排。

她们刚从复兴门南站上车，要去北京体育大学参加“《至尊荣耀》高校赛”BGM选拔。

“我还是第一次去北体大！”杨培培掏出镜子补唇膏，“听说全是阿迪达斯、耐克、一米九的小哥哥，男生没有几块腹肌都不敢去澡堂洗澡！今天一定要撩个鲜肉哥哥回来！”

南庄嘁了声：“就知道你没那么好心陪我去参加比赛。”

“顺带嘛！”杨培培收了镜子，抓起手机，打开微博，“帮你查查官方微博发布的比赛流程啊！”她的拇指在屏幕上滑了几下，“哇哦，比赛结束后还有个大神见面会！”

“大神？”

“新晋国服第一诸葛亮，北体大冰雪运动学院大三的一个男生。”杨培培一边说一边点开那个男生的微博，“微博里居然没有照片！为什么不发自拍？长得丑？”

南庄没搭腔，专心地看窗外的风景，从西城的胡同串儿变成海淀的高等学府。

没有哪座城市能像北京一样，以中关村为圆心，向东画一个半径不足十里地的半圆，星罗棋布地分布着八所985高校。而这个数字超过了985高校总数的五分之一。

在海淀的高校圈里，流传着这样一句话：四号线向北，谁先下车谁就输了。

从这个角度看，远在北五环的北体大赢了。

“别紧张，你这次参赛的可是在学校获了奖的曲子，肯定能入围！”到了学术报告厅，杨培培看出了南庄的紧张，拍拍她的肩膀安慰她。

“可是毕竟这曲子不是为《至尊荣耀》写的，我怕风格不搭。”

这次BGM选拔的最后得分是由两部分构成，不光看评委团打分，微博人气评分也很重要。此刻南庄正在报告厅等待评委团打分，她紧张得放在膝盖上的双手都在颤抖。

终于轮到她的曲目了，评委团的岑德咏负责提问，南庄深呼吸一口气，站起身。

岑德咏摘下耳机："你这是16 Beat的流动织体风格？"

"是，"南庄点点头，"十六分音符为基本时值单位，可以分别用尼龙弦吉他和电钢琴搭配作为和声乐器，使织体音乐色彩偏暖，突出音乐的抒情性。"

"抒情性？"岑德咏皱眉，"可这是游戏音乐，需要的是激情。"

南庄咬了咬下唇："激情的话，可以用闭合击镲进行滚动式演奏，底鼓和军鼓进行节拍上的强弱搭配，也可以加入色彩性的打击乐器如沙球进行点缀。"

岑德咏抬起头看了她一眼："我问完了。"

南庄坐下来，杨培培兴奋地挽起她的胳膊："看来你男神是认可你了？"

就在南庄也松了口气，觉得评分不会太低的时候，评委团亮出了最终得分。

杨培培震惊地张大嘴巴，然后转过脸看南庄。南庄的脸色要多难看有多难看，嘴角下垂，眼泪在眼眶里打转。杨培培顿时慌了手脚，不知该怎么劝她。

其他评委忍不住说了句："岑总监，您这分数是不是给得太低了？"

岑德咏系上西服最下面的扣子，站起身："风格都选错，没给零分就很宽容了。"

南庄鼻子一阵发酸，拼命咬紧牙关。杨培培慌忙抱住她，轻拍她的后背安抚她。

"你们怎么能这么残忍？你们知道南庄有多努力吗？"杨培培忍不住喊了声。

岑德咏从鼻腔里发出一声冷哼，表情淡漠，丝毫不留情面地说："炫耀自己有多努力，不过是因为没底气，没什么拿得出手的成绩，只能通过勤奋来标榜自己。”

杨培培气得横眉竖目。而南庄的眼泪终于忍不住掉了下来。

离场的岑德咏迈开长腿走过南庄身边，视线落在满脸泪水的南庄身上，他停住脚步，歪了歪嘴角：“放弃吧，你不是这块料。”

南庄双手握拳，瞪圆眼睛望着岑德咏，身体还在颤抖，声音却无比坚定：“我不信，总有一天我会战胜你。”

岑德咏冰冷的目光有了一丝波动，他抿抿唇，嗤笑一声：“那我在AG等你。”

“一言为定。”南庄推开杨培培，站在岑德咏面前，娇小的身躯仿佛迸发出无穷的力量，“作曲系是五年制，你等我两年，我去AG挑战你。”

等岑德咏离开，杨培培才反应过来：“南庄你疯了吗？你毕业就想去AG，怎么可能？那家公司根本不招应届生！他们只要资深制作人！要有经验的！”

南庄用手背擦拭泪水，言语里有胸有成竹的执着：“我现在大三，先争取去九艺游戏实习，毕业就有两年经验了。”

BGM选拔结束后，报告厅里的人反而越来越多。很快主持人走到讲台上，笑着说：“接下来就是大家最期待的环节，我们掌声有请《至尊荣耀》国服第一诸葛亮登场！”

女生们发出尖叫。

《至尊荣耀》前阵子推出了战力系统，大家津津乐道的各种国服第一终于有了归属。广东和浙江的玩家占了多数，在几乎被南方人统治的战力榜，北京区唯有一人杀出重围。

现场瞬间像变成了粉丝见面会，掌声如雷，震耳欲聋，几乎要把屋顶掀翻。女生们叫着、跳着，高高举起应援牌，疯了似的。杨培培忍不住咋舌：“这么大排场？”

她转头看那亮瞎眼的浮夸应援牌，上面的三个字看起来倒是很温柔。

“林则熙？”念起来也不错。

可大神并没有在讲台上出现，而是姗姗来迟，从报告厅门口走向讲台。

南庄正低着头看九艺游戏招实习生的微博，脑海里回荡着岑德咏刚才的话，不曾留意场面突然的失控，也没有发现杨培培突然像被冰冻了似的，一动不动地望着某个方向。

“哇！”杨培培整个人处于痴傻状态，就差流哈喇子了。

低着头的南庄，鼻端蓦地嗅到一股淡淡的皂角味。她鼻尖微皱，视线左移，映入眼帘的是一双黑色小牛皮镜面、平头、手缝沿条、宽鞋带的牛津鞋，低帮，露出纤细白皙的脚踝，明明很瘦，但又让人感觉骨感有力。

“让一让，让一让！”

女生们走过来把南庄推到一边，南庄趔趄了几步才站稳。

大神经过南庄身边时，稍微停顿了一下，接着快步走上讲台。

一米七的主持人加上高跟鞋，才刚到一米九的大神的肩膀。对方气场太强，主持人不敢站得太近，只能保持距离，笑着说：“我终于明白为什么大家说大神你帅到炸裂了！”

杨培培目光紧锁在讲台上，内心呐喊：别笑！别笑！

大神微微一笑。

完了！沦陷了！杨培培眼前一黑，只觉得自己的一颗心都被那笑容勾走了。

女生们停顿半秒，然后爆发出疯魔般的尖叫。南庄被吵得脑壳疼，耳鸣得厉害。

“太吵了，我先走了。”南庄用手肘推了推杨培培，可杨培培花痴地盯着讲台，浑然不觉。南庄叹息一声，转过身，喊着“借过一下”，慢慢地穿越人潮走向礼堂门口。

大神的视线在她的背影上不露声色地停留了半秒，移开了。

主持人开玩笑：“大神你知不知道，我站在你旁边，就快被女生们的视线绞杀了！”

大神挑眉：“我不是大神，我就是一个普通人。”声音清冽，是很有辨识度的低音炮。

“大神太谦虚了，”主持人言归正传，“请问大神是因为什么开始玩《至尊荣耀》的？”

“为了赚钱。”

大神此言一出，全场寂静，不知是吃惊还是尴尬，气氛诡异。

大神停顿片刻，解释说："这是现象级国民手游，比赛奖金肯定丰厚，而我想赚点零花钱。"

主持人万万没想到大神如此耿直，一时间笑容凝固，不知道该怎么接下去。

反倒是大神一句话化解了尴尬："毕竟，何以解忧，唯有暴富。"

女生们终于回过神来，满堂哄笑。

主持人松了口气，笑着转移话题："大神你大一的时候服过两年兵役，难怪气质这么阳刚笔挺。大神可不可以发一些军装照到微博上，满足大家的制服控呢？"

大神睫毛微扬："如果想看，可以付费订阅。"

台下一片骚动，"军装控"们纷纷掏出手机。

主持人已经习惯了大神的"自黑"，清了清嗓子，笑着继续问："然后是大家最关心的问题，大神，你有没有女朋友？"

这个问题让全场女生屏气凝神，报告厅安静得连根针掉了都能判断出坠落方位。

"没有。"

此起彼伏的尖叫声再度引爆全场。

主持人这才松了口气，以为访谈步入正轨了，笑着问下一个问题："大神，你理想中的女朋友是什么样的？有身高、体重要求吗？还有性格方面呢？"

"我只有一个要求。"

"什么要求？"

"要有北京户口。"

现场一片肃静，不光是主持人，在场的大部分不是北京人的女生都"尴尬癌"犯了。

"为什么想要北京户口呢？"为了化解尴尬，主持人只能硬着头皮问。

"我是北漂二代，我父母在北京打拼了大半辈子，还是没有拿到北京户口。我从小生长在北京，努力学习，不敢松懈，高中考上了北师大附中，可是高三上学期被学校劝退了。”

“为什么？”

“因为我没有北京户口，只能回原籍参加高考。”

台下的杨培培听了，不自觉地皱起眉，连呼吸都放缓了。

女生们都心情复杂地沉默着。

主持人只能顺着这个话题聊：“大神你高三时被迫回到了老家，然后在老家参加高考，又考回了北京，大神为什么选择北京体育大学？为什么选择冰雪运动学院？因为喜欢？”

“选择北体大，是因为这所211高校高考分数要求最低。选择冰雪运动学院，是因为2022年冬奥会召开，这个学院资金充足，我可以申请各种奖学金。”大神漫不经心地勾起唇，“我就是一个普通人，家境普通，想靠玩游戏打比赛赚点钱，毕业了只想在北京买车买房拿到户口。我不是大神，不是你们多余的荷尔蒙寄托的对象，请不要再崇拜我。”

主持人蓦地双眸一闪，终于憋出一句话，激动地大声说：“大神，我突然get到你的一个反差萌——耿直！毫无偶像包袱！酷萌酷萌的！”

此言一出，台下的迷妹们瞬间又回到了最初的狂野尖叫状态，现场几乎要爆炸。

而人群中的杨培培呆若木鸡，对这泥石流一般的存在瞠目结舌。

见面会结束，杨培培满脑子都是那个接地气的大神，差点没看到南庄在路边等她。

“你提前出来了？那你岂不是错过了一个亿？你知道吗？大神跟你一样是北师大附中的！”杨培培的脸烫得不行，耳膜不停地剧烈鼓动，兴奋地把手臂搭在南庄的肩膀上。

“没兴趣。”南庄还在反思自己作曲的问题。

“来来来，给你介绍一下，这是我的新老公林则熙！”杨培培解锁手机，把大神的照片送到南庄面前。

南庄伸手推开，杨培培又送上来：“快看快看！不要暴殄天物！”

实在拗不过杨培培，避无可避，南庄只能快速地扫了一眼。

下颌角鲜明，小方脸，秀而不娘，刚而不莽；桃花眼，眼尾略弯上翘，睫毛纤长，投下三分阴影，眼神像流水一样自然地波动；身姿挺拔如尺，男人和男孩的气质兼具。

“是不是颜值开挂，出场自带尖叫特效，冲破次元壁，传说中每天都被自己帅醒的类型？他还当过兵！我迷死兵哥哥了！大神简直要了我的命！”杨培培叽里呱啦说了一堆。

“还行。”南庄移开视线，敷衍了一句。

杨培培对这个评价很不满意：“还行？我愿意花一千块买他的军装照好吗？”

“那是你帅哥见少了，缺乏免疫力。”

杨培培嘁了一声：“你就矫情吧！这么帅的大神居然没女朋友，该不会是喜欢男的吧？”顿了顿，她又说，“不过这样的兵哥哥真的太少了！居然说找女朋友只要北京户口的！”

奥林匹克公园网球中心南侧，国家速滑馆。

林则熙从公交车上下来，径直走进短道速滑器械室，他要在这里训练两个小时。他小心翼翼地拿出冰刀，先用油石打磨，再用量弧表固定弯度，最后拿出压弯器。

他屏住呼吸，谨慎地压弯冰刀，这个环节若不小心就会将冰刀折断。两年的军营训练，让他可以注意力高度集中。三、二、一，压好了，他松了口气，手机适时地响起。

林则熙瞥了眼屏幕，薄唇勾着笑。

“没有女朋友？”南庄的语气很调侃。

“这是事实，”他嘴角的笑意愈深，“我没有女朋友，只有妻子。”

南庄下午就接到九艺游戏打来的电话。

“楚南庄同学，恭喜你，你的曲子入围了。我们希望你尽快结合《至尊荣耀》的风格，把你的曲目调整一下，更加贴合游戏风格，再提交到我们北京分部，可以吗？”

“可以可以。”南庄拼命点头，“可是请问一下，评委团给我的分数不是很低吗？”

“你还不知道你入围了？除了评委团，我们还要看微博人气评分的，国服第一诸葛亮你知道吗？那个大神点赞转发了你的微博，于是他的粉丝都来挺你，你微博人气第一。”

南庄怔住，握住手机，半晌说不出话来。

嘟嘟！屏幕上方突然跳出一个来电提示。

南庄是戴着耳机接电话的。她慌忙和对方客套几句，就挂了电话，然后接起新来电。

建外SOHO顶层，楚御明窝在旋转真皮椅上，松了松领结，声音慵懒：“学校怎么样？”

南庄清了清嗓子，毕恭毕敬地站在走廊上。

“还是老样子，宿舍24小时热水，不断电不断网，Wi-Fi连食堂与喷泉小水池都覆盖，宿舍走到教学楼不出五分钟，还能顺带买个手抓饼。体育课永远是站好队点了名就放人。”

楚御明勾唇，笑声低低的，充满磁性：“还是经常去琴房练钢琴？”

“是。”南庄把头发捋到耳后，斟酌着字句，“琴房里最喜欢那些只弹钢琴的理论系同学，因为他们屋的谱台、凳子可以随便搬走；最讨厌一言不合就狂飙苦练的，至于原因，我还是去双号琴房听听斯坦威散散心吧。”

楚御明终于忍不住，发出爽朗的笑声。

南庄这才松了口气。从小到大，她就习惯于讨好父亲、取悦父亲。

“对了，说正经事，今晚我派司机去接你。”

“好的。”南庄不敢问是什么事。

楚御明想了想，还是告诉了她：“是相亲。你准备一下。”

南庄咬了咬牙，深呼吸一口气，尽量让自己的声音听起来没有波动：“好的。”

“乖。”楚御明说完，挂了电话。

南庄依然保持着接电话时的姿势，一动不动，任凭清风吹凉她脸上的灼烫。

熬夜直播的艾筱澍刚刚睡醒，她把宽大的男款白衬衫当睡衣，光着两条白皙的大长腿，走到走廊上低头点烟，睡眼惺忪、长发凌乱，吐出烟圈时别具一番颓废美。

南庄先开口："怎么打扮自己，会让相亲失败？"

艾筱澍上下打量她："像你平常的打扮，就会相亲失败。"

南庄："……"

艾筱澍继续吞云吐雾。

南庄绞尽脑汁想了半天，才又开口："可不可以夸张一点？比如头发、指甲……让人感觉不会打扮，滑稽又邋遢？"

艾筱澍瞥了她一眼，掐灭了烟："过来。"

脏脏的粉色头发，调色盘般的眼影，惨白病态的底妆，猴屁股般的腮红，"姨妈色"的偏黑口红，满身的水钻、铆钉，破洞超大的牛仔裤，厚底松糕鞋。

南庄看着镜子里的自己，觉得这样出门真的很需要勇气。

"会不会被餐厅赶出来？"

艾筱澍双手抱胸站在一边，挑了挑眉："那岂不是正合你意？"

幸好是晚上，南庄用棒球帽、墨镜、口罩一遮，行色匆匆、鬼鬼祟祟地走到校门口，迅速蹿上楚御明派来的布加迪。也幸好司机向来沉默寡言，不该说的话一个字都不会说。

地点在海淀紫竹院，布加迪上了北二环，南庄才发现忘了带手机。

那手机正静静地躺在宿舍的电脑桌上。艾筱澍洗完脸从卫生间出来，刚敷上面膜躺下，就听到南庄的手机的振动声，她充耳不闻，闭目养神。手机振动完，又恢复了平静。

香格里拉大酒店的法餐厅，意大利裔阿根廷籍的米其林大厨，周围都是衣香鬓影，头顶悬挂着水晶吊灯，南庄坐下来，深呼吸一口气，慢慢地伸手摘掉帽子、墨镜和口罩。

因为始终低着头，她连对方走过来都没有察觉，直到男声响起："楚小姐？"

音色温润醇厚，声线自然饱满。

南庄低着头，先入目的是对方的手。

骨节分明的五指，白皙纤长的手，指甲珠圆玉润，皓洁的手腕上戴着一块百达翡丽，棕色皮革表带，蓝宝石水晶镜面，再往上，白衬衫的袖口系着一颗银色袖扣。

南庄认出，那是范思哲本季限量版的袖扣。

她深呼吸一口气，胸口微微起伏，缓缓抬起自己那很有喜剧效果的脸。

预料中对方惊讶诡异的表情并未出现，那人依然笑意款款，绅士地微微躬身，坐下来解开西装下面的扣子，语调温文尔雅："让你久等了。"

看到相亲对象这副尊容，居然还能如此淡定？南庄表示佩服。

"你就是莫珝？稍等，我去下卫生间。"南庄站起身。

她穿不惯这么高的松糕鞋，大理石地面又太光滑，她站立不稳，趔趄着跌入一个怀抱。

"啊！"扑面而来的男用香水味让南庄迷幻了几秒。

刚刚莫珝坐下时，南庄就闻到前调类似于蕨类植物的清新香味，此刻那柠檬般微酸的木兰花、奶腻的晚香玉和微苦的金盏花香味袭上南庄的嗅觉，如谦谦君子。

"小心。"男人声音低沉悦耳。

"不好意思。"南庄尴尬地抽身而出。

等南庄回到座位上，繁缛冗长的法餐开始了，烛光暧昧，刀叉轻响。直到手机响起，莫珝笑着说："抱歉，我去接个电话。"然后站起身，系上西装扣子，转身离去。

穿过走廊，来到包间，关上门，莫珝一把扯下领带，松开衬衫的第一颗扣子。

"累死老子了！"他一屁股坐到沙发上，双腿抬到茶几上。

电话那头传来女孩子的轻笑声："莫少辛苦了。"

莫珝抓起沙发边的可乐，单手拧开盖，咕噜咕噜喝了一大口。

女孩娇滴滴的声音又传来："莫少的相亲对象是大美女吧？"

"算了吧！就一傻子！妆化得跟村姑似的！丑到爆！我都想吐了！"

咯咯的笑声之后，女孩撒起娇来："怎么办？才刚刚分开，人家就想你了。"

莫玥瞥了眼腕表说："你乖乖在车上等我，我半小时内解决那个村姑。"

"这么快？"女孩惊讶，"你不怕你爸生气？"

莫玥顿时来气，一脚踢飞了茶几上的烟灰缸，提高音调："老子都很给面子地来了，他还想怎样？都什么年代了，还商业联姻？"

"好了好了，是我多嘴，莫少消消气，消消气！"女孩软语宽慰着。

莫玥站起身来，又说了几句，挂断电话，扣上扣子，系好领带，对着镜子优雅地一笑。

南庄正在座位上懊恼自己为什么忘记带手机，以至于现在无聊到爆。

她不知道的是，她的手机在宿舍里第n次骚扰到艾筱澍后，忍无可忍的艾筱澍终于接起那夺命连环call，没好气地一句话解决："你找楚南庄？她相亲去了。"然后啪地把手机丢回南庄的床上，继续蒙头大睡。

电话那头，林则熙摘下耳机，脸色铁青。

法餐厅，莫玥坐回座位之前，礼貌地朝南庄微微躬身："不好意思，公司有点事。"

"没关系，"南庄端起高脚杯，抿了一口红酒，"听说你毕业于剑桥大学？"

"对，剑桥大学最多的就是各种奇葩社团，发来的邮件抬头是'诸位先生、女士、孩子、性别不明人物、宇宙旅行者、跨时空气团存在'，另起一行空两格，'明天看电影'。"

南庄笑出声。这人的幽默，档次好高哦。

可是，她不想再浪费时间了。南庄用餐巾轻擦了擦嘴角，清了清嗓子说："恕我直言，你不是我喜欢的类型。"

突如其来的一句话，让优雅地端着高脚杯的莫玥蓦地怔住。

南庄直视着对方深邃的眼睛："一直这么端着，不累吗？"

莫玥皱眉。

“你不觉得累，我看着你都觉得累。”南庄说完站起身，“我还有事，先走了，不再见！”

莫琊望着转过身径直往外走的南庄，微微眯起眼。

要疯了要疯了！这么丑的人居然敢拒绝他？这世界要疯了！

侍应生过来倒酒，莫琊终于忍无可忍，跳起来：“人都走了，还倒什么酒？滚！”

从西伯利亚远道而来的北风，刮了一整天，把帝都盘旋多日的雾霾悉数吹散。

晴朗的初秋夜晚，月亮冷得像冰。

把脸上的诡异妆容洗干净了的南庄骑着小黄车，经过一棵大榕树时，蓦地急刹车。

刺！单车轮胎和地面摩擦出声。

她把车停到路边，然后转过身。灯火阑珊处，树影婆娑地遮住了那人的脸。即便如此，那俊挺的身段与站姿，散发出的气质已足以逼人心跳骤停，远远地也摄人心魄。

南庄的胸口以极微小的幅度起伏着。

不得不承认，他每一次的出现都会带给人新的视觉刺激，以前在阳光下总觉得他耀眼，此刻在暗夜里，他身上又带着一股危险的诱惑，让人无端为他抓狂。

有三三两两的女生回宿舍，经过这边，虽然看不清他的脸，却已经被吸引，在旁边指指点点、窃窃私语。

南庄不说话，指了指琴房方向，然后转身离开。

琴房楼下有电梯，南庄按下按钮。

电梯门开，四五个女生背着乐器走出来，笑着和南庄打招呼。

“嘿，南庄！这么晚了还去练琴？马上就要关门了！”

南庄被她们包围着，刚要说出“是”字，手臂蓦地被人从后面攥住。

那人的视线全放在她身上，直接横闯进人群里。旁边的女生发出尖叫。

他速度极快，动作迅猛，对南庄也没有客气，下一秒，南庄就已经被他推进电梯里。

女生们目瞪口呆，电梯门哗地关上，她们只看到南庄靠着电梯壁喘气，那英气逼人的男生将手撑在她两旁的电梯壁上，动作和眼神都压得她几乎窒息。

这个点儿琴房根本没什么人，那人又按了顶楼，电梯一路向上。

南庄呼吸粗重，试图躲开，却被他箍住双手摁在冰凉的电梯壁上，忍不住痛呼出声。

他贴在她耳边吐出一句："还知道痛？"

南庄咬牙："你疯了？"

他目光一闪，头猛地低了下来，报复性地咬住了她的耳垂。麻颤的感觉从耳根子直入心底，南庄倒吸一口冷气，想反抗却有心无力。她受不了地仰起头，怒视他以示抗议："林则熙！"

他的脸蓦地凑近，鼻尖压住她的鼻子："叫老公！"

南庄咬紧牙关不吭声，别过脸去，躲避他灼热的气息，可是双手被他高高箍在头顶，扭动腰肢反抗却更像欲拒还迎。他目光一闪，单手从她的腰部探入卫衣里。

"你要干什么？"

卫衣下还有一件背心。因为她双手高举着，所以卫衣脱起来很快，他抿着唇，单手把她的卫衣往上撸，撸过腰肢、胸部和脖颈，脱到头部，他的动作突然停顿下来。

整个卫衣罩住了南庄的脑袋，她被蒙着眼，也被蒙住了鼻子，只露出嘴巴。

她无法呼吸，只能张大嘴剧烈地喘息着。

他望着她颤抖的唇和挣扎的舌，一蹙眉，俯下身攫住了她的唇。

那一瞬，南庄缺氧得几乎昏厥过去，却又被他狠狠地吸吮着舌头，痛得清醒了几分。

"嗯……"

他终于舍得把卫衣再往上一点，南庄的鼻子解放了，用力呼吸，可眼睛还被蒙着，她慌乱无依，任凭他的右手从脖颈处插入她的头发，捧着她的脑袋，肆虐她发麻的唇舌。

她使出浑身力气推开他，在那短暂的瞬间，再次惊呼出声："你真疯了？"

他声音低沉得透出几分狼狈萧索，咬牙切齿："还不是你逼的。"

说完他又困住她的唇舌，亲着亲着也会啃咬几口，偶尔拉开点距离。柔软的长发钩到他衬衣的领口，拂过他滚动的喉结，唰的一声从扣缝里滑落。

叮咚！

到了顶层，电梯门开，晚归的杨培培抱着钢琴谱站在门口。

此时林则熙已把南庄的卫衣套上，将她整个人打横抱起，恍若纡尊降贵临幸的年轻的王，满身痞贵之气，惹得杨培培瞪圆眼睛捂住嘴，在电梯快要关门前才急匆匆地小跑进去。

南庄把头埋在林则熙的胸膛里，以免被人认出。

每个楼层走廊的门都关了，他们只能坐电梯下楼。

封闭的电梯里，南庄拼命用林则熙的薄外套包住脑袋。杨培培背对着他们站着，呼吸急促，掐了掐手臂，怀疑自己是不是在做梦。鼓起勇气往后面瞥了一眼，她差点尖叫出声。

真的是大神！不是做梦！是本尊！

咚咚咚！心脏几乎要跃出胸膛，杨培培甚至无暇去注意大神怀里抱着的女生，她脑袋里只有为什么自己来琴房前不洗个头、换身裙子，这种二次元风格会不会让大神反感。

顾不了那么多了！机不可失失不再来！

深呼吸一口气，杨培培转过身，低下头，双手把钢琴谱递过去："大神！请帮我签个名！"

她的声音很大，吓得南庄浑身一颤。南庄听出是杨培培，脸越发火烧火燎。

林则熙也没想到会路遇粉丝，可他现在两只手都抱着南庄，实在没空："抱歉，现在不方便。"

杨培培微微抬眼，发现大神怀里还抱着一个人，她顿时尴尬得憋出内伤，再细想，上次大神说没有女朋友，现在这架势是有了吗？巨大的失落瞬间笼罩在她心头。

叮咚！电梯门开，杨培培像是得救了似的，转身逃出电梯。

在琴房大门被关上之前，林则熙抱着南庄迈开长腿走了出来。

她并不轻，他抱她抱了这么久，却一点疲惫的样子都没有，果然是当过兵的硬汉。

南庄左顾右盼，等四周无人，才喊了声“放我下来”，从林则熙身上挣脱下来。林则熙本能地伸手抓住她的手腕，南庄甩了几下也没有挣脱，忍无可忍，扬起手，一耳光落在林则熙精致得无可挑剔的脸上。

“你闹够了没有？”南庄喘着粗气。

林则熙生生挨了那一耳光，面无表情，只是幽深的眸子里闪过一丝阴冷。

南庄趁机甩开他的手，后退几步，厉声道：“你别忘了我们的‘结婚协议’！”

说完，她害怕林则熙又做出什么疯狂的举动，迈开脚步朝主路上跑。

一路跑到宿舍楼下，南庄大口喘息着，休息了会儿才走上楼。

推开宿舍门，南庄就听到杨培培哭泣的声音。她把脸埋在枕头里，哭得正伤心。

方如喜正在安慰她，见南庄回来了，解释说：“杨培培她‘老公’居然抱着别的女生……”

南庄慌忙抓起床上的衣服去卫生间换了，穿着睡衣走出来，坐在杨培培床边安慰她：“别哭了，你不是追一部剧换一个老公的吗？鹿晗和关晓彤在一起了都没见你哭。”

杨培培一边吸着鼻子一边说：“你不懂，这次我是真心要追大神的！”

南庄搜肠刮肚地找理由：“可他不是说只找有北京户口的吗？”

“我不回成都了，我要留在北京，考研，再考国家公务员！这不就有北京户口了吗？”杨培培说着，眼泪又簌簌落下，“你们说，大神抱着别人，我是不是就没机会了？”

艾筱澍正蹬着高跟鞋准备去直播，闻言蓦地停住脚步：“抱着女生，至少证明他不喜欢男的。有女朋友又怎么啦？只要没结婚，你都勇敢上，现在想要好男人，基本靠抢。”

九艺游戏北京分公司在北四环，南庄倒了两趟公交车到苏州街，跟着导航找到银科大厦。公交车上很挤，她的小白鞋被踩脏了，头发乱了，后背汗涔涔的，身上一股汗味儿。

叮咚一声，电梯门开。

快要迟到的南庄急匆匆往外冲，在拐角处差点撞上一个端着咖啡的精致OL（白领女性）。

无糖无奶的意式浓缩在咖啡杯里摇晃了下，幸好没有荡出来。

“对不起！”南庄急刹车，低头道歉。

对方中分齐肩发，发尾处挑染靛蓝色，脖颈上挂着工牌，上面有姓名：邬靖。

邬靖只有157cm，却把阔腿裤穿出超模的帅气。板型超正的修身外套，高腰喇叭裤，瞬间腿长一米五了。裤子长度越过了脚，挡住了里面七厘米的高跟鞋，满满的心机。

“你是……楚南庄？”

邬靖皱着眉上下打量她，认出南庄之后，表情里的不悦越发明显。

在北京体育大学“《至尊荣耀》高校赛”BGM选拔的会场上，她曾见过这个被岑总监打了超低分的女孩，这女孩当时委屈得泪流满面，还向总监挑战，让人想不记住也难。

万万没想到，次日邬靖就发现入围名单里，赫然有“楚南庄”三个字。

“怎么回事？她的曲子跟游戏风格完全不搭。怎么还入围了？”

同事解释：“人家有后台啊，国服第一诸葛亮挺她，微博人气第一！”

人不可貌相，看起来挺质朴单纯的孩子，居然还知道靠潜规则上位？

邬靖放下咖啡杯，双手抱胸审视南庄：“你和北体大那个大神是什么关系？”

南庄愣了愣，才回答：“他是我高中的学长。”

邬靖冷哼。现在的穷人都为达目的不择手段了吗？她一边腹诽一边接过南庄送过来的曲子，戴上耳机听了一小段，就摘下耳机说：“你这曲子不行，回去重编。”

这是南庄熬了两个晚上，反复揣摩《至尊荣耀》里的配乐，按照游戏风格编的，她改了不下十次，还请杨培培帮忙，推敲斟酌了很久。没想到她辛辛苦苦的努力，又被否定了。

南庄咬了咬牙：“请问是哪里不行？”

邬靖从鼻腔里发出一声冷哼：“游戏配乐的目的是以烘托氛围、配合游戏剧情画面为主，所以同适于传唱、演奏和表达思想的歌曲以及纯音乐功能不一样。而你这首曲子，放在游戏里简直就是喧宾夺主。”

南庄只觉醍醐灌顶，委屈瞬间变成了感激：“多谢前辈指教，我明白了，我会拿回去好好改的。下次我再来向您探讨。”

邬靖不屑一顾地勾起嘴角：“下次来，你找我同事，不要找我。”

“为什么？”

“因为我不喜欢你。”邬靖直言不讳，“倒不是因为你的穷酸，而是因为你太急功近利了。在我心里音乐始终是高雅的艺术，我希望做音乐的人，都有一颗简单纯粹的赤子之心。”

邬靖出身于音乐世家，外公在乐团吹萨克斯，外婆教唱歌，舅舅拉小提琴，母亲毕业于上海音乐学院声乐系，而她自己小学就是中华基督教会协和小学的唱诗班成员。

她五岁开始尝试作曲和填词，十三岁完成英国皇家钢琴检定考试八级。出身艺术世家的骄傲，让她厌恶楚南庄这种靠音乐来提高社会等级的穷人，在她眼里，这是对音乐的玷污。

“好了，你可以走了。”邬靖毫不客气地下了逐客令。

南庄不再说话，转身离去。言多必失，她要用实力说话。

等南庄的脚步声远去，邬靖工位上的手机亮起：“晚上来工体Live House‘嗨’一‘嗨’？”

邬靖的眉眼瞬间舒展开来，她抓起手机飞快地回复：“怎么，莫大少爷请客啊？”

“有我莫珝在，还要你掏钱？出来吧，老处女，早日艳遇几个小鲜肉。”

“对不起，我拒绝姐弟恋。”

“你身边单身的都比你小，比你大的都名草有主了，莫非，你只能嫁给我了？”

这条微信让邬靖手一颤，脸不争气地发红发烫，呼吸急促。

手指在屏幕上停顿良久，邬靖才打出一个字：“滚！”

Chapter 02

南方的孩子永远习惯不了北京秋冬季节的干燥，方如喜洗完脸觉得脸上的皮肤干干的，很不舒服。宿舍里只有她一个人，她走到艾筱澍的桌边，想偷偷借用一下艾筱澍的蒸脸仪。

她的手伸过去，却在中途缩了回来。

蒸脸仪至少要用十分钟才有效果，万一用的时候有人回来就尴尬了。

方如喜收回视线，目光又落在南庄桌上的那瓶日本薏仁水上。那是最近刷爆朋友圈的爽肤水，方如喜一直想“剁手”，不如现在先试试？试用一点点也看不出来吧？

她屏住呼吸，拿起那瓶薏仁水，打开盖子倒到手心。

门口突然传来脚步声，她吓得手一颤，薏仁水倒了满手，甚至溢了出来，泼洒了一地。

方如喜的心脏猛烈地撞击着胸腔，冷汗从额头上渗出。幸好外面走过的不是她宿舍的人，脚步声消失了，方如喜这才发现那瓶薏仁水已经倒出来大半瓶。

糟了糟了！完蛋了！她急得唇干舌燥，面红耳赤，呆愣了几秒，突然灵机一动，抓起自己那瓶在微商手里买的几十块的爽肤水，急急地掺到那瓶薏仁水里。她双手颤抖得厉害，险些把瓶子掉下来砸碎。

等掺够了分量，她才松了口气，喘息着把“烫手山芋”放回到南庄桌上。

那天晚上，南庄洗完脸，一如既往地在脸上抹薏仁水，察觉到一旁方如喜的视线。

“怎么啦？”南庄转过头问方如喜。

方如喜慌忙满脸堆笑：“没事没事，我就是觉得你这个蜡笔小新的发箍很有魔性。”

其实半夜就感觉到脸上很瘙痒，南庄迷迷糊糊地用手抓了抓，因为太困，很快又睡过去了。第二天她是硬生生被痒醒的，坐起来抓起镜子一看，吓得啊地尖叫起来。

“怎么啦怎么啦？”杨培培揉着惺忪睡眼看向南庄，瞬间瞪圆眼睛，“天哪你的脸！”

镜子里，南庄满脸红疙瘩，眼睛肿得像灯泡一样。

她感觉整个脸火烧火燎的，又痒又痛。

“怎么回事？怎么突然毁容了？”杨培培下床过来看。

冷静下来的南庄反而安慰她：“别紧张，过敏了而已。我原本就是过敏肌，过敏原很不稳定。只是最近我没有乱用护肤品啊，好奇怪。”

方如喜在一旁脸色惨白，看都不敢看南庄，闭着眼假装继续睡觉。

“你这过敏太严重了，我陪你去医院看看吧。”杨培培说。

南庄在床上一边换衣服一边说：“不，上午我还有专业课。”看杨培培一脸担心的样子，她笑了笑，“没事，又不是第一次过敏，我会去药店买点西替利嗪和氯雷他定。”

北京雾霾严重，宿舍的每个人都备有一大包防PM2.5的口罩，南庄抓出一个新的白口罩戴上，再戴上一个黑色MLB棒球帽，压低帽檐，就出了门。

南庄是作曲系的，杨培培是钢琴系的，专业课不同。这天上午杨培培没课，趴在床上用手机看“《至尊荣耀》高校赛”的决赛，北京体育大学和上海交通大学的终极PK。

大神会不会太轻敌了？决赛竟然没用他最拿手的诸葛亮，而是用了兰陵王。兰陵王是刺客，虽然前期很“脆皮”，防御力低下，但是后期发育好了，利用位移和埋伏偷袭，就是“人头收割机”。这时屏幕上传来兰陵王霸气的台词：“刀锋所划之地，便是疆土。”

杨培培瞪圆眼睛，紧盯着屏幕，看兰陵王先是去敌方野区捉了两个打野的射手，然后和队友一起拿了一个法师一个战士，最后连续几个斩首，最后一招“寒冰惩戒”，耀眼的光让屏幕的其他部分都暗淡下去，敌方经济最强、带carry的百里守约分分钟被击杀。

五连绝世！Aced！团灭！

酷炫的光让杨培培的肾上腺素飙升！

下一秒，水晶爆裂的声音响彻整个房间，victory！

“赢了赢了！大神赢了！大神拿冠军了！”杨培培从床上跳下来，手舞足蹈。

正好艾筱澍直播完回到宿舍，瞥了眼疯了似的又跳又叫的杨培培。

很快杨培培的手机屏幕里，画面切换成北体大冠军队在微博上直播。

“太棒了，我的王者少年们！今晚有没有庆祝活动？”

“必须有！”

画面从其余三个男生的脸上一掠而过，落在五人冠军队颜值最高的一男一女脸上，那两人动作一致地微笑着朝镜头挥手，连话语都不约而同：“Hello，大家好！”

杨培培一脸“痴汉”笑地望着直播中的大神。真人绝美，上镜更逆天。

美人在骨不在皮，皮相美的很多，但骨头长得好就是老天爷的偏爱了。大神眉骨和鼻骨很高，五官英气深邃，颧骨和鼻翼持平，笑起来如春水荡漾，看得她全身发酥！

“帅啊……”

美中不足的是，大神旁边还紧挨着一个女生。平心而论，那女生挺美挺仙的，一头红棕色俏皮小鬈发，白色针织毛衣搭配蓝色牛仔高腰短裤，两条大长腿交叠，白得晃眼。

杨培培皱起眉头，嘀咕了句："这谁呀？"

屏幕上，博主正在调侃这一对儿："国服第一诸葛亮和国服第一孙尚香，你俩真是绝配！比赛的时候互相配合，线下两人关系还这么要好，颜值又都这么高，干脆在一起吧！"

杨培培还没反应过来，就看到屏幕左下角被"在一起"刷屏了。

杨培培忍不住爆粗，气得差点摔手机。

直播画面里，女生娇俏地用手轻捂着嘴笑，大神也没有回应，笑得意味不明。

博主继续说："今晚你俩也要去北大畅春园的酒吧？继续撒'狗粮'？"

大神勾起嘴角，漫不经心地说："是，我们也要去。"

等等！杨培培一下子站起来："我们？"大神什么时候跟那个女生是"我们"了？

屏幕左下角又爆了，一行行字飞速地刷过，大多数是"虐狗""屠狗"等字眼。

"我们"那两个字在杨培培的脑海里萦绕着，挥之不去，搅得她心烦意乱。这大神的暧昧对象也太多了吧？中央音乐学院有一个，现在又来个国服第一孙尚香？

"心塞啊！"杨培培不禁大喊一声，"还没追大神呢，就一堆情敌！"

艾筱澍难得来了谈兴，一边敷面膜一边沙哑着嗓子推测说："他们也许只是炒CP、博关注而已。那个女生和大神闹绯闻，不但可以成为话题焦点，还能通过捆绑营销提升知名度和人气，何乐而不为？"

杨培培闻言，扑到艾筱澍的床上："天哪！水这么深？"

"都是套路。凑出一对CP感十足的'情侣'是被验证无数次、可以用作人气保证的王牌，因为CP可以带给粉丝无限遐想，而时不时地互动'发糖'也可以契合粉丝的小心思。"

"所以大神其实和那个女生没什么？"杨培培眨巴着眼睛问。

全程围观的方如喜走过来拍拍杨培培的肩膀："真相只能靠你自己去

调查了。”

“好！今晚我就去畅春园的那家酒吧调查清楚！”

畅春园食街这家酒吧是专门针对大学生群体的量贩式酒吧，内设有独立KTV包房。林则熙刚坐下，红棕小鬈发的女生就端着两杯鸡尾酒坐到他旁边，递给他一杯龙舌兰日出。

“林大神，之前我求你那么多次，拜托你和我炒CP、闹绯闻，好给我的微博涨涨粉，你都不同意，这次怎么主动让我蹭热度啊？”

林则熙抿了一口鸡尾酒，纤长的眼睫毛柔软地低垂着，并不言语。

女生转念一想：“想必大神你也没那个闲工夫，肯定是另有所图吧？听说你其实有女朋友，让我猜猜，该不会是像偶像剧里演的那样，故意和我暧昧，让你女朋友吃醋吧？”

林则熙动作微顿，眼波一闪。

“怎么，被我猜中了？不过，还是要谢谢大神你利用我，帮我推到好友榜的热搜上去。”

她站起身想离开，突然又想到什么似的回过头：“对了大神，刚刚我在卫生间看到一个女生，鬼鬼祟祟的，该不会是你女朋友吧？她看我们直播，知道我们在这家酒吧聚会，所以跟踪你过来了？”

林则熙脸色微变，坐直了身体：“什么样的女生？”

“卫生间光线很暗，我也没看清楚，就只记得她戴了顶棒球帽。”

等女生离开，林则熙的视线透过人群，看到玻璃门外立着一个戴帽子的身影。他站起身，迈开大步朝门口走去，人群被他冲撞开来。可他到门口时，那身影已经消失不见。

林则熙单手插兜，剪影般立在灯光迷离的角落里，薄唇缓缓勾起一抹笑容。

南庄刚回到宿舍，就收到杨培培的微信。

杨培培先是发来一条地理位置，地点是北大畅春园，然后是一条语音，背景很嘈杂，勉强能听清：“太晚了，南庄你来接我一下行不？”

“你怎么跑到北大去了？”南庄只好又戴上口罩和棒球帽，走出宿舍，“等我。”

打了辆车，四十分钟后南庄就到了那家酒吧门口。

啪地关上车门，南庄紧了紧脖子上的围巾。

北京的秋冬季节，不是风就是霾，今天刮了一天的北风，气象局还发布了大风蓝色预警，所以夜晚空气寒冷凛冽。天空被明月辉耀成幽蓝，两棵参天古松盘虬卧龙地立在路旁。

南庄低下头给杨培培发微信，结果半天没发出去。

还以为手机坏了，南庄关机重启，折腾了半天才发现没开“移动数据”。

她不知道，在她捣鼓手机的时候，暗夜里有一双幽深的眸始终紧盯着她。

正要打开4G，手腕倏地被攥住，南庄还没反应过来，腰就被一只强有力的胳膊揽住。前拉后推，她被迫迈开步子，刚要惊呼出声，就对上那清亮的双眸，尖叫卡在她喉咙里。

哗！偶尔有车飞驰而过。

从路旁到大楼背后，那人脸上半明半暗的光从橘黄的路灯光变成了皎洁的月光。

有了上次的经验教训，南庄一开始就拼命甩开林则熙的手，倒退几步，满眼戒备。

林则熙歪着脖子，双手插兜，笑得很邪气，直勾勾地望着她。

他不说话，南庄只能先开口：“你怎么在这里？”

“这演技我给满分。”他挑眉，笑意更深。

南庄一头雾水：“什么演技？你没事就让开，我还有事。”

林则熙收了笑容，撇撇嘴：“你的事不就是跟踪我、偷窥我吗？”

“什么？”南庄皱眉。

“难为你这么全副武装，帽子、口罩齐上阵，怎么不加一副墨镜？”林则熙说着，伸手来摘南庄的口罩。

南庄毫不客气地打掉他的手，厉声道：“别碰我！”

“怎么，被发现就恼羞成怒了？”

看林则熙嘴角又勾起那欠扁的笑容，南庄实在忍无可忍，提高音调：

“我不知道你在说什么，但我想你应该是误会了吧？我刚刚到这里，你少给我扣罪名！”

林则熙静默了两秒，嘴角继续上扬：“你以为我会相信？”

今天又没有雾霾，她戴什么口罩？而且大半夜鬼鬼祟祟地跑到北四环来？

“你相不相信关我什么事？”南庄向前迈开一步，“懒得跟你解释，让开！”

可很快，她的左手手腕又被攥住了。他果然很难缠。

“我送你回学校，太晚了，不安全。”

“不需要！跟你在一起才不安全！”

南庄用力想甩开他的手，却宣告失败。她转过脸，棒球帽和口罩间的眼睛狠狠地瞪着他。

林则熙收敛了笑容，眼神像钩子：“别这么瞪着我，否则我又想强吻你了。”

南庄咬牙，气得跺脚：“林则熙，你为什么总是这么一厢情愿？”

林则熙目光蓦地一冷：“一厢情愿？”

“上次BGM选拔，我的曲子明明风格不对，你为什么要点赞、转发我的微博？你想把我挺到微博人气第一，却不想想，这样别人会怎么看我？靠潜规则上位？”

林则熙一声不吭地听着，嘴角开始不悦地下沉。

在气头上的南庄继续发泄自己的情绪：“还有上次我去相亲，我室友告诉你了对不对？所以你才那么失控？你明明知道我是拒绝的、是被逼的，那你朝我发什么脾气？”

林则熙纤长的睫毛悄无声息地颤抖了一下。

南庄干脆一次性把话说完：“我们领证结婚，本来就是互惠互利，我可以拿这段婚姻做挡箭牌，反抗我家里安排的商业联姻，而你，以后可以拿到你心心念念的北京户口……”

“所以你对我毫无感情？”林则熙蓦地打断了她的话，眼神和语调都冰冷刺骨。

南庄的鼻尖微皱了皱，她调整了一下呼吸才反问：“难道你对我有了感情？”

林则熙眉心一颤，握紧南庄手腕的手加大了力道，攥得南庄痛呼出声：“疼！”

与此同时，“怎么可能？”带着浓浓嘲讽意味的四个字从林则熙的薄唇中吐出。

下一秒，他暗潮汹涌的阴鸷表情，就被漫不经心的似笑非笑取代：“楚南庄，你何必自作多情？”

南庄没有觉察到林则熙这些细微的表情变化，只是再度用力，试图甩开他的手。

这一次，她甩开了。

南庄倒退几步，和林则熙保持距离，右手揉着发红发烫又疼痛的左手手腕。

“是我自作多情？那真是太好了。我们只是形式上的夫妻，其实毫无瓜葛。过几天我要去九艺游戏面试，如果以后我们在九艺游戏见面，希望我们能演好陌生人的角色。”

南庄咬牙切齿地说完，手机响起，是杨培培。

她转身一边接电话一边朝酒吧门口跑去：“等我一下，我马上来！”

林则熙则依然站在原地，双眉微蹙，薄唇紧抿，插在休闲裤裤兜里的右手还在止不住地微微颤抖。他一路目送南庄和同样戴着棒球帽的杨培培一起上了一辆出租车。

出租车飞驰过深夜的街道，扬起一堆飞舞的银杏树叶。

他穿着一件轻薄质地的银灰色风衣，此刻衣角被风吹起，又萧索落寞地垂下。等出租车驶远了，他迈开步子回酒吧时，突然发现自己左手掌心攥着一样东西。

他脚步一顿，皱眉，摊开手，低头看着掌心的纽扣。

刚刚在攥紧南庄的手腕的时候，他的另一只手竟然扯下了风衣上的纽扣。

而当时他心海的惊涛骇浪正席卷出飓风，以至于他毫无察觉。

从畅春园回学校，一路上听杨培培说她的大神唱歌怎么好听到炸裂、笑容怎么倾国倾城，南庄真想戴一副隐形耳塞自动屏蔽。终于出租车到了中央音乐学院西门，她松了口气。

啪地关上车门，南庄打了个哈欠，杨培培却突然用手肘推了推她："快看快看！那不是艾筱澍吗？"

这个点儿刚好是她出去直播或者出去玩的时间，看到她有什么好奇怪的？

南庄顺着杨培培手指的方向望去，心里突然咯噔一下。

倒不是艾筱澍穿了什么奇装异服，而是艾筱澍旁边的那辆超跑，南庄认识。北京富二代的圈子说起来也不算大，南庄不关心八卦，但圈内的一些破事儿，还是会传入她耳里。

此刻艾筱澍并不急于上车，而是站在车边与驾驶座上的年轻男子调情。

"天哪，她不冷吗？"杨培培咋舌。

这么冷的夜晚，艾筱澍光着一双白皙纤细光滑的大长腿，腰间紧紧裹着黑色超短皮裙，上半身是珊瑚色毛绒外套，配上"黑长直"发型和同样珊瑚色的唇彩，妩媚又不失帅气。

南庄在犹豫，要不要提醒一下艾筱澍。

杨培培已经挥舞起手臂，喊了声："艾筱澍！"

艾筱澍闻声抬头，看到南庄和杨培培，低头跟驾驶座上的男子打了个招呼，然后踩着高跟鞋走了过来。

杨培培还没等她走近，就兴奋地说："大神和那个女生果然没什么！"

艾筱澍耸耸肩，表示无所谓。

既然她过来了，南庄觉得自己必须开口了。

"艾筱澍，"南庄低声叫住转身要往回走的艾筱澍，"你等一下。"

等艾筱澍转过脸，南庄走近几步："那个男的我认识。"

南庄再走近一步，直勾勾地望着艾筱澍："你知道他的外号吗？'三里屯炮王'。"

她说完，侧头看艾筱澍妆容精致的脸。一如她所料，艾筱澍脸上毫无波澜。

南庄言尽于此，后退一步。

艾筱澍依然面无表情，只是微微勾了勾嘴角："还有什么事？"

杨培培这才反应过来，圣母心爆棚，抓住艾筱澍的手："你别被骗啊！"

艾筱澍推开杨培培的手："都是成年人，逢场作戏，各取所需罢了。"

杨培培皱眉加了句："你不觉得恶心吗？"

艾筱澍挑了挑眉："成年人的世界，从来都是肮脏的。"

见她转身要走，杨培培冲过去，拦住艾筱澍："等等，艾筱澍，我真不明白，有时候我觉得你像个女强人，很拼，又直播又运营公众号，攒钱去留学，独立自强；可有时候你又精心打扮，希望傍上大款改变命运。"

艾筱澍不发一言地等杨培培说完。

杨培培继续说："这明明是两种人，靠自己和靠男人。你到底是哪一种？"

艾筱澍目光灼灼："想要在北京立足，必须两手都抓，缺一不可。"

三个女生有了短暂的沉默。

杨培培还想说什么，南庄拉住了她："宿舍要关门了。"

艾筱澍刷了浓密睫毛膏的眼睛转向南庄，唇形优雅地吐出几个字："谢谢你提醒我。"

杨培培无奈地耸耸肩："艾筱澍，太贪得无厌的话，小心输得一无所有。"

艾筱澍没有回答，转身，径直走上那辆超跑，啪地关上车门。

银科大厦，九艺游戏北京分公司。

咚咚咚！邬靖敲响了音频总监办公室的门。

岑德咏一身定制西装，双排扣戗驳领，深蓝暗格纹，白衬衫外有一件复古板型的马甲，温莎结的领带有优雅的"酒窝"，职场精英范儿交织着文艺气息。

"进来。"他略一抬眸，瞥了眼邬靖，视线又回到显示屏上。

邬靖关上门，走到岑德咏的办公桌前，脖子上的二牌摇晃着，她皱起眉，并没有像往常那样喊“总监”，而是语气亲昵地叫了声“老师”。

“我知道你想说什么，但现在还不到时候。”岑德咏没有抬眼看她。

“可是大家都知道我是老师您的嫡系，您去了AG，我在九艺游戏怎么混？”

邬靖穿的西装外套是时下大热的蜡粉色，轻盈甜美中透着一抹灰色的淡定与沉稳，配以都市化的大廓形剪裁，大气而优雅，内里搭配线条干净的白色连衣裙，显得刚柔并济。

“混？”岑德咏抬起眼皮，“你在九艺游戏是混的？”

邬靖低下头：“不是，我是靠实力和成绩说话的。”

“那不就得了。你业绩第一，谁敢动你？”

邬靖皱了皱眉：“老师，我为什么不能跟着您去AG打拼？”

岑德咏放下鼠标，背靠着旋转皮椅，望着邬靖：“AG的水深得很，我先去探探。等我在AG站稳脚跟，你再来也不迟。你现在实力还不够，跟着我一起进去，只会被AG那些老狐狸杀鸡儆猴。你也不想当炮灰吧？”

邬靖纠结了一会儿，叹息一声：“老师，那我还要在九艺游戏待多久？”

“你这是什么态度？”岑德咏提高声调，“既然还在九艺游戏，就要好好工作。不能嫌弃你眼下的工作。我说过多少次了，能力与态度无法并存时，态度永远更重要。”

邬靖被劈头盖脸地训了一顿，低着头，咬紧牙关一言不发。

嘟嘟！内线电话响起。

岑德咏接通，打开免提。

助理的声音传了过来：“总监，五个实习生来面试了。”

“让他们三分钟后按顺序一个个进来。”岑德咏揉了揉眉心。

邬靖快速调整了情绪，收敛了委屈：“老师，那我先走了。”

“有什么事情还是可以找我，我在AG照样可以想办法罩着你。”

岑德咏的一句话让邬靖感动得鼻子发酸：“谢谢老师！”

等邬靖离开办公室，岑德咏的视线又回到显示屏上的AG高管名录上。

助理放在他手边的实习生简历，他并没有看一看的意思。马上就要离开九艺游戏了，这批实习生他并不在意。前面两个实习生进来面试时，他甚至没有抬头看他们一眼。

第三个实习生抱着一把吉他进来，他才出于休息眼睛的目的，转移视线看向她。

“你怎么戴着帽子和口罩？”岑德咏双手在办公桌前交叉。

“我的脸过敏了，羞于见人。”

岑德咏端起助理送来的金骏眉，抿了一口问：“你了解《至尊荣耀》的背景音乐吗？”

“《至尊荣耀》里的所有音效和BGM都是找国外汉斯·季默的团队做的。”

“那你知道为什么我们要选择和他们团队合作吗？”

“首先，汉斯·季默的音乐风格跟游戏很契合；其次，可以把游戏品质提到一定的高度，作为一个可传承的元素；最后，作为好莱坞配乐大师，他们有一定的市场号召力。”

岑德咏赞许地点点头：“你有没有想过为什么我们不选国内的音乐制作人？”

女生口罩上的双眼眼皮微微垂下，放在膝头的手轻轻地交握在一起：“目前国内多数音乐工作室还属于小作坊模式，组织架构明显不完善，大量使用MIDI软件创作，保真度有损失，效果欠佳，无法制作出高质量、有层次、丰富多彩的音乐。”

岑德咏叹息一声：“入行之前，我有必要告诉你真相——开发商不重视，音乐公司不专业，在整个游戏产业链中，游戏音乐的地位其实非常尴尬。”

女生点点头，目光却并未退缩。

“我知道，去年我国影视剧、游戏、动漫音乐的总产值约6.64亿元，游戏音乐才1.3亿元，属于小众产业。许多游戏公司距离公测不到十天才临时找到游戏音乐公司做BGM。”女生顿了顿，继续说，“可我愿意为产业的升级、行业的蜕变贡献一份绵薄之力。”

岑德咏静静地注视着那双热烈赤忱的眼眸。

“好了。我们音频中心现在还缺少一个古风倾向的音频设计师，你可以即兴演奏一下类似于《古剑奇谭》的那种古风配乐吗？”岑德咏说完，意识到这个题目有点难。

《古剑奇谭》的配乐以委婉悠扬又极具古风特色的旋律为主，不仅包含古乐器演绎出来的民族风情，更能给人带来若即若离、虚无缥缈的感受，很难短时间内用吉他演绎。

他刚想换个题目，吉他声响起。

音符极具感染力，似在幽静苍茫的荒原中穿行，海面的月色冰冷宁静，光与暗、水与山、月与影，共同构成一幅宏大的远古画卷。整首乐曲，因为远古而浓郁。

岑德咏闭上眼，静静地听着。一曲毕，他直接打内线电话给助理：“剩下的不用面试了，就她了。”

签合同的时候，南庄的手都在颤抖，也没怎么仔细看合同上的内容，完全是助理小姐姐让她在哪儿签名、写日期，她就在哪儿签名、写日期。她的心脏还是跳得飞快，脸也发红发烫。

她还有点不敢相信自己竟然成了九艺游戏的实习生。

搞定合同后，助理小姐姐带南庄简单参观了一下九艺游戏音频中心。

“我们音频中心从上到下，有音频总监、音乐与创意设计师、音频经理、音频设计师和音频程序员，总共有五十多个同事，实习生也有五名。”

中国的游戏开发团队很少会设立独立的音乐制作岗位，一般是由策划兼任，或者干脆在游戏做完之后寻找外包团队。目前只有AG和九艺游戏有自己的音频中心。

南庄走过一个个格子间，工位上大部分前辈戴着耳机，认真地工作着。

大多数是年轻的面孔，整个音频中心散发着一股青春活力又稳健执着的气氛。

“我们采用的是矩阵式的分工模式，根据工作方向、风格类型、项目阶段、地域等方式来划分出不同的项目组，相对比较灵活。”

南庄站在走廊的巨大显示屏前，读着上面激动人心的句子："电子游戏是继绘画、雕刻、建筑、音乐、诗歌（文学）、舞蹈、戏剧、电影八大艺术形式之后的'第九艺术'。"

南庄看得热血沸腾，继续轻轻念："中国网络游戏市场长期处于高位增长阶段，去年已达到1789亿元，并首次超越美国，成为世界最大的游戏市场。"

南庄暗自盘算了一下。在国外一款游戏的音乐成本有可能会占到制作成本的10%，但是在中国，由于缺乏足够的认识，音乐成本不到1%。

可是游戏音乐哪怕是占到整个产业1%的比重，这一市场也将达到惊人的17.89亿元。

助理小姐姐说："我们岑总监经常说，音乐产业是一个慢行业，它的爆发不是靠资本就能砸出来的，而是需要积累大量的人才、作品和精细化运营。"

南庄转头看向她，目光灼灼："我相信，在我们的努力下，游戏音乐这个细分领域，一定能借着国内网络游戏产业爆发的东风，乘风破浪迎来自己的黄金时代。"

助理小姐姐笑着拍拍她的肩膀："加油！"

助理把南庄送到电梯门口，再折回总监办公室。

"总监，我来收拾一下实习生简历。"她走到岑德咏旁边说。

"等一下。"岑德咏这才想起来看一看，"把刚刚那个女生的简历给我。"

助理从一堆简历中找到一份简历，递给岑德咏。

岑德咏只看了一眼，就皱起眉头："楚南庄？她是楚南庄？"

"是的总监，中央音乐学院作曲系大三在读，每年都拿奖学金。"

助理的话让岑德咏头疼地以手扶额："我知道。我怎么没注意是她？"

"总监您认识她？"助理狐疑地挑眉。

岑德咏叹息一声，扬起手示意助理："把邬靖叫过来。"

两分钟后，邬靖嗒嗒嗒地踩着高跟鞋快步走进办公室："总监您找我？”

岑德咏招手示意助理关上门，助理会意，离开办公室并且带上门。邬靖往后看了看，走到岑德咏的办公桌前：“怎么啦，老师？”

岑德咏把手上楚南庄的简历丢到邬靖面前：“你带这个实习生吧。”

邬靖拿起简历，一看到上面的证件照，就蹙起眉来：“这不是上次靠抱大腿入围的那个吗？”

岑德咏叹息一声，食指指腹揉搓着眉毛：“你想点办法，逼她早点离开公司。”

“怎么？”邬靖狐疑地抬眸，“她也得罪老师您了？”

岑德咏找了个理由搪塞过去：“总之，你务必要让她一个月内收拾东西走人。”

他耳畔仿佛又响起菅乔染的叮嘱：“我女儿要是去九艺游戏面试实习生，你可千万别让她通过。她现在要忙着相亲、恋爱、结婚，才没空去实习。”

“我知道了，我原本就不喜欢她，她实力不够，就知道暗地里耍手段，令人不齿。”

邬靖的话把岑德咏从回忆里拉了回来。

海淀区，清河。

拿到“《至尊荣耀》高校赛”冠军奖励的五万块钱后，林则熙在橡树湾小区租了一套94平方米的二居室，月租9000元，被同学们吐槽说太奢侈了，于是他挂在网上找合租。

很快有人来问。林则熙在平台上回复：“16平方米的次卧，送1000元的宽带费。”

对方回：“要不再送个24块凑个整数？”

林则熙：“你是程序员？”

1024是2的十次方，是二进制计数的基本计量单位，是程序员最熟悉的数字，就像医生的刀、画家的笔。林则熙点开那人的朋友圈，只有一条，是今年十月二十四日发的。

“今天是‘1024’，转换成二进制就是1111111111，嗯，光棍节快乐！”

林则熙笑了笑，在微信上发了条消息过去：“你何时来看房？”

“我现在就在你家门口，404对吧？”

门开了，扑面而来的是韭菜味道。

粗黑框眼镜、凌乱的头发、黑色双肩书包、脖子上挂着蓝绳的白色工牌、格子衬衫扎在高腰牛仔裤里、疑似向外公借来的皮带、露出一截的白袜子、脏兮兮皱巴巴的球鞋。

林则熙的视线再往上，看到对方吃韭菜合子吃得满嘴油腻的嘴。

“我喜欢这套房子，因为它是隐身的。”

林则熙皱眉：“什么？”

他转念一想，才明白对方说的是网页上的“404 Not Found”。

对方把最后一口韭菜合子塞到嘴里，然后从旁边抱出一个迷你烘干机。

林则熙诧异地挑眉：“你随身携带烘干机？”

“我有个癖好，写代码累了就喜欢洗袜子，洗完烘干再穿上。”

“你就只有一双袜子？”

“我只有一双脚，当然只需要一双袜子。”

“……”没毛病。

等那个程序员抱着烘干机走进来，林则熙才发现他身后还有一个娇小的女生，脖子上挂着和他一样的工牌。林则熙寒暄了一句：“你们是同事？”

那女生被林则熙的外貌惊艳了一下，脸瞬间红了，羞涩地点点头。

林则熙无意八卦，但是必须弄清楚室友的恋爱状况，于是多嘴了一句：“女朋友？”

“不是不是，”那女生慌忙解释，“虽然是同事，但不知他为什么还没加我微信。”

程序员转过头，直白地解释：“我加你有什么用？我跟你的岗位不需要交流，而且你有什么事直接去我的工位找我就好了。我很少发朋友圈，对你来说也没有用。”

林则熙突然想到《生活大爆炸》里的谢尔顿，不愧是“直男癌”中的翘楚。

女生一脸尴尬，对着林则熙说了句缓和场面的话：“他就是典型的高智商低情商。”

程序员依然耿直：“为什么讲真话就是低情商？为什么你们不能听我的字面意思？没用就是没用，又不是讨厌你才不加的，就是加了没用。”

好意帮同事搬家的女生的脸实在没处摆了，客套了几句就先走了。

林则熙跟程序员说：“押一付三。”

“这房子你是年付的，”他看了看林则熙签的租房合同说，“那我也年付。”

“土豪”？林则熙这才认真地看了下他胸前的工牌。

赵祈哲，移动搜索部，系统架构高级工程师。

林则熙默默地掏出手机查了一下这个职位的薪资，除了有公司股份，还月薪三万元。看上去像月薪三千元的赵祈哲行李很少，不到十分钟，他就坐在卧室写字台前开始写代码。

林则熙站在门口瞄了眼，巨大的显示屏上，黑色背景中是一排排密密麻麻不知所谓的英文短语和标点符号。电竞椅的上方冒出他至少一周没洗的头发。

偶尔他会兴奋地将椅子旋转一周，满足地说一句：“不愧是世界上最美的语言！”

林则熙：“……”

西城区，中央音乐学院。

为了庆祝自己成为九艺游戏的实习生，南庄在淘宝上订了一个蜡笔小新的翻糖蛋糕，蠢萌蠢萌的蜡笔小新顶着他那粗得像毛毛虫的眉毛，满脸红潮地露出小屁股。

“来来来，分蛋糕！下周我就要去九艺游戏上班了！”

杨培培尖叫起来，兴奋地冲过来抱住南庄。

方如喜走过去帮南庄切蛋糕：“真是太好了，我还担心你的脸会影响面试。”

南庄和杨培培大快朵颐，方如喜则把她那份放到饭盒里，再小心地放到桌上，然后给方如凤发了条微信：“你还没吃过翻糖蛋糕吧？明天姐去看你，给你带一块翻糖蛋糕。”

“不用了姐，”方如凤很快回复，“我在减肥呢。”

方如喜急了：“你那么瘦，不要学别人乱减肥。”

“不是啊姐，我跟你说，我找了个男朋友！”方如凤发来一个捂脸的表情。

方如喜越发坐立难安，站起来走到走廊上，给方如凤发了语音通话。等方如凤接通，她就压低声音，着急地开口：“你才十八岁，找什么男朋友？”

方如凤没想到姐姐反应这么大：“怎么，姐你嫉妒了？”

“你说什么傻话？我是怕你年纪小，太单纯，被渣男骗了！”

方如凤在那边笑起来：“放心放心，只有我骗他的份儿，我把他当饭票呢。”

“这样更不行！”

方如喜还想说什么，方如凤打断了她的话：“姐，有客人要切榴梿，我先不聊了啊！”

语音通话被对方挂断，方如喜再打，对方没有接通。她只能叹息一声，觉得都怪自己没有关心妹妹。

其实方如凤就在学校附近鲍家街的一家精品水果店打工。方如喜的很多同学都会光顾那家店，楚南庄和杨培培更是那家店的常客。

可方如喜一直不想让她们知道那个系着橘色围裙、干瘦的短发女孩就是她的妹妹，所以她很少去。现在不去不行了，她明天一定要去看一看妹妹的男朋友，把把关。

吃完蛋糕，窗外下起雨来，南庄突然有了赛车的兴致。她对富二代的那些爱好都不太感兴趣，唯独对赛车情有独钟，她难过时喜欢用赛车发泄，高兴时喜欢用赛车庆祝。

眼见是个迷离潮湿的雨夜，所以她叫家里的司机开了一辆配置了雨胎的奥迪改装车到学校门口。她上了车，径直将车开到顺义新开的那家F3级的赛车场。

雨夜，赛道上只有她一人一车。除了路面有些湿滑稍稍难以控制之外，其余完美。

可没过多久，一辆柯尼塞格出现了。南庄一边开一边看，柯尼塞格以一个快速的飘移入弯，在赛道上如鱼得水，车尾的雾灯在蒙眬的雨景里甩出一道道优美的弧线。

南庄急转弯，掉转头，飞速驶到柯尼塞格正前方。

对方心领神会，降下车窗："比一比？"

既然是赛车，当然要有对手才够味。

戴着口罩的南庄蓦地皱起眉，望着驾驶座上点烟的男子。火光熄灭后，莫珝摩挲着打火机滚轴上奢华钯金镌刻的法语，那是拿破仑的名句，翻译过来是"我的字典里没有不可能"。

孽缘啊，没想到在这里碰上这个二世祖。南庄脑海里灵光一闪，开口："输的一方要答应赢的一方一个要求。"

显然，莫珝并没有认出她，歪了歪嘴角："一言为定。"

狭路相逢的两人把座驾开到起跑线上，蓄势待发。

莫珝喊道："三、二、一！"

哔！数到"一"的时候，南庄与他同时起步。

莫珝有雨天公路赛的丰富经验，趁着南庄的车子轮胎在雨地上加速时有些打滑慢了半拍，他仗着雨胎较好的抓地力，很快冲到前面，挡住南庄的路线。

没关系，只要在转弯的时候利用飘移把差距缩小就行，南庄格外冷静，紧随其后。

经过漫长的加速道，南庄被越拉越远，相差一百多米的距离。

整个赛道有21个弯道，只要经过七到八个弯道，距离就能显著缩小。到第十个弯道的时候，就能够超过他，这样想着，南庄并不急躁。

第一个弯道，莫珝领先入弯，领先出弯。南庄以极快的速度飘移过弯，依然落后。

第二个弯道、第三个弯道……莫珝一直领先。可到第七个弯道的时候，莫珝忽然听到有车辆从后方破水而来的声音，他看了一眼后视镜，那辆奥迪已经逼近了。

此刻，奥迪与柯尼塞格仅仅差半个车身的距离，奥迪飘移过弯的时候，溅起的水花犹如倒挂的瀑布一般壮观而华丽。

莫琊不无惊讶地挑起眉，嘴角勾起。有意思。

第十个转弯，奥迪车身划出一道快速的弧线，超越了柯尼塞格。

莫琊脸色微变，如此快的入弯速度，那人就不怕出不了弯吗？万一轮胎打滑，就会狠狠地撞上赛道周围的防护墙。够狠的，莫琊的心被吊了起来。

哗！奥迪成功出弯，炫技般亮起车尾灯，冲向终点。

这家赛车场就是莫琊投资的，他换了身衣服走到咖啡吧，一眼看到那个穿黑色高领毛衣和牛仔裤、戴着口罩的女孩，窈窕的身姿让他皱眉："女的？"

刚刚听她的声音，他还不确定，毕竟女生有这么好的车技，实属罕见。

莫琊一身深蓝色复古烫花西装，戴着卡地亚万年历腕表的手微微扬起，咖啡吧的女侍应生原本要说的话就全部咽了回去。下一秒，莫琊就对上口罩女孩冰冷戒备的目光。

"刚刚是你开的奥迪？"莫琊右手手肘慵懒地搭在吧台高高的桌面上，似笑非笑。

南庄挑起右眉："你输了。"

"是，"莫琊大大方方地承认，"我竟然输给了一个女孩。"他直勾勾地望着她，薄唇向右侧上扬，笑容又痞又邪，"现在的女生为了勾搭男生，已经这么拼了吗？"

南庄并不反驳："你要答应我一个要求。"

莫琊笑意更深："愿赌服输。"

"那个要求现在还不到时候提出来，等时机成熟，我再来找你。"

南庄说完，压了压棒球帽，脚步轻快地走向大门。

莫琊看着她的背影喊了声："至少告诉我，你的名字。"

南庄没有回头："你迟早会知道的。"

为了避免和同学撞见，方如喜特意在早上九点之前，赶到方如凤打工的水果店。

她提着昨晚南庄请客的翻糖蛋糕和刚刚在食堂买的豆浆，准备给妹妹当早餐。等水果店开门时，一个魁梧的圆寸头男生推着一辆自制小吃车过来，正好停在水果店门口。

铁板被刷油加热发出声响。

红色招牌，黄色的字，非常醒目："手抓饼、鸡蛋饼、烤冷面、煎饼馃子。"

挡风玻璃上贴着蓝色的支付宝二维码、绿色的微信支付二维码。

有几个女生聚在摊位前。圆寸头戴上口罩，同时做三份烤冷面，动作娴熟。

"麻烦多点蒜蓉辣酱！"一个女生说。

"好嘞！"圆寸头的声音很热情。

等女生们拿着烤冷面走了，圆寸头摘下口罩透口气。

方如喜忍不住多看了他几眼。

男人一剪平头，面部五官所有的问题都会暴露出来，所以很自信的人才敢剪圆寸头。而这男生确实长得不赖，发际线硬朗清晰，眉骨突出，鼻梁流畅，山根高挺，下巴微翘。

看着看着，方如喜突然浑身一颤。

"文伟哥！"方如凤不知从何处走了过来，双手勾住圆寸头的脖子，两人在大街上狠狠地亲了一下。

183cm身材壮硕的圆寸头和158cm骨架小巧的短发女孩拥吻，传说中的最萌身高差？

方如喜尴尬得不知该看向何处。

方如凤转过脸就看到了姐姐，笑着朝方如喜挥挥手。圆寸头的目光也落在方如喜身上，方如喜蓦地脸红了。

方如喜硬着头皮走上前，听方如凤满面春风地介绍："姐，这就是我男朋友，翟文伟。东北爷们儿。怎么样？帅不帅？"她语气里有满满的骄傲。

方如喜不知道该说什么，心想，爸妈若是知道妹妹找了一个摆路边摊的，肯定要气疯。虽然家境贫寒，但爸妈还指望她和妹妹嫁个有钱人改变全家人的命运呢。

女人有两次投胎，一次是出生，一次是嫁人。出生没法选择，那至少嫁人的时候要擦亮眼睛。这样想着，方如喜冲上去把方如凤拉到一边，低声说："你怎么能找个这样的人？"

不料方如凤高声反问："这样的人怎么啦？他长得帅，又勤劳，你凭什么看不起人？"

这话肯定被翟文伟听进去了。方如喜羞惭得想找个洞钻进去，又气又急，伸手去捂住方如凤的嘴，却被方如凤一把推开："姐，亏你还是个大学生，这么狗眼看人低！"

方如喜正被妹妹堵得一句话都说不出来，突然不远处一阵骚动。

不知谁喊了一嗓子："城管来啦！"

翟文伟慌忙走到推把旁边，推着小吃车就走。可是小吃车太沉，推的速度不快，很快开着执勤车的城管就停在翟文伟旁边。两个穿藏青色制服的城管跳下车挡住了翟文伟的路。

"怎么又是你？跟你说过多少回了，学校门口禁止摆摊！"

"你怎么屡教不改啊？看来不没收你的小吃车是不行了！"

翟文伟一听就慌了，赔礼道歉、点头哈腰地求情："两位大哥行行好，我找不到工作，就会做这个，全部家当就是这小吃车了，您没收了，我就没法活了！"

城管推开翟文伟的手："你这是无证经营懂不懂？违法的！要罚款的！"

翟文伟矮着身子双手合十哀求："不要罚款，求求你们，我真的没钱！"

城管无奈地叹息："你们这些无业游民啊，既然在北京待不下去，为什么不回老家？"

翟文伟解释："就是想趁年轻，到北京来闯一闯，说不定能闯出一番天地呢！"

"北京可不是随便谁都能待的！"

听到城管这么说，方如凤忍不住要冲过去，方如喜慌忙抱住她。

"姐你放开我！"方如凤挣扎着。

方如喜使出吃奶的劲儿，把方如凤拉到角落里：“你看，他自己都没办法立足，拿什么来给你依靠？趁你们现在还没什么感情，赶紧分手，不要再拖了！”

方如凤瞪她：“你说分手就分手？我分手了，你给我找男朋友？”

“你才十八岁，为什么这么着急要找男朋友？”方如喜想不通。

方如凤甩开她的手：“因为我寂寞啊。你有同学、室友，我呢？我同事都是四五十岁的大妈，天天说想她们在老家的儿子啥的，说着说着就掉眼泪。我跟她们有什么共同语言？”

方如喜知道妹妹虽然表面上粗俗，内心其实很文艺，精神追求大过物质追求。于是方如喜叹息一声：“那你可以来找我啊。”

“找你？”方如凤冷哼一声，“你不是生怕你同学知道你妹妹在水果店打工？”

方如喜羞愧地咬了咬下唇：“你快点和他分手，以后我多来看看你、陪陪你。”

方如凤蓦地从鼻腔里发出一声嗤笑，白了姐姐一眼，嘲讽她的势利：“真不知道你为什么嫌弃人家，你就有多高级了？还不是和他一样农村出身，一穷二白？”

方如喜气得跺脚：“我和他一样？我是大学生！他可能一辈子都要摆路边摊！我毕业了可是要到高校当老师、当教授的，还要给你找个好姐夫，一家人在北京团聚！”

方如凤上下打量了一下姐姐，冷嘲热讽：“行行行，祝你早日找到有房有车的有钱人！”

吵了这么久，方如凤才想起自己再不打卡就要迟到了，忍不住啊地叫了声，连一句招呼都不打，就直接冲向水果店。

方如喜觉得头疼得厉害，想要赶快离开，视线却突然落在角落里那个高大壮硕的身影上。

看样子，翟文伟的小吃车已经被城管没收了。

原本想不管不顾地回学校，可方如喜转念一想，觉得自己有必要再去声明一下。

她还没走近，就和翟文伟的视线交会。

他望着她，突然怪笑了一声："凭什么你们就高人一等？"

萧瑟的秋风中，贴满小广告的电线杆旁边，这个二十来岁魁梧的男人，可怜兮兮孤零零地蹲着，衣领敞开，说完就垂下脑袋埋进衣领里，声音狼狈而悲愤。

方如喜站在旁边，不知该说什么。

"我刚来北京时，送快递、外卖，做保安，后来在中关村卖电脑，终于有钱去人大清真食堂吃个大盘鸡了，没想到被警察抓了，说我涉嫌诈骗，关了一两年……"

他神思恍惚，顿了顿继续说："刚刚出来，想东山再起，现在……全部身家都没了！"

翟文伟说完，把脸埋在膝盖之间，低声抽泣起来。

"我们明明都很努力，起早贪黑地奋斗，为什么你们从来不肯尊重我们的梦想？我住过唐家岭，清拆时，就住在挖掘机和垃圾堆中，寒冬里断水断电，像狗一样被驱逐。"他一边痛哭一边控诉，"可是北京，不就是我们这些人建设起来的吗？"

方如喜怔了怔，下意识地从兜里掏出一张卫生纸，那是她在地铁的厕所里拿的免费公用纸巾，已经揉得皱巴巴的了。方如喜想把纸巾递给他，终究还是在半路缩回了手。

他再怎么凄惨，也与她无关，她自顾不暇。

她清了清嗓子说："希望你以后不要再骚扰我妹妹。"

说完，方如喜转身就走，头也不回。

东四胡同，楚御明名下的俱乐部，菅乔染踩着高跟鞋走向水烟厅。

地毯是在叙利亚的Aleppo买的，均价上千美元；水烟壶个个都很精致，烟丝的口味齐全，菅乔染低头嗅了嗅那些烟草："从沙特阿拉伯进口的？"

侍者点头："0.05%尼古丁，糖浆，天然香料，里头不含焦油。"

菅乔染微笑："那年我和御明走在大马士革老城区，隔几步便能看见几个阿拉伯男子围坐在一支水烟跟前，你一口我一口地抽，再加上一壶红茶，便能从午后坐到黄昏。”

一旁的富太太咋舌：“你们夫妻感情真好，还同游大马士革。”

“哪里？老夫老妻，都相看两厌了。”

一身织锦缎掺以金银线织造的无袖旗袍，菅乔染的右手不自然地摸了摸左手手肘。

“你就别谦虚了，你老公是什么人，你还能看得厌？从小帅到大，再帅到老，难得的是一点也不娘炮，就是有股子劲儿，用咱北京的话说，就是‘特顺溜特戳得住的劲儿’。”

“看你把他夸的……”菅乔染话音未落，突然心脏狠狠一抽。

富太太见菅乔染微微怔住，狐疑地转过脸，顺着菅乔染的视线望去，差点惊呼出声。

“你也在啊。”菅乔染轻描淡写地吐出一句。

阿玛尼的燕尾服被侍者挂到衣帽架上，鼠灰色马甲衬托得楚御明五官越发精致，虽缺乏胶原蛋白，但深邃的轮廓和鲜明的线条，让这五十出头的男人独具魅力。

何况他与生俱来一种贵族的气质，舞蹈功底让他的身材挺拔而匀称协调。他整个人状态都很年轻，双眸澄澈，眼睛不大，但足够细长，瞳孔颜色也可以加分。

“抽吗？我给你烧一壶水烟。”

楚御明的声音低沉、磁性，如同子夜时分的大海。

富太太惊讶地捂住嘴：“这么恩爱，羡煞旁人！你太太还不承认！”

菅乔染指了指侍者：“让他们弄就行了。”

楚御明却已经优雅地捋起白衬衫的袖子。玻璃瓶中水装得越多，越能吸收尼古丁。楚御明从侍者手中接过清水，倒进瓶中，再将烟丝塞进烟斗里，用锡箔纸把烟丝装起来。

不少名媛、绅士聚过来，低声讨论。

“恩爱”两个字不时钻入菅乔染的耳里。

水烟的专用烟丝只含有30%～35%的烟草，其余为水果糖蜜。另一侍者送来了烧红的木炭，楚御明装上，对着烟嘴吹了吹，吹好了，换了个金质烟嘴，递给菅乔染。

富太太忍不住开口：“我看我还是别做电灯泡了，你们夫妻慢慢享受。”

其他人也纷纷效仿，很快，偌大的厅堂里只剩下楚御明和萱乔染夫妻两人。

萱乔染扔了水烟管，倚在墙壁上，双手抱胸，冷冷地望着丈夫：“你这演技，可以拿影帝了。”

楚御明深茶色的瞳孔直勾勾地望着萱乔染，薄唇中吐出两个字：“过来。”

萱乔染咬咬下唇，不情愿地走到沙发边。

楚御明仰起下巴看着她：“靠近点。”

萱乔染俯身。

慵懒地坐着的楚御明蓦地扬起手，啪的一声一耳光就落在萱乔染的脸上。

萱乔染始料未及，整个人被打到地上，高跟鞋脱落，胸口剧烈起伏，配合旗袍精心盘起的古典发髻乱了，大叶黄花梨的木簪掉落在地，惨白的脸上有鲜明的五指印。

空气像凝固了一般，半晌，萱乔染才喘息着低声问：“为什么打我？”

楚御明始终好整以暇地坐着，双腿交叠，语气漫不经心：“上次你在普拉达国贸店打了我的女儿，我只是把那一巴掌还给你罢了。”

萱乔染咬紧牙关，把眼泪从眼眶里硬生生地逼了回去：“我打她，是因为她不肯听你的话去相亲。”

楚御明不回答，依然优雅从容，走到酒柜边倒了一杯色泽如黄金的轩尼诗XO，酒的香味很醇，微妙的花卉、香料和胡椒的香气连在一起，核桃和糖渍果香略微明显。

修长的手指摇晃着白兰地杯，他低头嗅了嗅酒的香味，再轻轻抿了一口，好像刚刚打人的事情不曾发生过一般。

他一边细细地品酒，一边命令说：“站起来。”

萱乔染急促地呼吸着，依然瘫坐在地上。

“过来。”他第二次命令，神情不怒自威。

深呼吸一口气，菅乔染慢慢地站起来走过去，高跟鞋颤颤巍巍。

楚御明一手端着酒杯，一手扬起，啪地又是一耳光。

这一巴掌力道更大，菅乔染整个人向后倒退几步，穿着高跟鞋的脚踝一扭，脚上钻心的疼和脸上火辣辣的痛刺激得她眼眶氤氲一片，她站立不稳，重重地摔倒在地，眼冒金星。

因为一直咬紧嘴唇，此刻菅乔染的嘴唇被咬得渗透出鲜血，血腥味刺激着喉头。

楚御明的视线回到那杯酒上，他手指晃动着酒杯，再轻抿一口。

洛克菲勒说过："三代培养一个贵族。"祖父靠煤矿起家成首富，父亲是房地产巨擘，到了楚御明，刚好是第三代，所以他永远优雅，永远漫不经心。

菅乔染的心脏猛烈地撞击着胸膛，全身的血液仿佛在逆流，她却突然笑了。

她鬓发散乱、衣冠不整，嘴角噙着鲜血，笑着抬头望着丈夫："出轨、家暴，楚御明你还真是有恃无恐。"

"有恃无恐的是你。"他居高临下地望着她，面色甚至有些慵懒。

抿了口XO，他才悠悠地道："那个人叫什么？岑德咏？"

菅乔染的笑容蓦地凝固，这是她始料未及的。她后背一阵发寒，全身的毛孔都竖了起来。楚御明竟然知道她和岑德咏的事情，一瞬间菅乔染如坠冰窟，浑身发软，冷汗涔涔。

楚御明依然淡定，把白兰地杯放在茶几上，扬起手臂，整理白衬衫上的袖扣。

菅乔染皱起眉，试探性地问："那你为什么不……"

楚御明的动作停顿了半秒。

当初AG文娱起步，也算是借了TVB花旦菅乔染的一点人气。AG目前正在快速扩张，最重要的是内部稳定，一旦他们夫妻的声誉出现问题，AG的股份就会受到影响。

这就是他不离婚的真正原因。当然，在表面上他另有一番言辞。

"因为你是南庄的母亲，看在女儿的分儿上，我给你留一个身份、留一点颜面。"他转过身，拿起高端定制的燕尾服，留下一句"你好自为之”，就走向门口，身影颀长完美。

正在医院挂号看皮肤科的南庄，接到菅乔染的电话。

“我的脚扭了，你过来帮我开车。”

从积水潭的第二炮兵总医院到东四，直线距离不远，只是坐地铁要倒两趟。南庄在俱乐部地下停车场找到菅乔染的保时捷时，菅乔染已经在副驾驶座上等得不耐烦了。

“怎么这么久？”菅乔染说完才看清楚南庄的脸，“你的脸怎么回事？”

“没关系，过敏而已，过几天就好了。”

南庄简单查看了一下菅乔染的脚：“脱臼了。怎么摔的？”

“下楼梯不小心。”菅乔染把手伸到脑后，托了托发髻。

南庄的视线从菅乔染的脸上划过，她蓦地停下来：“你补妆了？”越想越觉得不对，南庄认真端详菅乔染的眼睛，终于看出来她曾狠狠哭过，“我爸也来了？”

菅乔染闻言，咬紧牙关。她这不自然的表情让南庄越发肯定了自己的怀疑，她抓起菅乔染的手，美甲上不少镶钻掉落了。心头一跳，南庄抬起头看着菅乔染：“他又打你了？”

再解释就是掩饰了，菅乔染干脆坦坦荡荡地承认：“没事，两巴掌而已。”

菅乔染抬眼看到南庄掏出手机要打电话，慌忙去抢那手机：“你要干什么？”

“问我爸为什么打人！”

南庄的话音未落，菅乔染一把夺过她的手机：“这是我和你爸的事，你别多管闲事！”

说完，因为动作幅度太大，脚上钻心的疼让她龇牙咧嘴，她忍不住痛呼出声。与此同时，眼泪趁她不备滑落下来，在她刚刚补好的妆容上划出滑稽可悲的线条。

南庄望着菅乔染狼狈、可怜又咬牙死撑的样子，心脏一阵抽痛。

她忍不住握住菅乔染的手，苦苦劝道：“妈，你和我爸离婚吧。”

菅乔染推开她："开车。"

南庄抬高声调："妈！你和我爸早就貌合神离，分居了这么多年，感情破裂，家庭暴力愈演愈烈，你为什么还要守着他，为什么不敢和他离婚？"

菅乔染浑身颤抖，瞪着女儿，半天挤不出一句话，只是耳畔突然响起岑德咏的那句"过得再不幸你也不敢离婚"，眼泪簌簌落下。

南庄握紧菅乔染的手，语气诚恳地继续劝道："妈，你和我爸离婚吧。"

菅乔染目光一闪，她蓦地狠狠地甩开南庄的手，声音尖锐刺耳，颤抖着："至少我现在还是人人羡慕的富太太，离了婚，我什么都不是！"

南庄大声反驳："不！你还可以回归娱乐圈！流量小生、小花撑不起收视，越来越被诟病，现在是中年演技派崛起的时代。就算你已经年满四十了，但是气质、皮肤、业务能力丝毫不输给那些'胶原蛋白'，70后女演员也能迎来事业第二春。"

菅乔染双唇颤抖："我这么大年纪了，还要去辛辛苦苦拍戏？而且你不懂，你不知道有多少人觊觎你爸，等着看我们离婚的笑话。"

"你怕你离了婚，别人会低看了你？"南庄据理力争，"那些闲言碎语只是暂时的，你离婚后活得精彩就好。妈，婚姻失败不代表人生失败。"

菅乔染捂住嘴："可是我和他有二十年的纠葛，他就是我的前半生。"

"你还想把后半生也赔进去？"

"可是我已经不再年轻了。"

"你这是逃避，"南庄抓住菅乔染的肩膀，"你二十岁时为了逃避社会激烈的竞争，选择了结婚，相夫教子。可是结婚、生子就安全了吗？逃避从来不能解决问题。"

菅乔染终于开口："所以你才一直想要经济独立？"

"对，我不想像你这样，在婚姻里当一个巨婴。"

车厢内出现短暂的静默。

很快，菅乔染听出了弦外之音，慌忙拼命摇头："不，女儿，你听妈妈的话，女孩子太要强，该结婚的时候不结婚，该生孩子的时候不生孩子，最后只能孤独终老。”

南庄恨铁不成钢地咬着牙，知道跟她说不通，干脆踩了油门专心开车。

菅乔染在路上又是唠唠叨叨了一路。

不管平时多么高贵冷艳的富太太，当她面对自己的儿女时，总是这么婆婆妈妈。可怜天下父母心。可是啊，有时候，可怜之人必有可恨之处。

方如喜在学校食堂的电视上看到那则火灾新闻时，心跳都瞬间停止了。

她掏手机的手都在抖，呼吸急促，等电话那头传来一声“姐”，她才松了口气。

“大兴西红门发生火灾了，你没事吧？”

“没事，离我远着呢。”

“听说城乡结合部都要排查安全隐患，我们学校附近的一些棚户房都被强拆了。你住的那里一直有消防上的问题，现在又起火了，就算不清拆，你也别住了。”

“不！西红门虽然脏乱差，但南苑机场就在附近，每天有好多飞机飞过去，声音特别响，我很喜欢抬头寻找飞机，想着以后赚了钱，咱也坐头等舱回老家，衣锦还乡。”

方如喜叹息一声：“别想着衣锦还乡了，火灾死了那么多人，你还是别住那里了。”

“那我住哪儿？我一个月工资就两千多块，怎么租一个月三千多块的小区房？”

方如喜无言以对，只能转移话题：“对了，你和翟文伟分手了吧？”

“分什么手？他人都不见了，打电话手机停机，估计是没钱交话费了吧。”

方如凤的回答让方如喜眉心一颤，脑海里浮现出那个高大魁梧的东北爷们儿蹲在电线杆旁哭泣的样子，她的心忍不住微微抽痛了下。

方如喜握紧手机：“实在不行，你就回老家吧。”

“不回不回。在北京再苦，晚上下班了在人行天桥上看看夜景，就会瞬间被治愈。我喜欢北京的繁华，高楼大厦、车水马龙，回老家什么都没有，晚上八点就一片漆黑死寂。”

这种感觉，方如喜不是不理解。

她记得她来北京的第一天，办了一张公交一卡通，握着那蓝色的卡片，她的心情兴奋又紧张，因为那是她获得的第一样属于北京的东西。再苦再累，她也要留在北京。

晚上十点半，方如凤下了晚班，迅速清点完库存的水果，就飞快地冲向地铁站，赶末班地铁回职工宿舍。宿舍在大兴，在宣武门换大兴线后还要坐八站。

末班车的车厢空荡荡的，十分安静，累了一整天，她蜷缩在靠边的座椅上，稍稍一坐就入睡了，哐当哐当，她觉得整座城市仿佛都变成了她的摇篮。

方如凤从小就爱看书，虽然表面上看起来很苟且，骨子里却很向往诗与远方。总有人嘲笑她是“女文青”，可谁说打工妹就不能有文艺梦呢?

为了避免坐过站，手机设有提醒，铃声响了之后，还有三分钟缓冲时间，方如凤半睁着眼，处于半梦半醒的神游状态，忍不住畅想着自己的未来。

“我要在三里屯开一家种满鲜花的咖啡馆，两层楼的小别墅，每天早上我从二楼醒来，先下楼泡杯咖啡，然后坐在躺椅上‘撸猫’、晒太阳，等待我的真命天子推开大门。”

叮咚！车门打开，站台上冰冷刺骨的风席卷而来，一下子把她的梦吹散了。

南庄从医院回学校，在复兴门站看到一个短发女孩急匆匆地刷卡进地铁站，那女孩很面熟，南庄想了会儿，想起来自己经常在学校附近的水果店看到她。

女孩很年轻，估计刚刚成年吧，应该是去赶末班车，看起来很辛苦。南庄走上扶梯，突然想到艾筱澍的公众号上的一篇推送，标题是《累又怎么样，这可是北京啊》。

回到宿舍，南庄就接到了邬靖的电话。

“你是新来的实习生楚南庄吧？明天我们九艺游戏有两个线下推广缺人手，我把地址发给你，你明天早上七点到华北电力大学，下午三点再到良乡大学城，有没有问题？”

“没问题。”

挂了电话，南庄用导航查了下这两个地址。华北电力大学在昌平，北五环和北六环中间，良乡大学城则在南六环外。要早上七点到华北电力大学的话，早上五点就要出发。

杨培培知道了，关心了一句：“那么早，有地铁吗？”

“我查了，二号线首班地铁是五点零四分。”

杨培培感叹：“来北京这么久，我还从来没有坐过早班地铁。”

“放心，等你毕业了，各种面试、笔试，满北京跑，你肯定有机会坐。”

“不要！我不要毕业！我还想每天上课、刷剧、追大神！”

南庄戴上隔音耳塞和眼罩，晚上十点钟就睡了。

闹钟定在早上四点半。被吵醒时天还是黑的，杨培培和方如喜睡得正香，南庄打开手机的手电筒，蹑手蹑脚的，尽量不发出声音。她套上羽绒服，用围巾把脖颈围得严严实实的。

她从学校走到复兴门地铁站，路灯还亮着，环卫工穿着军大衣清扫着街道。

南庄在路边买了一个鸡蛋灌饼，边走边吃。

长这么大，她这还是头一次坐最早班的地铁，也是她坐过的最空荡荡的地铁。

倒了三趟地铁，从昌平线生命科学园站下地铁，骑共享单车到华北电力大学，骑着骑着，天空尽头的朝阳突然迸发出万丈光芒，在清晨寒冷的风中，照亮南庄冻得通红的脸。

她动作一顿，望着朝阳，突然感觉浑身都是力量。

早上七点五十到达指定地址，却空无一人，南庄给邬靖发微信，无人回复。她只能在教二楼前的冷风中等着，不停地蹦跳着取暖。一直到上午九点半，才有九艺游戏的前辈过来。

“你是实习生吧？快把那张桌子搬过来！”

“易拉宝被风吹掉了！不行，得有人站在那边扶着！实习生去！”

“对了实习生，你去食堂买点早餐，我们还没吃饭呢！”

活动持续到中午十二点，南庄一刻不能停，骑小黄车去地铁站，分秒必争地赶上人满为患的昌平线，快到西二旗时，她提前挤到门口，车门一开，她就冲了下去。

扶梯前排着长队，南庄只能跑着上楼梯。一路狂奔，在关门铃响了之后，她还不管不顾地冲上地铁，差点被门卡住，身后传来戴红袖章的大妈的声音：“这丫头不要命啦？”

南庄低头看手机上的时间，告诉自己，必须赶上！

这是她人生中的第一份工作、第一个任务，无论如何，她都要完成！

华北电力大学到良乡大学城有60公里，昌平线、十三号线、十号线、九号线、房山线，换乘四条线路，当南庄在东南六环出地铁时，不得不感慨京城之大和地铁之广。

差点就迟到了，南庄气喘吁吁地在邬靖面前急刹车，暗自庆幸，如果刚才她在换乘时没碰上终点站为巴沟的十号线回程车，只能等下一趟的话，她就迟到了。

“对不起，我来晚了。”虽然没迟到，南庄还是低头道歉。

邬靖看到她羽绒服的领子都被汗黏在脖颈上了，却只是挑了挑眉：“那边有一堆传单，你去理工、工商和首师范发吧。”

南庄捧着厚厚的一沓传单，到人流量大的教学楼前发。

“您好，打扰一下，请关注我们《至尊荣耀》新推出的英雄。

“同学您好，请关注我们《至尊荣耀》新推出的英雄。”

南庄就像复读机一般重复着这句话。大部分大学生会接过传单，偶尔也有人不耐烦地推开，也有人装作没看见、没听见，直接无视她。

而接过传单的人，大部分看了两眼就扔到垃圾桶里了。

有些人没有扔进垃圾桶，就扔在垃圾桶外，南庄咬咬牙，走过去捡起来，重新发。

偶尔有女生端着一碗重庆小面边走边吃，辛辣刺鼻，南庄才想起来自己没吃午饭，胃被刺激得一阵抽痛。发了一下午传单，她脸上的笑容都僵了，嘴角抽搐，双腿发颤。

邬靖早就回去了，南庄被几个前辈吩咐搬桌椅，还听到有人背地里讨论她。

“为什么找个女实习生来？力气小，动作又慢，一点用都没有。”

南庄咬紧牙关，憋足了一口气，一个人抱起整套桌椅。

到晚上七点半终于忙完了，南庄坐地铁回学校，在金台夕照，她看到广告牌上写着一组数据对比：“北京地铁日均发送旅客超1000万人，全国铁路系统日均发送旅客897万人。”

南庄的眼泪，猝不及防就落了下来。

她并不觉得委屈，成年人的世界从来没有“容易”二字。

只是在那一瞬间，在人潮汹涌的地铁里，她深切地感受到自己的渺小。为了过上更好的生活，疲于奔命的蝼蚁们，永远不知道自己能赶上哪趟地铁，而地铁中途会不会坏掉。

我们能做的，只有拼命跑。

九艺游戏音频中心，早上九点整。

“没有多余的工位了，你只能坐在打印机旁边。”邬靖头也不抬，盯着屏幕，“你先去找前台录打卡机的指纹，然后去帮保洁打扫总监办公室。”

“好的。”南庄知道职场第一课就是“少说话，多做事”。

岑德咏跳槽去了AG，偌大的总监办公室一片凌乱。保洁阿姨个子矮，南庄端来凳子说：“阿姨，我来擦拭文件柜上面的灰尘吧。”

她高高地举起手用湿抹布擦拭每一个角落，突然眼前一亮。

那里蜷缩着爱马仕今年春夏的新款丝巾，桑蚕丝印花图案，如果她没记错的话，菅乔染也有一条同样的丝巾，而菅乔染的那条丝巾上，有一个不小心被胸针挂破的小洞。

南庄伸手拿过丝巾，视线停留在和菅乔染那条丝巾相同位置、相同大小的小洞上。

她的呼吸蓦地一窒。

“你怎么啦？”保洁阿姨在下面问了一句。

“没事没事。”南庄悄悄地把丝巾塞到卫衣口袋里。

走廊上突然传来一阵脚步声，几个女实习生满面春风地低声讨论着走向化妆间。南庄去卫生间搓洗抹布，经过化妆间门口时，听到那些在补妆的女实习生的讨论。

“好希望林大神选我做助理啊！”

“是啊，大神居然点名要音频中心的！”

“我真的好想陪大神去北京各大高校开粉丝见面会！”

有个女实习生从走廊那边跑过来喊：“你们快点！大神已经上电梯了！”

化妆间的女实习生们急忙跑出来，气势汹汹，南庄只能退到一边，背靠墙站着，给她们让路。等兴奋的怀春少女们冲过去后，她才拿着抹布走向卫生间，一路面无表情。

Chapter 03

电梯内，林则熙掏出手机。

手机在锁屏状态下有好几个提示图标，其中一个来自微信。又是那个熟悉的昵称和头像“请求添加你为好友”，对方已经申请好几次了，林则熙都没有同意。

反正无事，林则熙就点开那人的朋友圈，看到第一条状态就皱了下眉。这人是南庄的朋友?

那是两个女生的自拍。楚南庄头上顶着粉色的猫耳朵，左右脸分别挂着两根长长弯弯的胡须，微微含笑，再加上柔光和滤镜，南庄那平日里冷冰冰的脸，瞬间变得软萌甜美。

林则熙忍不住嘴角上扬，眼眸流光。

他修长的食指按在屏幕上，长按照片，保存图片，再退出那女生的朋友圈，在“新的朋友”里，点了“接受”。

“要疯了要疯了！大神居然通过了我的申请！”杨培培一边大喊大叫一边冲过走廊。

走廊上一个提着热水壶的女生、一个捧着洗脸盆的女生就像看怪物一样看着自言自语的杨培培，纷纷避开，贴着墙壁走，给这开心得就要疯掉的女生让路。

到了宿舍门口才发现忘了带钥匙，敲门没人开，杨培培分分钟变“戏精”，化作雪姨的声音：“开门啊！开门啊！傅文佩你开门啊，你有本事抢男人，怎么没本事开门啊！”

艾筱澍把蒸汽眼罩推到额头上，睡眼惺忪地开了门，白了杨培培一眼。

杨培培演够了，笑嘻嘻地扑到准备继续睡觉的艾筱澍的床边：“我最亲爱的艾女神，虽然我平时总是怼你，但其实我是爱你的，爱之深责之切嘛！你懂的。”

艾筱澍歪了歪嘴角：“你有什么企图？”

“大神终于加我的微信了！嘿嘿！女神你教教我怎么撩汉好不好？先表白？”

艾筱澍不屑一顾：“表白是小孩子做的事，成年人的爱情是比谁的套路更深。”

杨培培受教地点头：“那什么是撩汉套路？”

艾筱澍挑眉：“我教你，有什么好处？”

杨培培拍拍胸脯：“下半学期你专业课的点名，我包了！”

艾筱澍勾唇：“听好了。”

杨培培慌忙掏出手机来录音。

“在心态上，把自己想象成一位产品经理，你向对方提供的内容就是产品，男人就是客户。要从客户的角度出发，分析对方的需求，自己要提供什么功能，而套路就是营销手段。”

杨培培点头如小鸡啄米。

“男人生性就是猎人，他们的目标就是俘获猎物。他们想要征服、控制，同时也希望被认可、被鼓励。另一方面，无论男女，大家都需要被关心，只是关心的方式不同。”

“所以到底要怎么追？”

“不要追，要吸引。追只会让你任人摆布，吸引则可以让你占据主动，可进可退。吸引的套路就两招，第一是展示价值，第二是关心对方。前者是铺垫，后者是重点。”

“展示价值？”

“女生的高价值，在于保持一种独立、有趣、坚强的状态，可以是某种生活方式、兴趣爱好、个人成就，最好能够在你们共同关注的某一个领域上超越对方。”

“懂了懂了，价值越高，就越能激发男人的征服欲对吗？”

“对。但要注意度，否则就会变成女汉子，或者咄咄逼人的女强人。展示价值一定要和关心对方相结合，关心的领域包括生活和事业，这就要看你是否心思细腻，无微不至。”

艾筱澍说完，就拉下蒸汽眼罩，躺下来继续睡。

杨培培只觉醍醐灌顶，愣在当场，花了很长时间消化艾筱澍的撩汉秘籍。

“糟了糟了！朋友圈！大神你可千万别着急看我的朋友圈啊！”

杨培培突然抓起手机，慌忙把朋友圈里那些脑残的自拍、无病呻吟的言论一一删掉，然后发了一张自己的钢琴专业八级证和自己在开学典礼上穿白裙钢琴独奏的照片。

不光要牛，还要有趣，杨培培想了想，又发了条朋友圈：“没接过吻，吃个鸭舌都会感到温柔。没牵过手，拿个泡椒凤爪都会感到颤抖。”

发完之后，三秒钟刷一次看大家的反应的杨培培，按捺不住给南庄发了条微信：“你觉得我发的那两条朋友圈怎么样？”

南庄过了会儿才回：“你又发什么春？我在收拾总监办公室，晚点回你。”

“好，你收尸。”

“……”

“输入法作妖，你收拾。我继续想怎么靠发朋友圈来撩大神。”

黑衬衫、黑夹克，林则熙今天的造型是一身黑，反衬得他皮肤白皙胜雪。最抢眼的是他鼻上架着的一副金框平光镜，突出了他的立体五官和上镜的小脸。此外，运动型腕表戴在衬衫袖子外面，很潮，明星范儿满满。

“天哪，真人比屏幕上更帅！”女实习生们纷纷花痴起来。

邬靖打量了他一小会儿，痞帅痞帅的，慵懒又诱惑。向来挑剔的邬靖，竟然怎么也找不到林则熙的缺点。可外形上满分又如何？她还是喜欢有内涵又风趣的。

“这么多实习生，你都不满意？”邬靖双手抱胸，不冷不热地开口。

林则熙耸耸肩，表示无奈。

“林大神，你就直说呗，你想找你那个北师大附中的学妹当助理。”邬靖对林则熙这么曲线救国的方式表示出一丝嘲讽。

林则熙微微一笑，并不多言。

他这样模棱两可的态度，邬靖也不方便再恶意揣测，扬手招呼一个实习生过来，让她把楚南庄叫过来。那实习生听命去叫了，邬靖转过头再看向林则熙。

她蓦地凑过去，压低声音：“我不知道你和楚南庄是什么关系，但是她现在是我项目组里的人。音乐是很严肃的，你是外行人，不要仗着你人气高，就横加干涉。”

林则熙薄唇微扬，声线如低音提琴般沉稳悦耳：“你们项目组的事情，我自然无权干涉。我和楚南庄，只是单纯的校友关系。”

“那就好。”邬靖坐回到座位上，“这段时间我就把她借给你当助理，让她再过几天轻松日子。可她迟早会知道，没有汗水和泪水，就没法在职场上混下去。”

林则熙静静地听着，表情毫无波澜，亦不置一词。

很快那个实习生带着南庄走到邬靖的工位边。

南庄低头跟邬靖打招呼：“组长。”

林则熙侧对着南庄站着，并未转过头看她，只是瞥了眼落地玻璃窗上映出来的她的侧影。室内暖气很足，她只穿着打底的焦糖色针织衫，勾勒出少女曼妙的身体曲线。

焦糖色比驼色略艳，颜色更加红润，对黄皮肤更加友好，同时气场也更强。

可是别人穿焦糖色显得很沉闷，唯独她穿起来显得复古又文雅。

林则熙不露声色地把视线从窗上收回来，漫不经心地落在手里的纸杯上。

“这段时间你做林大神的助理，但是工作也不能耽误，你为新出的女娲英雄的登场战歌做几个demo，编曲用MIDI直接导出，加几个吉他伴奏，清楚了吗？”

“清楚了。”南庄点头。

邬靖头也不抬地戴上耳机：“我很忙，你们可以走了。”

南庄穿上羽绒服，系上围巾，全副武装地走出玻璃门，看到林则熙站在电梯前按下按钮，身后传来女实习生们的窃窃私语。南庄深呼吸一口气，和林则熙保持距离，一起等电梯。

他穿这么少，冷死算了，南庄忍不住在心里吐槽。

叮咚！电梯门开，林则熙也不绅士，径直先走了进去。

南庄站得有点远，小跑着进去，差点被门卡住。林则熙冷冷地站着，也不帮她挡一下门。电梯门在女实习生们嫉妒的目光中缓缓关上，林则熙单手插兜，按亮一楼的按钮。

电梯里只有他们两个人，一片岑寂，电梯壁上的数字在不断变化。

南庄忍不住开口，语气嘲讽：“林大神，请问助理要做什么？”

林则熙面无表情：“助理分为两种，工作助理、生活助理，你想做哪种？”

“当然是工作助理。”

林则熙挑眉：“不好意思，你不懂游戏，只能做生活助理。”

那你还问我？南庄憋了一肚子火，狠狠地朝那张所谓无死角的帅气的脸瞪去。可林则熙对她的怨气熟视无睹，一张面瘫脸高冷无比。

叮咚！他迈开长腿走出电梯，从头至尾看都不看她一眼。

到了大厅，等候在此的工作人员把两大包粉丝见面会的礼物递给南庄。

“挺沉的，你拿得动吗？”工作人员表示担忧。

南庄把书包背在后背上，左右手各一手提一个大黑包：“放心，我可以的。”

工作人员又转向林则熙：“大神，真的不需要派车送你？”

林则熙摆摆手，头也不回地迈开长腿往外走。南庄只能负重小跑跟上。

没有车，只能坐地铁，去最近的中关村地铁站要走一公里，林则熙两手空空，大步流星走在前面，丝毫没有等一等南庄的意思，南庄只能咬紧牙关，一路小跑。

喘息着的南庄喊了句：“你慢点行不行？”

林则熙傲娇地瞥了她一眼：“谁让你腿短？”

公报私仇！南庄恨得牙痒痒。

到地铁站坐下行扶梯时，南庄肩膀酸痛，双手被勒出一道道红印，把东西放下来休息时，手脚都在颤抖。下了扶梯，南庄艰难地走到闸机口，放下两个大黑包，找出公交卡。

嘀！南庄只能先刷卡，把黑包推进闸机。

结果卡刷了，她人还没来得及进站，闸机就关上了。

南庄愣了半秒，朝已经进站的林则熙喊了句：“你等一下，我去找工作人员。”

林则熙低头看了看腕表：“没时间了，要迟到了。”

他们俩隔着闸机站着，南庄知道自己刚刚走慢了，焦急地皱眉道：“那怎么办？”

即便不是早晚高峰，中关村地铁站也永远熙熙攘攘，不停地有人从旁边闸机刷卡进站，嘀嘀的声音不绝于耳，工作人员在很远的岗亭，跑过去的确费时费事。

林则熙蓦地抬起眼眸，薄唇吐出一个简明的指令：“过来。”

南庄本能地上前一步，靠近闸门。闸门不高，刚好到一米六五的她的臀部。她仰起下巴，看到一米九的林则熙伸出双臂。下一秒，她就感觉腋下一股力量，带得她双脚悬空。

“啊！”她心里发出一声惊呼，整个人被抱离地面。

那是她第一次用俯视的角度看林则熙，而他高高举着她，仰脸对上她惊诧的双眸。等她的身体越过闸机落地的时候，她的视线也随之落在他的唇上。

她突然想起杨培培说的一句话："大神的下颌骨与薄唇是我觉得他身上最性感的地方，他一舔唇、吐舌、动动下颌，我就受不了，骨子里被压抑着的性感影影绰绰，男性荷尔蒙简直爆棚！"

真的有那么神?

认识林则熙这么久，这还是南庄第一次近距离看他的唇。

他的嘴唇上唇尤薄，给人以凌厉之感，线条刚毅果断，唇峰转角较方，唇珠小巧精致，微微抿起时几乎不显，带着禁欲的硬朗美，唇纹适中，给人古典的东方内敛美感。

"怎么？被我这天生适合接吻的嘴唇吸引了？"

林则熙调侃的话语把南庄从走神中拉回现实。

下一秒，她双脚踩实了地面，脸蛋莫名其妙地酡红一片。

她狠狠地推了他一把："自恋狂！"

旁边不少女生看到这一幕，纷纷震惊地瞪圆眼睛，拍着胸脯说："老夫的少女心！"

还有人唉声叹气："我只是想坐个地铁而已，为什么要塞我一嘴'狗粮'？"

南庄不想承受女生们艳羡、仇视的目光，抓起两个黑包，迅速逃离现场。林则熙则优雅地双手插兜跟上。扶梯有点远，他们坐电梯下去站台。

"等等！等等！差点赶不上！"

南庄和林则熙走进电梯，门关上之前，有一拨旅行团的大妈不管不顾地冲了进来。

被势不可当的大妈们冲到电梯角落的南庄，一个趔趄没站稳，幸好林则熙伸出手臂揽住了她的腰。大妈们个个身材粗壮、力量雄厚，上了一拨，又来一拨。

"你们快点！快点！"大妈们喊着，"这是载货电梯，不超重！"

南庄背靠着电梯壁，林则熙原本面对着她站着，电梯门关上，门口的大妈往里面狠狠一挤，林则熙整个身体就压在南庄身上了。他浓烈的男性荷尔蒙气息冲击着南庄的大脑。

她使出浑身力气想把他推开："你压着我了！"

他语气很无赖："又不是没压过。"

南庄这才想起，上次是在学校琴房的电梯里……怎么又是电梯？新仇旧恨瞬间涌现在南庄的脑海里。这次他选她做助理，邬靖肯定以为她又抱大腿了，明明警告过他的，可恨！

这样想着，南庄咬牙切齿地抬起脸瞪着林则熙。

他低着头，玩味的目光落在南庄喷射出怒火的眼眸中。那目光在南庄看来，简直是挑衅，她突然火冒三丈，可此刻她全身被他压得死死的，动弹不得。

她只能下意识地踮脚去咬他。

他脖颈低垂，她用力一踮脚，就够着了，这是她预料之中的。

预料之外的是，她不知哪根神经搭错了，竟然径直张开嘴，咬住了他的下唇。

林则熙眼睫毛蓦地一扬，眼中闪过惊愕。

下一秒，他痛得蹙眉。

他柔软的下唇在她愤怒的牙齿之间，很快被肆虐得溢出鲜血。血腥味同时刺激着两人的喉咙，南庄这才反应过来，慌忙离开他的唇，脚后跟着地，双唇颤抖。

咚咚咚！南庄的心跳得飞快，几乎跃出胸腔。

林则熙也怔住，呼吸骤停。

"到了到了，下电梯下电梯！"

大妈们大嗓门的刺耳声音让两个灵魂出窍的人终于回魂。

等大妈们下了一部分，电梯里有了空间，林则熙抽身离开了南庄的身体。大妈们上电梯很快，下电梯却很慢，等她们都下完了，电梯门就关上了。

林则熙按了几下开门键，毫无效果，想必是站厅层有人按了按钮，电梯又往上了。

他只能退到南庄旁边，靠着电梯壁，抿了抿唇，胸口微微起伏着。

南庄嘴里还残留着林则熙唇上的血的味道，她觉得头皮一阵发麻，意识到自己太过用力了。在电梯不断上升中，她开口问："疼不疼？"

林则熙终于缓过来，不动声色地深呼吸一口气，勾了勾唇："没想到你还挺狂野的。”

南庄咬了咬下唇，不再说话。林则熙也不看她，只是嘴角上扬的幅度越来越大。

叮咚！走进电梯的两个女生一进来就认出了林则熙，啊地尖叫，手忙脚乱地掏出手账，双手呈上：“大神大神！可以帮我签个名吗？”

“当然可以。”林则熙微微一笑。

那两个女生几乎要被大神的微笑电晕，兴奋得又叫又跳，电梯都快被弄坏了。

南庄冷眼看着。

林则熙似乎兴致很高，还笑着说：“要不要合影？”

“啊啊啊！”一个女生又发出疯魔般的尖叫，捂住滚烫的脸，“我不是在做梦吧？我绝对是在做梦！大神你不是一向很高冷吗？怎么可以这么暖！啊啊啊，我要死了！”

另一个女生没那么花痴，但也激动得手机都拿不稳，啪地掉在地上。她慌忙捡起来，红着脸说：“大神，看起来你现在心情很好！我们真是太幸运了！”

下了电梯，女生们疯疯癫癫地围着林则熙合影，林则熙不厌其烦地对着镜头微笑，颇有兴致地摆出各种造型，还做出剪刀手、吐舌卖萌，女生们的尖叫声此起彼伏。

在旁边等着的南庄，觉得自己的耳膜都要被震破了。

地铁进站，看林则熙还没有结束的意思，南庄忍无可忍地说：“不是说快迟到了吗？”

林则熙挑眉，收了招牌式的撩人笑容，朝两个女生挥挥手：“不好意思，我的小助理吃醋了，再见了。”

等林则熙和南庄一起赶上这趟地铁，南庄赏他一个白眼：“谁吃醋了？”

说完，也不等他回答，南庄就掏出耳机戴上，听《至尊荣耀》里热门英雄的登场战歌。

不到十秒钟，她左耳的耳机就被林则熙摘下。无视南庄皱眉看过来的眼神，林则熙自然地把那白色耳机塞到他自己的右耳里，顺手抓住了南庄来抢的手腕。

中关村到人民大学，就四站，算了，懒得跟他计较，南庄甩开林则熙的手，愤愤地转移视线。

哐当哐当！四号线地铁在地下飞驰，他俩并肩站着，一人一只耳机听歌。南庄抬头，看到车厢玻璃上映出林则熙那标准的“仰月唇”，被她咬破的地方颜色更深。

南庄记起他下唇那饱满而不失弹性的触觉，呼吸变得急促，心虚地转移了视线。

“大神要去人大开粉丝见面会！”

宿舍里，杨培培顶着一头湿漉漉的头发，在柜子里翻找吹风机。

方如喜走到杨培培的床头，拿起吹风机递给她：“所以你准备用上艾筱澍说的‘见面豪华套餐’——洗头、戴隐形眼镜、化妆？”

她指的是艾筱澍前阵子在公众号上推送的爆文《请珍惜每次见你都化妆的女孩子》：“化妆品涂到脖子是最高级的礼节。化了带修容的妆，吹了发型，戴了日抛的隐形眼镜，穿了最贵的衣服，还喷了香水，这时的我，不是我，是会呼吸的人民币。”

方如喜坐下来以手托腮：“那只是粉丝见面会，你的大神也许根本不会看到你。”

“你不懂，”杨培培说，“爱情是，看到他的一瞬，你就在脑海里和他度过了一生。”

方如喜一脸蒙：“比如？”

“比如我和大神孤男寡女共处一室，我双腿缠住他的腰，他稳稳托住正在强吻他的我，然后我们一路吻到床上，他单手解开他衬衣的扣子，另一只手扒下我的裙子……”

方如喜：“……”

一直在旁边用瘦脸器往脸颊两侧推的艾筱澍终于开口了：“杨培培，原来你根本不了解你的大神。你迷恋上的，不过是你幻想中的大神而已。”

杨培培转过脸看艾筱澍："什么意思？"

艾筱澍的动作顿了顿："女生总是耽于幻想，你把对爱情的幻想寄托在你的大神身上。你以为你喜欢他，但实际上，你喜欢的只是你自己大脑创造出来的幻觉。"

杨培培皱着眉、歪着脑袋想了想，才开口说："好吧，也许现在是你说的这样，可我不是在努力朝大神靠近吗？等我了解他，就会被真实的他吸引，真正爱上他。"

艾筱澍耸耸肩："也许了解后，你会发现，他并不是你的菜。"

杨培培不想再讨论这个话题："对了艾筱澍，你可以借你那个包包给我用吗？"她指着艾筱澍床上那个绢网印花的皮革双肩包，上面的logo是BV。

艾筱澍头也不抬地回答："不行。"

"为什么？"

"这个包七万，你没有搭配它的衣服。"

杨培培和方如喜同时愣住，异口同声："七万？"

方如喜掏出手机查了查，Bottega Veneta宝缇嘉，意大利奢侈品牌，很低调，但价格不菲，北京六家门店都在寸土寸金的地段，诸如新光天地、金宝汇、银泰中心和燕莎。

杨培培咋舌："你现在就用这么奢侈的东西了？"

艾筱澍不以为然："品位不是一朝一夕就能养成的。一柜子的淘宝货，都不如一个名牌包包。女生就该在年轻的时候用高级的东西，奢侈品可以增加你的自信，引导你过更高级的生活。"

杨培培不敢苟同："可是由俭入奢易，由奢入俭难，你就不怕未来承受不起？"

艾筱澍勾唇："不怕，因为我会一直努力，所以我的人生只会越来越好。"

艾筱澍之所以不愿意借杨培培那个宝缇嘉的包包，还因为她马上就要提着它去逛普拉达国贸店。对艾筱澍来说，每次逛奢侈品店，都是一场战争。

第一次去，是一个直播时认识的“土豪”陪她去买GUCCI的酒神包，那天她拎着一个九千多块的COACH手袋，“土豪”忙着打电话，她孤零零一个人，根本没有导购搭理她。

她主动询问，导购竟然冷冷地说：“现在没货，你付全款就给你订。”

后来她才知道，顾客进门店时，导购就会快速锁定顾客身上可以识别的logo，掂量顾客的购买能力和购买偏好。毕竟“金主爸爸”们的消费，直接决定他们的业绩水平。

当然，不是说消费得越多，就越能得到他们的尊重，艾筱澍曾亲眼见过一个导购满脸堆笑地把拎着四五个购物袋的顾客送出门，一转身嘴里就甩出三个字：“土包子！”

想要看看这世界的势利和阶层壁垒，去逛逛奢侈品店就知道了。

啪地关上门，艾筱澍走下“专车”，再度检查了一下自己的妆容、发型、衣服和鞋袜，然后伸出手，仔细检查手上的皮肤有没有裂纹，美甲上的镶钻是否有脱落。

导购们都是人精，细节处不雕琢好，他们一眼就能看出是太子还是狸猫。

反复检查之后，艾筱澍深呼吸一口气：“要上战场了。”

她走进气派的大门，就看到三四个导购众星捧月地围绕着一个优雅的女士。迪奥新款灰色格纹抹胸上衣，搭配巴宝莉羊绒披肩、爱马仕铂金包，一身奢侈品牌，贵不可言。

瞬间，艾筱澍的脑海里跳出两个字：输了。

逛奢侈品店，你的敌人不光是那些导购，还有其他的客人。

“楚太太，这是米兰时装周刚下秀场的新款，特意提前给您空运过来的。”

导购们的笑容快要从脸上溢出来了。

“普拉达的创意总监越来越女权主义了，”菅乔染挑了挑眉，“这么中性风，还有铆钉装饰，搭配尖头鞋，倒是很适合职场女性，像我这样的家庭主妇，还是敬谢不敏了。”

“哎哟喂，看您这话说的！您想进娱乐圈，还不是楚先生一句话的事儿吗？”

菅乔染勾笑：“四十岁了还进什么娱乐圈？”

“您就比刘涛大几个月，您看看刘涛，结婚生子后复出，比之前还要火！”

几个导购你一言我一语，哄得菅乔染一直眉眼弯弯地笑。

艾筱澍在旁边自己逛了一圈，才有个年轻的导购上来招呼她。艾筱澍也不生气，礼貌地指了指看中的那款白底蓝色印花的羊毛外套：“麻烦拿那款给我试试。”

导购低头道歉：“不好意思，那款只剩最后一件，刚刚那位太太已经订了。”

菅乔染转过头，对上艾筱澍不卑不亢的目光。

香奈儿褶皱半身裙、菲拉格慕复古猫跟鞋，菅乔染看得出这年轻的女孩为了逛奢侈品店，算是拼出了最贵的行头。可是身上的味道有些乱，这是破绽。

女人是否精致，不光是视觉上的，还是嗅觉上的。

身上的味道要和谐统一，护发素、身体乳和香水的味道间互相博弈是很可怕的。

不过她还年轻，谁不是这么过来的？

“没事，让给她吧。”菅乔染雍容一笑。

艾筱澍回以一笑：“谢谢。”

十分钟后，艾筱澍提着购物袋出来，没想到先出来的菅乔染正在等她。

“有没有时间？我请你喝杯咖啡。”

菅乔染说完，似乎认定艾筱澍不会拒绝，转身走向旁边的COSTA。

两人坐定，都点了意式浓缩咖啡，无奶无糖零卡路里。

“你买了五万块的羊毛大衣，是要去参加派对？不想给富二代男朋友丢脸？”

菅乔染的话让艾筱澍眉心微蹙：“您猜得真准。’

“你知道我为什么要把这件大衣让给你吗？”

“为什么？”

菅乔染微微眯起眼：“因为你站在普拉达店里的样子，像极了二十年前的我。”

艾筱澍用勺子搅拌咖啡的动作停了下来。

菅乔染发出轻轻的叹息：“那时的香港纸醉金迷。你们想必也在TVB的电视剧里了解过那时候的香港。被野心和欲望驱使，我拼命往上爬，却不知道，所有命运赠送的礼物，都早已在暗中标好了价格。”

短暂的沉默横亘在两人之间，只有咖啡馆的蓝调音乐在悠悠回荡。

艾筱澍放下勺子，端起咖啡杯，轻抿了一口，然后抬起头：“所以，您认输了？”

菅乔染蓦地皱起眉。

艾筱澍继续说：“代价昂贵，您就认输了？”

菅乔染扬眸看着她，薄唇紧抿。

艾筱澍与她目光交会：“换作是我，不到死亡的那一刻，我都不会认输。我想要的，就会不顾一切地去争取。四十岁就已经晚了吗？我的人生，永远没有来不及。”

菅乔染握住咖啡杯的手不由得轻颤了一下。

艾筱澍站起身来：“谢谢您的咖啡，谢谢您的忠告。我知道有所得必有所失，我会为自己的欲望付出代价，但我更不愿意碌碌无为，还安慰自己平淡是真、平凡可贵。”

等艾筱澍离去，菅乔染还保持着目送她的姿势。

咖啡早就凉了，她也没有喝一口。

她的脑海里只有一个念头：四十岁，人生真的还可以重新开始吗？

冬阳洒满教二草坪旁的枝丫，教三走廊外佳人软语，东门天桥下少年追风跑，明德法学楼地下超市走出几个拿着啤酒的男生，笑着坐在明法台阶上晒太阳。

“传说中的人大明法台阶？”林则熙见南庄放慢了脚步，顺着她的视线望去，忍不住问。

来接他们的人大学生会副会长笑着说：“你们也知道？看来明法台

阶很有名气啊。在我们人大，有一种友情和爱情，叫‘一起坐过明法台阶’。”

南庄点头：“我一直想体验一下，晚上在人大明法台阶上坐着吹吹风的感觉。”

读研一的副会长感慨道：“我在人大五年了，对我来说，明法台阶不只是水泥铺成的路，不只是生硬的四个字，也不只是中关村大街59号院里的一处地儿，它是我的青春。”

说完，副会长转移话题，望着南庄说：“看我，都忘了正经事儿，待会儿粉丝见面会最开始有个致辞，助理妹妹你可以念一下吗？”

南庄接过副会长递来的A4纸，瞥了眼就露出诡异的表情：“不是有主持人吗？可以让主持人念吗？”

副会长说：“这是代表粉丝致辞的，主持人盛装打扮，念起来没有代入感。”

南庄：“……”意思就是她太朴素、太泯然众人？

一旁的林则熙勾起嘴角。

人大明德楼，能够坐下六百多人的报告厅被挤得满满当当。

南庄站在台上，对着话筒清了清嗓子。

一侧的林则熙嘴角上扬的幅度不明显，但满满的笑意荡漾在眼波中。

全场寂静，等待南庄的发言。

南庄皱了皱眉，发出无声的叹息，硬着头皮开始念：“你让林则熙在跑道终点等我，我让你知道什么叫速度；给我一张关于林则熙的试卷，我让你知道什么叫学霸；让我唱一首关于林则熙的歌，我让你知道什么叫天籁。”

台下的女生们纷纷低声附和。

台上的林则熙，笑意爬上眼角眉梢。

南庄顿了顿，伸手摸了摸手背上的鸡皮疙瘩，皱着眉继续念：“林则熙我喜欢你，像风走了八千里，不问归期；像雨洒落在热带与极地，不远万里；像鲸沉于海底温柔呼吸，痴极嗔极；像柳动蝉鸣，日落潮汐，不能自已。”

台下掌声如雷鸣，女生们尖叫、狂跳、呐喊、打call。

台上林则熙嘴角收敛，眸中的笑意却依然浓得化不开。

南庄终于念完了这肉麻脑残的表白，一阵恶寒挥之不去，她抓起那张A4纸，朝台下走去。林则熙和主持人正往讲台中央走，两人擦肩而过时，南庄恶狠狠地瞪了林则熙一眼。

林则熙假装没看见，看都不看她，目不斜视地走过去。

南庄忙着把礼物交给人大学生会的干事，林则熙则在讲台上拿着话筒发言："我一直很羡慕你们人大的同学，地理位置优越，十号线去国贸，四号线去金融街，购物中心云集，连清华、北大的同学都要坐车来你们旁边的华星UME看IMAX电影。"

台下人大的女生们听大神提到自己的学校和生活，兴奋地高举着应援牌狂喊。

林则熙笑着继续："当然我是个俗人，最羡慕的是你们毕业后拿到的offer，银行总行的、券商投行的、央企总部的、中央部委的、500强管培的、顶尖咨询公司的……"

女生们又开始疯狂尖叫，南庄忍不住腹诽：就你会拉拢人心。

弄完礼物，南庄才有空看一眼手机，未接来电五个，都是杨培培的，微信也有，打开一看，杨培培发来好几条消息："南庄！看到我没有？我就在台下！"

南庄抬起头，在乌泱泱的女生中搜寻，很快找到正跳着朝她挥手的杨培培。

"不好意思……"跟维持秩序的学生会干事打了声招呼，南庄把被挤得喘不过气来的杨培培拉到讲台这边来。

杨培培精心吹好的空气刘海儿都挤乱了，南庄笑着用手指帮她整理了一下刘海儿。

"你怎么和大神在一起？"杨培培抓着南庄的手问。

南庄皱了下眉："九艺游戏派我来给他当几天助理。"

杨培培压低的声音带着藏不住的羡慕："嫉妒死我了！我做梦都想当大神的助理！"

"没问题啊，"南庄拍拍她的肩膀，"你来帮忙最好了，我一个人可累得够呛。”

杨培培双眼冒光：“真的可以吗？”

她的话音未落，林则熙不知在讲台上说了什么，女生们突然朝南庄这边冲过来。南庄眼看杨培培被冲撞得站立不稳，慌忙伸手去扶她，结果扶住了杨培培，她自己被撞倒在地。

“啊！”南庄发出一声惊呼。

她整个人被撞得腾空向后足跖屈落地，足部受力不稳，踝关节过度内翻，外侧韧带撕裂拉伤，剧烈的疼痛让她顿时龇牙咧嘴。杨培培慌忙来扶她，可南庄稍稍一动，脚踝就疼痛难忍。

讲台中央的林则熙目光落在南庄身上，眉心一颤。

他站起身，想走过去把南庄抱起来，可下一秒，就看到南庄被副会长蹲下身一个公主抱，再轻轻放到旁边的座椅上。

南庄苍白着脸对着副会长挤出一丝笑容：“谢谢。”

“不用客气。很疼吧？让我看看。”

副会长蹲下来，帮南庄把鞋子脱下来，手握住南庄的脚踝，查看伤势。

南庄吃痛，一个没坐稳，整个人摔倒下来，跌入副会长的怀里。

那姿势，要多暧昧有多暧昧。

林则熙眼眸一暗，右手握紧了话筒，指尖微微发白。

主持人似乎看出林则熙有点心不在焉，所以这场原计划一个半小时的粉丝见面会，在一个小时左右就提前结束了。林则熙笑着来到台下和一千多个迷妹合影：“谢谢大家。”

合影结束，林则熙迅速收了笑容，迈开长腿走向南庄，表情冰冷。

南庄的发梢被他带来的风吹起一缕，下一秒，周身已布满他的气息。

杨培培正蹲在南庄旁边帮她冷敷，身后蓦地有一道颀长的影子笼罩住她，杨培培浑身一颤，缓缓转过头。林则熙逆光而立，脸上表情晦涩难辨，唯独薄唇紧抿如锋刃。

“大、大神……”杨培培结结巴巴地吐出字句，全身的血液仿佛在逆流。

南庄的眉皱得更厉害了，她也不知道林则熙哪来的气，表情肃杀得像阿修罗。

此刻杨培培在，她只能礼貌地说："大神，还有什么事吗？"

她的言下之意是，今天的粉丝见面会结束了，她助理的工作也完成了吧？

林则熙居高临下俯视着她，气势逼人："别忘了，你是生活助理。"

南庄压住心里的怒火，语调尽量平静："可我现在受了工伤，我请假。"

"不准。"林则熙那猜不透情绪的眼神充满威慑力。

气氛瞬间凝滞。

南庄告诉自己要冷静，而杨培培咬了咬牙，深呼吸一口气，鼓起勇气，低着头，双手握紧，颤声说："南、南庄受伤了，大神你有什么事，我、我可以帮南庄去做吗？"

林则熙目光始终锁定南庄，不曾分给杨培培一丝半点："可以。"

那两个字让杨培培浑身一颤，手抖得更厉害了："那、那需要我做什么？"

"去人大东门叫一辆出租车等着。"

"好、好的，大神！"

杨培培和南庄说了几句话，就飞快地离开。其余工作人员都在忙着收拾会场，讲台的一角只剩下林则熙和南庄。

他猛地摘了平光镜丢到一边，迈开步子，朝她逼近。

咚咚咚！南庄的心跳莫名地加速。

避开他咄咄逼人的视线，她试图站起来，可下一秒，就被他的右臂揽到怀里。

"啊！"她发出一声轻呼。

南庄双脚离地，整个人腾空而起，被林则熙抱着来到易拉宝背后，避开人耳目。

他在人前克制得好，现在应付完了粉丝见面会，又打发了杨培培，所以任凭脾气发作，第一个动作就是用左手捂住她的嘴。

"你怎么敢这么不小心？"

他急促的呼吸席卷而来的灼热气流，侵袭着南庄全部的感官，她紧紧地皱起眉，嘴被捂住说不出话来，只能用力呼吸，可吸入的全是他浓烈而凛冽的气息，让她一阵头晕目眩。

“还是说你故意摔伤，就不用做我的助理了？”

南庄喘息着回瞪他，两人目光灼灼地对视。良久，他垂下头，颤抖的唇贴上他的左手背，两人鼻尖抵着鼻尖，两人的唇就隔着他的左手掌，以同样的频率战栗着。

“你凭什么可以这样轻视我？”

那一瞬间他凶狠阴鸷的眼神，让她心悸。

两人又对峙了几十秒，在南庄浑身冷汗涔涔时，工作人员啪地关上报告厅一边的灯，在远远的大门口朝他们喊：“大神！我们要关门了！”

林则熙这才抽离身体，慢慢拿开捂住南庄的嘴的手。南庄脚踝受伤，动弹不得，连站立都很难，正颤颤巍巍，林则熙已经背对着她蹲下，背脊宽阔厚实。

“上来。”

南庄忍受着脚踝的痛楚，无力地趴在林则熙的背上，双手从后面搂住他的脖颈，下巴抵住他的右肩，望着夜晚灯火通明的明德广场。夏天还有大妈跳广场舞，冬夜就寂寥了。

从明德主楼走出来，左边就是明德法学楼，楼前赫赫有名的明法台阶有整整一层楼高，据说这高高的台阶寓意法律高于一切，而对于人大学子来说，这是谈心、恋爱的胜地。

经过明法台阶时，林则熙蓦地停住脚步。

怎么了？南庄抬起眉。

他顿了顿，突然转身，朝明法台阶走去。

南庄瞬间直起脖子，下巴离开他的肩膀，微微怔住，心跳加速。

林则熙依然静默不语，把南庄往上托了托，然后迈开长腿，上台阶。

一级又一级，他的步履沉稳有力，背脊安若磐石。

今夜刮着温柔的南风，轻轻吹拂过南庄的发梢，她咬住下唇吸了口气。

台阶很高，他不厌其烦地背着她拾级而上。一级又一级，两人呼吸频率一致，默契地都没有开口。南庄不由自主地伸手抱紧他的脖颈，指尖触碰到他滚动的喉结，微微一颤。

终于到了。

明法台阶顶层，林则熙屈膝，把南庄放到台阶上，他再坐在她旁边。

对面就是明德商学楼通宵自习室的灯光，转头能看见右手边的如论讲堂，隐约还能听见灯光篮球场的喧腾。而他们二人，谁也没有开口。

月亮从厚厚的云层中钻出来，将地面染上淡淡的银辉，也给他们二人披上一层银纱。

他们更加缄默，只是一起抬头看月亮。

后来南庄偶尔会记起那晚的月光，纯白如婚纱。

当时她想说一句“月色真美”，话到了嘴边却还是放弃。

夏目漱石说日本人不会直白地说“我喜欢你”，只会用一句“月色绮丽”代替。中国人也有东方的含蓄，所以男女之间，是不能随随便便赞美月亮的。

最后南庄连一句“谢谢”都没有说，在明法台阶坐了会儿，林则熙又背着南庄下来，一路从靠近西门的明德楼走到东门，再把她交给杨培培，目送她们的出租车远去。

南庄瘫在座位上，面色冷淡地望着后视镜里林则熙颀长的身影越来越远。

“南庄，我觉得大神对你好凶哦！”

杨培培的话让南庄歪着嘴角笑了笑。

“所以颜控不靠谱吧？你终于发现他刻薄冷酷的一面了。”

“可他刚刚把你一路背过来，又好暖啊。怎么办？大神这个坑，我一时半会儿是爬不出来了。”杨培培摸了摸发烫的脸颊，“对了南庄，你受伤了，怎么当助理？”

“你不是想当他的助理吗？你毛遂自荐吧。”

杨培培蓦地兴奋地尖叫：“真的吗？大神会同意吗？”

南庄耸耸肩，表示她也不知道。

杨培培握住南庄的手：“那你帮我问问他？”

南庄掏出手机，纠结了下，还是发了一条微信：“我室友想当你的助理，行吗？”

十几秒后，林则熙回复：“不行。”

方如凤没想到，真的如姐姐所说，火灾后，市安全生产委员会开展安全隐患大排查、大清理、大整治，尤其针对仓储物流、汽配城和批发市场等地，比如西红门。

这天晚上方如凤回到宿舍，同住的几个大妈都在忙着收拾东西。因为是待拆除区，所以全部断水断电，大妈叹息着说：“今晚就要全部搬走。”

“今晚？”

铲车、挖掘机此刻正静默地立在垃圾堆旁，却可以想见这些庞然大物在白天会发出怎样巨大刺耳的声音。方如凤站在寒风中，看到不少白天工作的人在夜晚抓紧时间搬走。

快递小哥、服装厂女工、健身房助教、小餐馆厨师、小公司实习生……

方如凤很喜欢的一家福建菜馆的老板娘正抱着头蹲在屋内墙角哭，她老公走过来踹了她一脚：“走吧，等人来抬你？”

方如凤吸了吸鼻子。这老板娘做的海蛎煎和五香卷很好吃，以后在北京，可能再也吃不到那么地道的福建小吃了。方如凤回到职工宿舍，给水果店老板打电话。

老板敷衍地说：“那你们明天去北四村挤一挤，我在那边加几个上下铺。”

“今晚呢？”

“今晚只能你们自己解决了。”

挂了电话，方如凤用最后的流量查了下北四村。在北五环到北六环之间，所谓的四村，是史各庄、定福黄庄、东半壁店、西半壁店的统称，四座村子形成了巨大的城中村。

北五环外了，以后上晚班回到宿舍，估计要晚上十二点以后了。

不过现在她该考虑的不是这个。

“你们今晚住哪儿？”方如凤麻木地问同住的几个大妈。

有个大妈说：“我有个同乡，她老公是做物流的，花了十八万元买了辆厢式货车，是他们的全部家当，我今晚就投靠他们，去他们的货车上挤挤。”

“不冷吗？”

“冷肯定冷，但还不至于冻着，就是有时候交警来查，不让停，我同乡他们两口子大半夜又要起来，开车去找地方停车，我难免被吵醒，提心吊胆的，睡不好。”

另一个大妈说：“我去我老公工地上的集装箱挤一挤。”

原来货车和集装箱里也可以住人，方如凤一直以为自己活在最底层了，却没想到，这世界上有人比她过得还要凄惨。无论你觉得自己有多么不幸，永远有人比你更加不幸。

有个大妈问方如凤：“你晚上去哪儿住？”

方如凤低头收拾简单的行李：“我去我姐的宿舍挤一挤。”

接到方如凤的电话时，方如喜正在京东上写商品评论，图片凑齐九张，可以拿到更多的抵现京豆。退出手机拍照功能，方如喜刚接起电话，就听到那头嘈杂的声音。

“姐，今晚我可以去你的宿舍住一晚吗？”

方如喜心里咯噔一下，握紧手机往宿舍外走。问清楚情况后，方如喜咬咬牙，开口说：“不是我不同意，是我们宿舍有监控，宿管阿姨也会来查房，外人不让住的。”

“你不是说以前有人混进去住过吗？”

“那是侥幸，万一被抓，我会受处分的。”

方如凤蓦地冷哼一声：“姐，别找借口了，我看你是怕你室友认出我吧？”

被拆穿了，方如喜心里叹息一声，硬着头皮说：“我们宿舍的床小，两个人睡很不舒服，我给你微信转账，你去住快捷酒店，舒舒服服的，你说好不好？”

方如凤声音冷冷的：“不用了，你的钱都是从‘校园贷’来的，留着你自己用吧。”

方如喜还想再说几句，电话那头已经挂断，只剩下嘟嘟的空洞声音。

她在走廊上站了会儿，皱着眉，担心方如凤一个人在外面有危险，但她又不能做什么。室友们经常光顾那家水果店，妹妹来住，肯定要穿帮。她胸口起伏着，纠结又心疼。

她回到宿舍，写完评论，打开电脑准备做课业PPT，却始终心烦意乱。她抓起手机发了条微信给方如凤：“找到住的地方了吗？”然后给妹妹发了个两百块的红包。

红包名字是四个字：原谅姐姐。

半个小时后，方如喜第n次查看微信，方如凤依然没有领取红包。

她忍不住站起身，走到走廊上，拨打妹妹的电话，对方没人接。她继续打，依然没接。焦灼不安顷刻间将方如喜吞噬，她在走廊上走来走去，脑海里好几种可能发生的坏事翻腾着。

后面的半个小时，方如喜打了十多个电话，方如凤依然没接。

她吸了吸鼻子，把不小心溢出眼眶的泪水擦拭干净，然后折回宿舍拿外套和包包。

“你要出去？”杨培培眼尖注意到了她的举动，友善地提醒，“宿舍快关门了。”

方如喜低着头，不让杨培培看到自己红红的眼：“今晚我在外面住。”

杨培培诧异地看着向来很乖的方如喜：“那你小心点，有什么事给我打电话。”

方如喜很感谢杨培培没有打破砂锅问到底。

“谢谢，我先走了。”

她裹紧棉大衣，一边继续打方如凤的电话一边下楼梯。

电话终于通了，她脚步骤停，差点从楼梯上摔下去，方如喜慌忙抓住冰冷的扶手。

“喂？”是低沉醇厚的男声。

方如喜以为自己打错了电话，把手机拿到眼前看了看，没错啊。

“你是谁？我妹妹在哪里？”她失控地朝电话那头喊。

电话那头的人微微停顿了一秒：“我是翟文伟，你妹妹在洗澡。”

洗澡？方如喜的脑袋里啪的一声跟炸开了似的。

她又气又急，歇斯底里，忍不住朝话筒大声嘶吼：“你把地址发给我！快点！翟文伟我告诉你，你要是敢动我妹妹一根汗毛，我这辈子跟你没完！”

如家快捷酒店大床房。

方如凤洗完澡出来，翟文伟正坐在床头看电视，壁挂式电视机上正在播放CCTV一档倪萍主持的寻人节目《等着我》，听说这个节目已经寻回了2201例失散的亲人。

电视机里一个因为家暴而逼走女儿、悔恨了整整二十年的大妈正低头抹眼泪。

翟文伟看着看着就红了眼眶。

方如凤走过去把手搭在他的肩膀上：“文伟哥，你要不要也去报个名找你妈？”

翟文伟转过头，苦笑了下：“不用了，我来北京，就是想看看能不能找到她。”他伸手指了指小桌子上的一碗塑料碗装的麻辣烫，“你饿不饿？先吃点东西吧。”

麻辣烫上面还冒着热气，方如凤心头一暖：“你特意下去给我买的？”

“趁热吃吧。”

翟文伟把椅子搬过来，方如凤坐在小桌子旁，用塑料叉子吃麻辣烫里的粉条。房间里弥漫着香辣麻椒和豆瓣酱的味道，刺激着方如凤的味蕾，让她大快朵颐。

“文伟哥，你在东北是做什么的？”方如凤边吃边问。

“初中毕业就去矿上了，后来看《星光大道》里的旭日阳刚，他们不也是民工吗？看他们唱汪峰的歌，唱《北京北京》，我就想来北京闯一闯了。”

“你很厉害啊，前阵子被城管没收了全部家当，这会儿就找到新工作了。”

翟文伟拿起遥控器，把电视的声音调小了。

“我找狱友借了点钱，买了辆二手摩托车，现在跑‘闪送’。北京还是摩托车最快，今天下午从国贸到机场，还遇到了高峰，我只用了39分钟。”

方如凤手上的叉子微微一顿：“摩托车很危险吧？”

“总比在矿上安全。”翟文伟笑，“一天平均可以拿四五百块，平台抽走两成，也至少有三百块，我觉得挺好，骑着摩托车瞎跑还能赚这么多钱，北京就是这么神奇的地方。”

“他们不看你的案底？”

“不看。我就注册的时候见了‘闪送’的人，交了150块押金，其余都是手机给活儿、手机给钱，不用应付上司，盯着手机就行了。所以说手机更是一个神奇的东西。”

“不是手机神奇，是互联网神奇。”方如凤笑着纠正。

她吃得急，脸上被溅了红红的汤汁，翟文伟从兜里掏出一张纸，给她擦了擦。方如凤的脸莫名地有点泛红，她不说话，低下头继续埋头吃。

“你吃吧，我去给你借吹风机。”

翟文伟走出房间，下楼梯去大厅前台。

这家快捷酒店离中央音乐学院不远，方如喜骑共享单车，十分钟就到了。

她跳下单车，锁都没来得及锁，就直冲大厅。

前台处，拿着吹风机的翟文伟刚刚转身，就和冲进来的方如喜打了个照面。

方如喜愣了愣，大步走过去：“我妹妹呢？”

“你别着急，她就在房间里。”翟文伟尽量让自己的语气客气点，说完就转身在前面带路。

走到楼梯拐角隐蔽无人处，方如喜忍不住开口：“我上次说过，希望你不要再骚扰我妹妹，你为什么还纠缠不休？这么晚带我妹妹开房，你有什么企图？”

翟文伟脚步一顿，脸色一沉，他转头看向方如喜，声音和眼神都很冷：“你们真的是亲姐妹？为什么她那么单纯美好，你这么尖酸刻薄？”

方如喜瞪圆眼睛，怔了怔，从鼻腔里发出一声冷哼：“她不是单纯，是傻！傻得以为爱情可以当饭吃。而我，我是势利，可每个人都有权利追求更好的生活，这有错吗？我这么努力，就是为了不要嫁给你这种人！”

翟文伟的目光更加阴沉：“我这种人？没钱、没背景、没学历，生活在底层，我这种人就连找女朋友的资格都没有？在你眼里，我这种人应该死光对不对？”

方如喜被呛得一时半会儿不知该怎么反驳，她意识到自己有点失控，于是调整了一下呼吸，语调放缓：“你先带我去房间。”

翟文伟一脚踢飞了走廊上的易拉罐，转身上楼梯。

方如喜深呼吸一口气，紧跟其后，看翟文伟用房卡嘀的一声刷开门，她冲进房，见方如凤完好无损地穿着睡衣在吃麻辣烫，她才松了口气，转过身看向翟文伟：“开房的钱是你出的？我待会儿给你转账，现在你可以走了。”

方如凤放下叉子站起身来：“姐？”

方如喜夺过翟文伟手上的吹风机，准备赶人，身后突然传来方如凤尖锐的声音：“姐你发什么神经？这个房间是文伟哥包了月的，你怎么可以赶他走？”

方如喜的动作蓦地顿住。

“他不走？”方如喜颤抖着转身，迈步过去拉方如凤的手，“那我们走！”

方如凤毫不客气地甩开姐姐的手：“我不走！”

方如喜愣住，转头看到方如凤冷漠的表情。

房间里的气氛瞬间凝滞。

两秒钟后，回过神来的方如喜才颤声道：“你的意思是，让我走？”

翟文伟没有开口，淡淡地看向方如凤。方如凤皱了皱眉：“姐，你回宿舍吧。”

“所以你要和这个男人孤男寡女地过夜？”方如喜尖着嗓子喊起来，她面朝着方如凤，手伸向后面，怒指着翟文伟。

方如凤抬眸对上姐姐愤怒的目光，语调丝毫不肯示弱："他本来就是我男朋友。"

方如喜蓦地上前，用力攥住方如凤的手："爸妈含辛茹苦把你养大，你就这么糟蹋自己？你有没有脑子？"

方如凤使出浑身力气挣脱方如喜的束缚，声音里渐渐染上了哭腔："我不知道我有没有脑子，我只知道我大晚上无处可去、无家可归的时候，文伟哥收留了我，而某个所谓的亲姐姐，却担心我给她丢脸，把我拒之门外！"

方如喜不忍再看妹妹泫然欲泣的表情，别过脸去，胸口剧烈地起伏着。

半晌，方如喜才无力地转身："好，我走，我不打扰你们了。"

下楼梯来到大厅，方如喜蓦地感觉浑身的力气都被抽走了。

她一下子瘫在大厅的沙发上。宿舍早就关门了，天寒地冻、夜深人静，她能去哪里？她的关心，在妹妹眼里只是小丑的闹剧。方如喜想哭，可自尊心不允许。

"你没事吧？"前台小妹站起来问。

方如喜甚至挤出了一丝笑容："没事，我是中央音乐学院的，宿舍关门了。"

"哇，"前台小妹发出羡慕的声音，"音乐才女！"

"没有没有，"方如喜迅速扫了眼前台贴着的大厅Wi-Fi的账号、密码，"我在这里坐会儿可以吧？待会儿就去我朋友家住。"

"可以可以，你坐吧。"前台小妹说着，坐了回去。

方如喜低头登录酒店的Wi-Fi，然后在美团上找附近的酒店。毕竟是二环内，最便宜的都要快三百块了，住一晚而已，贵得肉疼，方如喜忍不住懊恼自己为什么要冲动地离开宿舍。

要不去住青旅八人间的床位吧，六十五块，可距离有点远，骑车去，路上会不会不安全？

方如喜在这边纠结着，下来归还吹风机的翟文伟一眼看到坐在大厅沙发上刷手机的方如喜，他顿了顿，呼出一口气，走下楼梯，把吹风机放到前台。

“那个女孩你认识吧？”前台小妹指了指方如喜，对翟文伟说，“她的宿舍关门了。”

翟文伟朝前台小妹点头道谢，转身，冷眼看向方如喜。

她比方如凤精致得多，零下一二摄氏度的天气，还穿着薄薄的打底裤，大厅里暖气不足，她冻得膝盖瑟瑟发抖，不停地把毛呢短裙往膝盖处拉扯，脖颈缩在围巾里面，鼻尖通红，不知道是被冻的，还是哭的。

翟文伟蓦地心软，叹息一声，走了过去，把写着房间号的房卡放到沙发旁边的茶几上，轻声说：“你上去和你妹妹一起睡吧，我再开个房间。”

紧盯着手机屏幕的方如喜被突如其来的声音吓了一大跳，她抬起眼，对上了翟文伟的脸。

他眉骨高，撑起了他那宛如猎鹰展翅的浓眉，衬得眼窝很深，就算不笑，颧骨处都鼓鼓的，呼应他带着硬朗少年感的圆寸头，只是胡楂和粗糙的皮肤，显出几丝颓废与憔悴。

方如喜的心跳依然很快，除了受惊，似乎还有别的。

“谁稀罕！”她按捺住复杂的情绪，语调冰冷。她的骄傲不允许她接受任何怜悯。

方如喜站起身，朝门口走去，可刚刚走出几步，就被翟文伟攥住了手腕，他的手掌暖得烫人，熨帖着她冰冷的手腕，以至于她贪恋那一抹温暖，没有立刻甩开他的手。

“你要逞强到什么时候？”

他低沉的嗓音，让她的胸口激烈地起伏着，逞强渐渐被哽咽的鼻酸所取代。

可她没有让自己软弱太久，很快就甩开他的手说：“与你无关！”然后继续往外走。

这一次，他就没那么温柔了。

翟文伟是黑龙江佳木斯人，在他的东北老家，对付不听话的女人只有一招：扛回家！于是他二话不说，径直走过去，伸出强有力的臂弯，一把将刚到一米六的方如喜拦腰抱起，再单臂扛上肩。

方如喜尖叫，浑身颤抖，四肢挣扎："你要干什么？"

翟文伟不回答，把她放回到大厅沙发上，如果直接扛回房间，他担心方如凤误会。

放好方如喜后，翟文伟转过身走向前台，对目瞪口呆的前台小妹说："给我再开个单间，麻烦了，身份证我晚点送过来。"

方如喜坐在沙发上，身上还残留着翟文伟的温度和气息，她犹自瑟瑟发抖，不敢动弹。

前台小妹开了房，翟文伟用手机付款，抓起房卡就迈开腿离开。

一阵寒风吹进大厅，方如喜忍不住打了个喷嚏，浑身战栗，手冷得手机都拿不稳了，屏幕上突然跳出"是否开启低电量模式"时，她再也撑不住，抓起房卡站起身，快步上楼。

北京航空航天大学，"林则熙粉丝见面会"。

林则熙在台上说："我刚进会议中心时，看到对面是你们北航的体育馆，西面有个飞行体验中心，我想你们北航肯定不少人会玩无人机，其实我室友也是无人机发烧友。"

不管是哪所大学，林则熙总能迅速拉近和该校女生的距离。

他这段话一出，台下女生们的尖叫声更加汹涌澎湃。

林则熙笑了笑，握着话筒继续说："我那'土豪'室友买的无人机能飞27分钟，自己避开所有障碍物，还能自拍，耗资八千块。这不算什么，他的耳机两千多块，而我用的是天桥下贴膜小哥卖的十块钱一副的。"

主持人捂嘴笑起来："大神，原来你是个隐藏的段子手。"

林则熙卖萌地吐吐舌。

被戳中萌点的女生们跳起来狂喊，挥舞着手中的应援牌。

不管是人大的文科女，还是北航的理科女，思维不同，花痴指数却相似。

台下的杨培培喊得嗓子都沙哑了。中场休息时，她花了九牛二虎之力，假称自己是九艺游戏的员工，竟然真的给她混进了后台，可见了大神本尊，她又𡒄了，半天不敢过去。

最后是林则熙的视线落在她身上，摆摆手示意她过去。

“大、大神，南庄在宿舍养伤，你没有助理，我、我来看看有什么需要帮忙的。”

平时她伶牙俐齿，为什么到了大神面前就结结巴巴？杨培培气得咬牙。

林则熙慵懒地坐在沙发上，修长的双腿交叠着，漫不经心地勾勾唇：“那你把我的书包送回家，地址我发到你的微信上。”

杨培培没想到真的有活儿可以干，瞬间双眼发光，都忘了问大神家是否有人开门。

反倒是林则熙多说了一句：“我室友在家。”

“好、好的，大神！”

杨培培转身走出几步，就听林则熙的声音从她背后传来：“等一下。”

“大、大神，还有什么事吗？”杨培培转过身，低着头，不敢看大神。

林则熙眉心微蹙，薄唇微启，话到了嘴边，却终究没有宣之于口。

不用问了，那丫头伤得不轻，肯定还没复原。

“没事，你去吧。”

大神给的活儿，杨培培可不敢怠慢，咬咬牙打了一辆车直奔清河橡树湾。

她小心翼翼地抱着大神的书包，站在404房间门口，敲了敲门。

门内传来甜甜的萝莉女声：“请问是外卖还是快递？”

杨培培心里咯噔一下，惊讶地张大嘴巴。女生？大神的合租室友是女生？而且听起来是个身娇腰柔易推倒的软妹？脑子里瞬间乱成一锅粥，杨培培不知是嫉妒还是难过。

她咬了咬嘴唇说：“那个……我是来把大神的书包送回来的。”

“大神？书包？请再具体解释一下。”

依然是那高柔的声线，软萌里透着傲娇。

杨培培忍不住抓紧了书包背带，皱着眉解释：“是林则熙林大神派我来的。”

“林则熙？识别成功！欢迎欢迎！喵！”后面还紧跟着一声娇滴滴的猫叫。

房门咔的一声自动打开，吓得杨培培倒退一步，一头雾水。她静静地等了两秒钟，门内毫无动静，她才壮着胆子，深呼吸一口气，伸出手轻轻推开门。

门内空无一人，没有萌妹，也没有想象中的可爱猫咪。

“请问有人吗？”

这是精装修的公寓，客厅色彩活泼、风格强烈，工地板房式的设计搭配砖墙效果，充满青春活力，布艺沙发旁边是鸟笼式的收纳柜，沙发上搭着大神曾经穿过的毛呢外套。

“打扰了，我进来了。”

杨培培脱掉鞋，穿着袜子走到光滑的木地板上，刚刚把书包放到沙发上，就被旁边卧室一片凌乱的样子吓坏了，格子衬衫和牛仔裤扔得到处都是，各种书籍，各种数据线。

“你好，你在里面吗？”

脚步朝那间卧室走去，杨培培首先看到床上的一堆书，都是英文的，*Effective Java*之类，看得杨培培云里雾里。很快她又被房间里一股若隐若现的韭菜味熏得皱眉。

弧形的桌上，并排摆着三个巨大的显示屏，下面是一个白色苹果键盘、一个机械键盘、一个黑色普通键盘，旁边还放着两台打开的笔记本电脑，一个iOS系统，一个普通系统。

这、这、这，这真的是女生的卧室吗？

哗！卫生间传来抽水马桶的声响。

杨培培一转身，不知碰到了什么，一个软软的东西就砸到她头上，她下意识地伸手拿下来，下一秒，视线就对上那个戴着头戴式耳机的至少185cm的男生的双眼。

男生的视线从杨培培脸上轻飘飘地滑到她手里拿着的东西上。

杨培培低头，看向自己手里的东西，下一秒，她啊一声惨叫。

“不好意思！我不是想偷你的内裤！”杨培培慌忙解释，声音和动作都在发颤。

说完，杨培培才想起来他戴着耳机，根本听不到。她只能赔着笑，用手指指耳朵，示意他摘下耳机。

可对方丝毫没有理睬她的意思，他把手机放到兜里，在洗面池前洗了洗手。

她走上去想解释几句，却被他甩了一脸的洗手水。

杨培培："……"

闭上眼，感受到水珠在脸上流淌，杨培培咬咬牙强压下怒火。她下意识地伸手去擦，擦了两下，突然睁开眼，满脸惊恐，瞪着自己用来擦脸的男士平角内裤。

"天哪！什么？要疯了！"杨培培尖叫着把内裤扔到一边。

赵祈哲看着这个用他的内裤擦脸的女生，满脸掩饰不住的嫌弃。

杨培培呼吸急促，再抬起头看向赵祈哲，试图解释："你别误会……"

可赵祈哲没有给她这个机会，只是鄙视地耸耸鼻尖，转身就朝着自己的卧室走去。杨培培追上去，却只听啪的一声，卧室房门在她面前无情地关上了。

"喂！你这人有没有礼貌？至少听别人解释一下可以吧？"

杨培培用力拍着卧室门，可门内毫无响应。

杨培培正不知道该如何是好，身后突然传来那熟悉的萝莉女声："我家主人希望你不要打扰他，如果没什么事的话，请离开并且关上门，谢谢合作。"

幽灵吗？杨培培背脊一凉，惊恐地转过身。

一个白色的六边形小机器飞在半空中，三个迷你螺旋桨旋转着，小机器下面还有一个摄像头，正对着她。杨培培蓦地想起大神说的"土豪""室友""无人机"，恍然大悟。

"你还有十秒钟可以离开，否则我将直接联系物业驱赶，谢谢配合。"女声变得越来越御姐，声音不怒自威。

这是什么黑科技？杨培培快要哭了。算了算了，反正大神的任务完成了，如果大神的奇葩室友在大神面前搬弄是非、说她的坏话，她到时候再向大神解释吧。

“好好好，我走我走！”

杨培培欲哭无泪地冲出房间，被无人机提醒着带上门。

咔的一声，房门自动落锁。

南庄的脚伤在一周后终于复原。在宿舍宅了这么久，她第一次出门是赴楚御明的约。

“今天是你农历生日，一起吃个饭。”

“好的。”南庄握紧手机，微微顿了顿，才说，“要叫妈妈吗？”

“不用。”

地点是工体北路2号兆龙饭店一家泰餐厅，楚御明曾带南庄在上海吃过分店，她记得那是在卢湾区茂名南路锦江饭店。不，卢湾已经和黄浦合并了，现在是黄浦区。

楚御明带她去过的地方，她都记得。

“是楚小姐吧？请跟我来，楚先生已经在等您了。”

她刚进大门，就有穿燕尾服的侍应生微微鞠躬，给她带路。

抛光的原木地板配以条纹，塑造出充满层次的效果。听着脚跟敲击木地板的声音，比踩在厚实的地毯上更令人愉快。两人坐的沙发，是温暖而沉稳的轮盘式定制沙发。

“里面请。”侍应生在VIP包间前站定，躬身做出请的姿势。

“请问化妆间在哪里？”南庄问。

侍应生略有诧异，然后伸手指向走廊一侧。

南庄转过身朝化妆间走去。和楚御明见面，她可不敢随意。军绿色外套搭配奶黄色针织衫，都是刚刚顺路在三里屯太古里买的，温柔淡雅。

她对着镜子，打开化妆包化起妆来。

上眼由细到粗的黑棕眼线与下眼泛着微亮的浅棕晕染细线，像极了弯弯月牙与投射在水中的迷离倒影，清淡眉色好似流星划过，再加上用色清淡、晕染自然的唇妆。

准备就绪，她朝着镜子挤出一抹甜美的微笑。

“越来越漂亮了。”

“谢谢爸爸。”

包间内，侍应生送来楚御明为南庄点好的沙拉。混合了薄荷叶的酱汁，有股特别的植物清香，口感酸甜香，微微带辣。父女俩安静地切银鳕鱼，刀叉轻响，音乐如迷迭香。

用餐完毕，南庄用餐巾擦了擦嘴角，侍应生来收拾餐具，倒上餐后雪莉酒。

楚御明右手端着酒杯，左手拿出一个纯银八箭八心天使蛋盒，递过来：“打开看看。”

南庄心静如水地打开奢华的宝盒，灯光柔和，躺在黑色丝绒缎面上的，是一条钻石手链，上面足足有她的年龄那么多颗的公主方钻。

“生日快乐。”

方钻的英文是princess，在英文中princess是公主的意思，故方钻叫“公主方钻”。底部交错的V形槽令钻石散发出熠熠光彩，线条流畅，是棱角对称的正方形。

南庄知道，公主方钻的四个棱角，分别象征公主的责任、勇气、情感和尊崇。

楚御明放下酒杯，从盒子里拿出手链：“我给你戴上。”

南庄伸出手：“谢谢爸爸。”

他温柔地把手链圈在她的手腕上：“你的手腕太细了，平时要多吃点。”

摇曳的烛光，营造出舒缓的气氛。身着纱丽的印度女子，载歌载舞迎面而来，浓重的南亚风情围绕着两人。南庄收回纤纤玉指，手腕晃着那条沉沉的钻石手链：“我知道了。”

楚御明的身体向后靠去，暖色调的光勾勒出他鲜明的五官，傲气的上扬眉，直入人心的眼神，纤细却很有攻击性，不阳光但也不阴柔，大概最能形容他气质的词是“浓烈”吧。

“该说说正事了。”他直勾勾地望着她，“你不想和莫琊结婚？”

南庄不露声色地蹙了下眉，脸色很快又恢复淡雅的状态。

“不是不想和莫琊结婚，是不想结婚。”她顿了顿，又加了两个字，“暂时。”

楚御明单单挑起左眉："为什么？"

南庄垂下眼眸，不敢再与楚御明对视："我想先干出一番事业。"

楚御明并没有像菅乔染那样轻视南庄的梦想，他端起酒杯，品着被莎士比亚比作"装在瓶子里的西班牙阳光"的雪莉酒，然后缓缓靠近南庄："这个时代，是女性最好的时代，也是最坏的时代。它的美好在于为女性的命运创造了更多的可能性，而同时，更多的选择意味着更多的纠结、困惑、挣扎和迷惘。"

"是。"南庄微微颔首。

"男性比女性幸运的一点是，衡量男性成功的标准只有一个，有钱有权；可女性是站在二维坐标系里的，X轴是事业，Y轴是家庭，X和Y之间很多时候具有负相关性。"

"您说得没错。"

"事业很重要，家庭同样不可或缺。你担心你和莫珝结婚了，就只能相夫教子？不，我可以保证你在结婚之后，依然能做你想做的事情，你的X和Y可以呈正相关。"

南庄咬住唇吸了一口气。

"好了，今天是你的生日，"楚御明话锋一转，纤长的手指端起高脚杯，摇晃着浓稠如黑蜜的雪莉酒，"除了不和莫珝结婚，你还有什么心愿？"

南庄终于抬起头，端起自己的酒杯，喝了一小口酒。

"我的心愿是，将来如果有一天，妈妈想和您离婚，希望您能答应。"

楚御明眼波一闪，暗潮涌荡过后，眸子又恢复成平静的大海。

他薄唇微勾，音色醇厚："我答应你。"

幽深的走廊，光影婆娑。

莫珝身上的天鹅绒西服夹克，是高饱和度、低明度的酒红色，上面密布英伦气质的格纹，内搭冷峻的修身高领针织衫，黑色布洛克鞋凸显出雅痞韵味。女侍应生们纷纷回头注目。

"楚叔叔。"他站定，微微躬身。

巧的是楚御明也穿的是天鹅绒西装，是更为内敛的宝蓝色，翻领处结合了黑色绸缎材质拼接，一点多余设计也没有，顶级剪裁工艺把难以处理的天鹅绒驯服得立体有型。

两位绅士狭路相逢，目光相接的瞬间，莫珝就意识到自己输了。

男人之间，又何尝没有气场上的较量?

“南庄在包间等你。”楚御明与莫珝擦肩而过，轻拍了拍他的肩。

莫珝微微一笑，等楚御明的步履渐行渐远，他才迈开步子走向包间。来到门口，他并不急着进去，而是站在一侧，伸出一根手指钩起墨绿色的帷幔，窥视包间里的女孩。

南庄正在手忙脚乱地卸妆。

化妆包摊开在桌上，卸妆液、化妆棉和湿巾赫然泛着光。

她对着小圆镜，擦拭掉眼线眼影、唇彩和腮红。

旁边的侍应生想要帮莫珝开门，在莫珝轻轻扬手示意后，侍应生悄然退下。他不急，静静地等她卸完妆，看明明妆后明艳动人的她，顶着大素颜像个质朴无华的邻家女孩。

南庄刚刚卸完妆，手机就响了起来，她接通电话，喊了声：“组长。”

“你的脚伤好了吧？快来公司开会！《至尊荣耀》新赛季背景音乐出bug了！”邬靖的声音透着掩藏不住的怒火，指令清晰，不容辩驳。

“好的，我马上来。”南庄开始收拾东西。

莫珝迈步进包间，悄然隐匿于厚重的帷幔后面，继续窥探。

南庄正要走出包间，突然意识到自己这一身衣服的logo太大牌。她想去化妆间换，可又怕时间来不及，就站起来锁上包间的门，却浑然不觉屋内还有一个窥视者。

她脱掉外套，再双手抓住套头针织衫的下摆往上提。

帷幔后的莫珝蓦地瞳孔一缩。

腰、胸和锁骨被暖色调光勾勒出撩人的线条，肌肤莹莹泛光，蜜桃色的肚脐交织着清纯的魅惑。而后是腿，她微微弯腰，长发垂落，脱掉裙与袜，躯小而腿长，肩窄而腿直，胸恰到好处，臀又有一丝藏不住的火辣韵味。

莫翊捏住帷幔的指尖微微发白。

哗的一声，南庄拉上冲锋衣的拉链，再套上牛仔裤、平底靴。

臃肿的衣服掩盖住了她窈窕的身姿，她一边高高扎起马尾，一边开门走出去。

空荡荡的包间里，莫翊并没有急着出来，等了五分钟，确定她不会返回后，他才从帷幔后面走出来，优雅地蹲下身，捡起南庄遗落在地上的卡包，站起身。

里面有一张公交卡，此外还有学生证和身份证。

莫翊指尖夹着两张证件照仔细端详，原本就微翘的嘴角，越发玩味似的上扬。

Chapter 04

叮咚！电梯门开，南庄冲过走廊，胸前的工牌剧烈地晃荡。

办公区域只亮着一盏灯，会议室里的灯则全部亮着，隔着磨砂玻璃，可以看到黑压压的一群人。南庄冲到会议室门口才停下来，喘息着，额头上密布薄薄的一层汗。

隔着门，可以听见邬靖严厉训话的声音。会议已经开始了？

南庄调整呼吸，轻敲了下门，然后按下门把手，开门走进去。

“这么严重的问题都看不出来，你们几个产品经理是不是没长眼睛？！”邬靖说完，发泄似的抓起手边的无线鼠标朝旁边砸去。

啪的一声，不偏不倚，鼠标砸中了南庄的脸，她的额头顿时红了一大片。

会议室里所有人都屏气凝神，在高气压下大气都不敢出。

邬靖依然火冒三丈，想换PPT却没有鼠标，转头看向南庄。

“把鼠标给我！”邬靖的声音高亢刺耳。

剧痛让南庄有点眩晕，可她的神志还是清醒的，连眉头都没皱一下，她立刻蹲下身，捡起鼠标小跑到邬靖旁边，双手递过去，然后退到一边。

邬靖也在不断地调整情绪，试图压抑住怒火，她抓起鼠标，又看向南庄：“你怎么才来？去杂物室拿一箱水来！”

南庄跑来跑去一刻不停，给在场的每一个人都发了一瓶水后，才看到窗玻璃上映出的自己额头上红肿了一大块，她顿了顿，不露声色地把刘海儿拨拉下来遮住额头。

“现在每一个人都想一个公关方案！”

邬靖喝完水后没来得及拧好瓶盖，说话时一激动，那瓶水啪地落地，水咕噜咕噜往外流了一地。邬靖只瞥了眼，抬起脚避免自己的鞋子被弄湿，然后怒视南庄：“还愣着干什么？快拿拖把来弄干净！”

等南庄弯着腰用拖把吸干地面上的水时，才蓦地明白，邬靖急匆匆地把她叫回公司，根本不是让她来参与讨论的，邬靖只是需要一个端茶倒水和收拾打扫的人。

邬靖瞥了南庄一眼：“桌子底下呢？”

南庄咬咬牙，蹲下来，趴着用毛巾把拖把伸不进去的桌底的水擦干净。

“今晚谁都别想睡觉！”邬靖说完，一直前倾的身子终于往座椅上一靠。

她的目光落在趴着擦地板的南庄身上，微微皱眉，双眸里闪过一丝复杂的情绪：“行了，你去创业大街帮我买一杯意式浓缩咖啡。”

从银科大厦出来，南庄一路小跑向中关村创业大街。

寒风一吹，她的鼻子蓦地有点发酸。

委屈吗？说不委屈是假的，可南庄不允许自己掉眼泪。

周末晚上的创业步行街灯火通明，旁边就是新浪、优酷、搜狐和新东方。三年前总理来此喝了杯咖啡，刘强东和奶茶妹妹也来此开了家智能奶茶店。

路边的长椅上不少年轻人在激烈地讨论，“云计算”“大数据”“虚拟现实”“人工智能”等字眼不时钻入南庄的耳里。整条大街充满了青春无畏、生机勃勃的力量。

在“3W.coffee.com”给邬靖买咖啡时，南庄看到门口鼓舞人心的标语："我们不预测未来，我们创造未来。"

店内，乔布斯、比尔·盖茨和马云的画像在灯光下熠熠生辉。

那一瞬间，南庄感觉自己满血复活了。

昌平北四村。

伴随着村民不断加盖的自建房和飞速上涨的房租，这座面积不足四平方公里的城中村，蜗居了十万租户。可据说这里的棚户区改造和整治项目已经启动，拆迁已是必然。

"你明明知道那边马上也要拆迁了，为什么还要大费周章地搬家过去？"方如喜在电话那头质问。

搬了一天家、收拾得浑身无力的方如凤已经没有力气再解释了："住一天算一天吧。"

就算不住职工宿舍，以方如凤的工资，她也只住得起五环外城乡结合部脏乱差的农村自建房，在北京，即便没有任何其他消费，光是住，最便宜的每天也要三四十块。

方如凤蓦地有种快撑不下去的感觉。

方如喜听出了妹妹声音里的疲惫，忍不住叹息一声，声音放轻了："最近城中村大整顿，到处停水停电，你那边受影响了吗？"

方如凤躺到床上，目光无神地看着天花板："没有停电，但是不让用大功率的电器，电褥子只能用小功率的，我一个室友一直是骑电瓶车上班的，现在电瓶车也没地方充电了。"

"你那边没有集中供暖？"

"怎么可能有？"方如凤笑了声，"以前都是房东烧锅炉采暖，现在村子里到处是'不买卖、不使用劣质煤'的标语，而且都在推煤改电，房东觉得烧锅炉划不来，就停了。"

方如喜握紧了手机："那只有一床电褥子，你会不会冷？"

"死不了。"方如凤布满死皮的干燥嘴唇里吐出三个字。

方如喜还在电话那头絮絮叨叨，方如凤渐渐有些听不进去。

她站起身走到门口，望着外面清一色的灰房子如抽屉盒子般密密匝匝地排列，抬头是密布的电线，低头是成堆的垃圾和臭烘烘的水沟，这里完全嗅不到大都市的气息。

“姐。”方如凤蓦地喊出声，打断了方如喜的话语。

“怎么啦？”方如喜莫名地心一紧。

方如凤望着脏兮兮的三轮车穿过喧哗的彩票店门口，一个外卖小哥穿着制服在路边买了一包软双喜，蹲在街角低着头抽着，昏暗的街灯下，人群如蝼蚁，面目难辨。

“我突然发现，这里，和我们老家农村又有什么差别？”

方如喜不知道该说什么，只能继续听着。

“如果不是要去城里上班，我根本就不算生活在北京。”方如凤顿了顿，苦笑着继续说，“北京是繁华，可是那繁华，和我有关系吗？就像品牌店里的衣服，我只能隔着橱窗看，不，我连靠近橱窗的勇气和资格都没有，只能远远地站着，瞥一眼，就低头离开。”

方如喜在电话那头发出无声的叹息。

“姐。”方如凤又仓皇地叫了一声。

方如喜闭上眼，静静地听着。

“即便我来到北京，也只能住在和老家一样的农村里。是不是我再起早贪黑地努力，都无法改变一出生就注定的东西？农民依然是农民，有钱人永远是有钱人。”

方如喜咬了咬牙，终于开口，高喊道：“不！”

她顿了顿，深呼吸一口气，继续说：“你要相信我，我不会让你一直住在随时会断水断电被强拆的地方，我会找个好工作，嫁个好男人，给你买房子，有阳光、有暖气的大房子，你可以坐在飘窗上晒太阳、喝咖啡。”

“姐！”方如凤哽咽着喊了一声。

两姐妹的眼泪，同时簌簌落下。

晚上八点，彩票店亮起艳俗的红灯，翟文伟走进去，掏出一百块买了十张“绿翡翠”刮刮乐，坐在塑料椅子上，用桌上的啤酒起子唰唰刮了起来。

“要不要再来五注大乐透？”胖老板推荐。

“来。”翟文伟又掏出十块钱。

大乐透十分钟开一次奖，墙上显示最近一期的最高中奖金额达到了五万元。门口又进来不少打工仔，桌上很快堆满了大乐透的纸片，翟文伟紧盯着屏幕上红红绿绿的数字。

“要是中了大奖，你最想做什么？”胖老板又来搭讪。

翟文伟低头在纸上写下几串数字：“把钱取出来，砸到一个女生脸上。”

每次想到方如喜投向自己的嫌恶目光，还有那刻薄的话语，翟文伟就气得牙痒痒。

“距离本次开奖还有二十秒。”开奖机里传来提示音。

嘈杂的店里顷刻间安静下来，抽烟的人也停住动作。

翟文伟嘴角抽搐着，最后犹疑地选了一个数字，再和彩票店里的所有人一起目不转睛地盯着墙上的大乐透开奖机。

“本期中奖号码是3、9、11、4、6。”

“就差一个数！”

不停有人发出咒骂声。

翟文伟也没中，他抿紧薄唇，没有说话，转身离开了这承载着无数社会底层之人的翻身梦的彩票店。或许像他这样的人，想要靠自己的努力翻身，也跟中彩票一样难吧？

回家之前，翟文伟先在路边买了一支十块钱的润唇膏。

“文伟哥！”方如凤正在三一公寓外面等他。

一看到他，在寒风中冻得不行的方如凤挥了挥手，挤出一丝笑容。

“你来了也不给我打个电话。”翟文伟心疼地打开大衣把娇小的方如凤揽进怀里。

“人家想给你一个惊喜嘛。”方如凤一低头，满是少女的娇羞。

为了和方如凤彼此有个照应，翟文伟也搬到了北四村，他做“闪送”收入尚可，租了北四村最“豪华”的三一公寓，据说是以前三一重工的员工宿舍房改造的，月租一千二百元。

客厅、卧室、厨房和卫生间都挤在二十平方米的空间里，空气不流通，但比起方如凤十三平方米的八人间男女混住职工宿舍，已经很奢侈了。方如凤兴奋地在房间里转圈圈：“太棒了！这个单间太棒了！”

“那你搬过来和我一起住？”翟文伟目光灼灼地欣赏着少女的娇容。

方如凤的动作停顿下来，笑容凝住，她讪讪地说：“我姐会打断我的腿。”

“别提你姐。”翟文伟皱了下眉，掏出兜里的润唇膏，“擦擦吧。”

“给我买的？”方如凤双眼放光，笑容又荡漾开来，没想到这一笑，嘴唇就干裂开了。

“看看你，嘴唇都干得出血了。”

翟文伟拧着眉，一把将她拉入怀里。方如凤不好意思地伸出舌头舔了舔嘴唇上的血，却没有察觉到翟文伟的视线始终锁定在她的嘴唇上。看着看着，翟文伟的呼吸变得粗重。

虽然干裂出血，但那嘴唇的形状像猫咪，两边纤细上翘，中间厚实丰满。

“文伟哥，你帮我擦润唇膏吧。”方如凤把润唇膏递给他，仰起脸，闭上眼，嘟起嘴。

那模样简直要命。

翟文伟的手微微发颤，他咽了咽口水，喉结不自然地滚动着，感觉脸颊有点发红发烫。他深呼吸一口气，握紧了润唇膏，下一秒，猛地俯身低头。

方如凤蓦地睁开眼，满眼的惊惶，睫毛颤抖。

而翟文伟闭着眼，不管不顾地吸着方如凤年轻的嘴唇。渐渐地，方如凤也缓缓地闭上眼，任凭翟文伟抱着她往床上靠近。两人皆紧促的呼吸，泄露了彼此的心声。

两个年轻的身躯紧紧相贴，感受着对方的体温。只是这样吗？似乎远远不够。方如凤也不是没有过抗拒的念头，只是冬夜太过寒冷漫长，而她太渴望一个温暖的拥抱。

“搬过来和我一起住吧。”他的声音低沉沙哑。

“好。”她紧紧地闭上眼，感受着彼此的暗潮汹涌。

不知是支架不稳，还是螺丝没拧紧，那张木床，两人一动就咯吱作响，像在伴奏。

他的动作毫无技巧，就像雄性动物一样原始粗鲁，而她竟在他的野蛮中感受到一种被占有的满足和欣慰。或许从此以后，在这偌大无情的北京城，她不再是孤零零一个人。

方如凤不知道的是，当翟文伟闭上眼拥抱她的瞬间，他的脑海里，竟然浮现出另一个女孩的面容，那是嘴角下沉、一脸凶相的方如喜。

结束了一天的工作，南庄拖着疲惫的身体爬上宿舍的床。

杨培培说："南庄，你每天都这么累，可别过劳死啊！"

正在淘宝上弄评论返现的方如喜好奇地问："你主要做什么工作？"

"早上八点半上班，在保洁阿姨来之前，先简单清扫一下地面、擦一擦工位，然后给组长买三明治和咖啡，再给工位间的花花草草浇水、修剪枝叶，上午十一点开始订外卖。"

杨培培和方如喜面面相觑，杨培培问："那下午呢？"

"下午主要是收拾会议室和卫生间，给项目组的十五个人买咖啡和甜点，下午茶不能重样。组长下午三点要休息，我要提前把休息室打扫干净，把香薰灯和加湿器调好。"

杨培培终于忍不住开口："所以你一直在打杂？"

南庄猛地坐起来："我差点忘了，明天项目组的下午茶还没选好。"她掏出手机，掰着手指，"味多美、巴黎贝甜、原麦山丘、多乐之日、面包新语都吃过了。"

杨培培想了想："怎么全是欧包？还没试过稻香村吧？"

"对，稻香村！"南庄笑着向杨培培道谢。

杨培培翻了个白眼："这种跑腿的杂活，你竟然干得这么元气满满？"

方如喜丢下手机，冷哼一声："换作是我，肯定早就辞职了，我才不屑于干这些脏活累活杂活，我辛辛苦苦考大学，211重点本科毕业，凭什么让我去伺候人？简直就是侮辱。"

南庄笑了笑，在手机浏览器搜索框里输入"稻香村"，一边查一边回答："我现在是实习期，没资格挑三拣四，让我干什么，我就干什么。我觉得工作不分高低贵贱，年轻时最忌讳眼高手低，心态要摆正，做任何事都要追求极致、全力以赴。”

“端茶、倒水、订外卖，要什么全力以赴？”

“如果敷衍了事、得过且过，就不会感觉到充实。努力，可以从微小的工作中得到巨大的成就感。钱很重要，充实感、成就感也很重要。人生，是每个全力以赴的瞬间。”

方如喜表示不屑一顾：“也许在别人眼里，你就是个傻子呢。你就自欺欺人吧。”

“楚南庄，你去把这份资料复印一遍。”邬靖头也不抬地用左手递来一份资料。

南庄正在帮花店师傅搬一大盆散尾葵，手上沾了泥土。可是邬靖的手伸在半空中，她总不能说她要先去洗洗手吧？她只能用纸巾先简单地擦一擦，然后接了那份资料：“好的，组长。”

南庄小跑到复印机前，想要快点完成任务，可按了好几下复印键，复印机也没反应。

“没纸了？”她立刻蹲下来寻找复印纸。

打开柜子，里面只有两个空空的复印纸包装箱，南庄只好转过身去找。担心打扰到大家工作，她尽量放轻脚步，小碎步到走廊尽头的文具室，因为着急，忘记敲门，直接开门进去了。

没想到一打开门，她就看到里面两个前辈正在动作亲密地交头接耳。

被打扰的两个人又懊恼又尴尬，慌忙分开彼此的身体，各自整理衣服。

“对不起。”南庄慌忙退出来，低着头站在门口。

很快那两个前辈走出来，无视南庄，径直走过。

南庄深呼吸一口气，这才走进文具室。复印纸只有一箱一箱的，她咬咬牙，抱起一大箱，穿过长长的走廊，刚到复印机旁边，正喘着粗气，邬靖生气的声音从后面传来：“楚南庄，你复印一份资料，要一百年吗？”

“对不起。”南庄一边低头道歉，一边手忙脚乱地找剪刀。

邬靖单手叉腰倚在工位旁边，顺手拿起一把裁纸刀，扔到南庄脚下。

南庄蹲下来捡起，用裁纸刀哗地割开复印纸箱子外面的塑封条，每箱里有三四份包装着的复印纸，包装得很严实，南庄打开侧面，却拿不出复印纸，只能伸手进去抓。

“你干吗？”邬靖抓起手边一个文件夹，啪地打在南庄的手上，“没看到你的手那么脏吗？你这么抓，白纸都脏兮兮、皱巴巴的了。我怎么用？”

南庄蹲了很久，原本就没什么力气了，现在被重重拍了下，一下子跪了下去。

邬靖不耐烦地夺过她手里的包装袋，从里面抓出几张复印纸，先忙着复印自己那份资料，复印机哗哗响起来，邬靖才转过头瞪了南庄一眼：“就你这样，我怎么敢给你正经活儿干？你就继续打杂吧。”

南庄刚想站起来，突然头顶哗地被淋了满头的水，她闭上眼，等冰凉的水从眼皮上淌过，再抬眼看去。那“一不小心”没拿稳水杯的人，正是在文具室里的其中一个前辈。

“啊啊啊，真不好意思啊！刚刚擦了护手霜，手打滑，来来来，给你纸。”

南庄低下头深呼吸一口气，又仰起脸，接过纸巾：“谢谢。”

她知道，脾气永远不能大于自己的本事。

邬靖倒也公允，对那前辈指责了一句：“这么毛手毛脚。”

南庄心下一暖。

邬靖复印完资料，转过身看着南庄，吩咐道：“对了，你没事就去清理下冰箱，把一些坏掉的东西扔掉，否则冰箱里总是有一股异味。”

“好的，组长。”

南庄顾不上头发上的水，先去茶水间，打开冰箱，清理了一些腐烂的水果。

不承想，她刚刚把一个苹果扔到垃圾桶，身后就传来一声尖叫：“天哪！那个苹果我还要吃的！”

一个女实习生气势汹汹地冲过来。

“对不起。”南庄不记得这是自己今天第几次道歉了。

女实习生凶神恶煞："麻烦你以后扔冰箱里的东西，先问问是谁的好吗？"

"我担心影响到你们工作。"

"那你也不能问都不问，直接扔掉别人的东西啊！上面的痕迹是我今天早上挤地铁压坏的，根本就没有腐烂好吗？你知道现在苹果多少钱一斤吗？"女实习生咄咄逼人。

"我给你微信转账吧，我赔你。"南庄掏出手机。

"收起你这假惺惺的一套！我们都在工作，就你一个人在闲逛，晃来晃去招人烦！你难道看不出来，组长根本就不想给你安排活儿干？你肯定过不了实习期，趁早走吧！"

女实习生说完，冷哼一声，剜了南庄一眼，踩着高跟鞋高傲地走了。

在南庄的印象中，这个女实习生很擅长利用软妹子的优势，卖萌撒娇获取福利，现在却如此盛气凌人。其实南庄也可以理解，毕竟大家都看得出来邬靖对她很苛刻、很刁难。

被领导针对的人，大家也会本能地排挤，甚至欺负。

人性使然。

南庄闭了闭眼，突然觉得有点头晕，这才想起来一直忙到下午两点，还没吃午饭。她的那份外卖就在窗台上，早就凉了，南庄走过去，打开一次性筷子，端着冰冷的外卖站着吃。

手机微微振动了一下，艾筱澍的公众号推送到了。

南庄用小拇指点开看，内容不长，加粗的句子是："脱贫比脱单重要，煲汤比写诗重要，自己的手艺比男人重要，内心强大到浑蛋比什么都重要。"

把嘴里冰冷干硬的米饭吞咽下去，南庄默念了一遍这句话，然后在文末点了个赞。

从东三环下辅路时，车行缓慢，艾筱澍坐在副驾驶座上，漠然地望着窗外，穿着健身服的壮硕肌肉男正在路边笑着发传单："健身、游泳、瑜伽，欢迎来免费体验！"

驾驶座上常年健身的人鱼线男人笑了："我也开了家健身馆，就在这附近，卢森堡大使馆旁边，一直亏，养着呗，反正我们几个好哥们儿都要健身，自己弄，干净点。”

“北京的健身馆越来越多了。”艾筱澍的语气淡淡的。

“可不是？现在你们女生都有事业、有钱，腰板硬了，眼光高了，加上娱乐圈那些小鲜肉的刺激，你们找男人，不光要有钱，还要有颜、有身材、有品位。男人越来越难做了。”

艾筱澍挑眉：“男人对女人的要求不也提高了？以前只要长得漂亮、能生孩子就行，现在还要求女方学历高、工作好，上得厅堂、下得厨房。做女人何尝不需要三头六臂？”

“也对也对，辛苦了，我的甜心宝贝。”人鱼线男人笑着伸出右手臂，把艾筱澍的肩膀揽过去，转过头在她丰润的红唇上吧唧了一口，然后一脚油门，开到了兆龙饭店停车场入口。

“对了，明天我结婚，你想不想参加婚礼？”他的语气轻描淡写得好像在买白菜。

饶是艾筱澍，乍一听到这消息，也不可能内心毫无波澜，她微微眯起眼，把视线投向远处，没给自己太多时间，也就两三秒，她就面色清淡、语气平稳地开口了：“明天我要见出版社编辑。”

“就上次派对里那个？要把你公众号上的爆文集结成书？”

艾筱澍有意转移话题：“对，首印和版税都给得不低，准备把我往畅销书作家上捧。”

“畅销书作家？那可与你女主播的身份不符啊。”

“所以这几天我就准备去直播公司辞职，以后专心经营自己的‘人设’。”

“那你那些直播的视频，算不算你的黑历史？”

艾筱澍不太在意：“成功了，才有黑历史；不成功，没人在乎你的过去。”

“宝贝你真棒！”人鱼线男人忍不住又伸出手，揽住艾筱澍的肩膀，试图将她拉过去。

可是这次，艾筱澍不卑不亢地推开了他。

人鱼线男人也没有勉强，把车驶入地下停车场，慢慢开着，左右四顾，寻找车位，语调看似不经意地又把话题绕了回来：“你不问我为什么突然要结婚吗？”

艾筱澍此刻已经缓了过来，心如止水，神情从容：“为什么？”

人鱼线男人咬牙切齿，愤恨地拍了下方向盘：‘现在的女人都太狠了，上次她骗我说是安全期，结果怀孕了！”

艾筱澍目光微闪，旋即恢复平静。而人鱼线男人满腹牢骚，愤愤地拆开领带：“之前也有个女人拿孩子逼宫，可她的家世太弱了，我妈给了她九百万元，就打发走了。这回这个，她老爹的公司挺厉害的，算门当户对。而且我爷爷急着要四世同堂。”

艾筱澍勾了勾唇：“不管怎么样，恭喜了。”

人鱼线男人演够了被女人逼婚的角色，这才瞄了艾筱澍一眼，见她面无表情，他撇撇嘴，找到一个停车位，一边拐弯往后倒，一边假装随意地问：“以后我们还像以前那样？”

可笑，这“炮坛”扛把子是准备一再刷新她对渣男的容忍底线?

艾筱澍嘴角嘲讽的笑容荡漾开来：“不好意思，我做不到。”

人鱼线男人皱了下眉：“你三观这么正？”

“不是三观的问题，”艾筱澍纠正，“我只是有点洁癖。”

不管对方之前有多少前任、之后会不会和别人结婚，艾筱澍的原则是，当两个人在一起的时候，彼此是对方的唯一。做不到就换人，反正男人有的是，有钱人也有的是。

“好吧，”人鱼线男人叹息一声，“对了，你不是喜欢玛莎拉蒂吗?这辆车送你。”

艾筱澍也不拒绝：“谢谢。”

人鱼线男人转头瞥见艾筱澍露肩雪纺衫上方精致的锁骨，眯起眼看了看。蝴蝶般展翅欲飞的锁骨玲珑剔透，胜雪的肌肤蓦地勾起他对她身体的记忆，他瞬间感觉血脉贲张。

他咽了咽口水，解下安全带，笑着靠近：“真心感谢的话，最后再让我爽一把？”

艾筱澍蹙眉，伸手去开车门，才发现已落了锁。心脏开始怦怦怦急跳，慌乱感侵袭全身，狭窄的空间，逼近的禽兽，她的呼吸变得急促，大脑飞快运转，思索着对策。

“不要再矫情了，我在你身上可花了不少。”

人鱼线男人彻底撕碎了伪装的面具，一把扒拉下艾筱澍的一字领雪纺衫，雪白的肩膀刺激着他的感官，他急切地去解皮带，把西裤往下脱到臀部，再粗鲁地抓住艾筱澍的胳膊。

常年健身的他体力异于常人，艾筱澍自知不是对手，可也不能束手就擒。

在人鱼线男人拽她过去，试图用力地把她的脑袋压到他的腿间之前，艾筱澍用手肘狠狠一撞，再仰起手，使出浑身力气，啪地给了他一巴掌。

人鱼线男人猝不及防，被打得脸偏向一侧，惊愕地瞪圆眼睛。

半晌，他转过脸，眼里喷出愤怒的火焰：“你这贱人，竟敢打我？”

艾筱澍提高音调：“我只是提醒你，我们正前方就有一个摄像头！”

“精虫上脑”的人鱼线男人被艾筱澍这一巴掌打醒了，这才意识到这是公共停车场，随时会有人来，平时他可以不在意，但明天毕竟是他的婚礼，这时候不能出乱子。

他也不缺女人，还不至于饥渴到非做不可。

只是那一巴掌，他还是要还回来的。人鱼线男人骂了几句粗话，提上裤子，扬起手啪啪直接甩了艾筱澍两耳光，恶狠狠地骂道：“贱人！”

艾筱澍胸口剧烈起伏着，呼吸急促，鬓发散乱，她耷拉下眼皮，被打得嘴角瘀青，却只是咬紧牙关，默默忍受，等他发泄完怒火。

此时如果她再反抗，只会彻底惹怒他，后果不堪设想。

人鱼线男人打完了，又指着艾筱澍的鼻子骂了几句粗话，才消了气，掏出烟，点燃了抽起来。艾筱澍想逃，可他不开门，她也下不去。

艾筱澍只能深呼吸一口气，翻出化妆包，对着遮光板上的小镜子，开始补妆。

委屈吗？并不。想哭吗？并不。想要人前显贵，必定人后遭罪。

这个渣男给她的钱，足够她向直播公司支付解约金。而且他不带她参加那个派对，她怎么可能认识高层次的图书编辑？没有他做跳板，她可能一辈子都混不进那个圈子。

她不该哭，该笑。

人鱼线男人抽完烟，艾筱澍补好妆，两人正要下车，一辆柯尼塞格速度极快地停到玛莎拉蒂的正前方，准备倒车到玛莎拉蒂旁边的车位里。

人鱼线男人一看到那辆超跑，脸上的戾气就全部消散，他笑起来，开门下车，朝柯尼塞格驾驶座上的年轻男子打招呼："莫少，什么风把你这混世魔王吹来了？"

艾筱澍依然坐在副驾驶座上，透过车窗，冷静地望着与她一窗之隔的男子。

柯尼塞格的车窗降下，乍一看惊艳，可仔细看，艾筱澍还是能看出缺点，那人双眉之间鼻骨太窄，有皱眉头的错觉，高山根带动面部肌肉，微有法令纹，不过，瑕不遮瑜。

莫珝朝艾筱澍这边瞥了一眼。

"你够可以的！明儿就结婚了，今天还忙着撩妹！"

"肥水不流外人田，来来来，给你介绍下，她可是中央音乐学院的才女！"

人鱼线男人走过来招呼艾筱澍下车，仿佛他们二人刚刚的闹剧没有发生过一样。

渣男都自带一种属性：厚颜无耻。

艾筱澍不露声色地打量着同样在下车的男人，颜值不光由脸决定，身材和仪态也是很重要的因素，这个叫莫珝的，休闲卫衣加慢跑裤穿得很好看，天生的衣服架子。

她视线下移，目光飞快地扫过他身上唯一有明显logo的地方。

他手腕上的同轴计时月球表，她认出是欧米茄的，月牙白光漆指针显得低调又奢华。

"中央音乐学院？"莫珝目光一闪，弯腰凑近艾筱澍。

他虽然言语放荡不羁，气场却强大，不容小觑。面对他试探性地突然逼近，艾筱澍努力保持呼吸节奏，不让紊乱的气流怯了场。

"那你认不认识作曲系的楚南庄？"

莫珝的问题，让艾筱澍心里咯噔一下，目光却依然平静如水地回视他。

"认识。"她的语调很平缓。

莫珝直起腰，眼角眉梢都带了笑："那你帮我做件事儿。"

艾筱澍静待下文。

"告诉楚南庄，她的学生证和身份证都在我这儿，让她来我这儿拿。"

艾筱澍从容地望着对方，徐徐开口："对不起，恕难从命。"

人鱼线男人一愣，皱眉推了艾筱澍一把："你怎么回事？他可是莫少啊！"

莫珝一言不发，只是微微眯起眼。

艾筱澍挑眉，解释道："我把莫少你的话转告了，她是来找你呢，还是不来呢？我不想给她压力。所以传话这种事情，莫少还是找别人吧。"

有意思。莫珝扬唇笑了起来，双手插兜，弯腰凑近："你叫什么名字？"

人鱼线男人刚想帮忙回答，莫珝微微扬起手，示意他闭嘴。

多余的人噤若寒蝉，莫珝则笑着直勾勾地望着这个第一次见面就吸引了他的注意力的女孩。小波点衬衫的柔美中和了亮面褶皱皮裙的硬朗，裙下的两条腿，纤长、笔直、雪白。

她微微一笑："央音管弦系大三，艾筱澍。"

和艾筱澍他们在电梯口分开后，莫珝一边低头看了看腕表，一边走进那家清吧。

"莫先生。"一路上，侍应生们纷纷停下手里的活儿，躬身打招呼。

吧台前，穿收腰条纹泡泡袖衬衫和牛仔窄裙的女子正摇晃着手里的威士忌杯。

额前的秀发扎成细长的麻花辫，让她的头发变得很有层次，也相当减龄。莫珝走上去，轻拍了拍她的脑袋，然后坐到她旁边的高脚椅上，右手慵懒地搭在吧台上，眯眼笑："老处女，终于舍得出来了。"

邬靖转过身瞪他一眼："大种马，让我等这么久，你怎么赔？"

"今晚我做'牛郎'，让你免费包夜行不行？"莫珝嬉皮笑脸。

邬靖脸一红，轻踹了他一脚："滚！"

侍应生送来青花瓷盘装的温热毛巾，莫琊抓起来擦了擦手。调酒师过来礼貌地问他想喝什么，莫琊漫不经心地扬扬手：“伏特加马提尼，加冰，两颗橄榄。”

调酒师刚要点头，邬靖插了句：“不给他冰，他胃不好。”

莫琊伸手拍邬靖的头：“在伦敦天天喝你熬的小米粥，胃早就好了。”

邬靖白他一眼：“回北京没少花天酒地吧？肯定又把胃搞坏了。”

“行行行，听你的。”莫琊笑着伸出食指，把邬靖的头发缠在上面绕啊绕，“谁叫你们都是一个月流血七天还不死的神奇物种呢？何况你可是传说中欲求不满的老处女。”

邬靖啪地把他的手打掉：“你的嘴敢再贱点吗？”

“好好好，”莫琊举手投降，“换个词，女强人，可以了吧？”他以手托腮，靠近邬靖，“我说女强人，你今年都三十岁了，自己买了车、买了房，就真准备一辈子不结婚啦？”

邬靖嫌弃地推开他：“我不排斥婚姻，但也不急着结婚，我说过的，女人想要成功其实很简单，降低爱情、婚姻在人生中的战略高度就好了。”

莫琊想了想，耸耸肩：“我不明白。”

“你想啊，不求上一个阶层，至少不能往下坠吧？事业做好了，至少可以保我阶层不后退，爱情可就不好说了，多少人因为爱情陷入深渊，真获利的我是没见过有女性。”

莫琊点头：“有道理。”

邬靖豪爽地把杯中的威士忌一饮而尽：“很多女人对人生大事吊儿郎当，学业上得过且过，工作上敷衍了事，对爱情反而要死要活，是不是本末倒置？是不是十足愚蠢？”

莫琊咋舌：“我以为你们搞音乐的都是世外高人，原来也这么世俗啊！”

邬靖大大方方地承认：“再阳春白雪，也是要买房子的。音乐世家也不过是中产阶级，只有咬牙硬扛、迎难而上，才能勉强保住现有阶层不下滑。”

莫珝啧了一声："何必那么辛苦呢？想提升阶层，嫁给我就好了。"

邬靖的心脏漏跳了一拍，她直勾勾地望了莫珝两秒，蓦地横眉竖目："嫁谁也不嫁你！再说这种话，看我不撕烂你的嘴！"

调酒师送来马提尼，莫珝笑着端起来喝了一口："就知道你这样的女强人，看不上我这种不学无术、只知道啃老'坑爹'的小混混。"

"算你有自知之明！"邬靖白他一眼，端起杯子仰起头，才发现杯子早就空了。心跳还是飞快，她忍不住咬了咬下唇。她最恨莫珝这副油腔滑调的样子，她忍不住在心里呐喊：不娶何撩？

"对了，你最近工作怎么样？"莫珝转移话题。

邬靖把耳边的碎发捋到耳后："有个新实习生，虽然喜欢抱大腿，但挺有天赋的，难得的是任劳任怨、不眼高手低，脏活累活都愿意干，可惜啊，得罪了我的老师。"

莫珝放下酒杯："踢她走呗！"

"我一直没给她安排正经活儿干，她整天打杂，而且现在音频中心大部分人都在排挤她，换作玻璃心的女生，早就辞职了，没想到，现在快一个月了，她还不走。"

"那是你不够狠，不如让她背个黑锅，直接开除。"莫珝打了个响指。

邬靖翻了个白眼："我说莫少，你这么腹黑，你那些后宫佳丽知道吗？"

莫珝又没大没小起来，用食指弹了下邬靖的额头，邬靖怒视他，他大笑。

"说到后宫，最近我有个新猎物，也是学音乐的，肯定跟你有共同话题。"

邬靖眉心一颤，表面上却不动声色，语调寻常："那你带来给我看看。"

"现在还没搞定。等我拿下她，肯定给邬女王你检阅！"

嗯了一声后，邬靖垂下头，看到高脚椅下莫珝的那双Tod's的铆钉豆豆鞋，金色铆钉在吧台区摇曳的光影中反射出炫目的光芒，刺得邬靖双眼一阵酸涩。

他永远不会知道，如果不能嫁给他、嫁给爱情，她宁愿一辈子单身。

单身不可怜，可怜的是单身且穷。事业有成的单身男子可以是抢手的钻石王老五，有房有车有钱有地位的单身女子，为何就不能骄傲地活着?

中央音乐学院西门。

每次南庄都提醒她把车停得隐蔽一点，可她似乎永远不知道低调，那辆霸气的保时捷就停在校门口，回头率百分之百，还有不少人拿手机拍照。

南庄只能给菅乔染打电话："您往前开，现在众目睽睽，我可不敢上。"

菅乔染嘀咕了几句不满的话，却还是踩了油门。

到隐蔽无人处，南庄才小跑着上车。

零下五六摄氏度的天气，南庄保暖衣、毛衣、羽绒服、秋裤、雪地靴齐上阵，菅乔染则穿着透视的藕粉色欧根纱衬衫、雪纺裙、高跟鞋，她们好像生活在不同的纬度。

菅乔染白了南庄一眼："你怎么穿得像农民工？"

"我要在室外走路，穿得少就冻僵了。不像您，从来不受季节影响，家里、车上、美容院里、商场内，暖气都充足，24小时恒温恒湿。"南庄撇撇嘴，一边说着一边不爽地系好安全带。

菅乔染皱眉："谁让你去实习的？谁让你不开车天天挤地铁的？"

南庄懒得跟她争辩："言归正传吧，您找我有什么事？"

"看看你。"菅乔染挂空挡、拉手刹，转过身，指着南庄的脸，"脸比身体的肤色暗沉了至少两个色号，黑眼圈、毛孔粗大、色素沉淀，下巴上不是痘痘就是痘印。"

南庄刚刚把脸转向外面，就被菅乔染捏着耳朵扳过去，南庄吃痛，龇牙咧嘴地反击道："你天天去护肤，业务精通，都可以和她们抢饭碗，开美容院忽悠人了。"

菅乔染甩开她的耳朵，伸手摸了一把南庄脸上的肌肤，满脸嫌弃："看你的皮肤糙的。现在乖乖跟我去做个光子嫩肤。"

"不是吧，又要去？"南庄欲哭无泪。

菅乔染瞪她一眼，从后座拿出一个大盒子塞给南庄："你是不是女人？给！这是祛痘的套装，两大包酵素洗颜粉，白天用水杨酸，晚上用异维A酸红霉素，还有内服的养阴丸。来来，现在先擦点水杨酸。"

菅乔染说着，就掏出一盒水杨酸倒出一点，往南庄的下巴上抹去。

"不要！我又没洗脸！"南庄拼命往后躲。

菅乔染解开安全带，气势汹汹，扑上来强行扣住南庄的脸，把水杨酸抹上她的下巴。

楚太太，您平时的优雅呢？南庄抓狂地双手扯头发。

"长了个痘痘而已。妈，我真不明白，我才二十岁，就要时不时被你逼着打瘦脸针、玻尿酸、肉毒素，又是眼霜又是神仙水，您竟然还帮我在美容院办好几万元的护肤卡……"

菅乔染又掏出内服药和矿泉水，逼着南庄喝下去，然后苦口婆心地给女儿洗脑："二十岁开始保养肯定和三十岁才开始保养效果不一样……"

南庄自动屏蔽她接下来的几百字喋喋不休，掏出手机看了看时间："我只有两个小时，你非要逼着我去做光子嫩肤，就别浪费时间了。"

菅乔染剜她一眼，换挡踩油门："其他话你听不进去，但这句你一定要听，工作再累也要按时吃饭不要熬夜。而且要学会舒缓压力，别搞得内分泌失调，长痘痘发胖！"

"知道了知道了。"

"另外，下个月莫珝的妈妈过生日，你准备准备。"

菅乔染的话让南庄用力一捏，手里的矿泉水瓶哗地凹陷了，她捏着水瓶，脑海里灵光一现："我有个条件。您答应我，去参加《凡人的演技》的试镜。"

作为一个竞演类综艺，《凡人的演技》为有实力的普通演员和追梦人搭建了一个与业界大拿面对面切磋的真实平台，播出后话题不断，一次又一次被推上舆论的风口浪尖。

刚巧路遇红灯，菅乔染猛踩了刹车，转过头皱着眉："你什么意思？"

这次换南庄苦口婆心地给菅乔染洗脑了，她抓住菅乔染的手说："现在都是'流量明星'当道，您比前几期的挑战者演技高多了，如果您试镜成功，上节目引发讨论，我再找炒作团队“‘水军’一起发力，您人气飙升，就可以回归娱乐圈！”

菅乔染甩开她的手：“我为什么要复出？”

南庄亮出王牌：“您去试镜，我去参加莫琊妈妈的生日宴。”

菅乔染纠结地咬了咬下唇，转过头望向路前方的红绿灯，沉默着，看七十多秒的倒计时渐渐变成十以内的数字。南庄也一言不发，耐心地等她衡量利弊。

终于，倒计时结束，红灯跳为绿灯，菅乔染还没反应过来，车后传来催促的喇叭声。

嘟嘟的声音把菅乔染的思绪拉回现实，她呼出一口气，换挡，踩油门。

保时捷快速蹿出的同时，菅乔染终于开口：“成交！”

“一言为定！”南庄双眸亮起。

菅乔染又开始唠叨南庄和莫琊的婚约，南庄不耐烦地掏出手机，点开微信订阅号。

昨天艾筱澍的公众号推送，是一张治愈系的图片，上面只有一句话：“成年人的生活就是不容易，要记得健康、学业、工作、感情、家庭这五项是一次大考，尽量每项都及格，注意均衡，尽量不要偏科，偏科的人付出更多，收益更少。”

南庄叹息一声。感情、家庭这两门，她可以逃课吗？

临近圣诞节，中关村到处是色彩缤纷的圣诞树和奔跑的麋鹿，互联网巨头的班车都刷成了红色飘着雪花，关联公司送来了圣诞礼物，去哪儿网的骆驼公仔、美团的袋鼠蛋糕……

九艺游戏音频中心的圣诞员工福利是价值七百块的头戴式游戏耳机、一个苹果和一盒杜蕾斯。平安夜，南庄穿着厚重的圣诞老人衣服，忙着分发福利。

“平安夜快乐！”她一边发一边说，口干舌燥，嗓子都沙哑了。

衣服很厚，又有帽子和假胡须，她跑上跑下，满头大汗，背脊湿透。有同事加班，她还要穿成圣诞老人去送水果和零食，最后累得腰都直不起来，晚上九点还没吃饭。

她刚刚扒了几口冷饭，邬靖就叫她过去。

“公司给林大神的礼盒，你直接送过去吧。”

南庄愣了愣：“组长，要现在送吗？”

邬靖这才抬起头，冷冷地睨了她一眼：“当然，我最讨厌拖延症。”

没办法，南庄一边换下圣诞老人衣服一边给杨培培打电话：“你今晚有空吗？”

“有节选修课。”

“那算了，我要去你的大神家送礼盒，本来想叫你一起去的。”

杨培培蓦地尖叫：“我一个小时内到橡树湾！”

挂了电话，南庄小跑着坐电梯下楼，刚出银科大厦就闻到空气中一股烧煤炭般的味道，掏出手机看看空气质量，今天是重度污染，她走到旁边的便利店买了口罩戴上。

清河橡树湾。

杨培培跳下出租车，兴奋地朝南庄挥舞着右手：“等很久了吧？”

“没，刚到。”戴着防雾霾口罩的南庄从怀里掏出一个口罩，递给杨培培。

杨培培摆手：“不戴不戴！没看到我满脸的妆，满脸的人民币？”

南庄白她一眼。

两人挽着胳膊走到小区外面的门禁处。橡树湾是高档小区，门禁很严格，上次杨培培来，恰好有业主刷卡进去，她就跟着进去了，这次可没那么走运了。

“可以让我们进去吗？”杨培培眨巴着眼卖萌。

穿着物业制服的小哥哥一脸严肃：“不行！你们找几号楼几单元几零几？”

杨培培把具体地址说了，物业小哥哥拨打了内部电话，然后说：“那号楼的门禁系统坏了，我们联系不上业主，你们只能打电话让业主出来接了。”

寒风凛冽，气温跌破零摄氏度，南庄裹紧羽绒服，缩了缩脖子，杨培培则一直蹦蹦跳跳地取暖。听物业小哥哥这么说，杨培培转过脸对南庄说：“你联系大神吧！”

南庄哆嗦着掏出手机，手都快冻僵了，没办法发微信，只能打电话。

幸好，电话没响多久就接通了：“喂？”

简单的一个字，被不怀好意地用了第三声，徐徐转折，漫不经心中透着一丝玩味。

“我在你家小区门口，进不去，需要你出来接一下。”南庄直截了当地说。

林则熙的声音很快从慵懒变得认真：“你在哪个门？”

“南门。”

“我家靠近北门，我走到南门最快需要十分钟，这么冷的天……”他顿了顿，沉声吩咐，“你把手机给物业。”

南庄把手机递给物业小哥哥，不知道林则熙在电话那头说了什么，物业小哥哥回答了一句“好的”，然后挂了电话，走过来帮南庄和杨培培刷卡打开雕花大铁门。

“大神好厉害啊！”杨培培笑着攀上南庄的肩膀，“我越来越崇拜他了！”

说完，杨培培转念一想，又说：“不对不对，他是我老公，老公怎么能崇拜呢？”她拍了拍南庄的肩，开玩笑地说，“快叫我林太太！”

南庄拉了拉书包背带：“林太太，我快冷死了，咱们跑吧。”

404房内，昨天从阳台上收进屋内的袜子、内裤和保暖衣还扔在沙发上，林则熙快步走过去，叠好放回卧室衣柜里，再把沙发上的抱枕一个个拿起来，拍一拍，放整齐。

阳台上堆了很多快递纸盒，看起来很凌乱，他迅速弯腰捡起小纸盒，塞到大纸箱里，再丢到走廊大垃圾桶旁边。玄关处的鞋柜虽然没有味道，他还是拿空气清新剂喷了喷。

幸好平时家里还算整洁，现在不会手忙脚乱。

整理完客厅，林则熙站在立式镜前打量自己，整理了下发型。

睡衣就不用换了，否则太刻意。

他走到赵祈哲的卧室门口，敲了敲门："我有朋友要过来，你要不要……"

门内传来一句："是扎克伯格还是拉里·佩奇？"

林则熙转身离开："当我没说。"

门铃在下一秒响起，林则熙故意在门口站了几秒，才打开门。一阵冷风吹进开着暖气的室内，南庄把自己裹得像个粽子，林则熙看到她的第一个念头就是"瘦了"。

"公司给你的圣诞礼盒。"南庄把书包里的礼盒拿出来递过去。

林则熙嘴角略微下沉。就知道她不可能主动来找他。

"先进来。"他往后退了几步，这才注意到南庄旁边盛装打扮的杨培培。

南庄见他不接，就探身把礼盒放到鞋柜上："不进去了，太晚了，我们要回去了。"

林则熙的嘴角又下沉几分，他把视线投向杨培培："你进来。"

"大、大神！"杨培培这才挤出一句，满脸通红，"我真的可以进去吗？"

林则熙不回答，只是给杨培培拿了一双棉拖鞋："穿这个。"说完他转身往客厅走。

杨培培笑开了花，兴奋得连南庄都不顾了，蹬掉马丁靴换了鞋，这才想起来，抬头拉了南庄一把，低声说："南庄你进来啊！你不是冷死了吗？"

正竖着耳朵听门口动静的林则熙，自然把杨培培的这句话听进了耳里。

"不了，我在外面等你。"南庄的声音紧跟其后传了过来。

冻成这样还不进来？林则熙嘴角下沉的幅度再次加深。

"你傻啊？走廊那么冷，进来有暖气。"杨培培坚持。

南庄压低声音，调侃说："不用了林太太，我不想做电灯泡。"

林太太？电灯泡？林则熙一皱眉，嘴角抽搐，脸色彻底阴沉下来。

那边厢，杨培培无奈地看了南庄一眼，双手捧起鞋柜上的礼盒，走到客厅的沙发边："大、大神，请问要把礼盒放在哪里？"

林则熙面无表情地转过身指了指餐桌，又问：“你要喝点什么？咖啡还是茶？”

杨培培双眼更亮了：“都可以都可以！辛苦大神了！”

林则熙转身去厨房，拼命忍住，却还是不自觉地瞥了眼门口的南庄。

她嘴里呼出白气，对着交握的双手哈了哈气，再掏出手机，不知在看什么。

傻瓜，走廊上的灯光那么暗，也不怕伤了眼睛？瞎了算了。林则熙腹诽着，身体却很诚实，他走到墙壁的开关旁，想要打开玄关处的灯，给看手机的南庄照明。

可是又不能太明显。为了不被南庄怀疑，他啪啪啪地打开了房间里所有的灯。

玄关处的灯骤然亮起，照亮了南庄的手机屏幕，屏幕没那么刺眼了，南庄抬起头看了看灯，然后继续低头看手机，并没有朝林则熙这边瞥一眼。

到底在看什么？那么入迷？林则熙恨得牙痒痒。

骨节如竹的手指挑选了一款口感偏甜的玛奇朵放到胶囊式咖啡机里，再放好咖啡杯，按下按钮，等待咖啡香弥漫的时间里，林则熙忍不住透过百叶状的木质隔断窥探南庄。

她刷着手机，蓦地打了个哈欠。

看起来很困的样子。林则熙想起刚刚凑近看到她有黑眼圈。傻瓜，那么拼干吗？

他心里某块柔软的角落蓦地被触碰了。

让她早点回去睡觉吧。这么想着，林则熙把咖啡倒入两个纸杯中，端给杨培培：“你们在路上喝。”

杨培培接过咖啡，站在原地愣了好几秒，路上喝？

刚刚还让她们进来，转眼就让她们走人？大神的心思果然难测。

她缓过神来才说：“谢、谢谢大神！”

林则熙并没有回答，转过身，打开餐桌上的礼盒。

游戏耳机、苹果……杜蕾斯？杜蕾斯是南庄额外加的？顷刻间，一个念头闪过林则熙的脑海，他的目光变得肃杀狠厉，周身气息冷酷逼人。

一旁的杨培培转身正着急地往外走，结果一时慌乱，咖啡猛地泼洒到粉色羽绒服上，浓黑的颜色顺着羽绒服的防水面料滑下，滴到杨培培的袜子上，她忍不住啊地叫了声。

“去卫生间洗洗。”林则熙接过两杯咖啡，放到餐桌上。

“对不起！弄脏地板了！”杨培培蹲下身想去擦地板。

林则熙冰冷的声音骤然响起，不怒自威：“去卫生间！”

杨培培动作一顿，缓过神来，立刻站起来小跑着去卫生间。

门外，目睹杨培培尴尬场面的南庄皱了皱眉。这姓林的，怎么突然说话这么冲？又被触及逆鳞了？

南庄目送杨培培的身影消失后，视线才落到餐桌边的林则熙身上，两人的目光生生地撞在一起，南庄皱眉，看到那幽深眸子里正在极力压抑的怒火，她莫名其妙。

“不就洒了点咖啡，你何必这么小气？”

林则熙眉心微颤：“你大方，大方到把你老公送给别人！”

“闭嘴！”南庄生怕被杨培培听见，慌忙打断他的话。

林则熙咬牙：“你就这么怕别人知道我是你老公？”

南庄被那灼热的目光盯着，胸口的起伏越来越剧烈，背脊莫名地一阵发寒。

林则熙原本是半倚在餐桌上的，骤然起身，迈开大步朝南庄走去。餐桌摇晃，桌上的咖啡在杯中猛烈地荡漾起来，有一杯比较满的，甚至溢出了纸杯，啪啪洒落。

南庄的第一个念头就是快逃。

她倒不是怕林则熙，只是怕待会儿杨培培出来，林则熙当着杨培培的面做出什么疯狂的举动。南庄也没有跑，只是转身往走廊那头走。

不管怎样，先避开杨培培再说。

林则熙也不换鞋，就穿着棉拖鞋走出门去追。

电梯门开，有一家人带着孩子回来，热热闹闹的。南庄穿过那家人，继续走，林则熙也穿过那家人，两人一个在前一个在后，从开始掩人耳目地慢走，到渐渐克制不住地快走。

脚步越来越快，彼此的心跳都在加速，呼吸越发急促。

快走到尽头了，两人的步子越来越紧，对方的呼吸近在耳畔，南庄本能地推开门走进漆黑的楼梯间，下一秒林则熙也推门而入，南庄的手腕被攥住，背部嘭的一声撞到门上。

楼梯间的感应灯蓦地亮起。

“你又发什么疯？”南庄喘息着，被迫仰头与之对视。

林则熙伸手捏住她的下巴，咬牙切齿，一点点跟她清算：“送礼盒就送礼盒，为什么还要叫上杨培培？”

南庄吃痛，怒目而视：“还用问吗？她喜欢你啊！”

林则熙钳住她下巴的手指蓦地加重了力道，声音有些沙哑：“既然想把你老公让给别人，为什么不好人做到底，进屋来撮合？”

南庄从鼻腔里发出一声冷哼：“我想让你们单独相处，有什么问题？”

“所以连杜蕾斯都给我准备了？”

南庄愣了愣，知道他误会了，公司送的东西，他误以为是她送给他和杨培培用的。

可南庄也不屑于辩解：“怎么？一盒不够？”

林则熙的理智濒临崩溃，他猛地扣住南庄的后颈，下一秒，鼻尖压上她的鼻尖：“你又想惹怒我？”

他鼻翼里呼出的灼热气流带着他特有的浓烈气息，侵占了南庄的全部感官。她回过神来的第一个动作就是用力推他的胸膛，把自己从他的呼吸中解救出来。

刚才的缠斗，让她的领口敞开，冷风钻入。

她唰的一声把羽绒服拉链拉到最上面：“你让开！我要回去了！”

林则熙压抑住自己急促的呼吸：“你准备怎么向杨培培解释我和你的关系？”

“除了结婚之外，其余都实话实说啊！”南庄大喊。

林则熙眯起眼：“怎么说？”

南庄知道今晚不说清楚，他是不会让她走了。

“我们都在北师大附中，除了校运会我给你送过一次水，就没什么交集了。你高三回原籍之前来找我，我本来很奇怪，可你说你只是想随便找个人聊聊，碰巧遇上了我。”

林则熙听着听着，脸上愤怒的表情渐渐被一种难以觉察的失望所代替。

世界上哪有那么多碰巧？他的手指甲悄悄抠进掌心。

南庄并未察觉他表情上的细微变化，还在继续回忆：“后来我们一直没联系，直到我大三回北师大附中参加校友会，我被灌多了，迷迷糊糊中只记得我吐了你一身——其余就没什么了。就跟杨培培说这些。”

林则熙给出的反应，是往别处扫了一眼，有了过渡，再重新把视线落在她身上：“不准备说校友会那天晚上我们单独在酒店过夜？”

南庄气恼：“你够了没有？让开！”

林则熙伸出手臂，挡住她的前路：“撮合了我和杨培培之后，你准备怎么办？”

南庄担心自己和林则熙消失太久，杨培培会产生怀疑，所以急着回去，可想走又不能走，她快要气疯，不假思索一句话就脱口而出了：“还能怎么办？和你离婚！”

“离婚”这两个字哗地撕碎了林则熙残存的理性。

南庄尚在气头上，并未察觉到问题的严重性，伸手想推开他再往外走。

林则熙很快让她接下来的动作被扼杀于无形，他双手攥住她的两只手腕，啪地死死压在墙壁上，与此同时，他的脸再度逼近，眉峰如双刃，寒气迫人。

空气中仿佛有火花刺啦刺啦作响。

瞬间，南庄意识到危险，大口喘息着，低下头，把口鼻埋进羽绒服高高的领子里。

“楚南庄，是你逼我的。”

林则熙压抑住急促的呼吸，唇接触到羽绒服冰冷的拉链，迫近的动作骤然停顿，缓了缓，他依然直勾勾地望着她，然后张开嘴，蓦地咬住了她羽绒服的金属拉链扣。

牙齿和金属发出轻微的叩击声，在寂静的楼梯间清晰刺耳。

南庄瞪圆了眼睛。

他睫毛颤了颤，咬住拉链扣往下拉，拉下来两毫米，就发出咔的一声，四毫米、六毫米……他不急，慢慢地往下拉，一点点凌迟她的神经。

南庄想反抗，可双手被他用双手困住，双腿被他用双膝压住，动弹不得，只能任凭宰割，瑟瑟发抖。

她的呼吸声越来越粗重，胸口难以控制地剧烈起伏着。

拉链一点点被拉开，她的鼻子先暴露在冰冷的空气里，然后是鼻唇沟、上唇、下唇，当她的嘴唇完全露出来时，一阵寒风吹来，她的唇一哆嗦，就被吸入一个温暖的地方。

她用力躲闪，一出声，才发觉声音已沙哑："不 ……"

他的唇又攻上来，南庄接下来的字句已无法倾吐，被迫卷入唇齿的交战。

唇舌开疆辟土，强硬近乎蛮横地肆虐、吮吸，甚至是噬咬，就像一只饥饿已久的兽捕获了它的猎物。南庄僵着背无力动弹，只觉唇齿剧痛，无法呼吸，浑身发麻。

她闭上眼，脚趾不自觉地向内蜷曲，膝盖颤抖。

若不是他紧紧压着她，她早就站立不稳。

狂野而无声，不知过了多久，楼梯间的感应灯蓦地熄灭。

漆黑寂静的楼梯间，仿佛被世界遗弃的角落。他反反复复玩弄着她的唇，每次她以为他已经闹够了，要放开她了，结果这一波过去，下一波又汹涌来袭。

不够，再来。

他也不知道自己为何永远不会腻烦，就想这样一直蹂躏她到天明。

渐渐地南庄的大脑开始混沌了，神志开始模糊不清，感觉自己就像在做梦，飘浮在虚空中，整个身体的精魂都被他索取，掏空了。罢了罢了，随他去吧。

若不是到了后面，连林则熙都双腿发颤站立不稳，恐怕这个吻根本没有尽头。

夜渐渐深了，窗外楼下，是小区里的一棵巨大的圣诞树，树身的数千个小灯泡开始闪闪发光，那璀璨的光芒射到楼梯间里来，变得像萤火虫一般暧昧迷离。

终于，他喘息着放开了她，踉跄着抓住旁边的扶手，低着头，耷拉下眼皮："以后不许再说那两个字。"

而她无法再保持刚才的姿势，整个身体顺着墙壁往下滑，瘫坐在地上。

两个人都在歇斯底里地纠缠后，再无一丝力气。只有远处圣诞树的光芒一闪一闪的，投射到黑暗的楼梯间，在两人的脸上掠过，照出彼此又红又肿的唇。

哗啦啦，卫生间传来水流的声音。

黑色针织衫上缀着五颜六色的小毛球，搭配白色水洗高腰牛仔短裤，裤下是灰色打底袜，这就是杨培培在羽绒服下的衣装。不光打底袜，白色短裤也沾上了咖啡。

这条短裤她可是第一次穿，当时在商场咬咬牙八折买的，杨培培一阵肉疼。

不立刻清洗就洗不掉了，杨培培脱下牛仔短裤和打底袜，只穿一条内裤太冷了，她瞥见卫生间有一条类似于浴巾的毛毯，顾不上那么多，借用一下吧，抓过来围住了臀和腿。

她洗完牛仔裤，再洗打底袜时，门啪的一声被打开。

头戴着厚重的耳机的赵祈哲，浑然不觉卫生间里有人，径直走进来。杨培培啊地叫了一声，转过身，和赵祈哲对视。赵祈哲的视线很快落在她下半身的毛毯上。

"这是你的？可以借我用一下吗？"

杨培培的话音未落，赵祈哲走过来，抓住毛毯一扯。

"啊！"杨培培尖叫，夹紧双腿，双手去抓毛毯。可她的力道怎么比得上赵祈哲？

赵祈哲一把扯下杨培培下半身的遮蔽物，转身就走。

原来他是来卫生间拿毛毯的？可是他没看见她只穿着一条内裤吗？

杨培培忍无可忍，套上羽绒服勉强遮住臀部，追上去一把抓下赵祈哲的头戴式耳机："你耍流氓！"

赵祈哲转身，皱眉，伸手去抢耳机。杨培培一把将耳机抱在怀里。

"还给我。"他面无表情。

杨培培恶狠狠地瞪着他："你先道歉！"

"为什么要道歉？"赵祈哲开始不耐烦，"我只是拿走我的毛毯而已。"

杨培培咬牙："你没看到我在用吗？你肯定是故意想看我的内裤！"

赵祈哲越来越厌烦："你们女生内心戏怎么这么多？我只是要用毛毯了，所以拿走了，就这么简单。"

"你狡辩！"杨培培气得指着赵祈哲的鼻子。

赵祈哲懒得搭理，伸手又来抢耳机。杨培培拼命躲闪，两人拉扯间，杨培培一个没站稳，倒向沙发，赵祈哲趁机去抢她怀里的耳机，她不甘心被抢，伸手钩住他的脖子。

啪的一声，赵祈哲重重地压在杨培培身上，沙发瞬间深陷。

下一秒，玄关处的大门口传来脚步声，杨培培抬眸看去。

门竟然没关？

幸好不是林则熙，是穿蓝色制服的外卖员。那年轻的外卖小哥当场愣住。

"啊！"这一次杨培培的尖叫，称得上惨烈了。

她低头看看自己，光着双腿被男生压在沙发上，画面这么辣眼睛，不被误会才怪。

外卖小哥终于缓过来，把外卖放在玄关处的鞋柜上："对不起打扰了，你们继续。"

一个劲儿地道歉后，外卖小哥转身离开，走之前还没忘记啪地带上门。

在杨培培推开赵祈哲之前，赵祈哲已经淡定地站起身，拿走耳机，径直走到玄关处取外卖。杨培培此刻已经火冒三丈，冲上去拦住拿着外卖准备回房间的赵祈哲："今天你不道歉，就别想走！"

赵祈哲似乎已经忍耐到极致，一把推开她："是你把我拉下去的，又不是我压上去的。该道歉的是你。"

杨培培瞠目结舌，见过情商低的，没见过情商这么低的。

她不服气地拽住他的胳膊："你从来都是这么'直男癌'？你说话、做事从来不考虑对方的感受？"

赵祈哲转过身："我为什么要考虑你的感受？如果你只是我室友的普通朋友，很少会来，那我不需要和你交好；如果你是我室友的女朋友，经常会来，我更要和你保持距离。"

杨培培瞪圆眼睛："所以你就只有逻辑没有感情吗？"

"我是个程序员，说话就像程序语言一般直接明了，指令是什么就是什么，没有深层的含义。现在我给你一个EOF指令，也就是你们人类所谓的'拜拜'。"

人类？杨培培嘴角抽搐，上下打量了一下这个蓬头垢面、一身邋遢睡衣的男生："等一下！你这样不会打扮、不会社交的人，竟然也能在社会上混下去？"

赵祈哲一边往卧室走，一边回答："因为我掌握技术，互联网所有的一切，只有通过我们程序员，才能实现。我不需要打扮，也不需要社交，打扮和社交对我来说，不但没用，而且浪费时间。"

杨培培忍不住喊了声："那你注定和你的电脑孤独终老！"

赵祈哲耸耸肩，啪地关上门之前，丢下一句："比起我最爱的PHP（超文本预处理器），人类真是麻烦而愚蠢。"

杨培培："……"

楼梯间，南庄站在玻璃窗前，看到上面映出的自己红肿的唇。她和林则熙消失了这么久，现在嘴巴肿成这样回去见杨培培，真不知道该怎么解释。

她脑海里灵光一闪，不是有口罩吗？

她生平第一次庆幸北京有雾霾，戴着口罩也不会太突兀。

南庄推开楼梯间的门，深呼吸一口气，戴上口罩，遮住红肿的唇。林则熙从后面走出来，南庄怕他同样红肿的嘴唇也露馅，就把另一个新口罩递给他。

他不接，视线转向别处。

南庄只能收了口罩。

走廊的感应灯亮起，她没走几步，自己脸上的口罩就被林则熙抢去了。

搞什么？南庄蹙眉。

林则熙面无表情，把尚且带着她的温度和气息的口罩戴到自己脸上，继续往前走。

南庄脚步顿了顿，忍下一口气，掏出新的口罩戴上。

她永远猜不透林则熙的心思。

而林则熙呢？他在口罩后面深深地吸了一口气，瞬间整个肺部都充盈了她的气息。她嘴唇触碰过的口罩内侧，此刻正贴合着他的嘴唇。

他突然有种错觉，仿佛刚才楼梯间的吻，仍在继续……

回到404，林则熙也不取口罩，看都不看杨培培一眼，直接回了卧室。

南庄则依然戴着口罩站在门口，叫杨培培："我们走吧。"

杨培培已经用电吹风吹干了牛仔短裤和打底袜，她被赵祈哲弄得情绪很乱，也顾不上去问大神为什么不搭理她，匆忙来到玄关处穿上马丁靴。

"南庄，你们刚刚去哪里了？这么久？大神为什么突然戴上了口罩？"

"在楼下看圣诞树。"南庄顿了顿，解释说，'今晚雾霾好严重。"

朝阳区，酒仙桥，星城国际。

《凡人的演技》这一期试镜的内容是《甄嬛传》。菅乔染饰演的是皇后，虽然菅乔染比剧中饰演皇后的蔡少芬还要小四岁，不存在年龄太大的问题，但她还是没有太大把握。

化好妆后，菅乔染拿着剧本在角落的沙发上看，隔着屏风传来女生们的讨论。

"听说有个四十岁的老女人也来试镜，满脸的玻尿酸、肉毒素，恶不恶心人？"

"是啊，那么老了还跟我们抢饭碗？还TVB，早就过时了。"

字字入耳，可是菅乔染面无表情，继续看剧本。

甄嬛进宫以后，皇后故意将她安排在惹眼的承乾宫，好令华妃树敌。华妃果然上当，醋意十足地将甄嬛挪去碎玉轩。而碎玉轩从前住的芳贵人小产正是皇后害的。

菅乔染要演的是皇后和她的心腹剪秋的一番对话。

很快有场控过来喊菅乔染上场，菅乔染从容地站起身，路过那两个背后嚼舌根、此刻惊诧又尴尬地瞪圆眼睛的女孩，看都没看她们一眼，径直走向舞台。

剪秋走过来对菅乔染说："碎玉轩就是从前芳贵人住的地方。"

甄嬛此时刚刚被封为莞常在，很得宠，皇后应该像憎恨纯元一样憎恨她。

菅乔染的表情带着压抑的憎恨："莞常在是皇上中意的人。"那一瞬间她的脑海里浮现出楚御明和别的女人优雅调笑的样子，不由得委屈又悲愤，越想越恨得牙痒痒。

她缓了缓，压抑住怒火，目光变得麻木又冰冷，继续说下一句台词："既然那个地方很冷僻，就送些桂花过去。"

皇后这句话真正的意思，菅乔染明白，翻译过来就是——碎玉轩那地方曾经被咱们埋了麝香，甄嬛是皇上的心上人，不能让她有孕，快去弄点桂花，把麝香气味遮一遮。

所以表面上菅乔染语气淡淡的，像是说些无关紧要的小事，其实暗藏杀机。菅乔染一边说，一边在脑海里想象自己手撕那些"小三"的画面，眸中的阴狠越发凌厉。

接下来还有几段台词，可是副导演突然喊了"cut"。

"菅乔染对吗？不用再试了，直接晋级，你下下周上节目，没问题吧？"

复兴门桥洞下的免费公用厕所。

方如喜没想到竟然能在北京遇见同村的蒋姣兰，蒋姣兰也是她中学时的同学、闺密。

那个记忆里穿着校服坐在操场单杠上晃荡着双腿、和她同岁的女孩已经有了个三岁的孩子。她在这个厕所当清洁工，一家三口蜗居在厕所下的地下室里。

“啊，你也到北京来了？”一开始方如喜也很激动。

蒋姣兰兴奋极了，非要留方如喜吃饭。阴暗潮湿的地下室，她儿子在上铺玩塑料玩具，蒋姣兰就在下面蹲着炒菜，没有抽油烟机，狭小的房间顷刻间充满刺鼻的油烟。

方如喜不停地咳嗽，可平时太寂寞的蒋姣兰还在喋喋不休地倾诉，话题无非物价高涨、钱难赚、孩子不听话。方如喜插不上嘴，只能附和，硬着头皮听着。

他们吃饭的时候，不停地有人进来上厕所，空气不流通，隔音效果差，褪裤声、拉链声、提裤声、撒尿声、大解声、放屁声、冲水声……不绝于耳。

方如喜吃了两口就吃不下了。

可蒋姣兰和她儿子早就习以为常，在那些如厕的声音中吧唧着嘴，喝着汤。

方如喜突然觉得胆战心惊。

如果高中时，她和蒋姣兰一起辍学去附近的镇上打工，那她现在也会如出一辙吧?

所以她从来不相信“读书无用论”。一张高校文凭，不能确保让人站上顶峰，却会让大多数人免于跌落谷底。学识影响眼界，眼界决定格局，而格局影响人的一生。

就算这个社会的阶级壁垒难以打破，人的努力始终有无法冲破的天花板，方如喜也始终相信知识可以改变命运，始终相信努力奋斗的意义。

“你老公是做什么的？”方如喜想找个话题掩饰自己吃不下饭的状况。

“以前是送外卖的，一到高峰期，订单直接塞过来，给后台打电话说受不了都不行。先是出了两次小车祸，一次撞在树上，一次为了避开三轮车，整个人飞到马路牙子上了。”

“怎么回事？”

“催单电话来的时候，不能不接，接了就容易出事故。”

“公司没赔偿吗？”

“他没敢跟公司说，说了不光没有医药费，还要扣他的钱。可把我心疼得哦，他自己摔出去了，爬起来不看自己，先去看保温箱里的外卖是不是洒了。”

方如喜叹息一声：“但是送外卖赚得多吧？听说赚得比很多白领都多。”

“可是都是卖命啊，送外卖，时间就是生命，我老公就经常违规逆行，因为逆行罚两百元，但餐没按时送到被投诉的话，就要被罚两千元。”

方如喜想，以后要对外卖小哥温柔点，别催单，多点耐心和体谅，还要多道谢。

蒋姣兰说着说着，突然哽咽了：“就是因为逆行，出了严重车祸，腿没保住，现在只能在报刊亭卖杂志。”她说完，快速地扒拉掉剩下的饭，“待会儿我要去给他送饭。”

原来她老公是骑摩托车赶时间出的车祸，方如喜蓦地坐立难安起来。

她记得方如凤说过，翟文伟在做“闪送”，也是骑摩托车，也是赶时间。

方如喜忍不住掏出手机，给方如凤发了条微信：“下班了吗？”

“没呢，怎么啦？”

方如喜在对话框里输入：“我今天遇见蒋姣兰了，她老公送外卖出车祸断了条腿。你说‘闪送’和送外卖是不是差不多，都很危险？”

辛辛苦苦打完字，准备点“发送”，可方如喜的手指突然停在了半空。

不对啊！她这是怎么了？她不是很讨厌翟文伟吗？她不是一心想拆散妹妹和翟文伟吗？翟文伟的工作是否危险，与她又有什么关系？

这样想着，方如喜飞速地把对话框里的那句话一个字一个字地删掉，然后回了两个字：“没事。”

离开那家公用厕所时，蒋姣兰依依不舍地拉着方如喜的手。

她的眼眶里甚至蓄满了泪水：“你还会来看我吗？”

方如喜没有回答，只是点点头。

可她知道，她不会再来了。她们都长大了，拥有了截然不同的人生。何况她在北京自顾不暇，无力接济他人。曾经两人再要好，都回不去了。层次不同的人，是没办法做朋友的。

门当户对、人以群分，不是仅仅指爱情，友情亦如是。

回到宿舍时是晚上八点半，宿舍里应该是空无一人的，因为没有开灯，方如喜打开灯后看到艾筱澍贴着面膜躺在床上，吓得差点惊叫出声，缓过神来才拍了拍胸脯说："今天太阳从西边出来了？你竟然没出去？"

艾筱澍一动不动："今天做了下巴假体植入。"

"你的下巴很漂亮啊，而且还前翘。"

"但是略短，而且肉松，打再多玻尿酸都效果不明显，只能做手术。"

方如喜咋舌："看来你不光对你的人生不将就，对你的长相也从不将就。"她耸耸肩，"我可不会做任何整容手术，身体发肤，受之父母，而且我觉得肯定有副作用、后遗症。"

艾筱澍不准备跟她争论。

很快南庄和杨培培一起回到宿舍。

艾筱澍刚刚敷完面膜，坐起身，用指腹轻轻按摩面部促进精华吸收，随意地瞥了南庄一眼："南庄，我问你。"

南庄正在抢杨培培的辣条吃，辣得张开嘴哈气："什么事？"

"你怎么认识莫珝的？"

南庄嘴里的辣条差点掉下来，她慌忙咬住，转身抓起桌上的杯子，咕噜咕噜喝了大半杯水，才把恢复正常的目光投向艾筱澍："工作上认识的，怎么啦？"

艾筱澍审视了一下南庄的表情，她能感觉到南庄的不自然，但并不在意。

"没事，"她收回视线，看着镜子，继续轻拍脸颊，"但我想你或许应该知道。"

"知道什么？"

"我想拿下莫珝。"

南庄咀嚼辣条的动作微微一顿，她皱了皱眉，担心艾筱澍通过莫珝发现自己的家庭背景，但也暗自高兴，如果艾筱澍和莫珝成了一对，那她就可以借故找碴儿、破坏联姻?

这消息的信息量太大，南庄喜忧参半，情绪复杂地说："那你加油。"

银科大厦，九艺游戏音频中心，会议室。

"听说女娲英雄被削弱了！那英雄确实太强势了，法师对线打不过，突进强杀过不去，脆皮后排轻松秒！所以很多玩家投诉。官方还出致歉书了！"

南庄一边用抹布擦会议室的桌子，一边听一个前辈分享资讯。

关于致歉书，南庄在九艺游戏官方微博上读过。

"针对这段时间女娲在战场上给大家造成的不良体验，我们深表歉意，也感谢大家的积极反馈，希望调整后的女娲，在正式服更新时让大家有更好的游戏体验。"

南庄点赞转发时写了一句话并@九艺游戏官方微博："女娲最初的设定，是为了更极致地营造她作为创世神需要表现出来的等级感，现在既然有了削弱，我认为女娲的登场战歌和游戏音效也应该有相应改变。"

前辈们还在热烈讨论，门被推开，邬靖走了进来，会议室立刻安静下来。

南庄收起抹布，准备去开投影仪。

邬靖蓦地拽住她的胳膊："你等一下。"

"组长。"南庄站定，点头打招呼。

邬靖直勾勾地望着她："在微博上建议修改女娲战歌和音效的，是你吧？"

南庄没想到消息这么快就反馈到音频中心了："是的，组长。"

南庄本以为邬靖会表扬她心细如发或者工作积极性高，没想到啪的一声，邬靖把手里的文件夹狠狠地摔在会议桌上，声音刺激得在场所有人脸色微变。

"你凭什么这么做？"邬靖高亢刺耳的声音回荡在整个会议室里。

南庄蓦地浑身一颤。

有的人屏气凝神为南庄担忧，但更多的是嘴角勾笑准备看好戏。

“凭你是音乐学院还没毕业的学生？凭你是音频中心一个打杂的实习生？凭你是一个在《至尊荣耀》里等级还没到白银的玩家？”

当着全项目组的面，邬靖一连串的反问嘲讽，让南庄咬住下唇，握紧拳头。

“我们音频中心的活儿已经够多了，没做好的有一堆在等着，做好的时不时出几个bug，大家都在加班加点拼命地干，你倒好，不但不帮忙，还要添乱，主动揽活儿！”

南庄头垂得更低了，语气诚恳：“对不起！”

“对不起有用吗？你之前给我发的你编的那些战歌，都是些什么烂曲子。风格不搭、力道不够！你自己捉襟见肘，还要主动请缨，是想让我们全项目组为你鞍前马后？”

感受到大家投来的或同情或落井下石的目光，南庄咬紧牙关，静静听着，并不辩驳。

邬靖气还没消，音量不减：“上头说了，在后天正式服更新之前，音频中心要拿出女娲的新战歌和音效，最近我们还有几个项目在同时推进，楚南庄，你自己揽的活儿自己干，干不好就走人！”

听完这段话，南庄心头的羞愤蓦地一扫而空，她眉头舒展，握紧拳头。

旁人或许无法理解，但她真的感觉这是好事，至少，邬靖给了她真正的工作。

她并没有太大把握，但她会竭尽全力去完成。一件事如果有六成的把握，就要勇敢地去做。她知道很难，可是机会往往会伪装成困难到来。

退出会议室，南庄先把抹布送到卫生间。

她刚要在走廊上拐弯，就听到熟悉的声音：“对，就在我的文件柜里面，是一条印花的丝巾，爱马仕的。”

紧接着传入南庄的耳膜的，是保洁阿姨的声音：“对不起岑总监，我真的没看见。”

走廊一侧是落地玻璃窗，南庄抬头，看到窗上映出的岑德咏修长的身躯。定制西装外是驼色马海毛大衣，胸前简约的银质领带夹，戴在衬衫从上往下数第四颗和第五颗纽扣间。

他的衣着、气质虽不如楚御明奢华无度，却也精雕细琢，很难挑出毛病。

“岑老师。”南庄迈开步子走上前。

保洁阿姨先走了。岑德咏转过身，轻易地克制住了眸中本该闪现的一丝慌乱。

“那条丝巾，是我母亲的吧？”

南庄知道这句话的分量，所以说完后，静静地等待岑德咏缓冲。

而岑德咏并没有让她等太久，线条优雅的唇扬了起来，配合眉心的痣，大叔邪魅的气质呼之欲出。

然而他只是笑笑，并未开口。他也在等待，她既然亮出了筹码，下一步就是开条件。

南庄也不故弄玄虚，很快发了直球：“关于女娲英雄的新战歌和音效，我需要您的指点。”

Chapter 05

显示器上，戴着耳机的南庄打开采样器软件Kontakt Script编辑器，双击空白处的“Edit创建”，开始编写脚本，编一段，就点击编辑框上方的Apply应用按钮执行脚本。

杨培培在旁边看得瞠目结舌：“南庄你竟然还会编程。”

南庄摘下耳机解释说：“Kontakt Script与Visual Basic、C++在语句方面相似度很高，所以我高中时自学了编程。其实很简单，只要精通回调函数就好。”

杨培培咋舌：“我们大学专业都是瞎填的，而你高中就有了职业规划，可怕。”想了想，她又说，“那你和大神的奇葩程序员室友说不定有共同话题。”

可南庄已经戴上耳机，聚精会神地敲代码。杨培培不便打扰，爬上床睡觉。

次日早晨杨培培是被南庄推醒的。

“七点了，起来吧，帮我听听这首曲子。”

她还没反应过来，就被南庄戴上耳机。杨培培揉着惺忪的睡眼，看到南庄的黑眼圈和双眸的血丝。

“南庄，你别告诉我，你昨晚一宿没睡？”杨培培蓦地睁大眼睛。

南庄疲惫的脸上勉强挤出一丝笑容：“想睡也睡不着，不如工作。大脑太兴奋了，毕竟我的岑男神指导了我，让我醍醐灌顶，我迫不及待地想要把我脑海里的曲子编出来。”

杨培培坐起来，听了听曲子：“我觉得超级棒，你快休息，睡会儿吧。”

南庄从杨培培头上拿下耳机：“不睡了，我该去上班了。”

杨培培一把抓住她，急急地说：“上什么班？你连个工位都没有，要坐在复印机旁边，用自己的笔记本电脑办公，那些人只要有跑腿的活儿都找你，你不如请假在宿舍好好编曲。”

南庄推开了她，飞快地收拾书包，抓起公交卡，去门口换鞋：“不行，我是项目组的一员，即便是端茶送水，只要他们需要我，我就不能缺席。”

刚上地铁，南庄就收到了邬靖的微信。

“今天有两个线下推广，你去帮忙，北京化工大学和中央美术学院。”

南庄立刻跳下车，冲过站台，赶上反方向的二号线，在雍和宫换乘五号线。两个小时后，她挤进十四号线去中央美院所在的望京。这两条线路她很少坐，所以一路举目四顾。

十四号线北部经过798艺术区，往南路过大望路，广告大多很文艺。而五号线终点是天通苑，疲惫的乘客为了低价房租每日通勤两小时，所以多是二手房和房产中介的广告。

鲜明的对比让南庄触目惊心，原来，当你踏入北京地铁，就已被广告标记了阶层。

中央美院美术馆，一层学术报告厅。

“请问林大神，你相信一见钟情吗？”主持人笑着抛出问题。

低着头、猫着身子朝讲台侧面走去的南庄蓦地浑身一僵，微微仰头，正对上讲台上林则熙的目光。她忍不住皱眉，组长怎么不告诉她，央美的推广嘉宾是林则熙?

林则熙的视线在南庄身上停留了半秒，就不露声色地移开了。

他微微一笑：“果然是中央美院，连问题都这么形而上。”

比起人大和北航，央美的女生克制多了，虽然也是人人脸上一片潮红，双眸兴奋闪亮。

“对不起，我来晚了。”南庄来到讲台一侧，轻声对九艺游戏的前辈道歉。

前辈指了指角落里的礼盒，压低声音：“待会儿你上台给大神献花。”

讲台上，主持人笑问：“大神你就不要打太极了，正面回答一下广大迷妹吧。”

来央美，林则熙的穿着自然是文艺时尚的学院派，黑白两色初剪羊毛的千鸟格纹夹克，短版设计，干练利落，搭配露出饱满额头的渐变金棕发色，好像刚从偶像剧片场走出来的男主角。

“真是盛世美颜！”女生们的小声讨论传入南庄耳里。

南庄捧出礼盒里的花，突然开始后悔，当初随便找个人结婚，真不该挑颜值这么高的，现在把最好的闺密杨培培都赔上了，真不知道该如何收场。

“一见钟情嘛……”林则熙微微顿了顿，垂下纤长的眼睫毛。

南庄站起身，蹙眉朝讲台投去一瞥。

央美的美术馆很专业，地面是粗糙密实的花岗石材，很好地解决了灯光反射的问题，使内部空旷的空间里，与美术作品发生关系的空间参数只有光的状态变化这一项。

此刻柔光打在林则熙宛如雕塑的五官上，那精致的侧脸让南庄呼吸紧了紧。

下一秒，林则熙的目光淡淡地扫过全场，再轻飘飘地落在讲台一侧的南庄身上：“我相信一见钟情，因为我曾经对某人一见钟情。”

他说完，快速收回目光。因为太过迅疾，以至于南庄并不确定他刚才是在看她，还是扫视全场时目光从她身上流淌而过。她的心跳莫名地加快，胸口微微起伏，眉心越发蹙起。

林则熙的回答，让全场一片哗然。

主持人也愣了愣，没想到大神肯爆出这么大的料。很快，主持人调整了下姿势，说出了台下女生们的心声："可是我记得大神曾经说过，你没有女朋友。"

林则熙勾唇，声音略沙哑："你喜欢的人，刚好喜欢你，概率是两千九百三十一分之一。"

台下的女生们一片肃静，台上的主持人一时半会儿不知该怎么接腔，场面一时陷入尴尬。这时讲台侧面，前辈突然冲过来推了南庄一把："快上去献花！"

南庄不解地回过头："现在？"

"当然！"前辈急切地催促，"没看到大神在卖惨？赶紧配合他，上去安慰啊！"

南庄无奈地点点头，刚刚转身，肩膀就被前辈抓住了。

"等一下，除了献花还要说几句啊！"前辈生怕她不说，掏出手机找出一张图片，送到南庄面前，"就这几句话，你背下来，要说得声情并茂、情真意切，知道吗？"

被前辈推着，南庄转过身，咬咬牙，深呼吸一口气，迈步跨上台。

主持人先看向南庄这边，说了句："大神，你看你的小粉丝来安慰你了。"

林则熙微侧头，目光淡淡地落在南庄身上。

在台下好几百个女生的注视下，南庄觉得自己的动作就像个提线木偶，一举一动都僵硬得很，表情更是一言难尽。她硬着头皮挪到林则熙面前，举起鲜花，生硬地背台词："林大神，你若一直在，我便一直爱，你是我一生的执着。"

林则熙却没有接花，任凭她尴尬地举着，他静静地望着眼前这个表情麻木的女孩。

良久，他薄唇微勾："真的？"

南庄被他这两个字弄得大脑有点蒙，剧本不是这么写的吧？这戏怎么演？

主持人见南庄迟迟不回答，笑着插了句嘴：“大神你看，你的小粉丝在你面前，紧张得都说不出话来了。”

可林则熙并未看向主持人，目光始终紧锁在南庄身上。南庄大脑罢工，回避开林则熙咄咄逼人的目光，张了张嘴却说不出一句话来。而林则熙缓缓挑眉，再度发起攻势：“你说的，都是真的？”

沙哑的低音炮激荡着南庄的耳膜，她头皮一阵发麻，闭了闭眼，豁出去了，咬咬牙，猛地转过头，皱着眉怒视着林则熙，视死如归、语气别扭地喊了声：“是！”

林则熙玩味的笑容荡漾在撩人的唇部线条上，他再次漫不经心地开口：“那你对我，有多爱？”

轰的一声，南庄的大脑再次死机。他在搞什么？这是在众目睽睽之下好吗？南庄无法抵抗他目光里的戏谑、调侃和捉弄，只能求救般把视线投向主持人。

主持人也没想到大神突然这么较真，清了清嗓子说：“大神，小粉丝都被你吓坏了。”

可林则熙直接无视了主持人的话，对台下女生们的讨论亦不管不顾，只是直勾勾地望着南庄，幽深的眸子里闪过的复杂情愫连他自己都说不清楚。

“你们女生，不是追一部剧换一个老公吗？现在追捧我，转眼就爱了别人。”

林则熙的话砸在南庄耳里，引发台下越发喧哗的讨论。主持人上前一步，轻推了南庄一把，示意她快点代表粉丝发言。背对着台下的南庄，背脊快被女生们的视线戳穿了。

被逼上梁山的南庄咬了咬下唇，抬头瞪着林则熙，一字一顿地说：“我不换老公。”

就五个字，林则熙的眼眸却蓦地一亮。

他仰起下巴，俯视着她，目光倨傲：“这可是你说的。”

主持人见场面越来越诡异，慌忙来打圆场：“好了好了，小粉丝先下去吧，大神今天有点情绪失控，大家见谅。原来大神也有情感上的苦恼。果然爱情饶过了谁？”

南庄像得救了似的，把鲜花塞到林则熙怀里，就冲下讲台。

林则熙并没有目送她，只是俯身把脸靠近花束，深吸一口那似有似无的沁香。

花束是清新淡雅的马蹄莲和灵动活泼的满天星，小巧的形状，洁白的花朵，嫩黄的蕊心。马蹄莲没有百合那么华美，香气也没有那么浓烈，一切都是刚刚好。就像，她一样。

推广活动结束之后，南庄把宣传用品搬到九艺游戏派来的保姆车上。

"前辈，那我先坐地铁回公司了。"

前辈坐在副驾驶座上，保姆车后面是面对面的四人座，目前只坐着林则熙一人。中央美院在东面，北体大和中关村都在西面，完全可以顺带着送南庄到某个地铁站。

于是前辈转头看林则熙："大神，您介意让我们的实习生进来挤一挤吗？"

林则熙眼皮都不抬一下："介意。"

前辈一脸尴尬，南庄则早就习惯了他突如其来的傲娇，冷着脸抓住车后面的拉门把手，想要拉上门。可是保姆车的拉门很重，南庄咬了咬牙，双手一用力，突然眼前发黑。

昨晚熬了夜，中午又没吃饭，她已经头晕目眩几欲崩溃。

她拼命地抓住车门框，趔趄着站稳。那动静让林则熙转过脸来，眉心微皱。

前辈见她脸色惨白、双唇发抖，几乎站立不稳，心下不忍，又开口了："大神，今天她转了两个场，肯定累坏了，不如让她也上车？"

这一次，林则熙紧抿薄唇，没有说话。

南庄也不能跟自己的身体过不去，不管不顾地先爬上车再说，窝在真皮座椅上闭上眼喘息着。保姆车驶动，她坐在他斜对面，闭目养神。他皱眉看了她几秒，转移视线。

不知过了多久，手机突然响了起来，南庄猛地睁开布满血丝的眼。是邬靖。

"你帮我做个PPT，我半个小时后就要用。"

南庄挂了电话就从书包里掏出笔记本电脑，放在腿上，开机，然后拼命揉了揉眼睛，为了提神，还用力拍了拍自己的脸。啪啪的拍脸声让林则熙静静地看过来。

累成这样还不休息一下？她这是卖力还是卖命？林则熙嘴角下沉。

偏偏南庄笔记本电脑的触摸板坏了，她急忙掏出鼠标，可是没有鼠标垫，也没有稍微平一点的地方，她左顾右盼，一时半会儿不知道该把鼠标放在哪里。

林则熙鼻尖微皱了皱，蓦地起身，坐到南庄旁边，轻拍了拍自己的腿。

南庄愣了愣，很快懂了。她只想快点完成组长交给她的任务，也没细想，立刻把鼠标放在他平坦的腿上。幸好做PPT用得最多的是鼠标左右键中间的滚轮，虽然他的腿不如鼠标垫有用，但是操作滚轮已经绰绰有余。

一时间，寂静的后座，只听见南庄敲击键盘的声音。

林则熙扯开黑色领结，露出白皙精致的锁骨，靠着座椅纹丝不动，左腿托着南庄的鼠标，右腿慵懒地倾斜，歪着脑袋，目光淡淡地落在认真工作的南庄身上。

南庄目光紧锁在屏幕上，飞快弄好PPT，利用手机里的4G热点，将邮件发给组长，终于松了一口气。她刚刚把鼠标从林则熙的腿上拿下来，没想到突然来了个急刹车。

忘了系安全带的她猝不及防，啊的一声朝对面的座椅摔去。林则熙长臂一伸，就将她拉入怀里。副驾驶座上的前辈慌忙转头：“大神你没事吧？”

南庄的脸还埋在林则熙的胸膛里，听到前辈的声音，她着急地要抬起头来。

可下一秒，她的脑袋就被林则熙的大掌压了下去。

“没事。”林则熙平静的声音里透出几分冰冷。

前辈立刻转过头，非礼勿视。

南庄再次试图脱离林则熙的控制，可这一次，他就没那么温柔了，南庄只觉得那强有力的臂弯压在自己的后背上，在她放弃挣扎的下一秒，他把她翻转过来。

此刻她的头枕着他的腿，身体平躺在座椅上。他微微起身，把自己的身体尽量往车门处挤，给她最大的空间，让她躺得更舒服一些。

“睡吧。”

从高处落下的声音温柔得像春风吹过元大都遗址公园的海棠花。

那一瞬间，南庄脑海里什么念头都没有了，她闭上眼，很快睡去。

而保姆车在车流中徐徐穿过北五环，仰山桥、林萃桥、上清桥，一路安稳。

朝阳区，酒仙桥，星城国际。

“您还有四十分钟就要上场了，请您准备好。”

后台休息室，面对工作人员的提醒，菅乔染微微一笑，优雅地道谢。

《凡人的演技》很擅长制造热议话题，每期节目都非常规律地安排了流量明星和实力派演员，前者承包流量话题，后者贡献演技，拉高节目品质，两者PK引发争议。

菅乔染当然不是拥有超多粉丝和人气的流量明星，所以她的作用是展示演技。

妆已经化好了，菅乔染正翻开剧本准备最后复习一遍，门被敲响，她头也不抬地说了声“请进”。下一秒，她不由得一个激灵。

“你也在今天的评委团里？”她尽量让自己的声音听起来足够平静。

菅乔染前方有一整面镜子，此刻映出岑德咏挺拔修长的身姿。

他的身材高大偏瘦，合身的西装会使整体形象看起来更高、更瘦，因此他总是选择肩宽超过肩膀的剪裁，驳头尽量服帖在西服上，配上一件比标准衬衫领子高2厘米的衬衫。

“其实你的胜算很大，实力派的演员靠作品获得关注，可是那些流量明星今天在机场、明天素颜、后天走红毯、没事秀秀恩爱就能上热搜，他们还关心什么演技？”

岑德咏的话让菅乔染合上剧本：“所以你要黑幕我？”

“不，我给你的分数，不会高。”岑德咏走进来，关上门。

他这句话让菅乔染彻底无法淡定，她噌地站起身：“为什么？”

“因为我不想让你回归娱乐圈。”岑德咏拉过一把红丝绒椅子，坐下来望着菅乔染。

如此直白的挑衅，让菅乔染咬牙："凭什么？"

岑德咏交叠起双腿："娱乐圈需要的是真正独立自强的女性形象。你看现在的国产职场剧，收视率纵然不错，可内容的弊端如出一辙，女性角色一味依赖男性，情感需求大于个人追求，和你一样。"

面对他的讽刺，菅乔染双手抱胸，冷哼一声："才进AG多久，就从音乐转战影视了？"

"谁让他们排挤我这个空降兵，不让我在熟悉的游戏音乐领域干，非要把我丢到影视的音乐部门去？不过也好，真正的音乐人，不管是游戏音乐还是影视音乐，都能做出成绩。"

菅乔染不准备再聊，坐下来低头看剧本："还有什么事吗？"

岑德咏也不勉强，站起身："'傻白甜'过时了，'玛丽苏'也过时了，如果你不能演绎出独立坚定、不依附男人、自爱自强的现代女性形象，那你在娱乐圈就没有立足之地。"

耀眼的明黄色灯光包裹着小楼，散发着暧昧的挑逗意味。

艾筱澍停好玛莎拉蒂，踩着咯吱作响的木梯上到二楼，一进门，一张雕花软榻便映入眼帘，榻上铺着猩红的厚绒毯子，纱幔缓缓垂下，为软榻笼罩上一层颓废又奢靡的色调。

"来个六层笛形杯的香槟塔。"榻上慵懒侧卧的莫珝扬起手吩咐，视线从侍应生身上落到艾筱澍眼里。

此刻他已微醺，目光迷离闪烁，嘴角向右勾起："这么巧？"

艾筱澍并没有立刻回答，她把车钥匙放入香奈儿双C扣手袋里，顺带从手袋里掏出一支迪奥烈艳蓝金。虽然很多品牌都有正红色，但是这么正的只有迪奥才能做到。

她不慌不忙，直勾勾地望着他，并在他的注视下，微仰头，从容地抹上口红。

唇膏滑过她的柔唇，挤压、回弹。

他微眯眼，为她上唇妆的撩人姿势而惊诧。

她抹好口红，依然目不转睛地望着他，目光并不挑逗，反而很冰冷。

他看着她抿了抿在暖色调光芒中熠熠生辉的烈焰红唇，那一瞬，他的脑海里蹦出两个字——冷艳。

“不是巧，”她终于开口，唇色纷飞，“我是为你而来。”

莫珝目光一闪，挑眉，饶有兴致地笑。

此时侍应生已经把香槟塔摆好，并送来二十瓶起泡酒，莫珝四周花团锦簇的一众大长腿网红脸娇笑着，争着抢着要倒香槟。

可莫珝一挥手，指了指艾筱澍：“给新来的一个机会。”

网红脸们纷纷转过来，看艾筱澍的视线越发带着敌意。艾筱澍也不推辞，大大方方地站起身来，将冰镇好的香槟从顶层缓慢倒下去，让第一个杯子里的香槟渐渐溢满往下流。

一个网红脸眨巴着根根紧密的假睫毛，挑衅地说：“你的下巴好漂亮，整的吧？”

艾筱澍面无表情，一边继续倒香槟，一边漫不经心地回答：“不光是下巴，腮骨、眼角、鼻子，都不是原装的。”

她此言一出，众网红脸不由得面面相觑，怎么也没想到她会这么坦白地承认。人群中唯有莫珝嘴角噙着的笑意越发深不可测，他悠悠地吐出一句：“你们音乐学院的女生都这么闲？”

艾筱澍依然低头倒酒，神色寻常：“如果莫少是想问楚南庄，答案是不，她很忙。”

被她看穿小心思的莫珝也不回避，继续问：“她在忙什么？”

艾筱澍抬起头轻笑：“向一个追求你的女生打听另外一个女生，很不礼貌哦。”

莫珝终于忍不住大笑出声：“你们女生不是向来都不追求，只勾引吗？”

“因人而异。”艾筱澍低头倒酒，“像莫少你这样的，每天要应付多少女色诱惑，想必早已审美疲劳，不如直截了当，合则留，不合则去，也不必浪费彼此宝贵的时间。”

莫珝坐起身，姿势少了几分不屑一顾的慵懒：“你喜欢我什么？”

艾筱澍静静地等第五层的香槟流入第六层，才开口：“我喜欢你的钱。”

原本就玲珑剔透的香槟塔，被注入西班牙桃红卡瓦起泡酒，在暧昧的酒吧氛围中流光溢彩。网红脸们都沉着脸一片认输的死寂，唯独莫珝笑声朗朗："我喜欢你，艾筱澍，做情人未免太可惜，你想要钱，做我的朋友就可以。"

中午项目组集体聚餐。

大家分成两拨儿，在两部电梯前等着，两拨儿人都有说有笑。

唯独南庄站在两拨儿人中间，因为无人搭理而显得格格不入。

叮咚，门开，邬靖带头走进去，很快电梯里挤满了人，多数人都目光冰冷地看着南庄，南庄只能转向旁边的电梯，这一部电梯尚且有位置。可她刚刚走进去，就被推出来了。

"你挤着我了！"尖着嗓子高喊的是一个大波浪卷、浓妆的女实习生。

南庄猝不及防被推，一个趔趄，差点摔倒，慌忙扶住电梯中间的垃圾桶。垃圾桶上面灭烟用的小石子上放着发黑的香蕉皮，她一抓，香蕉皮就掉到了她的鞋子上。

电梯门关上之前，里面传来女实习生们取笑的声音，也有人大发恶语："装什么可怜？搞得一副全世界都欺负了她的样子。"

南庄咬咬牙，捡起香蕉皮，丢到垃圾桶里，然后转身推开楼梯间的门，孤零零地走下楼。快到一层的时候，手机响起，她蓦地双眼一亮："妈妈，我看了节目，你太棒了。"

"棒什么？我被说成'尬演'，直接被淘汰出局了。"菅乔染在电话那头冷哼一声。

这却没有打击到南庄的兴奋："我本来就没希望你一炮而红，跟你PK的可是有热搜体质的当红小花。借着她的流量和热度，你已经刷出足够的存在感。接下来你不用管了，交给我吧。"

然而菅乔染打电话的目的并非这个："我履行了我的诺言，你呢？"

"知道，你寄过来的旗袍早就收到了，今晚我会穿上它去梅府家宴。"

梅府家宴就在恭王府边，三进三出的四合院浸润着国粹大师梅兰芳的神韵。

“南庄，来，坐到我身边来。”

早就听说莫琊的母亲是旗人，和鳌拜一个姓氏，是根正苗红的嫡传瓜尔佳氏族人，曾有“京城格格”的称号，今日一见果然名不虚传，绛紫香云纱旗袍典雅雍容，贵不可言。

南庄刚刚进场，就受到莫太太这样的款待，在场的女眷纷纷投来艳羡的目光。

“谢谢伯母。”

坐到莫太太身边的南庄，耐心地听莫太太诉说她祖上与爱新觉罗皇族联姻的烟云往事，时不时笑着附和几句。只是她万万没想到，莫太太突然转身拿来一个雕花木匣。

“这是慈禧太后赏赐给我祖上的，我就这一个儿子，这翡翠手镯自然是传给你了。”

还没等南庄反应过来，手腕一凉，半透明的翠绿手镯就已反衬出她手腕的皓白如雪，而莫太太一边托着她的手打量，一边笑道：“色泽、亮度和尺寸，都适合。”

“不不不，”南庄慌忙去摘，“受之有愧。”

这一幕恰好落在姗姗来迟的莫琊眼里。

他不无惊艳，没想到南庄也会穿旗袍。暗扣高领，平肩连袖，翠绿蕾丝，有通透的效果，可细密绣花又十足扎实，可贵的是没用缎面的真丝内衬，而是选择了朴素的棉布。

“你是我未来的妻子，有何受之有愧？”莫琊一边说，一边迈开长腿步入厅堂。

南庄闻声抬头，只觉这句话刺得耳膜生疼，她想反驳，却又开不了口，只能任凭莫琊在她身边坐下。

他给莫太太端了一碗太极图案的鸳鸯鸡粥，又亲手给南庄端了一碗：“尝尝，鸡肉经48小时的恒温熬煮，成了茸状的肉糜，入口即化。”

南庄转头，莫琊左胸装饰着简洁的角锥折法口袋巾，口袋巾和领带撞色得时尚优雅。

在场的女眷议论纷纷："莫少还没结婚呢，就开始实力宠妻了。"

然而南庄只觉食之无味。

一顿饭下来，她听桌上大家轻声言语欢笑，气氛优雅融洽，唯独她如坐针毡，手腕上的传家宝手镯就像沉重的镣铐，烫手得很。

注意到她的心神不宁，莫翊微微俯身，凑在她耳畔，低声吐出一句话："结束后，在恭王府停车场等我。"

在王府、贝勒府扎堆的什刹海，恭王府以其富丽堂皇和堪比故宫的府邸建筑而声名显赫。早春的风吹起柳絮，夜晚府外斑驳的院墙，似乎尚在诉说那荣华与飘摇的岁月。

"不，我不外宿，我会在宿舍关门之前赶回去的。"

南庄跟杨培培说完，就挂了电话，开门上车，先抓起一件雪兰绒小坎肩穿上。

坎肩是复古手工对襟盘扣，南庄刚刚吹了冷风，手有点僵，最后一个盘扣扣了半天也没扣好，正低下头认真扣，突然驾驶座的车门被打开，一双修长白皙的手伸过来。

与此同时，浓烈的酒气侵袭南庄的嗅觉。

那双大手包裹着南庄的小手，食指和拇指笨拙地翻动，竟也将那个盘扣扣好了。南庄本能地心跳加速，冰凉的手被他掌心的温热熨帖着，她呼吸一窒，惊惶地抬眸。

半边身子尚在车外，莫翊单膝跪在她脚旁的车内脚垫上，一张玉面透着薄红，双眸被酒气熏染得蒙眬而幽深，许是笑得开心，他眼角微微翘起，竟带了几分媚色。

"你喝醉了。"南庄不由得心惊肉跳，声音颤抖。

反应过来的南庄，第一个动作就是甩开他的手，可他醉了酒依然力道极大，甩不开。

"我要是醉了，就可以借故轻薄你了？"他薄唇吐出了这么一句。

不等她回答，他就把整个脸埋在她的双膝之间。任凭南庄怎么喊、怎么拍打，他都纹丝不动，南庄拼命推了推，他竟整个人压到她身上，闭着眼，不动弹。

要疯了！南庄强压住怨气，使出浑身力气下车，将瘫成软泥的莫琊连拖带拽向他的那辆明黄色布加迪。幸好布加迪就停在她的车旁边，她把他啪地推到车前盖上。

不能把他丢在外头，至少要塞进车里，再去叫人。

车钥匙在哪里？

南庄脑子也有点乱，竟然先摸他的军绿色双排扣西装，又打开西装摸里面的天蓝色花纹衬衫，最后才想起来应该在咖啡色格纹西装裤里，伸手一掏裤兜，摸出了车钥匙。

解锁，开门，超跑只有两个座位，南庄咬紧牙关把他塞进副驾驶座，然后扶着车门站起身，掏出手机准备打电话叫人。蓦地手一抖，她本能地发出啊一声尖叫。

手机掉落在地，与此同时她整个人被他拽到车厢内。

车门嘭地被拉上，落锁。

南庄跌坐在副驾驶座上，胸口剧烈起伏，毛孔都竖起来了，颤抖地转过脸。

莫琊不知何时已经坐到驾驶座上，车窗打开，他右手手肘慵懒地搭在车窗上，粗鲁地扯下领带，往座位后面一扔，再单手解开衬衫上面两颗纽扣。

夜风吹进车厢，拂动他敞开的衣领和滚动的喉结，下一秒，他薄唇叼起一根烟。

一系列动作看得南庄目瞪口呆，缓过来后她瞪圆了眼睛："你装醉？"

他侧头点烟，眉头皱得厉害，点燃，吸了口，再缓缓吐出，烟雾缭绕中，直勾勾地望着她，细长的眸子越发幽深，语气戏谑："你好意思问？刚刚摸遍我全身的是谁？"

南庄脸一红，咬咬牙，不想与他争辩，转身要开门下车。

开了几次门锁都没有打开车门后，南庄意识到莫琊不会如此轻易地放过她。

她转过脸，看着莫琊好整以暇的笑脸，对之怒目而视："你想怎样？"

“我的车，不是随随便便可以上下的。”莫珝歪着头，下颌斜着仰起，目光邪气撩人，薄唇又吐出一口烟圈。

南庄在心里把自己被瓮中捉鳖的愚蠢骂了好几遍，恨得牙痒痒，又毫无办法，大脑正飞快运转思索对策，莫珝慵懒地夹住烟的手蓦地伸到她面前，烟雾熏得她眼睛一阵疼。

“别紧张，来，吸一口。”

不接过去他就一直这么伸着，烟头的光暧昧地闪烁着，南庄担心自己反抗就会被烫伤，正犹疑着，莫珝倏忽欺身而至，来不及躲闪的南庄，只觉下颌被有力的手指钳住。

她只能接住烟，被迫吸了一口，就皱起眉，吐出烟嘴，猛烈地咳嗽起来。

而他眼角眉梢都勾起玩味的笑，拿走那根烟，叼到他自己的双唇之间，却没有吸，只是左手颓废地抵住下颌，凌乱的亚麻色额发下，斜插入鬓的长眉轻佻地挑起，看着她。

南庄咳得眼泪都出来了，忍无可忍，握紧拳头说：“我什么时候得罪你了？”

他依然避而不答，勾唇反问：“手镯呢？为什么不戴？”

刚才一离开梅府家宴，南庄就把手镯摘了下来，放到包包里，准备还给莫珝。

南庄咬牙：“为什么要戴？这种商业联姻，谁感兴趣？”

莫珝眯起眼，笑着逼近，蓦地贴近南庄的耳垂，灼热的气流激得南庄一阵战栗。

“怎么？和我结婚，你还委屈了？”

如果说林则熙是禁欲系的，有着紧抿的唇和冰冷的眼神，那莫珝就是明目张胆的狂狷，有着玩世不恭的浪子脸、逢场作戏的笑。偏那笑在他因酒精而酡红的脸上，简直邪魅入骨。

“离我远点！”南庄冷着脸伸手去推，结果手被他顺势拉住。

他的笑容越发不怀好意，左手夹着烟，右手抓住她的手，伸出食指在她的掌心慢慢地画着圈圈，弄得她一阵麻痒。他的声音刻意压低，沙哑黏腻，听得人骨头发酥：“放弃吧宝贝，楚御明是什么样的人，你还不清楚？”

南庄拼命甩开他的手，努力调整着紊乱不堪的呼吸节奏。而莫珝掐灭了手里的烟，再掏出一根。那一瞬，南庄脑海里灵光一闪，眼眸一亮，也算急中生智了。

她再转过脸对上莫珝的目光时，表情已经从容许多，一字一顿地说：“放我下车。”

他点烟时总是这样，歪头，皱眉，荷尔蒙爆棚：“给我一个理由。”

南庄挑起眉：“上次在顺义，我的奥迪赢了你的柯尼塞格。”

莫珝眉心紧蹙，点燃烟后并未吸一口，而是双眸眯成一条缝：“是你？”

形势逆转，南庄的神色越发镇定自若，她趁机按下开锁键，车门咔地解锁，他竟然没有阻止，刻不容缓，南庄马上开门，跳下车，逃跑似的飞速蹿上自己的车。

等她的迈巴赫闪烁着尾灯迅疾驶离，莫珝依然保持着刚才的姿势，手肘伸到车窗外，吹着什刹海的晚风，皱紧了眉，狠狠地吐出一口又一口烟圈。

手机振动了下，莫珝低头，是微信，锁屏上出现南庄的头像，后面跟着一句话：“是我自己开的门，我可没求你。愿赌服输，以后你还要无条件满足我一个要求。”

他突然有种很深的挫败感，不光是在赛车场输给她的挫败感，还有另外一种。这让他异常烦躁，也顾不上掸一下烟灰，不知不觉中，西裤上已堆砌了一层烟灰，颓废而寂寥。

水果店午休有半个小时，方如凤去附近的小馆子吃黄焖鸡米饭。

方如喜提着从食堂买的卤豆皮坐到方如凤旁边，点了一份加煎蛋的盖浇饭。

“姐，我昨天去复兴门那边，看到蒋姣兰了。她居然也在北京，惊喜吧？”

和方如凤的兴奋形成强烈对比的，是方如喜的冷淡。

“你怎么没反应？她可是你最好的朋友。晚上我们一起去看她吧。”

“不去。”方如喜低着头，把塑料袋中的卤豆皮用筷子夹到方如凤的碗里，“你肯定也看到她的现状了，我跟她不可能有共同话题，还有什么做朋友的必要？”

方如凤听着听着，脸色大变，她放下筷子，扬起音调：“姐你这人！在爱情上嫌贫爱富也就罢了，怎么对朋友也这么势利？”

老板娘把盖浇饭送过来，方如喜先把上面的煎蛋夹给方如凤：“我跟她继续做朋友，只会拉低我的档次。”

方如喜这一句话，就让方如凤气得摔了筷子，她脸色发白，双唇颤抖：“那我这个高中都没毕业、在水果店打工的妹妹，是不是也拉低了你的档次？”

小馆子原本就拥挤，虽然喧闹嘈杂，但方如凤这句话声音很大，立刻有不少人往这边看。方如喜被人看得脸上过不去，抓起方如凤的筷子塞给她：“先吃饭。”

方如凤抓过筷子，就把自己碗里的煎蛋扔回给方如喜。两姐妹低下头快速地把米饭扒拉掉，走出小馆子，绕到附近居民楼的公共体育设施区，在双人太空漫步机上晒太阳。

因为蒋姣兰的事，方如凤还在气头上，不想说话。方如喜先开口，问出她最关心的问题：“你和翟文伟到底分手了没有？上次在酒店我劝了你一个晚上，你听进去没有？”

方如凤冷哼一声：“翟文伟也拉低了你的档次对不对？”

方如喜听她的语气是还没分手，一时气急，伸手去抓方如凤的胳膊，方如凤恼火地一甩手，拉扯间，方如喜没踩稳，啪地从器械上掉下去，摇晃的漫步机砸上她的下巴。

她痛得龇牙咧嘴，方如凤也愣了愣，跳下器械要扶她。

这回换方如喜狠狠地推开妹妹，指着她的鼻子说：“我告诉你，方如凤！你如果不和翟文伟分手，我就没有你这个妹妹！”

方如凤没想到姐姐突然说出这么狠的话，一时气得跺脚，尖着嗓子喊：“我和翟文伟就是一个档次的，你嫌弃翟文伟，就是嫌弃我。既然这么嫌弃我，那就不要再做姐妹了！”

方如喜依然瘫坐在地上，瞪圆眼睛：“我和翟文伟只能选一个！你选翟文伟？”

姐姐如此苦苦相逼，方如凤终于失控地大喊：“你放弃吧！我和他已经同居了！”

那两个字刺激得方如喜瞬间从地上跳起来，她的大脑越来越混乱，情绪和理智都崩溃了，几乎是本能地扬起手。啪的一声，方如凤的左脸就被扇了一记耳光。

顷刻间，方如凤的眸中蓄满了泪水，她趔趄一下，然后站稳，充满憎恶地望了方如喜一眼，咬牙切齿地喊：“从此以后我没有你这个姐姐！”说完，眼泪砸下来，方如凤扭头就跑。

方如喜还呆愣在原地，呼吸急促，胸口剧烈起伏着，手掌火辣辣地疼，可是心更疼。

一阵风吹来，她的眼泪毫无预兆地大颗大颗落下。

接到方如喜的电话之前，翟文伟正和平台客服在电话里吵架。

“你们客服就是把客户当上帝，把闪送员当狗！”翟文伟咆哮。

昨天一个客户本该下预约单，预约第二天上午去取件，结果下成即时订单了。翟文伟抢了单，给客户打电话，客户让他第二天去南三环取，地址不对，他希望客户取消订单。

如果客户不取消，翟文伟就没办法接新单，可他等了半个多小时客户还是没取消，翟文伟打电话给客服，客服说他一百八十天内没取消过可以免费取消一次，于是翟文伟自己取消了。

没想到次日客户投诉，翟文伟被罚款两千元，关禁闭三天，等于他大半个月白做了。

“你取消订单，应该跟客户说清楚！”客服反过来骂了翟文伟一顿。

“去你的狗屁平台！”翟文伟怒火攻心，把手机一摔，整个人倒在床上。

这三天不能接单，不知道该干什么，翟文伟又愤怒又沮丧。这时他的手机响起。

“翟文伟我说过，你如果敢动我妹妹，我就跟你没完！你现在竟然和她同居！”电话那头的方如喜也在暴怒之中，劈头盖脸就是一顿训斥。

翟文伟忍无可忍，对着话筒嘶吼：“是啊！我这烂泥，玷污了你那冰清玉洁的妹妹！你想怎样？过来打我？你不怕我像睡你妹妹一样睡了你？”

方如喜被翟文伟这句狠话震惊得浑身战栗，好半天才挤出两个字：“禽兽！”

翟文伟发泄完，才意识到自己说得太粗俗，刚想补上几句，电话断了，只传来嘟嘟的忙音，他大口喘息着，情绪依然激动，脖子上青筋暴起，握成拳的手在发抖。

在家里宅了一整天，气消了大半，翟文伟收拾了下自己，出门坐地铁。

方如凤在水果店忙碌着，他没去打扰，远远地站着看了会儿，就双手插兜，慢慢踱步到中央音乐学院。之前听方如凤说，方如喜经常去琴房，他走着走着就到了琴房楼。

进琴房楼要央音或央音附中的学生证，翟文伟掏了钱，说自己想去听课，刚巧有个老师来上课，他就混进去了，隔着玻璃听那群音乐界的天之骄子练习各种古典音乐。

一阵脚步声传来，他抬眸，蓦地呼吸一紧，慌忙倒退几步，躲到拐角后面。

方如喜并未觉察到他在这边，抱着琴谱径直走进钢琴系的琴房，这里都是Steinway的三角琴，有窗户、中央空调、木地板、落地镜。琴房很敞亮，透过窗户可以看出很远。

她心情烦乱，坐在钢琴前，皱着眉想了想，双手扬起，十指飞舞在黑白琴键上。

翟文伟躲在窗外听着，他不知道这是马克西姆的《克罗地亚狂想曲》，只是曲子的和弦美到了极致，让翟文伟听到这首曲子时，心中泛起浓烈的伤感和坚强。

他忍不住伸出手，把窗帘拉开一条缝，窥探着方如喜弹钢琴的模样。平时满身铜臭味的女孩，一身粉裙演奏高雅乐器时，就像换了一个人似的。

她的情绪和状态都跟着乐曲走，手臂一抬一落，弧度并不刻意，却十足优美。翟文伟不懂“演奏者有气质，是美好的音乐带来的光环效应”，那一瞬间，他看呆了。

女孩纤长的脖颈、白皙的十指、光滑的后背曲线，让琴房满地的阳光都黯然失色。

一曲毕，方如喜深呼吸一口气，猛地觉察到窗外的视线。

她一转头，就和翟文伟目光交接，她脸色微变，皱起眉，快步走过去打开窗：“翟文伟，你还有脸来见我？”

一句话吐出，高雅古典的艺术氛围，瞬间被满地鸡毛的生活庸常所取代。

翟文伟暗自调整着情绪，悄无声息地深呼吸一口气，耷拉下眼皮，声音低低的：“上次在电话里，我说得过分了。”

方如喜想起那句简单粗暴的“睡你”，瞬间脸颊泛起绯色，她的手指不自觉地捏紧了裙子，往别处扫了眼，视线才重新落到翟文伟身上：“你们是认真的？以后要结婚？”

结婚是翟文伟还没想过的，当初他和方如凤在一起，也不过是两个孤独的人抱团取暖罢了。所以面对方如喜的突然质问，翟文伟张了张嘴，还是说不出一个答复来。

方如喜越等越心急，胸口的怒火噼里啪啦燃烧起来。

“怎么？你没想过和我妹妹结婚，就把她骗上床了？”琴房里还有别人，方如喜不敢声音太大，可刻意压低的声音里，还是泄露出了她快要气疯的状态。

因为这些话不能让别人听了去，所以方如喜半边身子已经倾向窗外，和翟文伟靠得很近。翟文伟承受着她的怒目而视，刚刚张嘴想要回答一句，突然有女声传来。

“方如喜！这谁呀？好帅！就是你说的那个在中科院的帅哥男友？”手里拿着琴谱的杨培培笑着走过来，看了看翟文伟，就转过头调侃方如喜。

方如喜听到杨培培的声音，首先是慌乱的，她急忙后退，和翟文伟保持距离，胸口起伏，脸颊发烫，心跳飞快，不知该怎么解释。可杨培培后面的话倒是提醒了方如喜。

当初宿舍里讨论八卦，方如喜虚荣地编造了一个知识分子家庭出身的男朋友，说那人高大帅气，在中科院忙着学术研究，是禁欲系“老干部”，不耽于情爱，两人是奔着结婚去的。

后来杨培培隔三岔五就说：“什么时候带你的男朋友来给我们看看？”

方如喜为此很头疼，每次都找借口搪塞过去。现在眼见着被误会了，不如顺水推舟？

“看你脸红的。”杨培培指了指方如喜的脸，“你不说话，就是默认了啊。”她又抬眸看向翟文伟，“我是你女朋友的室友杨培培。请多指教啊，中科院大科学家！”

翟文伟脑子里一片混沌，不知道该怎么接腔，只能把目光投向方如喜。

方如喜内心一阵酸楚，却只能咬紧牙关，硬着头皮说：“杨培培你就知道八卦！我们还有事，先走了。”说完她给了翟文伟一个眼色，然后往琴房外面走。

翟文伟会意，飞快地朝杨培培露出一个微笑，就转身走出去，在走廊上和方如喜会合。

杨培培上半身探出窗子，看着走廊上的两人并肩越走越远，忍不住发出一声叹息：“虐死我了！简直是暴击啊！我什么时候能斩获大神的心呢？”

担心又撞见同学，方如喜径直离开琴房，翟文伟紧跟其后。

音乐学院图书馆人最少，她拐到图书馆后面，还想往里走一点，不耐烦的翟文伟蓦地拽住了她的胳膊：“你先说清楚！中科院的男朋友？你故意让你室友误会的？”

四顾无人，方如喜才狠狠甩开翟文伟的手，转过身瞪着他：“我又不需要你假扮我男朋友，以后你不要出现就行了！”

太荒谬了，翟文伟蓦地发出一声冷笑，语气嘲讽：“可我明明是你妹妹的男朋友。以后我们三个被人碰见，你准备怎么解释？哦，我忘了，你从来不会让人知道你有个卖水果、给你丢脸的妹妹。”

最后一句话让方如喜想起妹妹如出一辙的嘲讽。所有人都在骂她，骂她虚荣、势利，可谁关心过她内心的无奈和痛楚？她脸色发白，声音悲愤地高高扬起：“你以为我假装富家女、假装有帅男友的时候是开心的？不！表面上越光鲜，我的内心越煎熬！你以为我愿意自欺欺人？我可是全家和全村的骄傲！我不能被人看不起！”

这是她从未向任何人倾吐的心声，积压在心底这么久，终于说出来了。

说完，她大口喘息着，凌乱的额发下眼眸一片氤氲，惨白的双唇在风中发颤。

翟文伟情绪复杂地看着方如喜，看到她这一瞬间的崩溃和歇斯底里，他心底蓦地一阵抽痛。听着她急促粗重的呼吸声，他的声音变得温柔轻缓：“这样太苦了，方如喜，你根本没有你想象中那么坚强。”

方如喜闻声，浑身一颤，她仰起脸，吸着鼻子，把眼泪硬生生地憋回眼眶。

翟文伟目光一闪，连他自己都不知道，自己为什么突然伸出手，把方如喜一把拉入怀中。或许是因为她那咬紧牙关不肯落泪的模样，打动了他。

她不美，也不善良，她人品恶劣，三观不正。可是此时此刻，她惹人怜惜。

方如喜呢？她把脸埋在翟文伟温暖宽阔的胸膛上，她也不知道自己为什么没有反抗，或许是因为她懂得残酷世界里这一抹温柔是多么稍纵即逝，而她贪恋这一刹的感动。

她蓦地想起艾筱澍在公众号推送里写过的一句话：“对不起，我们这一代年轻人，只为自己而活，不需要任何理解。”

瞬间，骨子里的骄傲又回来了，方如喜庆幸自己没有软弱太久。不远处传来谈笑的人声，方如喜猛地抬起头，用尽最后的力气推开翟文伟，咬紧牙关，扭头就跑，没有回头。

杨培培在《至尊荣耀》里等级已经到钻石，打匹配时，系统匹配的对手太强了，杀得不爽，所以有时候她会用南庄的青铜等级的账号玩。这天晚上她又抢了南庄的手机。

刚巧北师大附中一个学长邀请“南庄”进房间，杨培培进去后，就啊地惊叫了一声。

房间里竟然有大神！杨培培心跳加速，激动得手一抖，手机差点打滑掉下。

国家速滑馆。林则熙站在高高的脚手架上，低头看着手机屏幕。

原本他想退出房间的，手指的动作却蓦地一顿。

他的视线落在南庄的微信头像和昵称上，眼眸一闪，睫毛轻颤。

杨培培原本想在房间里解释一句她不是南庄，可很快画面显示“匹配成功”，进入选择英雄阶段，有人说“我打野”，有人问“谁守中路”，杨培培只能先说：“我守中路。”

这不是她的手机，输入法不一样，杨培培打字慢，输入完回到主页面，已经开始倒计时，没时间再解释她不是南庄了。很快“全军出击”的战斗号角响起。

“大神好帅啊！”杨培培一脸花痴地盯着屏幕上大神用的周瑜。

飞扬的银白长发、纯白盔甲和长袍，周瑜立在峡谷中，皑如山上雪、皎若云间月。

所以杨培培的小乔一路紧跟着周瑜，敌方鲁班七号的无敌沙嘴炮打来的时候，周瑜帮脆皮血薄的小乔挡了一下。杨培培兴奋地尖叫，为表感谢，她用一技能给周瑜扔了一大束玫瑰花。

速滑馆最近在改造，冰面要增加到国际标准厚度3.5公分，为提高冰面的平整度和滑度，要用净化的水反复浇冰。

“学长！机器要浇冰了！你赶快下来吧！”

脚手架上的林则熙，对下面学弟、学妹的呼喊充耳不闻，继续低头玩游戏。

她居然，送他玫瑰花？林则熙唇畔不自觉地微扬。

终于有人眼尖发现了，在聊天区域发："周瑜和小乔是情侣皮肤！"

的确，周瑜和小乔的这两个皮肤，是今年七夕才推出的限定情侣皮肤。

原本小乔的一技能"绽放之舞"扔的是杀伤力极强的扇子，是远距离伤害，让敌人闻风丧胆。但在"纯白花嫁"皮肤里，扇子会变成回旋飞舞的玫瑰花束。

小乔送了玫瑰花后，聊天区域炸开了锅："虐'狗'！""屠'狗'！"

唯独周瑜毫无反应。

见大神对她的"表白"毫无反应，杨培培只能在聊天区域发了两个字："谢谢。"

很快，周瑜回复了一句话："不要送我花。"

杨培培心一凉，拒绝也不要这么直白吧？

下一秒，她睁大眼睛。

因为屏幕左下方出现了两排字："送花这种事，应该由男人来做。"

她还没反应过来，周瑜突然放出了二技能"流火之矢"。在"真爱至上"的皮肤状态下，二技能放出的不是一团火焰，而是一整片鲜红欲滴的玫瑰花。

放了二技能之后，他马不停蹄地又放了一技能"东风浩荡"，原本是吹出烈风对敌人造成伤害和击退，此刻却变成了吹拂花瓣的春风。

"暴击来了，暴击来了！"聊天区域再次被刷屏。改版后的周瑜的二技能最多可以放三次，再加上一技能的效果，可以在地上形成五个二技能的范围效果。

也就是说，满屏的鲜花，飞舞翩跹，铺天盖地，整个峡谷成了一片浪漫花海。

场面实在惊艳，团战都停止了，所有人都停止了动作，不想玩游戏，只想看花海。

杨培培捧着手机，紧盯着屏幕，目瞪口呆。

国家速滑馆。浇冰开始了，大家都心急如焚地喊林则熙下来。

可林则熙依然站在高高的脚手架上，捧着手机说：“玩完这一局。”

他的眼睛紧锁屏幕，动都不动一下。

下面的学弟、学妹都急得脸色发白，却又无可奈何。浇冰过程中万一脚手架滑倒，肯定要摔个骨折。到底有多大的瘾，非要冒险玩完那一局？

洗完澡的南庄一边擦头发一边到处找手机，直到方如喜提醒她：“杨培培在玩你的手机呢！她玩《至尊荣耀》玩疯了，又笑又尖叫，现在居然还泪流满面！”

南庄转过头，果然看到杨培培捧着手机，两行清泪簌簌落下。

“输了就输了，哭什么？”南庄说着走过去，却看到屏幕上显示的是“胜利”。

杨培培摘下耳机，把手机一扔，一把抱住南庄，把脸埋在她的睡衣里，声音激动而沙哑：“南庄！大神送我花了！怎么办？我现在高兴得快要死掉了！”

南庄愣了愣，动作不自然地拍了拍杨培培的脑袋，语气莫名地紧张：“你用我的账号了？”

“对哦，”杨培培这才反应过来，“我都忘了我用的是你的账号！”她仰起脸看着南庄，目光里满是狐疑，“大神向来高冷，居然送我花，该不会是因为他以为我是你吧？”

一句话问得南庄心惊肉跳，她伸手擦头发掩饰片刻的慌乱，暗自调节了下紊乱的呼吸。果然女生在爱情方面都是福尔摩斯？连向来有些迟钝的杨培培都变得这么敏锐。

“你想多了，我跟他除了工作上的交集，就没有任何关系了。”南庄一边说一边心虚地悄悄窥探杨培培的表情。

幸好杨培培也就脑袋灵光了那么一瞬，就又陷入疯狂的花痴状态：“我真是乐疯了！胡思乱想什么？南庄你知不知道大神刚才帅到没朋友……”

自动屏蔽了杨培培后面的溢美之词，南庄暗自松了口气。

国家速滑馆，直到林则熙收起手机，从脚手架上走下来，学弟、学妹们悬着的心才落下来。学妹们纷纷表示："学长，你真是着魔了。"

也许吧。林则熙心情大好，对学妹们微微一笑。

学妹们哪里受得了这么倾城一笑，一个个脸涨得通红，手脚都不知道该往哪里摆了。

林则熙转身朝器械室走去，手机却忽然响起。

南庄？他笑意愈深。

可没想到，南庄在电话那头刻意压低的声音还是泄露出她的烦躁和气愤："林则熙，拜托你以后玩游戏，先弄清楚对方是谁。刚才是杨培培在玩我的账号。"

林则熙脚步一顿，嘴角僵住。

"你要知道，杨培培是我最好的朋友。在我眼里，朋友比男人更重要。"

多说无益，南庄言尽于此，直接挂断了电话。

林则熙听着手机里传来的嘟嘟的忙音，握着手机的手指一片惨白。他快步走到短道速滑器械室，啪地摔上门，冰刀还没用压弯器矫正好，他深呼吸一口气，拿起压弯器。

咔的一声，力道太大，冰刀应声碎裂。

林则熙倒退几步，脸色越发阴沉。

中关村地铁站，早上八点四十五分。

南庄快步走上扶梯，扶梯右边是站着的人，左边则空出来让赶时间的人走上去。南庄一路往上走，突然她经过的一个女生叫了她的名字："楚南庄！"

是同一个项目组的实习生。南庄愣了愣，没想到竟有人主动跟她打招呼，毕竟整个项目组一直是无视她的态度。更令她狐疑的是，女生竟笑着挽起她的手："一起走吧。"

到大楼一层等电梯时，其他几个实习生也纷纷笑着向南庄挥手："来来，排我们这一队。我数了人数，刚好我们都能上这趟电梯。"

结果电梯上到一楼，里面并不是空的，南庄主动退出去："你们先上去。”

“不不，我们一起到地下二层去坐电梯吧。”

三个实习生竟然都下了电梯，拉着一头雾水的南主一起走楼梯到停车场去坐电梯。

叮咚，电梯开，南庄走出电梯。她的视线落在哪个实习生身上，哪个实习生就笑着朝她打招呼。南庄觉得世界玄幻了。

有实习生来复印资料，南庄站起身：“我帮你。”

“不用不用，你坐你坐。”女实习生笑着婉拒。

那个因为南庄丢了她一个苹果而吵闹不休的女实习生，甚至送来一杯星巴克咖啡。南庄端着尚且温热的咖啡，整个人怔住，丈二和尚摸不着头脑，到底是怎么回事？

九艺游戏人事部。

“邬组长，你觉得楚南庄的态度和能力怎么样？”

邬靖穿的是时下大热的浴袍式大衣，鹅黄色、宽腰带，慵懒又时尚，脚踩毛呢拼接短靴，搭配香奈儿果冻包，腿上露出的小碎花里衬非常有心机，给素雅的造型注入了活力。

“她是科班出身，文化艺术修养很高，而且真心喜欢音乐，她编的曲很时尚，风格鲜明，给人耳目一新的感觉。重点是她的态度很好，自觉、积极，在团队中协调性也尚佳。”

人事部经理清了清嗓子：“那么，你给她的是满分了？”

邬靖知道人事考核通常由业绩、态度和能力三项考核组成。

“是的，满分。”邬靖定定地望着人事部经理，微微一笑。

上午十点，总部的表彰下达，九艺游戏音频中心工位区的前辈和实习生们，全部站起来，齐齐鼓掌。南庄心跳得飞快，脸发红发烫，目光还停留在LED屏幕上。

她怎么也不敢相信，总部竟然给了自己如此大的荣耀。

“看看微博。你编的女娲的新战歌和音效，全网好评！好多‘自来水’帮忙宣传，正式服更新后，很多人冲着你的新战歌和音效，就买了女娲英雄，销量飙升。”

前辈们纷纷来庆贺，投来赞许的笑容。

“听说总部要破格让你组建实习生项目组，参与《绝地逃杀》的部分BGM制作。”

作为火遍全球的策略射击生存类游戏，《绝地逃杀》在中国由九艺游戏代理，九艺还拿下了正版手游出版权，目前该手游尚在全网预约中，预约人数已经超过四千万。

这款手游采用虚幻引擎4打造，延续了原版端游的玩法和经典地图、设计手感以及3D音效等，号称可以媲美原版游戏。

国外音乐和国内音乐毕竟有差异，很难衔接融合。

南庄忍不住想，《至尊荣耀》也好，《绝地逃杀》也罢，为什么国内的热门游戏，背景音乐全部是由国外的音乐团队操刀？难道我们泱泱大国就不能创造出自己的风格吗？

等一等，现在她首先应该考虑的是，让她建组，就是让她来选择组员吗？

南庄恍然大悟。难怪项目组里那些向来排挤、刁难她的实习生，一个个都开始对她笑脸相迎、嘘寒问暖、温柔体贴。大家是想被她挑选入组？毕竟机会难得。

世态炎凉，不可能有人无缘无故地对你好。

得知真相，南庄并没有失望，反而松了口气，至少她不用因为满腹狐疑而提心吊胆了。

中午午休之前，总部委任南庄组建实习生项目组的消息就传达下来了。

南庄走到电梯口，刚想按电梯，旁边的三个女实习生就冲过来：“我来我来！”

女实习生们争先恐后地抢着帮南庄按电梯按钮，南庄一脸苦笑。

“南庄，要不要一起去吃潮汕牛肉火锅？那家店座位很抢手，我们预约了。”

这么快就从“楚南庄”变成“南庄”了？

电梯门开，女实习生们纷纷按住门，让南庄先进去。南庄也不推辞。

等大家都上了电梯，门关了之后，南庄轻咳了几声说：“你们，是不是想进实习生项目组？”

“不不不！”女实习生们异口同声，“不想进不想进。”

南庄愣住。

所有人都转过脸来看着南庄，表情和语气都在示弱，甚至带了几分愧疚：“南庄，以前我们对你是不太友善，希望你不要介意，不要拉我们进实习生项目组。”

虽然南庄提出了疑问，但女实习生们都没有正面回答。那顿饭，南庄食之无味、坐立难安。回到公司，在碎纸机前放废弃文件时，她心神不宁，弄完了之后都没关嘈杂的碎纸机。

“把这些发票贴到纸上，送到财务室去。”邬靖用一沓发票拍了下南庄的肩膀。

南庄回过神来，慌忙接过发票，找出胶水。她没有工位，只能在复印机上面贴发票。邬靖转身走出几步，脚步顿住，回头看了看南庄。

这种杂活还做得这么认真，邬靖瞳眸里闪过一丝复杂的光芒。

半个小时后，南庄从财务室出来，在走廊上和邬靖狭路相逢。

“楚南庄，你到会议室来。”

南庄关上会议室的门，走到邬靖面前，喊了声“组长”，并嗅到龙涎香、小苍兰、琥珀交织着白麝香，在职场上，邬靖喜用中性化的香氛，甚至常用男士香水来烘托气场。

邬靖合上文件夹，靠向旋转办公椅的靠背，目光冷冷地望着她：“你想知道她们为什么不肯进你的实习生项目组吗？”

“想。”南庄微仰起脸，自知资历尚浅，努力压抑住目光里的求索。

邬靖歪着头，睨着南庄：“因为她们不想上你这条一定会沉没的船。”

南庄没明白，只是心跳加快，因为太在意这份工作，她放在身侧的手开始微微发颤。

邬靖直勾勾地望着她，身体前倾，红唇里吐出一个字：“坐。”

南庄的目光落在旁边的万向轮办公椅上，她转身去推，可那把办公椅的万向轮有点失灵，她差点被办公椅绊倒。好不容易挪过椅子，她正襟危坐，双手笔直地伸着，压住膝头。

邬靖却站起身，双手轻搭在桌沿上：“你知道什么是职场上的捧杀吗？”

南庄不露声色地蹙眉，呼吸变得轻且短，抿着唇，没有回答。

高跟鞋叩击地面的声音响起，邬靖转身，双手插进大衣口袋，径直走向落地玻璃窗。

“就是在上司面前经常夸奖一个人如何优秀出众，把他的缺点也说成优点，让上司深信不疑。于是上司会对他委以重任，不断给他一些超出他能力的工作。”

南庄的背脊一阵发寒，膝头的双手微颤，她甚至不敢转头看邬靖。

邬靖冷着眼，微仰起下巴，俯瞰着海淀大街汹涌的车流和中关村的高楼大厦，继续说：“终有一天，他会因为搞砸某个项目而给公司带来严重损失，再也翻不了身。”

南庄猛地站起身，办公椅因为她的动作而往后滑去。

落地玻璃窗前的邬靖却没有回头，她睥睨着窗外城市的万象，静静等待南庄的反应。

好几次深呼吸之后，南庄握紧了拳头。今天就组长一个人去过人事部，想捧杀她的，就是组长了。这个念头闪过脑海之后，南庄反而渐渐平静了下来。

预想中的最坏结果已经出现，接下来，即便是亡羊补牢，她也不能束手就擒。

她向来擅长调节自己的情绪，此刻依然背对着邬靖，声音尽量平稳清晰：“组长既然要设局，为什么又要告知我？因为知道我不可能跳出你的局？”

女娲的新战歌和音效，是岑德咏指导的结果，并不能代表南庄真实的水平，现在让她去参与目前最热门的《绝地逃杀》BGM，强敌环伺，等于让她去丢脸和闯祸。

而如果交不出令人满意的答卷，南庄在九艺游戏的实习生生涯，就彻底结束了。

不得不承认，邬靖这一招够狠。

邬靖微侧头，眼角的余光瞥向南庄，却没有聚焦于她的身影，下一秒，她收回视线，再度投向窗外，声音冰冷："你知道你最让人讨厌的是哪一点吗？"

南庄双手抵住桌沿，转过脸，将问询的目光投向邬靖的背影。

邬靖感受到南庄的视线，再度仰起下巴："你明明委屈、不甘、气愤，可你从不抱怨，对工作一丝不苟，任劳任怨。你不是'白莲花'，就是城府深。"

南庄十指按住桌面，指尖发白，极力克制，可声音还是发着颤："所以我一再忍让，反而是你们越来越讨厌我的原因？"

会议室里一时间陷入寂静，空气仿佛凝滞。良久，邬靖转过身，高跟鞋一声声仿佛叩击在南庄的心上。邬靖的目光淡淡地落在南庄身上，她不介意再给南庄上一课，最后一课。

"人都有缺点，如果你没有缺点，大家就只能给你制造缺点了。"

从会议室出来，南庄的手机倏忽振动起来。

三分钟后，她跑下楼梯，小跑到九艺游戏《绝地逃杀》手游工作室。

"《绝地逃杀》是第一人称视角，实力的提升较为缓慢，而外挂可以让菜鸟成为绝世高手，一局游戏中只要有一个外挂，都会对游戏体验造成毁灭性的打击。"工作室的室长一边说，一边瞥了眼喘着粗气赶过来的南庄。

"如果我们不好好处理外挂，那么《绝地逃杀》走向灭亡只是时间问题。现在那个直播平台的一哥被举报开挂的事件热度持续走高，严重影响了《绝地逃杀》的人气。"

人群中有人认出了南庄："这不是那个音频中心刚被破格提拔的实习生吗？"

有人表示不满："室长，我们工作室开会，音频中心的人参与，不合适吧？"如果游戏公司也有鄙视链的话，那游戏设计师完全可以鄙视音频中心那些“只会写写歌”的。

室长摆了摆手，示意大家安静下来，再转过头看向南庄：“听说你和《至尊荣耀》的国服第一诸葛亮是朋友？”

没想到她“抱大神的大腿进音频中心”的事，九艺游戏已经无人不知了。南庄垂了垂眼皮，正想着自己该怎么回答，就听室长继续说：“我想让你帮一个忙。”

“您请说。”南庄抬起眼，神色自若，不卑不亢。

“现在《绝地逃杀》遭遇粉丝炮轰，甚至影响得九艺游戏的一些股东开始减持和抛售，公关团队建议我们制造一个舆论热点，转移粉丝的注意力，简单地说，就是洗白《绝地逃杀》。”

南庄低头，已经猜出了大概，却还是虚心请教：“需要我做什么？”

“请你的朋友林大神从《至尊荣耀》转战到《绝地逃杀》，用行动力挺我们。”

室长此言一出，底下顿时议论纷纷。

“怎么可能？林大神说过他玩游戏是为了赚钱，现在《至尊荣耀》官方狂砸钱，他捞金捞到手软，怎么可能转到还没有广大群众基础和重金设奖的《绝地逃杀》？”

“我查过林大神的资料，他服兵役期间曾受过系统的战术和实战训练，所以对他来说，《绝地逃杀》应该是小儿科。”室长望着南庄说，“就看他愿不愿意少赚点钱了。”

这个道理，南庄自然明白。此刻她别无选择。

虽然前不久她还对林则熙发过脾气，但《绝地逃杀》工作室对BGM的选择有很大的话语权，她若是想保住实习生的位置，就必须先卖工作室一个人情。成败在此一役。

南庄握紧拳头，抬起眼：“我尽力。”

Chapter 06

晚上八点，五道口，人群熙熙攘攘。

成府路和财经东路交汇的路口，十万元一平方米的华清嘉园，韩国女孩眉眼细长，黑人反戴棒球帽哼着嘻哈，金发碧眼的白人在谈笑，睫毛像蜘蛛腿的日系洛丽塔女孩扬起蕾丝裙。

林则熙立在地铁口附近，抬头就能看到快手、网易巨大闪亮的招牌。

偶尔他会低下头，滑动解锁，让手机屏幕亮起。

屏幕上是微信页面，上面有南庄两个小时前发来的消息：“今晚有空？”

那四个字和一个标点符号，林则熙不知道看过多少遍了。

她竟然主动约他？

他不想表现出一丝受宠若惊，忍了十分钟，才回她微信：“晚上九点，五道口见。”

为什么？因为在高中时，南庄曾经说过，北京这么多地方，她最喜欢五道口。

就连居民楼都屡屡可见大学生创业团队，号称“宇宙中心”的五道口，是年轻人奋斗的天堂。密密匝匝的钢筋水泥下，无数双跃跃欲试的眼睛一刹而过，留下黑压压的背影。

林则熙又等了四十多分钟，南庄的身影终于出现在地铁口。

他原本斜倚在栏杆上，一看到她，就站直了身子，却并未迎上去。

南庄避开出站的人群，站在角落里掏出手机。

林则熙的手机响起，他定定地望着没有写备注的那十一位数字，直到来电快要变成“未接来电”，他才滑动屏幕接通：“到华联一楼的日料店等我。”

南庄举目四顾，看到西面的华联商厦，就挂了电话，顺着人流往西走。

林则熙双手插兜，紧跟其后，比肩继踵的人流中，他的目光始终锁定她的背影。

悄无声息地跟踪她，这种事情，林则熙高中时就开始做了。

华联商厦一楼，靠路边的一整面都是落地玻璃，南庄坐在橱窗边的位置上。

林则熙藏身于灯火阑珊处，静静地望着她坐下来。侍应生送来大麦茶，她端起来一口气喝掉一整杯，又伸手倒了一杯。林则熙心下不悦，这么渴？工作忙得都没时间喝水？

笨蛋，身体很缺水的时候，喝茶不行，得喝汤。

林则熙看着她，掏出手机：“我在路上，堵车。你帮我点碗松茸汤。”

南庄举起手，招呼侍应生。

林则熙突然很享受这种一边和她打电话，一边悄悄窥探她的一举一动的奇妙体验。

五分钟后，林则熙看到侍应生送来松茸汤，他再次打给南庄：“还在堵，不知道什么时候到，那汤你看着办，我不喝凉的。”

南庄的侧脸，看起来是欲言又止的模样。

她叹息一声，挂了电话，低头喝汤。

笑意蔓延在林则熙的眼角眉梢。

好不容易被她约出来一次，好不容易她有求于他，他肯定要把握住机会。

等她喝完汤，他才迈开长腿走进店。

南庄没好气地白了他一眼，看了看手机："你迟到了23分钟。"

Oversize的灰色拼接毛衣，很容易因为松松垮垮而显得人拖沓没精神，可南庄身上这件，面料厚、廓形感强，搭配黑色铅笔裤和针织帽，显出叛逆的青春感。

"说，有什么事？"林则熙面无表情地坐下来，语气冰冷。

晚上九点半，昌平北四村，人流从地铁站拥出，分流回各个巷道。

"房东，你怎么来了？"正在吃肉夹馍的翟文伟打开门，略微吃惊。

房东瞥了眼屋内洗脚的方如凤："哟，交女朋友了？"

翟文伟避而不答："是不是要清拆了？"

房东吸了口只剩下烟屁股的烟，然后丢在地上，用脚踩了踩，才叹息着说："没法子哦，这次动真格的了，还说我们不退还房租就村镇垫付，听说已经垫付四千万元房租了。"

翟文伟咽下一口油腻的肥肉："你的意思是，你也不退还，让村镇垫付我们？"

"对对对，"房东满脸横肉地赔笑，"你们就说我不在北京，联系不上，他们就会垫付。这要辛苦你们了，来来来，吃点水果。"房东说完，扬起左手的一袋香蕉。

翟文伟想了想，接了过来。打发走房东，他剥了一根香蕉递给方如凤。

"又要搬家了？"方如凤沉着脸推开他，心情不好，"吃不下。"

从村头到村尾，北四村的租金依次排列成一条向下凹陷的抛物线。三一公寓就在这条抛物线的顶点，如果蜗居的蚁族也有鄙视链，那翟文伟和方如凤正在顶端。

日子刚稍微好过点，又被打回原形。在老家穷但安稳，在北京只能颠沛流离。

翟文伟放下香蕉，拿来毛巾，蹲下来帮方如凤擦干净脚。方如凤躺到床上，翟文伟倒了洗脚水，躺到她旁边，两人沉默地望着斑驳的天花板，直到翟文伟打破沉默："我明天就去找房子，搬家你不用管，我来。别怕，有我。"

方如凤鼻子一酸，转过身，把脸埋在翟文伟的胸前。

翟文伟侧过身，轻轻抱住她，两人静静地拥抱了一会儿。

方如凤突然想，如果不住这些宅基地里违章的农村自建房，就只能和别人合租。所以，以后肯定没有这样私密的二人空间了，倒计时开始了，她要珍惜。

她伸出手，勾缠住翟文伟的脖颈，身体往上滑，亲了亲他鼓起的喉结，再往上。

这个吻是苦涩的，还带着泪水的咸味。她把手插进他有点油腻的浓密头发里。没有洗澡，他的身体散发着汗臭味和体味，还有挤地铁的人才有的那种特殊味道，可她不介意。

她一只手从他的汗衫下探入，抚摸他强壮的肌肉和粗糙的肌肤，另一只手则去解开自己衣服的扣子。他原本闭着眼承受她的亲吻，此刻意识到她的想法，蓦地睁开眼。

他伸手抓住她解扣子的手腕，轻轻推开她。

方如凤不解又委屈："文伟哥，我搬过来之后，我们还从没做过。"

"我困了。"他调整了姿势，从面对她侧卧到仰躺，停顿片刻，再转身背对她。

方如凤睁大眼睛，内心泛起一阵苦楚的困惑。

她真的不明白，他明明对她很温柔，生活上无微不至地照顾她，为她遮风挡雨，可为什么两个人每晚都躺在一张床上，他却不肯像第一次那样粗鲁强势地占有她？

脑海里灵光一闪，方如凤颤抖着开口："难道我姐找过你？她威胁你了？"

翟文伟背脊一僵，他庆幸自己此刻是背对着她的，不用费劲掩饰自己慌乱的表情。

他努力让自己的声音听起来平静如常："没有。别胡思乱想了，睡吧。"

五道口，夜色迷离中，行色匆匆的都是年轻的面孔，或兴奋或疲惫。

由于大学、创业公司、酒吧及服装企业扎堆，五道口年轻人的比例很大，他们将来或许要走，但眼下，这里还有未竟的事业、未灭的梦想，还有无数悄然孕育的可能。

“你看起来很忙，所以我就长话短说了。”

南庄花了两分钟解释了约他的原因，而他的答案，并没有出乎她的意料。

“我拒绝。”林则熙冷冷地睨着她，背脊始终靠在座椅上，与她保持着距离。

南庄低下头，目光没怎么聚焦地看了看他的麂皮系带鞋，才抬起头：“为什么？因为《绝地逃杀》不赚钱？你的目光不该如此短浅，这个游戏潜力很大，只是还没有上线。”

侍应生走过来，想开口询问他们两人要喝点什么。

林则熙微抬手，侍应生立刻闭嘴躬身退下。

他没有说话，只是交叠起长腿，高冷中透着漫不经心，歪着头，听她继续说。

南庄将身体再前倾一点，手肘搭在桌面上，双手交握，直勾勾地望着林则熙：“我们可以签个对赌协议，我预付你一年的收入，你转战《绝地逃杀》。如果一年内你赚不到你在《至尊荣耀》里赚的钱，我再赔偿你的损失。”

她顿了顿，继续说：“如果你赚到了，那么超出部分，你再归还给我。”

南庄相信，凭借林则熙的吸金能力，结果一定是双赢。

林则熙听着听着，望向她的目光越来越冷，短暂沉默后，他蓦地站起身。

纵使再克制，此刻孤注一掷的南庄也急了，她立刻站起来，快步走到林则熙的面前，挡住他的去路，一边调节略显急促的呼吸，一边看着他冷酷无情的脸。

“林则熙，至少请你告诉我，为什么不做这稳赚不赔的买卖？”

她的反问让他忍不住嗤笑，目光冷至冰点，语气透着锐器般的狠厉：“买卖？是，楚南庄，你一直在和我谈交易，一开始是结婚协议，现在又是对赌协议，在你眼里，人与人之间，只有互利互惠的关系？”

南庄怔住，一时间脑回路拥堵，只能任凭林则熙沉着嘴角、迈开长腿绕过她。

快要穿过商厦前的广场时，南庄才发现下雨了，她已经被淋得半湿。

头发啪嗒啪嗒滴着水，滑过她挫败的面庞，直到手机响起。

“你去找林大神了？”邬靖在电话那头发出一声冷笑，“你还真是一如既往地愚蠢。你若是帮了他们工作室的忙，那你永远也洗不掉抱大腿、靠潜规则进九艺游戏的污名了。”

南庄静静地听着，一言不发。

她又何尝不明白，无论她怎么努力，都是必输的结局。可是，即便赔上她的名声，她也想要尽一份力。就算很快会被扫地出门，至少现在，她还是九艺游戏的一员。

“世界上的大部分事情，都不是靠努力得到的。”邬靖冰冷的声音继续传来。

努力不一定有回报，南庄懂的，可是，只有努力，才能无愧于心啊。

“这次无论如何，我都会把你赶出九艺游戏。”邬靖狠话说完，挂断电话。

南庄顿了顿，动作缓慢地收了手机，胸口微微起伏着。雨越下越大，狠狠地砸在她的头发上。她睫毛上挂满沉沉的雨水，眯起眼望着在雨中越发显出魔幻感的五道口。

空气阴冷灰暗，建筑高大而富有机械感，铁轨和立交桥穿行楼宇。那些隐藏在居民楼里的创业团队，在一次次惨烈中蹉跎青春。五道口鼓励奋斗，但失意者是这里的大多数。

恰如此时此刻的南庄。

她在雨中跌跌撞撞地走向地铁站。红色信号灯亮起，铁轨前的栅栏放下，打着伞的人群聚集在栅栏前。南庄也在人群中等待，渐渐无力承受雨水的重量，垂下头。

不远处，一双幽深的眸子神色复杂地凝望着她的背影。

嘟嘟嘟的鸣笛响个不停，直到轰隆隆的绿皮火车从远到近驶来，再远去。

栅栏升上，久待的人群快步穿过铁轨，唯独南庄依然伫立不动。不少人冲撞上她的肩膀，她趔趄了几步，刚站稳，又被人冲撞，无数次蹒跚脚步，整个人看起来滑稽又可怜。

几步开外，那双始终锁定在她身上的瞳孔，因为抽痛而收缩着。

雨中的出租车总是那么抢手，有两个人在争抢出租车，挡路的南庄被狠狠推了一下。眼看着她就要撞上那辆驶来的出租车，电光石火间，人群中一道身影迅疾地蹿过来。

南庄失重的身体蓦地被一股力道拉住了手腕，下一秒，天旋地转，雨水都被弹开。

等她反应过来，她毫无焦距的瞳孔里，映出了被雨淋得湿透的林则熙发怒的脸。

冰冷的雨水从他耷拉在额头的头发上滴落，顺着他凌厉的五官和鼓动的喉结，流入锋刃一般的锁骨。他的眼睫毛也被雨水砸得战栗，可目光永远霸道难测。

南庄的目光慢慢聚焦，耳畔是稠密的雨声，她倏忽勾唇笑了："看我的笑话，很有意思？"

她的话音未落，下颌就被他强有力的手指钳住，他蓦地逼近，鼻尖压着她的鼻尖，目光凶狠："朋友比男人更重要，这可是你说的。我那么无关紧要，看不看你的笑话，你会在乎？"

果然还在记仇。南庄内心冷笑，表面上却收了笑容，伸手用力推开他。

林则熙并未纠缠。

南庄转过身，试图快步离开，可毛衣、铅笔裤和球鞋都吸满了水，滞重难行，她迈出的每一步都很艰难，她咬紧牙关继续走。路旁突然蹿出一个穿着雨衣骑共享单车的人。

啪的一声，混乱中，南庄跌坐在地，浑身污浊，肮脏的水溅上她的脸。她吃痛地蹙眉，想要爬起来，可鞋底打滑，几次又跌坐在地，疼得龇牙咧嘴、狼狈不堪。

林则熙自始至终冷冷地望着，终于忍无可忍，大步上前，将她公主抱起。

南庄回过神来，双手拍打他的胸膛，怒吼："放我下来！浑蛋！放……"

她余下的话语被堵在了唇舌的激战之中。

顾不上了，林则熙想，那些冷漠、疏远、防御、顾忌，那些完美的借口、冷漠的面具、别扭的关切、言不由衷的拒绝，全部瓦解在这倾覆整座城市的滂沱大雨里。

他并未在她的唇上辗转太久，就强势撬开她的唇，长驱直入，缠上她惊惶躲闪的舌，一晚上的克制都被他宣泄到了这个吻里，吸吮、啃噬，像在惩罚她，又像在惩罚自己。

麻痹的感觉瞬间弥漫她的全身，她甚至可以感觉到他喉结耸动处的激越，那炙热的气息，似是一股强劲的火山熔浆自地心深处喷涌而出，让砸在两人身上的冷雨都变得灼热。

信号灯再度亮起，把雨水都染成红色，嘟嘟嘟的鸣笛声响起，栅栏降下。

人群在林则熙和南庄的身旁聚集，他稍微放开她，她就挣扎着从他的怀抱里滑下。刚刚站稳，她的腰就被他的手臂强势揽住，她的上半身向后倾斜，而他俯身紧逼而至。

路人的视线纷纷投来，可他恍若未觉，迫视着她："我以为你不会这么脆弱。"

她拼命压抑住胸口起伏的幅度，调整着呼吸，注视他的目光从气愤渐渐变成平静。

良久，她才开口，一字一顿："答应我们的交易。"

林则熙不屑，从牙缝中挤出三个字："凭什么？"

南庄深呼吸一口气，蓦地踮起脚，伸出双臂搂住他的脖颈，远处传来轰隆隆的火车嘶鸣，刺目的车前灯晃得南庄闭上了眼，她仰起脸把颤抖濡湿的唇，贴上他滚烫的唇。

林则熙的瞳孔骤然扩张。

乌黑的栅栏、绵长的铁轨、轰鸣的火车，北漂、拾荒者、小贩、原住民、"码农"和大学生，"回迁改造"的字眼，印在高楼大厦之间逼仄破败、被时代淘汰的平房墙上。

她闭着眼细细地用唇勾画着他纤薄的唇线，娇柔摩挲，一寸寸融化他的僵硬。

他的瞳孔渐渐缩小，眼皮垂下，再垂下，终于闭上眼。

这是迅疾动荡的城市，人们只能随波逐流，可在那一瞬，命运的洪流骤然静止。他们在五道口的暴雨中激吻，大脑被雨水冲刷得一片空白，只是想要对方更多、更深、更远。

“北京又成海了。”

晚上十点，北京市气象台发布暴雨橙色预警，南庄从五道口回到宿舍才看到气象台的短信。杨培培刚洗完热水澡，嘟囔道：“刚刚等公交，广渠门的积水都过膝盖了。”

方如喜把湿漉漉的袜子脱下，唏嘘道：“刚刚在西门口，看到一个环卫工人站在雨中，旁边是井盖被冲走的下水道，有人靠近，他就提醒。挺感动的，像个雨夜里的活灯塔。”

南庄换了身干衣服才说：“最怕地下室倒灌，去年丰台那边地下室还溺死过人。”

方如喜闻声，动作一顿，抬头看着南庄：“地下室？有那么严重？”

南庄解释：“北京有两百万人寄居在地下室，每当下暴雨，要么和污水搏斗一夜，要么跑得快逃过一劫，有人被淹死，有人用抽水泵抽水，操作不当漏了电，活活被电死。”

方如喜倒吸一口冷气，心神不宁起来，她换上新袜子，想了想，还是掏出手机，打开通讯录，视线停留在蒋姣兰的号码上。

原本她不想存的，因为不想再有交集了，可蒋姣兰硬是拿走她的手机，帮她存了。

“怎么？你有朋友住地下室？”杨培培发现了方如喜的异常。

“没有没有！怎么可能有？”方如喜退出通讯录，把手机丢回床上。

可是无论做什么，方如喜总感觉惴惴不安。

十分钟后，杨培培看了看窗外：“怎么一点也没有变小的趋势啊？不知道那个环卫工人还在不在守着，对陌生人都这么温情。”

她的最后一句话，刺激到了方如喜。

纠结了这么久，方如喜终于忍不住，抓起手机走到走廊上，拨打蒋姣兰的电话。

“对不起，您拨打的号码暂时无法接通。”

方如喜一听就急了，脑子里闪现出刚刚刷微博看到的去年丰台溺亡者的照片，不由得心惊肉跳，脑海里又浮现出中学时代她和蒋姣兰形影不离的情景，鼻子蓦地发酸。

打不通，再打，她双手发颤，内心不断祈祷。

终于，电话通了，她握紧手机，顾不上控制音量地喊：“蒋姣兰你怎么样？”

电话那头传来蒋姣兰的痛哭声：“没了，什么都没了，全部家当都被淹了，现在我们无家可归，连雨伞都没有，只能在桥洞下露宿……如喜，我再也不喜欢北京了。”

方如喜拼命忍住眼底的酸涩，望着铺天盖地的瓢泼大雨，吸了吸鼻子，尽量让自己的语调冷静一点：“至少人没事，别怕，大不了就回老家。”

“可我们现在连回家的火车票都没钱买了。”

蒋姣兰的抽泣让方如喜的心脏一阵刺痛：“没关系，我帮你买，明天早上我去看你。”

电话那头只剩下夹杂着童音的此起彼伏的哭声，方如喜知道，蒋姣兰的那声“谢谢”已被喉头的哽咽吞噬。她不想浪费蒋姣兰手机的电量，简单说了一句就挂了电话。

大雨疯狂地从天而降，黑沉沉的天就像要崩塌下来。方如喜呆呆地望着汹涌的雨幕，突然想起老家的雨，她趴在窗上看雨水沿着沟渠，涌向稻田、玉米地和池塘。

城里人厌恶下雨，鞋袜会被弄湿，交通会瘫痪；可农村人喜欢下雨，大雨可以滋润庄稼。春雨贵如油，爸妈喜笑颜开，方如喜则和妹妹戴着斗笠披着蓑衣在雨中嬉笑打闹。

现在想起，恍如隔世，她心底惘然。

方如喜蓦地湿了眼眶，掏出手机，想了想，还是打了妹妹的电话。

冷战了这么久，她该示好了。

没想到，接电话的是翟文伟："你妹妹睡了。"

他刻意压低的声音，却让方如喜怒火中烧，她想劈头盖脸地训斥翟文伟一顿，可话到嘴边，还是艰难地咽了回去。生米已经煮成白饭，她还能怎么样？泼妇骂街？

方如喜闭了闭眼，好几次深呼吸，压抑住内心的怒火。

电话那头的翟文伟也不催促，静静地等待着，不说话，也没挂电话。

良久，方如喜才睁开眼，语重心长地说："她把女孩子最宝贵的东西给了你，我希望你配得起。"

翟文伟并未马上回答，似乎在思索，几秒钟后才问："我该怎么做？"

"你做'闪送'虽然赚钱，但是危险，而且没有前途，"方如喜此刻大脑已经恢复平静，"我建议你用现在的积蓄，学点手艺、技术，慢慢来，行行出状元。"

电话那头一片沉默。

方如喜转念一想，突然有点搞不懂自己在干什么。她明明是不支持妹妹和翟文伟在一起的，现在说这番话，会不会让他误会？这样想着，她清了清嗓子，仰起下巴骄傲地说："翟文伟你给我记住，我依然反对你和我妹妹交往，我会想尽一切办法拆散你们，但是在此之前，我希望你有所改变，不要让我更加恶心、更加鄙视你。"

说完，方如喜干脆利落地挂了电话，把手机放回口袋，转身回宿舍。

宿舍内，南庄正在用支付宝疯狂地转账。

但凡一夜爆红的人物，几乎都是有推手在背后操作的。微信作为一个私密性极高的传播平台，能传播的只有事件。贴吧有主题分流，豆瓣太小众，知乎上"干货"越来越少。

所以南庄选择了微博。微博的格局已经稳定下来了，有话语权的大V们几乎掌握了整个微博的传播命脉。她正忙着给几个大V递敲门砖。

她刚"勾搭"的一个大V在支付宝里发消息："你想炒作自己？"

"不，我想炒作我妈妈。"

一夜暴雨，中关村软件园的清晨，回荡着环卫工人清扫积水的声音。

赵祈哲还是他万年不变的装扮，黑框眼镜、格纹衬衫、高腰牛仔裤、运动鞋、印着公司logo的双肩电脑包，一边吃着在地铁口买的韭菜合子，一边穿过科技企业孵化大楼。

电梯旁贴着一张A4白纸，最上面是醒目的两个字：征婚。

反正等电梯无聊，赵祈哲边吃边看。前面的一堆溢美之词忽略不计，重点在后头。

“现为爱女择一优秀男青年，要求年龄差距不过五岁，本科以上学历，工作上进，踏实、稳重的程序员。只要人品认可，并不强求男方长相和经济条件。”

赵祈哲吧唧着嘴，继续往下看。

“另只征搜狗、携程、今日头条、360等公司的员工，其他公司的男青年勿扰。”

赵祈哲把最后一口韭菜塞进嘴里，嘀咕了句：“猎头辛苦了。”

旁边的几个程序员看了，也纷纷表示：“‘码农’真可怜，连相亲都这么危险。”

有人说：“听说之前有个P7跟猎头上床后，被骗到创业公司去了。”

在BAT公司，P为技术岗，M为管理岗，P7是技术专家，对应M2经理。赵祈哲刚毕业两年，就到了P6资深工程师，对应M1主管。听说这几天上头要升他到P7。

果然，他刚坐到工位上，他的顶头上司，P9的总监笑着拍了拍他的肩膀：“小赵，P7是年薪50万元，2400股，公司对你是破格提拔啊！”

赵祈哲不以为然：“这不是我应得的吗？”

总监早就习惯了理工男有什么说什么的直肠子，他到底是惜才的，也不介意，反而提醒赵祈哲：“周末有个庆祝派对，我们希望你带个女伴来参加。”

赵祈哲摊手：“我身边没有任何雌性生物。”

总监开玩笑：“所以公司鼓励你找个女伴来。这也会纳入年终KPI考核。”

赵祈哲耸了耸肩：“如果因为这个影响我的考核，我会投诉你的。”

总监：“……”能分分钟把天聊死，也是一种卓越的才华。

BAT公司连食堂都到处是黑科技，中午十二点，赵祈哲的员工卡里会自动充入二十元券，在吃饭刷卡时直接抵扣，过了下午两点没用，就会自动消失。晚餐和加班夜宵亦如是。

最近食堂还上了自动削面机器人。中午就餐高峰期，自动削面机器人就会进入疯狂工作模式，萌得人一脸血，常常引发排队长龙。赵祈哲正在排队，忽然听到旁边有人讨论他。

“赵祈哲才进公司两年，就升入P7，真让人不爽。”

“他也够可怜，听说他连女孩子的手都没牵过。”

“周末庆祝派对鼓励带家属，目测大家都有女伴，就赵祈哲一个‘单身狗’。”

赵祈哲充耳不闻，面不改色地从那两个在背后嚼舌根的人身边走过。

餐桌旁，赵祈哲正襟危坐，用筷子夹起韭菜鸡蛋饼，大口咀嚼着。谁说他连女孩子的手都没牵过？他还曾经把一个光着腿的女孩子压到沙发上！

那女孩叫什么？王培培？李培培？他脑海里浮现出那女孩瞪得像铜铃的双眼。

世界上最不可理喻的生物，就是女人。他搞不懂，男人为什么需要女人？男人明明只需要一个保姆和一个子宫。

赵祈哲是不婚不育主义者，所以他不需要子宫，他只需要一个保姆。

地铁十号线，人群熙熙攘攘。

杨培培在地铁上用这个月剩余的流量看了最新一期的《凡人的演技》，被淘汰掉的是以前TVB的演员，评委的点评相当毒舌：“你生动地给大家表演了什么叫‘尬演’。”

杨培培倒觉得她的演技还不错，至少比那个流量小花好。杨培培打开微博准备搜搜这个“菅乔染”，没想到意外地在热搜榜看到了她的名字。火了！菅乔染火了！

点开一看，杨培培哇了一声，果然不撕不火，菅乔染手撕流量明星了！

萱乔染的微博是前几天才申请的，但是最新一条的点赞转发都过万了，那阅读量至少是几十万粉丝级别的。别看萱乔染是四十岁的阿姨，语言风格却很年轻。

最新的微博是："别叫《凡人的演技》了，直接叫《流量明星的胜利》吧。"

萱乔染还发了一条长微博，她认为自己的演技没有那么不堪，只是被剪辑得很混乱。

"流量明星占据好资源，拿最高的片酬，有的是粉丝和人气，即便演技生涩、抠图演出、过度用替身，仍有成千上万的粉丝以'我家××最敬业、最努力'维护。"

很有道理，杨培培边看边点头。

"粉丝经济时代，'人设'先于演技和作品。如此环境下，流量明星只需经营好'人设'即可。可我认为演员应该对自己的职业心怀敬畏，最重要的是作品，我对渣演技零容忍！"

撕得太好了！杨培培忍不住点了个赞。她翻完萱乔染的微博，就给南庄发微信："你看微博了吗？那个不知名的TVB前演员，靠手撕流量明星上位了！"

南庄一边扒拉着外卖一边看杨培培发来的微信。

她正要回复，萱乔染发来微信视频聊天。

萱乔染一边卸妆，一边在屏幕那头狐疑地质问："怎么回事？节目组给我打电话，语气不善，让我删微博。可是我根本就不玩微博。你又在搞什么鬼？"

南庄嘴里还有米饭，声音含混："你的微博是我在弄，妈妈你不用管，他们再打电话来，你就拒接，我批判的不光是他们节目组，主要是现在这个急功近利的娱乐圈。"

萱乔染利落地撕下假睫毛："你就不怕得罪人？"

南庄又塞了口肉："我又没有指名道姓，莫非他们敢跳出来承认自己没演技？何况咱们背后可是有AG集团的。现在你有热度，很快就会有人联系你上综艺节目或者拍戏了。”

菅乔染倒卸妆液的动作一顿，她还是一头雾水：“你什么时候关心起娱乐圈了？”

南庄咽下米饭，喝了口水，才说：“自从爸爸打了你，我就想让你回归娱乐圈，有一份自己的事业，所以我一直关心娱乐圈，做了不少功课，终于用上了。”

菅乔染手一抖，卸妆液倒多了，溢出化妆棉，流到化妆桌上。

她叹息一声，扯过一张棉柔巾擦拭：“你就这么希望我和你爸离婚？”

“不光是离婚，”南庄又扒拉了一大口米饭，“我不希望你的生活死气沉沉，有些人二十岁就死了，只是等到八十岁才埋葬。我不希望你做那样的人。”

望京SOHO。

电梯里没有信号，翟文伟抱着纸盒，走出电梯才拨通电话。

“您好，我是一小时前去银科大厦取货的闪送员，我现在就在收货地点望京SOHO，可是刚才收件人莫翊莫先生，他拒绝收货了。现在要给您送回去吗？”

电话那头的女声略显迟疑，才说：“辛苦你了，那我重新下一个单。麻烦你送到中央音乐学院去……等一下，现在我的宿舍没人，那还是麻烦你送到银科大厦来。谢谢。”

“还是取件的地址吗？好的，我一个小时内到，请您稍等。”

翟文伟挂了电话，走到摩托车停放区域，把纸盒小心翼翼地放到车后的箱子内，戴上黑色机车头盔，再把黑色夹克的拉链哗地拉上，跨坐上摩托车时忍不住嘀咕了句：“中央音乐学院？”

银科大厦。

叮咚，电梯门开，往左边走一点，就是必须刷员工工牌才能进入的办公区域，翟文伟站在玻璃门外打电话，手里捧着纸盒，动作小心，毕竟备注上写的是“贵重文物”。

电话响了很久，对方才接："请稍等一下。"

翟文伟原本还想抢一个附近的单，听她这么说，知道一时半会儿不能出来，于是他退掉平台页面，打开微信。方如凤又给他发了两条消息。

"文伟哥，我姐居然良心发现，去接济姣兰姐了，还帮她买了回家的火车票。"

"文伟哥，姣兰姐后天回老家，我想请假去送她，可又觉得工资扣太多了。"

翟文伟低着头，用拇指打字回复："没关系，去送她吧。你缺钱就找我。"

方如凤秒回，发了一个网红猫亲亲的表情图："文伟哥，你真好！"

反正有时间，翟文伟又回复了一句："我既然要了你，就会对你负责到底的。"

不知为何，发完这句话，翟文伟蓦地感觉心底泛起一阵酸涩，以至于方如凤后来回复了什么，他都没留意。他正发着呆，玻璃门打开，一个高马尾的女孩走了出来。

翟文伟的视线却先被站在玻璃门内、拿着文件夹的女强人所吸引。

暗色衬衫加黑皮裙，在光感上明暗结合，不会沉闷得没存在感，也不会浮躁得显廉价，配上绑带高跟鞋，气场超群，一看就是高管。她正神色复杂地注视着高马尾女孩。

两个小时前来取货时，翟文伟已经见过这个客户，于是朝高马尾女孩打招呼："您好，这是您的包裹，请查验。"

话音未落，翟文伟就注意到女孩略微泛红的眼睛和鼻子。怎么，刚刚哭过？他抬起头看了看那个女强人，难道是职场新人被女强人训斥了？下一秒，女强人转身离去。

"谢谢，辛苦你了。"女孩低着头，双手接过包裹，转身准备走。

翟文伟忍不住喊了一声："请等一下！"

女孩转过身看着翟文伟："五星好评是吗？放心。"

"不是。"翟文伟垂下视线，抓了抓头发，才说，"我刚来北京时送外卖，大年三十下着冷雨骑摩托车送一碗面，冻得直哆嗦，女孩接过面，啪地关上门，我走出小区就看到她的差评，说面坨了。冷风一吹，我就哭了。”

他说完才觉得自己是不是神经病，为什么要跟客户说这个？

他正要解释一句“因为我有朋友也在中央音乐学院，和你是校友”，那女孩却突然眉眼弯弯地笑了。

“谢谢你，”她吸了吸鼻子，掏出手机看了看，“你叫翟文伟？谢谢你。”

翟文伟不好意思地用手擦了擦鼻子：“不用客气，我是个粗人，说不出什么大道理，但是我想说，莫欺少年穷，曾经他爱搭不理，后来他高攀不起。打扰了，我先走了。”

南庄等翟文伟上了电梯，电梯门关上，才抱着纸盒走回自己的位置。

早知道这是她在九艺游戏音频中心的最后一天，她应该让闪送员把莫太太的手镯送到宿舍去，让杨培培回去接收一下的。毕竟，本来要拿走的私人物品就不少了。

她走过工位区，不少人指指点点，压低的讨论声不绝于耳。

“找林大神转战了《绝地逃杀》又怎么样？还不是过不了试用期？”

“所以说靠山再强硬都没用，还是得自己有两把刷子，公司可不养闲人。”

“真不知道她是怎么搞定林大神的，要脸蛋没脸蛋，要身材没身材，路人甲一个。”

南庄脚步一顿，转过身来，朝那三个女实习生微微一笑。

女实习生们被她诡异的笑容弄得心里发毛，正要说话，南庄抢先开口了：“虽然我颜值不高，可是我床上功夫好啊。”

那三个林则熙的花痴粉丝瞬间脸色惨白，咬着牙，恨不得冲上来甩南庄几耳光。南庄却再度舒展一笑，然后转过身，颇有气场地退场。正面怼不管用，直击要害才够狠。

回到复印机旁的“工位”，南庄低着头，承受着大家或同情或幸灾乐祸的目光，淡定地收拾着私人物品。她这份平静，很快被走过来复印资料的邬靖打乱了。

“对了，走之前记得去人事部做个办公用品交接，还要把工牌还给前台。”

邬靖的绑带高跟鞋足足有九厘米，尖锐得可以杀人，此刻她嗒嗒嗒地走过来，仿佛每一步都戳进了南庄心里。她咬了咬下唇，低声说：“好的，组长。”

最后一次叫“组长”了，这两个字在南庄和邬靖心里都激起了小小的酸涩的浪花。

邬靖伸手按下复印机的按钮，单手叉腰站了会儿，依然背对着南庄，开口说：“其实如果你选择模仿国外原版《绝地逃杀》BGM的风格，还不至于输得这么惨。”

南庄动作一顿：“可我不想再东施效颦、亦步亦趋了，中国音乐应该有中国的特色。”

邬靖微微皱眉，眯起眼望着复印机旁的凤尾芭蕉：“你的野心很大。还有两年毕业？别折腾了，在学校好好上课，太闲了就交个男朋友。青春稍纵即逝。”

南庄并未回答，她静静地把所有私人物品装进一个大纸箱。

收拾完毕，她松了口气，低头把身上咖啡色衬衣的扣子全部解开，衬衣里还有打底的吊带。平时她在公司总是中规中矩、拘谨地系满衬衣的扣子，现在可以放飞自我了。

她把衬衣扣子的系法打乱，第一个扣眼空着，第一颗扣子系在第二个扣眼里，第二颗扣子系在第三个扣眼里，依次类推。她的手指在衬衫上纷飞，几个男前辈投来目光。

改造之后，整件衬衫立刻呈现出慵懒叛逆的味道，略微低胸、露锁骨，青春洋溢，元气满满。系好扣子后，南庄再把发带取下，让如瀑长发披散在肩头。

输什么也不能输了姿态。

她感谢邬靖教会她，一个有棱角的人，更能获得尊重。

邬靖刚好复印完资料，转过身，就对上恍若变了一个人的南庄。

南庄充满活力地朝她一笑，邬靖怔住。而南庄上前一步，灿烂地笑着说：“再见，我的意思是，我还会再回来的。”

Chapter 07

宿舍内，正在和爸妈视频聊天的杨培培看到手机上方跳出南庄发来的微信。

“心塞，求安慰。我没过试用期。我妈让我回家住几天，不回宿舍了。”

杨培培也不挂断视频聊天，而是点了下屏幕左上角，视频窗口换成微信页面，她一心二用，一边陪爸妈唠嗑，一边打字回复南庄：“抱抱你，回宿舍请你吃我煮的泡面。”

南庄转移话题：“你没上课？”

“找人帮我点名了。我刚洗完头，在跟我爸妈视频。”

杨培培手上飞快地打字，嘴里还在应付爸妈，不时地说“是是是”。

只听爸妈说：“我们下周准备去成都看房子，新开的几个楼盘，看你喜欢哪个？”

与此同时，南庄回复：“你爸妈又催你回成都了？”

“可不是？神烦！这次我要跟他们坦白了，省得他们总是心怀希望。”

杨培培迅速打完这排字，就滑动屏幕，回到视频窗口。

“我不想回去，我想留在北京。”杨培培看着屏幕上的爸妈，一边擦头发一边说。

爸妈每次视频聊天时都会放下手里的活儿，认认真真地盯着手机，即使是随便聊聊，也正经得像作报告，搞得杨培培都不好意思吃东西或者干点别的。

此刻，妈妈一听这话，就气得去打爸爸：“你看你看！就是你的错！我说读四川音乐学院吧？就你同意女儿大老远地去北京读！那么干燥，那么冷，雾霾还那么严重！现在好了，女儿毕业了都不愿意回四川了！”

杨培培听了，心里不爽，用毛巾拼命地擦头发，发尾水花四溅，溅到屏幕上。

那边爸爸任凭妈妈撒泼打骂，也不争辩，等妈妈发泄完了，爸爸才拿过手机：“女儿你想清楚了？我们知道你们年轻人都这样，不愿意重复我们老一辈的生活，所以我们没准备让你回德阳，我们希望你回成都，至少在一个省，爸妈也可以照应你……”

爸爸还没说完，妈妈就把手机抢了过去，皱着眉瞪着杨培培：“爸妈就你这一个女儿！你真忍心让我们做空巢老人啊？何况我们从小把你捧在掌心怕摔了、含在嘴里怕化了，怎么忍心让你在北京打拼？房价那么高，没背景、没人脉的！”

妈妈离镜头很近，整个屏幕都是她的脸，她很激动，眼角的鱼尾纹全部暴露出来，清晰可见。杨培培望着妈妈日渐苍老的面孔、深深的皱纹，蓦地有点鼻酸。

杨培培擦头发的动作停顿下来，她把视线转向别处，曲线救国地说：“至少让我先在北京闯荡两三年，等我实在撑不下去了，再回去也不迟啊！”

“不行不行！”妈妈一听又着急了，正要再说，手机被爸爸夺过去了。

爸爸拍了拍妈妈的后背：“你别激动，让我先问清楚情况。”然后他看向手机屏幕，望着杨培培，“女儿啊，以前你是同意回成都的，怎么突然改变主意了？发生什么事了？”

杨培培撇着嘴，纠结着要不要告诉爸妈。

妈妈突然脑袋里灵光一闪，开窍了似的说：“是不是交男朋友了？北京的？”

既然话说到这个份儿上了，杨培培只能坦白从宽：“不是北京的，”杨培培看向爸妈，“但他毕业了想留在北京，所以我想陪他在北京一起打拼。”

妈妈听了更慌了，真是一波未平一波又起，她急得一把推开跟她抢镜头的爸爸，忙不迭地问那个男生是谁，籍贯、学历、年龄、身高、性格、长相，最后是“对你好不好”。

杨培培早就习惯了妈妈像鞭炮似的一连串疑问，翻着白眼等她问完，才叹息着说：“能不能让我有点隐私啊？等我觉得是时候告诉你们了，再具体说可以吗？”

爸爸虽然没抢到手机，但他特意拔高的声音响起：“女儿啊，你记住，恋爱可以，千万不能同居！女孩子一定要擦亮眼睛，识别渣男，保护好自己！”

“知道了知道了，我要去上课了，下次聊吧。”杨培培说着，挂了视频聊天。

接下来并没有课，她也不想撒谎的，只是不编造个理由，爸妈就会没完没了。手机屏幕很快黑了下来，杨培培还坐在那里纹丝不动，长长地叹息了一声。

这时门被推开，方如喜走了进来，把包包扔到床上，累瘫了似的躺下来。

“对了杨培培，过几天学生会要组织一个有尝演出，你和我一起去四手联弹吧。”

葱郁的树丛，掩映着黄的绿的琉璃瓦屋顶和朱红的宫墙。

“被九艺游戏开除了？我早说过，何必那么辛苦？你实在想玩，跟你爸说一声，去AG当个管理层，轻松悠闲。你真打算不靠家里，就靠你自己努力？太苦了，也太难了。”

菅乔染今日高高绾起了发髻，盈盈纤腰旁荡着GUCCI鳄鱼纹小肩包。

坐在湖边八角亭里的红杏圆桌旁的南庄，等得有点饿了，抓着桌上的豌豆黄吃：“我偏要证明，在这个时代，没背景、没后台、不靠潜规则，也能上位。”

“别做梦了。”菅乔染双手抱胸，冷哼一声，“你看那些底层北漂，住城中村、地下室、群租房的，现在都落得无家可归的悲惨境地，这早就不是英雄不问出处的时代了。”

南庄咀嚼的动作一顿，抬眼看着菅乔染：“我不信，北京才两千多万人，你看东京，三千五百万人。北京依然欢迎野心和梦想。”

菅乔染正要不屑一顾地冷哼，湖面上突然响起隐隐的马达声。

南庄转过脸看去，而菅乔染慌忙抓起棉柔巾，帮南庄擦拭掉她唇畔的黄色豌豆粉。

天空湛蓝，马达声由远及近，那是正往她们母女驶来的意大利定制游艇，富于攻击性的加长船头给整条游艇赋予了强烈的动感外观。游艇靠岸，助理先上岸迎接她们。

上游艇前，南庄突然停住脚步：“妈妈，我们一家三口，多久没有聚在一起了？”

菅乔染顿了顿，皱眉：“我都大半年没见到他了。一家三口，就去年过年时聚过。”

南庄摇头苦笑。

游艇内，楚御明正坐在沙发上点燃雪茄，用雪茄剪切开一支经过222道人工工序的哈瓦那雪茄的帽顶，将它要点燃的部分朝下，呈四十五度放在燃烧的香柏木片上缓缓转动。

点燃后，楚御明并不急于吸食。他轻轻反吹两口，驱除点烟时吸入的杂气和热流，让味道稳定、平衡几许，再把那古巴雪茄转动一个角度，终于慵懒地吸了一口。

“坐。”摄魄的浓香、缭绕的烟雾中，楚御明的眉眼越发纤长。

南庄先坐下：“谢谢爸爸。”

见一旁的菅乔染还赌气似的站着，南庄伸手拉她坐下。

楚御明的视线一直落在南庄身上，并未有一丝一毫投向菅乔染。

“没过试用期，你不难过？”楚御明漫不经心地吐出烟圈。

南庄坐得笔直，微笑：“他们明年会招收第二批实习生，我还会网申的。这一年我会好好学习，也会好好研究九艺游戏的音乐风格，尤其是即将大火的《绝地逃杀》。”

楚御明骨节如竹的手指弹落烟灰：“你玩过《绝地逃杀》？”

南庄不敢欺瞒：“我没玩过，但我有个朋友在玩，他之前玩《至尊荣耀》，转战《绝地逃杀》后就迷上了，天天发微博说‘大吉大利，今晚吃鸡’。可我不爱吃鸡。”

低沉的笑声弥漫开来，楚御明似乎对那个人很感兴趣：“他怎么评价那款游戏？”

南庄瞬间就后悔了，真不应该在爸妈面前提到林则熙。可是事已至此，她也只能硬着头皮掏出手机，把林则熙最新的微博翻出来，再把手机双手递给楚御明。

“你永远不知谁正拿着八倍镜瞄准你的屁股。你只能小心翼翼地当个‘伏地魔’，屏气凝神地听着耳机里传来的风吹草动，默念刘慈欣在《三体》里提出的‘黑暗森林法则’。”

看完后，楚御明才侧身弹落烟灰：“黑暗森林法则？”

南庄点点头，解释：“任何暴露自己存在的生命都将很快被消灭。”

她希望楚御明快点把手机还给她，可楚御明偏偏做了她不想看到的举动。他拇指往上滑，飞速地浏览林则熙的微博。一旁才抽了几口的雪茄得不到宠幸，显得寂寥又暗淡。

“今年电竞行业总奖金突破两亿元，吸引了不少草根英雄，但有这等颜值的，太少。”

楚御明的话让南庄脑子里轰地炸了，她低下头，懊恼地咬唇，肠子都悔青了。

一旁的助理见楚御明微扬起手，立刻走过来，低头听吩咐。

“你去了解下这个人的战绩，看潜力如何，弱一点也没事，他可以做我们旗下电竞团队的‘流量担当’，毕竟电竞行业消费者以男生居多，而他能带来大量的女粉比例。”

“知道了，楚董。”助理躬身退下。

楚御明这才把手机还给南庄，眯起眼悠悠地吸了口雪茄：“你觉得他怎么样？”

南庄把放在膝头上的手换在沙发扶手上，尽量不泄露自己的紧张和担忧。

“打职业电竞，天赋、努力、训练，一个都不能少。我觉得他信念不够，他打游戏就是为了赚钱，一旦赚得少了，努力和训练都会松懈。他不够格进AG的电竞团队。”

楚御明伸手，将指尖的雪茄放到烟灰缸里。雪茄没有添加任何杂质，因此不会像卷烟那样不吸的时候也会持续燃烧，雪茄待平稳搁置后，就会自行熄灭。

“他和你是什么关系？”

南庄的视线尚且停留在慢慢熄灭的雪茄上，楚御明的问题让她猝不及防。她只能继续看着雪茄，又不敢让他等太久：“工作上认识的，没想到他也是北师大附中的。”

坐在旁边的菅乔染拿过南庄手里的手机，看了看林则熙的微博。

南庄转过身，想把手机拿回来，菅乔染却躲开，看着手机评价说：“颜值、身材、衣品、气质都不比你的莫玥差，身边有这样的帅哥，难怪你不肯相亲。你喜欢他？”

“不，”南庄这下无须掩饰了，她原本就不喜欢，“只是普通朋友。”

楚御明接过助理送来的金骏眉，用茶漱漱口，才看向南庄，目光幽深：“喜欢也无妨，爱美之心，人皆有之。只是你要记住，爱情是一回事，结婚是另一回事。”

结婚与恋爱毫无关系，人人都可以结婚，简单得很，而爱情完全是另外一回事。

南庄也接过一杯金骏眉，吹了吹，再轻抿了一口，忍不住再解释一句：“他不适合我，对我来说最重要的是自由，可他，控制欲太强。我和他，只能做朋友。”

“那就好，”菅乔染把手机还给她，“你和莫玥的婚约快定了，别节外生枝。”

虽然是红茶，但金骏眉冲泡后是晶莹剔透的金黄色，而且金骏眉回甘的速度和强烈程度是一般红茶所不能及的，饮后整个口腔全是蜜香，舌头两侧前部及舌尖回甘不断。

可此刻南庄喝来，只觉苦涩。

她把杯盏轻轻放到茶几上，伸手把一缕乱发捋到耳后："至少等我毕业。"

正在喝茶的菅乔染动作一顿，看向南庄："如果你毕业前这一年半的时间里，开始和莫珝约会、恋爱，我就同意。毕竟婚姻艰难，没一点感情基础也太过勉强。"

菅乔染说完，就抬眸看向楚御明，她也知道自己说了不算。

楚御明单手托着茶盏，茶盏上兔毫釉浑然天成的褐色花纹反衬得他的手指白皙如玉。

"婚姻艰难？所以楚太太才会被逼无奈，回归娱乐圈？"

他两句语气淡淡的反问，就让菅乔染和南庄都脸色微变。

菅乔染正不知道该如何回复，南庄抢先说："妈妈的微博是我在经营，我昨天刚帮她签下来一个历史正剧里的角色，虽然戏份不多，但制作团队是顶级的。希望爸爸同意。"

楚御明面无表情，啪地把茶盏丢到一边。

突如其来的声音让南庄和菅乔染都心头一跳，不约而同地屏气凝神。

"只要你乖乖地跟莫珝完婚，我就不封杀她。"

南庄低头，胸口微微起伏着，手不由自主地握成拳。她没想到，楚御明会以此要挟她。

她正要回答，楚御明却交叠起双腿，扬手："行了，你先回去，我和你妈再说几句。"

大脑里一直紧绷的弦终于松了下来，南庄轻轻呼出一口气。她和楚御明之间，从来不像正常的父女，有时候她觉得自己很像古代被逼通婚的公主，伴君如伴虎。

从游艇上下来，南庄却没有先回学校，不知为何，她总有点担心菅乔染。

她在八角亭里坐下来，看了看手机。

杨培培发来一条微信："方如喜拉我去参加一个有偿演出，就明晚，结果我发现那是一个互联网巨头的庆祝派对，关键是，那家公司是林大神室友所在的公司。世界真小！希望不要碰到那个奇葩！"

南庄笑着回复："我突然觉得你和他CP感很强。"

"谁要跟他组CP？他或许智商高，但在和人交往的时候，就像个不可理喻的熊孩子。"

"我觉得，一个人无论多么奇葩、多么讨厌，总会有人喜欢。而真正喜欢上一个人，其实是在发现他的弱点和缺陷之后，因为一个完美无缺的人是无法让人喜欢上的。"

看着显示的"对方正在输入"，南庄正等着，突然前方传来凌乱的脚步声。

南庄站起身，蓦地瞪圆眼睛，慌忙小跑着上前。

菅乔染唇瓣流着鲜血，颧骨高高耸起，上面还有一层胭脂似的鲜红。她看到南庄，先是吃惊，然后是慌乱，本能地低头用手遮住脸。

可下一秒，她的手腕就被南庄攥住。

"我爸又打你了？"南庄尖声喊道，气得跺脚，转身就要冲上游艇。

菅乔染慌忙从后面抱住她，颤声说："如果你还想让我回归娱乐圈，就别去惹怒他。"

南庄恨得咬牙切齿，转身看菅乔染的脸，心疼得手都发抖了："这次又是为什么？"

菅乔染坐下来，从包里拿出化妆包，先擦拭掉嘴角的血，然后开始拍粉底补妆。

"那部历史正剧，我不是演小周后吗？南唐后主李煜的亡国妃。他不高兴了，要我换个吉利点的角色，我不肯，他就推了我一下，也是我自己不小心，撞上了花瓶。"

南庄恨铁不成钢，又气愤又心疼，不相信菅乔染的这一番说辞："你又粉饰太平！"

菅乔染不答，细细涂抹腮红。

南庄握紧拳头："妈你好好演，把握机会，等你红了，你自然就想跟他离婚了。”

菅乔染拿眼线笔的手略微停止动作，她叹息一声：“所以你快点和莫翊恋爱、结婚吧！不要绞尽脑汁还那个传家宝手镯了。否则我辛辛苦苦奋斗，你爸突然把我封杀了怎么办？”

南庄低头帮菅乔染调眼影，虽然心里很不甘，却还是咬紧牙关说了声“好”。

不远处的游艇内，助理走到楚御明身边说：“太太的演技真好。”

楚御明接下来要去骑马，已经换上盛装舞步的骑士服，头戴黑色阔檐礼帽、身着燕尾服、脚蹬高筒马靴，低调又奢华的装扮把他完美的身材比例和挺拔的身姿勾勒了出来。

他站在立式镜前，压了压礼帽帽檐，薄唇勾笑。

为了让南庄乖乖地和莫翊在一起，菅乔染也是拼了，妆化得好像真被打了似的。

她的演技好是好，只是在南庄眼里，他这个爸爸恐怕要成为家暴的代名词了。

楚御明自小被家里当作绅士培养，从来不屑于对女人动手，上次在水烟厅，只是为了让菅乔染不要玩得过火。他最擅长的是冷暴力。惩罚女人，冷暴力就够了，何须动手？

“你就准备穿这身去参加派对？”临出门前，林则熙拦住赵祈哲，上下打量他。

万年不变宅男穿衣风格的赵祈哲无奈地摊手：“难道要西装革履像个销售员？”

林则熙喝了口微微发酸的浅焙西达摩咖啡：“你就这么看不起销售员？”

“是同情，”赵祈哲接过林则熙递来的咖啡，用手指搅拌了一下，手指被烫得通红，他面不改色地说，“人的挫败感多半来自无法控制的东西，而人类就是最不能控制的。”

做销售的，面对客户，所以很难控制，常常不爽到便秘。

赵祈哲咕噜咕噜一口气喝完整杯咖啡，才继续说："可我们程序员呢？我们生活在全是由机器、数据和代码组成的世界，一个没什么不能被控制的世界。"

林则熙被赵祈哲喝咖啡的模样弄得有点蒙，接过赵祈哲还回来的空杯子："所以你们完全是上帝视角，掌控一切？而你们捣鼓出来的，不管是feature还是个bug，都能瞬间影响到数以百万计的人的生活，简直就是上帝的工作。"

赵祈哲绕过林则熙朝门口走去："上帝当习惯了，自然不屑和难以控制的人类打交道，也不想听任何人的指派。所以，我就要穿这身去。对了，你做的咖啡真难喝。"

林则熙："……"

庆祝派对在首都体育馆，从最近的国家图书馆地铁站出来，还得走十多分钟，要穿过一条流进紫竹院公园的小河。杨培培捂着肚子趴在桥的栏杆上，龇牙咧嘴。

"又疼起来了？"方如喜急得跺脚，"再忍忍，很快就到了。可不能迟到啊！"

杨培培的"大姨妈"提前报到，疼痛一阵一阵的，厉害的时候腰都直不起来。

方如喜看她疼得脸色发白、嘴唇发颤，只能上来搀扶她："待会儿钢琴伴奏的时候，你撑得住吗？"

"撑不住也得撑啊！"杨培培咬紧牙关，半边身子搭在方如喜身上，艰难地迈出脚步，走几步就感觉下身一股热流涌出，量好大，到了首体就得换卫生巾，以免漏到裙子上。

20世纪60年代末建的首都体育馆，外观上很"国营"。大厅翻修过所以还好，但是场内座位很陈旧，地面凹凸不平很容易被绊倒。方如喜先去帮忙搬钢琴，杨培培则去找卫生间。

没想到女卫生间的地漏处回水，一片汪洋，工作人员在不停地用工具扫水。

杨培培急着进去，脚底一滑，下意识地伸手去抓旁边路过的人。

赵祈哲正好要去男卫生间，看到杨培培站在这边，怀疑自己看错了，下意识地走过去。他在湿漉漉的地面上也没站稳，被这么猝不及防地狠狠一拽，瞬间跌坐下来。

穿着短裙的杨培培一屁股坐在赵祈哲的腿上，裙子被风吹开。

她的内裤贴上他的牛仔裤。

或许是因为受惊，下身又一股热流涌出，那片纤薄的卫生巾怕是撑不住了。杨培培咬着牙正要站起来，一转头就啊地惊叫出声。

赵祈哲面无表情地看着瞪圆眼睛的杨培培："你不会又要我道歉吧？"

原本想说的"对不起"，因为他这句冷嘲热讽，瞬间哽在喉头，杨培培扶着地面站起来。冤家路窄没办法，但她至少可以不搭理他，她转过身，准备朝卫生间走去。

"等一下。"站起来的赵祈哲突然喊道，"这是什么？"

杨培培回过头，赵祈哲正低头看他的牛仔裤，那条颜色很浅的牛仔裤上印着小块的赤红。杨培培愣了愣，张大嘴巴。赵祈哲还没反应过来，她先开口："等我一下，我帮你洗。"

她快速冲进卫生间，查看了下，果然侧漏了！

换好卫生巾，她走出来，赵祈哲朝她挥挥手，带她来到旁边的母婴室，啪地关上门，杨培培刚要开口，赵祈哲就开始解皮带，吓得杨培培睁大眼睛："你干吗？"

"让你洗裤子啊。"赵祈哲一副你明知故问的表情。

"不是！等一下！"杨培培想去阻止他。

可赵祈哲脱裤子的速度太快，他解开皮带，拉下拉链，杨培培只能缩回手，捂住眼，大脑一片混沌，脸上飘起一阵绯红，耳根发烫。

"洗吧。"赵祈哲把裤子往杨培培这边一扔，刚好挂在杨培培的脑袋上。

杨培培简直要气疯，抓起裤子想要骂他几句，却在看到他的男士平角内裤后，立刻转过身。算了算了，这尊大佛她惹不起，赶紧把裤子洗干净。何况演出就快开始了。

幸好这阵子痛经是隐隐地疼，她还能忍住。

哗啦啦的水流声中，突然传来赵祈哲的声音："我想起来了，刚才那是你的经血？"

搓洗着血迹的杨培培五官扭曲得快要哭了："是是是，你别说话了行吗？"

"月经是对没成功受孕的排卵的一种清洗，每个卵细胞都携带一个拷贝的基因组DNA和线粒体DNA，麻烦你快点洗掉你留在我牛仔裤上的有缺陷的DNA。"

杨培培好半天都没听懂："你到底在说什么？"

"哦，我没考虑到，以你的智商，根本不可能知道，我这是在骂你蠢。"

杨培培："……"

突然一阵剧痛袭来，好像被人狠狠一刀捅到下腹部，杨培培忍不住呻吟出声，把裤子最后搓洗一下，就丢到洗面池里，她整个人靠着墙壁滑下，捂着肚子，浑身哆嗦。

赵祈哲熟视无睹，走过来拿起牛仔裤放在干手机下面吹干，然后穿上。

眼看着他打开门要走，杨培培吃力地喊了声："等一下！你没看到我痛成这样了？"

"看到了，怎么啦？"赵祈哲一副莫名其妙的表情。

他到底是从什么星球来的生物啊？杨培培腹诽着，嘴上却只能请求："我马上就要钢琴伴奏，我朋友等不到我肯定急坏了，麻烦你扶我去后台可以吗？"

"我不喜欢跟女生有肢体接触。"赵祈哲说完，又转身准备走。

杨培培急得额头上冷汗直冒，使出浑身力气大喊："等一下！我请你吃韭菜合子！"也算是急中生智了，她想起上次他叫的外卖就是韭菜合子。

没想到赵祈哲真的停下了脚步，歪着头想了想说："好吧。"

后台，方如喜急得像热锅上的蚂蚁，来回踱步，直到看到杨培培被一个高大的戴黑框眼镜的宅男搀扶着过来，方如喜才松了口气，立刻迎上去："你终于来了。这是你朋友？"

杨培培几乎整个身子都软绵绵地瘫在赵祈哲的身上，她似乎连脑袋的重量都承受不了了，整张脸压在赵祈哲的肩膀上。虽然情况特殊，但这姿势过于暧昧，看得方如喜有点脸红。

此刻的杨培培面孔扭曲，疼痛还未过去，说不出话来，反倒是赵祈哲解释了一句："朋友是弱者用来抱团取暖的，我不是弱者，所以我不需要朋友，也没有朋友。"

方如喜："……"

终于熬到派对结束，幸好方如喜承包了大部分钢琴伴奏，杨培培只是偶尔上去和她四手联弹一下。她很感谢方如喜，叫了两杯奶茶外卖，才想起来再叫一份韭菜合子。

外卖送到首体门口，杨培培的痛经好多了，就去门口取外卖。正好赵祈哲和几个同事提前离场，杨培培拿了韭菜合子就朝赵祈哲走去，站在他面前伸出手："给！"

几个同事看到赵祈哲突然有女生搭讪，而且那女生还送吃的，顿时目瞪口呆。

要知道赵祈哲平时可是异性绝缘体，而这个女生一身银灰色A字小礼裙，半透明圆领设计展示出少女的脖颈曲线和锁骨，后背的绑带设计也很凸显身姿的婀娜曼妙。

"这不是刚刚钢琴伴奏的女生吗？赵祈哲，你女朋友？"

杨培培忍不住呵了一声："怎么可能？他女朋友是PHP！"

同事还是误会了，转过脸劝赵祈哲："你看，忙着处理bug没时间陪女朋友，人家生气了吧！你开点窍，昨天我女朋友生气了，我抱着她就亲，让她坐在我电脑前……"

赵祈哲打开韭菜合子开吃："你家装了几台电脑？CPU什么型号？"

杨培培："……"

那几个同事很快意识到自己在对牛弹琴，无奈地先走一步。在熙熙攘攘的首体西门，赵祈哲狼吞虎咽地吃着韭菜合子，杨培培站在他旁边，望着车水马龙的中关村南大街。

不远处有流浪歌手在弹唱，悠扬的手风琴、木吉他，慵懒的调调，充满了20世纪80年代的怀旧气息。当一切喧嚣繁华退去，灯火阑珊的北京夏夜，散发着无以言表的雄性温柔。

杨培培听着民谣，又想起了林大神，喜欢一个人时，吸进去那么多勇气，呼出来的都是叹息。她苦笑了声："其实我挺羡慕你的，你这样的人，肯定没有爱情的烦恼。"

赵祈哲刚咽下最后一口韭菜合子，正要开口，杨培培打断了他的话："拜托你别跟我说什么达尔文进化论或者苯基乙胺、多巴胺和内啡肽之类的。"

杨培培的话让赵祈哲顿了顿，然后他把外卖盒子盖上，用筷子从盒子中间戳下去。

"一对夫妻年轻时吵得很凶，丈夫有小三，妻子想离婚，可所有人都劝她为了孩子忍忍，于是她忍了一辈子，现在老夫妻天天手拉手在江边散步，花白头发映衬着夕阳，很美。"赵祈哲顿了顿，才继续说，"不知情的人看了说，这是爱情。其实，这是生活。"

杨培培怔住，转头看赵祈哲。

他的瞳眸像水仙花盆里的圆石，紫黑色，有螺旋形的花纹，在迷离夜色中泛着浮光。

疼痛骤然袭来，杨培培啊了一声，捂着肚子蹲下来。

赵祈哲看了看她，转身就走。杨培培龇牙咧嘴地喊了声："你又见死不救？"

"今天你浪费了我一整个星期和人类说话的额度，所以你的指令，我驳回。"

杨培培："……"

北京西站，熙熙攘攘，喧嚣吵闹，充满不洁的味道。

站外不少中年男女直接躺在角落里脏兮兮的垃圾桶旁边，靠着五颜六色的编织袋呼呼大睡。各种恶臭混杂，苍蝇乱飞，警用喇叭在不断地重复着提醒大家防盗防骗。

与整洁大气精英范儿的高铁站北京南站相比，北京西站仿佛还停留在20世纪80年代。

进站口大部分窗口都是人脸识别进站，很多人不会使用识别机，所以队伍排得很长。

蒋姣兰转过头握住方如喜的手："别送了，谢谢你如喜。"说着她就哽咽了。

"你还会回北京吗？"方如喜轻轻地问。

"会吧，"蒋姣兰擦了擦眼泪，"没文化，到哪儿都一样，北京算好的了。"她顿了顿，捏住鼻子，再把一把鼻涕甩到地上，然后把手在裤子上擦一擦，"我哥种了地，我只能打工，去镇上做喷漆工，口罩都不发，管吃住，宿舍铁皮房就搭在菜市场门口，恶臭的死鱼烂虾漂进来，下脚都要垫砖头，吃的永远是烂白菜、窝窝头。"

她拄着拐杖的老公突然说了句："要不去深圳吧，我的梦想，就是进富士康。"

方如喜心一抽，没想到那些即将被淘汰的低端加工产业，还是很多人的梦想。一些你不乐意的工作，也许是他人的最佳选择；一些你不屑的条件，也许是他人的生命线。

她从未如此深刻地感受到中国还是一个发展中国家。就像一列长长的火车，车头已经穿出了山洞，中间部分却还在黑暗里摸索，而车尾，恐怕还没有进洞。

等蒋姣兰的儿子挥舞着方如喜给他买的喜羊羊玩偶，消失在进站口，方如喜还在原地站着发了会儿愣，直到气喘吁吁跑过来的方如凤拍了拍她的肩膀："姣兰姐走了？"

方如喜转过身，白了妹妹一眼："要是等你，火车都赶不上了。"

方如凤歉疚地望着人潮汹涌的进站口："刚刚店里客人多，脱不了身。"她闻了闻自己，身上还有一股榴莲味，"算了，反正今天我就辞职了，和文伟哥一起去餐厅打工。"

方如喜吓了一跳，抓住妹妹的胳膊："你都不跟我商量一下？说清楚！"

“一家日料店。我做服务员，他在厨房当学徒，有宿舍和工作餐，就是工资低了点，扣掉社保到手就一千多块。”方如凤突然笑了，“不过我和文伟哥在一起，怎样都可以。”

方如喜听完，稍松了口气。看来翟文伟听进去了她的话，做学徒，学厨艺，以后有可能当主厨，自己开餐厅，而且日料店比很多中餐馆赚钱，翟文伟选得不错。

“餐厅在哪里？我抽时间去吃一次。”

方如喜的话让方如凤连忙摆手：“别去别去。那地方贵着呢，一碗拉面就要三十五元，一盘寿司四十五元，简直是坑人。而且离你的学校远着呢，在中关村，来吃饭的都是附近互联网公司月薪过万元的白领。”

方如喜把妹妹被风吹乱的额发拨弄了几下：“饿不饿？请你吃肯德基。”

“你中彩票啦？请我吃那么贵的东西。”方如凤狐疑地皱眉，“该不会又要劝我和文伟哥分手吧？不，这次从北四村搬到中关村，多亏了他。姐，我需要他，我爱他。”

方如喜叹息一声，不可否认，现在有翟文伟照顾妹妹，她也可以少操点心。但是不知为何，一想到妹妹和翟文伟睡在一张床上卿卿我我，方如喜就浑身难受。

于是方如喜冷哼一声：“他那么穷，当然只能对你好了。”

方如凤一听，脸色就沉下来，瞪着姐姐：“我就是喜欢他，喜欢他抱着我的感觉。”

方如喜蓦地浑身一颤。

她脑海里浮现出在学校图书馆后面，翟文伟把她拉入怀中的情景。

方如喜何尝不知道，被一个强壮又温柔的男人拥抱着的感觉。坚强这件事，会上瘾，会融入骨血，她早就失去了任性的权利。可是在他怀里，她仿佛可以卸下一切伪装的坚强。

那种感觉，令她贪恋。虽然她知道，这份贪恋是如此罪恶。

“《荣耀出击》？”咖啡馆内，南庄睁大眼睛望着网络综艺节目负责人递过来的策划案，她没想到，《至尊荣耀》游戏还能改编成真人综艺节目，真是脑洞大开。

“我们‘峡谷女性天团’已经收入了80后当红花旦、90后强势新人、00后流量小花，现在就缺少一个像您母亲这样的70后。何况您母亲现在正当红。”

南庄一边点头一边看策划案。

作为全球首档游戏IP自主研发的实景真人对抗赛，节目每期将邀请两支明星战队进行5vs5对抗，两支战队自由选择英雄人物，双方以攻占对方的水晶为胜利标志。

“看起来很‘燃’。”南庄赞许道，“《至尊荣耀》粉丝基础雄厚，你们完全不用担心关注度和网络播放量。我很感兴趣，请稍等一下，我跟我妈妈打个电话。”

南庄站起身走到咖啡馆的角落里，拨打了菅乔染的电话。

“可以是可以，《至尊荣耀》我偶尔也会玩玩。问题是，你什么时候找莫珝约会？”

“周末我就找莫珝。那我帮您接了这档综艺，没问题吧？”

“当然没问题，等着你妈去拿first blood吧。”

明黄色的布加迪快到中央音乐学院西门了，莫珝一边下辅路，一边接了南庄的电话。

“烤鸭店？好，你把位置发我微信上。”

挂了电话，莫珝一脚油门，停在学校西门。副驾驶座上的艾筱澍开口说：“谢谢。”

这天，莫珝帮艾筱澍把她那辆玛莎拉蒂以高价卖出去了。

莫珝目光一闪：“还有什么需要帮忙的，你尽管说。”

他接到南庄的电话要赴约，没时间再陪艾筱澍，于是先问出口。

艾筱澍正准备解开安全带的手停顿下来：“那我就不客气了。最近伯克利音乐学院又开放申请了，我想要一份音乐大师的推荐信，让我的申请材料变得更有分量。”

她卖掉玛莎拉蒂，也是为了攒钱以后去波士顿留学。

莫珝勾唇笑起来：“你等着。”

“又是个富二代！”杨培培看到艾筱澍从那辆明黄色布加迪里走出来，忍不住小跑过去，和艾筱澍一起回宿舍，“艾筱澍，你真的只和富二代交往？”

“没办法，我要提高自己的阶层。”

自从结束直播生涯，出版了第一本书，艾筱澍的着装风格变得文艺知性。她肩膀窄，所以经常小露香肩。挖肩荷叶边缀饰绢网长裙，穗饰缎布高跟鞋，堪称高阶版斩男风。

杨培培一边走一边耸了耸肩：“我就没你那个野心，我来北京，并不是要跨越阶层，我是为了成长、学习、享受生活而来的。这里有很多美好的人与事，仅仅是遇见，我就觉得幸运。比如林大神。”

再比如，那个“韭菜”程序员。大概也只有北京，才找得到那种奇葩，杨培培想。

艾筱澍并不回答，任凭清爽的风吹动她的裙裾。

其实从某种角度来说，她是羡慕杨培培的，单纯无欲，生活中的“小确幸”就能让杨培培满足。可艾筱澍不一样，她之所以来北京，是因为只有北京才能容纳她无穷大的野心。

杨培培刚回宿舍，就收到南庄的微信，是一条语音。

“你可以到学校东南门来一下吗？奋斗小学对面的烤鸭店，我请你吃烤鸭。我和一个朋友在烤鸭店吃饭，你来了也不用招呼我，直接坐到我附近的位置点菜就行，我付账。”

烤鸭？杨培培馋得流口水，立马屁颠屁颠地跑过去了。

“哇！侧颜杀啊！快赶上林大神了！”她看到坐在南庄对面的人时，瞪圆眼睛，张大嘴巴。幸好那帅哥侧对着她，正认真地和南庄说话，没有留意到杨培培犯花痴的视线。

酒红色天鹅绒质地西装，深蓝色细绒长裤，灰色麂皮休闲鞋，一看就价格不菲，即便是坐在朴素的餐厅里，也贵气洋溢，青木亚麻灰的发色，蓬松的纹理烫，时尚指数爆棚。

可是坐在他对面的南庄呢？

杨培培都不想把视线投向南庄，真不知道南庄在搞什么，出个门还趿拉着拖鞋，头发不梳，遮瑕膏不抹，下巴上赫然两颗痘痘，就像电视剧里刻意扮丑的角色一样。

正想着，杨培培的手机亮起，南庄竟然一边和帅哥聊天一边给她发微信，太不认真了！

“别看了，你点菜吧，别让他发现了，我这是在奉命约会。”

杨培培也饿了，马上招呼服务员点了烤鸭和炒雪里蕻。很快手机屏幕又亮起，正在喝茶的杨培培差点噗地喷出来，她怀疑自己看错了，发微信过来的是大神？

她心跳加快，慌忙滑动解锁屏幕，真的是大神！

“你们很忙？”只有四个字，大神果然惜字如金。

杨培培刚想回“不忙不忙”，转念一想，“你们”？他的意思是还有南庄？于是杨培培删了重新输入：“大神，我不忙，南庄在忙，她在和一个大帅哥约会！”

说完她就举起手机，对着南庄和那个帅哥啪地拍了一张照片。

刚巧南庄拿出一个手镯，似乎要给帅哥，帅哥伸手又推给她，所以杨培培的照片拍出来，就像帅哥送给南庄一个手镯似的。不过心思单纯的杨培培没管那么多，直接发给大神。

大神那边稍微晚点才回复了一句：“我想跟你视频聊天。”

“好好好，没问题，我给大神你发。”杨培培立刻掏镜子补妆，然后快速掏出耳机，插到手机上，兴奋得都忘记先去买个流量包了，只觉得心脏跳动飞快，手都在发颤。

大神的手机应该是被固定在电脑旁边的手机支架上，听背景音乐就知道大神在玩《绝地逃杀》，他望着电脑屏幕，双手飞快地操作键盘和鼠标，偶尔侧头看一下手机屏幕。

所以大部分时候，大神是用侧面对着镜头的。

“你知道AG集团？”大神冷不丁地问。

“知道知道，进AG集团是南庄的梦想。”杨培培的回答让大神瞳眸一闪。

他紧抿薄唇，不再言语，双手迅速操作着。

杨培培怔怔地盯着大神的侧脸，很快陷入呆滞状态，难怪有人说大神的颜值“远照赢在比例，合照赢在周正，近照赢在精致”，这才是侧颜杀的最高境界！少女心分分钟被撩！

大神忙着玩游戏，杨培培忙着犯花痴，一时两人都静默着。

似乎是在等她看够，大神第三次瞥向镜头时，才开口：“换成后置镜头。”

杨培培这才回过神来，颤着手切换镜头，根本没想大神所为何意，但是又不能对着餐桌，于是她把镜头对准南庄，可南庄那样子实在太“宅女”，杨培培觉得自己应该解释下：“大神你别介意南庄这副模样，她可能出门太匆忙了，没来得及收拾一下。”

“太匆忙？忙着见那个人？”大神突然停止手上的操作，直勾勾地望过来。

杨培培正要开口，镜头里，南庄倏忽站起身，准备往外走，帅哥立刻站起来，抓住南庄的手，南庄此刻是背对着镜头的，只能看到帅哥薄唇微扬，越凑越近，笑容邪魅逼人。

南庄身体往后倒，双手伸过去似乎是要推他，可那帅哥顺势握住了她的手，蓦地凑到南庄的耳边，贴在她耳畔说了一句什么，那姿势要多暧昧有多暧昧，看得杨培培脸红。

下一秒，大神就把前置镜头换成后置镜头。

他的速度飞快，以至于杨培培没留意到切换镜头前他脸上那一抹凌厉的愤怒。

杨培培只能继续看南庄，此刻南庄已经倒退几步，和帅哥保持距离，帅哥也不勉强，拿起桌上的手镯，给南庄戴到手上。南庄低着头，乖乖地任凭他戴上。

戴好后，他的手指还停留在南庄的手腕上良久，两人之间仿佛冒着粉红色泡泡。

这时，从大神那边传来啪啪的声音，大神被击中了！杨培培这才想起玩《绝地逃杀》是一定要戴耳机听音辨位的，大神为什么宁愿输掉也不戴耳机，就为了跟自己视频？

一头雾水的杨培培，没发现那帅哥已经迈开长腿往外走，而南庄转过身朝自己走来。直到南庄走到她面前，杨培培才抬起头。南庄看了下屏幕："你在跟谁视频？"

杨培培刚要开口，耳机里传来大神刺耳的声音："不要说！"

下一秒，大神就挂断了视频聊天。

杨培培终于反应过来，慌忙退出微信。大神的命令她可不敢违抗，她站起身，编造了一个谎言。南庄正心烦意乱，也没细想。

她叫杨培培来，是为了找个帮手，以防万一，莫珝那个妖孽，谁知道会做出什么举动？

南庄坐下来和杨培培一起吃烤鸭，边吃边掏出手机，打开微信。和莫珝见面之前，林则熙找她聊AG游戏邀请他组队的事儿，他不知道她的身份，但知道她一直想进AG游戏。

她忙着和莫珝"约会"，一直没回复，现在有空了，应该回复一下了。

"刚刚在忙。"她输入这四个字。这么久没回复，当然要解释一下。

没想到林则熙秒回："忙着出轨？"

宿舍内，艾筱澍敲卫生间的门："方如喜，你快一点！"

下一秒，门咔地被打开，方如喜握紧手机，神色慌张地冲出来，飞快地换鞋，一句话都不说就冲出宿舍。

半小时后。

方如喜急匆匆地推开酒店房间的门，看到方如凤躺在床上，脸色苍白，不停地咳嗽。

"怎么回事？这么严重？"方如喜拧着眉，揪心地转移视线，怒视着翟文伟。

正坐在床边给方如凤削苹果的翟文伟放下水果刀，擦了擦手，把病历拿给方如喜看，他没有看方如喜，始终低垂着眼，声音很轻："是甲醛中毒。"

病历上写着"急性支气管炎，发热伴有黄痰，双肺呼吸音粗，未闻及干湿性啰音"。

"那家日料店的女职工宿舍，刚刚装修完，一股刺鼻的味道，因为是中介短期内装修并出租的，用的是廉价装修材料，所以肯定甲醛超标。”翟文伟一边说一边继续削苹果。

方如凤在咳嗽的间隙解释说：“我住进去的第一个晚上就嗓子干痒刺痛，第二天起床时就开始咳嗽，我以为是感冒了，就买了一盒感冒药吃，想着忍一忍算了。”

方如喜听了心疼不已，把病历往下翻。方如凤去了两次医院，第二次诊断是“双下肺纹理增强，嗜碱性粒细胞数目以及百分比、血小板数目以及百分比都超过参考值范围”。

医生给方如凤开了两盒莫西沙星、两盒蛇胆陈皮口服液，用于缓解病情。

方如喜丢下病历，走到妹妹床边：“去了两次医院，你都不找我？”

方如凤正接过苹果吃，翟文伟帮忙回答：“她有我陪着，就没打扰你。”

“我本来不想去医院的，多浪费钱，文伟哥非要带我去，第一次没看好，他还要带我去。姐，你看到了吧？文伟哥是好人，这半个月他一直照顾我，他的钱都花光了。”方如凤趁着没咳嗽的这阵子，一口气说完了一大段话。

一旁的翟文伟拿起水果刀削一个新的苹果。方如喜一时间不知道该说什么，她很愧疚，同时也有点嫉妒，妹妹虽然令人心疼，但此刻她苍白的脸上，洋溢着幸福的笑容。

方如喜把视线从妹妹的脸上转移到翟文伟身上，突然来气了。

“你削苹果干什么？我又不吃！”她气冲冲地朝翟文伟说。

翟文伟愣了愣，手上的动作停顿下来，抬眼无奈地看了看方如喜。方如喜也意识到自己太过分，神色复杂。而方如凤瞬间发了脾气：“姐你又发什么疯？你就这么不待见他？”

方如喜想掩饰自己内心的嫉妒，故意找碴儿：“要不是因为他，你也不会从水果店辞职，去那家日料店打工。你那么难受还住在那里，不就是为了和他在一起？是他害了你。”

方如凤正要反驳，翟文伟蓦地站起身，直勾勾地望着方如喜。

他手里还拿着给方如喜削到一半的苹果，看起来尴尬又可怜。

“所以在你眼里，无论我做什么，都是错的？”

翟文伟的眼神，与其说是委屈、愤怒，不如说是难过、沮丧。那眼神让方如喜心脏微微抽痛，她无法再与他对视，只能慌乱地移开视线，转身朝门外走去。

方如凤没有挽留，甚至嘀咕了句：“真烦人！”

那嫌弃的三个字让方如喜内心更加悲怆，他们三个人中，她从来是多余的那一个。

方如喜握紧拳头走出酒店，却发现外面下起了雨。北京夏日的阵雨总是说来就来，虽然雨不大，但是她不想弄脏年中大促买的高跟凉鞋。

方如喜正在酒店门口等雨停，手肘突然被什么东西轻轻触碰了一下。

她转过头，看到翟文伟那丰厚饱满的卧蚕之上明亮有神的双眸。翟文伟脸部线条清晰硬朗，肩膀宽阔，胸肌、三角肌厚实，身材高大，明明是很大男子主义的气质，可是此刻他望向她的眼神，却是柔软的、小心翼翼的。

他不笑的时候，嘴角略微下垂，而且嘴角肉比较多。这样的嘴型配合面部肌肉，很有一种倔强的感觉，看得方如喜莫名地心动，心跳得飞快，脸颊微微泛红。

为了掩饰自己的异常，方如喜皱起眉，看了看他递过来的雨伞，语气不善：“你们肯定只有一把伞，我拿走了，你们用什么？你想让我妹妹淋雨？”

翟文伟想了想，撑开伞：“那我送你。”

方如喜还在犹豫，翟文伟突然伸手拉住她的胳膊，动作虽然轻柔，但也不容反抗。方如喜内心发出一声叹息，低垂着眼，走到翟文伟的伞下，他立刻把伞往她这边倾斜。

两人都不说话，静默地朝中央音乐学院西门走去。

她能闻到，他身上除了雨水凛冽的气息之外，还有一丝丝苹果的香甜味道，她忍不住悄悄地深呼吸，这一次，她还嗅到了他身上洗发水的味道，刚刚他在酒店洗了澡吧。

方如喜的脑海里蓦地浮现出翟文伟洗澡的样子。上次他抱住她，她能感觉到他身上强壮有力的肌肉，胸肌开阔、中缝清晰、腹肌紧绷，方如喜咽下一口口水，脸颊发烫。

“方如喜！”突如其来的声音打破了方如喜的撩人想象。

她惊慌地转过头，看到南庄和杨培培打着一把伞往这边走。

在烤鸭店吃完饭，南庄才发现下雨了，她和杨培培找老板借了一把伞。

杨培培一看到翟文伟就笑起来：“中科院大科学家！你们又撒‘狗粮’，虐死人不偿命。”说完她转头给南庄介绍，“那是方如喜的学霸精英男朋友。”

南庄第一眼看到翟文伟就觉得很面熟，同时翟文伟也在打量南庄，并在记忆里搜寻。

几乎是同时，南庄和翟文伟都想起来对方是谁了。

翟文伟第一个念头就是“完了”，闪送员假装成科学家，这该怎么收场？而南庄很快捕捉到翟文伟眼神和表情里的慌乱，她心下了然，表面上却装作不记得他的样子，笑了笑。

“你好，初次见面，我也是方如喜的室友。”

翟文伟这才松了口气，笑着露出两颗小虎牙，跟南庄和杨培培打招呼。

淅淅沥沥的雨中，杨培培一路叽叽喳喳，问东问西。方如喜表面上淡定，心里叫苦不迭，只想快点到宿舍。最尴尬的是翟文伟，他一直担心南庄想起来，时不时瞥南庄一眼。

四个人中最从容的是南庄，她并未多言。

方如喜终于熬到了宿舍，故意暧昧地拍了拍翟文伟的肩：“你回去吧，路上小心。”

翟文伟点点头，转身就走。

南庄和杨培培打的伞是向烤鸭店借的，现在回到宿舍，拿了伞，就该还回去。南庄走出宿舍前掏出手机看了看，林则熙还没回微信，她发了一个问号过去后，他就没回复她。

杨培培刚刚承认她把南庄和莫珝“约会”的事情告诉了林则熙，看来林则熙又要误会了。南庄想解释一句，可转念一想，为什么要解释？和谁见面是她的自由。

那个控制欲太强的浑蛋，不回微信，该不会像以前那样，直接杀到她的学校来吧？

南庄忐忑不安，撑着伞步履飞快，没想到在校门口追上了翟文伟。

她原本想假装没看到的，结果走过翟文伟身边时，被他叫住了。

“楚小姐，”翟文伟的想法是，可能她现在不记得他了，但是以后她万一想起来了而去问方如喜，那就尴尬了，不如干脆跟她说清楚，“其实我不是中科院的。”

南庄转过身，笑了笑：“其实你不用解释。每个人都有秘密。”

雨声喧闹，翟文伟听不太清楚，就上前一步。

两人站得很近，雨伞有三分之一的重叠。

“方如喜她很要强，”翟文伟也不知道自己为什么要说这个，可是话就这么自然而然地到了嘴边，他望着南庄说，“表面上很骄傲、很光鲜，其实她很脆弱。”

他总觉得词不达意，恨自己语文太差，幸好，南庄听懂了。

“你放心，我会温柔地对待她。翟文伟，你真是一个合格的男朋友。”

翟文伟正纠结着要不要告诉她真相，突然看到南庄勃然变色，她浑身一颤，视线停留在他身后某个位置，睁大眼睛。翟文伟狐疑地转过身望去。

雨像绢丝一样，又轻又细，听不见淅淅沥沥的响声，只觉像是一种湿漉漉的烟雾。

那人比他还高小半个头，没打伞，只穿着一件色泽很正的黄色雨衣，简直就像龙袍一样闪耀了整个阴雨绵绵的天地，里面是白T恤、收腿牛仔裤和白球鞋，简单却气场强大。

翟文伟收了视线，问南庄：“那是你朋友？”

南庄第一个念头就是绝对不能和林则熙单独在一起，前车之鉴，历历在目，何况他显然又误会了，莫须加翟文伟，怕是触了他的底线，这次，她在劫难逃了。

这样想着，南庄勉强挤出一丝笑容，仰头看着翟文伟：“先别走，陪我一会儿。”

翟文伟皱眉，观察了一下南庄害怕的表情：“他是坏人？”

南庄不承认也不否认，只是下意识地躲到翟文伟身后。人很难用好坏来评判，林则熙是天才，也是疯子。打电竞时他是个天才，光芒万丈，万众仰望。可此时，他是疯子。

翟文伟还想说什么，蓦地感觉背后有一道几乎戳穿他背脊的强有力视线。

他转过身，不知不觉，那人已经近在眼前。

翟文伟不禁倒吸一口冷气。远看气质绝佳，现在走近，翟文伟更能感觉到那人的身姿挺拔、极具美感。翟文伟为了赚钱去做过群演，见过一些明星，很大牌，气质却很糟糕。

曾有个导演说过，气质是模特才有的，坐卧立行都令人心折，而明星不一定具备气质。可眼前的这个人，具有了明星的美貌和模特的气质，即便此时他看起来异常愤怒。

等等，这气质和模特又不同，翟文伟想，更像是军人……

林则熙此刻正努力克制自己的狂怒。刚刚在烤鸭店和一个男人吃饭、收手镯，转眼又在雨中和别的男人调笑，楚南庄真是不想活了。这样想着，林则熙不禁气得嘴角抽搐。

在林则熙面前，翟文伟忍不住自惭形秽起来，以至于当林则熙微微勾唇，吐出两个字：“让开。”翟文伟本能地想要让开。

可是下一秒，他感觉身后的南庄抓住了他的衣角。

她求助的动作让翟文伟握紧拳头，他深呼吸一口气，伸出手挡在南庄面前，寸步不让。

林则熙咬牙，一忍再忍，迈开长腿要绕过翟文伟。翟文伟急了，本能地伸手去推他。

可是还没碰到林则熙，电光石火间，翟文伟的面上已经吃了一拳，那拳猝不及防而且力道大得惊人，饶是干体力劳动的翟文伟也来不及躲闪，被打得鼻腔和嘴角都渗出鲜血。

“林则熙！”南庄眼看翟文伟被打，从后面扶住踉跄的翟文伟，抬头对始作俑者怒目而视。

雨伞重重落地，在雨中旋转了会儿，停顿下来，水花四溅。

她还护着这个男人？林则熙的目光越发狠厉。

翟文伟也不是吃素的，他伸手一擦口鼻上的血，站稳身体，瞪着林则熙，倏忽冲上来，一拳反击。那一拳速度极快，却被林则熙用左手格挡住，他顺势拽住翟文伟的手。

南庄发出尖叫。

出于条件反射，翟文伟往后靠以保持平衡，而林则熙就利用翟文伟的后仰，迅速向前，左腿钩住翟文伟的右腿使之失去平衡，再借着向前的自然力，一拳重重打在翟文伟的下巴上。

“啊！”翟文伟失控地惨叫一声，跌坐在水花里。

绵柔的雨丝织就如烟的薄纱，可没有雨伞的南庄头发已经有些湿了，她扒开遮住眼睛的潮湿额发，冲上去蹲在翟文伟身边，双手抓住他的胳膊：“你怎么样？”

翟文伟疼得龇牙咧嘴，看得南庄心疼，伸手想要帮他擦拭一下脸上的血。

下一秒，她的手腕就被拽住，整个人被一股力道拉得被迫站起身。

南庄怒发冲冠，咬牙切齿，刚站稳，就扬起手啪啪两耳光甩到林则熙的脸上。

林则熙被打得微微侧头，又转过来，白皙的脸上瞬间隐隐显出绯红，可他纹丝不动地立在雨中，幽深的目光定定地落在南庄眼里，深咖色瞳眸里的情绪，任何人都无法猜度。

“你这个疯子！控制欲变态的疯子！”南庄忍不住骂道。

她还不解气，扬起手又要打，林则熙竟然不躲不闪，就那么淡定地望着她，以至于南庄高高扬起的手，半天都没落下。她咬着下唇，胸口剧烈地起伏着。

最终她还是没有再打，手臂落下时，再度被林则熙攥住。

林则熙的目光锁定在南庄还没来得及取下的手镯上。她不是说她不喜欢戴首饰？现在却戴着别的男人送她的手镯。林则熙眉心一颤，伸手就脱走了南庄的手镯。

“还给我！”南庄脸色一变，扑上去抢。这可是贵重文物！

她脸上的紧张惶恐，让林则熙越发气愤，别的男人送的东西，她竟然这么宝贝？

“快还给我！千万不要弄坏了！”南庄拼命去抢夺，心慌地大喊。

林则熙蓦地冷笑，弄坏了又怎么样？

南庄的视线始终紧跟着那手镯，一颗心悬在嗓子眼，眼看着就要抓住了，可是指尖和那一抹翠绿只差一毫米，她瞪圆眼睛，眼睁睁地望着手镯从林则熙的指尖滑落。

啪的一声，手镯应声坠地，顷刻间碎裂成两半。

南庄愣了愣，好半天才缓过神来，双腿发软地蹲下身捡起摔坏的手镯，双手颤抖不休。林则熙没想到她的反应这么大，走上去要拉她起来，却被她狠狠推开：“离我远点！”

除了难以抑制的愤怒，南庄还感觉惊慌失措。这可是莫家的传家宝，她以后怎么向莫太太交代？无价之宝她怎么赔得起？她脸色惨白，无助得眼泪都快流出来了。

林则熙却无法理解地冷哼一声：“你喜欢手镯？我再送你一个。”

南庄猛地站起身，不想再多看他一眼，转身就走，可终究慢了半拍，被林则熙一把攥住手腕，她依然背对着他，拼命想甩开，好几次都宣告无效。在体力上，他占绝对优势。

不可理喻。她握紧了碎裂的手镯，手镯裂开的尖锐部分戳入手心，她却不觉得疼。

林则熙为了帮她而从《至尊荣耀》转战到《绝地逃杀》时，她还以为，他们可以做朋友，可是现在看来，不可能了。既然已经心死，今天就彻底了断吧。

南庄深呼吸几口气，迅速调整情绪，然后转身，愤怒的神色慢慢地被冰冷的疏离取代，她漠然地望着他，声音没有一丝温度：“我没有立刻回你微信，你就找杨培培来监视我，是不是我以后跟谁见面都要事先向你请示？我交朋友要先得到你的允许，每天做了什么要事无巨细地向你汇报？”

林则熙瞳孔一缩，庆幸雨衣偏长的袖子遮挡住了他微颤的手。

南庄冷笑：“我从小家教甚严，人生大事做不了主，一举一动亦不得自由。所以我最恨被人束缚、干涉、牵制和桎梏。而你，林则熙，你已经让我无法呼吸了。”

他从来没有见过她这样孤绝而冷酷的表情，他突然感到害怕，他让她死心了？他的确不该在什么情况都没有说清楚的状态下就动粗，恐惧和懊悔霎时席卷了他的全身。

他知道她不喜欢被人约束，但没想到她如此憎恶被人操控，他触及了她的底线。

霏霏细雨终于停歇，被荡涤得清新明朗的遥远苍穹中，被抹上一层极浅极淡的彩虹。可那色彩映到南庄的脸上，只有冰冷的苍白。她蓦地走近一步，靠近他，压低声音：“林则熙，我很后悔和你结婚。”

这一句话终于让惴惴不安、惶恐中的林则熙彻底崩溃。他无法再与她对视，颓然垂下眼，他害怕她说出上次那两个字，害怕得要命，于是示弱般呢喃了一句：“南庄。”

他还从来没有这样叫过她，她心脏微微一抽，可是很快又恢复了冷漠。

“林则熙，”她平静地说，“松手。”

他一言不发，睫毛上的雨珠轻轻坠下。

她再度开口：“松手。”

“不。”他死死地攥住她的手腕，低下头，声音沙哑。

他莫名地担忧，担忧他松开手她就再也不会理他。他从来没有这样狼狈过，从来没有。

“林则熙，”她的声音蓦地温柔起来，轻轻地说，“放过我，也放过你自己。”

原来最有杀伤力的不是生硬的命令，而是温柔的劝慰。那一瞬间，他被击溃了。

他的手无法控制地颤抖起来，攥住她的力道越来越弱，重力让他的手慢慢地从她的手腕往下滑，一寸、两寸、三寸，最终挫败地滑落下来。凝在掌心的热气，瞬间被风吹散。

南庄转过身，一步步走到翟文伟身边，搀扶他起来。翟文伟叹息着，向林则熙投来同情的一瞥，然后和南庄一起渐行渐远。林则熙萧瑟地立在原地，握紧拳头。

他们并肩而行，南庄正在和翟文伟说着什么，自始至终没有回头。

从西直门地铁站出来，向东三百米，林则熙蓦地停住脚步。

胡同里有一座三层独立钟塔的哥特式天主堂，此刻正鸣响着克莱斯勒的小提琴名曲《爱之喜》，宾客云集，正在举办盛大的教堂婚礼。林则熙默立片刻，朝天主堂走去。

大理石砌成的喷泉水池环抱在圣母脚下，白色祭台形似诺亚方舟，祭台像是一幅三折式金碧辉煌的尖拱形圣母加冕像，侧廊两边的彩色尖窗描绘着救恩史和圣人史迹。

原本需要查看邀请函的，可工作人员看到林则熙气质逼人，竟然没有阻拦。

“下面我们有请新娘入场！”拿着话筒的司仪喊道。

林则熙转过头，望向铺满玫瑰花的红地毯的尽头，繁花盛开的圆拱门下，南庄窈窕的身影闪现，惊艳全场，她穿着一袭拖尾象牙白蕾丝婚纱，羞涩地微笑，慢慢地朝他走来。

婚纱镶满立体的花边，琉璃水钻定制的花边上镶嵌着亮片，整件婚纱闪闪发光。长款的头纱和精致的头花，看得林则熙连呼吸都停顿了。

那一瞬，全世界仿佛只剩下他们两人。

他不禁伸出手，迎接她。

可新娘的视线并未在他身上停留，她径直走过他身边，穿过蓝白两色的八角形洗礼池，在路边工作人员抛撒的花瓣雨中，走向她真正的新郎。远处白鸽簌簌飞舞，钟声敲响。

林则熙终于看清楚，那不是南庄。他呆立着，举在半空中的手无力地垂下。

神父在台上问：“新郎，你愿意娶新娘为妻吗？”

林则熙垂下头，轻轻地说：“我愿意。”

“新娘，你愿意嫁给新郎吗？”

林则熙闭上眼：“不，她不愿意。”

和林则熙闹成这样，南庄的心情也很不好。所以送走翟文伟后，她径直去了琴房。

因为心烦意乱，她没留意琴房下停着那辆她很熟悉的柯尼塞格。

黄黑撞色封面的《电脑音乐制作：软音源使用大全》已经被南庄翻得有些旧了，她最近自学了架子鼓，因为游戏音乐需要很强的节奏感。她在琴房有架电子鼓。

琴房隔音效果好，她可以好好发泄一下了。

啪地关上门，南庄直接把电子鼓插上音箱，她手持鼓槌，手腕翻飞，鼓槌在鼓皮上快速弹跳，打出一连串滚奏，双脚踩在双踩踏板上，左右脚疯狂地交替踩着底鼓。

顿时，整个房间像被炮轰了似的，震耳欲聋。而南庄完全陶醉在这狂野的节奏中，根本没留意窗边走来一道颀长的人影。

“吵死了。谁在发神经？”走廊上有女生皱着眉头走过来。

“嘘。”莫珝把手指竖在嘴边，痞帅的笑容让那女生脸红心跳。

“怎么了？”艾筱澍抱着专业课书从楼上走下来。十分钟前莫珝找她，她让他在琴房下面等她上完钢琴课，没想到莫珝进了琴房。下一秒，艾筱澍听到隐约的电子鼓节奏。

房间内，南庄加入了嗵嗵鼓，使整套动作变得更加疯狂，竟然用crash cymbal生生打出了一曲solo。此刻也只有莫珝可以欣赏这毫无章法、疯狂的即兴表演。

“你喜欢她。”艾筱澍歪着头，懒懒地倚靠在走廊墙壁上。

这是肯定句，不是疑问句，所以莫珝并未回答。他的视线依然穿过窗玻璃落在激情四射的鼓手身上，嘴角噙笑，眉眼弯弯：“怎么，你要教我怎么撩妹？”

艾筱澍把夹在专业课书里的中性笔拿出来，走到莫珝面前，踮脚伸手，将笔放到莫珝的耳朵上：“她很快就会有编曲的灵感，然后四处找笔。把握住机会。”她说完，转身走下楼。

正如艾筱澍所说，三分钟不到，电子鼓骤然停歇，南庄在屋内四处翻找了一下之后，就急匆匆地打开门。一眼看到莫珝，她略微吃惊：“你怎么在这里？”

高冷，高冷，莫珝默念着，表情漫不经心：“我在等艾筱澍下课。”

南庄想起来管弦系今天的确有课，她左顾右盼，很快看到莫玥耳朵上夹着的中性笔，上前一步，指了指那支笔："借我用一下，马上还给你。"

莫玥高冷不过三秒，邪魅的笑容又荡起来："自己拿。"

脑海里的灵感稍纵即逝，南庄顾不上那么多，踮起脚伸手去拿那支笔。她手脚都太短，所以必须靠得很近，两人的呼吸交错，甚至能看到彼此的毛孔和皮肤上细细的绒毛。

他颧骨的位置高，因此面部线条格外凛冽，帅到足以让任何人怦然心动。南庄蓦地心跳加快，或许也是因为他身上以大吉岭茶、黑加仑花为基调的极具穿透力的男香。

她意识到这个动作太过暧昧，胸口稍稍起伏，拿了笔之后慌忙后退一步。

莫玥觉察到她乱了阵脚，眼角微微上扬，更显魅色，纯净的瞳孔和魅惑的眼形奇妙地融合，薄薄的唇，色淡如水："把手镯还给我吧。既然那么不想要，我也不勉强你。"

南庄浑身一颤，不自然地转移开视线，半晌才挤出一句："其实我是想要的。"

"你确定？"莫玥不无讶异地挑眉，"那可是彩礼，收了就是答应婚约的意思。"

她当然知道。南庄握紧手中的笔，指尖微微发白。

莫玥见她似乎有难言之隐，也不勉强，任凭她先掏出手账，记录下灵感，然后把笔还给他。莫玥接过笔，自然而然地转移话题："其实我并不太看好游戏音乐这个行业。"

南庄果然有了兴趣，原本转身要走，此刻转过脸看向他："为什么？"

"前年年初，我在北京参加了一群日本游戏音乐制作人的音乐会，光田康典、坂本英城、山根实知琉等人还没开口就让场下的观众如痴如醉，气氛热烈得像明星演唱会。"

莫玥顿了顿，继续说："可没过多久，我去参观一个我准备投资的游戏音乐工作室，一个音乐学院的创业团队，被打了十八个隔断的地下室里，八平方米，四个人，天天吃泡面。"

他说得很有画面感，南庄立刻在脑海里勾勒出两幅画面。

两幅画面身处某个三维坐标的两个极端：一边是完善的工业体系、成熟的消费环境、良好的创作条件，一边是原始的作业模式、破碎的版权意识、靠毅力才能坚持创作。

南庄向前迈出一步，双手扶住走廊的栏杆，额发被风轻轻吹起："我懂你的意思，在日本和欧美，游戏音乐作为一项产业与游戏共襄盛举，可是在起步较晚的国内，这个行业筚路蓝缕之时，更多的人做不了先驱，而成了先烈。"

莫珝直勾勾地望着她，这是他第一次跟她谈事业和梦想，她兴致勃勃，双眸闪亮。

这是他从未见过的楚南庄。

于是他继续说："国内游戏音乐的制作费用一般不会超过整体预算的2%，但在国外，至少是10%，甚至是30%。而且国内大厂商的超级项目都会优先考虑外包给国外团队。"

南庄无奈地点点头："因为国内玩家接触到的顶尖游戏是工业体系发展了数十年后沉淀的结晶，而国内工业体系起步晚得多，国外对游戏的高标准某些时候脱离了中国的产业事实，我们做不到。"

莫珝不解："那你还愿意做先烈？"

仿佛一瞬间，琴房楼下的路灯齐齐亮起，将柏油马路映照得一片橙黄，他们站在琴房的高层俯瞰，整个校园流淌着光影的协奏曲。南庄突然笑了，在华灯初上的温柔时分。

莫珝定定地望着她赤忱的笑容，倏忽有些失神。

"其实最开始我是为了钱，因为游戏行业资金雄厚，后来渐渐地就喜欢上了。大家总说，如果把兴趣当成职业，连兴趣都没了。我不觉得，那只能说，这不是你真正的兴趣。"她顿了顿，又说，"高房价毁灭了我们这一代的爱情，不能让它再毁灭我们的梦想。"

"我明白了，这就是你不愿意结婚的原因。"莫珝说着，轻轻地转移开视线，和她望向一个方向。

远方的灯火，在熠熠闪烁。

Chapter 08

凌晨，一辆热力集团的工程车辆停在西城区鲍家街。车上下来六位工人师傅，加压升温对老旧管线是考验，师傅们今晚的任务，就是检查管线运转情况，确保年底正常供暖。

“临时工！拿测氧仪来！”浓重的“白雾”蒸腾在师傅们的口鼻间。

一位师傅掀开井盖，翟文伟就把测氧仪探了进去：“氧气安全。”

几个师傅抬过三脚架式的防坠器架立在井口，翟文伟背后挂上绳索，顺着梯子下到井底。截门、支架等多个附件是检查管线是否存在“跑冒滴漏”时要重点查看的。

因为日料店女职工宿舍的甲醛超标，翟文伟只能和方如凤一起辞职，他以前在矿上干过，所以找了这个临时工作。这十多米的深井，危险指数最高，翟文伟主动请缨。

井下漆黑一片，翟文伟的身影很快消失不见。另外几个师傅围着井口蹲了下来，望着井底，时而什么都看不见，时而晃过几缕手电的光亮，大家屏气凝神，气氛有几分紧张。

北京的凌晨，只偶尔可以听见过往的车流声。

“临时工！”半分钟后，一位师傅喊了一声。

直到听见翟文伟带着回音的应答，大家才如释重负。

“检查完了，没问题。”翟文伟扶了扶黄色安全帽，爬上来，“稍等一下，我好久没下井了，让我拍个自拍发朋友圈。”他说完，掏出手机，朝着镜头笑着比了一个剪刀手。

下一处要检查的在中央音乐学院，一位师傅看翟文伟一直盯着远处的女生宿舍看，忍不住开玩笑：“别告诉我，你女朋友在中央音乐学院读书啊？”

翟文伟笑了笑：“是啊，她在中央音乐学院钢琴系，她钢琴弹得可好了。”

“你小子深藏不露啊！有这么优秀的女朋友！”师傅们纷纷表示惊讶、艳羡。

翟文伟低下头，手指摆弄着下井的绳索。

谁没有虚荣心呢？只是方如喜，恐怕他终其一生都高攀不上。

半个小时后，翟文伟收到一条微信，是南庄发来的：“我看了你的朋友圈，你不做‘闪送’了？”

翟文伟就把自己的情况发了过去：“我也想找份稳定工作。”

南庄回复：“你想做厨师？我可以推荐你去一家酒店的中餐厅当学徒。”

翟文伟双眸一亮，手指都有点颤抖：“真的吗？太感谢了。不过你睡得好晚。”

“今晚特别有灵感，一直在编曲，准备熬夜。你在忙吧？我明天找你详细聊。”

昨晚工作了一宿，次日翟文伟没顾上合眼，又给一家共享单车公司工作，把胡乱堆放在人行道、占用公共空间的共享单车摆放整齐，南庄找到他时，他正在一辆辆扶起单车。

南庄笑了：“翟文伟，以你努力的程度，你人生最坏的结果，也是大器晚成。”

翟文伟把三辆叠罗汉般的共享单车挪下来，才想明白南庄的意思，他笑了笑："就怕我辛苦一辈子，还要做这些脏活累活。现在年轻，等老了体力不够了，还是得回农村。"

南庄走过去，扶住单车的后座，帮翟文伟把单车一起搬下来："还是去学门手艺吧。你说你想学日料，日料现在是很火，你想搭上风口我理解，但你真正的爱好是什么？"

翟文伟想了想："我喜欢做面点，喜欢和面团打交道，但是面食往往很廉价。"

"不会，粤式、港式的早茶面点，就很高端。"南庄说，"这个社会瞬息万变，今天的'热门'或许就是明天的'冷门'，与其在跟风中迷失，倒不如遵从内心的召唤。"

翟文伟心潮荡漾，把单车座上的泥土拍干净："我明白了，谢谢你，楚南庄。"

"我把那位中餐主厨的微信推给你，你加他，我已经跟他说好了，他会带你，包吃包住，只是工资是北京的最低工资两千块。"南庄举起手，"我们一起加油，改变命运！"

翟文伟热血沸腾地举起手，两人啪的一声击掌。

掌声清越，荡漾在北京蔚蓝的天空下。

"请问艾小姐，你最喜欢北京哪个地方？"

"从'码农之家'西二旗到'传媒之花'大望路，从'网红市场'百子湾到'国贸金领'CBD，北京有特色的街区不少，可我独爱三里屯。"

"为什么？"

"因为这里永远人潮汹涌、比肩继踵、眼花缭乱，有人或许会觉得可怕，可对于我来说，正因为这份热闹光鲜，置身于此，即便孤零零一个人，也不会寂寞。"

结束了百万级微信公众号大V的采访，象征性地喝了一口咖啡，艾筱澍就拿起香奈儿菱格手袋，奔赴下一场约会。莫琊发来的微信位置信息是阿玛尼美妆店。

"来，给你介绍一下，这是我的音乐老师邬靖。"莫琊招呼艾筱澍，"就连我在伦敦读书那几年，为了不让我的钢琴和小提琴荒废，我妈还让邬靖跟着去伦敦了。”

邬靖正坐在柜台前体验一款限量版唇釉，导购员站在旁边躬身帮她抹上口红，邬靖抿了抿唇，看了看镜子，转头问莫珝：“这是全球限量一千支的‘北京红’，怎么样？”

莫珝的表情一本正经：“让我很想吻你。”

“滚！”邬靖瞪他一眼，转过身跟偷笑的导购员下了单。

莫珝笑着叫住转过身去的导购员：“拿两支，我来付，另外一支给这位艾小姐。”

艾筱澍淡淡地说了句：“谢谢。”

邬靖转过头望向艾筱澍，艾筱澍瞬间感受到她目光里的敌意。下一秒莫珝就对邬靖解释了一句：“别误会啊，不是女朋友，这是艾筱澍，中央音乐学院的。”

邬靖微微皱眉，想起莫珝上次说他有个学音乐的“猎物”，就是这个女人？

这样想着，邬靖目光里的敌意越发深沉。

一男二女的状态下，两个女人一定会下意识地相互竞争。

艾筱澍不露声色地打量邬靖，大脑里蹦出几个词：矮、腿短、装嫩、老太婆。

邬靖也微仰起下巴睨着艾筱澍：胸太小、整容脸、说话有口音、乡巴佬。

她们正暗自较量，莫珝的手机响了起来，他给邬靖和艾筱澍分别使了个眼色，就一边接电话一边朝彩妆店走。邬靖和艾筱澍不约而同地目送莫珝的身影消失。

这时导购员小跑过来，连连躬身道歉：“对不起，只剩下最后一支‘北京红’了。”

邬靖冷睨了导购员一眼：“当然给我，我先要的。”

导购员正要答应，艾筱澍一抬眸，语气强硬：“还是让莫珝决定给谁吧。”

邬靖顿时来气，站起来，踩着高跟鞋嗒嗒嗒地走到艾筱澍面前，眼神凌厉得很，心里想着“你这种靠身体上位的，凭什么跟我争”，表面上却保持着虚伪的优雅："凭什么？"

艾筱澍的目光与邬靖的目光短兵相接，空气中仿佛有火花噼里啪啦作响。

"就凭我比你年纪小。"艾筱澍深知这句话的杀伤力，所以神情从容不迫。

邬靖却冷哼一声，是啊，除了年纪比她小，就没有别的优势了吧？小地方来的，又是学生，还没有房子和车吧？女人之间的排位，可不光是看脸。

籍贯、家世、美貌、学历、职业、资产、情感、家庭，九大项综合，才能分出优劣。

邬靖嗤笑："好吧，我让给你。"你见过贵族和乞丐抢东西？

导购员这才松了口气，笑道："邬小姐，您真大度，上次我们还在讨论您，长得美，出身北京的音乐世家，名校毕业，工作好能力强，自己买房买车，富足优渥，圈子里都是高富帅，真是人生赢家！"

艾筱澍看到邬靖脸上无法克制的得意神色，瞬间明白，邬靖是不屑于跟她争。

可她艾筱澍又怎么会要别人的"施舍"？

"不用了，这个颜色对我来说太老气了。"怎么着艾筱澍也要顺带嘲讽她一下。

艾筱澍的话让导购员满腹狐疑，她反复确认："真的不要了？"

邬靖和艾筱澍异口同声："不要！"

导购员被她们之间再度燃起的战火给吓蒙了，立刻说了几句就退下。

气氛正尴尬着，莫珝推门而入，步履飞快："抱歉邬女王，我现在要回望京SOHO处理点事儿。"说完他转头看向艾筱澍，"你不是一直想去望京看看吗？跟我走。"

艾筱澍朝邬靖得意地一笑，踩着高跟鞋走上前，挽住莫珝的胳膊，两人走出彩妆店。

邬靖脸色微微发白，尽量克制自己的愤怒。她抓起爱马仕铂金包，也走出彩妆店，一路冷着脸穿过人流，走到停车场，打开自己那辆奔驰，坐上去，啪地关上车门。

等世界静寂，只剩下她一个人时，她蓦地趴在方向盘上，低声抽泣起来。

人往往把光鲜靓丽的一面展示给别人看，而把痛苦和努力隐藏在背后。艾筱澍各方面都比她差，可是单凭莫珝喜欢艾筱澍这一点，邬靖就知道自己彻头彻尾地输了。

什么人生赢家，对女人来说，做人生赢家太难了。

并不是自己买得起爱马仕包包就是人生赢家。

真正让人羡慕的，是父母买得起爱马仕包包并送给她、老公买得起爱马仕包包并送给她、自己也买得起爱马仕包包并送给自己，这样三位一体，才算人生赢家。

望京SOHO。

“潘石屹总喜欢和设计大师合作，三里屯SOHO是限研吾，朝外SOHO是承孝相，银河SOHO和望京SOHO是扎哈·哈迪德。虽然我不喜欢扎哈，但望京SOHO勉强及格。”柯尼塞格停在阜通东大街和阜安东路交汇的十字路口红灯前，莫珝慵懒地敲击着方向盘，瞥了眼左前方宛如三条游动的锦鲤的望京SOHO，歪了歪嘴角吐槽道。

艾筱澍挑眉：“莫少，你在人前总是不学无术的纨绔模样，其实你分明是精英。”

“算你火眼金睛！”绿灯亮起，莫珝笑着踩下油门。

“对了，谢谢你帮我弄到音乐大师的推荐信。”艾筱澍侧过头，看着莫珝轮廓鲜明的侧脸，他的侧脸比正面更加帅气撩人，她眼眸一闪，“下个月，我就要参加新一轮面试了。”

去年远赴香港参加的伯克利音乐学院的面试，艾筱澍失败了，但至少得到一个教训，面试时招生官非常注重学生的即兴表演和即兴回答。所以她报了一个英语班，苦练英语。

这次对伯克利音乐学院的offer，艾筱澍志在必得，所以她没有申请大四的宿舍名额。听说因为她要去留学了，宿舍的其他三个女生也不准备住宿舍了，打算到外面租房子住。

莫珝瞥了眼她的手：“你的美甲有点奇怪，小拇指怎么了？”

艾筱澍没想到他连这种细节都注意到了，果然是从小就对细节吹毛求疵的富家少爷。

“练琴练的，《拉赫玛尼诺夫第三钢琴协奏曲》弹起来要特别用力，这几天练那首曲子练得太久了，小拇指的指甲盖都弹得掀起来了，血淋淋的，把琴房别的女生都吓死了。”

莫珝蹙眉：“这么拼？”

艾筱澍但笑不语。

不拼不行。比起学术要求，执现代音乐之牛耳的伯克利音乐学院更看重申请人的音乐潜力和才华。今年北京地区三百多人报考，该校仅录取三人，在全球的录取率仅为15%。

“你报哪个专业？”莫珝把柯尼塞格驶入地下停车场。

“爵士钢琴，”艾筱澍按下按钮，关上车窗，“虽然和我现在的专业不符，很冒险，但是我非常喜欢爵士的自由风格以及多变的和声。而且我综合考虑了我的优劣势。”

“如果没有不断挑战自己，你就不是艾筱澍了。”莫珝赞许地笑道，“我认识一个美国爵士钢琴家和作曲家，他可以给你视频授课，教你音乐理论和即兴创作。”

艾筱澍心下一暖：“你是想证明，男女之间真的有纯洁的友情，像我们这样？”

莫珝飞快地把车倒进停车位，熄火：“我先提醒你，艾筱澍，你可别爱上我。”

送走艾筱澍后，莫珝才发现父亲的董事长办公室亮着灯。

他不爽地歪了歪嘴角，绕过董事长办公室，回到自己的办公室，没想到里面已经有人了。莫父瞥了儿子一眼，淡淡地说：“玩玩就行了，别让她随便怀孕，你要娶楚家丫头的。”

“放心啦爸！”莫珝知道父亲刚刚看到艾筱澍了，但他懒得解释。

莫父把一份资料丢到桌上：“你回国这么久了，也休息够了，从明天起，去投行工作。”

“投行？”莫珝怔了怔，心里骂了声，走过去抓起那份资料翻看。

莫父坐到真皮办公椅上，掏出楚御明送的古巴雪茄，一边点燃一边耐心地开导儿子："知道你不愿意，投行工作太过透支体力和精力，但你现在还年轻，如果扛得住投行工作的压力，这个职业还是相当锻炼人的。"

莫翊把资料丢到一边，内心叫苦不迭，走上来双手按住办公桌，望着父亲："爸！我知道子承父业没那么简单，一家成熟的上市公司级别的企业，交班至少需要五六年，我可以先去那些给我们公司服务的乙方公司啊，特别是供应链上的核心伙伴。"

供应链的运营水平直接决定一家企业的盈利能力和综合反应速度。因此，深入乙方公司可以更清楚地看到供应链运转的全貌，并且发现企业在供应链管理方面的优势和漏洞。

"为什么？"莫父深吸了一口雪茄。

"一家公司对待乙方的态度，最能真实地反映这家公司的企业文化和行事作风。如果我能从乙方的角度先感受下我们公司的气质，不就可以更客观和冷静地做接班准备吗？"

莫父蓦地吐出一口烟圈，瞪着儿子："做梦吧你！你这样的资历，去乙方公司只能做个打杂的。就算我帮你弄到一个主管职位，恐怕你也胜任不了。你刚毕业，首先要去投行熟悉资本市场的基本游戏规则。"

莫翊气得一把抓松领带，甩到一边："不去！我一进投行就头晕！"

交易柜台并排而放，每个交易员面前有八台电脑显示器，天花板上悬挂数字时钟，显示纽约、伦敦、中国香港、东京等其他全球金融中心的时间，时刻提醒交易员争分夺秒。

气氛永远紧张得不行，那根本不是人待的地方。何况莫翊懒散惯了。

莫父抓起雪茄剪，咔地剪断雪茄被抽掉的部分。

"不去也得去！你那些同事，可都是常春藤名校毕业的，在外汇、股票、黄金、期货和基金等市场都战绩辉煌，你好好给我虚怀若谷！"

莫翊转过身，一屁股坐到沙发上，扯开衬衫纽扣："爸，我是你亲生的吗？"

奥林匹克公园，水立方。

"林先生，请稍等，楚董邀请您一起上车。"

林则熙决定加入AG集团旗下的AG战队后，受邀参加AG集团举办的《至尊荣耀》系列赛，系列赛从草根网吧到各大高校，再到全国城市巡回赛，最后来水立方一决高下。

“中国电竞用户规模从2014年的8千万，增加到2018年的2.8亿。中国已经成为名副其实的电竞大国，我们将会产生更多像林则熙这样的新人电竞英雄。”

楚御明在赛后的发言中，居然提到了他，所以林则熙上车时并没有太惊讶。

只是他不知道，在他上车前五分钟，南庄也上了这辆车。

今天她来观看了这场总决赛，门票298元一张，在开售十分钟内售罄，手快有，手慢无。南庄是设定好闹钟，准时等待开抢，提前守候在电脑边，才秒杀到一张票。

她并不是为林则熙来，只是想来感受一下电竞迷们对游戏和比赛的疯狂，寻找灵感。她悄悄地来，也想悄悄地走，却被楚御明的一个助理发现了，请到了车上。

“爸爸，我可以坐地铁回去。”

黑色加长林肯车内部，蓝色的灯饰让整个室内充满神秘与静谧的格调，而车顶上采用全LED白色灯光，更加突出了蓝色的主色调。在一片靛蓝中，楚御明的神色越发慵懒。

他也不勉强：“那你坐副驾驶，到地铁口放你下车。”

于是南庄下车，坐到了副驾驶上去。

驾驶座和副驾驶座的座椅与车厢后部一排座位背靠着背，此刻助理正坐在后部座位上，高大的身躯挡住了南庄的背影。

除了助理所坐的一排座位，车厢后部还有一条长沙发，座位是横向的，长沙发是纵向的。所以林则熙上车后坐在长沙发上，一直侧对着助理，不可能发现副驾驶座上的南庄。

“你是哪里人？”

楚御明坐在长沙发一侧，他依然穿着正式场合的三件套正装，两鬓和头顶的头发全部一丝不苟地往后梳齐，很服帖，柔顺感和线条感兼具，又在简约中透着低调的时尚感。

“福建漳州。”

林则熙穿着黑色AG战服，头发是AG的造型师做的，把两侧头发略削平，利用发蜡抓出头发的层次，向上堆叠，再以定型液固定造型。刘海儿接续鬓角，让他的脸更显修长。

林肯车正从天辰东路驶向慧忠路隧道，骤然听到林则熙的声音，南庄浑身一颤。

他怎么上车了？千万不能让他发现她是楚御明的女儿！南庄心头泛起一阵紧张。

“为什么进AG？”车厢后部，楚御明手肘靠在扶手上，纤长的手指扶住太阳穴，睨着林则熙。

林则熙交叠起双腿：“原因很复杂。”

其实很简单，林则熙听杨培培说过，南庄的梦想是进AG，他想先帮她探路。他会努力，等她进AG的时候，他能在AG战队拥有越多的话语权，就会对她有越多的助益。

助理站起身在吧台前拿起现磨的挂耳式咖啡粉。林则熙转过头，视线不经意地望向副驾驶座，可下一秒，助理就一边在咖啡杯里注入恒温的热水，一边看向林则熙。

“有女朋友吗？”助理看楚御明今天心情不错，就八卦地问了林则熙一句。

“谢谢。”林则熙接过助理递来的咖啡，“我已经结婚了。”

赤红的鸟巢就在右边，对面路上的一辆车开了远光灯，刺得南庄眯起眼，她原本就惴惴不安的心，越发紧张，浑身汗毛直竖，放在膝头的双手不住地颤抖。

如果让楚御明知道她和林则熙的关系，才真的完了！

车厢后部，助理惊讶地张开嘴：“这么早？下次战队聚会，一定要带上家属啊！”

林则熙低垂下眼，用银勺搅拌着咖啡：“还在磨合期，最近有点小矛盾。”

助理恍然大悟：“难怪你今晚发挥有点失常。不过即便如此，也已经够好了。”

副驾驶座上，南庄咬了咬下唇，眸色复杂，双手不自然地攥住衣角。

车厢后部，楚御明略微抬起眼，神色漫不经心。

真正精致的男士，他的领带、腰带、表带、皮鞋和包的颜色是统一的，而楚御明这些单品都是协调的深咖色，整个人散发着复古、优雅和奢华的绅士气质。

楚御明把目光投向林则熙，薄唇微勾，语调依然是浅淡的，无法分辨出任何情绪："所谓幸福的婚姻，就是相爱三个月，吵架三年，相互容忍三十年。"

助理轻笑起来，林则熙却没有笑，他面无表情地抬起头望着楚御明，眼神肃穆："不，我所理解的婚姻，是我深深地觉得她值得更好的人，然后我努力让自己成为一个更好的人；我所理解的爱情，是我怕我不够好，让她觉得爱情不过如此。"

南庄的心跳再度加速，心脏猛烈地冲撞着胸腔。

车厢里的冷气吹在南庄赤裸的胳膊上，她颤抖着伸手抚摸了下胳膊，轻轻按下一点车窗。吹吹风，她才觉得好了点。幸好车已右拐进北苑路，过了北四环就是惠新西街北口地铁站。

助理先开口打破车厢内气氛微妙的沉默："没想到我们林大神，还是个情种！"

林则熙把目光投向车窗外，北四环车如流水马如龙，映在他斑驳的瞳眸里。他不再说话，只是半倚在沙发上，任凭车窗外夜华流逝，半明半暗的脸上神色莫辨。

楚御明有公务缠身，一直在处理，也没想到南庄和林则熙认识。而这个助理并不是把林则熙挖进AG的那个人，并不知道大小姐认识林则熙。所以一时间整个车厢都静默了。

终于到地铁口，一直全身紧绷的南庄松了口气，打开车门，逃跑似的跳下车。

几乎同时，林则熙开口了："楚董，我在这里下车，坐地铁回去。"

楚御明双眸紧锁在iPad上，挥挥手，并未说话。助理站起身帮林则熙打开车门。

林则熙跳下车，双手插兜朝地铁口走去。街道嘈杂喧哗，店铺的灯光颜色各异，食物的香味随风飘荡，朋友们勾肩搭背，恋人们耳鬓厮磨，一派烟火气息。

在地铁口熙熙攘攘的人流中，林则熙的脚步蓦地顿住，一眼就看到了那熟悉的背影。

他怀疑自己的眼睛，却又心跳飞快。她怎么在这里？

南庄去水立方，穿的是奥黛丽·赫本在《罗马假日》里的那款过膝伞裙，倒不是为了追求复古范儿，而是为了遮腿粗，何况她实在没胆量像艾筱澍那样穿超短裙。

伞裙像花苞绽放一样撑起整个造型的优雅轮廓，同时突出了她纤细的脚踝。

可此刻那脚踝的移动，是略显慌乱的。南庄拿着手机，硬着头皮拦住一个路过的女生："不好意思，请问你有零钱吗？我微信或者支付宝转给你，我没有现金买地铁票。"

没想到现在身上带现金的人越来越少了，南庄连问了两个女生，对方都摇头摊手表示无奈。南庄正尴尬又无助，突然从旁边人工售票窗口前传来一个熟悉的清越男声："麻烦给我一张到复兴门的，一张到永泰庄的。"

复兴门？不就是中央音乐学院附近的地铁站吗？永泰庄则是到清河橡树湾最近的地铁站。南庄诧异地转过头，看到林则熙渐变粉的发型。这是AG造型师特意给他设计的。

纯度过高的颜色会变成"杀马特"，而林则熙的发色是雅致的淡金粉，简直就像韩流巨星天团成员，看得出AG集团是把林则熙往"偶像派""流量担当"方向捧的。

南庄正想着，林则熙已转过身，面无表情地把那张到复兴门的单程票递给南庄："记住，这是我施舍你的。"

南庄："……"

她也没必要矫情，伸手接过，两人的手指有短暂的接触，空气干燥，容易产生静电，彼此指尖有弱弱的电流，南庄被电了一下，心跳加快，迅速收回手指。

南庄已经确定林则熙没发现刚刚她也在那辆加长林肯车里，暗自松了口气。

两人一前一后刷卡进入检票口闸机。

他们正在五号线惠新西街北口站，五号线是南北向的，南庄要回学校，必须往南，到雍和宫换二号线，而林则熙，往北走只需要倒两趟车，往南也可以，但需要倒三趟。

两人静静地下了扶梯，指示牌很清晰，往右边走是南下的，往左边走是北上的。

于是南庄往右边走，可林则熙并没有往左边走，而是略微顿足，也转向右边。

下一趟地铁还有三分钟。南庄在安全门前等待。中间通道要让给下车的人，安全门上映出两人的身影，两人隔着中间通道，都站得笔直，紧抿着唇。

南庄突然觉得自己有必要提醒他一下，于是清了清嗓子说："你回橡树湾，应该坐那边的车，再换八号线。"她伸手往后面指了指。

林则熙双手插兜，表情冷漠："五号线换八号线的换乘通道太长了。"

"可是……"

"闭嘴。"

地铁进站，停稳，叮！安全门打开，旋即车门打开。南庄等车上那些要下车的人都走下来后，迈步准备上车。这时，车内倏忽蹿出一道身影。

那急匆匆跑下车的人担心来不及下车，所以速度很快，力道很大，瞬间把南庄冲撞得站立不稳，她猝不及防，眼看就要撞上后面的人，幸好林则熙冲上前伸出手。

他一把将她揽入怀中。下一秒，提醒铃响起，安全门即将关闭，林则熙一把抱起南庄，迈开大步走上地铁。车门很快在林则熙的背后关上。

正值晚高峰，五号线挤得像沙丁鱼罐头，刚刚那一站，下的人不多，上的人很多，所以越发拥挤。

此刻在拥挤的车厢，他想放她下来，可她连站脚的地方也没有。

总不能让他一直伸手托住她的臀部，这么尴尬地抱着她吧？车厢里这么多双眼睛正盯着呢。南庄脸颊泛红，挣扎着要下来，林则熙蹙了蹙眉，松手，让她站在他的双脚上。

还有这种操作？南庄佩服。她吐了吐舌："你得感谢我今天穿的是平底鞋。"

"闭嘴。"林则熙冷着脸说。他承受着她的重量，表情并不轻松。

车厢内人挤人，他双臂环绕过南庄的身体，抓住她身后的扶杆。他必须用双臂给南庄撑出一个相对舒适的空间，与此同时他还要保持两人的平衡，以应付可能发生的急刹车。

他很紧绷，南庄却很放松，站在他的双脚上，双手抵在他的胸膛前，在摇摇晃晃的车厢内，有他的手臂在四面八方无死角地保护着，带来稳稳当当的安全感。

地铁内每节车厢都有闭路电视，此刻电视上正播放着《荣耀出击》的广告。

"在古北水镇、敦煌、张家口、重庆等七处取景地，上、中、下三路可通往敌方战壕水晶，小兵、野怪、大龙和buff等NPC形象极具超现实气质，还有复活点与商店等转换点……"

广告上会有菅乔染穿着战术服的造型吗？

电视在林则熙的背后，南庄听着广告词，拼命踮起脚，想要看一看电视屏幕。可是林则熙太高，把南庄的视线全部挡住了，她只能伸手搂住他的脖颈，努力往上。

林则熙被她抱住脖子，女生娇柔的气息扑面而来。软玉温香抱满怀，他却皱起眉，呼吸急促。可南庄完全不知林则熙此刻的极力克制，只顾在他身上蹭啊蹭，暧昧地摩挲着。

终于她把下巴搁到了他的肩膀上，果然看到屏幕上穿着妲己战服的菅乔染。

"妲己遇到敌方男性英雄可以喊出'让妲己看看你的心'，并伴有勾手指的动作，就可以要求其听从自己的指令行动十分钟……"

一身深棕色皮质战服，头上戴着皮质猫耳朵，"妲己"菅乔染作为队长和"智慧担当"，将在至尊峡谷中大玩cosplay，使用"魅惑"技能，为大家示范如何优雅地carry全场。

太棒了！南庄对菅乔染的新造型非常满意，忍不住笑起来。

地铁在行进中，不时有颠簸和摇晃，南庄的身体也随之不时地摇摆，柔软的胸脯一次一次地冲撞上林则熙的胸膛。她踮脚看得入迷，浑然不觉林则熙已经被她撩得咬紧下唇。

林则熙扶住扶杆的手微微发颤，指尖发白。她到底知不知道，她再这样他会擦枪走火！

“队里的新晋小鲜肉，虽然是第一个拿下峡谷里蓝buff的英雄，但他‘神坑’和‘活不到两分钟’的战斗力被队长菅乔染吐槽‘风里雨里，复活点等你’……”

电视里这一幕让南庄看得双眼一亮，没想到，妈妈的综艺感还挺强的。

可塑之才啊！南庄想，人红的方式有很多种，靠综艺和影视作品是最常见的，但影视剧筹备时间长，走红概率低；相比较之下，综艺的热度虽然持续时间短，但红的速度快。

而且综艺的录制成本、时间和体力消耗都远低于影视剧，片酬却不比拍戏低多少。

她正想着，地铁从和平里北街站启动，因列车信号故障，列车紧急制动，原本就踮着脚的南庄整个人顷刻间失去平衡，她只能抱紧林则熙的脖颈，嘴唇生生地擦过他的脸。

车厢内所有人都东倒西歪，有人摔倒，还有人发出惨叫。

吓了一大跳的南庄正调整着呼吸，蓦地察觉自己和林则熙的脸距离很近，只有不到三毫米，他的鼻尖几乎触到她的鼻尖，彼此呼吸交缠，南庄胸口起伏，试图松手躲开他。

可是已经晚了。林则熙早就已经变得粗重的呼吸蓦地倾轧过来，南庄瞪圆眼睛。

他眉皱得厉害，忍不住狠狠地在她嘴上啄了一下，发泄似的，又克制地放开。

南庄张大嘴，大口喘息着，她想躲，可是还有人在往这边挤，她能躲到哪里去？大脑一片混沌，双手本能地滑下，抵住他的胸膛。林则熙眸色迷离，微垂着眼，胸膛起伏。

“乘车时请扶稳站好，不要倚靠或手扶车门……”地铁广播响起。

他望着她，目光越发深沉，睫毛轻颤。她嗅到越来越危险的气息，连耳膜都开始鼓动，本能地要转过身背对着他。伴随着她试图转身的动作，他再度爆发，一把抓住她的肩膀。

南庄的背脊瞬间吃痛，他把她重重地压到不锈钢的扶杆上，俯身凶猛地攫住了她的唇。

“下一站，雍和宫站，请换乘二号线的乘客提前做好准备……”

广播的声音变得模糊蒙眬，他强烈的荷尔蒙气息顷刻间侵占了南庄的全部感官。这个吻和以往不同，因为在众目睽睽之下，南庄很快就感受到大家投来的各式各样的目光。

“妈妈，有人亲嘴嘴！”有稚嫩的童音传来。

南庄的脸越发涨得通红，手指发颤，心跳比平时快了好几倍，竟然忘了反抗。

“那个帅哥哥在亲那个阿姨耶！”

哥哥？阿姨？林则熙是哥哥，她是阿姨？南庄错乱了。

幸好林则熙本来也没准备吻多久，方才他只是实在忍不住了，现在尝到了一点甜头，没那么欲念爆棚，他就能收放自如了。因此，他只是在南庄的唇上辗转沉湎了会儿。

他握紧拳头，咬牙克制，没等撬开她的唇和她的舌头交缠，就轻轻松开了她。

因为克制得太狠，他脸色略微苍白，呼吸短浅，鼻尖微皱，瞳孔剧烈缩拢。

“雍和宫站到了，右边的车门即将打开，请准备下车……”广播又响起。

林则熙揽住南庄的腰，半推着尚且处在浑浑噩噩状态中的她下了车。

等汹涌的换乘人潮拥向扶梯后，站台变得空空荡荡，南庄还在大口喘着粗气，气鼓鼓地瞪着林则熙。而林则熙已经换上了高冷傲娇的表情，双手插兜，目光淡淡地回视她。

“你这什么表情？刚刚是你先勾引我的。”

南庄："……"

尴尬的气氛被南庄的手机铃声打破，是杨培培。

南庄深呼吸一口气，接通电话："我还在路上。"

手机是声音外放模式，杨培培的声音也传入林则熙的耳朵："我到复兴门站接你。"

南庄挂了电话，抬起头，冷睨着林则熙："你也不想让杨培培看到我们在一起吧？"

林则熙一言不发，视线先移向别处，然后迈开步子，走向扶梯。现在他们都是往西走，虽然南庄不想跟着他，但必须走这条路，他们沉默着穿过换乘通道。

到了二号线，林则熙还要坐两站，安定门、鼓楼大街，然后换乘八号线，而南庄继续坐到复兴门。南庄本来不想和他坐一趟车，可是转念一想，两站而已。

偏偏他们下了扶梯，车门刚巧打开，她只能跟着他快步走进同一节车厢。车厢内，南庄站得离林则熙很远，两人的位置在车厢两端。她没有觉察到他一直目光复杂地望着她。

"下一站，鼓楼大街站，有换乘八号线的乘客，请提前做好下车准备……"

广播响起之后，林则熙朝门口走去，他经过南庄的身后时，南庄假装若无其事，却还是不自然地缩了缩脖子，她伸手擦了擦鼻子，倏忽听到身后传来他低沉沙哑的声音："对不起。"

怀疑自己听错了的南庄愕然转过头，林则熙并没有看她。

他的声音很轻，轻得宛如一声叹息："我又一厢情愿了。"

"鼓楼大街站到了，左边的车门即将打开，请准备下车……"

林则熙的脸始终侧对着她，低垂着眼，面部轮廓在地铁摇晃的车厢内显出几分萧索和落寞，看得南庄心脏莫名地抽痛，她张了张嘴，想说什么，可林则熙已经迈步走远。

她本能地跟在他身后，却在车门前顿住脚步。他要下车了，可她还要坐到复兴门。

林则熙走下车，脚步微顿，旋即转过身，深深地望着她。

南庄站在车上，皱着眉，胸口起伏，目光茫然地看着他。

他们身边都是比肩继踵的人群，可在他们之间，只隔着两重门和彼此剧烈的心跳。

人声鼎沸的鼓楼大街站，仿佛瞬间静默，鸦雀无声。所有人都变成暗沉沉的背景，唯独林则熙一双目光汹涌的眼眸，缠绕得百转千回，扑朔迷离地闪烁在南庄的眼里。

他看着她，声音酸涩滞重，一字一顿，艰难地吐出：“请给我一点时间，让我学会，如何，喜欢一个人。”

南庄的一颗心几乎要跃出胸腔。

下一秒，提示铃丁零零大作，他们两人之间的安全门缓缓关上，没有任何过渡，在透明玻璃安全门闭拢的同时，车门上的红灯刺目地亮起，车门关闭。

南庄终于反应过来，伸手按在车门上，张开嘴，想要回应，可车门很快关闭。隔着两道门的玻璃，南庄看到了林则熙颤抖的唇，和那双瞬息之间盈满水光的惶惶然的眼眸。

她怀疑自己听错了，一定是听错了，他怎么可能会说出那两个字？

等一下！她还要问清楚，他到底是什么意思！可是地铁很快启动，加速。

站台上的一切开始往后退，越退越快。南庄喘息着，双手压在车门上，却只能眼睁睁地看着那笔直地立在站台上的颀长身影渐行渐远，面孔变得模糊，最终化作一个黑点。

林则熙！南庄的心里发出呐喊。

凭什么？凭什么他可以任性地丢下一句话，搅乱她的心，然后不管不顾地离去，任凭她胡思乱想，心脏如小鹿乱撞？也怪她没出息，被他的几个字就打乱所有阵脚。

不过，她不是不在乎他吗？为什么会如此轻易地就溃不成军？

南庄怔怔地站在原地，大脑罢工，连车门打开了都浑然不觉，直到其他下车的人冲撞了她，她才回过神来，抬头看了看车门上的提示。到复兴门了？这么快？她慌忙跳下车。

这副模样去见杨培培，南庄没这个勇气，她先走到站台一侧的卫生间，打开水龙头，掬起满满两手掌的清水，扑上发烫发红的脸颊，然后抬起头，看着镜子里的自己。

冰凉的水穿透肌肤，刺激着她的神经，让她瞬间清醒了几分。

晶莹的水珠顺着脸颊流淌而下，啪嗒啪嗒，她的呼吸渐渐地平顺下来。

什么时候自己也变得如此耽于情爱了？她忍不住嘲笑自己。她不是最不屑于做那种为了爱情心神不定、失魂落魄、要死要活的女人了吗？她现在要全力拼事业，无暇顾及情爱。

林则熙是什么想法，她不想细究，在她的人生中，爱情从来是可有可无的。

她对着镜子里越来越冷静的女孩说："记住，爱情从来不是雪中送炭，爱情只是锦上添花，在你没有努力奋斗成为锦之前，就不要浪费时间伸手摘那虚妄的花。"

中央音乐学院。

刚染了头发，杨培培尝试弄了一个新造型，她扎起双丸子头，留出两侧微卷的八字刘海儿，焦糖色的头发搭配珊瑚色口红，耳边再留出一些小碎发，可以称得上青春无敌了。

"老师，对不起，我来晚了。"杨培培一边低头道歉，一边小碎步跑到沙发边。

她刚刚一路小跑过来，额头上渗着汗珠，琴房的钢琴间冷气打得很低，她突然浑身一个哆嗦，倒不完全是因为被冷的，还因为惊讶。杨培培睁圆眼睛："赵祈哲？"

在男生个个往韩流明星方向靠拢的音乐学院，赵祈哲万年不变的宅男造型颇有辨识度。他面无表情地打量了杨培培一下，嘴角抽了抽，就继续转过头看笔记本电脑的屏幕。

老师拉着杨培培坐下："对，赵先生就是这个项目的负责人，他希望和我们中央音乐学院钢琴系合作，还指定了你做钢琴系的代表，参与这个项目。"

杨培培一头雾水："什么项目？"

老师把PPT展示给她看："简单来说，这是AI人工智能技术、云技术、音视频识别技术、图像与视频识别技术和钢琴教学领域深入结合的创新典范。"

这么黑科技？杨培培倒吸一口冷气，看了半天还是不太明白。

一旁的赵祈哲突然转过脸："以你的智商，应该看不懂，所以我来解释一下。"

杨培培抬起头，对赵祈哲怒目而视。

这个项目能够以全键盘视角采集学生的手部动作与钢琴键盘视频，用清晰的录音同步录制学生弹奏过程中的每个细节，并利用云技术将其永久保存。

在此基础上再利用人工智能与大数据技术，对钢琴家和普通学生的演奏数据分析对比，形成客观的学习效果和学习能力评价。

听赵祈哲说了两大段，杨培培才明白。

"我能做什么？"杨培培目送老师先走一步后，转过脸问赵祈哲。

赵祈哲站起身，走到钢琴边："帮我测试一下。"

杨培培狐疑地走过去坐到已经被赵祈哲安装了人工智能程序的钢琴边，赵祈哲帮她掀开琴盖，乌黑发亮的眼睛盯着她："虽然你肯定不懂德彪西，但你应该会弹吧？"

他不讽刺她会死吗？杨培培再次忍下一口气，顺手开始弹奏德彪西的《牧神午后前奏曲》，结果弹了不到一分钟，钢琴就嘟嘟鸣响起来，杨培培慌忙停下来。

"弹错了。"赵祈哲指着红色警示灯说，"这是数字乐谱，弹对了光标会向后指引，弹错了系统会提示并等待纠正。此外，这是跟弹模式，你可以跟着学习演奏新曲。"

杨培培心里哇了一声，马上跟弹了一曲。居然还涉及很细致的手势、指法、速度、乐感的教学，她不得不佩服这群"活着只为了改变世界"的乔布斯拥趸。

"你怎么想到做这个项目的？"中场休息时，杨培培给赵祈哲倒了一杯绿茶。

赵祈哲也不怕烫，一口气喝光，纸杯空空如也，他把茶叶都喝进去了。

“我们公司要全面开发人工智能，我突然就想到你了。如果人工智能全面普及，你这种智商的人，饭碗都被人工智能抢了，该怎么活？”

杨培培：“……”

赵祈哲把纸杯捏来捏去：“想到你，就想到音乐，人工智能和音乐教学相结合这个板块，目前是真空的，所以我提交了这个项目的可行性报告，公司批了，就这么简单。”

杨培培担心茶叶把口红洗掉，就拿了一根吸管，插到纸杯里喝茶。

“所以你的灵感来源于我？你要怎么感谢我？”

赵祈哲啪地把纸杯拍扁：“我订了韭菜合子外卖，我们吃完继续测试。”

杨培培张大嘴，吸管掉下去：“我不吃韭菜！”

赵祈哲耸耸肩：“那你可以选择饿着，哪吒头。我不介意，我可以吃掉两份。”

哪吒头？杨培培摸了摸头上的双丸子头，恨不得把手里的茶往赵祈哲脸上泼去。

外卖是从中央音乐学院东门送来的，很快。那家店的口味，杨培培听一个河南同学说很地道，肯定是用开水烫面加冷水和面，两种面掺在一起做的面皮，这样既不黏也不干。

韭菜这种存在，虽然味道冲，很奇葩，但多吃几次，就感觉有股独特的香味，而且越吃越甜，在嘴里回甘。就像赵祈哲一样，杨培培一边吃着韭菜合子一边想。

“你经常来琴房？”赵祈哲吃韭菜的时候，心情总是很好，还主动开口说话。

杨培培舔了舔嘴边的油，翻了个白眼吐槽道：“我其实没什么音乐天赋，大一时跟老师练钢琴，老师说‘我觉得你真有才华，把音准抓好了，节奏又乱了’……”

赵祈哲竟然没有出言讽刺，大概是忙着吃韭菜合子吧。

杨培培喝了一口水，又说：“我们宿舍里，南庄和艾筱澍都有天赋，方如喜则非常努力，一直积极地参与团委和学生会工作，她主修声乐，辅修二胡和竹笛，还苦练钢琴。”

赵祈哲回忆了一下上次在首都体育馆的庆祝派对上杨培培和方如喜的演奏，想了想，把嘴里的东西咽下去说：“不，你比她更自然，她有点用力过猛的感觉。”

杨培培愣了愣，心里涌起一股暖意，扑闪着一双闪亮的大眼睛：“你这是在夸我？”

赵祈哲嘴里塞了一大口食物，声音含混：“我不理解，巴赫太穷，儿女多得可以组一支足球队，‘孩奴’的他写了《平均律》；贝多芬高攀不上伯爵的女儿，怒写《月光》；肖邦看到国家兴亡就写了《革命练习曲》。”

他顿了顿，咀嚼了几下，继续：“而你们不愁吃穿、没有失恋、国泰民安，为什么还要天天弹这些？”

杨培培：“……”

吃完饭，杨培培又坐在钢琴前弹奏了几曲勃拉姆斯，休息时活动着有些僵硬的手指说：“对了，你住的清河橡树湾，物业费是不是很贵？我准备去橡树湾租一套房子。”

即将升入大四，艾筱澍又要去波士顿留学了，杨培培准备和南庄、方如喜一起从宿舍搬出去。女生嘛，安全最重要，所以小区要好。但三居室太贵，合租一套二居室就够了。

方如喜心高气傲，单独住一间卧室。杨培培和南庄睡上下铺，合住一间卧室。

赵祈哲正敲击着电脑，记录这个项目的测试bug，头也不回：“我们旁边的403就在招租。”

杨培培兴奋地从钢琴凳上跳起来，腿撞到钢琴，她疼得龇牙咧嘴，却又忍不住傻笑。

天助我也！住在大神隔壁，岂不是近水楼台先得月？

宿舍，方如喜正捧着手机，纠结着要不要找方如凤借点钱。9号还款日马上就要到了，淘宝和支付宝被她来来回回卸载了好几遍，还款账单还是那么长。

花呗推出了“大学生认证”，趣店公开声明“坏账不追究”，各种接待平台无处不在的抽奖和红包，让她经常产生一种幻觉：全世界都想借钱给你，让你买，让你花。

这个时代，各种消费陷阱，“买买买”似乎成了一种政治正确。

买，决定感情——男朋友对你好不好，看他有没有给你买买买。你对自己好不好，看你舍不舍得为自己买买买。

买，决定颜值——好看的男人和女人，都自带烧钱属性。

买，甚至决定人生态度——想买就买，活成我想要的样子。

看到新闻里的“裸贷门”，方如喜也曾警醒过。她争取每次用花呗，事先存入一笔相等数额的钱进余额宝或者京东小金库，到还款日再取出来还钱。尤其是在“双十一”和年末。

年末的理财利息不是平日常有的，“双十一”则是因为花的基数大，所以到期能取出不少利息。为了维持表面的光鲜，方如喜活得很累，参加各种有偿演出，各种兼职赚钱。

平时尚且能准时还款，可这几天团委活动很多，她推了几个演出，就还不上了。再说她马上要和南庄、杨培培一起搬出宿舍，到外面租房子住了，又是一笔大开销。

“方如喜！我和南庄准备在外面租房子，你要不要一起？”

“外面会不会不安全啊？”方如喜嘴上这么说，其实最担心的是房租她支付不起。

杨培培却说：“大四了，大家都往外搬，留下来的，大部分是为了省钱。”

“我才不是为了省钱，”方如喜大声争辩，“我是怕你们租的房子太差了。”

原本方如喜还想住在宿舍，可她不想让大家看不起。打肿脸充胖子这种事，她根本停不下来。现在贷款还不了，利滚利就糟了，于是方如喜咬咬牙，硬着头皮求助方如凤。

方如凤还在养病，很快在微信上回复：“我一分钱都没有啊姐！我看病、拍片子、买药，还有住酒店、吃饭，都是文伟哥出的钱，好几千块呢！他的积蓄都用光了，没日没夜地干活。”

“那算了。”方如喜回复之后，把手机往床上一丢，重重地躺下来。

因为最近忙得像陀螺，太累了，所以她一躺下，虽然焦虑，但敌不过周公的诱惑，很快就睡着了。直到手机响起，把她吵醒，她迷迷糊糊地接了电话：“喂？”

方如喜刚醒的声音很温软，和她平时的骄傲与咄咄逼人全然不同，所以电话那头的翟文伟一时间怀疑自己是不是打错了。方如喜毕竟是学声乐的，声音其实很柔美妩媚。

翟文伟莫名地被撩到，脸孔绯红，不自然地吞咽下一口口水，喉结滚动。

“谁呀？怎么不说话？”方如喜等了会儿，还是没听到声音，不由得提高音调。

一句话就回到平日里盛气凌人的方如喜。翟文伟无奈地呼出一口气，清了清嗓子：“是我，你妹妹告诉我，你要还贷，缺点钱，我刚刚给你的微信上转了两千元，够不够？”

方如喜怔住，内心五味杂陈，更多的是羞耻。她向来自尊心强到变态，不屑于别人的怜悯和帮助，所以张嘴就是责备的语气：“你有病吧？我又没找你借钱！”

翟文伟莫名其妙被骂，心里不爽，却深呼吸一口气，压抑住快被激怒的心情，尽量让自己的声音平静一些：“不管怎么样，你是方如凤的姐姐，我不能袖手旁观。”

偏偏这一句话又戳中了方如喜的痛处，是啊，他是方如凤的男朋友，他借给她钱，不过是看在方如凤的面子上。方如喜气得脸色发白，手死死地握住手机，咬牙切齿：“你还蹬鼻子上脸了？你真以为我会把一个摆路边摊的人当妹夫？”

她尖酸刻薄的话语让翟文伟忍无可忍，他的呼吸变得粗重，失控地朝话筒大喊：“方如喜！你不要太过分！你这样看扁我、蔑视我，总有一天我会让你向我道歉！”

方如喜也意识到自己太毒舌，正拧着眉心慌意乱，电话那头又传来翟文伟的声音：“我已经答应你妹妹要借给你钱了，所以你微信上不收的话，我就直接打你支付宝了。”说完，翟文伟干脆利落地挂了电话。

方如喜却依然保持着接电话的姿势，茫然地听着嘟嘟嘟的声音。不知不觉天已经黑了，宿舍里只有她一个人，没有开灯，一片寂静，窗外有微光射进来，在天花板上斑驳着。

她愣愣地望着天花板，突然感觉眼睛一阵酸涩。

《荣耀出击》第一期节目录制地点是古北水镇，就在密云，离市区150公里，南庄就开车去了，联系菅乔染的助理进入园区，拍摄正在火热进行。

“你被高渐离的‘狂热节拍’技能打到了！赶紧跳一支舞！”副导演提醒菅乔染。

菅乔染愣了愣，摆出一个正经的姿势准备跳几个民族舞动作，结果副导演又大喊：“不要这么正经！随便扭扭秧歌、跳跳广场舞就好，‘尬舞’懂吗？越‘尬’越好！”

镜头再度对准菅乔染，她开始挥舞手臂。副导演还是不满：“屁股扭起来！”

在场的大部分人都觉得这副导演太大呼小叫了，而且言辞很不尊重人，可菅乔染在原地站了会儿，深呼吸一口气，竟然全部忍了下来，扭动臀部跳出好几个诱惑挑逗的动作。

中场休息时，因为气温高，菅乔染又跑又跳又唱，背脊湿了，妆都花了，匆匆吃了几口南庄带来的外卖寿司，就开始补妆。

南庄心疼地帮她递化妆棉和眼线笔：“妈妈，忍一忍！等你真的红了……”

她的话音未落，副导演走进来训导说：“上综艺就要豁得出去！越傻越白痴越好！就把自己想象成一个丑角！郑恺、杨洋和吴磊都在综艺里放过屁，想红，你也放个屁试试？”

菅乔染一听，终于忍不住，脸色骤变，她摘下头上的猫耳朵，狠狠地摔到地上：“滚！老娘不拍了！”

南庄慌忙上前阻拦，可菅乔染正在气头上，一把推开南庄，径直走向停车场。副导演一脸尴尬。南庄着急地追上去劝说：“妈妈！万事开头难，刚开始难免被人欺压！”

可菅乔染何曾受过这样的气？虽然楚御明和她貌合神离，可他毕竟给了她二十年的高贵身份和优渥生活，她几时落得要看人眼色行事，被人颐指气使？

“我真是脑子进水了才听你的！做养尊处优的富太太多好！为什么要回归娱乐圈？《凡人的演技》的那些评委挖苦讽刺我倒也罢了，《荣耀出击》的这人渣，简直是侮辱我！”菅乔染一边喊，一边用力推开南庄，怒气冲冲地上了她那辆保时捷，啪地关上门。

南庄不死心地拍了拍车窗，却只能眼睁睁地看着保时捷绝尘而去。

在原地愣愣地站了会儿的南庄，蓦地感觉身后投来一道灼灼的视线。

白色polo衫与灰色西裤，与GUCCI罗缎镶边草帽搭配，墨绿色的罗缎交织着迷人的金色昆虫，镂空格纹帽身极富设计感，给岑德咏在熟男精英范儿中平添一抹亲和力。

他半倚在他那辆霸气的黑色路虎SUV上，朝南庄歪了歪头：“有时间？”

两人坐在停车场附近的凉亭里，南庄接过岑德咏递来的一瓶依云水，拧开瓶盖，咕噜咕噜喝了一大口，解渴后才说：“老师，你也是来看我妈妈的？”

岑德咏的手指轻轻叩击石桌：“我和你妈妈的交情，比你想象的要深。”

凉亭旁边就是小桥流水人家，凭栏见水景，偶尔有船工的摇橹声传来，一叶小舟自在地划过。不远处就是司马台长城，背倚蓝天，野云悠悠，下面的鸳鸯湖碧波荡漾，雾气升腾。

南庄静静地望着风景，反倒是岑德咏再度开口：“你想自己创立工作室？”

看来她那条呼朋引伴的微博被岑德咏看到了：“老师有什么建议吗？”

“现在行业内主流的工作室模式，往往是大量接不到私活的底层音乐人争相角逐的对象，工作强度大，要求低，等同于游戏音乐界的富士康，一天做十首的人都有。”

南庄眉心一颤：“这个我知道，厉害的音乐人，都转投影视和大型活动配乐，盈利多得多，再不济做流行，极少有人留在市场混乱，又得不到应有尊重的游戏音乐领域。”

岑德咏喝了一口水：“你为什么对游戏音乐如此执着？”

“因为我想把我们中国游戏的文化沉淀和内涵做出来。就像《魔兽争霸》那样庞大的史诗故事，有西方文化在支撑，剧情、音乐、美工、‘人设’都服务于强大的底蕴，彰显出情怀。”

南庄说这些话时双眸闪亮，却让岑德咏暗自叹息。

“情怀不能赚钱，大家都喜欢‘短平快’的，何况玩家多数不买账，花大价钱做出来的和粗制滥造的，他们根本听不出来。国内公司还没进化到靠输出文化赚钱的阶段。”

南庄听了虽然觉得一阵心酸，却还是表现出倔强的神情：“可是我不想看到，以后我们国家的现象级手游，还像《至尊荣耀》一样，背景音乐和音效全部外包给国外的团队。这是我们国内音乐人的羞耻，难道不是吗？”

岑德咏苦笑：“你这是在指责我们当时选了国外的团队？”

南庄愣了愣，还没回答，岑德咏把视线投向远处的长城，继续说：“其实早些年，我也创过业，自己成立小型音乐工作室，可常常是吃了上顿没下顿，陷入没名气、低价抢单、没钱宣传、继续没名气的恶性循环。”

南庄睫毛微颤，没想到男神也曾经有那样落魄的日子。

“我最难受的是一分钟的音乐给六百块就做，为了生存几乎陷入完全被动状态，研发团队和音乐制作人之间就是甲方、乙方的关系，反复删改，熬夜加班，却依然没有话语权。”岑德咏顿了顿，继续说，“最可恨的是那些根本没有音乐素养的外行对你指手画脚，逼得紧，工期短，怎么磨出好作品？根本得不到基本的尊重。所以我不希望你走我的老路。”

南庄身体前倾，虚心求教：“那我该怎么做？”

“你明年还会去九艺游戏面试吧？在此之前，我先帮你接一些私活，你尝试乐器实录，买几十GB的白金管弦音源库做素材，努力做个全能型的制作人，创立自己的风格。”岑德咏稍微停顿片刻，话犹未完，“对了，最近九艺游戏的《至尊荣耀》新赛季BGM又开始公开征集了，你可以创作一支你个人风格的曲目投稿，若是能选上，这个暑假你就可以进九艺游戏做暑期实习生。”

南庄点点头，直勾勾地望着岑德咏：“为什么要帮我？”

岑德咏站起身：“有天赋的音乐人不少，有情怀的就凤毛麟角了。”

中央音乐学院音乐厅。

“我在跟你说话呢！你最近怎么总是走神？”杨培培气鼓鼓地拍了南庄一下。

南庄这才回过神来：“不好意思。”她最近有点走火入魔，无时无刻不在思索岑德咏那天说的话。她八岁开始学音乐，一直在东施效颦，迫切地想要找到自己的风格。

“我刚刚在说我们要租的房子的事儿！你到底听进去没有？那里离你上班的中关村很近。如果你没意见，我明天就去签合同、押一付三，定下来了啊！”

杨培培一连串噼里啪啦的话，让南庄敷衍地点头如捣蒜：“没问题，你去签合同。”

这才转移话题的杨培培扳着手指：“这场期末会演，我们宿舍全员参加啊！艾筱澍上小提琴，南庄上架子鼓，方如喜上二胡，我上钢琴，可谓民乐和西洋乐结合啊！”

方如喜一听，就忍不住吐槽说：“说起来，现在民乐真是凋零衰落了许多，多数人都觉得西洋乐比民乐洋气，真是脑残！偏见真可怕，国粹都得不到弘扬。”

一旁一直缄默的艾筱澍突然冷哼一声：“前不久有个民乐和西洋乐大对决，双方都拿出了最强阵容，西洋乐的钢琴、小提琴、竖琴、小号、单簧管，对民乐的扬琴、二胡、阮、唢呐、古筝、编钟。”

杨培培兴奋地问：“结果呢？”

艾筱澍打了个响指：“最后民乐靠唢呐力挽狂澜，因为唢呐可以模仿出大自然的鸟鸣声，那是有生命力的声音，西洋乐就只能甘拜下风了。”

杨培培笑着把手臂搭在南庄的肩膀上："我还是更喜欢西洋乐。南庄你呢？"

"我都喜欢，但是对民乐感情更深。"南庄想了想说，"中国文化博大精深。"

演出开始，很快就到了杨培培和方如喜合作的《风居住的街道》，二胡与钢琴的搭配对话，令人耳目一新，而二胡的比重大于钢琴，二胡的忧伤胜过了钢琴的浪漫。

杨培培将钢琴的深沉融入她特有的细腻，在方如喜二胡的泛音延留中，或沉寂，或做轻微的回应，清澈、温暖、坚定。钢琴和二胡交织在一起，相互倾诉，相互爱慕。

但两种乐器的曲调永不重合，一个江南一个塞北，仿佛两个永远不能在一起的恋人。

南庄坐在台下，完全沉浸在曲调之中，潸然落泪。她没想到，民乐和西洋乐合奏，居然可以如此动人。突然她脑海里灵光一闪，为什么她在编曲时，不能加入民乐呢？

国内游戏音乐一直在模仿日本和欧美，所以南庄也一直专注于西洋乐，明明想要弘扬中华文化，为什么不能融入民族丝竹的东方气质在西方柔和温暖的电子元素里呢？

二胡、古筝、葫芦丝、扬琴、箜篌、洞箫……她的大脑飞速运转，思索着乐器的搭配。

这天晚上，南庄熬夜为《至尊荣耀》新赛季编出一曲《与子同袍》，曲子里大胆引入了陶笛和埙的音源。早上六点，她把曲目发送到《至尊荣耀》新赛季BGM征集邮箱里。

《至尊荣耀》虽然是中国风游戏，却一直用国外团队的西洋乐。如果南庄的这首曲子能入选，是不是也算民乐和中国音乐的一次小小的逆袭呢？

发完邮件，南庄摘掉耳机，走出宿舍，静静地望着冉冉升起的朝阳。她全身心沉浸在终于找到自己风格的喜悦之中。她不在意结果，因为努力的过程，就是最大的奖赏了。

她突然想，女人在工作中就能达到高潮的话，为什么还需要男人？

南庄不知道，此时宿舍里的杨培培还在睡梦中，她梦见她们搬进了清河橡树湾403，她捧着水果敲开404的门，慵懒而帅气的大神打开门，接过水果，低头吻上她的手心……

刚结束期末考试，南庄就接到了九艺游戏人事部的电话："你是《与子同袍》的编曲者对吗？你有意向成为我们的暑期实习生吗？"

南庄挂了电话，就蹲下来，哗地拉开拉杆箱的拉链，翻找出一堆衣物，在床上一件一件地搭配。

躺在床上捧着手机追剧的杨培培坐起来问南庄："要去面试？"

"职场如战场，我要杀回九艺游戏了，帮我挑选一下作战服。"南庄说着把杨培培拉下床。

杨培培正要说话，一直在苦读英语的艾筱澍倏忽开口："穿我的。"

南庄打开艾筱澍的衣柜："这套威尔士亲王格纹衬衫如何？"

格纹衬衫没有条纹衬衫好穿，一不小心就"土气冲天"，于是艾筱澍伸手指了指："再加条牛仔宽腰封，勾勒腰线，提升气场。"

杨培培听命，帮南庄扣上腰封扣子。

今年宽腰封终于从T台上走下，成为不少人能接受的高级造型单品，南庄穿上后，整个造型都变得有层次感。她站在镜子前，深呼吸一口气，在心里对自己说："加油！"

南庄转过身，对艾筱澍笑着说："谢谢。"

艾筱澍挑眉，半开玩笑地回答："真谢我的话，就把莫琊让给我。"

中关村，银科大厦，九艺游戏音频中心。

"组长，林大神又上热搜榜了。他直播玩明世隐，结果匹配上他爸妈，打又不敢打。热搜就是'玩《至尊荣耀》碰到爸妈'。林大神进AG后风头强劲，一直播就上热搜！"

邬靖冷笑："买的热搜吧？"

"AG怎么不买热搜给其他人，就给林大神？因为林大神自带'流量'。这么捧下去，林大神恐怕会成为未来AG的顶尖男神、电竞界头牌。"

话音未落，人事部一个女生走过来："邬组长，有个暑期实习生来面试了。上次新赛季BGM是音频中心匿名选拔的，就是您选中的那曲《与子同袍》的编曲者。"

女生把面试者的资料递给邬靖，邬靖站起身，也不急于看资料，端起咖啡，接过资料，直接踩着高跟鞋走向面试室。

《与子同袍》虽然不是特别抓耳，但曲风绵延悠长。尤其是陶笛和埙的运用，堪称惊艳。中国风浓郁，又极具现代气息。大气、宏伟、悲叹、婉转，让人心绪激荡久久不能平息。听的时候，邬靖脑海里只浮现出一句话："岂曰无衣？与子同袍。王于兴师，修我戈矛。"

在这个急功近利的时代，她倒要看看，是什么样的青年才俊，能编出如此良心的作品。

面试有三个环节，人事部、音频中心、项目组轮番轰炸。

"如果你面试成功，就要参加我们暑期实习生高强度的封闭式军训，没问题吧？"

"没问题。"

"最后一个问题，"人事部经理一边在表格上对南庄刚才的表现和回答打分，一边说，"可能涉及你的隐私，但我们做人事的必须有所了解——你结婚了吗？"

这个问题并不突兀，南庄知道，适婚年龄未婚未育的女性在找工作方面困难重重，谁都不想养一个随时要带薪休婚假、产假的"定时炸弹"。

BAT公司女职工怀孕要提前三个月向人事部申请，申请到名额却没有按时怀孕的，名额就会给别人，下次还要重新排队申请。拼职场的女人，生个孩子堪比买车摇号。

原本想隐瞒，可南庄转念一想，或许已婚更有优势，于是她点点头。

"我是隐婚，所以希望您帮我保密。"南庄抬起头，强调说。

她的话音未落，面试室的门被推开，邬靖端着咖啡走进来，胸前的工牌摇晃着，她直勾勾地望着南庄："原来你已经结婚了？那你还跟炙手可热的林大神暧昧不清？"

南庄心里咯噔一声。

人事部经理已经面试完毕，接下来交给邬婧。经理刚站起身，邬婧就转过脸看她：“对了，不是说要我面试《与子同袍》的编曲者吗？人在哪里？”

经理愣了愣，指向南庄：“就是她。邬组长你没看资料吗？”

邬婧蓦地蹙眉，把咖啡放到办公桌上，低头翻看资料，嘴角越发下沉，看完后啪地把资料甩到桌上：“楚南庄，你又玩什么花样？剽窃了别人的曲子吧？”

南庄脸色一变，猛地站起身，她身后的椅子受到这股力道的冲击，哗地向后滑动。

“邬组长，如果你再恶意诽谤，我不会善罢甘休。”她的声音不大，但气场凌厉，目光不凶，但足够狠辣。

她此言一出，在场的经理和邬婧纷纷愣住。尤其是邬婧，她没想到曾经唯唯诺诺的南庄，突然变得如此不卑不亢。

经理也被南庄的气势震慑，帮南庄说话，她拍了拍邬婧的肩膀：“邬组长你冷静点，我们所有的入选曲目，都经过海量数据库的反剽窃过滤，所以不存在你说的那种情况。”

等经理走出去并关上门，南庄才坐下来，给邬婧一个台阶下。

面试室内剑拔弩张的气氛略微得到缓解，邬婧也觉得自己方才口无遮掩，胡乱安罪名，有些过分，她当然不会道歉，而是冷着一张脸坐下来，再度翻看南庄的资料。

“你说你是‘正版音乐党’和‘乐器实录党’，那吉他、贝斯，你用音源还是实录？”邬婧依然低头看资料，头也不抬地问南庄。

“吉他、贝斯虽然有Ample Sound这个神级音源，但依然没有用乐器实际弹奏来得好听，所以吉他、贝斯这样拨弦的乐器，我基本上都是自己弹，很少采用音源。”

南庄的回答让邬婧抬起头来：“你今天带了什么乐器？”

从书包里拿出一把小巧迷你的酒红色尤克里里的南庄，随手弹了一曲陈绮贞的“小清新”，还炫技地用了吉他的弗拉明戈轮指法，听得邬婧微微点头。

“你手指挺灵活的。”

必须的，南庄心想。这段时间为了练指法，她每天练习十个小时，在弹琴之前左手夹瓶盖，右手练快速拨弦，指板上都是汗。否则扫弦怎么有层次感？右手怎么狂轰滥炸？

邬靖站起身：“你可以走了，手机保持畅通，人事部这两天会通知你面试结果。”

南庄看着邬靖面无表情的脸，猜不出她会不会让自己通过面试。她正想着，邬靖的手机响起，邬靖冷冰冰的脸顷刻间如千树万树梨花开，却又压抑住声音里的喜悦，接了电话。

“我在面试实习生，有什么事快说。”

“别装了。你一直在等我的电话吧？放心，老处女三十大寿，小人哪有胆子忘记？”

邬靖一听就笑得嘴角一路咧到耳边，一边朝面试室外走，一边听电话那头继续说道：“我就在你公司楼下，别上班了，我带你去开条游艇出出海。”

“那你等我半个小时。我有些重要工作要吩咐下去。”

银科大厦大厅，叮一声，电梯门开，南庄背着书包走出来，蓦地顿住脚步。

莫玥今天这一身阳光清爽，蓝色衬衫当外套穿，内搭是白T恤，牛仔短裤长度不到膝盖，裤上的破洞桀骜得很，反戴的棒球帽炫酷一百分，不过这些都不如一双沙滩鞋抢眼。

他怎么在这里？南庄本能地要转身，想躲开。可已经晚了。

“尤克里里？”莫玥一把将南庄背后书包里的尤克里里掏出来，抱在怀里，恣意潇洒地来了一连串炫技的扫弦，音色动人，节奏轻快，吸引了大厅不少人瞩目。

南庄只能转过身，试图夺回尤克里里，她伸手去抢，可莫玥灵巧地躲过，幽深的墨眸中满是痞痞的笑容：“别告诉我，你刚从九艺游戏出来？你认识我家邬靖？”

你家？电光石火之间，南庄明白了，莫玥就是刚刚和邬靖通电话的那个人。也就是说邬靖很快就会下来了。怎么办？南庄正思索对策，莫玥又拨了几下弦，音色荡漾人心。

“看你紧张的样子，你该不会就是刚才邬靖面试的人吧？”莫翊对自己的猜测很有把握，笑意愈深，蓦地凑近南庄的耳朵，灼热的气流扑上她略微发红的耳垂。

南庄后退一步，莫翊的声音却依然紧逼而来：“真搞不懂，你老爸明明是AG大老板，你却跑到九艺游戏来打工？如果你是大魔头邬靖的手下，那我可真同情你。”

“我是隐瞒身份来的。”南庄伸手再度试图夺回尤克里里，“希望你帮我保密。”

“凭什么？”莫翊招牌式的邪魅笑容上线了，他说着，又弹奏了几个音，“凭你是我的未婚妻？”说完，他扬起手里的尤克里里，伸到南庄的脖颈前，挑逗地抬起她的下巴。

南庄趁机夺下尤克里里：“总之，希望你在邬靖面前，装作不认识我。”

莫翊上前一步，嬉皮笑脸地把手肘搭在南庄的肩膀上：“我可以答应你，前提是……”

南庄转过脸瞪着他：“快说！”

莫翊伸出修长的手指轻轻按住自己的唇，眉眼弯弯，笑意魅得化不开：“你亲我一下！”

有病！南庄懒得理他，转身准备走，却被莫翊一把拉了过去。她本能地用手里的尤克里里去推他，却被莫翊的指尖划过，顺势弹奏出一连串轻快的音符。

“你不亲我，那我亲你咯！”

他的下一个动作是双手环住南庄的腰。南庄的身体慌忙往后倾斜，莫翊却已笑着欺身而至。

南庄全部的感官顷刻间都被莫翊身上的香氛侵袭，葡萄柚、酸橙、杜松子、薰衣草，浓艳入骨，让南庄喘不过气来。眼见着莫翊的脸越发逼近，南庄急中生智，将胸前倒着拿的尤克里里往上滑，瞬间遮住口鼻，下一秒，他吻上了颤抖的琴弦。

“快看！有人隔着尤克里里亲吻！好浪漫！’围观人群中有人发出

赞叹。

浪漫你个头！“尴尬癌”都犯了好吗？南庄咬牙，使出浑身力气推开莫玥，却在转身的下一秒，惊惶地瞪圆眼睛。站在电梯口的邬靖的表情实在很难形容。

短短的时间里，邬靖居然换了一身衣服，职业装换成时装，衬衫裙外叠穿皮裙，皮裙下还露出了衬衫裙的裙边，皮裙划清腰线优化比例，衬衫裙边增加细节，时尚感爆棚。

此刻撞见莫玥和南庄这一幕，邬靖嘴角抽搐，双手颤抖地攥住裙角。

南庄匆匆上前正要解释，就听到邬靖从牙缝里挤出来的声音：“你是他什么人？”

三人之中，唯独莫玥依然漫不经心地笑着。他走上来正要开口，南庄怕他胡说，只能抢先说：“前女友。”如果说不认识或者是普通朋友，任谁都不会相信。

这三个字让邬靖又嫉恨又狐疑：“你不是结婚了吗？居然还跟前男友暧昧？”

一直露出欠扁笑容的莫玥，听到这句话才略微动容，他笑容稍有收敛，诧异地挑眉，转过头直勾勾地望着南庄：“你结婚了？”

真是要命！南庄觉得自己快要崩溃了！她手心冒汗，一片濡湿，手里的尤克里里差点滑下去，声音也发颤：“不，我撒谎了，因为已婚更有求职优势不是吗？”

这个理由竟然蒙骗过关了，莫玥充满邪气的笑容再度荡漾起来。可邬靖不是那么好摆平的，她瞪着南庄，又瞪向莫玥：“所以你们俩分手了还藕断丝连？”

这要怎么编啊？南庄快急哭了。

幸好莫玥慵懒地耸了耸肩：“怎么，你介意？”

“不介意。”邬靖立刻矢口否认，表情瞬间高冷到极致，“你那些滥桃花还少吗？”她仰起下巴，一脸高傲地转身按电梯，“你和你的前女友玩吧，我回去工作了。”

“别这样嘛，邬女王。”莫玥双手拉住邬靖的右手，撒娇似的摇晃着她的手，“就算是女强人，三十岁生日也该给自己放个假。走，咱们一起浪去，就咱俩。”

“就咱俩”三个字，加上莫玥的无耻卖萌，邬靖脸上的表情舒缓了不少。

南庄察言观色，立刻补上一句：“邬组长我先走了，你别误会，生日快乐！”说完，她知道邬靖不想看到自己，就马上转身，逃跑似的冲出了大厅。

莫玥眯眼看了南庄几秒，笑了笑，又转过头捏了捏邬靖的脸：“好啦，别生气了，想要我怎么补偿你，尽管吩咐。今天你生日，你是女王，我是奴仆。”

邬靖的脸终于绷不住，咧嘴笑起来，用手肘推了莫玥一把：“滚！”

顺义区，龙湾屯镇。

“你是我的小呀小苹果，怎么爱你都不嫌多……”

工厂制衣车间，震耳欲聋的音乐声萦绕在每个女工的耳畔，枯燥的流水线工作很容易犯瞌睡，于是凤凰传奇、筷子兄弟的各种广场舞神曲轮番轰炸，给大家提神醒脑。

缝纫机咔嚓咔嚓响，方如凤将裁剪好的布一片一片组合缝纫起来。才一会儿工夫，机器上就落满了灰尘，可以想象她一天得吸进多少灰尘。

然后是裁布，方如凤用图纸打板，然后照板裁剪布料。一个动作，一天重复上千遍，所以才来几天，方如凤就很熟练了。这是她在网上找的服装厂女工工作。

一件衣服从布料变为成衣，要经过很多道工序。方如凤每做完一包，就用小本记下自己做的货号和件数，多劳多得，每天工作十个小时，每个月可以拿到四千块到五千块。

“吃饭了吃饭了。米饭随便加，每人一碟菜。”一个女工拍拍方如凤的肩膀。

米饭装在塑料盆子里，菜就是大白菜、卷心菜和几片猪肉，油水很少，饿得发晕的方如凤塞了两大碗米饭，撑得胃很难受，午休时趴在缝纫机前给翟文伟发微信：“吃饭了吗？我刚刚吃完，撑死了，好困。”

工作太累，话都不想说。方如凤和翟文伟之间的交流，也只限于这些生活琐碎。

“好困就睡觉，这些小事不用向我汇报了。我也很累，刚刚想睡会儿，你就吵醒我了。”翟文伟打出一大段话发过来。

方如凤蓦地睁大眼睛，读了两遍，鼻子一阵发酸。

她想发一句“对不起”，可担心又吵着他，打好字了又一个个删掉。工厂车间近百个女生都趴在各自的缝纫机前玩手机或者睡觉，一片寂静中，方如凤的眼泪突然掉了下来。

朝阳区，长城喜来登酒店。

这家酒店的外观和北京其他的五星级酒店不一样，它有一面爬满爬山虎的石墙，还有一处断壁残垣，看上去颇有历史沧桑感。

“中餐入行，一般先要做荷台半年到一年，但你是我们行政主厨说要特别关照的，你就不用打杂了。现在有三条路可供你选择。”上班第一天，师傅就这么对翟文伟说。

一条是主攻砧板，负责切配，包括食材分割、主辅料配比，三到五年可以出师，做到顶尖的话就是头砧，负责餐厅的订货下单，算是半技术半管理的岗位。

“这个岗位是不是在传统粤菜和淮扬菜里比较重要？”翟文伟一边用手机记事本记录一边问，“我在西单图书大厦看到一本餐饮书，说近年餐饮开始流程化、系统化。”

“是的，头砧岗位越来越重要了。小伙子你还挺爱钻研的嘛！”师傅赞赏了一句。

另一条是主攻炉头，砧板练习一年之后，就可以从炒炉学起，出师后可以努力做到头灶。此外，还有水台、点心、凉菜等岗位，术业有专攻，终极岗位是部门主管。

“我主攻砧板吧，”翟文伟很快就决定了，“我不想做纯粹的技术工种。”

技术再牛，也就会做个满汉全席罢了。可学会管理，说不定可以整合资源，打造一个比肯德基还大的餐饮航空母舰呢！虽然遥不可及，但光是想想，就让他充满力量。

师傅笑着拍拍翟文伟的肩膀："挺有野心的嘛！好好干！"

结果上班没几天，厨房里的一个"杀手"回老家了，"杀手"就是专门处理肉类食材的，于是翟文伟顶上去，杀鱼、杀鸡、杀鸭、杀鹅……各种杀，一天杀死一百多条生命。

杀了足足一个月，他每天晚上做梦都在拿着屠刀杀杀杀，满脸满手的血，跟恐怖片似的。翟文伟担心自己再杀下去，就要心理扭曲了，看到路边的一只猫、一条狗，都想杀。

工作时间还特别长，因为是五星级酒店里的中餐厅，提供自助早餐，所以要从早上六点忙到晚上十一点打烊。幸好中午有一小时午休，翟文伟都会抓紧时间睡觉。

因而这天午休时，方如凤发的微信吵醒了他，他看到那鸡毛蒜皮的流水账，就莫名地来气。可是发完脾气，他又觉得自己太过分了，想点"撤回"，但已经过了两分钟了。

他想再发一句软点儿的话过去，突然屏幕上方跳出方如喜的头像。

"你怎么能让我妹妹在服装厂打工？虽然工资高点，但是很累，离市区又远。"

方如喜发微信过来，果然没好事，翟文伟立刻坐直了身体，飞快地打字回复："因为你开销大。现在又要到外面租房子住，你妹妹怕你又还不起贷款，她想多赚点钱。"

对方如喜，就不能让着，一让，她就得寸进尺，现在翟文伟可算明白了。

翟文伟等了会儿，方如喜没有回复，也没有"对方正在输入"，他就把脑袋趴在桌上，开始还盯着屏幕等方如喜回复，后来眼睛实在困得睁不开，眨巴了几下，就闭上了。

蒙淇淇 作品

我们的轻熟时光

QING SHU SHI GUANG

[下册]

江苏凤凰文艺出版社
JIANGSU PHOENIX LITERATURE AND ART PUBLISHING, LTD

Chapter 09

原来妹妹去那么偏僻的京郊服装厂打工，就是为了多赚钱。翟文伟的这条微信，让方如喜心里顿时涌起一股酸涩的感动。其实升入大四后，方如喜也在拼命兼职赚钱。

方如喜打工的琴行在海淀大街，每月工资六千元。

那家琴行在天猫上和同行相比销量领先，高薪招方如喜进来就是为了让乐器介绍页面更加专业，令人信服。方如喜主要的工作是新品到货时，制作评测视频，写评测文章。

很多乐器是国际品牌，方如喜需要查阅英文资料，翻译并且用自己的语言组织好。除了文字，还要把自己拍的乐器照片美化、加水印，然后传天猫，发论坛、微博、公众号。

“很不错的姑娘，做出了好几款天猫爆款的吉他了。”老板对她赞不绝口。

方如喜颇有成就感，就干得更加卖命。拿到第一个月工资，她还清了花呗上的贷款，原本可以把两千块在微信上还给翟文伟的，可她想要当面还，就去了那家五星级酒店。

“你怎么来了？我晚上十一点才下班。”

“你别自作多情。我是来还钱的。”

虽然现在必须用现金的地方少，但翟文伟可以存到旁边的存取款一体机里去，毕竟微信、支付宝提现都要手续费。

“你既然来了，就吃了饭再走，你随便点菜，我来埋单，我还要工作，不陪你了。”翟文伟把菜单递给方如喜，就着急地回厨房了。他身上散发着活禽、鱼腥和鲜血的味道。

方如喜呆呆地望着他背影消失的地方。大老远地跑过来，当然不只是为了还钱，她只是想来看他一眼。他进入这家五星级酒店中餐厅工作后，她就一直没有见过他。

他好像瘦了，脸颊越发如被刀削了一般，看起来很累，但双眸很闪亮，蓝色的浴袍式制服显出他壮硕的身材，袖子挽到胳膊上，露出他强健优美的手臂肌肉线条。

“请问您要点些什么？”黑西装、白衬衣、黑领结的侍应生彬彬有礼地问道。

菜单有三本，方如喜打开的恰好是酒水的那一本，她来之前已经吃了馒头、榨菜，所以只想喝点什么，她酒量小，不能碰酒：“长岛冰茶，谢谢。”

方如喜不知道，长岛冰茶是赫赫有名的“失身酒”，伏特加、柑橙酒、龙舌兰、杜松子酒、朗姆酒各15毫升，都是高烈度的洋酒，再加柠檬汁和可乐，酒精度至少40度。

其实方如喜刚开始喝的时候觉得挺冲的，但想一想，明明是“茶”，应该只是在里面加了一点点洋酒吧，于是一口一口慢慢地喝，竟然喝了大半杯。

等翟文伟提前下班来看她时，她已经醉倒在桌上，不省人事。

“麻烦帮个忙，”翟文伟拉住一个侍应生，“帮忙把她扶到我背上。”

方如喜比翟文伟想象中要轻得多，胯下的两块骨头硌得他背脊生疼，此刻她软绵绵地趴在他背上，全然没有了平日里的尖酸刻薄，他蓦地想起她一袭粉裙弹钢琴的样子。

虽然瘦，但她也不是平胸，胸前两块鼓鼓的，柔软地压着他的后背，让他忍不住心跳加快。他努力不去注意她的胸，可偏偏全身的注意力都集中在那块，令他脸颊发红。

她的胸比方如凤的大。这个念头一闪而过之后，他就在心里骂自己猪狗不如。

从五星级酒店到旁边的小公园，翟文伟一路背着酩酊大醉的方如喜，终于找到一处凉爽通风的长椅，他轻轻地把她放在长椅上，然后掏出手机给南庄发微信。

南庄没有立刻回微信，翟文伟等了十分钟，忍不住打了个电话过去。

“方如喜喝醉了？你把地址发给我，我马上过去接她。”

听南庄这么说，翟文伟才松了口气。挂了电话后，他把方如喜掉到长椅外的手臂放回去。方如喜吹了吹风，竟然慢慢地恢复了一点意识，蒙蒙眬眬地睁开眼。

她看到橘黄色路灯下的翟文伟，瞬间以为自己是在做梦。酒精的作用下，她的理智残存得太少，整个人眼神、动作和语气都放纵起来。反正是梦，做什么都可以，不是吗？

翟文伟坐在长椅边，正低头在微信上回复方如凤，蓦地感觉有人从后面环绕住他的脖颈，灼热的气流吹拂到他的耳垂上，让他浑身发痒，他一转头，嘴巴就被她的唇堵住了。

她的嘴里充满了熏人的酒味，翟文伟蓦地睁大眼睛，呼吸紧促，下一秒，尚且闭着眼睛的方如喜就伸出舌头，撩拨他的唇，反复地舔弄，趁着他心慌意乱，舌头滑进他嘴里。

方如喜的舌头柔软濡湿，像一条魅惑的蛇钻入，搅弄一池春水。翟文伟的脑袋里轰的一声炸了，眼前发黑，额头上渗出豆大的汗珠，身体无法抑制地燥热难耐起来。

此时他尚且能克制住自己，不做回应，任凭她吸吮着他的舌，发出撩人的声响。那声音像极了他看过的那些爱情动作片里的限制级场面，他喉结滚动，浑身战栗，要哭了。

不远处有大妈们在跳广场舞，音乐声蒙眬。而他们这里僻静，无人经过。

最要命的是她亲他倒也罢了，双手竟然还不老实，从他的T恤下面钻进去，抚摸他的腹肌、胸肌，往上再往下，一路点火。他如何受得了这样放肆的撩拨？胸口剧烈起伏着。

他想要伸手抓住她的手，可她的手已经顺势往下。他今天穿的是运动裤，裤头是绑带设计，她微微睁开眼，一拉扯，就把带子扯开，裤头松了，翟文伟浑身猛烈一颤。

在她的手探入他裤子里时，翟文伟就像触电一般跳起来。

“方如喜！你疯了？你看清楚我是谁！我是你妹妹的男朋友！”他用力地喊，一喊出来才发现嗓子已经沙哑，喉头剧痛，声嘶力竭。这些话他不知道是喊给方如喜听的，还是说给自己听的，他怕喝醉了的方如喜，但他更怕失控的自己。

暖色调暧昧的路灯下，方如喜半睁着眼，呵气如兰，一脸媚笑：“我知道。这不是梦吗？做梦而已，别紧张，做什么都不算数的。”

她呢喃着吐出这么一句，踉踉跄跄地站起身，双手举起，猛地扑上翟文伟，双臂搂住他的脖颈，再度用灼热焚烧的唇堵住他试图反驳的嘴，用力吸吮、啃咬着他的唇舌。

翟文伟觉得双腿之间马上就要爆炸了，他还不能伸手推她，必须先提住裤头，双手哆嗦地把绑带重新系好、系紧，往后退试图摆脱方如喜，可她像甩不开的狗皮膏药似的。

他伸手拍她的脸，一边拍一边喊：“方如喜！你醒醒！这不是梦！”

可她充耳不闻，反而侧头就含住他的手指，又开始吸吮他的手指，那模样挑逗得翟文伟双目发红，濒临崩溃。没办法，再这样下去，他真的要把她办了！

翟文伟咬咬牙，扬起手，使出浑身力气，啪地打在方如喜的脸上。

这一巴掌力道太大，方如喜整个人被扇得旋转了半圈，腿一软，一屁股栽倒在地。她吃痛地蹙眉，龇牙咧嘴，似乎是清醒了几分，躺在草地上，怔怔地看着夜空。

翟文伟见她骤然没了动静，忍不住呼吸一窒，轻喊出声：“方如喜？”

依然没有回应。翟文伟的心脏猛烈地撞击胸腔，他莫名地紧张，握紧拳头，轻轻地走到方如喜的旁边。晚风吹拂，草香袭来，他看到她脸上晶莹闪烁的泪珠。

那泪珠像划过夜空的流星一般滑过她的脸颊，她的眼泪落得无声无息，嘴角却还噙着笑，双眸呆滞地望着空中一颗暗淡的星辰，双唇微微张开，嚅动着，呢喃着："我不能跟她抢，我已经抢走她太多了……"

翟文伟心脏一抽，他知道她的意思，方如凤因为她，失去了上大学的机会，或许这一辈子都只能深陷在卑微的底层。他大口喘息着，忍不住伸手捂住胸口。

方如喜此刻正处于半清醒半迷醉之中，眼前的一切似乎都是虚幻的，唯独胸口那一股沸腾不休的爱与恨，是真的。她倏忽伸手捂住脸，从无声抽泣变成大声号啕。

刺耳的哭声鼓动着翟文伟的耳膜，可他什么都不能做，只能眼睁睁地看着她悲伤绝望。方如喜躺在草地上发泄似的痛哭流涕，而翟文伟站在一边，低垂着头，颓然无力。

终于，方如喜哭得累了，在一阵凉风中蜷缩起身体，双臂环绕住自己，像个缺乏安全感的婴儿，闭上红肿的眼，迷迷糊糊地睡去。而翟文伟依然纹丝不动。

直到南庄的电话打来，翟文伟才摇摇晃晃地走过去，跪下来，用力抱起方如喜，一脸麻木，站起来的时候双腿发颤，一步一步慢慢地走向大马路的方向。

对不起，我们只有生存，没有生活，何谈爱情?

对我们来说，仅仅为了活着，就已经拼尽全力。

"电竞是残酷的。"AG战队主管站在台上，双手撑着桌面发言。

"新闻你们都看到了，曾代表北京队参加比赛的外地选手，因无法解决北京户籍，甚至拿不到退役费。最好成绩是全国第五的选手，退役后在干什么？在送水、通下水道。"

台下的林则熙纹丝不动地听着，调成静音的手机屏幕倏忽亮起，他并未察觉。

屏幕上，杨培培的微信头像后面，跟着一句话：“大神，我和南庄、方如喜今天要搬到你们隔壁403住了，以后我们五个人就是邻居了，请多多指教！”

台上的主管顿了顿，继续说：“电竞是什么？是一将功成万骨枯。那么多人角逐，冠军却只有一个。许多顶尖选手因为状态下滑，比赛成绩崩盘，被迫退役和转型。”

这些道理林则熙都懂。你可以拼命练习，还有无数人也在拼命练习。投身职业赛场的年轻人越来越多，总有比你更年轻、更努力、更有天赋的人，强大的对手只会层出不穷。

“高强度的电竞训练，需要智力，也需要体力，所以我们下周开始封闭式军训。军训中还有一个模拟《绝地逃杀》的真实军事演习，你们跟着林则熙体验一下。”主管顿了顿，解释说，“林则熙曾是军营里的‘特战精英’。”

台下一片议论纷纷。林则熙则垂下眼，视线落在再度亮起的手机屏幕上。

再度亮起是因为一条微博信息，可林则熙的目光，直接忽略了那条微博信息，定定地落在下面那条杨培培的微信上，他睁大眼睛。

“屏幕上行走的人物变成了枯燥的数据，面对敌人的瞬间要进行大量运算……你们已经杀进电竞金字塔的塔顶，可是有无数人觊觎着你们的位置。电竞不相信眼泪。”

台上主管的声音瞬间变得遥远了。林则熙愣了半晌，直到旁边有人用手肘推他。

“别走神了。主管叫你回答问题，你为什么选择成为电竞职业选手？”

林则熙站起身：“因为喜欢。”

主管看着他：“喜欢游戏，还是喜欢比赛？”

都不是，林则熙心里说。开始是因为喜欢钱，后来是因为喜欢一个人。她的梦想是成为游戏音乐制作人。在五道口那晚的倾盆大雨中，当她主动吻向他的那一瞬间……他就知道，自己完了。

西城区，中央音乐学院。

“搬个家而已，你为什么打扮得像是要去参加脱单派对？”方如喜对杨培培花了两个小时参照微博上的美妆达人化的彩妆表示无法理解。

杨培培却还在捧着镜子认真端详自己的脸：“这个雾眉怎么样？我总感觉不够蒙昽自然。”

说完，杨培培倒了点卸妆水到化妆棉上，擦掉了刚画的眉毛，又掏出眉笔，细致地勾勒眉毛下边缘，确定长度和弧度后再画眉峰，最后用同色的眉粉填充眉毛之间的空隙。

“眉头要淡一点，”方如喜提醒她，走上来帮她填眉粉，“你不是说，你的林大神今天有集训吗？又不在橡树湾的家里。那你化得这么清纯可人，给谁看啊？”

杨培培愣了愣，的确，今天未必能见到大神，为什么自己还这么兴致勃勃地化妆？她的心里蓦地咯噔一下，难道是因为她今天准备敲开404的门，和那个奇葩打招呼？

“别发呆了，你追了林大神这么久，到底喜欢他什么？”方如喜帮杨培培收拾化妆包。

杨培培满脑子都是赵祈哲，半天才反应过来：“大神？我喜欢他的帅、他的高冷。”

刚刚收到伯克利音乐学院的offer，正暗自高兴的艾筱澍，听了这句不禁冷哼一声：“世上根本就没有所谓的高冷，只是他暖的不是你。”

杨培培瞬间怔住。艾筱澍的话虽然犀利毒舌，但细细想来，还是很有道理的，时常让杨培培感觉醍醐灌顶。此刻她也开始思索，大神根本就不喜欢她，她还要坚持吗？

艾筱澍说完，瞥了眼杨培培、方如喜和南庄的三张空荡荡的床铺，内心轻轻地叹息一声，再度开口：“晚上一起吃个散伙饭，我请客。南庄什么时候回来？”

南庄一大早收拾了行李，就去琴房练习葫芦丝了。她最近对民乐简直是痴迷。

“我催催她，”方如喜掏出手机，突然感慨，“除了她的作曲系要读五年，我们三个都要毕业了。”再也找不到像宿舍这么便宜的房子、像食堂这么便宜的饭馆了。

杨培培撇撇嘴："吃什么散伙饭啊？待会儿我哭花了妆，你们要赔我。"

三个人看着宿舍里一地的编织袋和拉杆箱，毕业离别的伤感气氛越发浓郁起来。

校园广播里DJ的声音从宿舍楼外传来："临近毕业了，集体活动请一定不要再缺席。再爬一次校园的山，再游一次校园的水。实在忍不住眼泪，就请在彼此的肩头哭泣。毕竟，这个校园马上就不属于我们了。"

方如喜收拾的动作停顿下来："艾筱澍要去留学，我大一就考了教师资格证，现在准备参加北京公办中学音乐老师招考，杨培培你呢？回老家还是在北京考研、考公务员？"

"今年四川的公务员考试，四月和九月各有一次，"杨培培看了眼手机，果然又有妈妈发来的催她毕业回成都的微信，"我妈非得让我准备参加九月份的。"

"你可以先回成都考四川的公务员，再回北京考国家公务员，我记得'国考'报名一般在十月中下旬，考试在十二月份。你可以做两手准备，考上哪里就去哪里。"

方如喜的建议反而让杨培培烦恼地双手抓头发："问题是我根本不想回成都啊！"

正在擦口红的艾筱澍瞥了杨培培一眼："你想留在北京，是因为你的大神在北京？"

"不光是因为他！"杨培培说完，大脑里又恍惚了一下，莫非还因为赵祈哲？

海淀区，清河，橡树湾。

啪啪啪的敲门声响起后，杨培培喊了一声："赵祈哲！"

咔地门开，提着一袋子葡萄的杨培培刚要说"怎么这么慢"，可是在看清楚开门人的面容后，她瞬间怔住，舌头打结，半天说不出话来。怎么是大神？他不是在集训吗？

衬衫领的假两件套头针织衫简直是这世界上最伟大的发明，不仅用一件衣服解决了搭配问题，而且别出心裁的设计和不规则的几何图案，更让林则熙的高冷范儿变得时尚起来。

林则熙已经习惯了杨培培在看到他时的白痴表情，他歪了歪脑袋：“进来。”

杨培培这才反应过来，一边换鞋一边说：“不好意思，本来应该是我们三个人一起来打招呼的，可方如喜去做兼职了，南庄还在生我的气，怪我没早点告诉她要搬到这里来。”

探出身子准备关门的林则熙，在抓住门把手时，不露声色地瞥了眼正对面的403的门。杨培培还在说：“她在对面练葫芦丝，《月光下的凤尾竹》，说要吵死我。”

林则熙的嘴角瞬间上扬出一个很难察觉的幅度。

“对了大神，赵祈哲不在吗？”杨培培走到赵祈哲的卧室门口，举起手准备敲门，结果一拍门就开了。杨培培狐疑地探头一看，赵祈哲正躺在床上，嘴里含着一根温度计。

“你怎么了？”杨培培皱眉看着他虚弱的表情和苍白的脸色。

在赵祈哲嘟嘟嘴示意后，杨培培会意地走过去拿出温度计一看，顿时吓了大跳：“39度2！你发烧了！”

赵祈哲却毫无反应，面无表情地拉上被子，闭上眼准备继续睡。

杨培培急了，慌忙去推他：“吃点退烧药吧！要不烧坏脑子怎么办？”

赵祈哲依然闭着眼：“那就和你成为同类了。”

杨培培：“……”

凑得近了，杨培培更加能感觉到他浑身的灼热，39摄氏度以上是高烧，虽然一定程度的发热可以唤醒机体的抵抗力，但是体温太高容易造成脑部受损及脱水。

总之先物理降温，杨培培环视房间，找了一块毛巾，小跑到卫生间浸水拧干，再折回房间放到赵祈哲的额头上。昏昏沉沉的赵祈哲感觉到凉，本能地伸手去抓毛巾，杨培培按住他的手。

赵祈哲痛苦地拧着眉：“我要死了。”

杨培培心疼地劝慰：“你只是发烧了，不会死的。”

赵祈哲微微睁开眼："我是说你身上的香水味，快把我熏死了。"

杨培培："……"

发高烧的时候说话还这么有杀伤力，杨培培真想打开他的脑袋看看。手机突然响起，杨培培一接通就听到南庄着急的声音："你人呢？说好了要陪我出去，再不走要迟到了。"

杨培培把赵祈哲的被子盖严实了，走出卧室才回答："今晚不能陪你了，赵祈哲发烧了，我要在这边守着。别说我圣母，我自己发过烧，饿了、渴了有多无助我知道。"

慵懒地坐在餐桌旁的林则熙，正要把咖啡往嘴边送，蓦地停住动作。

杨培培的声音继续传入他的耳朵："你不就是去见个副导演吗？在公众场合见面，他不敢拿你怎么样的……"

听到这里，林则熙心下了然，慢慢抿了一口咖啡。

挂了电话，杨培培转向林则熙："大神，我去买点退烧药。"

等她出门，林则熙就站起身，把门打开一条缝，倚靠在门旁边的墙壁上，一边喝咖啡，一边静静地听着对面的动静。十分钟后，咔的一声，对面响起了开门的声音。

林则熙迅速站直身体，推开门，拿着咖啡杯立在门口，与对面的南庄目光交接。

南庄正蹲在门口系鞋带，听到对面的动静，她仰起头。两个人都面无表情。

先打破这尴尬场面的是林则熙，他转身把咖啡杯放到鞋柜上，然后站着穿上休闲布鞋。此时南庄已经站起身，皱眉看着林则熙，思索着他要干什么。

林则熙换好鞋，径直走到南庄面前，蓦地单膝跪地。

南庄心里啊地叫了声，愕然地后退一步，低头惊诧地望着姿态像求婚一般的林则熙。而林则熙神色寻常，单膝跪在南庄的脚边，伸出双手抓住南庄牛仔裤的侧边缝线。

他白皙纤长的手指在南庄的深色牛仔裤下方飞舞，用拇指和食指在她裤腿的脚背一侧取大约一英寸，使下摆的其余部分紧贴她的脚踝。他微垂眼眸，目光专注。

骨节如竹的手指以两指宽的长度把她的牛仔裤往内折，与此同时，抓住底边向上卷两折，并且确保在折叠的时候，裤腿保持平滑无褶皱。他做这动作时聚精会神。

“你……”南庄低头望着他平静又认真的表情，内心深处的某块柔软好像被触碰了。

帮她卷好裤脚后，林则熙站起身，慵懒地双手插兜。

南庄退后一步，看了看门口立式镜里的自己。

为了拯救大批的宅女，时尚圈发明了一个叫卷裤脚的潮流利器，专治连裙子都懒得换的宅女，裤脚一卷，脚踝一露，时尚指数就噌噌噌往上飙，气场也出来了。

这时，就在楼下药房买药的杨培培回来了，一看到南庄露着脚踝，她就嚷嚷起来：“南庄，别露脚踝！虽然现在流行，但是寒从脚下起。我妈昨天给我分享了一个公众号推送，老中医的，说这样容易导致寒湿进入经络，引发关节炎和风湿痛。”

说完她就跑过来，蹲下身，把林则熙刚刚好不容易卷上去的裤脚放下来。

林则熙：“……”

南庄低头憋笑，差点憋不住。幸好杨培培站起身，跟大神打了个招呼，就先回404看赵祈哲的状况了。南庄猜都猜得到林则熙的表情，她懒得看，反手啪地关上门。

她走向电梯，林则熙漫不经心地紧跟其后。

也许他也正要出门吧。南庄没有多想。

南庄和《荣耀出击》的副导演就约在橡树湾南面不远的五彩城购物中心，走过一长串幼教中心和房地产公司的底商门面，就是车水马龙的清河中街十字路口。

站在人行通道斑马线前等绿灯的南庄，发现林则熙与她并肩而立。

倒计时有六十多秒，她懒得理他，就低头看手机，点开网易新闻。

一项名叫“熔除雾霾方案”的发明在申请专利。南庄带着求知欲与好奇心在国家知识产权局网站的专利海洋里遨游了一番，然后发现，她的想象力还是太贫乏了。

一千五百万人拿起蒲扇驱赶雾霾这种专利，根本就很平常好吗？

她被这条新闻逗笑，下一秒，手机就被一双手夺走了。

“在马路上不要看手机。”

“那看什么？看雾霾啊？”南庄伸手去抢，当然没抢到。

林则熙不准她看，他自己却看得一本正经：“希望国家知识产权局快审批这专利。”

南庄翻了个白眼：“为什么？”

“再拖几年，北京就凑不齐一千五百万人了。”

南庄：“……”林则熙吐起槽来，也是够奇葩，她根本get不到他的梗。

她伸手又要去抢手机，可林则熙就是不给她，南庄无奈地大叫：“快还给我！”

“你最好不要说话。”林则熙冷冷地说，对面购物中心璀璨的光芒辉映着他的侧脸，“否则这么长时间的红灯，我无法保证我不会为了堵住你的嘴而吻你。”

南庄心头一跳，却又莫名地来气。他抢了她的手机，还不准她说话？可她真怕他又在大庭广众之下强吻什么的，而且今天雾霾严重，于是她从包里翻出一包新买的防雾霾口罩。

一包里面有两个口罩，南庄刚刚掏出一个戴上，另一个就被林则熙抢走了。

林则熙若无其事地戴上口罩，旁边有人看了，低声讨论：“情侣口罩！”

南庄气鼓鼓地瞪着红绿灯，十、九、八、七、六，蓦地，林则熙转身。他双手抓住南庄的肩膀，把她扳过去，俯身隔着口罩在她的唇上轻轻啄了一下。

倒计时依然在闪烁着，三、二、一，林则熙的唇离开。

红色静止的小人跳转为绿色行走的小人，他转身，拉着她的手过马路。

过了马路，南庄才回过神来，甩开林则熙的手。

“你这个变态！不是说我闭嘴了，你就放过我吗？”她口罩上的双眼怒气冲冲地瞪着他。

“我让你闭嘴，你就闭嘴了，比猫咪还乖，自然要奖励一下。”林则熙丝毫不掩饰他的高兴，虽然没有笑，但眼角眉梢都像刚偷吃了蛋糕的孩童。

南庄瞪圆眼睛：“猫咪？”

林则熙扬了扬南庄的手机：“来，喵一声，我就把手机还给你。”

没时间了！南庄咬咬牙，喵了一声，然后迅速抢过手机，一边看一边焦急地小跑向五彩城一层的星巴克，跑了几步才想起来摘下口罩。糟了糟了，迟到了！万恶的林则熙！

等她走远，他才终于放纵地笑起来。可即便是放纵了，也是无声的。

只是他那望向她的背影的眼神，有什么东西充盈着，满得快要溢出来。

“我希望您向菅乔染道歉。”

如果这位惹毛菅乔染的副导演不主动低头认错，菅乔染就不可能回来录制《荣耀出击》，南庄知道菅乔染的性子，所以不得已出此下策。她觉得自己就像古代的说客。

“为什么我要道歉？她罢录，我们可以换人。”副导演并不买账。

南庄喝了一口焦糖玛奇朵，她现在需要足够的糖分保持大脑飞速运转。

“您愿意大老远地跑到清河来见我，就证明您也希望菅乔染回来录节目，不是吗？毕竟官宣都发出去了，而且临时换人很耽误时间。”南庄有条不紊地分析道。

副导演刺啦一声撕开小包的太古砂糖，倒进咖啡：“这个理由好像还不够。”

坐在隔壁桌的林则熙纹丝不动，静静地望着落地橱窗上映出来的南庄的身影。此时南庄身体前倾，直视着对方：“《荣耀出击》不愁关注度和播放量，但有个问题，口碑。”

副导演显然对南庄的话有了兴趣，他搅拌咖啡的动作顿住，抬眼看南庄。

而南庄双眸闪亮，那光芒是林则熙从未见过的，他坐直了身体。

“当年根据游戏改编的《魔兽》，就陷入了口碑的两极分化。它在北美票房惨不忍睹，‘烂番茄’新鲜度只有40%，但在中国票房大丰收，豆瓣评分高达7.7。”

南庄顿了顿，继续说：“因为《魔兽争霸》游戏在欧美市场国民度不高，大多数观众以电影的角度评价，‘看不懂’带来了灾难性的观影体验，而在国内游戏粉丝贡献了票房。”

游戏粉丝看的是自己当年逃课打《魔兽争霸》的情怀，而且看一遍还不够，“为了部落”刷一次，“为了战友”刷一次，“为了当年买的点卡”还要再刷一次。

副导演点点头，表示肯定。

南庄手指叩击着桌面：“《魔兽》是让人看不懂，《荣耀出击》是太让人看得懂了，毕竟《至尊荣耀》是连小学生都会玩的游戏，作为真人综艺，太弱智，像过家家。”

从二次元到三次元，真正“破壁成功”，不但要得到二次元粉丝的认可，更要三次元路人受众的好评。这个道理，副导演明白，可他此时尚且有话可以辩驳：“可是，《荣耀出击》本来就是游戏粉丝的私人定制，《至尊荣耀》游戏用户有两亿，而且他们与户外真人秀的观众高度重合。”

副导演的话让南庄不自觉地握紧咖啡杯，她没想到他们已经放弃了三次元的受众。

怎么办？该怎么反驳他？南庄正苦思对策，一旁的林则熙懒懒地走过来。

“其实你们大可不必放弃三次元，”林则熙表情自然地坐在南庄旁边，望着一脸诧异的副导演说，“比如少呈现打野部分，把‘英雄技能’和‘攻防战’作为核心内容。”

副导演身体前倾：“怎么说？”

“比如游戏中是真刀真枪打小兵，到节目里，你们可以改编成一个个小游戏，用之前成功的受观众欢迎的游戏，比如泥潭大战、撕名牌、拉飞机、搓肥皂……”

林则熙顿了顿，等副导演听明白了，才继续说：“影视剧也好，综艺节目也罢，都是套路满天飞，反反复复地撞梗，因为观众的喜好就那么几种。重点是要有新面孔。”

南庄听到这里，不得不佩服林则熙缜密的思维。

她忍不住开口接住林则熙的话：“而菅乔染就是三次元的代表，她不懂游戏规则，经常犯错，一脸懵懂，这不但能让那些没玩过游戏的人有共鸣，还能让粉丝们吐槽，要知道，有槽点才有热度。”

副导演点点头，突然笑了：“你俩一唱一和，夫唱妇随，我都招架不住了。”

一句话，就让林则熙嘴角勾起。南庄却翻了个白眼，谁跟他夫唱妇随？

不管怎么说，副导演总算答应向菅乔染道歉了，南庄大大地松了口气。送走副导演后，南庄一口气把那半杯焦糖玛奇朵喝光，光顾着说话，渴死了。

林则熙冷冷地望着她：“939卡路里。”

南庄愣了愣：“你的意思是我需要控制卡路里减肥？我很胖吗？”

林则熙瞥了眼她的胸：“该胖的地方倒是不胖。”

南庄低头看看自己：“……”人家好歹也有B罩杯好吗！

林则熙的视线往上移，面无表情地望着她，他告诉自己不要再盯着她的嘴角看，却还是不由自主地望向她嘴唇上方一层薄薄的焦糖色奶泡。

“不管怎么说，今晚谢谢你。”

那两片浑然不知危险的唇一张一合，说了什么，林则熙并没有听进去。直到南庄诧异地看了看他，然后意识到自己的嘴唇上方有东西。

她伸出手，正想擦拭掉那层焦糖色奶泡，手腕蓦地被攥住。

下一秒，他伸手过去，用食指指腹把她嘴角的奶泡擦拭掉，然后收回手，舔了舔自己食指上的奶泡，香草、焦糖、牛奶混杂着咖啡的味道，甜醇丝滑。

南庄一脸无语，挑了挑眉：“好喝吗？我再去给你买一杯？”

林则熙漫不经心地双腿交叠：“去吧，记得不要拿吸管。”

权当是感谢他吧，南庄站起身准备去买，听到他这么说，她转过身：“那你怎么喝？”

林则熙面无表情：“你用嘴喂我。”

南庄：“……”

懒得理他，南庄抓起书包就往外走。她不说话，他也不言语，站起身，迈开长腿，双手插兜，脚步轻快地紧跟其后。南庄用力推开大门，走出去再迅速松手。

她故意用大门撞他，林则熙伸出手臂挡住大门的冲击，略微吃痛，却也不恼。

南庄气冲冲地想要回家，不搭理林则熙，可偏偏出了五彩城，就是十字路口。

又是长达六十秒的红绿灯。她只能站在斑马线前气鼓鼓地等着。而林则熙不紧不慢地走过来，站在她旁边。两人都不说话。这份沉默，倒让林则熙品味出几分默契和浪漫。

最后是南庄耐不住性子，开口：“我警告你，回家不能这么乱来。”

绝对不能让杨培培发现！

林则熙的心头却因为她这句话而泛起一阵欣喜：“再说一遍。”

南庄愣了愣，重复一遍：“我说，回家你不能这么乱来。”

“再来，我还要听。”林则熙的语气突然像撒娇的孩童，让南庄一时蒙了。

“我不知道你搞什么鬼，我说最后一次，林则熙，回家你不能乱来了，知道吗？”

南庄一字一顿、咬牙切齿般的话语，让林则熙眼角眉梢都是笑意。

回家？他喜欢这个词。

南庄丈二和尚摸不着头脑，却也懒得问，转过头看红绿灯，倒计时还有二十多秒。她想了想，又开口问：“你平时很少看综艺节目吧，怎么知道《荣耀出击》的？”

林则熙难得地来了谈兴，不妨解了她的疑惑：“上次你在地铁里，为了看《荣耀出击》的广告……”他顿了顿，瞥见南庄脸上蓦地升腾起一抹绯红，他笑意愈深。

南庄羞红了脸，只能转移话题："所以你就开始研究综艺节目了？"

林则熙抬头看向最后三秒的倒计时："允许你自作多情三秒钟。"

南庄："……"

下一秒，他就迈开腿，红灯停，绿灯行，南庄很想和他拉开距离，却又必须跟上。

他们都没有发现，一道纤细的身影不远不近地跟在他们后面。

方如喜结束琴行的兼职回橡树湾，经过星巴克时，她习惯性地驻足，往里面望去，却蓦地发现楚南庄和林则熙在暧昧调笑。那不是杨培培心尖上的林大神吗？

真看不出，楚南庄还有这个能耐，竟然抢了最好闺密的男神。方如喜突然想起那晚翟文伟让楚南庄来接她，翟文伟竟然有楚南庄的电话，他不会对楚南庄也有意思吧？

人潮汹涌的街头，方如喜攥紧了拳头，任凭嫉妒之火燃烧了每一寸神经。

叮，电梯门开，林则熙扶住门，南庄走进去后，他才迈开长腿走进电梯。

等电梯上到四楼的时间里，南庄才想起来看看手机，微信里有杨培培发来的消息。

"南庄你什么时候回来？有个帅哥来找你了！"

帅哥？南庄一头雾水，今天刚搬过来，哪有人知道她的新地址？电梯门开，她匆匆走出来，杨培培正站在404门口探出身子张望，一看到南庄，就挥舞手臂。

"莫珝？"南庄看着404餐桌边的修长身影，吃惊地微张开嘴。

短裤和西服可谓是当下最潮流的搭配之一，经典的黑白蓝色调完美地突显了莫珝的绅士感，而皮革帆船鞋和手拿包则是提升雅痞时髦度的必备利器。

林则熙跟在南庄身后，目光淡淡地落在家里的不速之客身上。

"不好意思啊大神，他是来找南庄的，但是我没带403的钥匙，就只能把他请到你家来坐一坐了。”杨培培忙不迭地向林则熙解释，竟然忘了问为什么林则熙和南庄在一起。

莫珝笑着起身，走到门口，直勾勾地望着南庄：“你回来了。”

你回来了？这四个字让林则熙嘴角瞬间下沉。

南庄终于回过神来，浑然不觉身后的林则熙在生气，她看着莫珝，狐疑地问：“你怎么知道我的新地址？哦，艾筱澍，是艾筱澍告诉你的？”

莫珝笑着打了个响指：“Bingo！真聪明，怎么奖赏你？来抱一下？”他一脸邪魅地说着，嬉皮笑脸地上前一步，张开手臂作势要拥抱南庄。

南庄还没来得及后退躲闪，就被林则熙一把拉到身后。

莫珝生生地顿住脚步，站在林则熙面前。两个一米九左右的男人相对而立，距离很近。莫珝收回手，笑容依然魅惑无边，林则熙则一脸高冷肃杀之气，两人仿佛烈火与海水。

虽然不知道眼前这个浑身上下散发着狠戾之气的男生跟南庄是什么关系，但莫珝看得出来，此人和南庄绝对不是普通朋友关系。雄性竞争的本能让莫珝笑里藏刀起来。

莫珝忍不住打量这个强有力的竞争对手，高、帅，富就免谈了，橡树湾算中档小区，但这毕竟是五环外，海淀北边靠近昌平了，此人一身的休闲装还不如他莫珝的一双袜子贵。

不足为惧。莫珝这样想着，笑容又变得漫不经心起来。

转瞬之间，林则熙认出莫珝就是那个给南庄戴手镯的人，他的目光越发凌厉。莫珝身上衣物的logo并不明显，但有些logo，林则熙在楚御明身上看到过。富二代？

“你是她什么人？”这六个字几乎是从林则熙的牙缝里一个一个挤出来的。

呆愣了几秒的南庄正要回答，却被莫珝抢了先，他歪着脑袋，痞帅的笑容荡漾开，挑衅地把目光锁定林则熙，声音慵懒调侃：“前男友。”

三个字砸下来，南庄冷汗涔涔，却又无法反驳。谁叫她当时在邬靖面前说她是他的前女友呢？于是当林则熙问询的目光落在南庄身上时，南庄只能垂下眼，权当默认了。

林则熙睫毛轻颤，全力克制。

反倒是“吃瓜群众”杨培培吃惊地大呼小叫起来，走过来拉着南庄问：“南庄你不是说你从没恋爱过吗？怎么突然冒出来一个前男友？还这么帅！为什么分手？”

上帝，这要她怎么编？南庄头皮一阵发麻，想要说点别的搪塞过去。没想到杨培培好奇心上来了，不依不饶地摇晃着南庄的手：“告诉我嘛，怎么和这样的大帅哥分手了？”

南庄很想伸手捂住杨培培的嘴，可旁边两个男生齐齐望向她，默契地等着她的反应。

莫珝的笑容越来越坏，他直勾勾地望着南庄，一副看好戏的表情。

林则熙则一脸克制，看似平静地等南庄解释，实则内心波澜壮阔。

“南庄你怎么不说？”丝毫不懂得察言观色的杨培培，快把南庄逼疯了。

终于，莫珝开口打破尴尬的气氛，他笑着看向杨培培：“那些都是过去的事情，不重要了，重要的是未来，不管怎么样，我还会把她追回来的。”

“哇！”杨培培被这温柔又霸气的告白打动了，激动地转过头拍南庄的肩膀。

南庄则战战兢兢地瞥向林则熙，瞬间被他此刻宛如阿修罗的可怕表情吓得浑身一颤。

糟了！绝对不能让杨培培看到林则熙失控的一面！

南庄深呼吸一口气，蓦地仰起头，怒视着莫珝：“别做梦了！我们回不去了！”

莫珝稍微愣住，惊讶地扬起眉，“戏精”上线？好啊，他陪她玩。

他上前一步，抓住南庄的左手腕，媚笑着逼近：“为什么不行？我们明明在各方面都很契合。”

灼热的气流带着他身上永远挥之不去的馥郁的香水味道，扑上南庄的脸颊。偏偏他今天的香水有迷迭香，融合在罗勒、薄荷和芫荽中，熏得南庄面红耳赤。

各方面？包括在床上？这个念头在林则熙的脑海里一闪而过，他咬紧牙关，伸手一把攥住南庄的右手腕。只有动作，没有言语，因为他怕自己愤怒状态下出口伤人。

杨培培在旁边看着呢！南庄像触电似的浑身战栗，下一秒，她狠狠地甩开林则熙的手，却因为力道太大，站立不稳，一下子跌入莫珝的怀里。

莫珝得意地笑着把南庄翻过身来抱紧，南庄整张脸都埋在莫珝的胸膛里，莫珝笑着伸手抚摸她的头发，这才玩够了，笑着望向林则熙："不好意思，让你看我们的笑话了。"

我们？林则熙握紧的拳头咯吱作响。

缓过来的南庄推开莫珝："闹够了吗？闹够了就回去吧，很晚了，我好困。"

她的声音里满溢着疲惫，莫珝倒也见好就收，笑着捏捏她的脸："你送我下电梯？"

"莫珝！"南庄忍无可忍，跺脚怒视这个得寸进尺的妖孽。

莫珝顽劣地吐了吐舌，倒退着往后走，先是动作宠溺地拍拍南庄的脑袋，再是对杨培培来了一个飞吻，最后伸出双手，歪着脑袋朝林则熙比了个心："晚安，好梦，比心！"

这世界绝对欠莫珝一尊小金人。南庄终于松了口气，全身瘫软。

可南庄转念一想，送走莫珝，还有林则熙这尊大佛呢！按照林则熙以前冲动易怒的性子，今晚自己恐怕要被剥一层皮。她瞬间全身汗毛直竖，甚至不敢看林则熙一眼。

这次杨培培终于不是"猪队友"了，她走过来扶住南庄："你今天确实辛苦了，早上六点就起床了，练了一天的葫芦丝，还搬家，中午又没休息，十点半了快回去睡吧。"

林则熙原本怒火中烧，听杨培培这么一说，又看到南庄确实满脸疲惫、有气无力的样子，瞬间气消了一半，他想走上前把南庄抱到房间去，可脑海里突然浮现出她的一句话："你为什么总是这么一厢情愿？"

于是林则熙深呼吸一口气，努力克制住胸口的起伏，转身走回自己的房间，没有回头。

结束了一天的工作，邬靖独自坐在德国酒吧吧台旁的小厢座，喝两大杯精酿扎啤，再佐以巴伐利亚白香肠、洋葱熏肉饼、咖喱肠和冷盘，感觉犹如置身慕尼黑一般。

“来杯威士忌。”莫琊一屁股坐到邬靖对面，扯开领带，用手去抓咖喱肠。

侍应生应声去了。

邬靖伸出手，啪地拍掉莫琊抓咖喱肠的手：“脏死了！我给你擦擦！”她抓起旁边的湿毛巾，左手捧着莫琊的手，右手帮莫琊一根根擦拭手指。

“贤妻良母。”莫琊咋舌，“我已经开始嫉妒未来娶你的男人了！”

“别以为甜言蜜语，我就同意你喝加了冰块的威士忌。”邬靖说着，把侍应生刚刚送上来的威士忌里面的冰块用勺子捞出来，“哇，这冰块真漂亮，像钻石。”

一家酒吧的品质，从冰块可见一斑。使用较大块的冰块，可以延缓融化的速度，让顾客更好地享受威士忌这类高度酒芳醇的口感。高档酒吧的冰块都是用冰锥雕刻出来的。

此刻邬靖碟子里的冰块，宛如十克拉的大钻石，看得她目不转睛。

莫琊拿起冰块，托在掌心，凑过去送到邬靖面前，笑容款款，眼眸深情：“来，送给我的女王，全世界仅此一枚，钻石恒久远，一颗永流传。”

那一瞬极致浪漫的幻象，让邬靖的心跳都静止了。

可是很快，莫琊演够了，见她不接，就把冰块放回威士忌杯里，轻微摇晃了一下，听着冰块撞击威士忌杯的清越声响，然后端到嘴边喝了一口，笑眯眯地望着邬靖。

邬靖这才回过神来，为了掩饰自己的失常，她端起那杯扎啤，把剩下的一饮而尽，再低下头吃白香肠，并且转移话题说：“在投行的新工作怎么样？”

“昨天主管让我盯着的对冲基金亏损严重，大家都急死了。”莫琊耸了耸肩。

其实很正常，投行在美国页岩油繁荣时向各石油公司提供了大量的贷款，后来原油收入枯竭，能源领域情况恶化，所以不得不准备更多的现金应对潜在的商业违约事件。

“你看起来一点也不急。”邬靖瞥了他一眼。

“泰山崩于前而色不改，喜怒不形于色，这是一个顶级交易员的基本素养。”

面对莫玥故作正经的姿态，邬靖不屑一顾地嘁了声，刚想吐槽，莫玥抢了她一块白香肠，勾唇笑问：“说正经的，你准备让我的前女友通过面试吗？”

邬靖把啤酒含在口里，没有立刻咽下去。果然他今天约她，就是为了楚南庄。

“你对她旧情难忘？”她用力地咽下那口啤酒，觉得喉头一阵疼痛。

“初恋嘛，总是令人难以忘怀的。”莫玥以手托腮，嬉皮笑脸，“让她过吧。”

邬靖扬起手，招呼侍应生：“再来两杯扎啤！”今晚让她醉死算了。

等侍应生应声去拿啤酒，邬靖发现莫玥还在用请求的目光望着她，她不露声色地叹息一声。

“放心，她已经接到电话了，明天开始为期一周的军训。九艺游戏的暑期军训可是人间地狱，而且这次是跟AG集团电竞团队一起军训，你就祈祷她平安回来吧。”

说完，邬靖就站起身来，啤酒灌多了，她想去卫生间。因为心慌意乱，她没有拿手机。等她的身影消失在走廊尽头，她放在桌上的手机就亮了起来。

莫玥原本无意窥探他人的隐私，可那偏偏是南庄发来的微信，他蓦地双眸一亮。

“组长，谢谢你给我这个机会。我一定会好好努力，证明我自己。”

虽然有点傻，但这句话元气满满的样子，还是让莫玥的嘴角快咧到了耳畔。

他还想看看南庄跟邬靖的聊天记录，于是滑开了手机，他知道邬靖的解锁密码。打开后台，他正准备点进微信，可他的视线倏忽落在后台尚未关闭的“图库”里。

似乎是他的照片？莫玥忍不住点进“图库”，里面有三个相册，一个是“家人”，一个是“工作”，还有一个是“爱情”。他点进名为“爱情”的相册里，手微微发颤。

几百张照片，全是他。有他的自拍照，也有被偷拍的，他坐他卧他行他立，他微笑他皱眉他面无表情，他西装革履他睡衣慵懒，白昼黑夜，春夏秋冬，每一张都是他。

莫珝瞳孔一缩，深呼吸一口气，悄无声息地退出手机，咔地锁屏。

Chapter 10

进入大厅，方如喜并没有坐电梯回家，而是穿过走廊走进楼梯间。

空荡荡的楼梯间，感应灯啪地亮起，方如喜坐在楼梯上，身体靠着扶杆，掏出馒头和榨菜开始吃。因为总是要避人耳目吃东西，所以方如喜习惯于小声地吃。

感应灯很快灭了，她孤零零地在黑暗中吞咽着干硬难咽的食物，神色麻木。

手机响起，她一边吃一边接通。

方如凤的声音听起来很疲惫："姐，我下班了，好无聊，我想跟你视频。"

"我在外面，没有4G流量，等我回家再给你发。"方如喜这么说着，心里想的却是"你怎么不找你的文伟哥"。

没想到方如凤很快自己说出来了："文伟哥要忙到晚上十一点，他回宿舍还要看烹饪书、做笔记，我不敢打扰他，因为他第二天早上五点就要起来，先去打扫厨房。"

方如喜咀嚼的动作停顿下来。

“姐，你怎么不说话？还是信号不好？”

方如凤的声音把方如喜从走神中拉了回来，为了掩饰她满脑子的翟文伟，她转移话题说：“前几天蒋姣兰说要回北京，她的老公、孩子待在农村，她来北京赚钱养他们。”

“那太好了，可以让姣兰姐来我们服装厂，我们厂还招人，没别的要求，只要勤快就行。”方如凤兴奋地提高音调，“终于可以有人陪我说说话了。姐你知不知道我快被憋疯了？”

“我把她的手机号码发给你，你跟她联系吧。”

挂了电话，方如喜把剩余的一根榨菜挤到馒头上，一口塞进嘴里。终于找到给翟文伟打电话的理由了，她兴奋得双手发颤，迅速咽下这一口，就翻出通讯录打电话。

响了很久，翟文伟才接，方如喜知道他还在上班，于是抢先开口：“你知不知道，我妹妹不怕苦不怕累，就怕寂寞。你现在既然还是她的男朋友，就有义务每天陪她聊聊天。如果你做不到，那就跟她分手。我妹妹也不是没人要的。”

一连串放鞭炮似的话语，让电话那头的翟文伟愣了愣。

方如喜继续说：“还有，你怎么认识我室友楚南庄的？你们不是就见过一次面吗？她就把手机号给你了？你是不是对她有意思？这件事你准备怎么跟我妹妹解释？”

那晚方如喜喝醉了，发生了什么事她不记得了，唯独记得是南庄来接她的。

连续好几句语气强烈的质问，让翟文伟终于呼吸急促地爆发了：“我跟南庄就是普通朋友。我交个朋友还要向女朋友汇报？我现在忙着拼事业，没时间也没精力伺候你们女生的捕风捉影。再说了，这是我和你妹妹的事，跟你无关。”

说完，翟文伟啪地挂了电话。

方如喜的手一颤，手机掉落在地。她没有去捡，而是呆滞地坐在原地，纹丝不动。因为她说话的声音而自动亮起的感应灯，很快就熄灭了，只有一片令人窒息的黑暗。

为什么？明明她不想这么凶的，为什么一开口，就是恶语伤人？

方如喜发现自己在翟文伟面前越来越失常了，简直就像个不可理喻的疯子。

原来在爱情里，人们要么是傻子，要么是疯子。如果妹妹是傻子，那她就是疯子。明明很想拥抱他，但是一碰到他，她就竖起浑身锋利的刺，恶狠狠地刺伤他，也刺伤自己。

或许是因为她深切地知道，她跟翟文伟是不可能的。他们之间不光隔着一个方如凤。

她不能再堕落了，否则今生今世都不能逃脱社会底层，她不要，不要再做不能发出自己声音的人、永远得不到关注的人、没有机会改变命运的人、像动物一样生存的人。

方如喜猛地站起身，直到眼泪因为她的动作而迅速划过脸颊，她才发现自己哭了。

“北京真是一座节奏缓慢的都会。”来自香港的投行小姐姐感叹道。

这是莫琊来这家国际著名投行工作的第三周，和同事们一起在国贸一期的江浙菜餐厅吃饭。上菜前，那个投行小姐姐望着落地玻璃窗外出来觅食的“国贸金领”们，这样唏嘘。

“我刚毕业进了高盛，在香港的长江中心，每天清早五点下班，紧跟着上午九点又回来继续上班，一天只能睡两三个小时，每周工作100个小时以上，最高纪录是140个小时。”投行小姐姐回忆道，“体重迅速增长，脸上全是痘痘，粉底有一厘米厚。”

说完她就笑了，可饭桌上无人跟着笑，大家都神色肃穆。

“经常半夜两点，我和闺密约在女洗手间，抱头痛哭，互相借对方的肩膀解压。主要不是因为长时间加班，而是辛苦做出来的东西却不能被领导认可。”投行小姐姐顿了顿，拍了拍桌子说，“你们知道吗？领导还要求每一条语音留言都要按照规定的格式，不能上来就用自己平时习惯的嗓音说话，而要留下沉稳、成熟的声音。”

莫琊站起身，微笑着走过去：“来，我来抱抱刚毕业时的你。”

投行小姐姐怔住。

莫琊轻轻地从后面抱着她：“欢迎你来北京，北京没有香港那么可怕，不需要像夸父逐日一般。记住，不要用自己的生命，去点亮他人罩在你头上的光环。”

投行小姐姐蓦地鼻酸：“你再这样，我会爱上你的。”

“千万不要，”莫琊松开手，笑容雅痞范儿十足，“爱我的人太多，我却只能爱一个。”

在场的所有人都笑了。从小到大，他就是这么死皮赖脸。

落地玻璃窗外，走过一队巡逻的武警，看来又有大人物来国贸视察。莫琊眯起眼望着那一队军装笔挺的武警，忍不住想起正在军训的南庄，她能熬过那人间地狱吗？

赵祈哲走出卧室时，林则熙正坐在餐桌旁，用笔记本电脑开视频会议。

“纪律是战斗力的保证，服从是军人的天职，执行是达至目标的保证，责任是职业操行，竞争是发展的动力，荣誉是价值观的体现，团队精神是胜利的保证……”

负责这次AG战队军训的教官正在屏幕上慷慨陈词，发表誓师动员。

林则熙瞥了眼全身上下只穿了一条白色内裤的赵祈哲，就面无表情地转移开视线。他早就习惯了赵祈哲夏天只穿着一条内裤在家里四处晃悠。

可是很快，厨房传来尖叫声。

“啊！”系着围裙的杨培培一看到赵祈哲，手里的木铲应声掉落，她忙伸手捂住眼。

赵祈哲却若无其事地走过杨培培的身边，站在洗脸池前挤牙膏、刷牙。

杨培培把手指分开一点点，从指缝间窥探赵祈哲：“你起床不穿衣服的？”

“这是我家，我有赤身裸体的权利。”赵祈哲嘴里满是牙膏，声音含混，语气却不含糊。

杨培培直跺脚：“可现在我在你家！我是女生！你就不能考虑下我的感受？”

赵祈哲把牙刷从嘴里拔出来，瞥了杨培培一眼：“怎么？你对我有性冲动？”

杨培培：“……”

餐桌旁的林则熙忍不住莞尔。

杨培培则满脸涨得通红，她知道说不过他，骂了句“奇葩”，就捡起木铲，转身逃回厨房，啪地把厨房门一关，继续在里面煎韭菜鸡蛋饼。

要不是看赵祈哲感冒初愈，她才不会闲着没事过来帮他做饭呢！

浓郁的韭菜味道弥漫到客厅。

赵祈哲洗漱完毕，到餐桌边喝水，睨了眼林则熙：“你下周要去军训？太好了。”赵祈哲咕噜咕噜把杯中的水一饮而尽。

林则熙诧异地抬眉：“好什么？”

赵祈哲挤出一丝诡异的笑容：“我终于可以连内裤都不穿地在家里走来走去。”

林则熙：“……”

厨房门咔地打开，杨培培一手遮住眼、一手端着盘子走向餐厅，食物的香气充盈着房间，她把那一盘香喷喷的饼放到餐桌上，自始至终不敢看赵祈哲。

“大神，”她只能看着林则熙，“我先回去了，待会儿要陪南庄去买防晒霜。”

她连耳朵都泛着红，转身急匆匆地要逃，林则熙却倏忽开口：“等等。”

杨培培只好转过身来，她看到林则熙站起身走向他的卧室。杨培培等着大神出来吩咐的时间里，赵祈哲已经坐到餐桌边，直接用手抓着餐盘里的饼，大快朵颐。

可吃了几口，赵祈哲就掏出手机，输入一个英文网址，点击进入。

杨培培忍不住瞥了眼他的手机屏幕，全英文，她看了半天才认出“吉尼斯”的英文单词。看他一边吃一边在输入英文，单手操作得飞快，她撇撇嘴问：“你在干什么？”

“申请吉尼斯世界纪录。”赵祈哲又咬了一口饼，头也不抬，不停地点击提交。

杨培培一头雾水：“什么纪录？”

"世界上最难吃的韭菜鸡蛋饼纪录。"

杨培培气得差点掀桌，她双手撑在桌上："既然那么难吃，你还吃得这么快？"

赵祈哲瞥她一眼，一边咀嚼一边说："你不是让我考虑你的感受吗？"

杨培培一愣，旋即满脸惊喜，笑容荡漾开来："你……"

"我不能让你发现你自己是多么一无是处，毕竟你是我身边最笨的人，我要好好珍惜你，以防我以后想开发针对低智商人群的虚拟现实技术，却找不到研究对象。"

杨培培："……"

幸好林则熙从卧室出来了，他手里拿着去年全家去巴厘岛旅行时买的驱蚊水，递给杨培培。杨培培虽然看不懂上面的英文，倒也猜出来了："大神，这是给南庄的？"

去军训，长时间待在郊区户外，的确需要驱蚊水。

"不，给你的。"林则熙别扭地说完，就坐回到餐桌边。

杨培培不知道是第几次愣住了。问题是她不需要啊！她整天待在空调房里，城市里蚊子也不多。为什么她永远搞不懂404这两个男生到底在想什么？难道她真的智商堪忧？

403房间内，南庄正在电脑上跟艾筱澍视频。

波士顿的时区属于美国东部时间，西五区，夏令时比北京晚十二个小时。现在是北京时间上午十点，波士顿时间晚上十点。艾筱澍刚装好无线网，正在吃比萨外卖。

"你买保险了吗？我推荐买交通意外险和境外安全险。"南庄一边剪指甲一边说，"护照丢失、遭遇抢劫、境外就医都保，如果你去底特律，一定要买境外安全险。"

即便强大如艾筱澍，初到美国，人生地不熟，还是难免心生胆怯，所以她经常请教对美国很熟的南庄。此刻艾筱澍擦擦嘴角，心里庆幸着波士顿是美国东部最安全的城市。

房子早就租好了。在波士顿华人资讯网上，是南庄帮忙用邮件联系的房东。

剪完指甲，南庄就开始收拾去参加军训的行李。艾筱澍看她收拾，忍不住问了句。

南庄回答：“衣服卷成圆筒状，要比整整齐齐叠起来的体积小很多。”

艾筱澍一针见血：“楚南庄，你真是深藏不露，其实你和莫琊一样是富二代吧？”

南庄动作一顿，抬头看到艾筱澍开始吃猕猴桃。美国的水果都挺贵的，就香蕉和猕猴桃便宜点。“你和莫琊现在是朋友还是恋人？”她其实并不太关心，只是为了转移话题。

艾筱澍用勺子优雅地勺着绿色的果肉，避而不答：“他给我寄了一箱周黑鸭。”

南庄拉上行李包的拉链，笑着望向艾筱澍：“对了，炒菜一定要开抽油烟机和开窗，有一次我开晚了，烟雾报警器被油烟一熏，直接报警，我慌忙搬椅子，站上去拧，结果消防车还是来了，出警费五百美元不议价。”

艾筱澍：“……”

菅乔染要哭了！

不怕神一样的对手，就怕猪一样的队友。只有当你碰到“神坑”后，才会懂得什么叫作打游戏被气哭：脆皮一个却能扛起敌方半数的人头，游戏输了还说要举报所有人。

“你是敌方的奸细吧？你这简直是‘送人头’。我们如果输了肯定是因为你！”菅乔染气冲冲地指着那个玩鲁班七号的“小鲜肉”。

没想到副导演很支持，大手一挥：“就是要有一个‘神坑’才能引发大家吐槽，字幕我都想好了，就叫‘佛系鲁班七号’！万年打野，不杀人、不发火、不复仇！”

菅乔染回到《荣耀出击》的录制现场后，气还没消，听副导演这么说，顿时怒火中烧。

“你就是针对我！”丢下这句话后，菅乔染就回了休息间，给南庄打电话发泄。

南庄正和杨培培在商场买军训用的防晒霜，她只能离开柜台，先安慰菅乔染：“如果没有‘佛系队友’，怎么体现你的英勇谋略呢？他坑就坑吧，你只管做MVP。”

菅乔染叹息一声：“要怎么做才能赢？”

南庄回忆了一下之前林则熙给自己的建议，把他的原话搬了出来：“你记住，这是一个推塔游戏，目标是推掉对方的水晶，而不是杀人超神、打野刷钱、收集神装和抢大龙。”

菅乔染想了想：“所以我们应该兵分两路，一路袭扰敌方，一路攻打水晶，抱团作战？”她顿了顿，又问，“我总觉得这些技能和台词有点‘羞耻’啊，会不会很雷人？”

南庄用手捂住嘴，把商场的噪声隔绝开：“二次元的东西进入到现实中，总会有些不适应，但我想更多人是‘尬爽’，毕竟谁没有过‘中二’的过去呢？加油吧，妈妈！”

菅乔染的声音终于没那么生气了：“听说你马上要军训了？一定要每隔两个小时擦一次防晒霜。我给你预约了整套的美白针、防晒修复和光子嫩肤，你回来一定要……”

南庄直接挂了电话。

菅乔染气得把手机往包里一塞，瞪着化妆镜，下一秒，她表情微变，因为看到镜子上浮现出岑德咏的身影。轻薄透气的麻质西服，清爽的白色西裤凸显了海军蓝的夏日气息。

“你怎么来了？”菅乔染还在气头上，没有回头，拧着眉对着镜子里的人说。

岑德咏优雅地摘了墨镜，走到她旁边，双手撑在化妆椅的靠背上，微微前倾着身体，望着镜子里的菅乔染：“这是你的综艺首秀，你不能做自己，必须按照你的‘人设’来。”

他靠得很近，菅乔染瞬间嗅到岑德咏身上治愈系的熟悉香氛。

不知是琥珀还是龙涎香。菅乔染再深呼吸一口气，确定是琥珀。龙涎香略带咸味，似动物皮革的味道。而琥珀是多种树脂结合，拥有温暖、甘甜、厚重的气味特征。

她在香氛味道中调整了一下呼吸："这次你又准备来拆我的台？你是节目组顾问吧？"

"我只是不想让剪辑师落到无内容可剪辑的境地，你虽然是'妲己'，但你是菅乔染版的'妲己'，我上次提醒过你，现在最有路人缘的'人设'，是精英女强人。"岑德咏的手指轻轻叩击着靠背。

菅乔染很快明白，抓起桌上的化妆包，拉开拉链，一边补唇彩一边说："你放心，我会疯狂打野为战队积聚隐形资产。女强人嘛，不仅要貌美如花，更要会挣钱养家。"

岑德咏上前一步，帮她挑了一款眼影："有个小细节，每位英雄的作战服都配有钱袋，但你'刷野敛财'后，可以顺手将赚到的钱塞到胸衣中，独创的塞钱法可以体现你洒脱豪迈的一面，会更讨喜。"

菅乔染抿唇的动作顿了顿："你为什么帮我？"

岑德咏垂下眼，伸出无名指，以打圈的方式蘸取眼影："闭上眼。"

菅乔染皱了皱眉，还是轻轻闭上眼。

岑德咏俯下身去，左手将菅乔染眼尾的三分之一处轻轻向上提起，然后用蘸有眼影的手指贴近睫毛根部，从内眼角到外眼角来回涂抹。

两人靠得很近，鼻息交融，她能感觉到他指腹的温柔和眼神的认真，心跳略微加速。

"别动。"他察觉到她睫毛的轻颤，薄唇吐出两个字。

菅乔染强压住越来越紊乱的呼吸。岑德咏用没有蘸过眼影的中指，在她的上眼睑将眼影充分晕染开，营造自然的过渡，让眼妆呈现完美的层次感。他这才松了口气。

岑德咏站直身体，与此同时菅乔染睁开眼，两人在镜子中静静地对望了几秒。

他微垂下眼，伸手钩起菅乔染的鬓发，一圈一圈在指尖绕着，悠悠地开口："有个典故叫张敞画眉，用来形容夫妻恩爱。可是我想，楚御明应该从来没有帮你化过妆吧？"

菅乔染眉心一颤，哗地关上化妆包，蓦地扬起声调，语气坚定："岑德咏，你不用讽刺我，我迟早会独立于楚御明之外，不再依附于他，不再依附于任何人！"

延庆区，龙庆峡军训拓展基地。

偌大的操场上整齐地停着几辆蒙着绿色苫布的军车。基地大门口则肃立着两名荷枪实弹的哨兵，戴着锃亮的钢盔，枪刺上闪着耀眼的寒光。

挺拔魁梧的身影，已经绕着训练场跑了十多圈，强行军似的悄无声息，只有呼出来的乳白色雾气，氤氲着矫健的身姿，跑到第二十圈，还不解气似的继续跑着。

“立正！”

突如其来的命令，让那人迅速停止步履，迈着标准的七十五公分的步伐前进几步，在训练场中央昂首挺胸，立正站好。

训导者走到被训人面前，站定，对峙似的默然。

十秒钟后，训导者终于开口，沉声质问道：“知道错了吗？”

被训人目不斜视：“报告教官！知道了！”

“虽然你是AG战队的王牌，但下次再让我发现你在军营里玩游戏，就不止二十圈了！”

“报告教官！那我把下次的也一起跑了吧！”

“你！”教官无奈地叹息一声，“好了，林则熙，AG战队里就只有你服过两年兵役，现在我派你去接九艺游戏的那群暑期实习生，行使代理教官的权力，你有没有意见？”

“报告教官！没有！”

半个小时后，南庄所搭乘的军车中，原本和谐的气氛被打破了。

九艺游戏这次的实习生多数是“京二代”，外交部大院、小西口、清河二炮、八宝山、通县北关……起因是南庄的一句话：“你俩都是外交部大院的？发小？”

那女生颇有优越感地说：“算吧。我爸是大使，他爸刚当上参赞，搬我们院没几年。”

另一个撇撇嘴，颇为不爽：“那又怎么了？你爸是大使，你就拔份儿了？”

都是不好惹的主儿，激烈的争吵很快变成了拳脚相向。

“孙子！你找死呢？”

回击之后，局势一发不可收拾起来。

军车里面本来就狭窄，有人打到南庄这边，南庄难免要自卫，一搂脖子，将她撂倒。没想到被撂倒的人蹿上来就踹，南庄莫名其妙地被卷入战局。

“别打了！别打了！代理教官就要来了！”

马达声响起，一辆悍马直直地开到军车面前，咻的一声熄了火。悍马上的林则熙听到军车里传出来的尖叫声和激烈打斗声，大手一挥。军车咯吱一声，听令急刹车停下。

“怎么回事？”林则熙目光冰冷。

司机知道这是代理教官来了，忙说：“女生们在打架！”

林则熙剑眉一蹙，迈开长腿到车厢前，沉声喝令：“全体下车！”

那时南庄正好把一个压在自己身上的女生往外推去，对上林则熙凌厉的目光，她心里咯噔一下，糟了，这下罪名洗不脱了。她乖乖地跟大家一起跳下车，在队列中低着头。

南庄知道这次军训要和AG战队一起，但是，林则熙什么时候成代理教官了？

“全体都有，稍息，立正！”林则熙严厉的目光扫视全场，“谁是聚众斗殴发起者？”

女生们纷纷伸手指向南庄：“楚南庄。”

林则熙终于可以光明正大地看着南庄了。

自从上次在清河五彩城见过副导演后，他就一直没有和她打过照面。他在赌气，他这几天脑子里反反复复回荡着莫珝的那几句话。前男友？各方面都契合？他们上床了？

她肯定是趁着他服兵役的那两年交的男朋友，一时没盯着她，就让人乘虚而入了。他实在气不过，所以上次想给她那瓶驱蚊水，话到了嘴边，却别扭地变成了给杨培培的。

林则熙咬牙切齿：“出列！”

南庄乖乖地出列。

“二十个俯卧撑！”

“我……”

“三十个俯卧撑！”

他从牙缝里挤出来的话语，让南庄咬咬牙趴了下来。您是教官您最大。

“做标准了，腰挺直！”林则熙看着南庄别扭的姿势，命令道。

不过，他还真没想到南庄也有两把刷子，起码她的呼吸方法很正确。俯卧撑是推的动作，所以撑起时吐气，下落时吸气。

虽然呼吸方法没错，但南庄毕竟是女生，体力无法支撑十个以上的俯卧撑。做到第十个时，南庄喘息着，像断了线的玩偶似的，有气无力地趴在地上。

“报告教官……我、我能不能改做……仰卧起坐？”

林则熙的脑海里，蓦地浮现出那晚莫珝抱着南庄抚摸她的头发的情景。

“四十个俯卧撑！”

“我……真不行……”

“五十个俯卧撑！”

反正都是死，三十六计，走为上计，南庄从地上站起来，转身便逃。结果没跑几步，她只感觉身体一轻，整个人就被林则熙从后面抓住后衣领，悬在半空。

“军训还没开始，就要做逃兵？”

南庄在半空中拼命挥舞着爪子，说话上气不接下气：“我……我不是逃兵，我只是做俯卧撑前先热热身……”

看好戏的女生们瞬间爆发出一阵大笑。

“队列中不许笑！”林则熙转过脸去狠狠训斥。

女生们马上闭嘴。

他又扭过头来训导南庄：“你想热身？好，你现在不准坐车，跑到营地去！”

旁边的司机都看不下去了：“可是教官，到营地还有三四公里啊！”

林则熙把南庄往地上一扔：“所有人上车！你，向右转，目标正前方，跑步走！”

力气在做俯卧撑时已经用得差不多了的南庄，跑起来就像个癫痫病人。果然，不记仇就不是林则熙了。莫珝那晚丢下那些暧昧而模棱两可的话，林则熙信以为真了！

南庄忍不住哀叹，这次军训，当真凶多吉少！

军车驶远了，盘山公路上，只剩下南庄和那辆悍马。

林则熙一身蓝迷彩服，戴着贝雷军帽和墨镜，侧脸冷峻，那架势跟《太阳的后裔》似的，他漫不经心地单手操控着悍马的方向盘，悍马匀速跟在南庄身后。

跑出山，拐过山垭口，又是一段缓坡，南庄觉得嗓子眼跟拉风箱似的倒腾不过气来。她耷拉着眼睛，弯下腰，狠喘了几口气，实在顶不住，开始磨磨蹭蹭地走。

林则熙墨镜后的眸色一黯，想要放过她，可脑海里又浮现出莫珝给她戴手镯，而她把那手镯宝贝得不行的样子。他忍不住咬了咬下唇，胸腔里升腾起一股火焰。

“跑起来！”悍马里传来命令的声音。

要不要跟他解释一下，她真的跟莫珝没什么啊……南庄欲哭无泪地继续跑。她不知道自己怎么有力气跑完全程的，当她看到门岗里金刚似的哨兵时，瞬间有飙泪的冲动。

她转身想对悍马上的人竖个中指，结果发现早已车去人空。

“没人性！冷血动物！”南庄气得朝空气跺脚。

休息了一晚上，次日一早，起床号响过，南庄还在昏睡状态，就被女教官掀了被子，还没回过神来，就硬生生地被女教官从床上揪下来掼到地上，摔了个屁股开花。

“听不到起床号吗？全都给我起来，部队里是连坐制，一个班为一个小集体，一人犯错全班挨罚。谁起晚了，耽误了集合，谁就给我滚蛋！”

没空呻吟，南庄爬起来套军装，慌乱中，有人在喊“谁拿了我的裤子”。

总教练吹响了哨子，男生、女生纷纷跑出楼，在门口分班列队，然后跑向集合场。女生宿舍门口，女教官大声催促：“快！快点！就你最慢了！”

南庄拎着鞋几乎是滚下台阶的，脚踝差点扭了，心跳飞快，只顾着往前冲。好不容易赶到集合场，满头大汗的她被教官狠狠剜了一眼。所有人屏气凝神，大气都不敢出。

教官似是为了消气，在队列前来回踱步，转得南庄直晕。

终于他站住了，兵痞气十足地沉声道：“最晚到的，蛙跳三圈！”

南庄内心叹息一声，知道责罚在所难免，可也不能白白受罚：“报告教官！蛙跳我不会……”她顿了顿，瞥了林则熙一眼，提高声调，“我申请让代理教官教我跳。”

她的话音未落，旁边有人嘀咕了句：“楚南庄你疯了吗？”

“礼尚往来。”南庄小声回了句。

教官沉吟片刻：“林则熙，出列！”

林则熙目光冷峻地瞥了南庄一眼，站在她前面先跳起来。不愧是当过兵的，他把手慵懒地放在颈后，每个动作都很标准，四十五度起跳，全脚掌落地屈膝缓冲。

南庄以前总觉得蛙跳这个动作很尴尬，没想到有人能跳得这么漂亮。

他跳完三圈，没事人一样，气都不喘一下就立正站直，啪地行了个军礼：“报告教官，申请归队！”

可南庄跳完之后，腿好像被千斤的大石头压住了一样，动一下就生疼。

好不容易挨过上午的训练，去食堂要上台阶时，南庄只能用手拖住腿，跨出艰难的一步又一步。

那个外交部大院参赞的女儿见了，讥笑出声：“楚南庄，你是残废了吗？”

南庄默默忍下一口气，用餐盘打好饭菜，准备走到最近的餐桌边去吃，结果食堂熙熙攘攘的人群中不知是谁撞了她一下，她原本就腿疼，站立不稳，一下子跌倒在地。

餐盘随之啪地坠落，饭菜撒了一地。南庄望着脏兮兮、油腻腻的衣裤，欲哭无泪。

旁边走过的人竟然没有一个过来搀扶她，包括一脸冷漠的林则熙。

他端着餐盘，瞥了眼狼狈的南庄，就收回视线，从她身边走过。南庄看到林则熙这不认识她似的表情，恨得牙痒痒，转过头喊了声："林则熙！你幼不幼稚？"

林则熙脚步一顿，转过身："我就幼稚！找你的莫玥去！"

南庄正要怼回去，那个参赞的女儿走过来又准备开启嘲讽模式："楚南庄，你……"

"立正！"林则熙突然冷着脸喊了声。

参赞的女儿浑身一颤，立刻抬头挺胸站得笔直："到！助理教官！"

林则熙沉声道："刚刚是你撞她的吧？军营里有没有纪律？挑衅战友是不是违反纪律？战友就该有福同享，有难同当！现在你去操场蛙跳三圈！"

军人训导起人来就是不一样，一席话说得她哑口无言。

上午的训练结束后，教官就说接下来由代理教官行使教官权力，所以林则熙的命令一出，参赞的女儿也不敢不从，咬咬牙，恶狠狠地瞪了南庄一眼，跑出食堂。

南庄突然发现，林则熙一进入军营就像变了一个人似的，果然是服过两年兵役的人，在外面看不出来，到部队里了，他举手投足之间满满的军人气质，阳刚、威严，穿上笔挺的军装，更是一副有灵魂、有血性、有担当的铁血硬汉形象。

她终于知道他不同于普通人的气质从何而来了。楚御明的气质来源于他青少年时期的舞蹈训练，而林则熙的气质，来源于军营，他的气质比楚御明的更加粗犷、野性。

相同点是，他们坐着看手机，腰都是挺直的，走路、抬脚、收脚都不会拖拖拉拉，抬头挺胸，目光有神，自律整洁，甚至衣服上面不能有褶子，说话简短，不怒自威。

当过几年兵的人在人群中总是很容易被看出来，这种气质难以磨灭。就算是刚刚他幼稚起来，也幼稚得很酷。南庄一边想，一边扶着餐椅站起来。

她正准备再去窗口打一份饭菜，林则熙就把手里打好饭菜的餐盘递到她手上。

南庄低头看了眼餐盘："我不吃胡萝卜……"

林则熙冷着脸训斥："不许挑食！吃不完再去蛙跳！"

南庄："……"

白天累成狗，晚上还要吼歌，《团结就是力量》《打靶归来》《军中绿花》《强军战歌》《当你的秀发拂过我的钢枪》……教官五音不全，重任又落在代理教官头上。

"音频中心的，再大声点！"

南庄看着黑暗中那人半明半暗、轮廓鲜明的脸，咬咬牙，使出吃奶的劲儿吼着歌。

林则熙还不满意："没吃晚饭？大声吼出来！音频中心的！"

音频中心的不少人看出端倪："助理教官怎么一直为难我们音频中心的？"

南庄继续吼着歌，只在心里说，绝对不能被小看。

"我爬不到上铺了，今晚想跟你换床。"宿舍里，南庄嗓子哑得说不出话来，把话写在纸上，给下铺的女生看。

"我也爬不上去，要不你睡我床底下？"那女生也累瘫了。

南庄只能把草席铺在地上睡觉。

好不容易熬到最后一晚，大半夜的，急促的哨音就像火警似的尖叫起来。

"快起来！紧急集合！快！"女教官杀过来踹醒女生们。

南庄摸着黑上蹿下跳，穿衣打背包，双手忙得像跳舞。

"这是我的鞋！"黑暗中，她还和别人抢一双鞋。

整个楼里叮叮乱响，楼道上女生们在狂奔，南庄跑出宿舍时，旁边上铺的女生将背包从铺上往下一掷，正好砸中她的脑袋。生死时速啊，就算脑震荡也耽误不得，南庄晕乎着脑袋继续冲杀，一不留神军帽掉了，她蹲下来在地上乱摸，手不知被人踩了多少脚，咬紧牙关，捡起帽子继续跑。

当她手拎着鞋准备扎进队伍时，教官大手一挥："停！后边的不许进了！"

不许进队伍就意味着又要蛙跳？干脆让她去死吧！南庄正准备哭天抢地，人群中蓦地闪出一道颀长笔挺的身影。林则熙迈开大步走到南庄面前，在她口袋里一顿乱摸。

南庄"黑人问号脸"，却又不敢开口问。

终于，他摸出一支笔，拿出来，然后朝南庄喊："回去拿什么笔？"说完，他就推着南庄进队伍。

南庄愣了愣，知道了林则熙的意思，立刻跟着他走进队伍。

教官皱了皱眉，却也没说什么。

南庄一颗悬着的心这才落下。不管怎么说，这是军训的最后一晚了，接下来九艺游戏的实习生们可以撤了，AG战队则还有军事演习。

听说跟《绝地逃杀》有关？她很好奇……

河北省，怀来县。

官厅水库南侧，燕山脚下，山水之间逶迤着一道金灿灿的沙丘，绵延起伏十余里，这就是"天漠"，距离北京仅仅90公里的沙漠。京畿之地亦可观西域风情。

沙漠行军最大的敌人，其实是那些细碎的粉质沙尘。短短几个小时，悍马里制作精密的空气滤净器便失去作用，不得不多次更换滤芯，严重影响行军速度。

"其疾如风，其徐如林，侵掠如火，不动如山。"林则熙心里念着《孙子兵法》，皱眉下令全力提速。

此时，他轮廓鲜明的五官，已被粉尘覆盖成黄赭色，在血红残阳的映照下，宛若庙宇里的神像。这是AG集团特别安排的《绝地逃杀》真人体验，一场真正的军事演习。

林则熙接下来的命令，是把枪械上容易受损的部位小心包裹起来。他自己则用防尘帽，把大口径的反坦克火箭筒和反器材狙击步枪的枪口，细心地封好，以免蒙上粉尘。

作为AG战队的王牌，林则熙带领着小分队，在模拟《绝地逃杀》的沙漠行军。

谈话间，悍马已经驶入进攻圈，不等林则熙发号施令，两名突击手已经下车爬上稍高的沙丘，用随身携带的折叠工兵锹在沙丘上挖出一个简易的单兵观察掩体。

进攻之前，林则熙从防弹背心的内置水袋中往嘴里挤了点水，再把野战口粮塞进悍马的排气管，加热几分钟后，大家一起狼吞虎咽地吃着那些糊状食物，连鼻子都伸进食物里。

不光是饥渴，还严重缺眠，从演练开始到现在的三天时间，大家平均只睡了五个小时。林则熙更是已经三天三夜没有合眼。

但他此时的眼神，依然灼亮，即使在进食，也全神贯注地凝望着远处的攻击目标，反复权衡各种突击方式。这次军演的结果，将决定谁是AG战队的队长。

他告诉自己，只许成功，不许失败。

侦察兵折回来报告情况，林则熙打开军用地图和GPS卫星定位仪，测算，下令："下一个攻击地点，位置在六点钟方向被沙丘环绕的凹地，每个暗堡中都有狙击手潜伏。我们没有配备夜视仪和红外热能瞄准具，就用引爆方式确定位置。"

他顿了顿，继续吩咐身后的人："你们先在狙击手视界外，找块狭长凹地，建立伏击圈。"

半个小时后。暮霭沉沉的天空，恰到好处地隐藏了突然飞掠过沙丘上空的生化地雷。

一颗虚拟生化地雷扔出去，敌方终于觉察，两发大口径反器材狙击步枪的子弹，打穿了加装在悍马上的防弹钢板。林则熙一脚踢开厚重的车门，顺着凹陷的沟匍匐前行。

暗堡里所有的狙击手都把枪瞄准了他。

从子弹溅起的沙尘判断，大部分是大威力狙击步枪。敌方应该也没配备夜视装备，要不然，再好的战士也无法从如此密集的狙击步枪子弹的攻击中侥幸生还。

这一招本来就是"险招"，幸运的是，他赌赢了。

他孤身犯险，是要引爆驶来的悍马。在沟中匍匐前行一段后，林则熙趁着两发大威力狙击步枪换弹的间隙，敏捷地翻身，滚到一块岩石后。

蓦地，林则熙感觉背脊撞到了某个软绵绵的物体。与此同时，啊的一声尖叫响起。

这一惊真是非同小可，他迅速转身，身影如苍鹫倒搏，斜肩、踏步、横肘、出招，用擒拿格斗的招式，立时就钳住对方的脖颈，并将一把德国HKP7型手枪塞入对方嘴中。

黑暗中，对方的面容、身姿都看不分明："嗯……嗯嗯……"

被他的手枪塞满口腔，对方的身体却犹自反抗不已，嘴里还发出含糊的叫声。后知后觉的林则熙，这才突然发现，自己的手肘正紧压在对方柔软的胸脯上！

"南庄？"林则熙终于觉察到来者是何人，把手枪从她嘴里拔出。

"我以为你们就是玩个真人CS，结果完全是按照《绝地逃杀》来的！"南庄一边剧烈咳嗽一边吐槽说，"我还是赶快回去吧，真是好奇心害死猫。"

林则熙不知道南庄和AG的关系，心想，这里是全封闭状态，AG的人却让她溜进来了？

"跟着我！"林则熙没有细想，下达命令后，保持着匍匐的姿势，沿着沟朝外撤退。

南庄紧紧地跟在他身后，灵巧地躲过敌方狙击手们杀红眼的进攻。

"你的敌人看来是组合狙击的老手啊，在装弹需要的时间差上，竟能把握这么小的间歇尺度。"南庄一边匍匐前行，躲着狙击手们的枪林弹雨，一边不忘做一番点评。

"趴下！"林则熙大吼一声。

说时迟那时快，话音未落，他的大手就飞掠过来，猛地把南庄的脑袋按进沙丘。与此同时，狙击步枪的一颗仿真子弹，呼啸着飞过南庄脑袋刚刚停留的地方。

"真是谢谢你啊林则熙，让我享用如此美味的沙子盛宴。"把满嘴的沙子吐出来后，南庄气鼓鼓地瞪着林则熙。

来不及争吵，嗡嗡嗡的声音迫近，南庄和林则熙同时抬眸，竟是一架正朝他们俯冲过来的敌方轻型直升机。"快撤！"林则熙单手拦腰抱起身后的南庄，朝后撤退。

下一秒，直升机上扔下的仿真火箭弹虚拟爆破在林则熙身后不远处，为了护住南庄，林则熙被迫脑袋先着地，发出一声令人牙酸的骨节声。

颈骨移位？南庄吓了大跳。

“移位的颈骨压住气管的话，会窒息的！”她忍不住着急地喊道。

林则熙并未回答，强忍住颈骨移位的痛楚，伸出巴掌，狠狠地在自己的颈骨上拍打了几下，剧痛中，咯吱一声，骨节复位。

南庄瞠目结舌，这是她从未见过的林则熙。

南庄的心蓦地扑通扑通狂跳起来。

“恭喜你，现在你是AG战队的新队长了！”

战友们纷纷来贺喜，林则熙却表情淡淡的：“昨晚和我们一起回来的女生呢？”

有个战友说：“半小时前我看到她骑摩托车往沙漠里面去了。”

林则熙一言不发地转身往外走。

战友在后面喊：“队长，你不吃早饭吗？”

常年的大风将沙丘吹出一道道美丽的波纹，即使沙丘被踩出了脚印，也会很快恢复，因为风一直在吹。身穿迷彩服的林则熙骑着沙地摩托车一路轰轰轰地疾驰。

金色的沙丘，蔚蓝的天空，视野开阔，极目远眺他很快找到了南庄。

“昨晚为什么私闯AG的军演场？”他潇洒地跳下摩托车，快步爬上山丘。

南庄正在看风景，并没有回头：“你别自作多情，我可不是为了来看你。我被九艺游戏安排到《绝地逃杀》BGM项目组，所以来感受一下真实的杀戮战场和铁血硬汉的氛围。”

林则熙一眼看到她手背上被沙砾磨破的擦伤，很明显是昨晚摸爬滚打时受的伤。

“疼？”他轻轻抬起她的手背，放到嘴边，鼓起脸颊吹了吹。

南庄心头一跳，睁大眼睛望着他。

林则熙掏出创可贴，小心翼翼地帮她贴在伤口上，然后抬起眼与她对视："你别自作多情，我可不是因为心疼你，现在我是AG战队的队长，你因为我们的《绝地逃杀》真人体验而受伤，我有照顾你的责任。"

两个"教科书般的傲娇男女"同时把视线移开，默契地保持安静，并肩立在沙丘上。

北侧是清亮如带的官厅水库，一座座风力发电机点缀岸边，南边是莽莽军都山，山麓地带有一座座夯土烽燧，由西向东排列着，那是战国时期的燕长城遗迹。

"你准备在九艺游戏工作两年，就进入AG集团？不考虑自己创业B端转C端？"

林则熙的问题让南庄沉吟了片刻。

互联网里的B端主要指的是企业端用户，即B2B，Business-to-Business，而C代表的是Consumer，消费者的英文缩写，做C端业务相当于开发粉丝经济。

"可是游戏音乐很难独立于游戏而被用户辨识。"南庄皱眉，"就算骨灰级粉丝喜欢游戏的BGM，也很少有人问那些BGM是哪家工作室、哪个团队制作的，主创又是谁。"

那些玩家始终是游戏的粉丝，而不是游戏音乐的粉丝，更不要提那些对背景音乐无感的玩家群体了。很可悲，游戏音乐依附于游戏，它自始至终都不是一个独立的产品。

"正因为现在没有任何团队在做C端，你才应该当第一个吃螃蟹的人。"林则熙双手插兜，"你可以在做B端的同时，着手探索C端，建立独特的风格，慢慢'圈粉'。"

南庄思索着："即便是从零做起，也需要一个平台，保持稳定的曝光率，否则怎么导流粉丝？"她的确对林则熙提出的"探索C端"很感兴趣，双眸闪亮起来。

"你需要导流？"林则熙转过脸看着她，"我微博的五百万粉丝够不够？"

他竟然舍得把他的微博送给她当平台？南庄愣了愣，低头思考了十多秒。

林则熙静静地凝望着她认真思索的侧脸。

终于，她抬起头，目光灼灼地望向他：“那我们签个协议，我建立一个迷你游戏音乐工作室，你以你的微博数据入股，持股60%，我借助你的微博完成早期粉丝积累，以后的盈利，就按照你六我四来算如何？”

南庄一边说一边直勾勾地望着他，而林则熙不露声色地皱起眉。

协议，又是协议，她为什么从来就没有想过，一切都是他心甘情愿，不求回报？他的心头泛起一阵无奈酸涩的情绪，表面上却冷冰冰的：“不，我七你三。”

南庄略一迟疑，就举起手，林则熙伸手，两人的手掌啪地撞击。南庄笑着喊：“成交！”两人都觉得自己赚了，这就是双赢吧。

南庄忍不住伸了个懒腰：“没想到我也成了传说中的‘斜杠青年’，拥有多重职业和多重身份的多元生活，在九艺游戏做B端，同时又自己创业做C端。你呢？除了做职业电竞选手，还在做什么？”

风沙静寂，林则熙眯眼望向苍穹尽头的胡杨林：“做你老公。”

门被敲响的时候，杨培培正在厨房洗韭菜，刚刚在沃尔玛琳琅满目的蔬菜里，她竟然挑了一大捆新鲜的韭菜。看来是被某人传染了，她竟然也喜欢上了韭菜奇葩的味道。

“来了来了，谁呀？”杨培培一边擦手一边走过去开门，“莫珝？”

行云流水般的时尚在字里行间喷薄而出，莫珝身上这件印花潮T恤上聚集了字母、logo、emoji头像、街机图形等元素，诠释了什么才是嘻哈潮男应有的态度。

“培培公主，你家南庄宝贝呢？”黑色棒球帽下莫珝的笑容桀骜不驯。

杨培培花了几秒钟消化莫珝对她的称呼：“她给我发微信，说已经出地铁站了。”

莫珝自来熟地进了屋，环视白色调主打的客厅。当设计小的空间时，为了使空间看起来更大，设计师很容易过度使用白色，所以客厅有很多温暖的木制品来平衡白色。

“哇哦！巴西红耳龟！”莫珝的视线落在水族箱里直径约六英寸的宠物龟上。

杨培培在给他倒水："它叫巴扎黑，南庄一搬过来就买了。因为宿舍不让养宠物，她都憋坏了，她现在一回来，就先给巴扎黑喂吃的。旁边一堆蚕蛹都是她在网上淘的。"

莫琊笑着抓出一点晒干的蚕蛹，蹲下身，小心翼翼地喂给巴扎黑吃。

杨培培看他聚精会神喂食的样子，忍不住笑了，走过来把纸杯递过去："看来你真的想和南庄复合！可是我问过她，她现在一心只想干事业，觉得谈恋爱很浪费时间和精力。"

"我知道，"莫琊的笑容越发痞帅，接过纸杯，"我就喜欢她这一点。"

他的话音未落，门口传来脚步声和开门声，杨培培迎上去帮忙拿拖鞋。南庄打开门后，一边脱鞋一边朝后面喊："要不要进来一起吃晚饭？杨培培做了大餐！加双筷子！"

"不用了。"如果没有杨培培，林则熙倒是愿意的。

林则熙转身准备回404，眼角的余光蓦地瞥见一个熟悉的身影，他顿住，又转过身，确定403房内邪魅微笑的男生就是莫琊之后，跟着南庄走进403房内，关上门。

南庄狐疑地瞥了林则熙一眼，转过身就看到了莫琊，她惊讶地张开嘴。

"我已经帮你喂饱巴扎黑了，宝贝，你准备怎么感谢我？"莫琊雅痞的笑容绽放，走过来张开双臂，作势要拥抱南庄，表情和动作都很浮夸，"来，抱一个！"

南庄回过神来，灵巧地躲过："你有本事就去抱那尊大佛！"

她伸手指了指表情冷酷、站得笔直的林则熙，然后她和杨培培齐齐笑出声。

南庄一躲开，莫琊就面对着林则熙了。"别这么严肃！"莫琊的双臂依然没有放下，他眉眼弯弯地望着一脸漠然的林则熙，竟然真的上前一步，抱住了林则熙。

一旁的南庄和杨培培瞬间愣住，林则熙则全身僵硬，嘴角抽搐，"尴尬癌"都犯了。

在林则熙伸手推开他之前，"戏精"莫琊见好就收，倒退一步，松开林则熙，还不忘歪着脑袋笑：“情敌身材不错嘛！胸肌、腹肌都壮实得很，我还以为你是小鲜肉！”

杨培培捂着胸口感叹：“简直虐坏老夫了！”

南庄和林则熙一时都心情复杂，不知道该说什么。最从容的是莫玥，他抱完林则熙，又走过来把手臂搭在南庄的肩膀上，捏她的脸：“军训很累吧？好像晒黑了点！”

南庄翻了个白眼，挣脱开莫玥的暧昧动作，她似乎永远看不懂莫玥的画风。

“请问你来我家干什么？如果是来蹭饭的，对不起 恕不接待。”

一脸严肃的南庄，让莫玥笑得更欢了，他不死心地把手肘搭在南庄的肩膀上：“我妈让我邀请你，周末去我家吃个便饭，见见我那些三姑六婆，烦人得很，但是没办法。”

南庄表情尴尬，瞥了眼林则熙：“这种事情，发微信就可以了。”

“我要特意来提醒你，记得戴上我妈那个手镯。”

莫玥这句话无异于晴天霹雳，南庄浑身一颤，表情更加不自然。她微垂下头，正冥思苦想要怎么回答，林则熙蓦地冷冷地开口了：“那个手镯，已经被我摔碎了。”

这句话的杀伤力有多大，南庄和莫玥同时感受到了。南庄眼前一黑，头皮一阵发麻。莫玥的笑容也瞬间凝固，嘴角迅速下沉，转头看向南庄，目光冰冷犀利。

南庄硬着头皮抬起脸看了莫玥一眼，他的表情是她从未见过的可怕。

额头上开始渗出豆大的汗珠，南庄握紧拳头，手心一片濡湿，大热天里，她却冷汗涔涔，说话也有点结结巴巴：“对不起，是我的错，我没有保护好手镯。”

莫玥薄唇紧抿，表情凛冽，眼神简直可以杀人，然而他并没有下一步的言语和动作。虽然平时一副酒囊饭袋的纨绔模样，但他其实很擅长控制自己的情绪，尤其是愤怒。

那是慈禧太后赏赐的传家宝，是国家一级保护文物，是他母亲家族的荣耀。

莫玥深呼吸一口气，骤然转身。南庄下意识地上前一步拉住他的手：

“莫珝……”

他没有回头，狠狠甩开她的手，大步流星冲出门去，留下满室凝滞般的空气。

南庄脸色惨白，大口喘息着，脑子乱成糨糊。她扶住旁边的沙发坐下来，身体前倾，手肘撑在膝盖上，双手纠结地插进头发里，纹丝不动地坐着。

杨培培看到南庄失魂无措的模样，不敢去打扰，只能看向林则熙：“大神……”

林则熙虽然疑惑和愤怒，但知道此时不是问询的时机，于是不等杨培培说完，他就转身离开。啪地关上门后，他并没有回404，而是在走廊上垂着头站了会儿。

听莫珝刚才的语气，他已经带南庄见家长了？那手镯是彩礼？南庄说她结婚是为了反抗“商业联姻”，莫珝就是她的未婚夫？这样想着，林则熙不自觉地握紧拳头。

手指关节在寂静的走廊上咯吱作响，分外刺耳。

北京体育大学，室内网球场，黄绿色的网球一个个毛茸茸地散落着。

黑色耐克的发带下，露出林则熙光洁饱满的额头，在网球场的灯光下，明晃晃得刺目。薄薄的网球服将他的好身材勾勒得一览无余，该有肌肉的地方有肌肉，该瘦的地方瘦。

不到三分钟，学校几个微信群就被“林则熙在上网球课”刷屏了。女生们的速度实在是快，林则熙换好网球服，刚出场就被女生们震耳欲聋的尖叫声刺激得皱起眉头。

他一出来，啦啦队、体操队队员们就贡献了三个高难度动作。

与此同时，网球场外，一辆醒目的明黄色布加迪停了下来，身后跟着两辆凯迪拉克，凯迪拉克里先下来两个二世祖，他们先走进网球场，找到球场的负责人和网球课老师。

场上，林则熙已经打了两局，眼看着就要赢了，老师突然走过来，裁判吹了口哨。

“林则熙，你去休息一下，五分钟后再认真打一场。”老师递来毛巾和矿泉水。

说完，老师走到裁判身边，跟裁判说了几句，裁判点点头。

“其余人，提前下课！”老师大声喊道。

大家都满腹狐疑，场内的女生们也一片哗然，不知发生了什么事。林则熙则淡定地坐在台下喝了半瓶水，擦了擦额头上的汗珠。五分钟很快过去，更衣室有人走出来。

林则熙蓦地瞳孔一缩。

观众席上的女生们再次沸腾，这场比赛简直是“颜控的福利”。

长睫毛，桃花眼，眼角上挑，传说中看一根电线杆都多情的眼睛，莫珝是传说中的“男生女相”，但英气的眉毛和方方的下巴很好地综合了这部分，不会显得娘炮，反而美貌。

只有林则熙的容貌与之平分秋色。

林则熙最特别的地方是他眼睛下面的卧蚕是由窄变宽的，像一对若隐若现的翅膀托住眼睛。他的帅是复杂的、有层次感的，初看惊艳，细细品味又可知其隐藏的绝色。

倏忽一道目光从对面直射过来，莫珝今日不再嬉皮笑脸，冷冷地抬眸截住林则熙的视线，短兵相接，一个对视已经刀光剑影，两人都被对方的气场微微震慑。

莫珝仰起下巴：“敢不敢比一比？输的人自动退出。”

林则熙站起身，并不言语，而是健步到场上，躯干挺直，目光灼灼，直视前方，左手和右手都弯曲成九十度，左手放在拍喉的位置，这是击出一个“致命正手”的标准姿势。

他一系列的动作，无非就是一个意思：放马过来。

莫珝冷哼一声，扬起球拍示意裁判。

高坐在裁判位的老师立刻吹起响亮的哨子。场内热烈火爆的加油声逐渐变小。裁判高喊一声：“比赛开始！”

林则熙的神情，是冷冷清清的，左脚画半圆，扔球，挥拍，看似平淡，球路却够狠，势如破竹，锋利又尖锐。可对莫珝来说不过是小菜一碟，他轻易地给了个漂亮的扣杀。

场内球擦网，速度飞快，球路又压得很低，根本不可能接到。

在场所有人的心都被吊得高高的，屏气凝神，专注地盯着快得不可思议的扣球。

砰！

连网球课老师都不知道林则熙是如何做到的，速度极快，像是反手，像是换手，总之那颗刁钻的扣杀球，林则熙接到了，不仅接到了，而且打出了犀利的回击。

配上他冷峻的表情，简直就像一个杀手，一击即中，见血封喉，半点余地也不留。

第一局，林则熙拿下。其实比分不算太难看，6∶5，但是输了就是输了，莫珝调整状态，不再轻敌，艰难地拿下第二局，6∶4，林则熙咬得很紧。

一比一平。

莫珝人生中第一次遇到这样的对手，平时打网球，要么对方技不如他，要么会让着他。可这位呢？第三局开场又是锋锐冷冽的球风，两人比分咬得很紧。

在接到一颗扣杀后，莫珝握拍的右手被震得发麻。比分5∶5，只剩最后一球。

深呼吸一口气，莫珝对林则熙竖了个中指。

承受着所有人的目光，林则熙双手握拍，一个侧拍旋转式打法，球快速地飞出去，以肉眼不可见的速度低频快速旋转，擦网，前网落地。女生们发出尖叫，全场沸腾。

“你输了。”林则熙居高临下地注视着莫珝，眼神和语气都冰冷入骨，“你可以暂时不退出，但你必须保证，手镯的事情，不要再找她的麻烦。”

中关村，银科大厦，九艺游戏音频中心。

“听说了吗？今晚《至尊荣耀》总决赛开幕式，VGL会现场演奏游戏里的BGM！”南庄第一天上班，就在等电梯时听到身后排队的几个前辈在热烈地讨论。

“楚南庄，”有前辈认出了她，语气里带着轻蔑，“你是新人，肯定不知道VGL吧？”

若是换作以前的南庄，或许会谦虚地假装不知道，然后耐心地听前辈教导。可现在南庄已经不同于往日，她礼貌地微笑，先是点点头打了个招呼，然后据实以答：“VGL，Video Games Live，世界上最受欢迎的电玩交响音乐会，2009年首度来华在北京首秀，我就没有错过，前年他们在中国十四座城市开展超大规模巡演，我一场不落。”

前辈瞬间怔住。

另一个前辈冷哼一声：“你跟着他们全中国地飞？骗谁呢？”

南庄耸耸肩，掏出手机，翻出一张她和VGL首席指挥家的合影，几个前辈都看呆了。

叮咚，电梯门开，南庄也不谦让，先上了电梯，然后在电梯里微笑着向前辈们挥手。

“这是那个唯唯诺诺的楚南庄吗？”几个前辈面面相觑，难以置信。

电梯内，南庄激动不已地看着那张合影。VGL要来演奏《至尊荣耀》的BGM了！这真是中国游戏的伟大胜利！要知道此前VGL只演奏日本和欧美的顶尖游戏的背景音乐！

“太棒了！中国游戏！”她单手握拳，激动地自言自语。

音乐是富有魅力、直指人心深处的无形之翼，更是任何游戏都不可或缺的灵魂元素，每当旋律响起，便能瞬间将玩家代入那些激动人心的场景，或辽阔峥嵘或热血沸腾。

而当这些充满能量与兴奋的旋律，由富含力量和情感的交响乐团通力演奏，华丽的乐音蓬勃而出，足以让玩家每一个毛孔都沉浸在深邃宽广又澎湃昂扬的游戏世界中！

“你想去参加今晚VGL的演奏会？不行。”邬靖头也不抬地说。

南庄垂了垂眼眸，又抬起眼皮：“组长，我知道我现在调入《绝地逃杀》组了，不能去参加《至尊荣耀》的活动，但是我真的很喜欢VGL，我可以请假吗？”

“不可以。”邬靖看都不看她一眼，双手噼里啪啦地敲击着键盘。

南庄几乎要放弃了，可转念一想，她不能再像以前那么没有原则。她清了清嗓子，在邬靖的工位边站得笔直："组长，如果我提前完成今天的工作，就可以去参加了对吗？"

邬靖蓦地抬起眼，目光冷厉，红唇颇有气场地一张一合："我说不行就不行！如果你实在要去，明天你就不用来上班了。在实习期间，我可以随时一票否决你。"

南庄眸色一黯，深呼吸一口气，声音不卑不亢："那我去工作了，组长。"

她并没有妥协，只是现在邬靖很明显在争强好胜的状态中，她不如先避其锋芒，再挑选合适的时机曲线救国。公司晚上七点下班，而演奏会是晚上七点半在北京展览馆。

从早上九点到下午五点，南庄一直在全神贯注地工作，高效率地编出了两个《绝地逃杀》的音效，并且通过了音频中心和《绝地逃杀》工作室的双重审核，提前完成工作。

代价是，她中午没吃饭，现在有些低血糖。站在邬靖的工位前时，南庄手抓住桌角，饿得手在发颤。邬靖审核了她做出来的两个音效，没挑出毛病，就摘下耳机。

邬靖身体往后靠，双手抱胸，坐在旋转办公椅上冷冷地睨着南庄："为什么那么想去看电玩音乐演奏会？"

南庄疲惫的脸上瞬间露出兴奋的笑容："主持人会告诉你，不用坐在椅子上很紧张地听，当你觉得激动有共鸣的时候可以站起来，大声吼出来。所以现场氛围是无法形容的，热爱游戏和音乐的人都能高潮。"

"高潮？"这个词让邬靖忍不住勾起唇。

有希望了！南庄双眸一闪，再接再厉："最重要的是他们演奏的是《至尊荣耀》的曲目，和以往的西方玄幻风格不同，这次有很多中国古典元素，我很期待气势磅礴的编曲可以营造出神秘恢宏的东方战争场景！"

邬靖微微眯起眼，她在犹豫不决，不知道该不该批准南庄早退去参加演奏会。

这时，工位上的手机蓦地亮起，邬靖抓过去一看，是莫珝。

"老子居然在最拿手的网球比赛上输了！今晚你必须来陪我不醉不归！"

必须？邬靖盯着这两个字，嘴角不露声色地微微勾起，心情一下子变好了。

南庄还在旁边紧张地看着时间，声音发颤："组长？"从中关村到北京展览馆还需要时间，再不走她就赶不上了。

下一秒，邬靖瞥了她一眼，淡淡地吐出两个字："去吧。"

"谢谢组长！"南庄高兴地给邬靖鞠了个躬，满脸春色地向外跑。

邬靖双脚滚动办公椅的万向轮，身子探出工位，神色复杂地看向南庄的背影。这丫头这次来实习，变了不少，虽然不至于锋芒毕露，却也不再软弱可欺。

职场的穿衣法则是正式中带一点时尚，用很有设计感的非基础款，来搭配中规中矩的衬衣、西裤这样的基础款。南庄以前总是衬衣加长裤，给人的感觉太死板，像推销保险的。现在南庄学聪明了，上半身蓝条纹衬衣表现出职场的正式，下半身藕粉色阔腿裤则彰显时尚个性。

邬靖不得不承认，南庄进步很快，已经不再是懵懂的职场小白了。

但是距离在职场上独当一面的女强人，她还路漫漫其修远兮。

邬靖到底是惜才的，如果南庄不和她抢莫珝，她或许会手下留情。等南庄的背影消失在拐角处，邬靖才慢条斯理地退回工位里，回复莫珝的微信："今晚要加班。"

这不是欲擒故纵，她是真的分身乏术。比起男人，还是工作更重要。

Chapter 11

“波士顿？在我眼里波士顿很无聊，”莫琊曾这样对艾筱澍说，“没有纽约的快节奏和繁华，也没有西海岸的多元奔放，波士顿是浓浓的书卷气、厚厚的大雪和蔚蓝的大海。”

刚来波士顿没多久，艾筱澍的肠子就悔青了，当初真应该去申请曼哈顿音乐学院。

“你又要去纽约？”室友揉着惺忪的睡眼，看到艾筱澍在门口换鞋。

艾筱澍哗地拉上拉链，并未回答，转身走出房间，啪地关上门。

工作日的上午，却有不少人在查尔斯河上玩帆船和皮划艇，还有很多一身运动装扮在查尔斯河畔跑步的人，这座城市就是这么节奏缓慢、从容淡定、“不求上进”。

可这座“慢城”的物价一点也不低，折算成人民币，一顿午餐95元，一个大汉堡50元，一公斤西红柿35元，普通地段85平方米的公寓租金20000元，网费每月400元……

昨晚艾筱澍在超市买了半只快过期的打折烤鸡，吃光了鸡肉，骨头留了下来，今天早上用骨头熬了清汤，勉强算作早餐。没有申请到奖学金的艾筱澍，已经捉襟见肘。

留学生并不都是富二代，多数是普通人。而像她这样省吃俭用、苦苦支撑的留学生，大有人在。除了独在异国的寂寞和学业上的压力，不少留学生还面临着经济上的窘境。

“那个女人是怎么回事？怎么搞到输液的地步，脸色惨白，全身水肿？”

纽约，亚裔捐卵事务所。

艾筱澍在长椅上等待被叫号，身边有两个韩裔女生在用英语讨论隔壁输液房里的女人。

“据说是遇到了无良中介，为了让卵泡快速长大而加大了药量，7天就取了卵。”

中介如果黑心，快速取卵，很容易引发卵巢过度刺激综合征。

“看她下腹部肿胀的样子，好可怕！幸好我打针打了15天，因为我胖，有耐药性，正常是12天。”

艾筱澍忍不住朝那个输液的女人看去，她一边输液一边呕吐，狼狈又凄惨。艾筱澍不由得苦笑。为了八万美元，她已经打了10天的促排卵针，小腹胀得疼痛难忍。

“艾筱澍！来做B超！”工作人员用英文喊了一声。

做B超是为了检查卵泡发育情况。艾筱澍走进房里，躺在床上，掀开腹部。

“可以了，今天取卵。”另一个工作人员过来提醒她，“你在伯克利音乐学院留学？难怪你可以拿到八万美元，外面那两个韩国女生拿的是劳务签证，就只有四万美元。”

不同的阶层，连卵子的价格都不一样。

“马上给你上麻药，手术后你要注意卧床休息，不要剧烈运动，多喝水，多喝牛奶。”工作人员见艾筱澍面无表情，忍不住拍了拍艾筱澍的肩膀，“你听到了吗？”

艾筱澍这才回过神来，嗯了一声，声音轻得宛如一声叹息。

手术结束后，艾筱澍径直走向卫生间。很疼，不光是身体上的疼痛，更是心理上的。在往卫生间走的路上，她的眼泪就已经忍不住了，她低着头，尽量让头发遮住眼睛。

走进卫生间的隔间，她坐在马桶上，关上门，这才放肆地开始落泪。

这么多年，不管是在卖弄风情的直播间，还是在花心富二代男友的别墅里，她都习惯于躲在卫生间哭泣。每个人的生活都很艰难，你的那点烦恼，在别人眼里就是矫情。

笑容是给别人看的，而眼泪，只给自己看。

如果钱不够，就再来卖卵，不管怎样，都要把书念完，哭过之后，艾筱澍痛下决心。

人的脆弱和坚强，都超乎想象，有时候，我们会脆弱得因为一点小事就泪流满面，也有时候，我们会发现自己咬着牙走过了很长的一段路。

“哇！打扮得这么漂亮，要去约会？”杨培培一边嗑瓜子一边问方如喜。

方如喜笑着说了声：“对啊！”她刚刚上完第一层睫毛膏，垂下眼，拿起大刷子在睫毛上抹一层蜜粉，再刷第二层睫毛膏。蜜粉能吸附睫毛液，这样睫毛层次更加分明。

“中科院的大科学家！真是羡慕死我了！”杨培培用力地咔咔咔嗑瓜子。

方如喜瞥了眼亮起的手机屏幕，是今天的相亲对象发来的地址，她慌忙把手机锁屏。

从大一开始，方如喜就买了相亲网站的年费会员，但是因为个人信息和照片都不出彩，所以无人问津，偶尔有搭讪的，但聊了几句就没有下文了。到大四时，方如喜突然急了。

她开始认真完善个人信息，学了很多网红的自拍方法，把自己的照片PS得又美又仙，终于每天都有男人来搭讪。今天这个，他们其实只在微信上聊了不到一周。

“我们还不太了解，现在就见面会不会太仓促了？”方如喜也曾质疑过。

“反正迟早要见的，而且我们都在北京，见了面，合得来就继续，合不来就拉倒，省得浪费彼此的时间，你说对不对？”他在望京一家别墅装饰公司做设计师，有车无房。

二十七岁的京漂不太可能有房子，方如喜知道。但他的工作发展潜力大，将来肯定是要买房的。虽然他不是她的最佳选择，但也是经济适用男、潜力股，她愿意接触一下。

在玄关处换鞋时，方如喜的视线落在鞋柜上面的一个快递包上。

这是南庄在天猫上买的，她说：“我们女生住在外面，一定要有安全防范意识，我买了三瓶防狼喷雾，你们单独出门的时候，一定要记得带上一瓶，以防万一！”

方如喜原本没放在心上，但此刻既然看到了，还是带上吧，反正不要白不要。

白色印花短袖，藏蓝色的九分裤，再搭配一双豆豆鞋，脖子上挂着一根细长的银饰，虽然个子不高，但这位设计师看起来阳光清爽。方如喜有点喜出望外，脸色微微泛红。

“你比照片上漂亮多了，而且很有气质，果然是学音乐的大才女。”

银饰男一番夸赞，让方如喜更加心跳加速。两人一边吃饭一边闲聊，银饰男还一直帮方如喜夹菜、倒茶和递纸巾，方如喜从未被男人这样照顾过，连耳朵都开始泛红。

“你相信一见钟情吗？”银饰男直勾勾地望着方如喜，“我对你一见钟情了。”

这句话并不突兀，因为他一直饶有兴致地看着她，从他眼里的光亮可以看出他的心思。见方如喜没有回答，他又说了他的学历和家境，985高校毕业，家里是做建材生意的。

方如喜难免想起翟文伟，差别太大了，眼前这个男人靠谱多了。

“吃饱了吗？我请你看电影。”

电影院就在餐厅楼上，在商场相亲就是这么方便。

没想到电影很难看，号称是第一部展现中国本土英雄对抗外星生物的电影，可制作水准是“页游般的既视感”和“渣特效”，银饰男一直在旁边吐槽。

电影院光线很暗，他们的座位靠后，方如喜没听清他在说什么，探身过去时，银饰男蓦地抱住她的脸，用力地亲下去，很快变成舌吻。而方如喜大脑一片混沌，全身僵硬。

或许是她的反应让银饰男误解了，他竟然伸手过来，隔着连衣裙抚摸她的胸。

“你干什么？”方如喜这才回过神，用力推开他，低喊出声。

银饰男以为她是矜持，说了句“做我女朋友吧”，就把她的手硬塞到他的双腿之间。方如喜触电似的浑身一颤，本能地站起身往外面走。

银饰男也站起来跟在后面：“对不起，我感情太热烈了，一时没控制住。作为道歉，我送你回家吧。”

银饰男一直不依不饶地跟在方如喜后面，可方如喜怎么敢上他的车？

“你别生气，我真的不是坏人，我给你看我的毕业证、我的设计作品。”

居然还是研究生，有硕士学位，几栋别墅样板房设计得美观大气，方如喜看完银饰男手里的照片后，戒备心稍微放松了一点，或许他真的是情难自禁吧？男人不都这样吗？

回家的地铁费要六块钱，可以吃一顿饭了，不如省点钱坐他的车吧，方如喜想。

银饰男上车后开了舒缓的音乐，方如喜望着车窗外北三环璀璨的夜景，心情好多了，还和银饰男聊着天。等车停到橡树湾僻静的路边，银饰男又表白：“做我女朋友吧。”

方如喜正纠结该怎么回答，银饰男突然霸道总裁附体般说：“如果你不做我女朋友，我就不让你下车。”他说着，拉过方如喜，又是一顿口水满天飞的舌吻。

此时方如喜脑子完全乱了，为了逃脱，她只能喊：“我做你女朋友！”

银饰男一听，不但没有放她下去，竟然伸手就拉下了方如喜裙子后面的拉链，双手迅速从她的裙底滑到她的大腿内侧：“老婆，你没有玩过‘车震’吧？让老公我教教你。”

方如喜浑身颤抖，终于明白，自己遇到打着相亲的幌子“约炮”的渣男了。

还没反应过来，文胸背后的扣子都被银饰男熟练地单手解开了，方如喜双手捂住胸脯，又气又急，眼泪无助地簌簌落下，怪只怪自己贪小便宜、自我保护意识太弱。

耳边响起银饰男解皮带的声音，方如喜拼命敲打着车窗玻璃，眼神惊惶绝望，可这条路根本无人经过。她急中生智，想起包包里有南庄买的防狼喷雾，立刻转身掏出利器。

她对准银饰男的眼睛一顿狂喷，银饰男疼得哇哇大叫，方如喜慌忙扑上去找门锁开关，找到之前还被银饰男抓着头发狠狠砸向仪表盘，她疼得龇牙咧嘴，眼冒金星。

顾不上鼻血喷涌而出，方如喜打开车门跳出去，连滚带爬地逃向大马路。她一边跑一边拉上裙子的拉链，终于看到橡树湾门口站得笔挺的保安小哥哥，她全身无力地跪倒在地。

旁边不时有人经过，可她已顾不上大家投来的目光，跪坐在地上，捂脸痛哭起来。

“你等一下。我有个东西本来打算丢了，如果你喜欢，你就拿去。”

杨培培把做好的韭菜鸡蛋饼放到404的餐桌上，转身准备走时，却被赵祈哲叫住了。

赵祈哲回卧室拿出一个红丝绒的心形首饰盒，递给杨培培。

一瞬间，杨培培震惊地瞪圆眼睛，有点站立不稳，下意识地伸手扶住餐椅靠背。

“这、这是什么？”她说话结结巴巴的，心跳得飞快，看起来像是戒指礼盒？

赵祈哲没耐心解释，一把将礼盒塞到杨培培手里，然后坐到餐桌边，趁热吃韭菜鸡蛋饼。杨培培怔了怔，看了看手中的礼盒，深呼吸一口气，打开看，顿时啊的一声尖叫。

戒指！铂金戒指！纯洁华美，光芒闪烁！杨培培的呼吸都停止了。

半晌，她才回过神来，转过身：“赵、赵祈哲，你这是什么意思？”

“送你戒指啊，还能有什么意思？”赵祈哲一边吃一边吸吮手指，若无其事。

杨培培脑袋里轰的一声，脸涨得通红，双手颤抖：“可是我……我不能收。”她的心里还有大神，无法接受赵祈哲这突如其来的心意。这样说着，她蓦地一阵心疼。

“那你把它扔了吧。”赵祈哲头也不抬地说。

“扔了？”杨培培愕然。没想到赵祈哲也有如此霸气的一面。他这样是逼着她收了？虽然她好像没以前那么迷恋大神了，但是赵祈哲这么突然告白，她一时间还接受不了。

赵祈哲抓起杯子喝了一口水：“你做的韭菜鸡蛋饼终于让人咽得下去了。”

杨培培此时没空理会他的冷嘲热讽，她把戒指礼盒放到餐桌上，双手拍了拍自己发红发烫的脸，清了清嗓子说：“戒指你先留着，等我整理清楚了我的感情，再答复你。”

她的话音未落，房门咔地被打开，林则熙推门而入，站在玄关处换鞋。

赵祈哲瞥了门口一眼：“你回来了？我有个东西要送给你。”说着，他抓起那个戒指礼盒，啪地合上，就朝门口抛去。

林则熙一伸手，接过礼盒打开看了看：“谢了。”

杨培培瞠目结舌，大脑彻底罢工，呆呆地看了看大神，又看了看赵祈哲。

“你、你们……”不会是那种关系吧？杨培培瞬间觉得整个世界都玄幻了。

这时南庄从403走出，站在404门口喊杨培培：“快回来吃饭！你送个饼送这么久？”

杨培培舌头打结，跑到门口来：“南庄，赵祈哲刚刚送了一枚戒指给大神！”

南庄的视线落在林则熙手里拿着的戒指礼盒上，也愣住了。林则熙趿拉着拖鞋，把背包丢到沙发上，然后转过身，慵懒地靠着沙发靠背，双腿交叉地站着，望着南庄。

此时正和杨培培面面相觑的南庄，表情诡异得很，看得林则熙忍不住嘴角勾起。

终于南庄抬眸对上林则熙的视线，憋出一句："你和赵祈哲是……"

林则熙正要开口，赵祈哲吃完了韭菜鸡蛋饼站起身，经过林则熙身边时，突然停下脚步。赵祈哲转过身，抓起林则熙的手看了看说："戒指的尺寸，应该很适合你。"

南庄和杨培培再度对视一眼，两个人的表情已经无法用语言形容。

林则熙瞥了眼南庄，心里偷笑，表面上依然云淡风轻，拍了拍赵祈哲的头。

摸头杀？南庄和杨培培两个人瞬间看得双眼发直。下一秒，南庄蓦地想起来家里天然气灶台的火还没关，汤要熬干了！她慌忙转身朝外面跑。

"大神，我、我先走了！不打扰你们了！"杨培培也立刻转身，给他们关上门。

赵祈哲径直走向卧室。林则熙则把手里的戒指礼盒放到书柜上。他一眼就看到了戒指上的logo，那是赵祈哲所在公司的logo，所以他不问就知道那是什么戒指。

互联网巨头公司都喜欢"作妖"，赵祈哲所在的公司每年都有一个仪式，"一年香、三年醇、五年陈"本身是形容酒的，现在却用来纪念员工进入公司的岁月。

大boss亲自颁发，"一年香"是徽章，"三年醇"是白玉吊坠，"五年陈"是铂金戒指，如果KPI考核成绩绝佳，"三年醇"也可以拿到铂金戒指，譬如今年的赵祈哲。

吃完饭，南庄和杨培培正在玩"石头剪子布"，输的人去洗碗，房门被敲响了。

"大神？"开门的杨培培诧异地睁大眼睛，"找南庄吗？她在洗碗。"

林则熙把盘子递过来，那是装赵祈哲刚刚吃完的韭菜鸡蛋饼的盘子。杨培培接过盘子，笑着说："大神要不要进来坐一坐？"说完她蹲下身从鞋柜里拿出一双拖鞋。

南庄从厨房出来时，看到林则熙正在喂她的巴扎黑，纤长的手指在水族箱上方闪亮着。他的目光专注而温柔，让南庄怔了怔。直到杨培培的声音传来："大神，请问……"

林则熙站直身体，双手插兜，看向杨培培。

他黑色的眼眸如夜般深沉。时至今日，杨培培还不太敢与他对视。她心里紧张得一直打鼓，但表面上还得装得淡定，她抱着布艺抱枕，右手抠着抱枕上的流苏，低下头。

纠结到最后一秒，她才开口："我想问，赵祈哲他是不是异性恋？有没有女朋友？"

林则熙双眸一亮："你喜欢他？"

杨培培顿时脸颊绯红，头垂得更低了，咬了咬下唇："没有，我只是好奇。"

此时南庄和林则熙都知道杨培培的心思了，但是女生总是有点矜持的，所以林则熙也不戳破杨培培的掩饰，他心里松了口气，表情和语气都非常轻松："你自己去问他。"

大神也不知道？杨培培刚想问，林则熙再度开口："加油。"

杨培培生怕大神误会了什么，慌忙抬头，刚要开口，可大神已经转移目光望向南庄。

那一瞬间，杨培培感受到了明显的差别，大神看南庄的眼神，和看她的眼神，截然不同。他看她时总是疏离的，无悲无喜，眼神里一点情绪也没有。

可他看南庄时，即便再克制，也能令人感受到极端的情绪，爱，或者恨，当南庄出现时，他的眼里就只有她一人，仿佛他一生所有的痛苦和快乐，都受南庄牵制，不得自由。

巨大的落差，让杨培培张开的嘴缓缓无力地闭上，话到嘴边，却又咽了回去。

下一秒，林则熙望着南庄，微仰起下巴，又是简短有力的两个字："过来。"

那两个字把杨培培彻底摧毁了，她看了看南庄，又看了看林则熙，然后在他们两人对视的目光中溃不成军。她输了，她永远都不可能像南庄那样与大神势均力敌地对望。

虽然早就隐隐约约地觉察到不对，但她一直不肯承认，此刻终于不能再自欺欺人。

即便对大神的感情已经浅淡如风，杨培培的心里还是翻涌起一阵酸涩。她突然想起艾筱澍说的那些话，成年人的爱情，果然不是靠追逐，而是靠吸引。

连她杨培培都被南庄追求梦想的热血和斗志所吸引，何况大神呢？

南庄那么闪亮，而她呢？自从喜欢上大神，杨培培发现自己越来越自卑，在大神面前，她总是提心吊胆、患得患失、卑微怯弱，和自信的南庄比，她如何不输得理所当然？

这么久了，林则熙就像插在她心口的一把刀，不敢拔，也不敢深入，让她半死不活。可是这次，她想要把它拔出来，哪怕鲜血淋漓、日月无光。因为她再也不想卑微了。

南庄瞪了林则熙一眼，责怪他不该当着杨培培的面叫她一起出去，然后南庄看向杨培培，目光里充满了无措和担忧。杨培培很快察觉到南庄的视线，转过头与南庄对视。

一个眼神，可以包含太多的情绪。杨培培对上南庄小心翼翼投来的目光，顷刻间就感受到了南庄的心意。杨培培知道，南庄也不好受。这根本就是一场没有赢家的游戏。

不管怎么说，她相信南庄，她从未质疑过这段友情。她心里蓦地生出一股勇气。

杨培培轻轻地笑了，走过去，贴在南庄耳畔说："快去吧，我已经不喜欢大神了。"

南庄背脊一僵，还没反应过来，就被杨培培推了一把。南庄迈出几步，转过头看杨培培，杨培培笑着朝南庄挤挤眼，挥挥手，表情是毫无勉强的明朗，笑意真诚坦荡。

终于，南庄松了口气，眼温柔地低垂下来，嘴角涩涩地上扬，朝杨培培挥挥手。

杨培培保持着微笑，双眸却在望向他们两人的背影时瞬间失去了光彩。红尘刹那交错，大风吹散了面孔，原来她风尘仆仆、跋涉万里，却只能遥遥看到他的背影。

等南庄跟着林则熙走出403并且关上门后，杨培培脸上无形的带笑的面具，仿佛顷刻间摔落下来，在地上砸得粉碎。她失魂落魄，双目无神，踉踉跄跄地跌坐在沙发上。

她脑海里浮现出第一次遇见大神的样子，他在台上微微一笑，她感到灵魂恍若被一双手拨动。或许他是遥不可及的月亮，而她爱上的不过是虚幻冰冷的月光。

好冷，夏日的夜晚，她突然觉得浑身冰冷，只能颤抖着抱紧自己。

她蜷缩在沙发上，闭上眼，把脸埋进胸前的抱枕里，像鸵鸟把头埋进沙坑。

过往的一幕幕如雪花般纷至沓来。

那些为他辗转反侧失眠的夜晚，那些为他疯狂为他尖叫的时刻，那些因为他的一个回复而狂喜、因为他的一点点冷漠而难过的日子，那些喜怒哀乐只因他一颦一笑的时光……

她曾翻遍他的微博，每天点开他的朋友圈；她曾特意在节日里给他祝福，却假装是群发的消息，跟他聊天总是怕“尬聊”，所以事先准备好他惯用的系列表情包……

单恋一个人，认真且㞞，身边的人总是不理解她的偏执，不懂她每天偷鸡摸狗地窥探他的动态、屏气凝神地跟他聊天、一聊起他就双眼放光，只有她自己沉浸其中……

黄粱一梦，终究梦醒。

她已经走了九十九步，可他还不曾转过身，那第一百步，她要留给自己的自尊。

茶几上的手机响了起来，屏幕倏忽亮起，她慢慢地抬眼望去，手机锁屏的照片还是大神的，杨培培慢慢地把目光聚焦在大神的照片上，她从来没有这样平静地看过他。

光阴飞逝，他从初见时的翩翩少年到如今的冷峻深沉，不变的盛世美颜依然足以让她疯狂。可她在这一条路上，已经独自走了太久，久到疲惫不堪，无力再支撑下去。

杨培培在心里轻轻地说："对不起，大神，我已经走不动了。"

她甚至不肯用严重一点的词，她的心已经开始疼了。

电话转为未接，屏幕暗淡，杨培培拼命闭紧眼睛，可眼泪还是没出息地倾泻而出。

没事没事，她告诉自己，哭过就好了，她那么用力追逐过的明月啊，到底是赠予了她一片皎洁的月光，照亮她人生的前路。她的耳畔响起他的那一声"加油"。

再见，青春。再见，大神。这一生征程漫长，有他送的这两个字，她别无所求。

电梯正在从上往下移动，门上的数字在倒数，越来越接近四楼。

南庄和林则熙站在电梯外面，两人各怀心事地沉默着，一时间竟然无人按下电梯按钮。直到电梯从四楼经过而没有停，数字直接跳到一楼，林则熙才先回过神，按下按钮。

他想的是杨培培终于"移情别恋"，他和南庄之间少了一层障碍，可转念一想，杨培培从来不是他和南庄之间真正的阻碍，最关键的，是南庄对他的心意。

和他并肩而立的南庄，心情异常苦涩沉重。她有多珍惜她和杨培培之间的友情，此刻就有多纠结和难过。虽然很庆幸杨培培找到了她真正喜欢的人，但南庄的愧疚感依然很深。

"从某种角度来说，我是个人渣。"南庄呆呆地望着电梯门上跳跃的数字，"我应该在一开始就告诉她，说清楚我和你的关系。可我总是开不了口，眼睁睁地看着她唱独角戏。"

电梯门开，林则熙左手扶门，右臂揽住发呆的南庄的腰，推着她一起进电梯。

此刻不是高峰期，电梯里只有他们两个人。

直到电梯门关上，门上的玻璃映出南庄惶然自责的脸，林则熙习惯性的冷漠表情渐渐变得温柔，他眸色一黯，先开口打破沉默："如果你有罪，那我就是共犯。"

"是啊，你明明可以早点告诉她，可你竟然还利用她来监视我！林则熙，你更是人渣！”南庄咬牙切齿地转过身，双手捶打他，她分不清自己是愤恨林则熙，还是在愤恨自己。

杨培培那么相信她，所有的心事都向她倾吐，将一切喜怒哀乐和坚强软弱，全部展现给她，无条件地信任她，可她呢？只有可耻的欺瞒和背叛。

林则熙不躲不闪，纹丝不动地任凭南庄打骂。

电梯停在一楼，门打开，外面无人，林则熙和南庄也没有下电梯。

南庄依然在情绪激动地捶打林则熙的胸膛，直到电梯门关上，电梯停在一楼静止不动。

终于她打得累了，大口喘息着，低垂下头，双手无力地顺着林则熙的胸膛滑落。

林则熙不露声色地沉下嘴角，蓦地伸出手臂，环住南庄的腰，强势地将她揽入怀里。

“那么自此以后，我们两个人渣就互相伤害吧，不要再祸害别人了。”

他清晰而坚定的声音让南庄的耳膜鼓动起来，她被他抱得很紧，额头紧贴着他宽阔健硕的胸膛，似乎能听到他左胸强有力的心跳声，给她一种莫名的宽慰和安全感。

不知为何她一阵鼻酸，不肯轻易示人的脆弱一面暴露出来。她拼命地把脸压在他胸前，好像要把自己镶嵌进他的身体，仿佛只有这样才能憋回汹涌来袭的眼泪。

可他垂下脖颈，贴在她的耳畔，轻轻地吐出两个字：“哭吧。”

南庄所有的防线彻底崩溃，坏人是没资格哭泣的，可是坏人就不会悲伤难过吗？她伤了杨培培多深，就伤了自己多深，她不会忘记杨培培那为林则熙泫然欲泣的眼睛。

眼泪打湿林则熙的胸口。原来泪水真的可以宣泄情绪，南庄哭过之后，真的好多了。

“你说她会原谅我吗？”她的坚强不允许她哭太久，就仰起脸看向林则熙。

林则熙的目光是她从未见过的温柔：“她已经原谅你了。”

403的房门被敲响。蜷缩在沙发上的杨培培哭过以后心情没那么糟糕了，她以为是方如喜又忘了带钥匙，就穿上拖鞋去开门，并没有特意遮掩自己哭红的眼睛。

“赵祈哲？”杨培培打开门，惊讶地张大嘴巴，“你怎么过来了？”

赵祈哲耸耸肩：“你不是说等你整理好你的感情，就来答复我吗？我等了这么久，你都没过来，那我只能来找你了。”他说完，才注意到她红肿的双眼，“你哭了？”

杨培培瞬间尴尬得说不出话来，她说那句话的原因是她误以为他送她戒指是表白……

“你先进来吧。”杨培培蹲下来给他拿拖鞋。

结果赵祈哲直接脱了鞋，赤脚走进来。

他一边逗着水族箱里的巴扎黑，一边语气平淡地问：“你为什么哭呀？”

“大部分人哭都是因为伤心吧？”杨培培给了他一个“明知故问”的白眼，然后走到茶水柜旁拿出一次性纸杯倒可乐，不忘提醒一句，“对了，巴扎黑可不能给你吃。”

赵祈哲转身接过杨培培递来的纸杯：“我想吃巴扎黑但是不行，我很伤心，但是我没有哭。这证明不是所有人伤心都会哭的，哭的人不是因为伤心，而是因为软弱。”

杨培培再次败在他强大的逻辑之下：“好吧，我很软弱。”

赵祈哲仰起头，咕噜咕噜把纸杯里的可乐一饮而尽，然后打了一个充满二氧化碳的嗝儿：“我还以为现在的女生都刀枪不入了，比如我昨天面试的那个女程序员。”

女的？杨培培莫名地有点吃醋：“她怎么了？”

“她说她不仅千杯不倒，而且不痛经，即使来例假也不会耽误任何工作，她没有男朋友也不会结婚，更别提生孩子了，还有，五年实地驾龄，能开着五菱飘移。”

杨培培：“……”

赵祈哲继续说：“毕竟这年头，快递员还帮忙顺带丢垃圾，大家都太拼，不敢软弱。”

正在倒另一杯可乐的杨培培动作一顿：“你也拼过？”

“当然，”赵祈哲走过来靠着茶水柜，“我曾经凌晨四点多起床，拿着近半年的流水和BP，搭乘最早一班房山线进城，只为和资本公司谈初期的融资，却换来对方的蔑然一笑。”

他顿了顿说：“也曾经因为囊中羞涩无法支付版面费，与国内核心期刊失之交臂。”

杨培培心一抽，不知道该如何安慰他，只能笑着说：“学霸的世界我不懂。”

可她转念一想，赵祈哲明明是在安慰她，他误以为她是因为最近的公务员考试而哭。她这几天的确为了考试而焦头烂额。辛苦他了，杨培培的心底蓦地涌起一股暖流。

她转身把可乐递给他。这次赵祈哲没有牛饮，而是小口地喝了一口。他看了看她，又转移视线望向茶水柜上方的窗户，窗外是北京温柔晴朗的夏夜，晚风浩荡吹拂。

“别伤心了杨培培，至少今天北京没有雾霾，光为这一点，我们就该开心地干一杯。”

赵祈哲的话让杨培培愣了愣，旋即释然微笑。

她转身给自己也倒了一杯可乐，然后举起纸杯，赵祈哲也举杯：“干杯！”

纸杯的碰撞是不会有声音的，可那静静的干杯声响在了杨培培的内心深处。

黑褐色的可乐涌入她的口腔，碳酸氢根离子刺激着喉头，她都忘了她不喜欢喝可乐。而这是她这些年来，喝过的最好的可乐。她望着赵祈哲豪迈痛饮的样子，心底一片柔软。

“这个小区是高档小区，业主素质都很高，多数是自住，没有隔断的出租房。”

几个房产中介带着一对对情侣过来看房，一边走一边介绍着。不时有推着婴儿车的宝爸、宝妈从他们身边走过，远处大妈们在跳广场舞，夜晚的橡树湾弥漫着人间烟火的温馨。

在夜色的遮掩下，南庄哭过的眼睛看不出红肿了，她正和林则熙沉默着散步吹风。

因为小区内人车分流，所以孩子们可以在路上尽情地奔跑玩乐。一个五岁左右的小女孩嬉笑着跑过来，险些撞到南庄，南庄慌忙停住脚步，俯下身扶住被撞得站立不稳的小女孩。

“谢谢阿姨！”小女孩仰着小脸说，乌黑的眼珠子又落在林则熙身上，“哇，阿姨你男朋友好帅！早知道我应该撞到帅哥哥身上！”

这么小就懂得吃帅哥的豆腐了。南庄相当无语，林则熙却眼角眉梢都荡起笑意，摸了摸小女孩的头。

小女孩瞬间双眸闪亮，抱住林则熙的大腿：“哥哥你等我长大！我长大了要嫁给你！”

这壮志凌云的话语让南庄觉得好笑，又感觉被挑衅了，虽说童言无忌，南庄还是忍不住直面威胁，开口反驳：“不好意思啊小朋友，你这个哥哥已经和我结婚了。”

她终于主动宣誓主权了，林则熙忍不住勾起嘴角。

小女孩立刻恶狠狠地瞪着南庄，伸出小手，气势汹汹地指着南庄的鼻子：“结婚又怎么了？我爸妈结婚了十年，还不是离婚了？等我长大了，你们肯定已经离婚了！”

南庄：“……”

果然，北京的80后离婚率飙升，三分之一的夫妻在婚后五年内分道扬镳。

林则熙瞥了南庄一眼，看出她一脸尴尬，他俯下身，笑着看向小女孩，很有耐心：“不会的，我和这个阿姨不会离婚的。”他觉得现在的小孩真是早熟得可爱。

小女孩噘着嘴，歪着头，好奇地眨巴着眼：“为什么不会呢？”

林则熙不禁伸手刮了下她的鼻子，眉眼温柔地笑道：“离婚的原因有很多种，大多数都是因为彼此不够相爱。这个问题，在我和这个阿姨之间不存在。”

南庄终于忍无可忍：“能不能改叫‘姐姐’啊？你想跪方便面吗？”

"阿姨拜托你别打扰我们！"小女孩大声说，然后把林则熙拉到一边。

南庄无语凝噎。

现在的小孩从小接触互联网，果然很聪明。小女孩两手交叉放在胸前，一副人小鬼大的模样，皱着眉思索了一番，然后仰起头问林则熙："你们不会离婚是因为很相爱吗？"

接下来林则熙的回答，小女孩就无论如何都想不明白了。

"我们根本不相爱，所以不存在不够的问题。当两个人都对婚姻没有期许，就不会失落、痛苦和绝望。如果婚姻只是一种单纯的利益关系，或许更能白头偕老。"林则熙说着，站起身子，把目光投向远处苍穹下璀璨的夜景。

南庄闻言，微微怔住。林则熙说这些话，当然不是说给小女孩听的。这就是林则熙跟她"七三分成"做合伙人的原因？为什么她能从这句话里听出浓浓的寂寞和无奈呢？

一年四季，北京的夏夜最充实。

CBD光华路昼夜施工的工地上，一名在夜间下班的工人，正打开地下管道的水阀洗脸。长安街上，负责天安门升降国旗的年轻武警们，正在夜间进行日常训练，表情严肃。

紫禁城端门的城楼上，一位窈窕的旗袍女子跨过斑驳的红门，去参加一场商务的冷餐会。凹形的午门是个风口，午门广场里很多皇城根儿下的老北京人正在乘凉、遛狗，悠然自得。

而在北五环的清河，两个各怀心事的年轻人，穿过小区的紫藤花架。

"其实我爸妈去年离婚了。"

重重叠叠的枝丫，漏下斑斑点点细碎的橘黄色路灯的光。南庄闻声微微怔住，转过头看林则熙。林则熙依然双手插兜地往前走，暖色调的光影让他的脸半明半暗，神色莫辨。

他继续说："那天民政局前排起了有说有笑的离婚长队。就在当天下午，厦门市房地产交易中心的数据显示，当天卖出了1470套房，是平时的两倍。"

南庄跟在他身后，大脑飞速运转：“离婚避税？”

“差不多。大家疯狂买房，就是因为当时厦门新出了一项限购政策，买第二套房的首付不能低于70%，而买第一套只需30%。如果离婚了，再买一套房就可以少40%的首付。”

紫藤花的香味虽然不如桂花香飘十里，可是在风中徐徐吹来，倒也沁人心脾。

南庄知道林则熙今晚难得地有了倾诉欲望，于是她并没有转移话题，而是静静地听着。

林则熙放慢脚步，垂下眼皮，声音淡若纤云：“其实这是他们第二次离婚了。”

他顿了顿：“第一次是因为《漳州市征地补偿安置办法》，离婚的家庭可以分两套房子，如果离婚后再婚，而配偶是城镇居民且无房屋居住的，还可以额外地征购12平方米。”

南庄蓦地心一疼，且不论大人是怎么想的，身为儿子的他，面对父母的频繁离婚，他会怎么想？别人会怎么看他？成长的过程中谁不是敏感又容易失去安全感的？

她忍不住伸手轻轻抓住他的胳膊：“政策发布后肯定有很多对夫妻假离婚。”

他听出了她语气里的安慰，微微抬起纤长浓密如羽翼的睫毛，迈开长腿继续往前走。

“其实他们当初结婚就是为了房子。因为在20世纪80年代，有配偶更容易分到面积大的福利房。他们结婚、离婚、复婚都是因为房子，所以我从小就认为，婚姻只是手段。”

他们越走，离小区中心广场就越近，广场舞热闹的音乐声渐渐变得清晰。

南庄抓住林则熙胳膊的手往下滑，滑过他赤裸的手臂，最后牵起他的手。

林则熙微微愣住，胸口以不易察觉的微小幅度起伏着。

“我认为，为了买房假离婚的夫妻之间并不是感情脆弱，而是真正情比金坚，因为只有100%信任，才能确保离婚后再复婚。”南庄语气肯定，目光灼灼地望着他。

两人十指交扣、掌心熨帖的瞬间，林则熙凝在眸中的一丝阴影渐渐淡去。

不远处就是喧哗的大妈舞蹈团，音响里正放着“我像只鱼儿在你的荷塘，只为和你守候那皎白月光”，大妈们认真地“尬舞”永远是莫名喜感的画风，气氛轻松喜庆。

林则熙也就不再掩饰他眼角眉梢浓浓的笑意：“你这是在安慰我？”

他嘴角上扬，宛如偷到腥的猫咪。

南庄把视线转向广场上扭动腰肢的大妈们，嘟了嘟嘴说：“高高在上的大神难得地在人面前展露出脆弱的一面，我当然要抓住机会，好好卖你一个人情。”

她并没有刻意卖萌，可她此时的表情实在可爱。平时傲娇高冷的女生偶尔嘟嘴吐舌调皮耍赖，这“反差萌”简直要人命！林则熙的瞳孔不由自主地剧烈收缩了下。

“游过了四季荷花依然香，等你宛在水中央……”南庄忍不住跟着旋律摇晃起脑袋。

她这个动作彻底击溃了林则熙的理智，他目光一闪，双手倏忽捧起南庄的脸。

南庄猝不及防，目光惊慌，睁大眼睛望着他。他越凑越近，鼻息交融。

“安慰人的时候，敢不敢再走心一点？”

话音未落，他再也不想等待哪怕一秒，闭上眼攫住她的唇。

德胜门箭楼被灯光点亮。朝阳公园，上百名农民工在一个工地附近观看关于抗日战争的露天电影。东便门城楼下，摆夜宵摊的男子光着膀子用蒲扇生火，开始烤第五十个肉串。

三里屯的酒吧里朋克乐队在疯狂地嘶鸣，五道口的清吧里有人喝着酒独自落泪。

承载着两千万人的喜怒哀乐，北京的夏夜，似乎永远没有尽头。

怀柔区教育委员会人事科，教师报名的队伍一直从走廊排到楼梯间，方如喜再度检查自己的资料，填写完整准确并有本人在诚信承诺上签字的报名表、户口本、身份证……

“你没带就业推荐表？光有表还不行，还要盖学校就业指导部门的公章！”

身后那个男生说完，另外一个女生就尖叫起来：“晕死！那我不是又白跑一趟！”

方如喜的一颗心又悬起来，马上检查推荐表、成绩表、英语六级证书还有个人简历。齐了，她一颗心刚放下，有工作人员探出头：“所有资料都要复印件！没复印的去复印！”

人群轰的一声争前恐后地朝楼梯挤，方如喜被狠狠冲撞，手一抖，白花花的资料散落满地。那些急着去复印的人根本没注意，也有人故意去踩，方如喜急得满头大汗。

她慌忙蹲下身去捡，手被踩了几脚，疼得龇牙咧嘴，整个人差点滚下楼梯。

原件被踩脏了，方如喜又气又急，慌忙捧在怀里用衣袖擦拭，可又没时间委屈，收好资料就小跑着下楼去找复印店。复印店前又排起了长队，烈日下方如喜被晒得头发晕。

在她心里，怀柔区这种远郊，根本就不算在北京。可是福利待遇好，事业单位正式编制，解决北京户口，服务期十年。社会地位高，而且有户口，大家当然趋之若鹜。

“怀柔？那么远啊？不通地铁吧？”昨晚杨培培问。

方如喜忙着做面试准备，正在看声乐书，闻言头也不抬：“也就60公里，有直达车，明早我五点起床去东直门坐916快车，两个小时就能到怀柔。”

“为什么不找近一点的，东城、西城、海淀、朝阳之类的？”杨培培不解地啃着黄瓜。

方如喜冷笑一声：“你以为我不想啊？别说你说的四个区了，就是门头沟、顺义、房山、大兴，事业单位面向应届非北京生源毕业生招聘教师，都必须硕士及以上学位。”

杨培培点点头，一边吃一边把一块黄瓜贴到脸上：“那你不如再读个研。”

要是家里有钱，方如喜当然想读研，她苦笑着不再说话。

怀柔到顺义只有20公里，所以报名结束后，方如喜没有回市区，而是先去顺义看看妹妹。她倒了三趟公交车，最后坐上一辆小巴车，颠簸了两个多小时，终于到龙湾屯镇。

金鸡河碧波潋滟，十八湾河水湾湾相挽，山水连天。

可这是有钱人才有闲情逸致欣赏的风景，方如喜记挂着过几天的面试，又担忧自己和妹妹的未来，迷惘、彷徨、焦灼和恐慌充斥着她的心，所以风景再美都入不了她的眼。

方如凤和蒋姣兰在大马路上等着她。一看到姐姐，方如凤就兴奋地挥舞起手臂。方如喜走下车，因为坐太久车而双腿发颤，然后在被妹妹抱住的一瞬间红了眼眶。

“你怎么瘦了这么多？”

姐妹俩好久没见面了，不约而同地鼻酸落泪。

蒋姣兰在旁边拍着她们的背，安慰着她们：“别哭了别哭了，给人看笑话呢！”

方如喜东奔西跑了这么久，身上一股汗臭味，可她还是闻到方如凤身上更加重的汗味儿，她忍不住边走边问妹妹：“你住的地方不能洗澡吗？你多久没洗头、洗澡了？”

“洗头、洗澡要去公共澡堂，三块钱一次。”方如凤吸着鼻子说。

方如喜一阵心酸：“你不是说女工赚钱多吗？怎么洗澡都舍不得？”

蒋姣兰替方如凤回答：“她想多攒点钱，万一你要用，她好拿得出来。”

方如喜喉头又哽咽了，她停住脚步，握紧妹妹的手：“千万别再省了！都怪我上次开口找你借钱！我在应聘教师工作，如果成功了，单位会解决租房问题。以后咱们不差钱！”

蒋姣兰叹息一声：“我们还算好的。我们宿舍有个女工为了省去澡堂的钱，大半夜去金鸡河边上洗澡，她水性不好，不小心淹死了，尸体漂在河上好几天，都泡肿了。”

方如喜闻言，不由得浑身一颤，这到底是不是人过的日子？

走过几条七拐八扭的乡间小路，摆脱了几条凶恶咆哮的农家狗，方如喜终于看到了那家所谓的服装厂。从外表看上去，这不过是一处普通得不能再普通的农家小院。

“连个牌子都没有，肯定没有营业执照吧？”方如喜突然担心起来。

方如凤擦了擦眼泪说：“怕什么？工资每个月按时发放，还包吃包住。”

蒋姣兰也帮腔：“咱们这家厂子还算正规的了，附近几家厂子据说有童工，老板都被抓去坐牢了。其实我觉得，那些留守儿童天天打网游或者打架闹事，还不如来打工。”

方如喜的心情更加沉重了。对于留守的孩子来说，终日流连网吧、沉迷网游已经不算最坏的了，年纪轻轻就沾染毒品，甚至犯下恶性暴力犯罪案件的，她已经听过太多太多。

把那些情况与外出打工、作为童工被敲骨吸髓相比，她甚至一时之间说不出到底哪一种选择是没那么糟糕的那一个。贫穷的孩子没有选择。方如喜觉得自己或许算幸运的了。

方如凤和蒋姣兰要留方如喜吃饭，可方如喜必须赶回市区，晚上七点她还有一个兼职，教一群小孩唱歌。于是方如凤给姐姐买了两个馍馍带到路上吃，依依不舍地送到路口。

“姐，你也瘦了好多，也黑了，别太拼了，你还有我。”方如凤说着又落泪了。

方如喜温柔地帮妹妹擦拭眼泪：“你最近没见过翟文伟吗？”

方如凤揉了揉眼睛，无奈地笑了：“我们距离那么远，就像异地恋，就算有时间，也没那个钱见面。何况他很忙，我不敢打扰他，我现在连微信消息都不敢给他发。”

方如喜一听就横眉竖目，气冲冲地提高音调：“他怎么能这样？”

“姐，”方如凤抓住姐姐的手，目光氤氲，“我觉得我和他的距离越来越远了。他会在朋友圈里发他的照片和他的作品，他住五星级酒店，一切都那么高级，而我……”

其实方如喜也在翟文伟的朋友圈里发现了他的变化，所以她不知道该如何安慰妹妹。

翟文伟变得越来越精致讲究，而方如凤，却在日复一日的机械劳动中变得麻木呆滞，再没有曾经的鲜活灵动。当人像机器一样运作的时候，必定失去青春的光彩。

小巴车还没到，方如喜只能转移话题："你不是说你喜欢北京的繁华吗？可现在你选择在京郊的村镇里打工，这里和我们老家农村没什么两样，你为什么不回市里呢？"

方如凤转移视线，望向土路上三轮车驶过后扬起的尘土，苦笑："因为我不想再过那么分裂的日子了，上班的时候光鲜靓丽，在西城区寸土寸金的地方，下班了却要回到五环外的村镇，住在农村自建房里，简直就像两个世界。"

方如凤顿了顿："我想明白了，北京再繁华，可不属于我。我看到的都是海市蜃楼，连触摸都不行，更别提拥有了。既然那么遥不可及，干脆就沉浸在幻想中好了。"

方如喜一阵心痛，想说一些鼓励的话，可最终一个字都吐不出来。

她何尝不是这样呢？211重点本科毕业又怎样？还不是要到离市区60公里的郊外上班？为了一个北京户口和稳定的编制，"卖身"十年，还不一定能抢到那仅有的名额。

应届生落户只有这么一次机会，没有户口就有可能面对"清理人口"的城规政见。

在那一瞬间，方如喜蓦地发现，原来一直以来，她都不敢放手追逐幸福，只是本能地在逃避灾难。她这样出身的人或许本来就不该奢求成功，能相对体面地活着，就该知足。

方如喜咽了咽口水，清了清嗓子说："实在不行，你和姣兰一起回老家吧。"

说完之后，方如喜蓦地发现，自己几乎每次都会对妹妹说这句话，劝她离开北京。而之前的每一次，方如凤都找各种理由反对了。唯独这一次，方如凤低垂下眼，声音沙哑："姐，我已经不喜欢北京了，或许，我只是在等待我彻底死心的那一天。"

中关村，银科大厦，九艺游戏《绝地逃杀》工作室。

“今晚1.0版本终于要上线了，全新的沙漠地图更新。在实施了自动和人工双线反作弊机制后，预计将减少65.7%的作弊行为。”工作室的室长站在投影仪前说。

“室长，”南庄代表音频中心举手，“昨天我在音效内测时，发现了一个问题。”

所有人都把目光投向南庄，自从南庄上次帮工作室渡过“外挂”难关，大家都很尊重尚且是实习生的她。此刻室长点点头，南庄便站起身，把自己的笔记本电脑连接投影仪。

“沙漠地图是新地图，我们的设定是十次跳伞中只有一次是老地图。可大部分玩家还不习惯新地图。”南庄站在投影仪前展示沙漠地图的动画场景和BGM。

“首先是画面的问题，整个屏幕一眼望过去全是黄黄一片，看久了眼睛会难受。还有沙漠中的草非常少，这让那些‘伏地魔’和‘幻影坦克’很难操作。”

室长没想到这个实习生第一次在众人面前发表意见，就如此条理清晰、思维缜密、从容不迫，和曾经怯弱隐忍的模样截然相反。

“此外，沙漠地图的房子太多，但物资分散，不容易收集，打野基本上没什么收益，想要好的装备就必须去大城市和其他玩家‘刚枪’抢资源，这一点和老地图相差甚远。”南庄一口气说完，站直身体，目视着会议室里的前辈们。

室长点头表示赞许，他坐在电脑皮椅上，手指叩击着桌面：“你有什么建议？”

南庄挺直背脊，环视全场，手里拿着远程遥控按钮，沉声发言：“现在老地图出现的概率只有10%，给玩家一种被强迫玩新地图的感觉。我建议推广新地图不用操之过急，把新老地图随机出现的比例定为2:1更合适。”

她的话音刚落，就有前辈站起来反对：“你是音频中心的实习生吧？你负责的只有游戏的BGM和音效，为什么要越俎代庖地管我们游戏地图的设定？”

一时间大家交头接耳，议论纷纷。

南庄却淡定自若，微微一笑："游戏是一个整体，音效、地图和'人设'每一个元素都影响着游戏体验，我不想因为你们的设定问题，导致我们辛辛苦苦做出来的音效，无法给玩家带来最佳的游戏体验。"

她此言一出，众人一片哗然。

那个前辈被反驳得脸色发白："所以你们音频中心想插足我们工作室的事？"

"这不是插足，"南庄犀利的目光再度环视全场，"音频中心并不是你们的乙方，并不是只能按照你们的需求和规定来行事，我们有权利深入参与游戏的创作和设定。"

她微微顿了顿，提高语调，不卑不亢地继续强调自己的观点："正如游戏音乐，它也不是游戏的附庸，它是游戏的灵魂元素之一，它有权利获得尊重。而我们游戏音乐制作人，在游戏开发和运行的全局，都应该有足够的话语权。"

会议室里的所有人都被她这段慷慨激昂的陈词所震慑，一时间竟然无人敢反驳，会议室内鸦雀无声。

最后室长开口一锤定音："我们在微博上做一次投票调研，也可以当作一次营销炒作。如果投票结果和楚南庄说的一致，那我们就修改新老地图随机出现的比例。"

走出会议室，南庄的心脏还在扑通扑通狂跳。虽然外表上看不出来，但其实刚才她非常紧张，膝盖微微发抖，手心渗出汗珠，手里的遥控按钮都濡湿了。

她没有回音频中心，而是先去卫生间洗洗手调整一下心态。清凉的水冲击着掌心，她听着耳畔哗哗啦啦的水声，抬眼望着镜子里的自己。很棒，她对自己说。

想要的东西就要去争取，在这个时代，野心和欲望不是贬义词。

从卫生间回到音频中心，南庄还没坐下，邬靖就走到她的工位边，把一堆资料放到她面前："我下周一开始休假七天，你替我接手这个项目。"邬靖表情轻松，是度假前的愉悦。

“组长放心，我一定全力以赴。”南庄把资料整理归档。

邬靖一身深色条纹衬衫外搭西服套装，严谨又干练，指甲油颜色是低调的酒红色，走女强人最典型的精简利落风。而南庄是西装外套内搭蝴蝶结衬衫，混搭中彰显张扬的个性。

这时旁边有个实习生正拿着资料走向复印机，南庄站起身，把手上的一份资料递给实习生：“麻烦你顺带帮我复印一下，我这边着急处理一个bug，辛苦了，晚点请你喝果汁。”

南庄现在已经有了自己的工位，不需要坐在复印机旁边，公司给她配备了两个超大的显示屏。曾经她可以说是“人肉复印机”，专门帮大家复印，现在角色逆转，改天换地。

那个实习生愣了愣，听南庄说得理由充分，她也不敢拒绝，点点头去了。

邬靖手肘搭在南庄的工位上，蓦地冷哼一声：“你变化很大，楚南庄，可你记住，硬币都有两面，凡事都要讲究一个度，太过锋芒毕露，也会成为众矢之的。”说完，邬靖就转过身，踩着高跟鞋嗒嗒嗒地离开。

南庄下班回来，杨培培正趴在电脑前看国家公务员考试报考条件。虽然大专学历就可以报考，但是热门职业都要求研究生学历。时代变迁，“铁饭碗”却依然是抢手货。

民盟中央办公厅接待处科员一职的报录比竟然达到了9837：1，趋近万里挑一。去年“国考”一百五十万人资格审查合格，杨培培看得下巴都快掉下来。

南庄洗了把脸，顾不上擦干，就坐到杨培培旁边，端着在小区楼下便利店买的当作晚餐的关东煮，一边狼吞虎咽一边问杨培培：“真准备考公务员了？”

杨培培叹息着把身体往后靠，双手枕在脑袋后面，望着天花板：“南庄你怎么看？”

南庄把嘴里的土豆快速地咽了下去，差点噎着，赶紧喝了一口汤，然后放下纸碗：“公务员的工作通常是事务性工作，不需要深入地研究，只需要准确地执行。如果你有政治抱负，可以考选调生，选调生是国家专门在高校里择优挑选的储备干部。”

杨培培耸耸肩：“我这样的，还混官场？我考公务员，无非想留在北京。”

南庄用纸巾擦了擦嘴上的汤汁：“那我建议你先考研。虽然考研是条艰难的路。”

杨培培本来也有考研的意思，听了这话，瞬间坐直身体：“多艰难？”

“我觉得考研是对体力、脑力、意志力的综合考验，短则三个月，长则一年，每天至少八个小时在自习室备考，要顶得住压力、耐得住寂寞，用过的书堆起来至少半人高。”

南庄的话让杨培培倒吸一口冷气。

“那为什么还有那么多人考研？”杨培培睁大眼睛看着南庄。

南庄把纸巾准确地抛到垃圾桶里：“读研出来找工作容易、起薪高啊！一线城市研究生平均薪资六千五百元，不差钱的互联网巨头公司对名校硕士都开出了二十万元年薪。”

杨培培撇撇嘴：“工资高，工作肯定累。其实我不太想赚大钱，我爸妈希望我有个稳定工作，我自己也想悠闲地过我的小日子，我这样的，是不是更适合考公务员？”

南庄皱了皱眉：“你想考国家公务员或者北京的公务员，本科学历是不够的。”

“所以我要留在北京，必须考研？”杨培培哀叹一声，全身瘫软。

南庄站起身，心疼地抱了抱杨培培：“留在北京就意味着要买房买车，代价很大，没有人可以轻轻松松。所以我觉得，其实你回四川考公务员，留在父母身边，也不错。”

“可是我不想这么年轻就回老家偏安一隅啊！”杨培培说完，突然想到了什么，慌忙解释了一句，“我不是为了大神啊，南庄你别误会，我就是舍不得离开北京。”

南庄抚摸她头发的动作一下子顿住，她不自然地伸手摸了摸鼻子，庆幸现在她把杨培培抱在怀里，不用直视她的眼睛。南庄调整了一下心态，深呼吸一口气，才慢慢地开口：“关于林则熙的事情，我必须向你道歉，我应该……”

“都过去了。”杨培培打断了南庄的话，她依然把脸埋在南庄的胸前，声音温柔轻盈，“我们之间这么多年，还需要什么道谢或者道歉？其实你一个眼神，我就释然了。”

南庄心头一暖，喉头酸涩，胸口因为感动而微微泛着疼。

这几天杨培培想了很多，或许正如艾筱澍所说，她喜欢的不过是自己想象中的大神。

人总是容易用一种自虐的方式制造出一种痴情的假象来使得自己站在感情的道德制高点上，获得一种畸形的满足感和安全感。那不过是一种表演罢了，一点意义都没有。

人的成长，就是不断发现自己是个傻子的过程。

杨培培仰起头，转移话题说：“既然不想回老家，我还是先硬着头皮考研吧。”

南庄愣了愣，没想到向来懒散的杨培培竟然真的决定考研。

可是很快，南庄就慢慢地笑了：“其实考研和高考一样，都是人生不可多得的宝贵记忆。考研时每天努力的自己，日后回想起来，自己都会被自己感动。”

杨培培重重地点点头：“在将来某一天懈怠的时候，那个拼命的自己就会从记忆里钻出来，好像在问自己，你觉得现在的你，对得起当年那个努力的你吗？”

“加油，我帮你去当当买考研的资料。”南庄伸手拍拍杨培培的背，语气坚定，“没关系，虽然艰难，但你不是一个人，我会一直陪着你，我们一起努力！”

这天晚上关灯之后，杨培培把手机内置的手电筒打开，拉开抱枕的拉链，把手机放到抱枕里面，整个抱枕在黑暗中闪闪发光，她紧紧地抱住抱枕，犹如拥抱自己发光的梦想。

九艺游戏向来重视高校线下推广，这次南庄跑的是首都经济贸易大学红庙校区。因为她经验丰富，所以很快处理完事务，想到莫琊就在附近的国贸上班，她就坐公交车去了。

“什么风把我们楚大小姐吹来了？”莫珝竟然没有露出他那万年不变的痞帅笑容，他的表情有点沉重，笑容勉强。

“手镯的事情……”南庄先提到最让她惴惴不安的问题。

莫珝打断了她的话：“没关系，你们也不是故意的，我会跟我妈解释。”

南庄这才松了口气。她完全不知道这件事是林则熙靠一场网球比赛搞定的。

西装是靠肩膀来穿的。肩膀的部分太宽、太紧，都是不合身的证明。只要肩膀合身，西装就会穿起来有型好看。莫珝的肩部线条非常优美，即便不用内衬，也气宇轩昂。

此刻南庄无暇欣赏他西装革履的投行精英范儿，掏出手机走到莫珝旁边说：“我们合照一张吧。”菅乔染规定她每个月至少和莫珝“约会”一次，还要发合照作为证据。

莫珝却倒退一步：“不行，我笑不出来。”

南庄这才认真地打量了他一番，他的笑容的确没有蔓延到眼角眉梢，看起来很虚浮。

“发生什么事了？”她收起手机，表情严肃起来。

莫珝倚靠着空中走廊的护栏，手肘搭在栏杆上，转过脸，望向车水马龙的东三环和宛如树根般虬根盘结的光华桥，微微眯起眼，视线因为没有聚焦而显得迷离。

“有个很照顾我的前辈，二十八岁的香港女生，前天回香港休年假，再也回不来了。”

南庄紧抿薄唇，静静地听着。

“她在砵兰街夜店吸毒被警察拘捕，当时已经休克，鼻孔里还有白色粉末，后来报告出来，安非他命、吗啡、古柯碱都是‘阳性’，医院没抢救过来，嗑药过度死了。”

短短的一段话，听得南庄心惊胆战。

那个投行小姐姐现在还是分析师。投行的等级制度特别森严，从分析师开始，要熬三年左右，才能做到交易员助理职位。

分析师的工作全年无休，做调研、准备材料、改PPT、写memo、打印文件、做pitch book，给老板深夜送招股书等，手机和笔记本电脑24小时待机，熬夜通宵是常态。

平均每周工作不少于100个小时，所以有很多分析师要靠药物来振奋自己。

莫珝垂下眼，继续说：“其实我无意中发现过她在服用莫达非尼。”

莫达非尼是一种兴奋剂，即便可以提神，它依然是毒品。

他曾劝过投行小姐姐，可投行小姐姐笑着捏了捏莫珝的脸：“别担心，我经常用。只要一片，就能让你保持48小时精神振奋不瞌睡，我靠着莫达非尼熬过了刚到哥伦比亚大学时上课、打工、赶论文、每天只睡三个小时的日子。”

莫珝坚持自己的观点：“可是滥用兴奋剂是一条不归路。”没想到一语成谶。

当时的投行小姐姐还笑容明朗：“在华尔街，一半以上的分析师会用莫达非尼。”

人人艳羡的“国贸金领”，却连软弱哭泣的时间都没有。哪个行业，不需要拼命？

想到投行小姐姐的笑容，莫珝眸色黯淡，恍若变了一个人，再无放荡不羁。

“如果我再坚持一下，或许她就不会……”

南庄想要安慰他几句，可话到嘴边，还是咽了回去。她可不想让他误会。人在软弱的时候很容易对安慰自己的人产生好感，南庄不想因为同情而带来什么不必要的麻烦。

她甚至觉得自己此刻静静地陪伴着他，都是一种“乘虚而入”。

“我还要去公司，先走了。”南庄简明地说完，转身准备走。

下一秒，她的手腕被攥住了。

她转过身，莫珝蹙眉望着她，目光氤氲，全无平日的调侃戏谑：“为什么不安慰我？”

南庄甩开她的手，戒备地倒退一步，目光不卑不亢：“你知道原因。”

他并不否认，色淡如水的唇荡漾起一抹苦笑：“楚南庄，你不喜欢我。”

他那双幽深的墨眸里激荡起酸涩的情绪，南庄无法与他直视，被迫视线下移，落在他西装的纽扣上。他穿的单扣格纹灰色西装，质地是纯羊毛精纺，呢面光滑，色泽自然柔和。

单扣西装对身材的要求最多，如果身材并不像模特那么完美的话，还是尽量要穿两粒扣或者双排扣西装。莫珝如此自信地选择单扣西装，是因为他身体的线条和肌肉几近完美。

他的确很好，是一个理智的选择。可情感这种东西，无法用逻辑来解释。

“你喜欢林则熙？”他再度开口，尾音里藏着不易察觉的颤抖。

这个问题让南庄的心弦恍若被什么拨动了。她的呼吸变得轻且浅，睫毛轻颤。上次林则熙需要安慰的时候，她没有丝毫犹豫，如此说来，她真的喜欢上了她名义上的老公？

黄昏流霞万丈，似泼出的锦，将远处的中央电视台总部“大裤衩”映照得一片辉煌。南庄略微抬眼，就被玻璃幕墙反射出的璀璨暮色刺痛了双眸，她下意识地闭上眼。

而她的默认，让莫珝的目光里闪过一丝狠戾。

很快，她整个人被莫珝拉了过去，背脊碰撞上空中走廊的栏杆，她吃痛地皱眉，想要站起身，却撞上了莫珝坚实的胸口。他低着头，素来邪魅的眉眼在夕阳下显得清俊疏漠。

“为什么不早点告诉我？时至今日，你叫我如何放弃？”他的嗓音淡淡的，可字里行间很有攻击性。

她忍不住抬起头，黑黝黝的眼睛瞪着他。

莫珝双手扶住她两边的栏杆，慢吞吞地咬着字说下去：“虽然你肯定不记得了，但和你青梅竹马的是我，门当户对的是我，可以扶持你事业的是我，他又有几分胜算？”

南庄蓦地冷笑：“我不是你们争抢的筹码。我的人生，我自己说了算。”

她气冲冲的话，莫珝听了却不恼，反而薄唇勾出坏笑：“我偏就喜欢这样的你。”

南庄一时无语，想要推开他，可他反而越凑越近。莫玥脸上渐渐收了笑，眉目低沉收敛，眸中缱绻着万种风情，似花骨朵一瓣一瓣绽放，他低下头，声音越来越低：“南庄……”

第一次，他浓烈的男性荷尔蒙味道，冲破了他身上弥漫的优雅香水味。

她当然知道他想干什么，男人看起来强大，其实都幼稚得很。仅仅是占有，就可以得到了？他们以为现在还是女人裹脚的时代？这样想着，南庄蓦地笑出声来。

那笑声让莫玥瞬间怔住，他嘴角下沉：“你笑什么？”

“笑你连征服欲和爱情都分不清！”南庄趁机推开他，倒退几步保持距离。

她怒视他：“我们才认识多久，你都不够了解我。你爱我？你以为我会相信？你这些闹剧，不过是因为我的反抗激起了你的征服欲。你从没被女人拒绝过，我是第一个。”

她一连串激烈的言辞，让莫玥彻底愣住。他的确从未想过这些问题。爱？恐怕还没有到那种程度。或许真的正如她所说，这不过是男人荒谬可笑的征服欲在作祟。

从莫玥的表情上，南庄可以看出自己的话对他的影响力，看来自己是猜中了？既然旗开得胜，当然要再接再厉。南庄心想，干脆趁着莫玥因为前辈猝死而失落，快刀斩乱麻。

“莫玥，你欠我一个要求，你必须无条件答应的要求。”她确定他没有忘记。

果然，莫玥扬眉，瞳孔骤然收缩，似乎预料到了南庄即将说出口的话。

就在今天，就在此时此刻，彻底了结吧。南庄目光灼灼，迎上莫玥惶然的目光。

她一字一顿地说：“我的要求，你应该知道了。”都是聪明人，何须点破。

莫玥扬起的眉毛一点点耷拉下来。

他莫琊看似无赖放荡，却从不违背承诺，愿赌服输。

南庄言尽于此，不再恋战，转身朝楼梯间跑去。而莫琊还站在原地，等她的身影消失，他才慢悠悠地从怀里掏出一包烟，双手手肘搭在栏杆上，眯眼望着华灯初上的东三环。

夕阳残血，将他的脸映得半明半暗，他低着头，修长而白皙的手指夹起一根香烟，垂着眼，叼在嘴里，打火机叮的一声，烟头烧得猩红，勾出他寂寥萧索的轮廓。

国贸一期和二期相继亮起，将CBD的夜空映照得恍若白昼。那一刻他的灵魂仿佛游离在身体之外，吐出烟雾时，他的眼神迷离而涣散，只有那深深蹙起的眉，不曾变过。

一根、两根、三根……苍穹恍若深蓝色的天鹅绒，绵延在帝都秋日的晚风中。

他到底是莫琊，五根烟就足够他梳理清楚凌乱的思绪。

年少时，或许你曾经在每次失恋后除了寻死觅活一蹶不振之外，就是整日瘫坐在那里像一只被腌过的鸡。可是成年人的世界是以生活为中心的，而不是以爱情为中心。

逝者已逝，珍藏在心即可；求而不得，退一步海阔天空。他这样想着，把最后一根烟掐灭，站起身，掏出手机。锁屏状态有两个提示，其中一个来自微信，是邬靖发来了消息。

“终于忙完这个项目了，不用再加班了！接下来的小项目让你的前女友负责，我要好好休假几天！知道你在投行忙得焦头烂额，我只需要你给我推荐几个好玩的地方就行。”

这个老处女，越来越擅长以退为进了。莫琊邪魅的笑容一点点溢出嘴角，双眸亮起，直接发了个语音过去：“不，必须舍命陪女王。想去加勒比海、阿尔卑斯山？还是去拉普兰德坐驯鹿雪橇、乌尤尼盐湖拍九宫格？差点忘了，你不是说想去纳米比亚看非洲象给斑马洗澡吗？”

南庄回到公司处理完几个bug，就坐电梯下楼取快递。写字楼的空中花园里，有个保洁阿姨正低头蹲在草地上。南庄经过落地玻璃窗时，蓦地脚步顿住，转身朝草地走去。

草地上是一大堆瓜子壳，因为用扫把扫不起来，所以保洁阿姨正用手直接一点点地捡散落满地的瓜子壳。南庄叹息一声，走过去蹲下身，和保洁阿姨一起捡。

保洁阿姨惊讶地抬头看着南庄，慌忙说："不用不用，你忙你的。"

"没关系，我不忙，就当锻炼身体。"南庄一边捡瓜子壳一边笑着说，"阿姨您忘记我了吗？以前我经常和您一起搞卫生，擦桌子、拖地、刷马桶、洗加湿器……"

保洁阿姨打量了南庄一番，恍然大悟，面露惊喜："是你！之前大家都欺负你，我都看不过去，后来听说你没过实习期，真为你难过。现在你又回来了？"

南庄把手里的一把瓜子壳扔到垃圾袋里，继续低头捡，声音却不低："对，我曾经输掉的东西，现在我要一点点赢回来。"

Chapter 12

如果让杨培培用一个字来形容考研的生活，那就是“熬”。

高三也熬，但那是所有人都在熬，回想起那段时间会有很多关于其他人的回忆。而考研的人后来再回想起那段日子时，往往只有自己埋头苦读的身影。

“吃饭了吗？吃饱了吗？”南庄在午休时给杨培培发微信。

在橡树湾闭关学习的杨培培也只有中午吃饭时才打开手机。

“中午不敢吃饱，怕下午学习时会瞌睡。”

她清晨六点起床，半夜一点合眼，做题做到哭，背书背到哭。

杨培培感觉考研就像是在漆黑的屋子里洗衣服，你只能努力去洗，一直洗到屋子亮起来的那一刻，考研成绩公布时，你才能知道自己到底有没有洗干净。

听到门口有动静，杨培培瞥见方如喜的身影，马上戴上耳机，不让外放的英语吵到方如喜。可方如喜却走过来拍了拍杨培培的肩膀：“没关系，你外放吧，戴耳机伤听力。”

这样的感动经常发生，譬如南庄上班之前，总会给杨培培泡一杯咖啡再走。

有一天杨培培不小心趴在书桌上睡着了，醒来只觉一片茫然，午后三四点的太阳从窗外射进来，恍若黄金一般细碎美丽，光影洒在一堆厚厚的考研书上，斑驳起舞。

她呆呆地看着，突然就崩溃了，哭着给爸爸妈妈打电话。妈妈在电话那头心疼地说“不考了不考了”，还说要立刻坐飞机到北京来。杨培培哭得更用力了。

“不，妈妈，不要来，千万不要来。”她害怕妈妈一来，她就会跟妈妈回老家。

挂了电话，杨培培却突然有了坚持下去的勇气。她起身洗一把脸，学着日剧里的热血少年，在头上绑一条写着“奋斗”的带子，然后拼搏到无能为力，努力到感动自己。

她突然发现，千万不能低估自己的战斗力，它简直顽强到了让她爱上自己的程度。

因为杨培培每天都要叫外卖，经常吃一家川菜馆的盖浇饭，那家店的外卖小哥都认识她了。有一天他说：“你是不是在准备考试？”第二天他送的盖浇饭里多了一个煎蛋。

杨培培打电话去问，想要加钱，他说：“多吃点，补充体力好好学习！”

那一瞬间，杨培培差点又脆弱地落泪了。原来在备考这条路上，她从来不是一个人，有爸妈，有南庄和如喜，还有这些萍水相逢、温暖人心的陌生人。

在地铁站的通道里，经常可见摆地摊的年轻人，也有弹吉他的卖艺流浪者。

南庄的视线落在地摊上的两盒多肉植物上。那是对光照需求不大的“佛珠”和“情人泪”。两种都碧绿欲滴，佛珠圆润，情人泪呈水滴状，摆在工位上会显得清新亮丽。

卖多肉植物的那个女孩看起来还未成年，满脸稚气惹人怜爱，南庄走上去准备买几盒。结果走近了她才发现女孩的眼睛很奇怪，原来是残障人士，双目失明。

女孩听到南庄走近的脚步声，就拿出了残疾人证和一份获奖证书。那是第十届残运会女子200米混合泳冠军的证书。南庄蓦地有些鼻酸，买下了女孩所有的多肉植物。

“加油，亚残会、残奥会以及世界游泳残疾人锦标赛，都是你的舞台！”

清河，橡树湾。

方如喜正在帮杨培培背《中西音乐史》。

“这个简单，难的是‘和声’和‘作品分析’吧？”方如喜给背得口干舌燥的杨培培端过去一杯水，“慢点喝，别呛着了。”她拍了拍杨培培的背。

杨培培还是呛着了，猛烈地咳嗽，指着桌上那本斯波索宾所著的《和声学教程》。

“和声”的题型是分析作品片段，写出调性及各和弦的和声功能标记，“作品分析”则要掌握常用的基本规范曲式结构，杨培培最怕的就是“和声”与“作品分析”的考试。

“因为分析完之后，还要自己对照教程一个一个检查，特别麻烦。”

杨培培刚说完，房门被敲响了。

“赵祈哲？”杨培培吃惊得咳嗽都停止了，毕竟自从她闭关考研之后，她就没去404串过门，宅男赵祈哲自然也不会来403，明明是邻居，可他们已经很久没见面了。

杨培培下意识地转过身，想要先去梳理一下凌乱的头发。糟糕！好几天没洗头了！现在脸上又是黑眼圈又是痘痘的，嘴巴上还有死皮，毛孔粗大油腻，睡衣邋遢，完蛋了！

赵祈哲自然不知道她此刻的内心活动，他光着脚走进来，把一个移动硬盘递给她。

杨培培低着头，接过硬盘：“这是什么？”

“你不是在朋友圈里说考研的‘和声’与‘作品分析’很难练习吗？我就写了一个程序，你直接在上面听曲并且分析，程序会自动根据斯波索宾的教程帮你纠错。”

赵祈哲的话音刚落，走出卧室的方如喜就哇地惊叹出声：“这么黑科技？”

杨培培却还愣在当场，吃惊地睁大眼睛，被感动得一塌糊涂。她想抬起头感谢几句，可又不想把自己没收拾、没打扮的模样展现给赵祈哲看，只能继续低着头说了声“谢谢”。

赵祈哲盯着杨培培的脑袋：“你不问我为什么要帮你？你们女生不是很容易被感动、很容易胡思乱想吗？我帮你开发一个考研程序，你们女生难道不会联想到我喜欢你？”

他一连串的问题让杨培培的大脑瞬间进水，一旁的方如喜也目瞪口呆。

最后还是“久经沙场”的杨培培先反应过来，她双手托腮，挡住下巴上的痘痘，纠结了会儿才拧着眉问赵祈哲：“所以，你喜欢我？”

赵祈哲翻了个白眼：“这就是我讨厌女生的原因。”

“……”

杨培培和方如喜面面相觑，正尴尬着，门被推开了，南庄抱着一大麻袋的多肉植物进了屋。

“快来帮帮忙！”她满头大汗地喊着，可只有方如喜和杨培培走过来帮把手。

“你买这么多多肉植物干什么？”方如喜狐疑地问。

南庄用手背擦额头上的汗，后背衬衣湿漉漉地黏在身上，她顾不上喝一口水，笑着说：“杨培培一个人在家备战考研，这些多肉植物可以陪伴她。”

杨培培心头一暖，冲上去抱住南庄：“南庄你对我最好了！爱你！”

三个女生搬着多肉植物，忙得热火朝天，赵祈哲却躺在沙发上若无其事地看着。

杨培培瞥他一眼，终于忍无可忍地喊了句：“赵祈哲，你的良心不会痛吗？”

赵祈哲摊摊手：“没办法，楚南庄是我室友的人，我室友规定我和她要保持距离。”

杨培培瞪他："大神说的保持距离，不是指保持物理上的距离吧？"

赵祈哲耸耸肩："可是如果我帮了她，按照你们女生的思维，我岂不是喜欢她？"

方如喜和杨培培要跪了。

西非，纳米比亚。

纳米布沙漠和大西洋冷水域之间，有一片白色的沙漠，葡萄牙海员把这条绵延的海岸线称为"骷髅海岸"，这条备受烈日煎熬的海岸线，在夜色里显得荒凉恐怖。

"你确定要在这里过夜？不是说这里布满了各种沉船残骸和船员遗骨吗？"邬靖胆战心惊。

莫珝却颇有兴致："怕吗？怕就跟我一起睡。"

这句话让邬靖脸一红，毫不留情地踹了莫珝一脚："滚！"

"邬女王也有害怕的时候，这是传说中的'反差萌'吗？"莫珝回赠了一个"摸头杀"，然后扮了个鬼脸，嬉皮笑脸地回他的房间去了。

连绵不断的内陆山脉是河流的发源地，但这些河流往往还未进入大海就已经干涸了。这些干透了的河床就像妖怪幽灵使用的车道，一直延伸至被沙丘吞噬为止。

那晚，窗外令人毛骨悚然的雾海让邬靖辗转反侧，无论如何都睡不着。

她只能下床走出房间，敲开了莫珝的门。他把手臂高高地搭在门框上，笑得邪魅："怎么？春宵一刻值千金，想来想去还是决定对我以身相许了？"

邬靖恶狠狠地甩他一记眼刀："我一年到头难得有几天年假，你搞得我觉都睡不着！"

莫珝伸手拉她进房间："来来来，咱们一起睡。"说完他就把邬靖推到床上去，关了灯，蹬掉拖鞋准备上床。

可下一秒，邬靖就用力把他踹下了床，摔得他屁股开花。

"大种马！离我远点！睡沙发去！"

女王的懿旨，谁敢不从？

莫翊一边摸着屁股一边躺到沙发上，房间里一时安静得只听到两人的呼吸声。

终于，邬靖想开口问他疼不疼，话到嘴边，却变成了："明天去哪儿玩？"

"我都快睡着了！"莫翊故意委屈地喊起来，"明天你去马尔代夫悠闲地躺在海边躺椅上喝果汁吧。我要去密克罗尼西亚联邦的楚克环礁，去沉船潜水。"

黑暗中邬靖翻了个身："我也要去！楚克环礁里有世界上最大的沉船墓地吧？别担心，我有沉船潜水证和GUE的洞穴证书，而且，我中性浮力很好。"

GUE是全球水下探险者协会，在陆地上保持平衡只要考虑前后左右的二维空间，但在海底有前后左右和上下的三维空间，中性浮力不好很可能把身体直接"插"进棍子里。

莫翊喊了声："我可是有PADI AOW执照，不少于200瓶气经验，附带高氧牌照！"

邬靖用一声冷哼反击，语气里是掩饰不住的得意，女王气场十足："这么说，你执照的潜水最大深度是30米吧？那么带上我，你可以潜到60米。"

莫翊怔了怔，在黑暗中看向邬靖的方向："你这么牛？"

"必须的，"邬靖冷笑出声，"我在纽约留学时，为了做潜导赚钱，花了半个月时间考了救援潜水员，还考了深潜、夜潜和船潜的资格证。"

"请收下我的膝盖。"莫翊不得不服。

邬靖却突然没有了谈兴，翻了个身，背对着莫翊，语气寡淡地说："我睡了。"

如果不是为了赚那些顶级富豪的钱，邬靖才不会去学那些做作、烧钱的技能。当时因为在纽约考取PADI潜水证十分昂贵，她甚至选择去价格最低廉的埃及红海考证。

那里四十多摄氏度的高温让她瘦得皮包骨，一边海水一边沙漠，高盐度的水里她还要练习潜水摄影，最后出现短暂的失明，在医院里、在黑暗中，绝望地躺了整整三天。

对莫琊来说，潜水不过是打发时间的手段，对邬靖来说，却是谋生的饭碗，步步惊心。

中产阶级为了不跌落底层，就只能铆足劲儿、打落牙齿和血吞地往上爬。

西太平洋，密克罗尼西亚群岛。

楚克环礁长眠着47艘日军舰艇和飞机，被称为最生动的“二战”史书。再过二三十年，所有沉船遗迹都将慢慢坍塌，被海水腐蚀，成为碎片，消失于岁月长河。

“准备好和我一起跳海了吗？”换好潜水服后，莫琊不忘笑着调侃一句。

邬靖不屑一顾：“你去和你的后宫三千一起殉情吧！”她说完，先扎入大海。

船舱、炮弹、坦克、卡车、飞机、弹药……邬靖无数次地按下快门。

她游在前面，大腿被潜水服紧紧包裹着，显得修长曼妙，红色的脚蹼在海水中舞动，让莫琊觉得安心。海底只有他们两人，周遭是被凝固、被遗忘的时光。

这里不仅有沉船的残骸，还有水兵的遗骸。邬靖把捡到的腿骨、肋骨，整齐地摆放在被泥沙覆盖的桌面上，给他们最后一丝尊严。

无论战争的立场如何，这些士兵和他们的家属都是无辜的，只是因为搭乘上了军国主义这列永无终点的高速列车，所以他们的悲惨命运从一开始便已注定。

因为爆炸冲击力巨大，有些士兵的头骨被卡在船体中，那眼洞深陷的骷髅看起来狰狞恐怖。莫琊转过头，看到邬靖正在拼命地用力，试图将被卡住的头骨解救出来。

莫琊停顿了片刻，然后游过去，从后面抱住邬靖的腰，和她一起用力。

冰冷的海水里，隔着潜水服，他感觉到她的腰肢异常柔软、温暖。

头骨被拔了出来，邬靖将它轻轻地放在旁边的桌上，看也不看莫琊，径直游走。

虽然现在不能说话，但是用眼神表达一下“谢谢”会死吗？莫珝给了她一个白眼。

在穿过一条窄窄的裂缝时，莫珝的呼吸管意外地缠在了一根木柱上，那一瞬间他有了一丝慌乱，毕竟这环境过于阴森可怕，处处潜在的危险随时会袭击。

莫珝告诉自己不要慌，保持呼吸节奏，可是自救很难。

所以当邬靖折回来耐心地帮他归位呼吸管时，莫珝在呼吸器里长长地松了口气。

她黑色的潜水手套不厌其烦地试图解开缠绕在一起的呼吸管，在未果后她拔出戴在腿侧的锯齿潜水刀，哗地划开木柱上的海藻，她不会知道那一瞬间她的动作真是帅爆了。

隔着潜水镜，莫珝凝望着邬靖那双专注的眼睛。

海底的世界，万籁俱寂之中，他只听得到自己怦怦怦逐渐加快的心跳声。

海淀区，魏公村。

“这个世界上60%的孩子天生就是有‘音准’的，还有将近40%的孩子只要教就能找到音准，真正完全找不到音准的孩子在人群中也就占1%左右。”方如喜在培训中心大厅回答那些前来咨询的家长，她语气肯定，面带微笑，气场强大，“所以没有不会唱歌的孩子，只有教不好的老师，孩子唱不好是我们老师的问题。”

顺利签下几个声乐教育合同之后，方如喜的心情稍微好了点，她一边盘算着自己的回扣，一边推开教室的门，今天她要给平均年龄七岁的几个小孩上声音训练课。

“打开喉咙，用声带发声……”方如喜先告诉孩子们喉咙在哪、声带在哪。

为了让孩子们知道如何张嘴，方如喜把手掌立起来，紧贴在鼻子、嘴巴和下巴上，然后蹲下身，让孩子们通过触摸自己的手掌，感受鼻子、嘴巴和下巴在发声过程中的变化。

“方老师，您辛苦了。”

刚下课，急着回家的方如喜蓦地听到一个磁性的男声。

她抬眸一看，是班上最小的五岁男孩的父亲，偏分头、国字脸、皮肤黝黑健康、双眸炯炯有神，灰色亚麻衬衫、浅色迷彩裤、黑色运动鞋，粗壮的手腕上戴着精致的腕表。

“不辛苦。”方如喜放下正在整理的教案，走到孩子和家长的面前，把手搭在男孩的头上轻轻摸了摸，面孔却是对着家长的，微笑着说，“他很有灵气，很有潜力！”

男孩充耳不闻地看着手机里的动画片《汪汪队立大功》，配音还是台湾腔。腕表大叔则连声道谢。方如喜想赶末班公交车回家，就不再多说，笑着告别：“路上小心。”

一般这种情况，老师表扬了学生，家长就会心满意足地走了。可方如喜正要转身，却发现腕表大叔依然纹丝不动地站在原地，目光直勾勾地望着她，眼神中明显有别的含义。

这不是家长看老师的眼神，而是男人看女人的眼神……方如喜到底接触过几个男人，能分辨其中的细微差别，她微微怔了怔，收了笑容说：“还有什么问题吗？”

腕表大叔这才回过神来，笑意不减：“对了，我还没加方老师您的微信……”

这家培训机构并没有规定老师要加学生家长的微信，方如喜愣了愣。

腕表大叔再度开口了：“老师您别误会，是这样的，我工作比较忙，可能没办法陪他上课，以后我只能通过微信向您了解孩子的学习状况。”

方如喜挤出一丝笑容：“别再说‘您’了，不用客气的。不过像咱们这种音乐兴趣班还是有家长陪着比较好，更何况孩子还比较小，你没空的话，可以让孩子的妈妈来陪。”

腕表大叔面露尴尬：“我和孩子他妈分开了……”他说完，也知道这样会让人无法接话，于是一边掏出手机一边转移话题，“方老师，以后我叫你如喜可以吗？”

分开了？方如喜敏锐地捕捉到这个词。后面腕表大叔说了什么，她没太听进去。可她也不忘适时地回应那个连听都没听清的问题：“当然可以！”

见他掏出手机打开微信，方如喜也迅速拿出手机，打开微信二维码让他扫。

原本她有些犹豫，现在知道他是单身，当然没问题了，找男人要“快、狠、准”。

加好友的时候，方如喜开始认真打量腕表大叔，五官虽然不够精致，但很有男人味，将近一米八，身材还不错，虽然穿着休闲，但也体现出了品位，是职场中层的型男范儿。

“那我们先走了，儿子，跟老师说再见。”腕表大叔收了手机，低头，将手放在男孩背上，轻拍了两下。

可他儿子的眼睛依然盯在手机屏幕上，一声不吭。

腕表大叔无奈地摇摇头。

他抱歉地望着方如喜说：“这孩子，一点礼貌都没有！以后还要如喜多多费心！”

被一个看上去差不多有三十五岁的男人这样套近乎，还是人生头一次，方如喜的脸颊有些泛红，为了掩饰尴尬，她试探性地说：“没关系，只是坐地铁时不要再看手机了。”

“不不不，”腕表大叔立刻否认，满脸堆笑，“我们开车。”

方如喜在心里又给他加了一分，表面上却依然是淡淡的微笑：“好，路上注意安全。”

等腕表大叔拉着他儿子离去，方如喜还站在原地望着他们父子消失的地方发呆。

她不确定自己能不能接受做一个五岁男孩的后妈，但是这个男人确实可以列为备选对象。有房有车的适婚男人是有，但方如喜接触不到。她已经发现这样可悲的事实。

她也发现相亲网站不太靠谱，三成的机器人，两成的酒托、微商，真正找对象的太少。那一瞬间她终于感受到自己已经毕业了，再没有象牙塔可以庇护，只能以肉身相搏。

利剑尚未佩妥，出门已是险恶江湖。

在邬靖休假的这几天里，顶替她处理部分工作的南庄，快要忙疯了。

这是她第一次负责带项目，光是做准备工作就熬了两个晚上，她找遍了全网的资料，分析了所有同类型的BGM。每天全公司都下班以后，她还在反反复复地打磨曲子。

整整一周，她平均每天只睡三个小时。每天除了编曲做音效，就是密集地开会讨论。

她熬到每天都头痛，活生生地把自己的偏头痛熬成了全面头痛，以后终于不用担心头一边疼的问题了。她还成功地熬到“大姨妈”错乱，这天痛了史上最壮烈的一场经。

当南庄在卫生间里扶着墙才能勉强站起身时，她觉得自己活像狗血剧里堕胎后失血过多的女主角。枸杞当饭吃，头发大把大把地掉，一个人像一支队伍，每分每秒都是战争。

职场上有暗恋你的boss保驾护航，回到家有死心塌地的男友嘘寒问暖？那种“玛丽苏”情节只出现在偶像剧里。现实生活中哪个女孩的成长，不是一部被残酷洗礼的血泪史？

“还没睡？”微信跳出了林则熙发来的消息。

南庄瞥了眼，并没有立刻回复，她不能打断思绪。十分钟后她把曲子收了尾，才打开对话框：“你怎么知道？”她瞅了眼屏幕右下角的时间，凌晨两点四十三分。

“猜的。你们组长休假，你不熬夜才怪。”林则熙打字很快，几乎没让南庄等。

南庄勾了勾嘴角：“你怎么也没睡？”

她按enter键发送，然后抓起桌上只剩下半瓶的眼药水，仰头滴入眼睛。

“刚刚还有教练过来给我们分析战局。大家都在熬。”林则熙接连输入好几排字，“对了，最近从我的微博导流过去的人数如何？需不需要我再发一条微博然后置顶？”

南庄噼里啪啦地打字：“不需要，太频繁只会让粉丝反感。慢慢来，来日方长。”

“来日方长？”林则熙的手指放在键盘上，纹丝不动，双目凝望着屏幕上的对话框，嘴上轻轻地念出这四个字，仿佛那是世上最甘甜的糖果，在舌尖蔓延着滋味。

直到身后的教练啪啪击掌两声，大喊：“再来两轮 ”

这是AG战队《至尊荣耀》新赛季的集训。

集训地点在上海闵行区一个幽静的别墅小区。

这栋别墅从外观上与小区内的其他建筑并无二致，不过推门而入，迎面而来的就是激烈的键盘敲击声和队员们在游戏厮杀中发出的呐喊，整个房间弥漫着比赛的紧张气氛。

随着“victory（胜利）”音效的响起，队员们才稍稍放松，并开始准备下一局比赛。

一轮是三局两胜，等到一轮的对抗结束之后，教练又紧接着召集队员们来到战术板前开会，针对刚才训练赛中出现的失误和应该注意的事项进行分析和相应的对策处置。

数据分析师列出了接下来比赛对手的各项关键数据和战术意图，详细地布置了各个位置队员们的战术任务，新的对抗又即将开始……

“林则熙！你状态不错！大家也紧跟着队长的节奏！”教练拍拍林则熙的肩膀。

这段时间闭关集训，从早上十点到凌晨三点，每天训练十几个小时，从补刀、对线等基本功到团队的整体战术、配合等都是林则熙和战友们需要反复思考和训练的东西。

在这期间，教练、数据分析师会根据每个人的特点进行分析和指导。

中场休息时，时钟已经指向凌晨三点半。有个战友说：“天天这么魔鬼训练，完全没时间陪女朋友，再这么搞下去，我女朋友真的要跟我分手了。队长，嫂子会跟你闹吗？”

林则熙正闭目养神，语气很淡，薄唇微勾：“不会 她比我还忙。”

凌晨四点，结束训练的林则熙试探性地发了一条微信过去：“睡了？”

南庄躺在床上辗转反侧，大脑还在高速运转，根本睡不着，于是抓起手机回：“没有。你训练完了？对了，一直想问你，你这样长时间反复训练，玩游戏还有乐趣吗？”

“乐趣早就消失了。苛刻的职业标准也让游戏本身变得枯燥无味，所以电竞行业才有很多人坚持不下去。尽管如此，每年仍旧有大量的少年怀揣梦想而来。”

林则熙的回答，让南庄怔怔地盯着屏幕，良久，她才用大拇指触屏打下一排字：“那你呢？电竞是你的梦想吗？”

这次，林则熙没有很快回复，过了十几秒，他才发来两个字：“晚安。”

林则熙关上显示器，从电竞椅上站起身。

说出来连他自己都觉得可笑，他的梦想，就是她啊。

项目完工后，南庄带领项目组的所有人去翟文伟工作的五星级酒店的中餐厅聚餐。

“这是我朋友翟文伟，他虽然现在还是后厨的助理，但他总有一天会成为主厨！”南庄拉着翟文伟给同事们介绍。

项目组里的女生们纷纷眼冒红心，还有人要他的微信。

“好帅啊！这位翟大哥！穿厨师服的样子真帅！”颜控是人类的通病。

白色亚麻厨师服，棒球服式样的红色领口，西装式样的红色双排扣，腰间系着白色围裙，袖口往上扎而露出内里的红色，高高的厨师帽上露出漂亮的褶皱。妥妥的制服诱惑。

“你们别觊觎了，他是我室友的男朋友。”南庄笑着阻止几个套近乎的女生。

项目顺利完成，虽然疲累，但南庄心情很好。而翟文伟害羞地垂下眼。

女生们只好把注意力转移到菜肴上。奶油豆汁、桑葚冰霜、剁椒鮰鱼翅、香茅乳鸽、胡椒炒软兜、姜糖冻柿子……现在的菜品越来越有意境，食客大多都看不懂。

“你给我们介绍介绍？”南庄用手肘推了推翟文伟。

翟文伟还不习惯应付这么多女生的热情，但谈到他的专业，他立刻变得神采飞扬，毕竟这是他钻研很久、倒背如流的。他挺直背脊，面带微笑，落落大方地介绍。

“剁椒鮰鱼翅是湖南菜，香茅乳鸽是广东菜，胡椒炒软兜是淮扬菜，姜糖冻柿子则是地道的北京美食。老北京人喜欢在秋冬时节把柿子冻住，保存到来年夏天享用。”

有个爱吃甜品的女生眨巴着眼睛问：“那姜糖是哪儿的呢？”

“湖南湘西，凤凰苗族人家的土姜糖。”

翟文伟用手一个一个指着介绍完菜肴。

大家听完，都忍不住开始大快朵颐。南庄则站起身来，和翟文伟走到一边。

“你好棒，完全变了一个人。”南庄笑着伸手轻轻地捶了下翟文伟的胸膛。

翟文伟其实也很累，昨晚凌晨一点他还在练花刀，鱿鱼卷、松鼠鱼、肝腰合炒等原料都要上花刀，他的手现在还有点抖，黑眼圈很深，可他的笑容更深，直勾勾地望着南庄。

“不是说好一起努力吗？我当然不敢松懈。这都要感谢你的知遇之恩。”

南庄摆摆手：“快别这么说。对了，你这么忙，岂不是没时间陪女朋友了？”

翟文伟把视线往别处投去，手不自然地拨弄了下折好的袖口，声音低低的，有些沙哑：“其实我并不是方如喜的男朋友。她也不可能看上我。”

南庄微微蹙眉，刚想开口，翟文伟忍不住问：“她最近怎么样？”

自从上次在电话里吵架，他一直没有和方如喜联系。人在忙碌的时候，时间总是过得飞快。而方如凤有蒋姣兰陪着，和他的联系也越来越少。他可谓是“一心只读圣贤书”了。

南庄轻轻地叹息一声：“你应该知道她素来骄傲，从不在人前展露出脆弱的一面，也不需要任何人的同情和帮助。有一天晚上我听到她在卫生间偷偷地哭，声音压得很低。”

翟文伟浑身一颤，声音也在发抖，他转过脸望向南庄：“她怎么了？”

“她报考怀柔区的教育类事业单位，想做老师，可是失败了。”南庄语气沉重。

翟文伟稍微松了口气，眼睫毛扬了扬：“幸好不是什么大事。”

南庄诧异地挑眉：“什么才是大事？”

翟文伟把视线投向玻璃窗外不断驶入酒店门口的豪车，还有急匆匆笑脸相迎、西装革履戴着黑色领结的泊车小哥。翟文伟色泽淡白的唇上缓缓勾出一抹苦笑：“出来混了这么多年，能让我崩溃哭泣的，也只有远在故乡的亲人离世的消息了。”

除却生死，其余都轻如鸿毛，一笑而过即可。

若非如此，他早就哭瞎眼睛了。

顺义区，龙湾屯镇。

电动三轮车电气故障引发的火灾，让大量布料、针车和机器开始燃烧，钢筋混凝土结构、屋顶上加盖铁皮屋的服装厂起火后，火势蔓延到隔壁女工宿舍。

“起火了！快跑！”尖叫声撞击着耳膜，惊醒了方如凤。

方如凤立刻跳下床，看到蒋姣兰受到惊吓坐起身，方如凤拽着蒋姣兰就跑。黑暗中，两人鞋都没穿，跑到浓烟滚滚的走廊上，方如凤做了一道决定生死的选择题。

宿舍有东、西两个门通向大街，在她的印象中，东门并不常开，于是她果断用衣领掩住口鼻，向西门爬去。浓烟漆黑，整个楼道被罩得密不透风，吸进一口就有窒息感。

蒋姣兰紧跟其后，她相信方如凤的判断，或者说，此时蒋姣兰已经无暇思考。

指引方如凤的是记忆、手机屏幕微光和求生的欲望。最终她从西门逃到了大街上，在一阵剧烈咳嗽之后，方如凤凝视着地面上的几口黑痰，意识到自己捡回了一条命。

蒋姣兰一呼吸到新鲜空气，就双腿发软，跪了下来，眼泪哗啦啦往下流。

她的眼前又浮现出去年夏天大暴雨，地下室被淹没，她全家人差点被溺毙的场景。

“一次是水，一次是火，北京容不下我！北京无论如何都容不下我！”

方如凤还没从死里逃生中回过神来，听到蒋姣兰撕心裂肺的哭喊，她浑身一颤，慢慢蹲下来。蒋姣兰一把抱住方如凤，痛哭着呐喊：“我们一起走吧！离开北京！”

火势还在蔓延，浓烟滚滚，四处都是人们凄惨的尖叫哭号，静谧的夜空下，方如凤眼中的场景宛如人间地狱。她没有哭，突然觉得浑身冰冷。在这一刻，她彻底死心了。

从市中心一路颠沛流离到六环外，偌大的北京，还是容不下孑然一身的她。

方如凤怔怔地望着远处的熊熊大火，颤抖着掏出手机，给翟文伟打电话。

电话过了很久才通，翟文伟的声音疲惫而不耐烦：“怎么了？我刚刚睡着。”

方如凤的双眼明明映现出了烈火，却显得那么无神：“文伟哥，我要离开北京了。”

从地铁十五号线俸伯站出来后，翟文伟看到一辆顺31路正往这边驶来，他怕赶不上这趟车，就飞快地跑起来，差点被一个骑共享单车的人撞到，最后他气喘吁吁地赶上了车。

“请问这是去龙湾屯镇方向的车吗？”刷公交卡之前，他满头大汗地问司机师傅。

司机看都不看他一眼：“坐反方向了！快下车快下车！”

翟文伟一边庆幸自己还没有刷卡，一边跳下车，径直穿过马路。烈日当空，他后背的衣服湿漉漉地黏在身上，手心全是汗，站在距离公交牌不远的树荫下。这时他的手机响起，是方如喜。

他定定地看着手机屏幕。方如喜的电话，翟文伟要做足心理准备才敢接。

果然，刚接通，方如喜的声音就像鞭炮一样连环轰炸翟文伟的耳膜。

“你去顺义了吗？我妹妹怎么样？有没有受伤？蒋姣兰呢？她们现在还好吗？”

昨晚方如喜也接到了方如凤的电话，方如凤只简单地告诉了她服装厂失火，手机就没电了。现在打妹妹的电话打不通，心急如焚的她只能打电话问翟文伟。

翟文伟耐心地等方如喜问完，才吞咽下一口口水，尽量用镇定的声音回答：“我很快就到服装厂那边了，你妹妹和蒋姣兰昨晚受了惊吓，现在肯定在补觉，别担心。”

他沉稳的声音传入方如喜的耳朵里，让她焦躁不安的心得到了一丝抚慰。

她叹息一声，才慢慢地说：“辛苦你了。”

翟文伟愣了愣，没想到向来咄咄逼人的方如喜竟然也会软语温言。他的心里泛起一阵柔软，差点错过了驶入公交站的顺31路。在挂电话之前，他轻轻地说：“都是我的错。”

顺31路公交车在左堤路上往西北方向行驶，路边闪过橡胶制品厂、农机学校、复合材料公司和农具研究所，还有羊蝎子、铁锅炖等各种农家菜馆，顺义果然和市区大相径庭。

从地铁站到龙湾屯镇有35个站，再往后，路边就全是村镇和农田，一派乡村景观。

向往着大城市繁华的方如凤，居然选择在京郊的农村打工，她的内心会承受多大的煎熬？翟文伟这么想着，心脏一阵绞痛。这都怪他，要发展事业，根本无暇顾及女朋友。

当初为什么和她同居？自己明明连自己都养活不了，翟文伟悔恨地把头砸向前排的座位，痛得眼冒金星，还不解恨，双手紧握成拳，指甲深深地抠入掌心，不停地骂自己渣男。

龙湾屯镇。

翟文伟等了两个小时，方如凤的电话终于通了。她和蒋姣兰在村子东边的果树苗基地的树荫下睡了一上午，然后到村镇的预防接种中心给手机充了电。

“还没吃饭吧？”翟文伟伸手指了指旁边的一家小卖部，“这里没有吃饭的地方，委屈一下，去那边吃一碗泡面。”说完，他转过身，先去小卖部买吃的。

他不敢看方如凤，曾经鲜活明媚的少女，已被残酷的世界磨得千疮百孔、颓废无神。方如凤的T恤和牛仔裤上沾满了泥土，黑乎乎的，她头发散乱，脸上脏兮兮的，泛着死皮。

而最可怕的不是她的形象，而是她已经放弃了收拾自己。她是真的绝望了吧？

方如凤和蒋姣兰相互搀扶着走到小卖部时，翟文伟正在从开水壶里倒出开水到泡面纸碗里，纸碗里还有一根拆了包装的火腿肠和一颗卤蛋。他招呼她们：“快坐快坐。”

小卖部没有餐桌，方如凤和蒋姣兰坐在塑料矮凳上，趴在水泥楼梯上吃泡面。

翟文伟看着方如凤顾不上烫、狼吞虎咽地吃泡面的样子，内心一阵酸楚。

到了这步田地，她要离开北京，他拿什么来挽留？

咕噜咕噜地把汤汁一饮而尽后，方如凤才慢慢地开始吃火腿肠和卤蛋，她很明显是舍不得吃，一次只咬一小口，咀嚼很久，她一边吃一边抬头，目光空洞地看了翟文伟一眼。

“文伟哥，我要和姣兰姐去深圳，听说那里很温暖，冬天也有十多摄氏度，到了那边，即便再穷，也不会挨冻。”她一字一顿地说着，干裂的嘴角缓缓荡起一个虚浮的微笑。

翟文伟静静地听着，抿着唇，垂着眼，一言不发。而方如凤把嘴里的食物吞咽下去，抬起头直勾勾地望着翟文伟，轻轻地问：“你愿意和我一起去深圳吗？”

翟文伟一阵鼻酸，瞬间呼吸都停止了，他下意识地捂住胸口，一个字都吐不出来。

三秒、五秒、十秒……方如凤终于无力地垂下头，右手颤抖地放下塑料叉子：“文伟哥，我们分手吧。”

正在吃泡面的蒋姣兰闻言，动作顿时停下来。她瞪圆了眼睛看了看方如凤，可方如凤的头垂得很低，蒋姣兰只看得到她发红的鼻子。蒋姣兰再转过头看翟文伟，他已经背过身去。

她看到翟文伟宽大厚实的肩膀在微微地颤抖。他也低着头，背影显得纠结而痛苦。

蒋姣兰叹息一声，把手轻轻地搭在方如凤的肩膀上，想要安慰她几句。可是突然传来的啪嗒啪嗒声音让蒋姣兰如鲠在喉，任凭方如凤的眼泪大颗大颗地砸到纸碗里。

方如凤的耳畔仿佛响起了李宗盛的那首歌：“现在认识到分手，三年堪称不朽。”

她衣衫褴褛，而翟文伟穿着雪白的衬衣和西裤，原来他们早就是两个世界的人了。

文伟哥，你与我也算是曾经不朽过。我们的爱若是错误，愿我们没有白白受苦。

而那一刻，翟文伟突然想起他第一次见到方如凤时的情景。她系着绿色围裙从水果店走出来，径直走到他的小吃车前，黑黝黝的眼睛清亮灵动：“帅哥，给我一份烤冷面！”

他低下头开始做，她调皮地眨眼：“看在我叫你帅哥的分儿上，多给我一点醋吧！”

后来，她笑容明媚如四月的蔷薇：“文伟哥，初次爱你，请多多指教。”

彼时，星星会说话，石头会开花，她粉嫩得像个瓷娃娃。可此刻她皮肤焦黄、神情恍惚、心力交瘁，没有力气再爱下去。她到底是善良的，不愿以亏欠之名，霸占他一辈子。

残酷的从来不是爱情，而是人生。

香港，新界沙田马场。

翠色欲滴的草地映入眼帘，骏马呼啸而过，带来极速奔驰的刺激快感。

营业厅里挤满了黑压压的人群，他们看着壁挂电视，挥舞着报纸和投注的卡片，不时发出震耳欲聋的呐喊声。观众席上，赌马者人手一本“马经”，认真地计算每场赛马的胜率。

唯独在宽敞安静的VIP座位里，试图把移动电视的音量关小一点的助理，最终却晚了一步。把那条刻意渲染的娱乐新闻听完后，楚御明表面上还是不露神色的。

“前TVB女星菅乔染因参加《荣耀出击》综艺节目而蹿红，她在四十岁时回归娱乐圈竟没有借力她身为AG集团董事长的老公，这让人联想到其夫妻关系是否名存实亡。”

楚御明选择投注了一份颇为烧钱的“三重彩”。三重彩是普通彩池中难度最大的了，因为不单要能在14驹中选出3匹三甲马，还要指定马匹的第1、2、3名位置。

平时他都会投注“位置连赢”，今天实在反常。

助理把投注送往赛马会后，察言观色地说：“现在的八卦记者为博出位，实在太走极端，不如让新闻传媒管理中心将那个利欲熏心的记者撤职查办？”

楚御明并未回答，只是反问：“她现在艺人指数如何？”

他的视线并未离开手里那本翻着玩的“马经”，所以站在旁边的助理无从窥探他的表情，只能尽量语气客观地阐述：“太太微博粉丝319万，贴吧关注十三万，搜索指数25573。”

修长的手指戴上墨镜，楚御明上半身往后靠，望着阳光下比赛正进行得如火如荼的马场，语气平淡地开口：“如果我命中了那份‘三重彩’，就让她接几部IP大剧。”

半个小时后，助理将“命中”的结果递给楚御明，在看到他薄唇微勾之后，助理提醒了一句：“今天中午太太在她娘家举办庭院午宴，楚董您……”

菅乔染用唇釉掩盖住因为低血糖而显得苍白的唇色，再打了点腮红，把长发随意地绾成髻，再套上一件齐膝衬衫裙，裸露在外的小腿异常白皙纤细，慵懒地趿拉着人字拖。

她正在庭院里和菲佣一起布置餐桌，成套的刀叉在午后的阳光下闪闪发光，衬得她整个人明媚动人起来。碧绿的草坪，繁花似锦。不远处，楚御明在落地玻璃窗后凝望着妻子。

回归娱乐圈之后，她变化很大。

他之前一直觉得她是木头美人，美则美矣，却无灵魂，或许是因为她被豢养，笼中的金丝雀，能有什么见识和气度？可如今她闯荡名利场，居家的装束，竟也如此生动撩人。

他脑海里浮现出她在《凡人的演技》和《荣耀出击》两档综艺节目中截然不同的表现，那是他从未见过的菅乔染，全新的、闪亮的菅乔染。看着看着，楚御明的眸色越发幽深。

菲佣先发现了楚御明，她刚想告诉菅乔染，助理在楚御明身后把食指竖在嘴边。

于是菲佣找了个借口先回房，拉着助理问："先生要给太太一个惊喜吗？"

助理压低声音："楚董马上要赶去赤鱲角机场回北京，他没时间和别的客人寒暄。"

菲佣点点头："那我去叫太太进来。"

可她还没转身，菅乔染已经朝这边走来，她有点渴，左手托着一杯香槟。一看到那熟悉的优雅身影，她的手一颤，香槟在高脚杯中狠狠地荡漾了一下。

在香槟的酒面恢复平静后，她还觉得大脑里仿佛飞进了无数只蜜蜂，嗡嗡嗡响个不停。

算起来，有半年没见了吧。菅乔染回过神来吐出一句："你怎么也在香港？"

楚御明双腿交叠，慵懒地坐在原木长椅上，目光淡淡地落在她身上："酒柜里那瓶伊慕沙兹堡是不是来自摩泽尔产区的伊慕酒庄？刚好我想喝雷司令。"

菲佣听命，起身去了。因为不认识德语，菲佣找了一圈又折回来说抱歉。

菅乔染只好把香槟放到一边，亲自去拿酒，回来时楚御明已经坐到庭院里去了。

她不急着送酒过去，先在玻璃门前驻足了几秒。晚霞在苍穹中炽烈地燃烧着，庭院里的洋槐树花开得正盛，粉嘟嘟的，连暮色里也融进了它那淡淡的馨香。

菅乔染试图透过那粉色云雾看清楚御明的脸。可惜花影憧憧、日光斑驳，她终究只捕捉到他半明半暗的脸上那一抹若有若无的凌厉。正如她永远看不清楚御明的心。

她蓦地苦笑，她竟然在一个她根本不了解的男人身上耽误了大半生。

南庄说得对，楚御明是她菅乔染的前半生，可她不能把后半生也赔进去。

“去吗去吗？不是群魔乱舞的兄弟会派对，就是同专业的家庭派对。”

“不去。”艾筱澍把鞋子蹬掉，躺到床上。

来波士顿后她大小派对去了不少。法国人特别爱撩，不管男女老少；德国人高冷范儿，喝了酒就high；意大利人打鸡血，不管天黑天亮；瑞士人闷声不响，自己开心就好。

艾筱澍早就熟知西方人的社交套路，一整个晚上脸都要假笑僵了。然而，她对他们的话题并没有什么兴趣，只能说气氛很放松，能让人暂时忘掉现实生活的压力。

可她不想逃避，也没时间逃避。钢琴练不完、论文写不完、兼职做不完，她觉得自己每天忙得像安徒生童话故事《红舞鞋》里的小女孩，没日没夜地跳舞，永远停不下来。

“穿着你的红鞋跳舞，一直跳到你发白和发冷，一直跳到你的身体干缩成为一架骸骨。”

童话里恶毒的诅咒，仿佛应验在她身上。

“哎，艾筱澍，你听到了吗？我在提醒你，不要和同级的那个哥伦比亚‘土豪’来往！”

室友的声音把艾筱澍的思绪拉回来，她睁开眼：“怎么了？”

“听说那个哥伦比亚‘土豪’是HIV感染者。”

艾筱澍蓦地浑身一颤，放在身体两侧的手开始猛烈地颤抖。

室友瞥了她一眼：“你怎么了，脸色这么难看？你该不会和他发生过关系吧？”

“怎么可能？”艾筱澍使出浑身力气翻了个身，背对着室友。

接下来室友说了什么，艾筱澍无论如何都听不进去了。自己可能感染HIV，这个可怕的想法盘踞在脑海里，她的大脑乱成一团，什么想法都涌上来了，家人、学业、前途……

转念她又想到艾滋病的后果，艾滋病本身不是病，但会引发免疫力下降，病毒随意侵蚀。有的患者浑身腐烂，有的则肌肉萎缩……艾筱澍浑身开始发冷、战栗，冷汗涔涔。

不过，也许自己没有感染呢，那晚其实是做了措施的，只是后来套套脱落了。感染概率其实并不高，但是一旦真的感染，自己这辈子就完了。明天早上她就去买HIV检测试纸。

其实现在就可以去买，但艾筱澍已经没有力气站起身。她从来没有这么无助过，一整个晚上，她瞪圆了眼睛。第二天早上她红着眼去买了HIV试纸，颤颤巍巍地扶墙上楼。

先用采血针刺破一点皮肤，然后用手用力挤压，就可以挤出一滴血。艾筱澍用针蘸一下血，将血液滴到试剂盒下方的圆孔内，最后是加缓冲溶液，一滴一滴地加。

很快，艾筱澍在观察区看到液面在不断地漫延。C线是对照线，先出现，五分钟后T线结果会显示。在那五分钟的生死判决里，艾筱澍发现自己非常冷静，她轻轻地闭上眼。

如果感染了HIV，就直接自杀吧。这场漫长无休的舞，终于让她感觉精疲力竭了。

五分钟后，她睁开眼，T线没有出现，阴性，她没有感染HIV。

这一瞬间，艾筱澍才真正崩溃，猛地扑到床上大哭起来，一直哭到门口有声音，室友醒来了，她慌忙站起身，把试纸丢到垃圾桶里，然后擦了擦眼泪，拿手机订机票。

“南庄，我周末回北京，你来机场接我，我等你。”

发完微信，艾筱澍才发现，她竟然没有一个脆弱时可以拥抱的闺密。妈妈改嫁了，有了新的家庭，她不能去打扰；莫玥正在国外度假，她联系不上。此刻，她只想到了南庄。

艾筱澍喜欢南庄，可她不敢与南庄靠得太近，不敢做真正亲密的朋友。

有时候，你不敢靠近一个太过美好的人，因为她像清澈的湖水，如实地倒映出你的丑陋和不堪，我们宁愿亲近一个同样有瑕疵的人，以获得心理上的平衡感。

杨培培在晚上十点敲响了赵祈哲的门。

赵祈哲打开门，看到是她，就摘了耳机："怎么又哭了？"

南庄在加班，方如喜在培训机构教小孩唱歌，403只有杨培培一个人，她看考研书看到崩溃，实在找不到人哭诉了，才出此下策。因为情绪低落，她没顾及掩饰红肿的眼睛。

"我真的学不下去了，我想放弃考研，再学下去我就要死了。"杨培培哽咽着说。

赵祈哲耸耸肩，以一副"不以物喜，不以己悲"的模样说："世上无难事，只要肯放弃。你不努力一下，就不知道什么叫绝望。我建议你在得抑郁症自杀之前，放弃考研吧。"

杨培培早就习惯了他的说话方式，她吸了吸鼻子："可是我不想找工作，然后一拿到工资就全部交房租或者还花呗，冬天为了省钱手洗羽绒服，吃外卖没有满减都不敢点。"

赵祈哲挑了挑眉："你可以啃老。"

"你以为我不想啊？可是我回成都才能啃老，如果我执意待在北京，我爸妈就不会给我经济支持！"杨培培说完，被走廊上的冷风吹得缩了缩脖子，"你让我进去行吗？"

"不行。"赵祈哲站得笔直。

杨培培皱眉："为什么？"

"因为我有一堆袜子没洗，房间里满是臭味。好了，我给你三秒钟时间鄙视我。"

赵祈哲一本正经地说完，杨培培却忍不住扑哧笑出声，她眉眼弯弯地望着赵祈哲，一双大眼睛闪闪发光，伸手戳了戳赵祈哲的胸膛，调皮狡黠地眨眨眼。

“你不让我进去的原因是你担心我嫌弃你，你为什么会担心呢？难道是因为你喜欢我？所以你必须让我进去，否则你就是喜欢我。对不起，我们女生的思维就是不可理喻。”

赵祈哲无奈地举起双手，让杨培培进来，他念叨着：“难怪20世纪美国语言学家门肯认为男人比女人过得更快乐的原因是，男人们有一晚一早，即他们晚婚，他们早死。”

晚婚？早死？杨培培想了半天才明白，这样男人和女人待在一起的时间就比较少了。真的，对赵祈哲，杨培培从来都是三个字：“你赢了。”

404房内，水声哗啦哗啦响着，赵祈哲正在面不改色地搓洗袜子。

杨培培给自己倒了一杯水，边喝边说：“前几天我看了一个视频，不同的人接受采访，问题只有一个，如果可以和世界上任何一个人共进晚餐，你会选谁？”

赵祈哲的鼻子上被溅了肥皂泡沫，他打了个喷嚏。

杨培培走过去，想要帮赵祈哲擦掉鼻子上的泡沫，她伸出手去，却听赵祈哲开口说：“林徽因吧，冰心在《大公报》上发表了《我们太太的客厅》，讽刺林徽因的沙龙，林徽因不甘示弱，立刻叫人送了一坛又陈又香的山西醋给冰心。真可爱。”

杨培培心里瞬间咯噔了一声，伸到半空中的手又退缩了，尴尬地收回来。

原来赵祈哲理想中的女性是集美貌、才华、优雅与品德于一身的民国大才女林徽因，杨培培自知相差甚远，她永远不可能成为那样闪亮的大家闺秀。她的情绪顷刻间低落下来。

赵祈哲浑然不觉此刻杨培培内心的失落，继续说：“如果只能选在世的人，我选霍金。他发表视频讲话说，人工智能很可能成为人类文明史的终结，我要狠狠地反驳他。”

杨培培耐心地听完赵祈哲关于人工智能和宇宙黑洞的看法。他滔滔不绝地说完，才瞥了眼杨培培：“对了，你呢？你想和谁共进晚餐？”

杨培培耸耸肩：“鹿晗、易烊千玺、张杰，随便啦，哪一个都可以！”

赵祈哲：“……”

杨培培意兴阑珊地说：“你继续洗，我先回去了。”赵祈哲不可能喜欢她，为什么她的爱情总是单恋呢？她不想再重蹈覆辙。

她挥挥手转身就走，赵祈哲在她身后喊了声：“你就没想过和我共进晚餐？你身边除了我，谁的智商高于200？”

杨培培转过身，大声说：“可是我不喜欢爱因斯坦！我是颜控！颜控你知道吗？你去整个容、染个发、健个身，再去韩国娱乐公司培训几年，或许我会考虑和你共进晚餐！”

赵祈哲：“……”

杨培培发泄似的说完，逃跑似的冲出了404。她啪地把门关上，整个人靠着403的门慢慢滑下去，全身无力地坐到凉飕飕的地上。

她要放弃考研，又知道赵祈哲不喜欢她。那一瞬间，杨培培有种万念俱灰的感觉，只觉浑身冰冷，连眼泪都流不出来了。

中关村，银科大厦，九艺游戏人事部。

“楚南庄，你来了？请坐，要喝茶还是咖啡？”经理一看到南庄，就站起身来。

南庄礼貌地笑道：“谢谢，不用了，经理您这么忙，开门见山吧。”其实被人事部叫过来时，南庄已经有了心理准备。上次顺利完成了那个项目，她肯定是过试用期了。

准备去倒茶的经理听到南庄这么说，脚步一顿，转过身来看向她。

以前的楚南庄总是马尾辫、白T恤和牛仔裤，这次重回职场，她俨然变了一个人，头发依然不烫不染，但发型多变，时而披肩时而扎起发髻，但总是中分，OL范儿十足。

今天她的一字肩白衬衣彰显着优雅的“天鹅颈”，搭配蓝白条纹流苏牛仔裤和小白鞋，给人纯美干练的感觉。她大概是办公室里唯一不穿高跟鞋却有穿高跟鞋般气场的人。

“楚南庄，你进步很大，”经理坐下来，顿了顿说，“可是你毕竟是实习生，太过锋芒毕露抢风头的话，难免被枪打出头鸟。我很遗憾地告诉你，你没过试用期。”

原本想要拉开椅子坐下的南庄听到这句话，蓦地浑身一颤，她的手还抓在座椅靠背上，指尖发白。她迅速调整呼吸，胸口还是剧烈地起伏着，嘴唇微颤，说不出话来。

经理投来同情的目光：“对不起，我们是综合各部门的评价，做出的决定。”

良久，南庄才把手收回来，低下头说：“好的，我知道了，辛苦您了。”

她转身走出人事部经理办公室，人事部工位区的同事们仿佛都知道了结果，纷纷朝她投来或怜悯或看好戏的目光。换作以前，她可能会匆匆逃走，可她已经今非昔比。

南庄挺直背脊，昂首挺胸地穿过人们的视线，面无表情，酷得像在T台走秀。

既然九艺游戏实在容不下她，她不会再纠缠。橘生淮南则为橘，生于淮北则为枳。可如果你是一株仙人掌，哪怕是在沙漠，都能开出花。她相信自己的毅力和才华。

清河，橡树湾，小区北门，一家人刷卡进了门禁，南庄想起自己今天没带卡，就急匆匆地跑上去，准备趁着门禁的大门关上之前冲进去，结果还没跑到门口就啊地尖叫了一声。

她跑得太急，没注意脚下的障碍物，重重地摔了出去，掌心和膝盖火烧火燎，血肉模糊，疼得她龇牙咧嘴，想要忍痛站起来，可来不及了，只能眼睁睁地看着大门啪地关上。

“我真的是这个小区的租客，麻烦你让我进去吧。”南庄颤颤巍巍地站起来说。

新来的物业小哥哥一脸正气：“不行，没有卡就不能进去。”

南庄无可奈何，单手扶墙，掏出手机打电话。方如喜没接，杨培培在沃尔玛，怎么办？现在物业小哥哥发现她没卡了，她就不能跟着别人一起进门了，只能让人来接。

“我还要一个小时才能回去，你打大神的电话吧，他今天早上从上海回来了，我刚好下楼买早餐时在电梯里碰到他了。只不过他现在肯定在睡觉，打电竞真辛苦。”

杨培培的话让南庄纠结起来，扰人清梦是万恶的，可她现在实在没办法。

好几个人刷卡进门了，南庄低头看了看鲜血淋漓的膝盖，钻心的疼让她顾不上那么多了，打了林则熙的电话。电话响了很久才接通，林则熙的声音听起来很疲惫：“南庄？”

可是挂了电话后不到十分钟，林则熙就出现在了北门，他从里面刷卡出来。

“不好意思，打扰你睡觉了。”南庄看到他带着血丝的双眼和厚重的黑眼圈。

林则熙的视线落在她的膝盖上，蓦地蹙眉。

下一秒，南庄就被他打横抱起。

去了上海一趟，他果然不同了，竟然还用了香水。她花了五秒钟适应林则熙身上浓烈的男性荷尔蒙气息和淡淡的香水味，被呵护的感觉如同暖流从心里渗透进四肢百骸。

香水中佛手柑、旭浦鹤香和鸢尾花的味道，将他本身过于阳刚、极富攻击性的体味中和成层次分明的优雅。她忍不住深呼吸一口气。他面容冰冷，身体却是温暖的。

再次被九艺游戏开除，加上摔了一跤，她一直硬撑着，被他这么一抱，瞬间鼻酸了。

风吹过伤口，她咬住下唇忍住疼。

他见她这般，眉皱得越发厉害，转身帮她挡住风，快步走到水池前，把她放下，刺啦一声，他撕开她摔破的裤子，再帮她拧开水龙头。

“把伤口冲干净！”他喉结滚动，冷冷地吩咐，并没有要帮她的意思。

南庄的感动瞬间烟消云散，忍不住腹诽，不就是吵醒你睡觉，用得着这么生气？

她不知道林则熙生气的真正原因。他每次心疼她的时候，都会生气。之前在人民大学开粉丝见面会时看到她扭伤了脚踝，他也气炸了。笨蛋！你就不能小心一点？真让人操心！

404门口，林则熙背着南庄，左手扶住背上的南庄，右手用钥匙打开门。门开后，他蹬掉鞋子，赤脚走进客厅，把她放到沙发上，顾不上穿拖鞋，先去拿碘酒消毒创面。

消毒之后，他用棉签在伤口涂上紫药水，才不露声色地松了口气。

南庄怔怔地看着林则熙单膝跪地帮她处理伤口，他眉目专注，聚精会神。弄好之后，林则熙才走到玄关处穿上拖鞋，然后面无表情地走向餐厅，他在努力调整心态。

林则熙做的是虹吸式咖啡，他倒掉预热用的水，取出上壶，将下壶灌上水，点燃酒精灯开始烧水，房间里瞬间腾起一抹来自虹吸壶的暖红色，并弥漫起浓郁醇厚的咖啡香。

就在南庄觉得那诱人的咖啡香渗透进全身每一寸皮肤的时候，林则熙开口了："最近我发现我微博的阅读量下降了，昨晚我跟微博客服投诉，客服回复了我，简单来说，因为我是大V，会遭遇'流量屏蔽'和限流。这就影响到我对你的粉丝导流。"

关注他的人不一定能在首页看到他发的微博，除非是买"热门头条"，而"热门头条"的价格是根据粉丝数往上涨的，林则熙的粉丝数巨大，价格自然十分昂贵，性价比不高。

所以林则熙昨晚清理了一波僵尸粉，递交申请后，大概一两个工作日就会有成效。因为清理了僵尸粉，真正的粉丝看到他发的微博的概率就会稍微变大一些。

另外，为了增加粉丝黏合度，林则熙今天早上还发了一条微博："大家都知道现在微博限流了，如果你从来不回复、点赞、转发我的微博，微博后台就会认定你对我不感兴趣，慢慢地你看到我的概率会越来越低，最终我将消失。"

为了给南庄导流，林则熙每天都要花很多时间在微博上和粉丝们互动，花心思发布高质量的内容，蹭热点抖机灵，找同量级的营销号互相转发，甚至不惜发自拍照“吸粉”。

他的这些努力，南庄不知道，也不必让她知道。

45秒关火，一分钟内全部流到下壶，林则熙倒了两杯咖啡，放到茶几上，南庄刚要道谢，林则熙先开口说：“帮我录个视频，待会儿我传到微博上，再涨涨粉。”

“谢谢。”南庄知道他向来不怎么经营微博，现在如此上心，都是为了给她导流。

“不用谢我，我们是合伙人，这是为了我们共同的利益。”

林则熙拿出一把酒红色木吉他，优雅地坐在高脚椅上，对着曲谱上的音符，自如地弹奏起来。吉他是玫瑰木的，带着深沉的灵性，饱满圆润。南庄拿着他的手机录像。

她呆呆地望着他，他纤长的手指在琴弦上飞舞，低垂着双眸，长长的眼睫在橘黄色暮色照耀下暗影氤氲。或许是画面太美好、乐曲太曼妙，她觉得全世界都虚化成他的背景。

直到她的手机振动了一下，她才回过神来，瞥了眼亮起的手机屏幕。

邬靖发来了一条微信：“是我否定了你，我不能让你过实习期。你知道为什么吗？因为我要离开九艺游戏了。楚南庄，你肯定愿意作为我的嫡系，跟我一起去AG。”

Chapter 13

崇文门，祈年大街，AG总部。

走进精致的日式拉门，林则熙瞬间感觉来到了另一个世界，蓝色如同北极深海的冰川，几何形状散布于抽象的图形空间里，意大利设计师索特萨斯的编织家具慵懒地散落着。

偌大的露天游泳池内，楚御明颀长的身子泡在碧蓝的泳池里，手指间托着一杯红酒，唇色映着水光，比高脚杯中的红酒更撩人。他望着林则熙，漫不经心地挑眉。

“楚董，您找我。”林则熙不卑不亢地走上前。

“昨晚数据分析师对你们队每个选手的能力、心态、配合等指标进行了测评，你是最高分。”楚御明摇晃着酒杯，眯起眼，“可林则熙，别忘了你是队里年纪最大的……”

林则熙知道楚御明的意思，电竞行业吃的是青春饭，二十四岁已是高龄，随着年龄的增大，人的反应速度会越来越慢，状态较差的选手将面临不得不离开的困境。

“楚董，恕我直言，我打职业电竞，是为了赚钱，在北京买房买车。”

楚御明挥挥手示意林则熙坐下："我差点忘记你已经结婚了，要承担家庭责任。"

林则熙坐下来，勾唇笑了笑："我妻子是北京人，所以我们有买房资格和摇车牌号的资格，她家境并不好，我要承担起她和她父母的生活，所以我只能拼命赚钱。"

"家境不好？"楚御明随口一问。

林则熙据实以答："具体情况我也不太清楚，但是她非常拼命，为了能进入AG工作，她在另外一家游戏公司奋斗了很久，积累了很多经验。"说到南庄，他语气温柔。

哗啦啦一阵水声，楚御明从泳池里起身，披上白色浴巾。

楚御明没有健身教练那种魁梧健硕到夸张的肌肉，不过宽肩窄腰的身形有着完美的肌肉线条，男性荷尔蒙扑面而来，宛如古罗马的角斗士一般，给人一种坚不可摧的震撼感。

"你现在年薪五十万元，但是你很快就要过电竞选手的黄金年龄，你应该考虑转型了。"楚御明扬手示意，立刻就有助理送上一杯红酒给林则熙。

林则熙接过并道谢。

"这个时代变化迅猛，每年都有新的行业引发资本热钱的追逐，既然计划赶不上变化，不如以不变应万变。楚董，您百忙之中抽空见我，想必不仅仅是问我如何打算的。"

林则熙修长的手指优雅地捧起高脚杯，轻抿一口散发着浓郁芳香的霞多丽。

话说到这个份儿上，楚御明自然不再委婉，很快发了直球。

"你知道AG集团主业是文娱和影视，'维多利亚的秘密'的模特都能转行娱乐圈，电竞男神为什么不可以？颜值、身材、气质、人气，你都不弱，而混娱乐圈更加赚钱。"楚御明把酒杯里的霞多丽一饮而尽，直勾勾地望着林则熙，"唯独有一点，你不能以已婚的身份出道。你是偶像，粉丝对你是近乎爱情的崇拜，你不能有任何桃色绯闻。"

林则熙举杯喝酒的动作微顿："所以我必须一直隐婚？"

"不，稳妥起见，你必须离婚。"楚御明把空酒杯递给助理。

林则熙的眉眼、姿态都非常平静，嘴角甚至勾出一抹微笑，他身体前倾，把酒杯放到茶几上，抬起头，目光灼灼地直视着楚御明：“抱歉楚董。和她离婚？除非我死了。”

橡树湾，403室。

“艾筱澍，你放我鸽子？”南庄接了艾筱澍发来的视频聊天。

艾筱澍在屏幕上抱歉地笑了笑：“后来想了想，来回的特价机票都将近一万元。”

杨培培探过头来，难以置信地感叹：“退票了？艾筱澍你也有缺钱的时候？”

“除了富二代，其余留学生都是缺钱加缺眠。”艾筱澍终于可以倾诉一下留学生活了，此刻她顾不上自己平时的高冷形象，竹筒倒豆子般吐槽起来，“每天一份大homework，每两周写一篇十页的大paper，每月一篇midterm，每半学期一个presentation，最后还有final，疯狂赶due，fall了就得打包走人。”

一连串的英文听得杨培培云里雾里，她抢过手机问：“可是艾筱澍，电视剧里那些留美女博士还能去海边谈恋爱、散步，在校园草坪上坐着聊天，难道现实不是这样吗？”

艾筱澍翻了个白眼：“快拉倒吧！我认识的几个女博士，不是实验室就是图书馆，做饭的时候和室友聊两句就算social的全部了，谈恋爱双方看好就OK，哪有时间散步聊天卿卿我我？”

南庄笑着把手机拿过去，正经地关心了一句：“艾筱澍，你最近怎么样？”

艾筱澍把卖卵、差点感染HIV的事情全部抛诸脑后。能用中文说话，她就很开心了。

“课上一脸蒙，课下全靠自学，讨论沉默是金，作业东拼西凑。经过十几年中式应试教育浸染后，突然来到一个全英语的西方教育系统里，谁都接受无能。”

杨培培蓦地发出一声尖叫：“艾筱澍，你出国留个学，居然变得这么逗。”

艾筱澍内心一阵苦笑。有什么办法呢？独在异乡，咬牙打拼，苦中作乐罢了。人的性格的确会随着境遇的变化而变化。留学后，艾筱澍戒了烟，比以前开朗活泼多了。

南庄总能找到艾筱澍表达的重点："还有语言障碍吗？"

"大部头的英文原版教材读不懂，可又找不到中文版，于是硬着头皮啃，别人三天搞定的读书报告，我得用两周。"艾筱澍耸耸肩，来美国后，她是肢体语言也丰富了。

"最可怕的是融不进圈子吧？"南庄毕竟经常去美国，多少了解一点，"别人课间闲聊讲了个笑话，大家都哈哈大笑，我们听是听懂了，但不知道笑点在哪，只能'尬笑'。"

刚刚洗完澡的方如喜一边擦头发一边走过来问："课堂上也有差别吧？"

"习惯了题海战术、填鸭式教育，突然面临一大堆paper、workshop、project，一周读两本书还要写出自己的感想；课上教授没讲多少反而频频问你的看法，好像他才是学生……"

艾筱澍的回答让南庄、杨培培和方如喜都笑了起来。

杨培培喊了声："艾筱澍，你可以上吐槽类脱口秀节目了！"

既然如此，艾筱澍干脆一次性吐槽完，虽然说多了都是泪。

"还有就是快递，十天半个月很正常，丢包送错是家常便饭，地址太偏快递员经常一个电话让你自己去某地拿，有时甚至显示delivered了，但就是死活找不到东西在哪。"

方如喜忍不住插嘴："艾筱澍，我发现你今天说了你以前一周才会说的那么多话。"

艾筱澍怔了怔："大概是太久没用中文说话了。"

她顿了顿，轻声说："留学生第一堂课新生指导，会包括当地的治安犯罪情况和建议避免前往的区域，波士顿相对安全，但也自带宵禁令，太阳落山后打死也不能出门了。"

南庄、杨培培和方如喜都认真地听着，一言不发。

艾筱澍叹息一声："所以我经常会怀念大晚上的广场舞大妈、凌晨两点还火爆非凡的大排档烧烤，还有那些熙熙攘攘的夜市……"每每想来，都觉得温暖，她的声音越来越轻。

空气沉默了几秒，艾筱澍抬起眼，转移话题：“对了，你们怎么样？”

杨培培先举起手：“我放弃考研了，大学懒散了四年，没办法进入高考状态。”

南庄撇撇嘴：“我又没过九艺游戏的实习期，现在处于失业状态。”

杨培培抓住南庄的手：“你之前不是说你妈逼你相亲吗？最近怎么没听你吐槽了？”

南庄单手托腮笑起来：“她现在忙着自己的事业，没空管我了。”

而方如喜没有提她报考怀柔区教师失败的事情，她想了想说：“我和中科院的男朋友分手了。他太忙了，不能给我想要的陪伴。现在我正和一个三十五岁的大叔谈忘年恋。”

“这个劲爆！”杨培培兴奋地拍了拍方如喜的肩膀，“没想到你是个大叔控！”

方如喜一边梳头发一边笑了笑。

“大叔控很危险，”南庄忍不住提醒说，“你怀揣着‘找一个人宠爱我’这样恋父情结一般的情愫，可一个心智成熟的男性，只会选择一个共同生活、互相帮扶的伴侣。”

屏幕上的艾筱澍接住了南庄的话头：“而非一个始终要对其单向付出的干女儿。”

南庄继续说：“如果你碰到一个无限度宠爱你的大叔，绝大多数时候，他只是想睡你。你觉得对于一个摸爬滚打了三十多年还挺滋润的男人，需要从你那里获取点什么吗？”

方如喜的梳子卡在头发上，视线停留在镜子里，半天说不出话来。

杨培培先反应过来，诧异地转过头：“南庄，你怎么突然这么犀利了？”

南庄苦笑着耸耸肩：“这是两场失败的职场生涯教会我的，趁早看清这个世界的现实，不要再心存幻想。电视剧里那些浪漫的桥段是不存在的，不管是职场，还是情场。”

方如喜蓦地冷笑，把梳子从头发上抓下来，转过身瞪着南庄：“你什么都不知道，有什么资格评判我们？”

如果不是腕表大叔有车有房，她怎么会同意约会？哪怕只有一丝机会，她都不能错过。方如喜说完，怒气冲冲地走回卧室，啪的一声重重摔上门，吓得杨培培浑身一颤。

南庄瞬间就后悔了，自己不该那么冲动地批判方如喜。她和方如喜有着截然不同的家庭出身，所以会有完全不一样的价值观和生活方式，她不该对方如喜的选择指手画脚。

人们最终真正能够理解和欣赏的，只不过是在本质上和他自身相同的事物罢了。

这家百叶居在赵登禹路，古朴四方的明清宅院里，亭台水榭透着老北京官府的贵气，和莫太太的气质相宜。这次邀请南庄吃饭的只有莫珝和他母亲，却订了最大的包间。

莫太太一身桑蚕丝旗袍，手工盘扣、小元宝领、两侧开衩，长度是露脚踝，面料是真丝缎，玛瑙黄色，玉簪花叶图案，面料为骨，图案色泽为魂，娴静如秋叶之静美。

“对不起，您的手镯……”南庄一开口就是道歉，躬身垂头立着，不敢坐。

莫珝显然已经跟母亲说过了，莫太太摆摆手：“罢了罢了，生不带来，死不带去，既然它命中有此劫数，与我家缘尽于此，命中有时终须有，命中无时莫强求。”

这才是真正的“佛系”，一席宽宏大量的话说得南庄感动得都快哭了。

“碎裂有碎裂的美，即便是残缺的，也可以代代相传。”莫珝坐在一旁，一边温言宽慰母亲，一边把南庄小心翼翼双手奉上的首饰盒打开，看了看那碎裂成两半的翠绿手镯。

“坐吧。”莫太太招呼南庄，“你穿旗袍的样子，真像当年的我。”

南庄穿的是紫色低开衩斜襟亚麻平肩旗袍，平肩的意思是肩膀呈一直线，需要在实际的穿着中，根据个人的肩斜情况，自然形成肩部的线条，也因此在腋下会有褶皱。

这种褶皱还原了老旗袍的气质，也是旗袍迷们非常愿意尝试的一种风格。

莫太太再次打量了南庄几眼，哀叹道："如果你愿意做我们家媳妇该多好。"

莫琊勾了勾唇："妈，您刚刚还说，命中有时终须有，命中无时莫强求。"

南庄如坐针毡，硬着头皮说："莫太太，并非令郎不好，实因我心有所属。"

"现在的女孩子，都有自己的想法，"莫太太感叹，"不比我们当年，圈子窄，没见识，20世纪90年代流行交谊舞，我和莫琊他爸在舞台上跳一支舞，这辈子就定下来了。"

莫琊夹着鲜百叶去景泰蓝锅里涮，涮好了夹给莫太太，犹豫了片刻，没夹给南庄。

"吃吧，别拘束，就算做不成婆媳，你也认我做阿姨，我真心喜欢你这孩子。"

听莫太太这么说，南庄羞愧地拿筷子在蘸料碟里搅着。楚御明到底是疼爱她的，给她选了这么好的家庭、这么好的婆婆，而莫琊看似风流放荡，其实是翩翩公子，有礼有节。

若不是那时一时冲动，出于叛逆心理，和林则熙领了证，或许她会慢慢地爱上莫琊，然后心甘情愿地与之结婚。人的命运就是如此奇妙，一瞬间的念头决定了不同的人生方向。

厨师推着车来现切内蒙古羊肉，莫琊没忍住，挑了一块色泽最漂亮的涮了夹给南庄，他顺着莫太太的话说："就算做不成夫妻，至少做个朋友，楚南庄，我真心喜欢你。"

"我的荣幸。"南庄报之以微笑。

莫琊的穿搭素来像是刚从时装杂志上走出来的，浅浅的胡楂衬托了男人的成熟与韵味，夏威夷风格的印花领带显得温情活泼，麻灰色的铅笔裤也非常讨巧，慵懒时尚。

"对了，听说邬靖要带你一起去AG？"莫琊的消息向来灵通，他边说边帮南庄倒茶添酱。

南庄点头谢过，听他继续问：“你准备在你爸的公司隐姓埋名，从基层做起？”

他挺了解她的嘛。南庄笑了，放下筷子说：“希望你帮我保密。”

莫翊刚要回答，莫太太用餐巾擦了擦嘴，插了一句：“邬靖那孩子已经三十多岁了吧？她和你这么多年，就没有擦出点火花？她出身音乐世家，配我们家倒也不亏。”

“算了吧妈，那样的女强人，事业为重，才不肯嫁入豪门咧！”莫翊涮了几块肉试图让莫太太打消这个突如其来的念头，“她还说过，她是个不婚主义者！”

南庄低下头默默吃肉。其实她看得出来，邬靖喜欢莫翊。但是，爱情是一回事，结婚是另一回事。南庄素来不喜欢参与这些八卦，可她理解邬靖，女子当先谋生，再谋爱。

朝阳公园，蓝色港湾。

“这样没有雾霾的晴朗夜晚，最适合去室外看音乐喷泉。”腕表大叔说着，把车停到商场的地下车库，然后和方如喜手牵手径直走向灯火辉煌宛如欧洲小镇的中心广场。

这是方如喜和他的第三次约会，成年人不需要赤裸裸的表白，关系自然而然地就会发展。虽然南庄关于“大叔控”的那些话经常会在方如喜的耳畔响起，但这不影响她的享受。

是的，和腕表大叔在一起，优雅的法式烛光晚餐，逛商场，吃甜品，买衣服、鞋子和包包，方如喜享受着物质的满足感。她觉得，这就是一个男人对一个女人最大的宠爱了。

“真美啊。”方如喜端着手臂凝望着喷泉的华光，发自内心地幸福微笑。

因为太过幸福，她甚至感觉心脏微微抽痛。

喷泉的水柱交织着绚烂的灯光，伴随着维塔斯的《Opera 2》将夜晚点缀得摇曳生姿。方如喜沉浸在维塔斯跨越五个八度的宽广音域和高音区雌雄难辨的海豚音里。

“你喜欢就好。”腕表大叔的声音温柔而磁性。

夜风吹拂，方如喜微微缩了缩脖子，腕表大叔就把他的大衣披上她的肩头。

“你知道《Opera 2》唱的是怎样的故事吗？”他在一曲毕后问。

方如喜摇摇头。

“一个人鱼误入人类世界，他备感孤独，渴望找到同类，他爱上了一个女孩，撩起她的长发看她是否也长有鱼鳃，女孩误会了，生气地离开。于是他痛苦地朝天空哭诉。”

那凄怆的俄语里，原来藏着这样的悲伤，听腕表大叔说完，方如喜叹息一声。

下一秒，方如喜的身体就被迫转了过去，他扳过她的肩头，她不得不与之对视。

“你或许会想，我们年纪相差十三岁，我们不是同类，可是如喜，我愿意为了你，割掉我的鱼鳃，和你成为同类。”腕表大叔一双含情脉脉的眼睛，热情洋溢地望着方如喜。

喷泉伴随着钢琴曲冲向苍穹，被璀璨的光柱点燃，宛若绽放在夜空中的灿烂烟花。

方如喜几乎要在大叔的目光中融化。她的脸颊被轻轻捧起，吻密密匝匝地压了过来。

她愕然地瞪圆了眼睛，从朝阳公园传来濡湿馥郁的花香，月亮缓缓从云层中游曳出来。只是在那一瞬间，她的眼前浮现出了翟文伟的面容，他在嘲弄她似的冷笑。

“对不起，”她对内心深处的翟文伟说，“我就是嫌贫爱富、虚荣拜金的女人。”

北京西站，每天大约有六十万人在此中转、取票，日常乘客接待量超过十三万人次。

播种完山东老家六亩地小麦就坐火车匆匆赶回京干活的中年男子，在晚上九点多才到达西站，晚点了两个小时，因此错过了去往西六环群居地下室的最后一趟夜班车。

他考虑到明日早上七点要到西站附近的一个工地上工作，就和来接他的工友靠在地下一层的柱子上简单休息了一夜。但寒冷、噪声、伺机而动的小偷都不会让他们睡得安稳……

这里还有一群光着脑袋的孩子，焦灼的家长们坐火车到北京来给身患癌症的孩子们化疗，北京西站的灯火是充满希望的，可也有很多家长要在这里和孩子们泪别。

在北京工作的家长，每周都要送自己非京籍的孩子坐火车去往环北京地区的学校读书。孩子们被北京的入学制度严格地卡在门外，只能挥别父母去河北，渴盼着下次团聚。

每一天，北京西站都包容着十三万人的喜怒哀乐。而这一天，方如喜在这里送走方如凤和蒋姣兰。在熙熙攘攘充满泡面和热狗味道的站前大厅，两姐妹抱头痛哭。

蒋姣兰也忍不住红了眼眶，拍了拍两姐妹的肩膀说 “别哭了别哭了，你们一见面就是哭，以后又不是见不到了。现在电话、视频这么发达，想要见面了，视频聊天就好了。”

话虽如此说，蒋姣兰自己也掉下了眼泪。

有人凑过来问：“要充电宝吗？”还有不少人兜售小马扎、北京地图。小马扎十元一个，北京地图一元一张，虽然毛利润极低，却是很多人养家糊口的唯一方式。

不少衣衫褴褛的拾荒者在环卫处捡拾垃圾，蒋姣兰看到之后叹息一声：“其实想留在北京也不是不可以，我可以在西站捡垃圾，这么多人，垃圾肯定很多，瓶子五分钱一个，废纸五毛一斤，每天不停地翻找垃圾桶，怎么着也够养活自己。”

方如喜抬起头，吸了吸鼻子。是啊，北京虽然残酷，但与此同时，它也异常包容，清退再多次，也总有流浪汉栖息。她看到不远处巨大的广告牌，北京又有三条新地铁开通。

首条磁悬浮地铁S1线、燕房线和西郊线，22条线路，608.2公里。

那一瞬间，方如喜感觉这座巨大的城市，像个庞然大物，吞噬了自己。

“姐，你如果撑不下去了，也去深圳吧。”方如凤哽咽着，“我在网上搜了很多资料，深圳那边，大专学历就可以入户，本科以上还有租房补贴，而北京雾霾太重、冬天太冷。”

“我知道了，你一定要好好照顾自己。”方如喜说完，鼻子又发酸了，她用手背粗鲁地擦拭眼泪，接着说，“对了，你为什么不让翟文伟来送你？”

方如凤明明还在流泪，嘴角却勾出一抹苍凉的笑容。

“姐，你不知道，如果他来了，我可能就舍不得走了。”她凝望着站前广场夜色笼罩下蝼蚁般攒动的人流，“我曾经那么爱他，就像我那么爱北京。现在，一切都幻灭了。”

蒋姣兰看了看时间，催促着方如凤。方如喜咬紧牙关想要给妹妹一个笑容，可失败了。方如凤神思恍惚、踉踉跄跄地走向检票口。在即将被人潮吞噬时，方如凤猛地回头。

“再见，北京！再见，文伟哥！”方如凤声嘶力竭地大喊。

在那一霎，方如喜嘴角硬撑出来的笑容还来不及收敛，眼泪就簌簌落下。

“你一定要好好的！”方如喜用尽全身力气朝妹妹挥舞着手臂。

生活真的很沉重，不是一个乐观的态度和几句自嘲的话就能交代过去的。在这个世界上，人人都朝不保夕，就去生活吧。别管怎样生活，只要生活就行了。

奥林匹克公园，菅乔染在橘黄色的路灯下夜跑，额头上挂满汗珠。

“你拜托我帮你找的律师，我已经找好了，不过我想知道，你要律师干什么？”岑德咏低沉悦耳的嗓音宛如低音提琴发出的声音，从耳机里传来。

“我还没告诉你吗？”菅乔染一边跑一边对着耳麦说，“我要和楚御明离婚。”

电话那头的岑德咏蓦地怔住，他还想说什么，菅乔染说：“我在跑步，先挂了。”

她跑步的声音不大，但是也不至于悄无声息，所以眼前那棵树龄百年的大榕树下，那对激吻得浑然忘却周遭一切的情侣，一定是因为太过投入，才没有觉察菅乔染的靠近。

看他们的制服，是附近职高的，身陷爱情的少年少女，热吻的姿态让营乔染不忍心打扰，她想要绕道，却发现一辆银色的布加迪威龙跑车堵在了绿化带的入口处。

干脆等他们吻完好了。月光下那交缠的身影充满了青春的悸动，让营乔染有片刻的分神。她走到那辆线条霸气的跑车旁，手扶着车的前引擎盖，努力平缓自己运动后的呼吸。

时间是晚上十点半，夜空中缀着一片窈窕的上弦月。营乔染抬头望着那小巧玲珑薄薄的一片月，再低下头，猝不及防对上了一双幽深的眸。她受到惊吓，差点失控叫出声。

饶是平日再淡定，此刻她也被吓得倒退一步，脸色惨白："怎么是你？"

那辆布加迪威龙里坐着一个人："每次见到你丈夫，你都是这样惊讶的表情。"

岑寂的夜里，被黑暗笼罩的车内，楚御明就那么面无表情地望着营乔染。

不一会儿，他扯开领带，解开白衬衣最上面的三颗扣子，露出了白皙纤长的脖颈，他的皮肤在黑暗中分外刺目，锁骨美得像此刻夜空中的上弦月。

在她皱眉看着他时，他的眼中闪过一丝稍纵即逝的惊艳。

夜色浓重，月光暧昧，却也能勾勒出营乔染高马尾、运动服的纤细轮廓，一改往日贵气逼人的富太太形象，此刻的营乔染充满了青春活力，就像楚御明第一次见到她时那样。

事实上，刚刚她的侧影靠近他的车时，他真的以为她就是那一年二十岁的营乔染。

车窗缓缓降下来，潮湿的晚风吹过，将他的目光吹得有些迷离。

就算没有嗅到那淡淡的酒香味，她也猜得到他已经喝得微醺。静静地看了她一会儿，他就转移视线，望向大榕树下那对激吻的情侣。而她这才敢看向他慢慢勾起的薄唇。

所以她没发现那对情侣的动作已经越界了，男生把手探入女生制服的领口，膝盖则顺着女生的大腿往上滑，撩开了女生的制服裙摆，干柴烈火即将燃烧……

这时路旁一辆车驶过，刺目的车灯让那个女生惊醒过来，女生推开了男生的猛攻。女生转身就走，男生去追，两人拉拉扯扯，离开了两个目击者的视线。

风吹乱了楚御明额前的发，那瞬间他的慵懒简直撩人入骨：“多像年轻时的我们。”

他顿了顿，转头望向菅乔染，继续说：“对了，你怎么在这里？”

夜色、月光、晚风、酒精，让他今晚的声音透出一丝温柔。

菅乔染咬了咬下唇，尽量让自己的声音听起来平静从容：“我经常来这里跑步。”

“我也经常来这里醒酒。这么久了，我们竟然从未遇见。”

楚御明说完，歪了歪脑袋。他显然不知道他这个简单动作的杀伤力。向来高高在上、不可一世的傲慢慵懒之人，竟然在酒精的作用下，做出如此卖萌的动作，宛如少年。

那瞬间菅乔染恍若初次见到楚御明一般怦然心动。而最要命的还在后面。

楚御明脑袋歪向右边，伸出右手做出一个手枪的姿势，然后眯起左眼，右眼直直地望着菅乔染，“手枪”对准她，薄唇发出清脆悦耳的拟声词：“嘭！”

夜深人静，菅乔染躺在床上看剧本练台词。

女主角的父亲感叹说：“你们年轻人为人处世另有一套，离婚对你们来说好像不算一回事，你母亲却一直抱怨我没给她一段理想婚姻。”

女主角笑着说：“她不同，那个时候，女性对男性的寄望比较大。”

女主角的母亲疑惑地问：“那你们呢？”

女主角笑意更深：“我们？我们自己来，我们不求人。”

女主角的父亲叹息：“其中也有辛酸吧？”

女主角直言不讳：“当然有，生命根本就凄酸。”

菅乔染啪地合上剧本，脑海里回荡着自己即将演绎的那两句台词，“我们自己来，我们不求人”，还有那句“生命根本就凄酸”。菅乔染闭上眼，叹息了一声。

清河，橡树湾，403室。

“今天要去面试？”南庄嘴里叼着牙刷，蓬头垢面地望着难得早起的杨培培。

昨天杨培培把头发剪短了，现在的发型是当下最热的“半扎发”，简单地将头顶部的头发扎起来，蓬松随性，再配上粉红唇色和自然平眉，没有刘海儿所以显得特别清爽可人。

“你说我穿哪套衣服好？少女感强一点的，还是有个性点的？”杨培培翻出一大堆衣服，抱到客厅沙发上慢慢搭配。

南庄把嘴里的牙膏泡沫吐掉：“你面试的是什么公司？”

“一家音乐工作室，主要承接音乐制作、伴奏制作、作词、作曲、编曲、混音、MV拍摄、歌曲发行推广等业务，我在微博上联系了他们的HR，很快就接到面试电话了。”

杨培培的回答让南庄把漱口水咕噜咕噜后吐出来：“那就穿得像个嘻哈少女。”

“嘻哈少女必须项链叠搭。来来来，把你们的项链全部贡献出来。方如喜！”

最后，杨培培叛逆感的项链叠搭点缀少女感十足的针织棒球衫，混搭在一起超有型。

方如喜表示不理解：“脖子上戴三四条项链真的不嫌累吗？”

她的话音刚落，南庄的手机响了，顾不上擦脸的南庄把湿答答的手在睡衣上擦了擦，就接起电话。林则熙的嗓音沉稳而有磁性：“我有个快递到了，我在公司，先放到你家。”

南庄还没来得及回答，门就被敲响了。方如喜走过去开门。

“是我在网上买的车内脚垫。”电话那头的林则熙解释了一句，语气清浅柔和。

不知为何，南庄觉得他的声音余音绕梁，她挂了电话，签收了快递，还在回味他悦耳充满男性魅力的声音，以至于脸上的水啪嗒啪嗒滴落到木地板上都未察觉。

“林大神买车了？”方如喜帮南庄把沉重的快递箱搬进房来。

南庄想了想说：“大概是上次《至尊荣耀》新赛季冠军的奖品吧？”

放好快递箱，南庄拍了拍手，突然想起林则熙还没有北京户口，怎么摇的车牌号？她忍不住给林则熙发了条微信去问，林则熙很快回复：“花了十万元，买了一个北京车牌号。”

“‘土豪’。”南庄低下头在手机上打字，“车牌号买了几年使用权？”

“七年。”林则熙回，“卖主出国了，七年后我再续约。”

“怎么突然想到买车？”南庄记得林则熙大一时就考了驾照，偶尔也会租车练练手。

林则熙等了几秒才回复：“因为我不想让你再挤地铁和公交车了。”

南庄蓦地睁大眼睛，捧着手机，直勾勾地望着屏幕。她眨了眨眼睛，有细碎的额发扎进了眼睛里，她也无知无觉，心里就像有个粉红色喷泉，啵啵地往外冒着桃心气泡。

杨培培面试的音乐工作室在酒仙桥，798艺术区。

“我们现在需要的是一个拾音师。你了解简单的常用乐器拾音吗？”

面对主管的问题，杨培培信心满满：“首先是吉他，麦克风对准吉他的共振孔，大约二十厘米，小提琴，麦克风从侧面对准琴箱以及琴弦的方向，距离三十到四十厘米。”

主管点点头：“中国民族乐器呢？比如长笛、竹笛、二胡。”

杨培培微微皱眉，咬了咬下唇，想了想才说：“长笛和竹笛应该是距离两米左右，二胡要对准腔体，距离五十厘米吧？对不起，我主攻的是钢琴，对中国民族乐器不太了解。”

主管抬起头来：“你这样可不行。民乐凋零，就是因为你们年轻人的不作为。”

“对不起。”杨培培羞愧地低下头，心想，这次面试肯定过不了。

接下来HR带杨培培去了录音棚。录音师放下手里的活儿转向杨培培：“没学过录音？没关系，我现在教你，你来试试，我看看你的悟性。”

录音师年轻英俊，杨培培脸一红。

“歌手演唱的是慢歌，那么要求是流畅、稳定，在压限器上要适当调节，启动60毫秒，恢复时间150毫秒，阈值-20db左右，压缩比为4：1或者6：1都可以。”

杨培培悟性很好：“如果是快歌，需要声音爆发力强，而且干净，不拖泥带水，在压限器上就要延长启动时间，降低恢复时间，提高阈值，并使用更大的压缩比。”

录音师哇了一声，笑着摸了摸杨培培的头：“你很聪明！”

杨培培连耳垂都泛红了。她趁着上卫生间的时间，给南庄打电话，压低的声音还显得异常兴奋：“我面试的时候遇见了一个超级大帅哥！怎么办？颜控的我已经阵亡！”

南庄在电话那头满脸黑线：“那你的赵祈哲呢？”

“我跟赵祈哲只是朋友啦！”杨培培翻了个白眼，“现在是什么时代了，还像古代的崔莺莺那样，养在深闺没见过男人，第一次见到张生就以身相许、非他不嫁？”

南庄无奈地扶额：“暴露本性了啊杨培培，见一个爱一个，花心大萝卜。”

杨培培摊手：“没办法，以前的女人就在家里相夫教子，压根就接触不到别的男人，当然可以一生一世。现在我们同学、工作等各种社交圈子，帅哥那么多，把持不住啊！”

南庄：“……”没毛病。

林则熙那辆车是三十万元的奔驰，款式很新，底盘比较低，“轿跑”结合，霸气优美。下班后林则熙就开车带南庄去地坛北门的西德顺爆肚王吃爆肚儿。

身为一个正宗的北京妞儿，南庄觉得爆肚儿的诱惑胜过涮羊肉，可福建人林则熙身为典型的南方人，永远不懂爆肚儿口感的奥妙，南庄只能耐着性子跟他解释。

“爆肚儿，一般吃六至八个部位。部位不同，口感不同，火候、手法都不一样。吃爆肚儿要配一盘白水煮白菜心。就和老北京人吃涮肉要配白菜粉丝冻豆腐一样。”

林则熙挑眉：“这么讲究？”

“别以为只有上海人精致，老北京人也讲究得很。”南庄第一次为北京人代言。

“肚仁为上上品，要几个肚才能出一盘，另外还有食信儿、肚板、肚领、肚葫芦、散丹、蘑菇尖和草芽儿等，口感有软有硬，有的吃的是嚼劲，有的吃的是脆嫩。”

可林则熙依然一口都不吃，只是百无聊赖地喝着茶，双腿交叠，神情慵懒。

南庄白了林则熙一眼，夹起一筷子散丹去蘸酱，却被他抓住手腕：“这酱里有蒜泥？”

她瞪他：“有问题吗？”

林则熙把那碟调料哗地倒到旁边的垃圾桶里：“我可不想待会儿一嘴蒜味。”

南庄：“……”

早上不到七点，403就热闹起来。杨培培头上戴着洗脸发箍，急匆匆地敲卫生间的门：“方如喜你快点！我要迟到了！迟到十五分钟内只扣一百块，迟到一小时就扣三百块了！”

方如喜正在马桶上刷手机，被吵得烦了，抬起头喊：“今天周六！”

杨培培这才恍然大悟，用手掌拍了拍额头：“我真是色迷心窍了！”

她的话音刚落，门被敲响了。

三分钟后，南庄揉着惺忪睡眼：“大清早闯到女孩子的卧室里来，你胆儿太肥了吧？”

工作和生活日益模糊的界限正一步一步地重塑现代男士的衣橱。林则熙这款羊毛外套摈弃了棱角分明的修身剪裁，摩登演绎出更为柔和随性的当代廓形，休闲而又不失正式。

色调让人宛如漫步散落繁星的夜幕，遨游浩渺无垠的太空，然后从流星雨和宇宙射线的图案中攫取灵感，让林则熙面无表情的五官显出几分神秘浪漫。

他薄唇轻吐："起床。"

男色当前，南庄却用被子蒙住头："出去出去，我还要睡。"

杨培培看了看无奈的大神，忍不住路见不平一声吼。她动作夸张地跳到南庄的床上，用手捏着南庄的耳朵，俯下身，在南庄耳边大喊，尖锐的嗓音震碎了南庄的困意。

南庄被刺激得坐起来，刚想塞住耳朵，杨培培就掀开了她的被子。南庄睁大眼睛拼命去抢被子，可来不及了，她短短的睡裙早就睡得滑到腹部，露出蜡笔小新图案的粉红内裤。

杨培培愣了愣，不但不帮忙遮挡，还回过头笑着看向林则熙："大神你别介意，南庄看起来沉稳，其实内心很幼稚，最喜欢蜡笔小新。"

林则熙嘴角勾起，目光澄亮，毫不避嫌，大大方方地欣赏南庄的内裤。

南庄把睡裙拉下来，翻了个白眼，从床上下来找衣服："出去，你们都出去！"

杨培培见好就收，吐了吐舌，先溜出去了。南庄找出一双袜子，坐回到床上正要穿，林则熙蓦地蹲下身，单膝跪地，伸手拿过她的袜子，两只手拿着袜洞口，给南庄套到脚上。

真是只好看的手，手指骨节分明，手背筋络优雅地微微凸起，修长白皙。

南庄静静地看着他的手，再转移视线看他的眉目，散落其上的晨曦都变得温柔专注。

"你先洗漱，吃早餐，然后到停车场来找我。"林则熙说完，轻轻地关上了门。

吃完林则熙自己熬的暖暖的牛奶藜麦粥，南庄用纸巾擦了擦嘴，再把两个热乎乎的水煮蛋握在掌心塞进口袋，坐电梯到地下停车场。林则熙已提前过来发动汽车开了暖气。

南庄一上车，在外面沾染的寒气就全部退散了。

林则熙已经设好了导航，南庄瞥了一眼，目的地是延庆松山，高德地图上显示，景区已于十月份暂停营业，自驾导航最快的方案是距离橡树湾80.3公里，耗时1小时52分钟。

走京藏高速、康张路，16个红绿灯，最后一段是山路，长峪沟原始森林。

南庄一边剥鸡蛋一边问：“去松山？不是不开放了吗？”

林则熙踩了油门：“我知道一条小路。”

早上七点多的京藏高速出京段还算畅通，一路往西北开到康庄桥之前，南庄都在副驾驶座上睡回笼觉。林则熙开车很稳，副驾驶座的座椅可以往后调，睡起来像头等舱一样舒服。

等红绿灯时，林则熙瞥见南庄掌心还有鸡蛋壳的碎屑。

他解开安全带，俯身过去，轻轻地把碎屑一点点捉走，再坐回座位系好安全带。

幸好，没吵醒她。

出高速的收费路口，林则熙担心骤然减速会让南庄醒来，于是小心翼翼地慢慢降速。他降下车窗把卡递出去，瞥了南庄一眼，见她睡得正香，才松了口气。

收费员刚要说话，林则熙把食指竖起来，放到唇边，然后把五十元纸币递过去。

年轻的女收费员瞬间愣住，被他的表情和动作惊艳得张大嘴，差点忘了接钱。

“为什么帅哥都是宠妻狂魔？”女收费员等奔驰驶过后，忍不住嘀咕道。

出收费站时车速比较慢，林则熙左手放在方向盘上，右手给南庄盖上毛毯。

那是他在上海特意给南庄买的拉舍尔腈纶毛毯，手感舒适柔软，纤维细腻不掉毛，保暖又透气，数码染色，亮丽不褪色。最重要的是上面的印花，是南庄最喜欢的蜡笔小新。

中途，南庄醒了一小会儿，她睁开眼看到窗外康张路上的村落笼罩在清晨的雨雾迷蒙之中，清冷而美丽。圣溪湖风景区、世界葡萄博览园、张山营立交桥，京郊美如画。

她瞥了眼导航，还得开二十多公里，然后听到林则熙轻声说：“再睡会儿。”

车内暖融融的，他的声线温柔得像冬日阳光，南庄闭上眼，又迷迷糊糊地睡去。

等她再睁开眼时，车已经停了，刚刚睁开眼的南庄又本能地闭上了眼睛，太亮了，刺得眼睛疼。睡了这么久，她已经彻底醒了，但一时半会儿还没反应过来，脑子有点蒙。

“醒了？”林则熙勾唇，笑意如繁星密布在眸子里。

“嗯。”南庄从鼻腔里发出懒懒的声音。她慢慢地再挣开眼，车窗的正前方，山舞银蛇、原驰蜡象，天地间白茫茫一片，让她不由自主地瞳孔扩大，大脑瞬间空白。

她看了下导航上的时间，早上八点半，再看看地点，延庆小海坨山和松山之间，再看看窗外，千山鸟飞绝，万径人踪灭。

“这是……”南庄舌头打结了。

林则熙这才把视线从南庄身上收回来，漫不经心地望向车窗外。

“虽然在山区，但这是如假包换的北京初雪。”他的语调慵懒舒缓。

“初雪？”南庄突然笑了，“林则熙，恭喜你费尽心机地又找到理由吻我了。”

林则熙目光一闪，嘴角上扬的幅度越发深：“不急。”

他伸手把天窗的最外层打开。这辆奔驰有个天窗，天窗有两层，最里面的一层是透明挡风玻璃，打开外面一层的遮阳板，就能看到雪花翩跹飘舞着落在天窗玻璃上，美如仙境。

南庄这才明白为什么林则熙非要冒着风险，把底盘这么低的“轿跑”开到山区来了。

在温暖的车厢里，南庄双手枕在脑后，躺在副驾驶座上，嘴角噙着微笑，半垂着眼，看着天窗上轻歌曼舞的洁白雪花，再看看车窗外的银装素裹。良辰美景，莫负韶光。

对，不急，如此令人心动的时刻，连接吻都是亵渎，只要静静地坐在一起，就好。

“对了，听说在初雪的时候许愿，会心想事成。”南庄突然心血来潮，胡编乱造地说。

说完她就双手合十闭目许愿。雪光辉映在她虔诚的脸上，少女光洁的肌肤上绒毛被染成银色。

林则熙凝望她片刻，也闭眼低头许愿。

他不知道她许的是什么心愿，而他许的是：“希望她的愿望都能实现。”

朝阳门外大街，丰联广场大厦。

“现在的‘大女主剧’，女主角的成功，本质上仍然是男性视角所定义的，是男性将她们扶上了人生巅峰，女性必须在男性的凝视下才能体现价值，逃不开‘玛丽苏’的设定。”剧本讨论大会上，某编剧刚刚说完，岑德咏就站起身来紧接着发言，“现代女性表面上要独立自强，内心却又摆脱不了依赖，记得某网站曾投票评选电影里最能打动女性观众的一句情话，居然是周星驰对张柏芝说的‘我养你啊’！”

台下的菅乔染听完，莫名地觉得芒刺在背。这些话，分明就是在批判她。

岑德咏不露神色地瞥了菅乔染一眼，继续说：“所以我觉得，这段戏必须改，离婚后哭哭啼啼终日颓废，到朋友开导、家人安慰，再到看淡过往迎接未来，这套路已经过时。”

他顿了顿，终于忍不住把视线投放到菅乔染身上。

“离婚对于女性永远只是灾难？婚姻中女性永远是弱者？离婚后的女人就是明日黄花，掉价贬值，人生都蒙上一层阴影了？就是这样的价值引导，导致很多女性不敢离婚。”

影视剧一定要有一个正向的价值观引导，这是业内公认的事实。

“可是这个剧本已经反反复复地磨了大半年，现在都开机了，又要改？”

负责剧本的几个编剧欲哭无泪的模样，纷纷提出反对意见。

“价值观的问题，不能妥协。”岑德咏语气坚定，环视全场，“最近我国影视剧终于摆脱了婆婆妈妈，开始探究独立女性，可是这些女性真正独立了吗？连离婚都不敢！”

菅乔染浑身一颤，手中的笔啪地掉落在地。

这哪里说的是剧本里的女主角啊？分明就是在说她菅乔染。

好不容易熬到会议结束，菅乔染站起来刚想走，岑德咏双手插兜走到她面前，幽深的黑眸直勾勾地望着她，略微扯松领带说：“律师说你还没考虑清楚，又不想离了？”

“你可真是顺风耳。”菅乔染睨了他一眼，踩着高跟鞋转身就走。

刚走出会议室，手机就响起来了，菅乔染接起电话，就听到电话那头南庄急促的声音：“我先申明我不做什么光子嫩肤，也不打美白针、玻尿酸……”

“行了，”菅乔染打断了女儿的话，“这次不带你去美容院，我接的戏，女主角经常健身，所以我天天泡健身馆。唉，我也就在健身的时候可以抽点空找你聊聊了。”

综艺节目、广告、影视剧……菅乔染最近忙得像陀螺一样，虽然疲惫，却也充实。

电话那头的南庄瞬间愣住，变了变了，菅乔染彻底变了，从美容院到健身房，就是从女为悦己者容，到身体是革命的本钱。独立自强、不依附任何人的女性形象呼之欲出。

健身是一种专属于城市男女的生活信仰，健身房就是该信仰的“祷告之地”。

在这个充满汗味与号叫的空间里，信徒们各守门派。节食减肥的相信戒碳水、戒淀粉，长跑的信奉体能至上，“撸铁”的肌肉崇拜，练瑜伽的一般都懂中医养生……

菅乔染旁边有几个高颜值的空乘人员在练体形，而菅乔染为了符合新戏女主角常年健身的形象，不停强迫自己举哑铃、杠铃，还有大重量硬拉、“臀桥”，那是塑造翘臀的秘方。

南庄来了之后就跟着菅乔染练“臀桥”，靠臀部的力量将身体撑起呈桥状。

“错了错了！标准的徒手‘臀桥’，顶峰要求肩、髋、膝三点一线！”菅乔染蹲下来拍了拍南庄的后腰，“你的腰椎与地面缝隙太大！骨盆先要后倾一点，然后臀部用力！”

南庄恢复平躺，重新来。

菅乔染捏了捏她的肩膀：“不能只用脖子承重，肩部也要！”

她才捏了几下，南庄就痒得受不了，笑场地瘫了下去：“健身好难啊！”

菅乔染言归正传，站起身居高临下地看着女儿：“你还没有爱上莫珝？”

原本想爬起来的南庄，听到这突如其来的问题，干脆伸直双手双脚，躺在塑胶垫上不起来了，她从下往上仰视着菅乔染，翻了个白眼：“你又要逼我和他结婚？”

菅乔染抓起旁边的哑铃，一边练一边说：“不，我不逼你，我给你自由。”

南庄瞪圆眼睛，从塑胶垫上站起来，她都怀疑自己的耳朵了，上前一步抓住菅乔染的手：“我没听错吧？你不逼我结婚了？”

菅乔染轻轻甩开南庄的手，两只手都拿起哑铃练起来。

“前阵子朋友圈不是被一篇文刷屏了吗？《中国式相亲价目表：我儿子才三十三岁，不考虑没北京户口的姑娘，有户口的残疾也行，户籍、房车、学历、收入是‘四大金刚’。”

菅乔染的话让南庄怔了怔。而菅乔染一边练哑铃一边继续说：“很可笑是不是？但其实我和那些为儿女相亲的奇葩父母有什么差别？只不过我比他们的要求更高罢了。”

“妈妈……”南庄内心百感交集，嗫嚅着，甚至有些鼻酸。

“不过真正让我想通的，是我最近看的这部戏的剧本。”菅乔染额头上渗出汗珠，呼吸略微急促起来，却仍然咬牙坚持举哑铃，“婚姻、家庭从来不是女人的全部，独立才是。”

朝阳区，酒仙桥，798艺术区。

刚把白色卡宴停在路边，菅乔染就闻到了浓郁的咖啡香。这家店以冰滴方式萃取咖啡后加入洋甘菊浸泡，菅乔染特别喜欢咖啡中洋甘菊的香味和清甜。

她摘下墨镜，拿在手上，准备买了咖啡就走。

推开木质大门，她一眼就对上了靠窗坐着的颀长身影。她心里咯噔一下，最近怎么总是碰到他？她不相信偶然，那么楚御明一定是有所企图了，她微微蹙起眉。

可她也没必要躲，准备进店。

小跑过来的店员道歉说："对不起，我们店被包场了。"

出来喝个咖啡，就直接把咖啡馆包场，四十岁的楚御明还是和二十岁的他一样有钱任性、霸道总裁。菅乔染不露声色地发出轻笑："那请给我打包一份加了洋甘菊的意式浓缩。"

她合理的要求却被店员歉疚地拒绝了："对不起女士，我们店的四位咖啡师都在为那位先生服务。"

菅乔染告诫自己要冷静，她记得这家店的印度咖啡豆是日晒后放在海边被风吹拂发酵而成的，香气很特别，既然如此，就买点咖啡豆吧，总不能白跑一趟。

当店员企图说出第三句"对不起"时，菅乔染径直走到大门旁边的一排瓶装咖啡豆前，拿下自己想要的那瓶，再掏出一张大面额的人民币放在柜台上："不用找了。"

转身准备离开的菅乔染，在门口被店员拦住了："请稍等一下。"

店员指了指她的身后。

她转过身。不知何时，楚御明已经走到她后面，近在咫尺。

将近一米九的身高让楚御明光是站在那里，就能给她一种无形的压迫感，何况他周身散发的不怒自威、盛气凌人、傲慢又慵懒的权贵之气。可菅乔染已今非昔比，她不怕。

她那坦荡直白的目光，就像挑衅，让他的眉心有了难以觉察的微蹙。

犯规的是，他蓦地欺身下来，彼此呼吸交缠，近距离目光碰撞，更加火花四溅。

只是那突如其来的危险距离，让她的鼻尖戒备地微微皱起。

下一秒，她手上的墨镜就被他拿走了。她诧异地挑眉："你干什么？"

很快，冰凉的墨镜被他戴回到她的眼睛上，镜框上仿佛还残留着他修长手指间白檀木和紫苏的淡淡香水味。她眨了眨眼，感觉到他手指的力度。

此刻他的食指压在她墨镜中间的横梁上，虽然没有用力，却让她无法动弹。

“晚上在家等我。”

楚御明的语气很淡，甚至有点慵懒，但是配合着他掌控一切的动作，和睥睨一切的眼神，菅乔染还是不禁背脊一凉。换作以前，她肯定会答应吧？可现在一切都变了。

“我晚上要拍戏，住在剧组。”她面无表情咬着字说完，后退一步，脱离他的掌控，转身推开丁零零作响的大门。

“最近的热点是‘佛系’，不管是不是90后，都开始朋克式自救，什么啤酒泡枸杞、蹦迪戴护膝，连娱乐圈里那个最爱穿破洞牛仔裤的‘爱豆’都把秋裤扎到了袜子里。”岑德咏说完，把视线落在菅乔染长裙下赤裸的脚踝上，继续说，“你可以在大裙摆下面穿一条秋裤，再自带保温杯，最好是用到掉漆的保温杯，越‘老干部’越好。”

“又要炒作？又要帮我买热搜？”菅乔染都知道套路了，“是不是还要泡脚啊？”

她关上化妆盒，看向岑德咏，保姆车上橘黄色的灯光让他轮廓鲜明的脸颊显得异常温柔。

菅乔染下意识地转移视线和话题：“今晚怎么取消拍摄了？”

“这得问AG的董事长，你的老公。”岑德咏不无嘲讽地说完，拉开车门下了车。

菅乔染纹丝不动地坐在原处，点缀着钻石粉的蜜桃色指甲油在她手指上泛着暧昧的光，她浓密的羽睫在暗处不露声色地颤了颤。怎么，楚御明对她重新有了感觉？

冲洗干净洗发水，菅乔染犹豫了片刻，在两瓶护发素中挑了佛手柑香型的那瓶，她还记得，这是楚御明喜欢的香型，后来她渐渐也喜欢上了。

爱情散了，习惯却留了下来。

二十年夫妻，就算貌合神离，他们也在彼此身上留下了一辈子的印记。

洗完澡，菅乔染穿着浴袍，走到卧室里脱光自己，将佛手柑精油喷满全身。

“地中海阳光的味道弥漫在空气中，仿佛徜徉在金色海滩。”

楚御明曾这样描述佛手柑给他的感觉。

当时他紧紧地抱着她。回忆起来，恍如隔世。

菅乔染换上真丝睡衣，躺到床上。她不知道楚御明何时来，她很久没有这样等过他了。曾经她等过他那么多次，就像古代被翻了绿头牌的嫔妃，等待帝王临幸，可笑又可悲。

最近几天实在太累了，忙得连轴转，菅乔染闭上眼，没过多久就迷迷糊糊地睡去了。

让她的意识慢慢清醒过来的，是一双霸道又不失温柔的手。她是侧躺着的，那双手先是隔着睡衣抚摸上她腰部和臀部的曲线，然后从背脊滑入她平坦的小腹，掌心灼热。

蒙蒙眬眬中，菅乔染嗅到了熟悉的强烈荷尔蒙气息和淡淡的浴盐香味。

“你用了佛手柑？”楚御明低哑的嗓音慵懒地传来，暧昧的气流喷上她的耳垂。

她纹丝不动，任凭他把脸埋进她的头发和颈窝，贪婪地嗅着混杂着她体香的佛手柑味道。此刻菅乔染的意识已经清醒了七八分，但眼睛还没睁开，整个人就被他翻了个身。

楚御明望着她装睡的脸，他很久没有这样凝望着妻子了。他想起很多年前第一次见她时，她肤色粉白地站在他的车旁，一袭红裙，密不透风地包裹着她窈窕的少女身姿。

她有一双琥珀色的猫眼，南庄都不及她美。时光流逝，她的面孔不再年轻，可那一双瞳眸，是从来不曾变过的明丽。现在，他想看看那熠熠生辉的双眼，他想要她睁开眼。

要怎么做？楚御明瞳孔收缩，微垂下眼，俯身含住她的唇，卷舌而进，带着勾魂摄魄的炙热，与她唇齿交缠。他楚御明从来不缺女人，从来不缺新鲜感。

可是和菅乔染肌肤相亲，他感觉到的是一种怀旧气息，这让他平添几分兴致。

楚御明的手探进菅乔染的睡衣，菅乔染忍不住浑身一颤。

还不睁开眼？他轻巧地褪去她纤薄的睡衣，把唇从她的唇上移开，低头咬住她的锁骨。顷刻间，菅乔染终于睁开眼，她的目光已经沾染上迷离的色调，伸出双臂搂住他的脖颈。

“女人三十如狼，四十如虎”，对菅乔染来说，这句话所言不虚。

性是熟能生巧的技能。三十岁前，多数女性是“性盲”，储备的知识和技巧都不够，因此不懂享受。三十岁后，她们摆脱了青涩，对性更坦然，知道如何让自己快乐起来。

她的温热将他层层包裹，他只觉尾椎处阵阵酥麻。

菅乔染翻身将楚御明骑在身下，身体高低起伏，头发被脖颈上的汗珠黏在肌肤上。她想起了他们的第一次，那是在香港，20世纪90年代的日系摩托车，时速就突破了300公里。

那“公升级的猛兽”迅速蹿过兰桂坊的夜，那刺激的引擎声浪在维多利亚港撕裂了夜空，高转速迸发出来的快感让二十岁的菅乔染大脑一片空白，拼命抱住楚御明年轻的身体。

最后，他将她放倒在天星小轮的甲板上，摩托车没熄火，停在一边突突地响，像伴奏。

菅乔染在激烈的起伏中望向无垠的夜空，只觉不断撞入她深处的这个男人就像那辆强劲的猛兽机车。她拜倒在他的金钱、权力、霸气和爱情之中，从此，迷失了自我。

后来的三天，菅乔染和楚御明闭门不出，几乎做遍了别墅的每一个角落。

他们就像伊甸园里的亚当和夏娃，患了失语症，赤身露体，一起吃饭，一起跳舞，然后就是做，不停地做，仿佛明天就是世界末日。情欲纷纷，将他们淹没。

或许人只是动物的一种，真正需要的不过是果腹之食和肌肤相亲，其余所谓的身份、地位、名利、金钱、阶层，都不过是镜花水月、梦幻泡影般虚妄的存在。

肉体是一部《圣经》。切齿痛恨而切肤痛惜的，才是情人。

那天清晨，楚御明被一连串蒙眬的乐符唤醒，屋内有点凉，他起身披上毛毯，赤着脚走下回旋的楼梯，看到菅乔染坐在钢琴前，长发披散，脖颈微垂，双目轻闭，十指翻飞。

她弹奏的是德彪西的《比慢更慢圆舞曲》，乐曲营造的曼妙光影氛围难以比拟。

黑色钢琴旁的透明玻璃拉门被拉开了一条缝，纯白的雪花飞舞了进来，落在她的发上、肩上、睫毛上、嘴唇上……雪花在她身体四周翩跹，她的身体融入那炫目的光影中。

仿佛下一秒，她就会化身雪花，随德彪西的乐符远去。

在流泻一地如银河闪烁的音符中，楚御明一步步走向她。

他伸出手，想要帮她拂去头发上的雪花，却看到钢琴上的一张白纸。他的瞳孔聚焦后，骤然收缩起来，那是一张离婚协议书。而她转过头，目光淡如雏菊："签字吧。"

婚姻对女人来说只有约束。她承认，他是一个完美的情人，她愿意和他保持关系，但是她不愿意再被"楚太太"这个身份束缚了。她被婚姻折断的翅膀，已经重新长出来了。

离婚从来不是结束，离婚之后，她的人生才刚刚开始。

早上八点整，杨培培打着哈欠、揉着眼睛打开403的门。

"大神？你是来接南庄一起去上班的吗？"杨培培想起今天是南庄第一天去AG上班，大神和南庄现在是同事了。这样想着，杨培培内心惊叹，太爽了！顶级帅哥接送上班！

白色连帽卫衣，外罩一件深灰呢子大衣，搭配牛仔裤和黑色马丁靴。大神今天化身街头吸睛潮男，发色也变了，是今年大热的黑茶色，知性稳重有光泽，衬得大神肤白如雪。

"大神我又迷上你了！"杨培培花痴得快要流口水了。

可是杨培培心里很清楚，能这样没心没肺地开玩笑，才是真的放下了。

那些让你哭过的事情，总有一天，你会笑着说出来。

南庄着急地套上外套，小跑到门口，必须抓紧时间，否则迟到就糟糕了。她今天长发披肩，穿上外套后头发都被压到领子里了，可她顾不上那么多，忙着把脚塞进靴子里。

林则熙的目光淡淡地落在她身上，伸出手，动作温柔地帮她把头发从领子里捋出来。

“又‘发糖’！甜得我都牙疼了！我得糖尿病了你们要负责啊！”杨培培翻了个白眼，转过身去，非礼勿视。

南庄懒得搭理她，急匆匆地往外走。林则熙跟在她后面走进电梯后，却按了一楼的按钮。怎么？不去B2层地下停车场吗？南庄想了想说：“你今天是不是车牌尾号限行？”

林则熙似笑非笑地低头看她诧异的小脸：“我们一起坐地铁。”

南庄瞪他：“怎么不早说？”早知道就不用这么赶了，地铁虽然慢，但不会堵车。

林则熙心情大好地勾起嘴角，他就喜欢看她奓毛的样子。

先坐地铁十三号线，到西直门换二号线。西直门的换乘通道里，有一整片人造桃花林，整个通道被铺天盖地的浪漫粉红所覆盖，美轮美奂，逼真得仿佛能嗅到桃花的香味。

不少情侣驻足在桃林下自拍留念，南庄走路带风，实在没空欣赏。可她还是不得不佩服菅乔染接的这部戏的宣传营销力度。二号线甚至有一趟粉红色的“桃花专列”。

地铁的场景营销似乎受到了品牌的蜂拥追捧，包地铁已经成为一种新风尚。

在车厢上精修的巨幅海报里，菅乔染的眉眼中散发着都市女性的自信与坚强，离婚女子的春天从来不是男人给予的，而是自己创造的。独立的女子，面若桃花、灼灼其华。

Chapter 14

刚上地铁，南庄的手机就振动起来，是邬靖发来的微信。

“你现在的身份是我的助理，还不算AG的正式员工，AG还要考察你一段时间，看你的表现。你上班之前给我去7-11买五色寿司卷，再去星巴克买蓝莓麦芬和拿铁。”

南庄勾了勾嘴角，打开外卖的APP。她不会再像以前那样浪费时间和人力亲自去买了，现在下单，等她到公司，邬靖要吃的早餐就到了。南庄顺带还买了自己和林则熙的早餐。

她下了单之后抬头看林则熙：“我给你买了早餐，总共35块，微信转给我吧。”

林则熙剜她一眼：“我是你老公。”

南庄死皮赖脸：“夫妻之间也要明算账，再不给可要收利息了。”

林则熙掏出手机转了100块到南庄的微信上：“不用找了，来，亲我一下就行。”

东城区，崇文门，AG总部，音乐制作中心，手游分部。

“从Java到App Store时代，从付费下载到免费模式，从好莱坞电影授权到洛杉矶明星授权，最后迎来男性玩家主体到女性玩家主体的转变。美国的游戏行业也变化极快。”

邬靖进入AG后第一个负责的项目，是和美国一家纳斯达克上市企业的北京分公司合作完成一个女性玩家为主的手游。会议室内，邬靖对该公司的分析让所有人认真聆听。

“好了，别光顾着听，你们有什么看法？”邬靖说完，身体往后靠，环视全场。

大家都低下头沉默不语，唯独南庄站起身来：“该公司2014年之前都集中火力做3D游戏服务成年男性，题材多为射击或者冷兵器战斗，2014年之后游戏转型为女性玩家为主，起起落落后他们确定了‘女性向’。”

南庄能如此肯定，是因为她这段时间查阅了大量资料。在场的所有人听了都不得不佩服她扎实的准备工作。

邬靖也赞许地点点头，望着南庄问：“所以你有什么方案？”

“他们虽然是美国公司，但做的是‘女性向’的游戏，”南庄身体略微前倾，双手压在桌面上，看了看邬靖，再环视会议室里的所有人，“这个特点让我有个冒险的想法。”

“什么想法？”邬靖十指交叉，目光里流露出遮掩不住的期待。

南庄的视线落在邬靖身上：“比起男性，女性玩家对游戏氛围和整体沉浸感更加注重，所以更加重视游戏的画面和背景音乐，画风清新或者绚丽，音乐唯美浪漫或者暖萌。”

邬靖蓦地嗤笑一声：“楚南庄，你也学会吊人胃口了？别卖关子了，直接说。”

必须的，南庄心想，如果直接说出想法，大家或许会本能地反对，而一步步地引导出结论，不骄不躁地摆事实、讲道理，让大家期待着，最后才说出来，反而更容易让人接受。

南庄朝着邬靖微微一笑，淡定从容地继续说：“西洋乐分大小调，而民乐是我国特有的宫、商、角、徵、羽五调，不同于西洋乐，民乐大多从个人情感来谱曲，丝竹神韵以景抒情，更有沉浸感，更适合女性玩家。”

她的话音未落，会议室一片哗然，大家纷纷惊讶地交头接耳。

邬靖也皱起眉：“这是在美国发行的游戏，你要用中国民族音乐？”

南庄保持微笑：“世界上有三样东西是不分国籍的——食物、科学，还有音乐。”

她刚刚说完，就听到会议室后门传来啪啪啪三声干脆利落的掌声。

邬靖的视线落在鼓掌人的身上，脸色微变，站起身来，毕恭毕敬地喊了声：“总监。”

AG音乐制作中心总监岑德咏的深蓝色西装下是一双黑色奢牌定制款的德比鞋。

德比鞋特点是鞋舌与整个鞋面采用一张皮革，两片鞋耳之间用鞋带固定出一些间距，这样便于调节松紧。而牛津鞋的鞋耳是紧紧相对的，所以德比鞋相对而言更加宽松舒适。

也只有集团的中高层才会穿如此昂贵又舒适的德比鞋。

会议室里的所有人都站起来，齐齐低头喊道：“总监！”

南庄正要开口，岑德咏已经走到她面前，目光直勾勾地望着她。

“你这份弘扬民乐的情怀值得鼓励，可要获得美国游戏开发商的认可，并非易事。”岑德咏微微顿了顿，继续说，“但是，我愿意给你机会尝试。你来负责这次的BGM。”

这么大的项目交给楚南庄负责？邬靖担心南庄会搞砸，忍不住开口：“总监……”

岑德咏扬起手，示意邬靖。邬靖话到了嘴边，只能硬生生地咽回去。

南庄读懂了岑德咏幽深的墨眸里的激励，她双手在腹部交握，重重地点点头。

如果说以前委以重任对她来说是“捧杀”，那么现在的天降大任对她来说就是厚积薄发。这世上没有毫无道理的横空出世，优秀都是在某个方向扎根耕耘的结果。

时间是公平的，你把时间花在哪里，收获就在哪里。

晚上八点，清河五彩城，灯火璀璨。

杨培培下了公交车，准备穿过十字路口回橡树湾。红绿灯前有一排石墩子，是不让车辆驶入广场而设置的。这天杨培培在录音棚里站了一天，脚发麻，红灯又那么长……

没想到这个石墩子的高度刚刚好，坐起来还挺舒服的。杨培培就坐在石墩子上低头玩手机，微博、微信轮番打开，看得津津有味，却不知道红灯已经跳为绿灯。

蓦地，一道颀长的身影从杨培培身边走过，丢下一句：“走啦。”

他说得很快，走得也很快，就像间谍之间传递暗号，擦身而过时给了她这个信息。杨培培愕然地抬起头。赵祈哲？不知为何，那一瞬她看着他匆匆远去的背影，蓦地心动。

很多时候，我们不一定对大多数人热泪盈眶的瞬间感同身受，却会在一些细碎的时刻，被猝不及防地打动。譬如这一刹那，赵祈哲散发出的那传说中的“少年感”。

绿灯的倒计时数字越来越小，十、九、八、七……杨培培终于反应过来，抱着包包就开始狂奔着冲过马路，一路疾奔，终于在小区门口追上了长腿宅男赵祈哲。

“赵祈哲，除了我低智商，还有什么原因让你不喜欢我？”

杨培培气喘吁吁的问题让赵祈哲面无表情地瞥了她一眼：“你自制力差。”

在杨培培表示反对后，赵祈哲一边走一边一本正经地和杨培培一问一答起来。

“杨培培，你是不是明知会留疤，还硬要挤痘痘，手贱？”

杨培培一脸尴尬：“是。”

“减了十几年肥，越减越肥？”

杨培培硬着头皮：“是。”

“发誓要健身，办了卡，但健身房只去过几次？”赵祈哲见杨培培已经低下头一句话都说不出来了，毫不留情地继续进攻，“说好的再买剁手，最后发现自己是千手观音？”

“除了睡觉的时间不想睡觉，其他时间都想睡觉？买了本手账，开始做计划，但写了几页就放弃了？买了好看的锅碗瓢盆说要做饭，用过几次后，就没兴趣了？”

赵祈哲一口气问完，顿了顿，又补充了一点：“晚上追剧，下决心只看一集，结果看到凌晨三四点，既然天快亮了，那么再看一集吧……”

简直字字扎心。杨培培头都快要埋到胸膛里面了，她承认，她的人生就是一次次下决心又一次次被打脸。她一事无成，就是因为她对自己太好，想改变，却又缺乏洪荒之力。

活该被羞辱。

不过，杨培培转念一想，抬头问：“你怎么关心起这些来了？”

赵祈哲大步流星地走着，耸耸肩说：“因为我厌烦了一直说你蠢，我想找出你其他的缺点，然后把你批判得体无完肤。然后我发现，你的缺点就像我的优点一样多。”

杨培培：“……”

她还是去撩公司里的帅哥录音师吧。赵祈哲？她可撩不起。

“晚上想吃什么？”

“我想吃自助餐。”

腕表大叔发来邀约的时候，方如喜正饿得肚子咕咕叫。白天在海淀大街的琴行忙着吉他“上新”，客服小妹请假了，她只能做客服，打一排字最后都要加个“亲”。

方如喜忙到下午三四点还没吃饭，又要赶去培训机构授课，头晕眼花，手脚发颤。

腕表大叔晚上七点来接她时，她连说话的力气都没有了。到了自助餐厅，她第一时间冲到能迅速补充能量的甜品区，夹起卖相诱人的精致小蛋糕摆满盘子，还直接吃了两个。

蔬菜她不感兴趣，拿完甜品就直奔海鲜类和肉类，三文鱼、北极虾、糖醋排骨、烤鸡翅各种混搭地放了满满一盘子，这才心满意足，一只手一盘蛋糕、一只手一盘肉回到座位。

刚刚坐下，方如喜就看到腕表大叔的面前只放着一个小盘子，上面有次序地放着一些海鲜，摆盘很漂亮。方如喜下意识地问：“你不饿吗？吃得这么少？”

腕表大叔笑着说：“吃完可以再去拿嘛。”与此同时，他瞥了眼她面前的两大盘子说，“你胃口不错啊，但是这算是什么搭配，甜点加鱼肉，吃起来不会奇怪吗？”

方如喜顿时感到羞惭，可又不愿意示弱：“不会的，我喜欢。”

幸好他们接下来的聊天没有被这段尴尬的对话干扰。两人边聊边吃，腕表大叔解决完那一小盘海鲜后，起身去拿别的食物，他吃完的盘子空空如也，服务员很快收掉了盘子。

没过多久腕表大叔就拿着一小盘蔬菜过来，用叉子卷着菠菜吃。

服务员像流水线上的工人一般很顺畅地帮他撤掉盘子，所以他的桌面永远是干净整洁的。方如喜看着腕表大叔吃完蔬菜，再去拿一盘意大利面做主食，配上一碗鸡汤。

他一道一道地吃下来，非常有层次，也享受着服务员的服务。

可方如喜呢？她盯着自己面前吃了一半的甜品和吃了大半的鱼肉，尴尬得都快哭了。而旁边的服务员也很尴尬，他们帮腕表大叔撤了好几次盘子，可方如喜的食物还没吃完。

服务员的眼神里甚至有了鄙视，仿佛在说：“拿那么多干吗？根本吃不完！”

方如喜的脸红得滴血，她蓦地站起来：“我去下卫生间。”

她几乎是狼狈地逃到卫生间，洗手的时候手都在发抖。用纸巾擦手的时候，方如喜呆呆地望着镜子里的自己。吃自助餐最见阶层和性格，她觉得自己就像乡下来的刘姥姥。

她不知道腕表大叔的淡定优雅是他从小家庭的熏陶，还是后来他提升阶层后慢慢改变的。她只知道，像她这样从底层往上爬的人，每一步、每一点都是需要训练的。

方如喜突然想起南庄说的那句“你怀揣着‘找一个人宠爱我’这样恋父情结一般的情愫”，可是方如喜真正想要从腕表大叔那里得到的，不是所谓“干爹的宠爱”。

她喜欢腕表大叔，并不是因为喜欢他这个人，而是因为喜欢他所代表的中产阶层。

对底层人民来说，食物是填饱肚子的；可对中产阶层来说，美食是一种享受。

方如喜向往那个举手投足都利落、精良的阶层，她希望自己也可以像他们那样，足够克制与优雅，摆脱低级的快感，获得更高级的愉悦。她想融入他们，完成阶层上升。

“吃饱了吗？我家就在这附近，是上下层的loft，今晚住我家吧。”回到座位上后，腕表大叔发出邀约。

方如喜低下头犹豫了片刻：“好。”

波士顿，Brighton区。

“这里坐公交到哈佛大概十五分钟，乘坐地铁绿线去波士顿大学也只用十几分钟，房租比Cambridge和Back Bay要低很多，一居室只要1500美元。”

房产中介的话让艾筱澍的心里咯噔一下，“只要”1500美元？

艾筱澍现在住在适合哈佛及MIT学生的学区房所在的Cambridge区，这个区警力很足，治安很好，但是房租太贵，所以她想换个便宜点的区。

可房产中介并不会察言观色：“住在Brighton区对于你们中国学生来说是最佳选择，因为这里距离‘超级88’非常近，在波士顿想买到中国食材，除了位于downtown的Chinatown，就只有这里了。”

华人购买食材只能去亚洲超市，在波士顿以中国超市和韩国超市为主，“超级88”就是华人超市。这确实是很诱人的条件，可是，她“穷癌”犯了。艾筱澍悄无声息地叹息了声。

艾筱澍挺直背脊，打断了房产中介的话：“Mission Hill区还有房子吗？”

房产中介推了推眼镜，语调变冷了不少：“这是南波士顿的黑人区，环境类似纽约著名的Harlem，平均家庭收入非常低，犯罪率高，建议你不要拿自己的生命去挑战。”

阶级分化如此明显？艾筱澍刚要回答，突然听到不远处传来一个低沉悦耳的男声：“那我就在Brighton区和别人合租一套studio吧。”

Studio是工作室房型，房间大小与双人标准间相同，通常包括卧室区、厨房区、生活区和卫生间。所有的区域除了卫生间外都是连通、没有隔断的。正合艾筱澍的意。

艾筱澍转过脸去，亚裔？日本、韩国还是中国？

格纹大衣后面绣着一只雅魅的天蝎，搭配黑色高领毛衣和卡其休闲裤，虽然是坐着，但身姿挺拔，他察觉到艾筱澍的视线，转过头来，两人目光交接，生生地打了个照面。

艾筱澍庆幸自己是出门倒个垃圾都永远精致到脚趾甲的人。

浪漫俏丽的刺绣贴花上衣，搭配羊毛织绳蕾丝裙，空气中都是细腻甜美的味道。纤细的“抛物线”眉形自然大气，焦糖色的眼妆晕染眼窝，画上眼线堪比整容真的不是瞎说。

天蝎男先咧嘴笑了笑，开口问：“中国人？”

艾筱澍不无惊喜，面上却淡淡的，红唇勾起：“青岛。”

天蝎男吹了声口哨，笑得露出两颗小虎牙：“台北。”

听出来了，这么明显的台湾腔，艾筱澍忍住笑，保持女神范儿。

房产中介虽然听不懂中文，但看得出来两人要合租了，立刻和接待天蝎男的中介商量了一番，拿出一套房源。

“我叫裴曜芒。‘虏阵横北荒，胡星曜精芒。羽书速惊电，烽火昼连光’，李白的诗。”裴曜芒大大方方地走过来，坐到艾筱澍旁边，“我之前住在地铁红线的终点站Quincy。”

艾筱澍微微颔首：“那里的海景房优雅自在。”

裴曜芒耸耸肩，撇撇嘴：“可是去哈佛，来回耗时将近两个小时。”

“巧了，我在伯克利音乐学院。”艾筱澍歪了歪脑袋。学校旁边就是麻省理工学院和哈佛大学。“你们哈佛学生会竞选获胜者的口号还是‘给我们更厚的厕纸’？”

美国在卫生间方面的细节确实领先国内不少，绝大部分大学、公园、餐厅、博物馆的公厕都配有手纸，还有一次性马桶垫可以用。所以很多老外在中国如厕会遭遇尴尬。

裴曜芒不以为然地摊摊手，翻了翻白眼，他的肢体语言很丰富，颇有喜剧效果。

“我认为重点是哈佛教工和学生的政治‘左倾’，已经危害了学校的学术自由。哈佛在‘冷战’时被称为‘查尔斯河上的克林姆林’，而现在学校的风气有过之而无不及。”

两个房产中介都不好意思来打扰他们热火朝天的谈话。

“这套房子要和房东直接签租房合同，所以流程比较麻烦。”房产中介介绍完房源、地理位置和配套设施之后，抬起头看了艾筱澍和裴曜芒一眼，“你们有SSN吗？”

艾筱澍和裴曜芒异口同声：“没有。”

说完，两人对望一眼，无奈地相视一笑。

SSN相当于一张智能身份证，记录着主人在美国生活的信用信息。

“那就把护照、offer、奖学金证明都交上来，我们找律师确认这些证件的法律效力。我还会和房东一起打电话给你们学校，到留学生管理处询问。”房产中介耐心地说。

艾筱澍诧异地挑眉：“手续这么烦琐？”

裴曜芒耸了耸肩：“因为美国法律规定，即使房客拖欠房租，房东也没有将其扫地出门的权利，所以在入住之前，房东会比房客还警惕，特别怕被骗。”

房产中介站起身来：“那我现在带二位去看房吧。”

艾筱澍刚刚起身，裴曜芒就凑到她耳畔轻声说：“看完房，我请你吃中华料理。”

中华料理？你确定这不是日语直译吗？艾筱澍莫名地被戳中萌点，忍不住笑了。

海淀区，西二旗，中关村软件园。

赵祈哲公司里有个四十二岁的程序员跳楼了。他的工位被警方用黄线圈了起来，工位上的姓名牌被HR取走了。已故之人的水杯、笔盒等私人物品还凄凉地留在工位上。

办公楼的台阶上，满是脑浆和血，他的妻子和两个孩子抱头痛哭。

“听说是被劝退了，接受不了才跳楼的。看来中年失业很恐怖啊！我们到中年是不是也要背负四座大山——房贷、车贷、赡养老人、教育子女？”

办公室里几个二十五岁到三十岁的程序员在唏嘘感叹地聊着。

“其实我觉得，你享受了行业上升期带来的各种红利，就要为行业下行期的阵痛做好准备。对于身处一个衰落期的行业里的所有人来说，覆巢之下，焉有完卵。”

“那个程序员据说同时背负着两套房贷，他为什么不卖掉一套房支付另一套房？”

“炒楼党都是把杠杆用到极致的，连首付都是各种现金贷借出来的，自己撑死就还个按揭。把房子卖了？扣除利息和交易税费，房价不涨个三成以上，可以说是血本无归。”

“听说他出身农村家庭，从小成绩优秀，北航本科，南开MBA，一直在互联网巨头公司，买房买车结婚生二胎，他的前半生，可以说是知识改变命运的凤凰男的传奇了。”

“可是后半生呢？看似幸福，其实背负着高昂的房贷、孩子巨额的教育费、随时会生病的老人，他必须活得像个移动的印钞机。这就是我们这群人中年生活的写照。”

中产阶级比上不足，比下有余，虽然他们和大众之间隔了气泡水、牛油果、马拉松、咖啡机、吸尘器的距离，但他们与真正的上流社会之间，始终隔着不可逾越的鸿沟。

《我年薪二十万，却活得像条狗》《年薪十二万，我才第一次意识到自己很穷》等公众号爆文就可以看出他们无时无刻不在焦虑，人到中年甚至比青少年时期更迷惘彷徨。

赵祈哲原本不想参与讨论的，听到这句话，他忍不住开口了：“不结婚，不买房，不生孩子，不就可以不做油腻又抑郁的中年人了？”

那几个程序员转过头来看着赵祈哲，有个刚结婚的程序员说：“你还年轻，站着说话不腰疼。等你真正爱上一个人，就算上刀山下火海，你都愿意，何况结婚生子买房？”

赵祈哲耸耸肩，不以为然地说：“爱是什么？”

“爱是明明知道她很笨、很差劲，你还是觉得她很好。”新婚蜜月期的男人说出来的话果然不一样。

其余同事都开始起哄，唯独赵祈哲皱起了眉，他的脑海里浮现出了一个人。

那是双手叉腰、一双杏眼瞪得又大又圆的杨培培。

为什么会想起她？大概是因为，在他的圈子里，最笨的人就只有她了。

叮咚一声，电梯门开，下班回来的赵祈哲穿过走廊，还没走到404门口，就看到门外有一道熟悉的身影倚墙站着。赵祈哲表面上不露声色，内心却有点开心。

他没说话，走过去开门。杨培培一看到他就唉声叹气地说："我忘带钥匙了。"她不等赵祈哲反应过来，就仗着自己个子矮小，从赵祈哲的手臂下钻过去，甩掉鞋子进了屋。

"赵祈哲，你知道吗？这个世界上有一种很可怕的生物，叫职场贱人。"

杨培培瘫在沙发上，翻着白眼继续吐槽："他表面上对你友善，背后捅你一刀；他工作能力烂透了，打小报告倒是超级擅长；干活时找不到他人，邀功时却瞬间现身……"

赵祈哲把外套脱了，故意往杨培培身上一丢："还有人比你更'戏精'？"

外套罩在杨培培的头上，她伸手扯下外套，瞪了赵祈哲一眼，用手指整理了下凌乱的刘海儿："跟你说，昨天我们工作室的前台妹子被上司骂了，在微信上跟我抱怨。"

杨培培坐直身体，继续说："我对那个老是倚老卖老、满嘴荤段子的上司也看不顺眼，就陪着前台妹子吐槽了几句，结果下午那个上司就找我谈话，问我是不是对他有意见。"

"那个前台妹子把你骂上司的聊天记录截图给他了吧？"赵祈哲很快猜到了。

杨培培越说越气，站起身来，横眉竖目："不过我也不是好惹的，直接把我们聊天的完整截图给上司看，因为她也骂了上司。然后我直接去找她，气势汹汹地说'招惹我，你也没好果子吃'，她明显被吓到了。"

赵祈哲惊讶地挑眉，平时纯良无害的"傻白甜"杨培培，气场居然可以这么强?

杨培培仿佛看透了赵祈哲的心思，嘚瑟地摇头晃脑，蹲下身找杯子。

"职场贱人都是欺软怕硬的。什么新人被欺负很正常，我才不信！你强他弱，你弱他强，就要摆出‘本宫不好欺负’的样子来。我始终相信在职场，业绩大于关系！”

赵祈哲走到茶水柜前，咕噜咕噜喝下一大杯水：“那万一在你的团队，关系已经大于业绩了，所有人都沉迷于内斗，你怎么办？”

杨培培找了半天也没找到杯子，她也渴了，顾不上那么多，直接拿起赵祈哲的杯子倒了一杯水喝下去：“那我就辞职！那样的团队，是垃圾，早点滚蛋！”

赵祈哲的视线停留在杨培培手里的杯子上，有点发愣。

杨培培后面说的话，他都听不见了，他突然想起《乔布斯传》里的一段话：“乔布斯人生的转折点是什么？不是创建苹果或推出iPhone，而是遇见劳伦娜，她伴随他走过低谷，当他患癌症时不离不弃，看他走上世界之巅。因为她，他不曾孤独。”

波士顿，艾筱澍和裴曜芒的合租studio。

“醒了？你的读书报告和论文，我都帮你写完了。”

裴曜芒坐在床边，伸出食指沿着艾筱澍赤裸的背脊曲线往下滑。艾筱澍趴在床上，头发如瀑布般散落在枕头上，她两只手臂高高举过头顶，打着哈欠说：“谢谢。”

艾筱澍慵懒地翻了个身，抓起内裤穿上：“我的GPA就靠你了。”

在美国，大多数用人单位在招聘时，对GPA都有着严格的要求，基本要3.7以上。

为了毕业后找个好工作，艾筱澍几乎每天都在算计着自己的GPA，要多少门课拿到A才可以，哪怕只是一份占总成绩5%以下的作业没有拿到满分，她都很焦灼、很郁闷。

“放心，我可是哈佛学霸。”裴曜芒笑着拍了拍艾筱澍只穿着内裤的臀部。

两人吃完早餐，就各自坐在书桌前写作业。

美国大学宽进严出，作业永远写不完。一门课有一到两个期中考试、四到十份作业、一篇论文或者一个小组项目，还有一个期末考试。每一个环节都会算上分数。

所以，为了拿4.0的完美GPA，在不能确保自己期中、期末考试都拿满分的情况下，艾筱澍力求自己的每一份作业和小组项目都拿满分。现在有了裴曜芒，她更加有自信了。

“你这是合租还是同居啊？房间里就只有一张床！他是你男朋友？”

休息的时候，艾筱澍坐在马桶上和杨培培视频。杨培培刚刚看了她房间的照片。

“别想多了，他有女朋友，异国恋，那女孩在台北等着他学成归来。”

艾筱澍轻描淡写的语气，却让杨培培瞠目结舌：“你又做‘小三’？”

“没办法，为了我的GPA。”艾筱澍解释一句，“GPA类似于国内的大学学分。”

杨培培五官扭曲，表示很难接受：“没想到还有人为了学习成绩……”

她的话被艾筱澍的一声冷哼打断了。

“我千里迢迢跑过来留学，就是为了以后找到高薪的工作，所以GPA就是我的命，”艾筱澍转过身，按下马桶的冲水按钮，“你知道我们学费多贵？每堂课两百多美元！”

杨培培刚想说她“三观不正”，艾筱澍站起身来：“我要去赶due了，回聊。”

说完，艾筱澍挂断了视频聊天，提起裤子，洗洗手，走出卫生间。

“你在做什么？”艾筱澍突然好奇地想看看哈佛大学的作业。

裴曜芒转过身，把艾筱澍拉到他大腿上坐着，耐心地给她展示屏幕上的英文：“这是‘美国宏观经济’课的作业，要用两页纸给特朗普提出如何降低1%的失业率的方案。”

“只要两页纸？”艾筱澍伸出手臂搂住裴曜芒的脖颈，呵气如兰。

“虽然只要两页纸，但我首先要重新温习所有降低失业率的政策工具，然后阅读近一年的宏观经济的报告，最后借用学术论文和政策工具来算出哪个工具最快最有效。”

“辛苦了。”艾筱澍勾唇笑起来，俯身凑近，胸前的柔软被裴曜芒的胸膛挤压成一团，“忙完这个，就帮我写个小组报告吧。”她说完，妩媚地伸出舌头舔弄了下他的唇。

“没问题。”裴曜芒一把揽过艾筱澍的纤腰，用力啃噬她的唇舌……

AG总部，电竞会议厅。

室内暖气很足，林则熙脱了外套，搭在办公椅上，针织毛衣搭配格纹衬衫，打造出轻松休闲的美式风格。而楚御明的羊毛毛衣配上素色衬衫，英伦风的优雅贵族感无可挑剔。

“光记录眼位有什么用？”有位股东提出异议。

林则熙站起身，目光扫视全场，语气淡定地陈述：“无论是推塔、拿龙、入侵野区、团战、传送，均离不开眼位，在一场比赛中，视野上的差距直接影响比赛的结果。”

股东皱眉：“林队长大概是AG有史以来，最看重数据分析的队长了。”

林则熙并不否认，表情不卑不亢，目光直直地落在那位股东身上：“你们都说我们的敌队状态下滑，其实我们的胜利，是因为这段时间我们专门分析过敌队，将他们的小习惯和操作方式等一一记录下来，并通过数据分析，形成克制。”

第一天打的时候基本上保持五五开的局面，但是第二天AG团队突然打了个6：0。因为敌方的很多套路都被研究透彻，包括每场团战的胜率以及开团时机。

“好吧，那我们就听听林队长你力推的数据分析师的说法。”股东认输地说。

数据分析师开始在投影仪前分析他记录的对战双方的BP、擅长使用的英雄、版本强势英雄、counter英雄的选择、插眼的时间和位置、覆盖的区域、选手的习惯和小动作等。

会议结束，楚御明的助理走过来，让林则熙留步。

偌大的会议厅，很快只剩下林则熙和楚御明两人，楚御明修长的手指慵懒地敲击着桌面，嗓音漫不经心：“你觉得我们还需要培养更多的电竞数据分析师？”

林则熙坐回办公椅，手臂优雅地搭在桌上：“比如坦克是先出肉好还是先出护甲好，数据分析师可以把两者对血量的数值一个个计算出来，发现坦克前期出点肉装再堆护甲产生的性价比是最高的。这就是用数据说话。”

楚御明颀长的身躯往后靠：“具体怎么做？”

林则熙扬了扬睫毛，目光自信而坚定，锐不可当，俊美的脸颊上似有华彩流转：“数据分析师把结论交给教练，教练再针对选手做出特殊方案，互相配合。”

他说完，把自己的手机无线连接投影仪，正要给楚御明展示一段集训视频，手机屏幕上方突然跳出一条提醒，是天猫发来的物流信息，“已发货”，上面还有收件人的名字。

“楚南庄”三个字出现在投影仪上，映入楚御明的双眸，他眸色一黯。

可他到底是有耐心的。等林则熙展示完十五秒钟的视频后，楚御明才转过脸来，微眯起眼审视着林则熙，薄唇上扬，语调平稳：“你和南庄，一定不是普通的朋友。”

林则熙有了瞬间的愣怔，楚董认识南庄？

可他到底是沉稳的。片刻后林则熙就从容应对：“我和南庄，是夫妻。”

楚御明的瞳孔骤然收缩。

林则熙察言观色，大脑飞速地运转，他们都姓楚，莫非沾亲带故？

这时旁边的助理开口了：“林队长，你别开玩笑了，或者你的妻子和我们楚董的女儿同名同姓？”

话音未落，助理看到林则熙目光里闪过一丝震惊，空气瞬间凝滞。

三秒、五秒、十秒。楚御明罕见地眉心微蹙，声音倒还平和：“领证了？”

林则熙的手搭在白色烤漆会议桌上，指尖发白。因为要展示投影仪，室内的灯都被关了，落地玻璃窗外是雾霾笼罩下的明城墙遗址公园，令人感觉分外压抑。

楚御明身体前倾，定定地瞪着林则熙，略微扬起声调，再问一遍：“领证了？”

一旁的助理惊讶得目瞪口呆，倒退一步，伸手捂住嘴。

林则熙无法承受楚御明强势的视线，耷拉下眼。满室难堪的沉默。

助理看楚御明的脸上阴沉得可怕，想要劝慰几句，却不敢开口。林则熙胸口微微起伏，努力调整着呼吸，然后再度扬起目光，和楚御明肃杀的视线硬生生地碰撞在一起。

两个气场卓绝的男人对视了足足五秒，彼此的眼神已经回答了一切。

楚御明蹙起的眉心，终于缓缓地舒展开。他突然有些倦了，把视线从林则熙的身上移开，扬扬手示意助理，继而他整个人颓然如玉山将倾，靠到办公椅的靠背上。

助理心领神会，开口低声说："林队长，你先回去吧。"

林则熙不曾眨过的眼睛也疲惫了，他轻轻闭了闭眼，站起身来，声音低沉而沙哑："我先走了，楚董。"

AG是晚上六点下班。南庄晚上七点叫的外卖，九点才吃完。

因为一直在忙着编曲，各种代码看得眼睛干涩发花，她忙不迭地仰头点眼药水。因为要戴着耳机反复听，所以有点耳鸣，她摘下耳机后，下意识地把食指伸进耳朵里掏了掏。

堆积着各种音源软件和书籍的工位上一片凌乱，南庄伸了个懒腰，一抬头，差点尖叫出声。他什么时候过来的？南庄拍了拍胸脯，没好气地瞪着站在她的工位前的林则熙。

整个手游分部的工位区只剩下她一个人，灯关了一半，林则熙的背景是一片暗沉，从他头顶砸下来的灯光勾勒出他五官的深邃纵横，睫毛的长影遮住了他的目光，情绪莫辨。

她懒得理他。外卖总是很咸，她口渴了，拿起杯子走向饮水机。

饮水机的插头被拔了，没有热水。南庄站在饮水机前，纠结了片刻。不是她矫情，是她过几天要来"大姨妈"了，喝凉水会肚子疼。看她站在原地，林则熙迈开长腿走了过去。

南庄转过头，看到他面无表情、寒气迫人的脸。

"你这什么表情？谁招你惹你了？"南庄甩给他一记眼刀，她实在有点渴，皱了皱眉，还是弯腰接水，嘴里低声念叨了一句，"就喝几口凉水，应该没事，这次应该不会痛经。”

南庄的食指按下开关，凉水咕噜咕噜流到杯子里。

她的右手握住杯子，指腹隔着硅胶都能感受到那水冰凉的温度。

没办法了，南庄接了半杯水，直起腰来，把水杯往嘴边送。

下一秒，她手上的杯子就被一双修长的手夺走了。

水面荡漾，冲击着杯子两侧，激起细小的水花，微波潋滟，星星点点，在半明半暗的灯光中显出几分迷离暧昧，旋即恢复平静。

“你……”南庄侧过脸，耳边的鬓发被风稍微带起，眼睁睁地看着杯子被送到林则熙的薄唇边。他并未看她，微垂下眼，下颌轻仰，含了一口水在嘴里，然后放下杯子。

南庄睁大眼睛，她到底是聪明的，对男女之间的套路也一知半解，见他一直把那口水含在嘴里，她猜都猜到他意欲何为了。林大神的口味越来越重了，她可消受不起。

她本能地想转身逃走，早就看出她意图的林则熙伸手攥住了她的手腕。

他一拉，她整个人就往后跌去，撞入他的怀抱。

又是这种失控的感觉，心跳加速，一呼一吸的气体仿佛提高了好几摄氏度，脸也变得灼热起来，眸中的惊慌是掩饰不了的，南庄只能下意识地咬住下唇，闭紧嘴。

在花式接吻这种事情上，林则熙向来是无师自通。

他的右手臂揽住她的腰，左手先是搭在她的锁骨上，然后顺着她的脖颈往上滑，最后他的拇指和食指在她的下颌处发力，一路往上，捏住她的脸。南庄无法自控地张开了嘴。

不给她任何喘息和反抗的时间，林则熙俯下身，把嘴里的水送进南庄的口腔。

凉水已经变得温热，带着他特有的清新味道，似乎还有点甘甜。

他掌心干爽，依然捏着她的脸。她只能咽下去，干燥的喉咙瞬间得到了滋润。

他的唇稍微离开了一秒，气息炽烈，音量若有若无，缠绵氤氲：“够不够？”

可不等她回答，他的唇又重重地碾压上她颤抖的唇，舌尖强势地探入，细细地扫过她的牙齿，再勾缠住她的舌。两条舌在她嘴里绕着圈，激吻得黏稠的唾液从嘴角溢出。

他的气息和体温彻底侵袭了她的感官和大脑，她一阵头晕目眩，无奈地闭上眼。

实在是因为渴，她不知道吞咽下多少唾液，他显然是刚喝过咖啡没多久，她能品出这是夏威夷火山熔岩里培育出的那种咖啡豆，略带一种葡萄酒香，苦中带甜，口感香醇。

因为闭上了眼，好像就没那么羞耻了。她内心真实的渴求喷涌而出，激荡成灾。

面色潮红、意乱神迷的南庄伸出手臂，环绕住林则熙的脖颈，呢喃："不够。"她极力地吸吮着他的唇舌和口腔里甜美的甘汁，她饥渴，不光是喉咙，是全身每个细胞。

她的贪婪让他的动作微微顿住，稍稍离开她的唇。

两人额头抵着额头，鼻尖压着鼻尖，双唇的距离不到五厘米，彼此都剧烈喘息着，胸口急促地起伏着。空气仿佛在燃烧，她的唇红肿发烫，可是不够，她还想要。

她舌尖抵开他的唇游入其中，她的双手捧住他的脸，舔舐、吸吮、啃咬……

这是她第一次情不自禁。

他眸色一沉，就势将她抱起，让她的两条腿环住他的腰，他长腿一迈，让她坐到饮水机旁边的飘窗上，飘窗上放着一个用旧的电子琴，是给编曲者找灵感用的，音色还算清朗。

南庄一坐上电子琴的键盘，琴声骤然鸣响。

他张嘴啃噬她绯红战栗的耳垂，搂着她腰的大掌从她的针织衫下灵巧地探入，手茧微微摩挲她娇嫩的肌肤。她难耐地扭动臀部，身下的电子琴发出一连串急促刺激的音符。

"呜……"南庄像小动物似的呜咽出声，听着却像是嘤咛。

她的呻吟让他的理智之弦颓然崩溃。"啊！"南庄一声轻呼，腰部被他用力揽过去，她的身体本能地往后仰，胸脯被送到他面前，他垂首把头埋进她的胸口。

南庄蓦地后悔了，她不该主动，现在局势已经如星火燎原，一发不可收拾。

她心里在懊悔，可身体很诚实，仿佛被蛊惑了一般，双手抱住了他的脑袋，一掌用力抵着他的后脑勺，辅助他的吸吮动作。她竟然很想要，想要他进入她身体的深处。

那一瞬，南庄蓦地想起写《霸王别姬》的女作家李碧华说过的一句话："过上等生活，付中等劳力，享下等情欲。"

她曾经很不齿于肉体的交缠，可在这一瞬，她发现这是自然而然的人性本能。除却道貌岸然的社会属性，人的皮囊里还藏着原始、粗鲁的动物属性，虽下流，却真实。

电子琴的键盘因撞击而发出零碎的声响，让她的理智回魂了几分。这是在办公室，虽然寂寥无人，但随时有可能有人折返，虽然没有监控摄像头，但这是严肃工作的地方。

"够了！"她的声音喑哑得不成腔调。

然而林则熙停止动作的原因，不是她突兀地喊停，而是当他的手指顺着她的腹部往下滑时，他倏忽浑身一颤，愕然地瞳孔收缩。因为他的指尖，感受到了她的濡湿……

他喉结滚动，眸色收敛，极力克制，颤抖着手，松开了她。

崇文门自古以瓮城左首镇海寺内镇海铁龟著名，历史上的税关之苛使外埠客商望门生畏。当年的美酒佳酿大多是从河北涿州等地运来，先进外城左安门，再到崇文门上税。

这里曾有百年的醇酒飘香，晚风将残存的微醺吹向写字楼里两个垂着头喘息的人儿。

他们花了整整十分钟，才让身体内的灼热渐渐退潮。

差点就刹不住车了，南庄暗自心惊。

林则熙则迈开长腿走向卫生间，用冰冷的水冲洗面庞，刺激毛孔，让理性回归。

等他折返工位区，南庄已经调整好呼吸。她瞥了眼时间，快晚上十点了，回去还要继续编曲，于是她走向工位收拾东西，尽量让自己的声音听起来很淡定：“我们走吧，回家。”

她不知道，林则熙正在耐心地凝望着她，刚才，她的享受、她的主动、她的渴求、她扭动的腰肢、她攀附的双臂、她迷蒙的双眸、她潮红的肌肤，一切的一切，历历在目。

她隐藏得那样深，今夕何夕，终于春光乍泄。

林则熙不露声色地扬起唇，眸色越发深沉。

墙上的挂钟嘀嗒一声，分针正对着“12”，时针对准“10”，晚上十点整。

他们竟然交缠了足足一个小时，对话却没有超过十个字，全凭眼神和动作。

收拾好之后，南庄抱着书包抬起头，林则熙的目光恢复了冷艳，嘴角下沉地望着她。

“不走吗？我……”

南庄的话还没说完，就被林则熙冰冷的声音打断了：“你喜欢我。”

四个字就像终审判决，狠狠地砸下来。

对，这是陈述句，像青铜器一般厚重沉稳的陈述句，不带一丝一毫的犹疑。

这是宣判，一锤定音的宣判，不接受任何反驳和异议。

他微仰起下巴，居高临下地俯视她，像古代的角斗士。他的瞳眸仿佛宇宙黑洞，时空曲率大到光都无法从其视界逃脱，如果她自诩为太阳，他就是比她质量大八倍的黑洞。

所以和他对视的时候，时间都会消失，那双瞳眸是不断下陷的旋涡，勾魂摄魄。

南庄微微蹙眉，斟酌着他的语气和眼神。明明是第二人称，可他的每一个字都极具侵略性。他根本不需要得到她的肯定，他就是在宣誓他的主权，他要开始侵略她的全世界。

南庄咬了咬红肿的下唇，她承认这一次，他不是一厢情愿。

她承认，她喜欢他，喜欢他往昔种种的温柔守护，喜欢他此时此刻的霸道。

而他这志在必得的强硬延续到他下一个短促有力的句子里："回家。"

他拉住她的手，转身往外走，穿过悄无声息、光影变幻的工位区，穿过清冷空气和暖气缠斗交融的走廊，穿过崇文门西大街的车如流水马如龙，穿过亘古幽深的无涯冬夜。

明白了她的心意，他突然觉得自己什么都不怕了。

地下停车场永远灯火通明，AG总部的自供暖连占地面积几千平方米的车库都覆盖到了。叮咚，电梯门开，两人走向泊车位。南庄被林则熙一路牵着手，彼此的掌心都濡湿了。

走到那辆奔驰旁边，林则熙先打开副驾驶座的车门，用手抵住门框。

等南庄坐上去后，他从外面关上车门，再绕到驾驶座，开门上车，先给南庄系上安全带。南庄的手机振动了一下，她掏出来一看，蓦地睁大眼睛，纹丝不动地盯着屏幕。

林则熙垂下眼，视线落在南庄颤抖的手握住的手机上。

那是楚御明发来的一条微信消息："明天我要看到你和林则熙的离婚证。"

南庄此时已经方寸大乱，她觉得全身的血液都开始降温，头皮一阵发麻，呼吸短而浅。这个世界上最了解楚御明的，除了菅乔染，就是她了。他为达目的，从来不择手段。

违逆楚御明的后果太严重了，简直不堪设想。楚御明是这个男权社会里夫权和父权的代表，他表面上宠爱她，可一旦她触了他大男子主义的逆鳞，他定会让她追悔莫及。

她原本想靠自己在社会上站稳脚跟，再反抗楚御明，可纸终究包不住火。

该怎么办？南庄大脑飞速地思索着，直到林则熙将她的右手拉了过去。

她被迫转过身，低头看他的举动。他把她的手送到自己唇畔，在她的指尖啄吻一口，然后让她的手抵住他的胸口。她的手心感觉到了他壮硕结实的胸膛下那热烈跃动的心脏。

“看着我的眼睛。”他目光灼灼，嗓音坚定。

一个眼神，胜却千言万语。

南庄抬眸，不光在他的瞳眸里看到熊熊燃烧的信念之火，还看到了她自己。两人对视的瞬间，她就像星星一般反射着他那仿若太阳的光芒。刹那间她的脑海里蹦出一个念头。

“带我走，离开北京。”

人的一生中至少要有两次冲动，一次奋不顾身的爱情，一次说走就走的旅行。

崇文门，磁器口，广渠门，双井。

晚上十点半，银灰色的奔驰穿过汹涌的车流，急速驶入辅路，然后在劲松驶入东三环主路。林则熙一路目视前方，薄唇紧抿，车外的灯光被他犀利的五官割裂成细碎的线条。

南庄背靠着副驾驶座，车窗外的夜光从她惴惴不安的脸颊上流淌而过。她努力让自己冷静下来，可放在腿上的手还是不由自主地颤抖着，她咬住下唇，手指抠进安全带里。

离开北京，终究只是暂时逃避，她知道自己肯定很快就会回来。

她的事业、人脉、亲情、友情，都在北京，她离不开北京。

回来之后，楚御明会怎么对付她？让她离开AG？

从小到大，南庄只反抗过楚御明两次。第一次是高考那年，他安排她去哥伦比亚大学商学院，纽约曼哈顿的顶级公寓都给她租好了。为此，她绝食三天，滴水未进。

第四天她几近虚脱，脸色苍白，只能躺在床上，似睡非睡，最后因为低血糖而昏厥过去，被楚御明的助理强行撬开反锁的大门，送到医院。医生说，再晚一点，她就会休克。

当她醒来，她看到了病床旁边中央音乐学院的紫色录取通知书。

她成功了。

小事她可以妥协，但人生大事，她绝对不能被人左右。

只是现在她还没有对抗楚御明的能力，他捏死她就像捏死一只蚂蚁。说到底是因为，她还没有经济独立，只能受制于人。她想做游戏音乐制作人，AG是业内最好的平台。

现在她接触到的大项目和客户，都是AG给她的。在别的平台，就算是九艺游戏，她也根本不可能有这么行业顶尖的合作伙伴和能让自己如此迅速成长与进步的机会。

大公司里高比例地聚集了一群优秀的人才，并且这群人都是在共同的环境里成长，因此即便未来的职业选择不同，大平台的气息还是相通的，这样的人脉圈更容易产生共振。

充分利用好这群人，他们可能成为你未来的合伙人、创业伙伴、未来客户。

当你进入一家大公司时，公司之前在行业中的积累就是你的起点，你是踩在别人的经验和错误上行走的，这能让你少走很多弯路，并且能更快地进入一个行业甚至在业内立足。

同样是螺丝钉，火箭上的和桌椅板凳上的完全不同。

所以，不管怎么样，她都不能离开AG。

穿过北京工业大学的南门，奔驰驶入京哈高速，翻越东四环的立交桥后，林则熙开始加速，时速直逼150，飞快蹿过灯火璀璨的欢乐谷和一片绿野的CBD高尔夫球场。

南庄陷入了两难的选择，事业发展，婚恋自由，现在她只能二选一。

林则熙一边保持着能让人肾上腺素飙升的速度，一边飞快地瞥了南庄一眼。

南庄察觉到他的视线，眉尖微皱："不用安慰我，我只想要解决问题。"

原本林则熙不想透露，可看样子今晚不让她稍微安心一点，她就没办法睡觉了。她工作了一整天，他不想让她熬夜。于是林则熙清了清嗓子说："我会找莫珝一起解决。"

"莫珝？"南庄的确没想到还有这样现成的强有力的战友，"你有什么筹码？"

林则熙并没有正面回答，而是直击要害："我懂你的梦想，也了解你的执着，所以即便是离婚，我也不会让你离开AG。"

林则熙语气轻柔，却带着一腔孤勇。他依然目视前方，仪表盘上的指针指向180。

她闻声，诧异地蹙眉，离婚？他愿意跟她离婚？

南庄转过脸，怔怔地望着他。他线条精雕细琢的侧脸的背景，是迅猛逝去的东五环立交桥，仿佛整座北京城都被他远远地抛在后面。

“为什么？”她蓦地被车窗外工地上的大功率夜光灯刺得双目眯起。

林则熙勾起嘴角。五环到六环之间，建筑物的密度骤降，大片黑色留白穿插在偶尔的光影中，黑夜宛如一头潜伏的猛兽，伺机而动，充满危险，就像每个人暗潮汹涌的未来。

暗夜中，唯独他唇畔的笑容，透着光。

“因为离不离婚，你都是我的。”

这笑容里炫目的光，来自于他刚刚建立的自信。他确定她喜欢他，若两人彼此相爱，又何须在意那一纸婚约？婚姻不过是法律上的束缚，如果可以把它当工具，何乐而不为？

不过他相信不会走到被迫离婚那一步。他自信能和莫翊建立同盟，再和楚御明谈判。

之前他那么在意离婚，不过是因为除了合法丈夫，他没有其他身份可以守护她。

从高中到现在，整整七年，他终于能够以爱之名，牵起她的手。

今生今世，他不会再放开。

听林则熙这么说，南庄的一颗心终于放了下来。幸好他懂她，她现在一门心思扑在事业上，对她来说，成长和梦想的确更加重要。如果鱼和熊掌不可兼得，她只能忍痛割爱。

她调整了座椅，靠背往后，躺下来望着车窗外的夜景。

“累了就闭上眼。”林则熙轻柔的话语飘进南庄的耳朵。

她忍不住想，她对他到底是什么感情？爱情说起来很复杂，其实很简单。

你遇见一个人，你愿不愿意和他对视，离他多远跟他说话，说话舒不舒服，其实不是大脑决定的，身体自己知道。

如果你的大脑强迫你靠近他，身体会有压力、会沮丧，就像刚和林则熙领证的那段时间，她很排斥身体接触。

他强吻了她，她气得不行，甚至觉得恶心，最后还怒气冲冲地扇了他耳光。

但是后来，渐渐地她开始接受他的拥抱、亲吻，甚至变得主动。

或许这是因为她习惯了。但是，爱情本身就是一种习惯。

感情没办法用逻辑和理智来解释，面对喜欢的人，身体会给出本能的反应。她想亲近他、拥抱他、亲吻他，甚至想和他有更深入的“交融”。这就是爱情最真实的面貌吧。

她的思绪渐渐平稳，感觉这一夜，她失去了什么，却又得到了更多。

光影跃动在她的眼皮上，像一支摇篮曲，她长长地呼出一口气，终于迷迷糊糊地睡去。

中途南庄醒来过一次，路边巨大的指示牌上显示着“喀喇沁左翼蒙古族自治县”。

车窗外，是京哈高速外的荒野里寂寥辽阔的黑暗，无星也无月。

林则熙在不断地超车，夜晚的高速路上有很多大货车，当他从两辆相隔不远的大货车之间飞速以S形飙过时，南庄下意识地抓住车窗上方的把手，一颗心悬到了嗓子眼。

他驾龄不算长，但是接受过军事化训练的他，开悍马在沙漠山丘上都驾轻就熟。

前方无车，他加大了油门，南庄明显感觉到车速又快了，她怀疑车子要飞起来，肾上腺素急速飙升的她根本不敢再看仪表盘上的数字。这不是飙车，这是炫技。

在狂野的速度中，除了激情和心跳，还有一种东西让南庄热血沸腾，那就是自由。

阜新、彰武、卧龙湖，刚和102国道交叉而过，长春近在眼前。这无涯的夜，只有亘古的黑暗和刀锋般的风。凌晨三点，南庄终于又在车前灯照出的孱弱光明中沉沉睡去。

直到车速减缓，让她惊醒过来。

4:28 AM，黑龙江，浓雾弥漫，能见度小于500米，时速降到160。

林则熙打开了雨刷，刷去挡风玻璃上凝结的水汽，再关掉远光灯，打开雾灯，有恃无恐地继续超车，只是在超车的时候象征性地按下喇叭，鸣笛示警。

奔驰疾驰在乳白色的浓雾中，恍若一把屠龙的利刃。

因为危险，所以刺激，习惯了这种惊心动魄，南庄反而品味出一丝浪漫。心理学上赫赫有名的“悬桥实验”果然所言不虚。南庄侧头望向林则熙坚毅冷峻的侧脸，莫名地心动。

就这样吧，就让这夜没有尽头，让这道路永远没有终点吧。

她歪下头，在澎湃袭来的困意中，昏昏沉沉地睡去。

再度唤醒南庄的，是刺目的阳光。她伸手挡住强烈的光线，眯着眼望向车窗正前方。

平缓壮阔的大江似银色缎带，江上风帆点点，极目远眺，万里无云万里天。

对岸，是晨曦中的布拉戈维申斯克，俄罗斯远东第三大城市。那片土地在1858年《瑷珲条约》签订之前曾属于中国，那座城市曾经也有个地道的中文名字，海兰泡。

南庄转过头看向导航，一夜之间，从北京穿越整个东北三省到小兴安岭北麓，1802.2公里，预计耗时18小时19分，实际耗时9小时23分。几乎是平均速度的一倍。

北纬51° 03′，东经129° 18′。他们在中国的西北边陲，黑河市。

开到这里，再无前路。也算是天涯海角了。

南庄大口呼吸着自由的空气，平复着激动的心绪，胸口却依然不可抑制地剧烈起伏着。欣赏完风景，她侧过脸。他终于累了，闭着眼往后仰靠在驾驶座上，薄唇紧抿。

她在璀璨纯净的晨曦中静静地凝望着他。

耳郭干净，略有透明感。唇色浅淡，充满禁欲气息。可明显的嘴唇棱角增加了精致的妩媚，这永远是撩人亲吻的两瓣唇。卧蚕和浓睫很温柔，鼻峰却霸气，翘鼻头，窄鼻翼。

南庄突然有些神经质地担心，这么小的鼻孔，他怎么呼吸？

觉察到她的视线，他缓缓睁开眼，嘴角微扬："想吃我？"

开了一夜的车，他的视线有些蒙眬。她看到他满眼的血丝，呼吸蓦地一紧。

三秒、五秒，她解开安全带，翻过储物格和仪表盘，爬坐到他的大腿上。

即便充满疲累，他的眼睛里，依然有星星。

她心疼地俯下身，轻轻吻了吻他的眼皮，然后直起腰，哗地扯下他的领带。

他惊讶地挑眉，却没有反抗，任凭她将领带系在他头上，遮住他的双眼。他只是没想到在瞬息之间，她就从温柔变得霸道。

他张开嘴想说点什么，可她已经扣起他的下巴长长地湿吻，不知餍足地舔舐他的唇瓣。她的双手从他的后颈往上滑，十指深深地插入他浓密的头发，指尖划过的头皮一阵酥麻。靡靡氛围热切攀升。

昨晚在办公室克制隐忍的烈火，春风吹又生。

冰冷的身体被点燃了，肌肤一寸一寸燃烧起来，汗液顺着鬓角淌下。他们肌肤的热度交融，宛如持续高烧的病患，他滚动的喉结就像甜美的果实，她伸出舌头贪婪地舔了舔……

任何言语都嫌多余，身体最诚实。

晚上十点，杨培培发了一张修图修了半个多小时的"口红试色图"，然后一秒钟刷新一次，看大家的反应。她正忙着回复呢，赵祈哲的评论跳了出来。

杨培培诧异地扬眉，他不是从来不刷朋友圈的吗？

赵祈哲的评论是："你是卖口红的？你到底有多少支口红？"

果然狗嘴里吐不出象牙，杨培培怒回："二十多支，怎么啦？招你惹你了？"

杨培培记得自己第一次在网上买口红，客服问她要什么颜色，她说"红色"。

那时候她还不懂什么蜜桃色、南瓜色、脏橘色、姨妈色、斩男色，看着风格各异的数十种色号，完全不知所措。而经过大学四年，现在的她已经成为美妆圈的大神了。

她精通那么多彩妆品牌，买了那么多色号的口红，脸上涂了一层又一层，在“初老”的路上挣扎着不愿意向前，只是每次都高喊着口号：新的色号，新的一天。

把买口红当成生活的一种仪式感，这种事情，“直男癌”赵祈哲当然不会懂。

他居然很快回复：“你们女生简直把口红这种东西神化了，好像不管发生什么糟糕的事情，买两支口红就能解决了。难道你们的生活已经匮乏到只能用口红来增加色彩？”

杨培培原本正在瑜伽垫上盘腿坐着，听了这句，她一下子跳了起来，冲出门，拖鞋也不换，就敲响了404的门，喊道：“赵祈哲！你闲着没事想吵架，就面对面地来！”

赵祈哲正坐在餐桌边吃韭菜合子外卖，懒得开门，直接隔着门喊：“我忙着呢，我准备给微信客服写一封建议邮件，为什么在朋友圈里只能点赞，不能点‘呸’？”

杨培培站在门口，气得双手叉腰，提高声调：“点‘呸’要给那些修图修到天花板都变形的‘自拍狂魔’、一出门就要发二十多个小视频的‘旅行达人’和天天在朋友圈转发励志鸡汤的‘戏精老板’，我招谁惹谁了？”

这一番慷慨陈词让赵祈哲忍不住耸肩偷笑，看来杨培培“怨念”很深啊。

他不由自主地转移话题：“你们工作室的老板也是个‘戏精’？”

“可不是！我才应该给微信客服写一封建议邮件，让他们增加‘自动点赞’功能。否则老板发了一条朋友圈，其他同事都点赞了，我没注意到，从此就失去了升职加薪的机会！”杨培培两条手臂在胸前交叉环抱着，愤恨地吐槽。

赵祈哲的嘴里塞满了韭菜，笑得差点呛到。

这下杨培培听到了赵祈哲的笑声，她翻了个白眼，仰着头对着门喊：“有什么好笑的？以后你的女朋友发了一条秀恩爱的朋友圈，如果你忘记点赞，小心一夜之间恢复单身！”

赵祈哲愣了愣，收敛了笑容，抓起桌上的水咕噜咕噜喝了大半杯，才开口：“所以我不准备谈恋爱，我不会有女朋友。”

门外的杨培培怔了怔，很快怼回去：“说得好像你想有女朋友就应有尽有似的。”

赵祈哲：“……”

杨培培猜都猜得到赵祈哲此刻的表情，她嘚瑟地双手叉腰、歪了歪脑袋，再接再厉地说：“而我呢，马上就要撩到我们公司的帅哥录音师了！你等着被‘狗粮’糊一脸吧！”

赵祈哲不服气地撇撇嘴：“就你发朋友圈的那个小白脸？要多娘炮有多娘炮！”

“滚你的！人家那是精致！”杨培培直起脖子反驳。

赵祈哲嘁了一声：“你才认识他多久？爱情来得快，去得也快，浮躁的时代，速食的爱情，那我就诚挚地祝愿你们早日交往、早日上床、早日吵架、早日分手。”

杨培培被气得横眉竖目，扬起手啪啪啪敲门：“你给我开门！”

她原本以为赵祈哲会拒绝，没想到很快他就打开门，和杨培培大眼瞪小眼。

杨培培看了看赵祈哲，刚要说话，就被赵祈哲的话打断了。

“你别误会，我开门不是为了让你进来，而是为了在你的面前用力地摔上门，以表示我的轻蔑和不屑。”他说完，面无表情地一扬手，啪的一声重重关上门。

那刺耳的声音和剧烈的振动让杨培培的身体随之一抖，她无语凝噎。

朝阳门外大街，丰联广场大厦，菅乔染工作室。

“你的‘人设’是精英女王，所以离婚不但不是减分项，反而是加分项。但要等到合适的时机才公布，因为离婚也是一个营销点。”岑德咏竭力掩饰自己得知这个消息后的欣喜。

菅乔染没想到自己离婚也可以用来炒作，果然做公众人物是没有隐私的。

造型师正在给她试新的眼线，眼线比平时略长、略粗，在眼尾延长汇合后形成一个俏皮的V形，既调整了“三庭五眼”的比例，又在视觉上缩短了眉眼距，娇美又利落。

“楚御明竟然同意跟你离婚？”岑德咏还是忍不住问出口。

菅乔染纹丝不动地被画着眼妆，面无表情：“他曾经答应过我女儿。”

她也没想到，南庄的生日愿望，竟然是她想离婚的话，楚御明必须答应。这么长时间以来，南庄一直在为她的独立和自由而努力。她必须感激女儿，给了她人生的第二春。

手机突然振动起来，岑德咏瞥了眼，把手机递给菅乔染：“说曹操，曹操就到。”

菅乔染示意造型师先离开。她站起身，拿起手机走到落地玻璃窗边，俯瞰隔着一条街道的外交部领事司认证大楼，透过高楼大厦的间隙，可以看到熙熙攘攘的东二环。

她静静地听远在黑河的南庄把事情的始末说清楚，然后给自己一分钟时间消化南庄已经领证结婚的事实。她伸出手，指尖轻轻抵着玻璃，窗外蓝天一碧如洗，仿佛触手可及。

“对不起，我不是一个好妈妈。”菅乔染皱着眉，手指滑下来，“我以前的世界里就只有你爸爸和你，一再干涉你，不肯放手，恨不得包办你的婚姻和人生。”

电话那头的南庄瞬间怔住，原本她想向菅乔染道歉，没想到菅乔染反过来说抱歉。

菅乔染平时高贵冷艳，可她作为一个妈妈的时候，难免像个普通的母亲一样唠唠叨叨，苦口婆心，说一堆话还无法表达自己内心的真实感受。可怜天下父母心。

她也意识到自己太啰唆了，清了清嗓子说：“我会找你爸爸好好谈谈。”南庄如果真的嫁给了爱情，菅乔染一定会帮她争取到底。就像南庄帮她争取独立那样。

Chapter 15

菅乔染的话，让南庄蓦地鼻酸。挂了电话后，她呆呆地坐在原地，思索了很久。

和父母的关系是很多人心里的一根刺。有时候我们和他们很相像，从外表到谈吐，从习惯到性格；有时候我们和他们很不同，从价值观到人生理想，从视野到格局。

父母从来不完美，他们都是有缺点的普通人。他们习惯于把自己的人生经验强加到我们身上，很难把我们当作一个独立的灵魂来尊重。但他们一直在努力学会这一点。

无可否认的是，正是与他们的这些妥协与对抗，塑造出了今天的我们。两代人的战争经久不息，可是爱的点点滴滴也已汇聚成河。为什么一万次的爱，不能抵消几次的错？

这么多年，南庄终于和母亲和解，也终于能够理解楚御明。

南庄昨晚一夜未归，杨培培次日早上九点半才联系上她。

“你在黑河？”杨培培看到南庄发来的微信地理位置，惊得眼珠子都快掉下来。

“我在这边远程工作，下午再回北京。”南庄简单地说了几句，急着编曲，就先挂了电话。黑河到北京的航班都要经停哈尔滨，所以她直接分段买机票，争取今晚赶回北京。

林则熙已经和莫珝通过电话，结成同盟，等林则熙回北京再详谈。

“明天是周六，民政局不上班，资本家再有钱，也不能让政府机构加班给我们发离婚证吧？到下周一之前，我们有两天时间力挽狂澜。”南庄调整好心态，语气轻松。

林则熙正在用瓷勺搅拌滚烫的皮蛋瘦肉粥，一边搅拌一边吹，吹凉了再推到南庄面前。南庄的视线依然停留在电脑屏幕上，摆了摆手说：“稍等下，我帮同事处理个bug。”

她越来越“工作狂”了，林则熙的目光里闪过一丝不悦。

“别不好意思拒绝别人，那些好意思为难你的人，都不是什么好人。”

林则熙的话让南庄嘴角勾笑，她站起身凑过去，飞快地在林则熙脸上亲了一口。

“我帮忙，不是因为我不好意思拒绝，而是因为我想锻炼自己的第二技能。”

不断更新自己的技能，开辟第二战场，这样才能有后路，规避失业、下岗带来的风险。靠一份固定工资是没法获得自由的，一旦失误，人生无望。

林则熙被亲得没脾气，表面上却淡淡的。他开始帮南庄剥松子，把松子仁放到粥里：“听说AG音乐制作中心有不少人排挤你？”

南庄飞快地敲击着键盘，头也不抬：“人生苦短，有些人能装不认识就装不认识。”

林则熙勾了勾唇：“这么酷？看来以后你不会黏我。”

南庄停止敲键盘，抬头看他，一本正经：“情侣交往最忌讳的事，就是把爱情的存在当成理所当然。在感情里没有理所当然，对方配合你是情谊，不配合你是情理。”

林则熙修长手指的动作瞬间顿住，黑褐色的松子衬得他骨节如竹的手指白皙刺目。

他垂下眼，目光潋滟，嘴角宛如噙了沉甸甸的蜜，缓缓勾起。

情侣？尽管他很喜欢这个词，但它并不准确："我们是夫妻。"

南庄耸了耸肩，最后再移动鼠标调试了一下，搞定了。她把笔记本电脑往旁边一推，把那碗热粥往自己面前一拉，也不用青花瓷勺，直接端着碗吹一口喝一口，不拘小节得很。

林则熙一边剥松子到茶碟里，一边眼眸澄亮地望着她。

"你和大部分富二代都不同。"

很多富二代炫富、"坑爹"，这是大众共识。可并不是所有富二代都挥霍无度，就像并不是所有穷孩子都发愤图强一样。

南庄放下碗："晒游艇、私人飞机早就过时了，现在的富二代，早已把受到优质教育、有着良好素养，并拥有独立事业作为自己的追求目标。比如莫珝，他也很努力。"

林则熙的手部动作再次顿住，他直勾勾地望着她。

南庄察言观色，挥了挥手说："酸死我了！哪来的醋味？好吧，我不夸他。我觉得富二代和普通人最大的差别是，他们失败之后可以有第二次机会，走错路也能改过自新。"

林则熙继续剥松子，接过南庄的话头："而普通家庭出身的孩子，因为一时的懈怠和错误，可能一辈子都会被困在父辈的阶层了。所谓的公平，从来都是相对的。"

南庄喝了一大口粥才说："我常常会想，我天生有优势，应该要利用我所有的优势去创造更多的价值，承担更多的责任。每一个富二代都应该有家国情怀和世界担当。"

有钱人掌握了社会大多数的资源，他们的成功与失败，直接关系到社会的未来。

林则熙把茶碟里的松子倒进南庄的碗里："你承担着什么样的责任？"

南庄目光灼灼地望着他，那一刻，她略显憔悴疲累的素颜上焕发出光芒。

"我要改变游戏行业不重视背景音乐的现状，我要提高游戏音乐制作人的地位，为我们赢得业内的尊重，并且，我要在全球游戏领域，推广中国本土游戏和民族音乐。"

每当遇到困难，她总会鼓励自己：别把这个世界，让给你所鄙视的人。

林则熙深深地凝望着她："任重道远。"

南庄微笑："不怕，有你陪我。"

中关村，海淀大街。

"辛苦了大叔，明天见。"方如喜走下车，弯腰笑着说完这句话，就挥了挥手，然后关上副驾驶座的门。她一转身，笑容就收敛了，面无表情地踩着高跟鞋走向打工的琴行。

"那是你男朋友？车不错啊，沃尔沃SUV，怎么着也要四十万元。"琴行三十六岁的老板娘瞥了眼腕表大叔的车，把台式电脑前的位置让给方如喜。

"他家车多着呢。"方如喜笑着坐下来，敲击键盘回复几个顾客的问题。其实腕表大叔就这一辆车，车牌还不是北京的，每个月都要办进京证，房子也在五环外。

随着对腕表大叔了解的深入，方如喜发现自己从最初的崇拜到现在有点嫌弃他了。

中国传媒大学硕士，中小型广告传媒公司创意总监，三十六岁，离异，有个五岁的孩子，身高178厘米，体形匀称，外貌中等，四十万元的车，市值四百万元的房子，二百五十万元房贷……

"有北京户口吗？"

方如喜的脑袋里正仔细盘算腕表大叔的条件，突然听老板娘说了声。

她这才回过神来，慌忙又敲下一排字回复顾客，然后转过脸看向老板娘。

"北京户口到底有多重要？"方如喜一脸虚心求教的模样。

老板娘啪地一拍大腿，五官扭曲，懊恼得捶胸顿足："别提了！当初我有机会，五十万元买个户口，我嫌贵了。现在怕是一百万元都买不到了！可怜我那孩子，只能送回老家读书！一想到这个事，我就觉得自己不是个好妈妈！"

方如喜的右手依然放在鼠标上，视线也不自然地飘到了鼠标上。

记得大一时她去移动的营业厅办手机卡，出示身份证时，被营业员以外地户口为由，要求先预存500元话费才能办卡，北京户口则不需要。这是她亲身经历的歧视事件。

“可是户口是计划经济时代遗留下的产物，终究会被时代淘汰吧？”方如喜说。

老板娘翻了个白眼，把手搭在方如喜的肩膀上：“我老公说了，只要中国区域发展不平衡的矛盾没有解决，资源大量往‘北上广’聚集的现象没有消除，户籍制度就有着它存在的土壤。”

“可是很多人没有北京户口，不照样在北京活得好好的吗？”方如喜忍不住反驳。

老板娘摇了摇头，叹息着说：“你还年轻，自然不会考虑那么长远。北京户口最大的受益者，不是自己而是下一代。等你生了孩子，孩子到了学龄期，你就想哭了。”

说得也是。除非成为人生赢家，奋斗成上市公司老总、省部级官员、著名学者、大明星等，利用财富和名气上的优势碾碎各种户口带来的不便，否则只能忍辱负重。

见方如喜沉默不语，老板娘拍了拍她的肩膀，苦口婆心地劝道：“所以我建议你找个有北京户口的老公，这样你的孩子就可以在北京接受最好的教育。”

方如喜内心一阵苦笑。找个有北京户口的老公，哪是那么容易的事情呢?

她出身农村，若想高攀上北京人，就必须在学历、工作、相貌等方面碾压对方才行。她没有艾筱澍的美艳，没有杨培培的家世，没有楚南庄的好工作，她靠什么攀高枝?

老板娘还在絮絮叨叨，不想让方如喜重蹈覆辙。

“真的，就算是委曲求全，也要找个有北京户口的，丑点、穷点、懒点都没事。”

是啊，方如喜想，如果这辈子自己没办法翻身，至少要让下一代做堂堂正正的北京人。方如喜内心发出一声叹息，站起身来走向卫生间。

关上门之后，她掏出手机，把自己在相亲网站上的择偶条件改了，反正都是待价而沽，就简单粗暴吧：“男的，北京户口，学历不限，年龄不限，房车不限。”

腕表大叔不知道方如喜一直还在偷偷关注相亲网站的消息。她怎么能不骑驴找马呢？这可是她摆脱社会底层的唯一机会。她宁愿死，也不要做方如凤，更不要做蒋姣兰。

因为身后无人，所以她全力死撑，万箭穿心，也永远不敢倒下。

其实这只是翟文伟第二次见韩老板。这个80后是地道的北京“土著”，他抽雪茄。

不抽的时候，他是个老北京胡同串子，说话吞音，走路懒散，就差手上拎个鸟笼。抽的时候，他才像是连锁餐饮企业的头。他的店打响了“北京菜”这个不温不火的品类。

他的餐厅风格浸润着胡同文化，天棚、鱼缸、石榴树，先生、肥狗、胖丫头。

“在中国，吃饭是一件大事，不是填饱肚子而已。吃饭是文化的一种表现形式，是个人文概念。我要把我们的老北京饮食文化，推广到上海去，你们谁愿意跟我一起？”

韩老板和翟文伟工作的五星级酒店行政主厨是朋友，来这里挖人了。

翟文伟望着韩老板那一明一灭的雪茄，举起了手：“韩哥，我不会说什么漂亮话，我就想说，我虽然不是北京人，但我喜欢这里，喜欢这里的包容大气，我想跟您去上海，一方面见识见识，一方面推广咱北京文化。”

翟文伟说完，放下手，抿了抿唇，抓住身上的白色厨师服往下扯了扯。

韩老板惊喜地挑眉望着他，走过来拍了拍翟文伟的肩膀：“不错啊小伙子，很多人来北京很多年都没有归属感，你这么年轻，应该还没来几年，就对北京有了认同感。就冲着你这句‘咱北京’，我收下你了！”

翟文伟高兴地咬住下唇，双手握拳：“虽然北京曾经让我很失望，甚至绝望，但是只有在北京，我才能学到这么顶尖的厨艺，得到这么严格的训练，和这么多牛人一起工作，还遇见师傅和韩哥这样的贵人。”

他突然想起很久以前那个没收他小吃车的城管说的那句话：“北京可不是随便谁都能待的！”没错，刚开始到北京会很难熬，但是咬紧牙关熬下去了，就会越来越轻松。

只可惜，方如凤没有坚持下来。她终究等不到他出人头地的那一天。

早上不到八点，烟囱里升起徐徐轻烟，马夫们已经在给马梳毛、上鞍，拣出马粪，用小推车送出来。楚御明总共有三十匹爱马，十个杂工和马掌师傅每天伺候着它们。

地上覆盖的不是稻草而是锯末，这样马毛上沾的灰尘更少，有利于防止马咳嗽。每两周就有五个兽医过来全面检查马匹的背、关节和肌腱，还有两个针灸医师随时待命。

“太太请稍等，楚董马上就来。”

“不急。”助理依然没有改称谓，菅乔染也懒得纠正。

她双手抱胸倚靠在木栅栏上。熬夜拍戏还没休息的眼睛，因为受不了强烈的晨曦而微微眯起。黑眼圈肯定连妆容都掩饰不了，她下意识地压了压黑色宽檐帽。

羊毛宽檐帽、针织衫、亮皮裤和马毛靴虽然都是黑色单品，但是面料各不相同，从头到脚，相得益彰。菅乔染这一身装束，兼具女性的性感柔美与男性的干练帅气。

嗒嗒嗒!

不远处传来清脆的马蹄声，菅乔染循声望去，一匹高大黝黑的奥登堡马高扬起前蹄，潇洒地越过马场的木栅栏，奔腾到马场中心，后蹄扬起尘沙漫天，猎马脖颈高昂。

马背上的楚御明逆光而来，居高临下地俯视着她，眉目莫辨。

这是两人协议离婚后第一次相见。离婚后她光鲜靓丽，他气宇轩昂，两个人都未曾在这段失败的婚姻中受伤，或者受了伤也迅速愈合了，那么，这就是世界上最好的离婚。

只是菅乔染偶尔会想，她在婚姻里养尊处优、保养得体，才漂亮地打了翻身仗。那些普通家庭里一味牺牲自己、围着丈夫和孩子转、在柴米油盐中生生熬成黄脸婆的女性呢?

她们蹉跎半生，毫无突围的希望，再忍辱负重，也只能继续燃烧，蜡炬成灰泪始干。

助理把马牵走了，楚御明和菅乔染并肩散步，一边走一边聊，像相识多年的朋友。

“不怕你笑话。不论多老，我心里永远住着一个少女。在夏日的漫长午后，偷偷溜出家，在铜锣湾买一碗咖喱鱼蛋、一盒阿波罗雪糕，然后去湾仔的大屏幕上看港姐选举。”

晨间的凉风将菅乔染帽檐下的一缕鬓发轻轻吹起。

楚御明双手插兜，抿紧薄唇，一言不发，只是静静地听着。

菅乔染蓦地停住脚步：“你还记得1992年的跨年夜吗？”

元旦前晚，在中环德忌笠街的巨型气球旁，菅乔染和TVB的伙伴们在人群里狂欢。

那是1992年最后一天的香港，那是十六岁的菅乔染和楚御明。

菅乔染朝楚御明喷忌廉汽水，楚御明回敬她气罐式彩带，有个女生朝楚御明喷雪，楚御明灵巧地躲到菅乔染身后。菅乔染被雪末喷了满脸，气得转身去打楚御明。

跨年夜气氛太high，向来高冷的楚御明都受了感染，玩开了。菅乔染捶了楚御明的胸口几拳，再抬起手来时，他突然抓住她的手腕，她抬头，对上他灼热的目光。

那一瞬，他们在喧闹的人群中安静下来，就像沸腾的岩浆中一块岑寂的琥珀。

良久，他伸手轻轻拂去她脸上的雪末，弯下腰凑近她。

“圣诞节的祝福，你还没对我说。”

菅乔染愣了愣，乖乖地说：“Merry Christmas！”

楚御明目光灼灼地望着她：“No，merry me。”

这突如其来的“求婚”让菅乔染的脑回路拥堵了一会儿，这时，新年倒数开始了。

人群更加骚动，突然一股强大的力量朝他们倾轧过来。下一秒，她就被他的双臂圈在怀里，他把她护在身下，用手肘生生给她撑出一块空间，她看到失控的人群推搡过来。

有两三个人压在他身上，他不顾性命地死撑，薄唇被咬得渗出鲜血。

呼救声、惨叫声，哀鸿遍野，兰桂坊顷刻间变成人间炼狱——这就是震惊寰宇的兰桂坊跨年夜踩踏事故，二十一人被踩死，六十三人受伤，菅乔染大概是唯一安然无恙的受害者。

她看着他惨白的脸，哇的一声哭出来，他却笑着说："别怕。"

"楚御明，即便后来我们相互折磨了二十年，一颗心千疮百孔，被伤得体无完肤，我也从未后悔过爱上你、嫁给你。假如重返二十岁，我明知道结局，也依然会嫁给你。"菅乔染转过脸，目光氤氲，定定地望着楚御明。

楚御明的瞳孔微微缩起，缄默地听菅乔染继续说："所以，请你成全南庄吧。一生至少要有一次，为了某个人而忘了自己，不求有结果，不求同行，甚至不求你爱我，只求在我最美的年华里，遇到你。"

菅乔染不知道这句话对楚御明的影响如何，但她已经尽了全力。所以当她离开马场，坐上岑德咏的车时，她长长地呼出一口气："这应该是我演得最好的一场戏了。"

岑德咏勾起嘴角："你以为楚御明看不出你在演戏？"

"情绪是演的，可回忆是真的。我能演得这么好，就是因为'回忆杀'太动人。"菅乔染终于疲倦了，摘下宽檐帽，靠在柔软座椅的靠背上，闭上眼准备睡去。

岑德咏见她熬夜拍戏后的一脸倦容，声音放轻，异常温柔："躺在我腿上吧，我帮你卸妆。"

菅乔染是敏感肌，再不卸妆就要长痘痘了，于是她乖乖地躺在后座上，枕着岑德咏的腿。他俯下身，用化妆棉蘸满卸妆液，敷在她的眼皮上几秒，等彩妆溶解后再开始擦拭。

车窗外风景飞速流逝，车厢里静悄悄的，岑德咏动作很轻，目光专注。

她察觉到他的视线："你可以尽情地嘲笑我眼角的鱼尾纹了。"

岑德咏竟然开始数起来："一、二、三、四、五，五条鱼尾纹，你真的老了。"

"我都是老太婆了，你还总赖在我身边干什么？"她越来越擅长"自黑"了。

而他见招拆招："反正我没见过你年轻时的样子。老了就老了，凑合着过吧。"

困意袭来，她实在无力与他争辩，迷迷糊糊地睡去。

他修长的手指用化妆棉反复蘸着卸妆液，来回地擦，直到化妆棉上没有颜色。窗外倏忽有一缕阳光射入，照亮了她酣睡的脸，他担心惊扰了她，立刻伸出手为她挡住阳光。

全世界都是歌颂青春，仿佛人到中年就是明日黄花，不值一提。

有句话说：二十岁的男人喜欢二十岁的女孩，四十岁的男人也喜欢二十岁的女孩，六十的男人还喜欢二十岁的女孩，男人就是这么专一，他们永远喜欢二十岁的。

可他岑德咏偏偏不喜欢那些满脸胶原蛋白的，他更喜欢这个饱经风霜、脸上充满玻尿酸和烟酰胺的老女人。他遇见她太晚，可是没关系，老男人和老女人的故事才刚刚开始。

电影《这个杀手不太冷》中，有一段经典的对话。

玛蒂尔达问里昂："生活是否永远艰辛？还是仅仅童年才如此？"

里昂回答："总是如此。"

成年人的世界里从来没有"容易"二字，每个人都有属于自己的战场。朋友圈看上去光鲜亮丽，背后的心酸孤独全靠自己死扛。譬如每晚十二点打烊前来吃碗饺子的外科医生。

服务员都下班了，翟文伟从后厨端出那碗热气腾腾的饺子。

外科医生刚刚做完八个小时的手术，高强度的工作后，这时才吃晚饭，长时间饮食不规律导致他的肠胃变得不太好，所以只能吃饺子这类面食，让肠胃舒服一些。

餐厅里空无一人，翟文伟坐在外科医生旁边等着给他收拾碗筷和桌子。他掏出手机看方如喜的回复，明晚他就坐动车离开北京。方如喜的回复很简单："明早我去找你。"

翟文伟眼眸一闪，把手机放回口袋，再从另外一个口袋里掏出一个口琴。

有些生锈的铁质盖板、磷青铜的簧片、绿色塑料琴格，这是他买的二手半音阶口琴，才五十块钱。每天晚上回宿舍的末班公交车上，他都坐在最后一排，花四十分钟自学。

半音阶口琴入门简单音域广，很适合弹奏悲怆雄浑的曲子。

他吹了一小会儿，外科医生就听出来了：“《克罗地亚狂想曲》？”

“是。”他在网上搜的简谱，整首曲子分为三部分练习，总共花了大半年，日复一日，铁杵磨成针。从小五音不全、最恨吹拉弹唱的翟文伟，居然也能用口琴吹出名曲了。

一曲毕，外科医生放下筷子鼓起掌来：“很少有人用口琴吹这首曲子。”

翟文伟把琴口向下甩动，甩去里面的水汽和残留的唾液，然后用擦琴布小心翼翼地擦拭琴体：“我喜欢的女孩喜欢这首曲子。我买不起钢琴，至少可以用口琴吹给她听。”

外科医生用纸巾擦了擦嘴角：“明天周六，你放假吗？和你喜欢的女孩约会吗？”

约会，翟文伟垂下眼帘，细细体会这个词。他曾以为自己对方如喜不过是一时的悸动，就像曾经他被方如凤吸引一样。可是这么长时间没有联系，他依然好想好想她。

毋庸置疑，他爱她，那份心意掩藏在末班公交车最后一排的口琴声中，经久不息。

其实是你慷慨，予我岁月如歌，却也吝啬，看我爱而不得。

翟文伟苦笑着抬起头：“明天是我们第一次约会，也是最后一次约会。”

外科医生的动作顿了顿，似乎被这句话触及了内心的柔软，他叹息一声，身体往后靠，望着头顶的吊灯说：“没有什么奋不顾身的爱情，大家都是成年人了对不对？”

翟文伟内心凄楚酸涩，却不知道如何用言语表达。

寂静的深夜，正是情绪泛滥的时刻。外科医生笑了笑，情不自禁地发出了感慨：“成年人的世界颓丧无比，每天都在更明确地印证自己是多么微不足道、默默无闻、庸碌平凡，却还希望有个爱人对自己说：你很好，明天很好，值得活下去。”

翟文伟抬起头：“爱究竟是什么？”

外科医生转过头，望向窗外的迷离幽光：“爱是很多年后的一个秋夜，你怅惘地从梦中惊醒，孤零零地披衣坐起，在秋虫唧唧中想起她的脸，忽然难过得掉下眼泪来。”

苦海无涯，人生逆旅，谁没有一段百转千回的故事呢？

那一瞬，翟文伟想起很久以前方如喜来找他，她被长岛冰茶灌醉，亲吻他、挑逗他，最后倒在草地上哭泣，哭得累了，她蜷缩在草地上睡去，脸上是醒目的泪痕。

那连风也吹不干的泪痕，自那以后，永恒地刻在他的心底。

翟文伟一夜无眠，在餐厅的厨房忙碌一宿，做了满满一大桌的粤式早茶，给方如喜当早餐。三十个圆形的竹质蒸笼摆了满满一桌，每个蒸笼里都放着两个或者三个精致的餐点。

叉烧包、虾饺皇、猪大肠、金钱肚、凤爪、蛋挞、马拉糕、肠粉、春卷……

热气袅袅、香气扑鼻、琳琅满目，看得方如喜眼花缭乱、垂涎欲滴。

“趁热吃吧。”翟文伟笑着给她递来筷子，再倒上一杯菊花茶。

方如喜今天穿了她最贵的风衣和百褶裙。风衣的潇洒大气与百褶裙的风情万种从来都是一对。将衬衣塞入百褶裙的腰间，强调腰线的同时，还能够纵向拉长腿部，更显高瘦。

翟文伟帮她脱掉风衣，挂在旁边的衣帽架上。方如喜坐下来埋头开吃。

两人默契地没有说话。从认识到现在，他们两人从来没有这么和谐过。

回忆起来他们总是在吵架，方如喜尖酸刻薄，翟文伟针尖对麦芒，两人势如水火。

她慢慢地吃，他耐心地等，一顿早餐吃了两个小时，她竟然把三十笼全部吃完了，再喝了口茶，咕噜咕噜漱漱口，咽下去。翟文伟实在难以掩饰惊讶：“你真能吃。”

方如喜瞪他，翟文伟不自然地摸了摸鼻子：“我替你未来的老公担心，怕你吃穷了他。”

方如喜冷笑：“我未来的老公和你有什么关系？”

“怎么没关系？等我以后带着老婆回北京，我们四个人就可以斗地主了。”他转移视线，掩饰语气里的艰涩，站起身问，“带公交卡了吗？我们去坐地铁。”

一号线天安门西站A口出来以后向西走，便能看到玉兰花盛放的壮观景象。

长安街的玉兰花，集中在中南海的两侧，因这些玉兰树地处背风向阳的小气候，所以是北京开放最早的玉兰。它们最早给帝都带来春天的气息。白花映红墙，充满了肃穆美。

“只有在北京，才能看到这样的画面。”翟文伟把手机递给方如喜，“帮我拍几张照。我要拍出故宫的红墙、黄色的琉璃瓦，还有难得的没有雾霾的蓝天。”

翟文伟说完，就跑到玉兰花树下，伸手捏住花枝，对着镜头傻笑。

方如喜白了他一眼：“你能不能笑得自然一点？”

“我总是学不会该怎么拍照。”翟文伟无奈地耸耸肩，又露出一副傻兮兮的笑容。

阳光如金箔洒在他年轻英俊的脸上，亮色的光晕细细绵绵地绕着他。他站在那里，就像站在光的尽头。方如喜定定地望着手机上翟文伟的面孔，心底忽然就起了雾。

“你还要去哪儿？”

“天安门。”翟文伟饱含热情地说，“我来北京第一天就想去天安门看看，现在要离开了，也想去天安门道个别。谁叫我们小时候天天唱‘我爱北京天安门’呢！”

不同于上海的时尚，不同于苏杭的柔美，不同于广深的外向，北京是全中国独特而唯一的存在，如果非要给北京找一个标志，那么天安门，就是大多数人的答案。

从1417年至今，天安门经历了六百多年的风霜变迁，它不只是北京城的中心，也不只是观礼的楼台，它寄托了无数人的喜怒哀乐，承载了无数人的“北京情结”。

来天安门看看是很多偏远地区的中国人一生的梦想。那些老人只要来看一眼天安门，看一眼城楼上的毛主席画像，就是精神上极大的满足，他们甚至会热泪盈眶。

“可惜我一直没有来看一次升旗，总想着有的是机会。”

翟文伟苦笑着站在熙熙攘攘的人群中，神色复杂地凝望着飘舞在空中的五星红旗。

方如喜主动拿过翟文伟的手机，倒退几步。为了拍出天安门的全貌，她必须蹲下身。

她蹲着身子反复寻找着角度，镜头里翟文伟依然在笑着，可是不知是光线的缘故，还是方如喜的错觉，那一刹那他的神情竟似有一抹浓得化不开的悲伤。

“今天你这么大方，我想去哪儿你都陪我，那么接下来，我想去你住的地方看看。”

晚上九点的动车，得抓紧时间了，两个人没有啰唆，坐地铁，倒公交，到了橡树湾。

早餐吃太多，方如喜一直不饿，到了下午三点半，终于有点饿了。

冰箱里有杨培培买的新鲜豌豆，方如喜给正在上班的杨培培打了个电话，然后转过身朝翟文伟点点头，示意他可以用。翟文伟在水池里把豌豆洗干净了，用盆子装好。

方如喜端来两个小板凳，翟文伟把盆子放在矮矮的茶几上，他们一左一右地坐在盆子旁边剥豌豆，方如喜去拿垃圾桶，把剥开的豆荚丢到垃圾桶里，豆肉则放到不锈钢碗里。

夕阳慵懒地照进屋内，满室铺开温暖的金色，玻璃窗映出漫天烟霞，粉色的鳞云壮阔浩渺，温柔地洒满他们全身。他们静静地剥着豌豆，就像一对一起做饭的老夫妻。

阳光照得他们黑发泛白，她不知道，这一瞬间，她和他算不算一起白头。

很多年后，方如喜还能清晰地回忆起那一幕，他眉目纤长，熠熠生辉，让时光和命运都不由得停下了脚步。或许最美的早已拥有，只不过它和时间一样，永远不会重现。

“我妹妹在深圳交了新男朋友，她很喜欢那里，蓝天、白云和大海。”

“你呢？你找到有房有车的好男人了吗？”

两人都低垂着眼，轻声交谈。

“我的要求变了，比起有房有车、事业有成，我更想要北京户口。”

“找到了吗？”

“有一个北京人在相亲网站上联系了我，还不错。只是他的妈妈要求先怀孕再结婚，因为他之前的老婆不孕不育，折腾了很久。”方如喜说到这里，才发现自己说得太多了。

他们走出北京南站地铁站，走向火车站的进站口。比肩继踵的人流中，他停住脚步。

“所以你要先怀上他的孩子？”

“是，我昨天去医院做了排卵检测。”

翟文伟倏忽大笑起来，笑得肩膀抖动：“如果有下辈子，我一定要出生在北京，就算不做北京的人，做北京的牛、马、狗、猪都可以！”

他的声音很大，引得路人侧目。

方如喜的心就像被揪住，不敢再看几近癫狂的翟文伟，她转移视线，望向北京南站。

这是她第一次来北京南站。多数是高铁和动车的北京南站，比北京西站更加现代化和明亮大气。在这里行色匆匆的，不再是衣衫褴褛的农民工，而是衣着得体的“小中层”。

翟文伟终于靠自己的努力，从一个在北京西站吃泡面、打地铺的北漂，奋斗成了推着拉杆箱刷身份证进入北京南站乘坐“和谐号”动车的“精英”。

而她呢？她一直以来这么努力，就是为了有一天，她能够挥别北京西站“脏乱差”、充满了垃圾食品等各种污秽味道的绿皮火车，出行只坐整洁明亮的高铁和飞机。

她要和父辈们划清界限，她要过“谈笑有鸿儒，往来无白丁”的中产阶级的日子，所以她不可能和翟文伟在一起。就算他是今生今世唯一让她不掺杂任何利益单纯爱过的人。

“你长得这么帅，厨艺这么好，一定可以找个上海的‘白富美’。”方如喜勉强挤出一丝笑容。

她看了看LED屏幕上的时间：“你该进站了。”

翟文伟瞥了眼时间，表情很僵硬：“你先去坐地铁吧。”

方如喜刚刚想提出反对意见，就看到翟文伟坚决地摆了摆手。既然他想要目送她，她也不怕给他留下一个决绝的背影，人是需要决绝的，就好像，日出日落从不留恋天空。

等方如喜的背影渐行渐远，翟文伟蓦地喉头一阵哽咽，眼眸蒙上一层水雾。

他原本不想的，有些秘密不必说。可是他不甘心，今生今世唯一的爱，却连表达心意的机会都不曾有。他不能这么懦弱，他已经懦弱太久。他颤抖着手，从包里掏出口琴。

这么吵的进站口，她可能听不清楚吧。但是又有什么关系呢？这世界从来喧嚣，有多少人能听到自己的心声？你我相逢在黑夜的海上，你有你的方向，我有我的征程。

你记得也好，最好你忘掉，在你我交会时这互放的光亮。

那天的北京南站，汹涌的人流中，有个年轻男子一边吹着口琴，一边往地铁口走。

方如喜原本心神恍惚地走着，外界的喧哗声突然静止，一曲口琴版的《克罗地亚狂想曲》直直地传入她的耳朵。她浑身一颤，在原地怔了几秒，听着听着，终于反应过来。

很久以前，他来琴房看她的那一天，她用钢琴弹奏的就是《克罗地亚狂想曲》。

她曾经听方如凤说过，他在自学口琴。

是他，是他，她的一颗心仿佛跳出了嗓子眼。

方如喜猛地转过身，踉踉跄跄地走出几步，大口喘息，在人群中东张西望，寻找着她渴慕的身影。可人潮汹涌，迅速地将两人冲散，翟文伟的身影就像被吞噬了一般。

他不见了。

方如喜的心一空，忍不住大声呼喊他的名字，她惶然四顾，凄怆呐喊，长发飞舞。

“我在这里。”他的声音倏忽飘进她的耳畔，她霎时顿住脚步。

白炽灯像瀑布一样倾泻在他身上，那光芒仿佛有声音，沙沙作响。

他们隔着三四步的距离，面对面地静静站着。他们旁边是各式各样步履匆匆的人群，就像湍急的河流交织在他们的两侧。而他们就像两座岛屿，固执地守候在原地。

方如喜望着失而复得的他，眼泪簌簌落下。

翟文伟大步迈了过来，伸手帮她拭泪：“我有没有告诉过你，你哭的样子真不好看？”他的语气又恢复了曾经和她对立时那样，可他说完，就目光一闪，用力拉她入怀。

一如当年在中央音乐学院图书馆的后面，他情不自禁地狠狠抱住她。

她还清晰地记得当年他说的那句话：“这样太苦了，方如喜，你根本没有你想象中那么坚强。”

往昔历历在目，方如喜把脸埋在他的胸膛里，哭得泣不成声，大颗大颗的眼泪湿透了他的白衬衣。她吸了吸鼻子，再也忍不住：“翟文伟，我喜欢你，我那么喜欢你。”

“我也是。”他闭上眼，声音轻得宛如一阵风。

星光璀璨，宇宙浩瀚，他们是沧海一粟。浪奔，浪流，他们只是随波逐流的浮萍。

她知道，他们的爱情就像一张薄薄的纸，已经被现实的种种磨得轻薄不堪，风一吹，就化作无数翩跹的碎屑，漫天飞舞，最后覆满她深深的心底。

站内广播响起来了，是翟文伟要搭乘的车次。一拖再拖，再也没有时间拖延了。

方如喜咬紧牙关，用手背擦拭泪水，颤抖着推开翟文伟：“你该走了。”

“再见。”翟文伟不再看她，深呼吸一口气，转过身，一步一步走向进站口。

就在他高大的背影消失在进站口的前一秒，方如喜忍不住又喊了一声："翟文伟！"

方如喜歇斯底里地喊过之后，双手捂住嘴，那噬心的钝痛先是从她的心尖冒出，然后隔了许久，才啃遍她的身体，直到这一瞬，她才终于承认，她和他的一生，已经结束了。

隔了这么远，翟文伟应该是听不到的，可他的脚步蓦地停顿了下来。

方如喜在刹那间泪流满面，哽咽着轻喊："翟文伟，不要回头。"

转瞬间，翟文伟的背影不见了。

这颠沛流离的青春，就在他离去后落下帷幕。她望着北京南站人头攒动的进站口，只觉得胸口被掏空了似的，失魂落魄。从此以后，浮生万千面孔，再无她爱的那张笑颜。

她想起小时候，酷爱看课外书的方如凤问她："你相信这个世界有平行时空吗？"

如今，二十四岁的方如喜的答案是，她相信。

在那个平行时空里，房、车、户口、学历、工作、收入、二胎、孩子的教育、父母的养老，都不用考虑，没有阶层壁垒，只要相爱就能在一起，只要努力就能成功。

在那个平行时空里，她和翟文伟在北京青梅竹马地长大，小学、初中、高中、大学，一直在一起，毕业就结婚。她为他洗手做羹汤，他为她吹口琴，执子之手，与子偕老。

想到这里，方如喜再也支撑不住，身体向前倾，双手死死地压住几乎要炸裂的胸口。

就这样吧，放过彼此的朝朝暮暮，千秋岁月，万里河山，余生分开走。

我唯一爱过的人啊，愿你付出甘之如饴，所得归于欢喜。愿你的每次流泪都是喜极而泣，愿你精疲力竭时有树可倚。愿你要的明天，如约而至。愿你走出半生，归来仍是少年。

再见。再也不见。

朝阳区，国贸CBD。

邬靖第一次到国贸来，就觉得这是个神奇的所在。

"Allen你最近的performance完全对不起你的package。再这样下去别说

bonus，base pay都难，恐怕很快要收到warning letter了。希望你接下来能更aggressive一点，OK？”

进不去莫玥工作的写字楼，邬靖只能在大厅听了很多这种中英文夹杂的“国贸话”。

“对不起，您不能进去。”高大帅气、西装革履的保安严防死守，仿佛这里是什么保密机关。每一位访客都要登记身份证，说明到访来由，签字画押，才能在他们看刘姥姥进大观园一样的视线中放行。

没带身份证的邬靖只能坐在沙发上等着。

年轻的女孩子脸上洋溢着胶原蛋白和玻尿酸，西装笔挺的男士微微皱起韩式半永久平眉，嘴里讨论的永远是上千万的case。他们身上限量版的包包和小黑裙，logo若隐若现。

人的收入和“档次”是大致相当的，但北京存在着位于中关村、五道口、西二旗的大量互联网“码农”，他们年薪五十万元，却活得像月薪五千元。

这其中损失的巨额“档次”差，必须由国贸人来守护。

每一个国贸人心中都有一个颠扑不破的信念：月入五千元，也要活得像年薪百万元。

“等久了吧老处女？”莫玥匆匆走下电梯，把邬靖拉起来，自嘲道，“不用去我办公室，全是各种各样的香水味，我到国贸的投行上班之后，都不用香水了，怕‘撞香’。”

邬靖低头看了看腕表：“大种马！让我等了这么久，你还不请我吃饭！”

“不能在写字楼附近吃。”莫玥嫌弃地吐舌，“冷萃混合果汁、低脂沙拉、水煮鸡胸肉健身餐、三文鱼配牛油果、藜麦配无糖酸奶，简直了！太难吃，咽不下去！”

国贸人的精致和体面，体现在哪怕是吃一碗方便面，也一定要吃海淘的。

邬靖点点头表示理解：“我总算明白了，为什么西二旗人和国贸人相互鄙视。”

西二旗人的安全感来源于六环外的一套120平方米三室两厅两卫、住得下两个老人和两个孩子的新房，还有海淀区的一套40平方米墙面斑驳、没有电梯也没人住的学区房。

而对国贸人来说，幸福感只能从爱马仕的围巾、最热门色号的口红、10厘米的高跟鞋、复式loft、出差的五星级酒店、睡前的一盏香薰灯、桌上的几枝尤加利叶来汲取。

莫琊一边走一边开玩笑："国贸西装革履的人到西二旗，会被'直男'程序员误以为是保险推销员、地产中介，递上名片，Peter、Tommy又让人以为是发廊总监。"

邬靖笑着接住话头："西二旗人到国贸，怕是会被当作擦玻璃、刷墙、卖煎饼馃子的。"

两人相视一笑，一起走出写字楼的旋转门。

"对了老处女，你找我有什么事？该不会是想我想得无法自拔，忍不住了吧？"

"滚！我在大望路办事，下午还要去望京，顺带蹭你一顿饭罢了！"

"望京？刚好我下午要回望京SOHO，我爸突然叫我回去。坐你的顺风车好了。"

望京SOHO。

董事长办公室蓦地发出啪的一声，听上去像是怒拍桌面的声音。那尖锐刺耳的声音透过玻璃窗，在安静的走廊上传播着，吓得几个助理浑身一颤，手里的文件差点掉落。

助理心想，果然董事长把莫大少爷叫过来，就没好事。父子战争一触即发。

"你居然敢去找楚御明，说你另有所爱，你要悔婚？"

刚才莫父把桌上的一堆文件直直地朝莫琊的脸甩过来，莫琊灵巧地躲闪开，可还是被几张纸划过俊美的脸颊。

白花花的A4纸铺天盖地，莫琊站在白色汪洋中，不服气地撇嘴："爸你能不能别这么老古董？妈都不逼我和楚南庄结婚了！"

莫父见儿子还敢反驳，越发吹胡子瞪眼，啪地又拍了声桌子，整间办公室都抖了三抖："你妈是跟我说了，楚家丫头不愿意嫁给你。但就算要悔婚，也该由楚家提出来！”

莫翊耸了耸肩，依然是一副吊儿郎当的样子。

莫父继续叱责：“再说你哪里来的另有所爱？我说过多少次，你那些上不了台面的开淘宝店的网红，还有什么学芭蕾的、选秀的、车模、空姐之类的，都只能玩玩！”

莫翊一听这话就不乐意了，抬起头，本能地反驳：“爸你能不能别这么带着偏见？我找女朋友可不光是看脸、看腿的好不好？我也注重内涵！你看我的钢琴老师邬靖，不也拜倒在我的牛仔裤下了吗？”

他说完，嘚瑟地打了个响指。

莫父从鼻腔里发出一声冷哼，伸手指着儿子的鼻子，恨铁不成钢：“你还好意思说！你妈特意去问了你的邬老师，她说她和你就是普通的师生关系、朋友！”

莫翊的笑容瞬间僵住：“不会吧？”

有没有搞错？老处女是不是脑子烧坏了？

莫父抓住机会冷嘲热讽：“她出身音乐世家，从小受艺术熏陶，怎么可能看上你这个满脑子糨糊、不学无术的花花公子哥！你以为女孩子都缺钱，看到富二代就贴上去？”

好吧，莫翊承认，现在的大部分女孩都家境尚可，而且都受过良好教育，很能赚钱。所以她们才一个个心高气傲，不相信爱情，不靠男人，最极端的就是邬靖这种“不婚女王”。

结什么婚呀，她们早就进化成了她们自己最想要嫁的那种男人了，要嫁，也只能是披着婚纱嫁给自己。她们的命中充满阳刚之气，雌雄同体，职场和生活永远不将就。

可是，莫翊的脑海里蓦地浮现出在纳米比亚的“骷髅海岸”，邬靖敲开他的房门，她拼命掩饰却还遮盖不了脸上的恐惧和害怕。纵使是百炼成钢的女王，也有柔弱的时刻。

那时他虽然嬉皮笑脸，不正经地调戏她，可心里异常柔软，他的内心甚至生出了一种想要保护她的冲动。这对于一个男人来说，是不是就是爱情的开始呢？

最要命的是后来在密克罗尼西亚，在深深的海底，她用锯齿潜水刀划开海藻，帮他解开缠绕在一起的呼吸管，将他从危险之中解救出来，那动作要多帅有多帅……

“怎么不说话了？你平时不是最擅长顶嘴吗？你……”

莫父的话音未落，莫珝就抬起头来，背脊挺得笔直，仰起下巴，打断了父亲的话：“爸！你可别小看我！我敢跟你打赌，三个月内，我保证把邬靖追到手！”

凌晨三点，邬靖按照手游分部的部长的要求改好了方案。

她心里憋着一口气，明明是第一版方案最好，但部长偏偏自以为是，乱提意见，越改越离谱，否则也不至于折腾到这么晚。洗完澡，邬靖皱着眉在床上擦身体乳。

洗澡之后在肌肤还有少许水分的时候，涂抹身体乳可以让延伸性变好，而且毛孔张开时按摩吸收效果更好。这身体乳是莫珝送的，加了天然的珍珠粉，不含铅汞又美白。

每天擦眼霜前，邬靖都会认真地在镜子前检查自己有没有鱼尾纹，过了三十岁，她不得不对容颜的衰老感到一丝恐惧。时间总是对女人更刻薄一些，岁月败美人。

“啊！”邬靖蓦地发出一声尖叫，然后凑近化妆镜。

没看错，她真的有一条鱼尾纹了！邬靖瞪圆了眼睛。她坐在化妆桌前，工作上的烦闷加上年龄的压力，突然让她感到崩溃。她顾不上时间这么晚了，抓起手机打了莫珝的电话。

“女王陛下，有何吩咐？”

莫珝明显是被吵醒的，声音软软糯糯的，似醒非醒，却没有一丝一毫的不耐烦。

邬靖躺在床上煲电话粥，还不忘撕开一片面膜敷上。她当然不能对莫珝说自己长了皱纹的事，于是她把气全部撒在部长身上，言语刻薄地数落部长的不是，甚至时不时爆粗。

莫珝陪着她义愤填膺。大半夜的，他自然没空调侃她。

骂了半天，邬靖的心里总算是顺畅了，把面膜丢到一边。

莫珝仿佛知道她的心思，轻轻地劝慰道：“乖，别气了，早点睡。”

或许是因为在深夜，或许是因为他的声音是从电话里传来的，邬靖觉得莫玥这句话听起来异常温柔，她啪地关掉灯说："你比我小四岁，有时候我觉得你就像猫。"

邪魅、狡猾、任性，又让人欲罢不能。

莫玥发出低低的笑声："如果我是猫，九条命都陪着你。"

邬靖的脸宛如被春风吹过的湖水，眼角眉梢轻轻荡漾起一个笑容。她不由得闭上眼。结果一闭上眼，困意就汹涌袭来，大脑一片混沌，后来莫玥说了什么，她都不记得了。

因为太疲累、太困了，次日早晨的闹钟都没有叫醒她，可她到底是有生物钟的，一醒来，她看了看手机，脸色一变，从床上跳起来，刚要冲进卫生间，手机响了起来。

莫玥在电话那头笑得邪魅，欠扁的语气一如往常："睡过头了吧？我在你家楼下，你求我一下，我送你上班。"

邬靖一边手忙脚乱地挤牙膏，一边翻白眼："你这是雪中送炭，还是拦路打劫？"

等邬靖坐上副驾驶座，储物格里已经放好了莫玥买的早餐，7-11的五色寿司卷，星巴克的蓝莓麦芬和拿铁，热乎乎的，香气袅袅。邬靖心头一暖，系好安全带开吃。

她嘴上却还硬得很："现在是金融界寒冬？投行的人都这么闲？"

莫玥一脚踩下刹车，明黄色布加迪骤然停下。

若不是系了安全带，邬靖的身体就要扑到车前窗玻璃上，也幸好手里的拿铁有盖子，没洒出来，可她还是吓了大跳。

趁着邬靖心跳加速尚未恢复的时机，莫玥转过身，眉眼弯弯，笑得颇有深意："你还没看出来？我在追你。"

他穿着灰色格纹西装夹克，里面是红色高领罗纹毛衣，暗色调的西装很好地掩盖了红色耀武扬威的那股劲头，鲜艳的色彩也抵消了西装的严肃感，这套搭配真适合"表白"。

邬靖转过头，被他藏在西装里的颜色太正的红毛衣晃得有点分神。

残留在她舌尖的咖啡味道仿佛也带了一丝甜蜜。

可是这么多年，这种玩笑他开得还少吗？尽管呼吸有些紊乱，胸口失控地起伏，邬靖还是很快强迫自己平静下来，调整好坐姿，撇撇嘴，冷笑一声："演技越来越高了。"

布加迪后面传来嘟嘟嘟催促的喇叭声，他们挡路了。

和以往不同，莫珝并没有撩一下就偃旗息鼓，他解开安全带，整个身体转过来朝向邬靖，对身后急躁地不断鸣笛的车主们不管不顾，微微眯起眼，嘴角的笑痞帅到了极致："演一辈子行不行？"

原本邬靖还自信能够保持平稳的呼吸，可是后面有人在催促，莫珝眼角眉梢的情意又浓得化不开，邬靖一颗心猛烈地撞击着胸腔，饶是平日里再从容不迫，此刻她也方寸大乱。

最后邬女王竟然红着脸，憋出一句很"萝莉"的话来："你不要脸！"

莫珝得逞，嘴角快要咧到耳根边上了："我对你，什么时候要过脸呀？"

车后面传来的喇叭声越来越刺耳了，路人纷纷侧目，可莫珝还是没有开车的意思，反而直勾勾地望着她，等待她一个答案。

邬靖大脑飞速运转，无奈地摆摆手，表示服输："好好好，我知道你在认真地追我，行了吧？快开车吧，要引起公愤了！"

莫珝要的，当然不仅仅是这样。他慢条斯理地挑了挑眉，甚至拿过邬靖喝过的那杯拿铁，慵懒地喝了一口，再从薄唇两边徐徐绽放一个妩媚的笑容："所以你同意我追你咯？"

邬靖环视了一下四周，心急火燎地侧身帮莫珝系上安全带："同意同意。"

莫珝把拿铁还回去，这才优哉游哉地踩了油门。

"邬女王，你说，现在的女孩子为什么都不急着结婚了？"

邬靖擦了擦嘴角的咖啡，白了莫珝一眼。她知道他是在问她为什么还不结婚。

"因为女人跑得太快了，男人统统被甩在了身后。现在可不是男人耕田打猎的社会了，男人的传统优势无处体现，所以跑得快的女人找不到另一半，多么理所当然。"

邬靖撩了撩垂在肩头的亚麻色鬈发，这是她最新换的发色，偏奶茶色的亚麻色，有一种蒙眬的雾感，搭配中分刘海儿，刘海的处理特别森女系，有北欧民族风的气质。配合偏紫色的口红和浓黑的眼妆，她永远气场十足。

“那你说，为什么现在有些女孩子不想嫁入豪门？”

“英国凯特王妃的父母是经营邮购公司的百万富翁，摩纳哥王妃夏琳是南非游泳冠军，意大利末代王妃克洛蒂尔是女明星。真爱必须势均力敌，如果不对等，难免受委屈。”邬靖不假思索，回答得一本正经。

莫玥一边开车一边瞥了邬靖一眼，嘴角的笑意越发深沉：“我可没那么‘土豪’，像我这样的，在北京随随便便就能找出一大把。”

他这话倒是不假，北京的富二代多如牛毛。

邬靖剜他一眼，懒得搭理。莫玥只能继续找话题，要知道，他对她的称呼成百上千。

“邬老师，你又变漂亮了。”

“钱堆出来的，能不漂亮吗？”

“听说你现在月入五万元？”

“混口饭吃罢了。”邬靖心里发出一声冷笑。

就像在海淀高校区，随便扔块砖头，都能砸到硕士、博士或者“海归”一样，在东三环主路上开车，旁边三分钟一辆宝马、奔驰，五分钟一辆保时捷、布加迪。

在邬靖看来，月入五万元在北京，就跟在三线城市月入五千元差不多，只是勉强比北京的大部分人过得好那么一小截，拇指尖那么一小截。

一千块的打底裤，好歹买得起了，可是永远不可能像真正的富二代那样，一言不合就去奢侈品店，两三个导购赔笑跟着，看中了款式，就各种颜色一样来一个，直接刷卡。

她邬靖可不敢不看价格，自己赚的钱，每一分都是血汗。

在小城镇，你可以很容易“知足常乐”，但在北京，你就只会想，“有钱才会好”。

辛苦得青筋暴出，努力到少年早秃，也就只是比普通北京人光鲜那么一丢丢。

恋爱？等她年薪百万元再说吧。

“老处女，漂亮是漂亮，但你又老了，三十二岁了都不急？岁月不饶人啊！”莫玥把车停在红绿灯前，手指叩击着方向盘，口气就像过年回家后那些难缠的三姑六婆“催婚党”。

“年龄是弱者的借口，是强者的动力。岁月不饶我，我又何曾饶过岁月？”邬靖一口气喝光了剩余的拿铁。她的字典里或许没有温柔，但充满了英勇。

她这霸气的话让莫玥手指的动作瞬间顿住。

是啊，岁月这把刀除了在我们的脸上刻下一道道痕迹，还会进行生命的收割。等我们老去的那一天，回首人生的历程，是不是能自豪、坚定地宣称“我也未曾饶过岁月”？

在那一瞬间，莫玥的脑海里浮现出了南庄的面庞。南庄谈及梦想时那熠熠生辉的双眸，和他眼前邬靖那双灼热赤忱的眼睛重叠在一起，刹那间，莫玥恍然大悟。

原来他喜欢上南庄，不是因为追逐梦想的南庄多么闪亮，而是因为他在南庄的身上，看到了邬靖的影子。这么长时间以来，他身边的莺莺燕燕，也只有南庄最像邬靖。

他十五岁开始跟着邬靖学钢琴，到如今已经十三年，她已经成为他生命中不可分割的一部分。友情、亲情还是爱情，他已经分不清楚，但是他知道，他离不开她。

“你在发什么呆？已经是绿灯了！”邬靖伸手拍了拍莫玥的手臂。

莫玥这才反应过来，听到车后方传来的催促的鸣笛声，他慌忙转移视线，踩了油门。

“我又迟到了！”邬靖懊丧地看了看腕表，“所以说，男人都是祸水！”

莫玥忍不住嘴角勾笑。她排斥男人、排斥婚恋，对他来说，未尝不是一件好事。至少她不会突然结交个男朋友或者玩“闪婚”，她会一直单身，直到他弄明白自己对她的心意。

他对她，到底是友情还是爱情，答案只有时间知道。

他不急，他有一生的时间弄清楚。

楚御明心血来潮，绕着纽约周围飞了三个小时欣赏夜景，这已经不是第一次了。其间助理负责和纽约国际机场塔台联系，听到各种American Airlines的起飞或者降落请求。

虽然机型迷你，但是这架私人飞机在两万英尺的高空里开得非常稳。

“你知道吗？当初AG借壳上市，和投资方签署了一份对赌协议，头几年都是以微弱金额越过承诺线。”飞机上冷气开得很低，把楚御明的声音衬托得格外冷漠。

“修整净利润不难，公司的偶像、艺人股东将个人收入交纳给公司，计为利润，弥补未完成的业绩承诺。这部分利润将在资本市场上被‘市盈率’放大很多倍卖给投资人。”林则熙的声音很平静，他并未注视楚御明，而是微垂着眼，看着楚御明的腕表。

宝玑指针搭配阿拉伯数字时标，三点钟方位的螺旋式表冠，六点钟方位采用轨道式时标设计的小表盘，搭载经过瑞士官方天文台认证的机械动力机芯。

楚御明的腕表以白色为主色调。林则熙手上的腕表则是纯黑色。

十点钟位置是粗条状点缀银色指针刻度的深灰色时针、分针表盘，四点钟位置则为细条状点缀红色指针刻度的黑色秒针盘，别具匠心缔造的两个表盘相映成趣。

“你调查过AG的历史财务状况？”楚御明透过舷窗看着璀璨的城市夜景。

“早期AG用了很多办法挽营收于不倒，譬如出售理财产品、公司股权等金融资产，以及获得各项政府补贴。您上次建议我进入娱乐圈，我就考虑过成为AG的艺人股东。”

林则熙抬眸。飞机上的座位都是柔软的米色皮革质，衬托得他双腿纤长有力。

抛光的桃花心木茶几上放着一杯巴黎之花香槟。

“你野心很大。”楚御明优雅地转过头，视线淡淡地落在林则熙身上。

“否则怎么守护南庄？”林则熙不慌不忙地与之对视，端起酒杯，轻抿了一口细腻雅致、花香馥郁的香槟。初入口的水果清香逐渐转化为诱人的甜蜜香味，浓郁的醇香雅致而又不失率真。

楚御明不露声色地转移话题：“这香槟如何？”

“犹如凡尔赛宫的青涩少妇一样，让人沉醉于其美丽与纯洁中。”

林则熙微微摇晃酒杯的模样，让楚御明终于忍不住挑眉：“你在模仿我。”

“是，我在模仿您。”林则熙大大方方地承认，“因为我知道，身为南庄的丈夫需要什么样的气质。我相信优雅是可以学习的，耳濡目染，近朱者赤。我不敢有丝毫懈怠。”

助理空中对话了一架出急诊的hospital直升机，避免彼此相撞。在美国，只要塔台允许，私人飞机可以降落在任何一个机场。只是现在塔台已经下班了，因而助理很忙碌。

楚御明漫不经心地抿了口香槟：“三代才出一个贵族。”

林则熙不卑不亢，放下酒杯：“我更相信爱的力量。”

楚御明慵懒地交叠起双腿：“我是个商人，不讲究那些虚无缥缈的东西。”

“那我们不妨也签个对赌协议。”林则熙直直地望向楚御明，“一年内我打造电竞流量偶像天团，带领AG战队给整个集团创造一个亿的净利润，如果做不到，我就离开南庄。”

“一个亿？”楚御明瞳孔微微收缩。林则熙口气不小。

林则熙微微一笑：“人若有所执，必定有所成。”

AG总部有个篮球场。电竞战队休息的时候，林则熙会带领他们打篮球。

南庄出写字楼拿快递，看到篮球场防护网边围了一群女同事，她们看起来很激动的样子，不时发出尖叫声，蹦跳着、呐喊着，面孔潮红，也有年纪稍大的女同事一脸“姨妈笑”。

她原本不想走过去的，可好巧不巧，快递单被风吹掉了。

南庄走过去捡拾，一抬头，就看到林则熙一个漂亮的三步上篮，女同事们尖叫。

穿着白衬衣打篮球，这不摆明了在撩妹吗？

林则熙专心防守，并未觉察到南庄鄙夷的视线。南庄抱着快递纸盒在人群中看了会儿，旁边的不少人拿着手机录视频，镜头对准了林则熙。他果然和高中时代一样抢眼。

在高中校园里，篮球是普及性最高的球类运动，每个男生都或多或少玩点篮球，大部分女生都对篮球打得好的男生缺乏抵抗力。那时北师大附中校队的王牌，就是林则熙。

林则熙比南庄高两级，南庄又对篮球不感兴趣，所以她只看过他一场球赛。

那是北京高中篮球联赛，简直是林则熙的主场。但是篮球并不是靠一个人单打独斗，而是靠团队协作，所以一开始两支队伍比分咬得很死。

上半场比赛仅剩下6秒钟的时候，对方再度跳投得手，42：40，对方领先。

“林王牌”上半场只出手了5次，却得到了9分，而上半场最后一次进攻，是林则熙那天第一次示意他要单打。于是其他队友默默地在旁边看着。

“林王牌”一直目不转睛地盯着对方的王牌后卫，在对方贴上来的一瞬间，他突然一个转身，让对方猝不及防扑了个空，巨大的惯性让对方差点摔倒。

对方反应倒也敏捷，迅速调整姿势，可等他回过身时，已经不能阻止林则熙投篮了，只能眼睁睁地看着篮球划过自己的指尖，缓缓地朝篮筐飞去。

在场所有的观众、裁判、队友和对手，全都不约而同地屏住了呼吸，成千上万的目光都在追随着那个在空中飞跃出漂亮曲线的篮球。

唰！最终篮球和网擦出了在对手听来极为刺耳的声音。

随着林则熙最后的压哨三分球穿网而过，北师大附中上半场以43：42领先。虽然那场比赛最后结果是输了，但所有人都记住了林则熙那个精彩绝伦的三分球。

当然，女生们记住的是林则熙那永远帅气的投篮姿势。毕竟，打篮球也是要看脸的。

AG总部篮球场。南庄正歪着脑袋想，那么久远的篮球赛，自己为什么记得这么清楚。林则熙的余光瞥见了南庄，他直接把手上的球往队友那边一砸，转身跑过来。

等女同事们的视线纷纷落在南庄身上，她才回过神来，注意到向她走来的林则熙。隔着防护网，她摆摆手："我没事，你继续打，我先回去了。"说完转身要走。

林则熙没有回答，快步走向门口，可花痴女同事们堵在门口，他只能绕到旁边的栏杆边，女同事们纷纷哇地叫起来并且伸手捂住嘴。南庄下意识地转过头。

穿着白衬衫和卫裤的林则熙单身撑着栏杆，修长的身体像体操运动员越过单杠一般倾斜着翻越栏杆，在阳光的照耀下，他衣袂当风，肌肉线条紧绷，青春美好得不像话。

那一瞬周遭的景物都黯然失色。果然是北体大的，利落潇洒的动作帅得不行。

南庄瞪圆眼睛，真的，"少年感"爆棚了，果然是传说中兼具男孩和男人魅力的人。

他气场强大，女同事们纷纷退让，几个录视频的女同事手都在抖，脸通红。

南庄一脸蒙："为什么不走门？"

"耍帅啊。"林则熙瞥了她一眼，一把夺过她怀里的快递，迈开大步朝前走。

南庄无奈地承受着女同事们几乎要绞杀她的视线，小跑着追上林则熙，忍不住开口问："对了，我刚刚想起北京高中篮球联赛，听说你年年拿冠军，高三时怎么输了？"

林则熙头也不回："谁要你那时突然跑过来看我打比赛？"

南庄蓦地脚步顿住，哭笑不得。

Chapter 16

朝阳区，酒仙桥，798艺术区。

“你要辞职？”录音棚里，主管摘下耳机，摸了摸圆滚滚的光头问，“为什么？”

90后辞职需要理由吗？工作都是坑，期望与实际不匹配呗。杨培培在心里翻了个白眼。没有工作热情，和顶头上司“气场不合”。再说，毕业后一直不换工作是可耻的。

我们这一代，在物质上压力没那么大，对公平、自我、率性的追求更加明显。

主管见杨培培不说话，叹息一声：“现在的年轻人都一言不合就裸辞。”

杨培培刚收拾完简单的行李，帅哥录音师来送她：“别告诉我你要回老家了。”

“就算回老家，我也不会考公务员了。”杨培培背上书包，再把被书包压着的头发捋出来，“因为我准备三十岁才开始找一份稳定工作，三十五岁左右结婚生子。”

录音师诧异地眨了眨美丽的大眼睛："那三十岁之前呢？"

"做自由职业、打零工、游遍祖国的大好河山。"

杨培培双手抓住书包背带，肩膀往上推了推。

她自己也承认自己变化很快，做什么事情都三分钟热度，考研坚持了不到两周，工作坚持了不到三周，回忆起来，唯独有两件事坚持得最久，第一是追大神，第二是怼赵祈哲。

毕竟二十出头是价值观动荡的年纪，这个世界有很多诱惑，像光怪陆离的万花筒，每个人都有很多人生选择，杨培培难免挑花了眼。不管怎么样，她都不想做个平凡的人。

她虽然还不知道自己真正想要的是什么，但是至少她知道自己不想要什么。

爸妈曾经问过她，为什么不能跟别人一样。她想：因为我好不容易修仙一千年才投胎做人，下辈子可能是猪，所以我要把握好我做美少女的这八十年，四海八荒，就一个我。

录音师笑着抱了抱她："如果下辈子我喜欢女生，我一定喜欢你。"

好吧，杨培培承认自己是为了他才来这里工作的，知道他的性取向后，她就辞职了。

海淀区，西二旗，中关村软件园。

杨培培没有工牌，只能在大堂等赵祈哲来接她。她坐在互联网巨头公司比五星级酒店还大气空旷的大堂，坐在沙发上无聊地用A4纸折飞机，折好，又拆开，折好，又拆开。

等她终于看到赵祈哲从闸机口出来，她手上的纸飞机哗的一声朝他飞去。

赵祈哲一伸手抓住飞机，大长腿几步就走到杨培培面前："你有什么事？"

"我在知乎上看到，你们公司食堂有自动削面机器人，萌翻了！离开北京之前，我想来看看。"

杨培培这句话信息量太大，赵祈哲愣了愣，一时没反应过来。

杨培培从沙发上站起来，走了几步，看赵祈哲还怔在原地，她退回去一把拽住他的胳膊，边走边说："发什么呆呢？我都快饿死了！今天非把你吃穷不可！"

赵祈哲公司的食堂足足有一个足球场那么大，可现在是用餐高峰期，人头攒动，比肩继踵，他带着杨培培去消毒柜边拿了餐盘，再随着队伍在长长的、曲折的餐柜前任选食物。

东北的炖鱼、海南的文昌鸡、云南的宣威火腿、台湾省的蛤仔煎，还有潮汕的粥、葡式蛋挞、冻酸奶，杨培培这个也想要，那个也想要，指指点点，兴奋地哇个不停。

赵祈哲跟在她身后，一脸无奈地看着她，目光里恍若带了宠溺。

她自己的餐盘装满了，又来装赵祈哲的餐盘。最后两人端着重重的餐盘去刷卡机前，结算阿姨算了半天，刷了两百多块。差不多是赵祈哲吃三天的钱，他眼珠子都要掉了。

"北京就是这点好，全国各地甚至全世界的美食都能吃到！"吃货属性全开的杨培培喝着生滚海鲜粥，一脸享受和依依不舍的样子。

赵祈哲终于憋不住，顺着她的话，问出一直堵在胸口的问题："你怎么突然要离开北京了？以后不回来了？"

杨培培喝粥的动作顿了顿。

他明显是误会了。她这次回四川，只是去看看爸妈，毕竟她好久没回去了。当然，她也许在家里优哉游哉地住上一阵子，就不想回兵荒马乱的北京了。

总之，误会就误会吧，看他是什么反应。

"逃离'北上广'，不懂吗？"杨培培放下碗，"戏精"附身，拿着筷子敲起碗来，幸好食堂也喧闹。

她一边敲碗一边摇头晃脑，慷慨陈词："小地方啊，上班骑个'小毛驴'十分钟，回家就能吃到老妈的红烧茄子，不用吃路边摊担心吃到地沟油，不用挤个地铁都担心意外怀孕，也不用住在8平方米的隔断里。"

我们为什么愿意留在一座城市，无非因为事业和感情，以及期许中的理想生活。

北京是中国富人最多的城市，而且已成为世界上超十亿美金富豪最多的城市。北京造富造贵、藏龙卧虎，同时也造就了大量的北漂、群租的蚁族，乃至“上访一族”。

北京阶层细分，相互独立封闭，少有交集，像是大池塘的垂直生态系统。

而杨培培向来没什么野心，就不必来蹚这浑水了，把资源和机会让给有需要的人吧。

赵祈哲低着头，用筷子戳着蛤仔煎，把从未对任何人倾吐的心事说了出来：“可是对我来说，故乡已经是回不去的地方。”

早晚高峰时，北京地铁一平方米能站多少个人？七个人左右。

赵祈哲和无数年轻人一样，每天挤完地铁，就背着背包从地铁口鱼贯而出。

北京的繁荣离不开所有离开故乡来打拼的年轻人，他们如同工蚁一样，早上从地铁口钻出来，晚上再钻进去，等青春逝去，缺乏竞争力，这座城市会毫不犹豫地换一批工蚁。

赵祈哲也曾经厌倦过如蝼蚁般两点一线的自己。

可是他除了敲代码什么都不会做，回到老家只有失业。

杨培培敲碗的动作停顿下来，她收了筷子，悄无声息地发出叹息，也低下头。

赵祈哲的话让她有了触动，可她有不同的看法。

她认为，他是被时代选出来的英雄，他回不去故乡，因为他注定不会庸碌平凡。

“你和我不是一个世界的人，我是自给自足的享乐主义者，而你，”她微微顿了顿，抬起头来，一双瞳眸澄澈如洗，亮晶晶地望着赵祈哲，“你是要改变世界的人啊！”

她不禁想，北京和老家最大的不同，就是能够遇见赵祈哲这样闪闪发光的人吧？

杨培培的这句话，让赵祈哲蓦地浑身一颤。

虽然很矫情，但杨培培还是要说，她伸手握住他的手：“赵祈哲，你怎么能离开北京呢？你是中国的未来，世界的未来啊！”

赵祈哲怔怔地望着她的手，她的指甲圆润饱满，泛着珍珠般的光泽。

他的心倏忽就剧烈地跳动起来，他慢慢地抬起头，看到她光洁饱满的额头，她的面庞纤巧柔和，皮肤像细腻的白瓷。以前他觉得她不好看，现在却觉得她越来越好看了。

"我这种智商堪忧的人只能回老家，而你注定了属于北京！"杨培培笑着自嘲。

赵祈哲怔怔地望着她的笑容，突然就想，她是很笨，可她笨得独一无二啊。

全世界大概只有她杨培培，会笨到拿他的内裤擦脸了。第一次见她时的回忆涌现在赵祈哲的脑海里。这么长时间，他总是看她生气瞪眼的样子，却很少见过她的笑容。

而此刻，在熙熙攘攘、喧闹的食堂，她一笑，周遭仿佛都安静下来，且失去色彩。

她一笑，眼睛就弯成了两道浅浅的月牙儿。

他一抬头，眼底便落进了这么两弯小月牙。

下一秒，他的脑海里，没来由地冒出三行代码。

```
while（allow==1）{
time--;
Print f（"I LIKE YOU"）；}
```

翻译成人类语言是：如果可以的话，我想回到过去，告诉你，我喜欢你。

赵祈哲颤抖着睫毛，咬了咬下唇，深呼吸一口气，颤颤巍巍地反握住了杨培培的手。

或许对别人来说，牵手是一件很正常的事情，但对于赵祈哲来说，这个动作的意义无异于人类踏向外太空的第一步。在两个人的手掌贴合的瞬间，新的时代，光辉来临。

杨培培，你可不可以不要再笑了？再笑我就受不了了……

赵祈哲被迫转移视线，没出息地看向别处。比起她的笨，她的笑更是大规模杀伤性武器。不过熟能生巧，他相信她总会成为北半球仅有的几个跟得上他的思维的人之一。

据说，人到了暮年，比起自己干过的事，会更后悔没有干过一些事情。

或许他应该考虑下HR的建议，试着去集团的成都分公司做CTO（首席技术官）……

波士顿，下午两点。

纽约的“拉皮条派对”开到波士顿了。组织者给缺钱的年轻女孩和有钱的老男人牵线搭桥，女孩通过与老男人约会赚钱，称为找“糖果老爸”。已有数千名女孩“排队”候场。

艾筱澍隔着木栅栏，远远地眺望那些穿低胸装和丝袜、满脸兴奋的浓妆女孩。

同样是欲壑难填，不惜用年轻美好的肉体换取利益，她和她们又有什么不同呢?

“你要来参加吗？”有个金发碧眼的窈窕女孩笑容甜美，朝艾筱澍打招呼。

艾筱澍这才回过神来，压了压helmet安全帽，一蹬踏板，骑车走了。

这辆自行车是她从一位沙特阿拉伯同学那买来的，半成新加上车锁，才六十美元，到手时她竟然有种梦想成真的感觉，因为美国的自行车动辄几千美元，最便宜的也要几百美元。

她骑车去华人超市买了“翠花酸菜”和“小肥羊火锅底料”，付钱的时候很“肉疼”。

一包酸菜折合成人民币三十元，一份火锅底料七十元人民币，比国内的贵十倍还多。难怪华人在美国过感恩节不吃火鸡吃火锅，因为火锅是奢侈品。

走出超市，她把仅剩的几枚硬币放到自行车座上数着，一、二、三、四……

还是把火锅底料退了吧。她低着头，硬着头皮再次走进超市。

习惯了节衣缩食的艾筱澍，偶尔回忆起自己在国内奢侈的生活，只觉恍如隔世。

到家了，艾筱澍把自行车停好上锁，然后提着塑料袋上楼。今天她提前回家了，不知道裴曜芒的小组活动报告写完了没有。正想着，掏钥匙的她突然听到门内传来的声音。

“放心啦，我不会和她分手的。”裴曜芒的声音听起来很轻松愉快。

他大概是在和朋友视频，朋友的声音比较小，艾筱澍听不太清楚，只是听那语气，似乎是在指责。艾筱澍伸进包里掏钥匙的手纹丝不动，她抿着唇，低着头，静静地听着。

“不，她们不一样，我女朋友就像根木头，但是这个……是个bitch。”

裴曜芒低低的笑声传来。这笑声和他在艾筱澍面前的笑声并无二致。

“我怎么会喜欢上她？她就是个……妓女，还是免费的。”

艾筱澍垂着浓密纤长的睫毛，指尖缓缓抚过钥匙扣上的十字架，金属质感分外冰凉。

“不可能日久生情，她很穷，小地方来的，我都不敢带她去参加哈佛的聚会。”

艾筱澍小声喘息着，刘海儿耷拉下来，遮住眼睛。她的嘴角缓缓勾起，转身下楼。

其实没什么，裴曜芒说得对。不过她可不是免费的　他可以帮她争取个好看的GPA。

只是裴曜芒的话，让她突然明白，此后的人生，孤独才是陪伴她的关键词。因为男人比女人更懂得权衡，除了可爱和性感　她还需要很多很多，来弥补她平凡的出身。

艾筱澍骑上车，穿过横跨查尔斯河的大桥，蔚蓝河面上停留着白色游艇，河风吹乱了她的长发，却吹不进她麻木无神的眼睛。她迅速穿过马丁·路德·金演讲过的公园。

穿过Park Street地铁站，不久就能看到州议会大厦的金色圆顶。

吱呀！艾筱澍猛地刹车，双脚点地，双手还在车把上，她喘息着，抬起头。

波士顿是马萨诸塞州政府所在地，据说当一个州出过三个以上的总统，才有资格让州议会大厦成为金顶。每次艾筱澍感到沮丧挫败的时候，都会骑车来看看这个金色圆顶。

欲戴王冠，必承其重。

一看到这个金色圆顶，她就会莫名地获得勇气和力量。

“撑不下去了就回北京吧。”杨培培曾经这样劝她。

我们总有退路，美国待不下去就回北京，北京待不下去就回省会，省会待不下去就回三线城市，最后还有农村。只要把物质欲望降到最低，就能毫无压力，轻松自在。

可是那样毫无重力、仿佛飘浮在虚空中的生活，有什么意义呢？

大厦前郁郁葱葱的草坪上，西装革履的政界精英在阳光下交谈，这里处处弥漫着上流社会的气息。艾筱澍微微眯起眼，凝望着那群衣香鬓影优雅的人。

她知道，外表多么光鲜，内里就有多么不堪，因为成功从来不是唾手可得的。

被人羡慕的每一个人，你远远望去发着光的男人、女人，也是失败过、痛哭过无数次的吧。他们可能放弃了爱情，可能放弃了健康，可能放弃了家人，甚至可能放弃了尊严。

是的，艾筱澍告诉自己，你连尊严都可以放弃，你还有什么资格退缩？

华尔街有句名言：贪婪是美德。

这世界对贪婪的女孩来说就是一场游戏，可能中大奖，也可能一无所有。而艾筱澍早就迫不及待地和命运开始这场残酷的游戏，并且愿意用一生来完成。

从此以后，努力学习，顺利毕业，找个好工作，努力赚钱，扎根在最繁华的地方吧。这样才不会让自己像一片树叶轻飘飘地落在这座欲望都市里，被随随便便地掩埋。

“你回来了。”裴曜芒打开门，笑脸相迎，伸手抱了抱艾筱澍。

艾筱澍笑着在他脸上落下一吻，一如往常。

裴曜芒从冰箱里拿出一盒生蚝：“你会做生蚝吗？”

“我可以百度。”艾筱澍走到厨房洗手，然后把长发扎起来。

“每年感恩节我都会去爱尔兰看望我祖父，他每次都会做最新鲜的生蚝、面包蟹、竹蛏和蓝口贝给我吃，我记得小时候我常常跟随他出海，看他把腌咸了的鱼放进龙虾笼。”裴曜芒从后面抱着艾筱澍，嘴唇贴在她的耳畔，“祖父把笼子放到70米深的海床来诱捕龙虾。一旦运气好捉到蓝色龙虾，祖父就会将它们直接送到伦敦或者巴黎的高级餐厅。”

艾筱澍侧过头，在他的唇上啄吻一下：“你帮我把GPA弄到3.9分，我毕业了请你吃蓝龙虾。”

裴曜芒又发出那低低的磁性笑声。

“不不不，蓝龙虾可没有你好吃。”他的手绕到艾筱澍的胸前，开始解她衬衣的纽扣。

艾筱澍眸色一黯，伸手抓住他的手，却没有推开，而是把他的手放到自己的唇畔。她转过身，任凭他的手指摩挲着她的唇瓣．她看到他身后的立式镜，那里浮现出她的脸。

金属感强的焦褐色打造出欧美范儿的唇妆，上唇后十分显白，用棕褐色晕染双眼，勾勒出裸妆感的“晕尾眼影”，更突出她深邃的大眼睛，同色系妆感，既协调又修饰脸形。

这样一张脸，二十四岁的芳华之躯，值两万块吗?

“你在想什么？”埋在她胸前的裴曜芒抬起头。

艾筱澍抿唇：“我想回北京看看。你帮我买往返机票好不好？”

裴曜芒怔了怔，旋即笑了，伸手钩缠住她的头发。

她的头发新染了蜂蜜茶色，综合了棕色、金色和白色，蜂蜜茶色不仅色泽自然低调，既显皮肤嫩白又十分清新，很适合亚洲女孩的肤质，最重要的是，俏皮灵动，减龄显嫩。

“发色真漂亮。”他贪恋地吻了吻她的头发，“当然，我今晚就帮你买。”

男人果然喜新厌旧。艾筱澍瞬间庆幸自己换了发色，否则怕是又不能回国了。

凌晨三点，裴曜芒兴之所至，又折腾了她一次。

完事之后，裴曜芒莞尔地弯起嘴角，抓起她细白的脚掌亲吻。小巧的脚趾惹人怜爱，他从尾趾到拇趾，按顺序吸吮亲吻。艾筱澍怕痒地弯曲起脚趾。

“睡吧，宝贝，晚安。”他关上灯，很快就睡着了。

艾筱澍却睡不着了。黑暗中，她瞪圆眼睛，呆呆地望着裴曜芒熟睡的侧脸，某一瞬间，她有一种错觉，仿佛睡在她身边的不是裴曜芒，而是和他的侧脸很相像的她的初恋。

那人额头敞亮、鼻梁纵横、唇薄如刀，下颌轮廓纤细得不像话。当初在房产中介公司看到裴曜芒时，她的心蓦地抽痛了一下。从认识到上床，裴曜芒是她速度最快的一个。

因为他总会让她想起青岛的那个初恋青涩的脸，尤其是在夜深人静的时候。

他现在还好吗？会不会抱着吉他给其他的女生唱陈粒的那首歌？

“要你把我灵魂榨取，我的浪漫和极端都拿去……”

她想起他苍白的手指抚摸她全身的样子，那是她人生最初的悸动。她还记得他们的初吻，在青岛的海边。空气被掠夺殆尽，一个深度及喉的湿吻，让她全身一寸寸地软下来。

那时她也青涩，垂了眼，不言不动，于惊涛拍岸中宛在水中央。海边旖旎的暮色仿佛珠光粼粼的水面，而那晚风恰似曼妙涟漪，无声无息地荡漾而来，掠过一抹粉色微光。

那是她今生今世唯一纯白无瑕的爱。他的眼神那么温柔深沉，他的怀抱那么温暖炙热，他的吻那么执着坚定，他的誓言那么率真赤诚。此后漫长的人生，她再也不会遇见了。

异国狭窄的通间，没有感情的男人的枕边，二十四岁的艾筱澍，眼泪顺着脸无声地滑落。

我难道早该停下了吗？不甘心。我难道又该继续走下去吗？好害怕。

她从来没有这样绝望过，绝望得好像这个黑夜永远没有尽头。

什么时候才能天亮啊？艾筱澍双手颤抖，捂住被眼泪灼烫的脸。

东城区，崇文门，AG总部。

楚御明的办公室向来神秘，除非有特定的保安陪同刷指纹，否则电梯根本无法抵达。整整一层都是董事长办公室，游泳池、室内高尔夫球场、植物园、健身房、午休间应有尽有。

南庄“刷脸”进来后，助理带她走向新风系统正在“抗霾”的室内高尔夫球场。500平方米的9洞球场，挥杆后系统会进行初速度、左曲线、右曲线、飞行偏角、仰角的测量。

楚御明的站姿挺拔优雅，挥杆时却爆发力十足。挥杆时杆头速度超过100mph，球速达到140mph，每秒60多米的初速度，300米距离的击球，落点偏差在方圆10米以内。

助理啪啪鼓起掌来，楚御明转过头，视线淡淡地落在南庄身上，微扬起球杆。

南庄会意，走上去接过球杆，薄唇微抿，目光专注地看了看球洞，再低头推球。她在数米开外将小白球推过高低起伏的草坪，精准地落入一掌宽的洞杯中。

助理再次鼓掌。

楚御明嘴角勾起，伸手拍了拍南庄的肩膀：“你迟早青出于蓝而胜于蓝。”

南庄把球杆递给助理，抬头对上楚御明的视线：“爸爸过奖了。”

穿白色polo衫打高尔夫的楚御明先去沐浴，南庄坐在沙发上刷手机。

“在看什么？”楚御明不知何时已经坐到她对面的沙发上，语调漫不经心。

未见其人，先闻其香。他今天用的是运动型香氛，基调纯净的水泽气息充盈着满满的能量感，柑橘香调掺杂了乳香的馥郁，承袭了海洋的深沉与高贵阳刚的荷尔蒙气息。

南庄一直低头盯着手机屏幕，就是为了楚御明这么一问。

“我在看我去年的网易云音乐歌单、豆瓣电影记录和支付宝账单。”南庄把手机递给楚御明，让他看那三张长图。

楚御明接过手机，交叠起双腿，身体往后靠。

南庄坐直身体，清了清嗓子说：“网易云音乐告诉我，去年我听了五万多首歌，除了游戏专业的，其余都来自林则熙的收藏列表，年度最爱的几首歌，都是他喜欢的。”

楚御明的手指在南庄的手机屏幕上向右滑，第二张长图。

“豆瓣电影告诉我，去年我看了六十部电影，多半是叙事缓慢的故事片，我不敢看那些甜得腻人的电影，因为我是单身，可其实，我很渴望有人拥抱我、亲吻我。”

第三张长图，支付宝账单，简直是“回忆杀”。

“线下支付329次，最常光顾的是24小时便利店，有时忙着忙着就不会感觉到饿，可胃疼会让我妥协。加班到很晚，夜宵外卖叫了一百多次，最近的都是小龙虾。”

南庄顿了顿，垂着眼笑起来，继续说：“因为和他在一起，我只管吃虾不管剥壳。”

楚御明耐心地看完支付宝账单的每一条记录，静静地听南庄说完。

“当然我知道礼尚往来，去年我为他手机充值十次。因为他的手机永远是Wi-Fi和4G，欠费了都不知道。有两个月我经常买宠物龟的龟粮，现在不买了，因为他帮我买了。”

最后，南庄的总结陈词是：“网易云音乐告诉我，去年我听到的最多的歌词是‘喜欢’。支付宝告诉我，我今年的关键词是‘小确幸’。或许数据比我更懂得自己。”

楚御明放下手机，手肘搭在沙发扶手上，双手十指交叉，直直地望着南庄。

他薄唇微勾：“现在的女孩子，对男人的要求，就只是‘小确幸’？”

南庄轻笑一声：“因为我们成熟而独立，不需要依附他们。我们想要的东西，自己会努力争取，不需要他们赠予；我们想要的未来，会自己打拼，不需要他们守护。”

楚御明瞳孔微微收缩。这句话仿佛触到了他的内心深处。

他忍不住唏嘘，倾吐出未曾对任何人说过的心事。

“我这一生最大的错误，就是用婚姻束缚住了你的母亲，”他转移视线，望向落地玻璃窗外，这是东城区最高的大楼，视野直达故宫，“我曾以为，女人被豢养才幸福。”

当女人失去自我，那她离失去爱也就不远了。

桌上的姜花散发着清冷克制的芬芳，萦绕在父女俩的鼻端。

南庄把目光投向同样的方向：“我是您的女儿，我有我的骄傲和执着。我不需要婚姻来保障后半生，门当户对、学历、财富、家世都不重要，重要的是，我喜不喜欢。”

楚御明转过头，看到南庄略显青涩稚嫩，但难挡意气风发的脸庞。

那一瞬，楚御明在南庄身上看到了二十出头的自己。那时他的父亲也给他安排了商业联姻，可他不顾家族反对娶了TVB女星。因为他挥斥方遒，自信无须婚姻来辅佐事业。

那时的女性，尚且信奉“做得好不如嫁得好”，默认婚姻家庭才是女人的归宿。时光飞逝，中国经济的高速发展和庞大体量，为女性展示商业天分提供了充足的空间。

中国已经成为白手起家的女亿万富翁最多的一个国家。这些成功者不仅为数亿中国女性起到了示范作用，也在全球商界发挥着日益重要的影响力。

南庄察言观色，知道楚御明已经被说动了。她再接再厉，目光灼灼地望着楚御明：“您曾经跟我说，人脉网络便是一切。那种思想的交流，尤其是让你走出舒适区的交流最重要。你的下一次机会更有可能来自某种松散的关系，而不是亲密的关系。”

她顿了顿：“时代已经改天换地，比起商业联姻，更重要的是建立强大的人脉圈。”

楚御明目光里闪过掩藏不住的赞许，身体前倾，把手机还给南庄：“那你怎么定义你和林则熙的关系？”

南庄微微一笑，接过手机，从容应对：“应该站在一起，但不能靠得太近。因为廊柱分立才能撑起庙宇，橡树和松柏也不能在彼此的阴影中生长。”

东城区，南池子大街，普渡寺西巷。

按照南池子人的习惯，庙之西界不开门，所以原来35号的门开在普渡寺庙基高台之南。千禧年南池子大改造，竟然将院门开到了高台以北，严重违背了南池子的民俗文化。

经过那院门时，方如喜未来的婆婆忍不住吐了口唾沫："整个一嘎杂子琉璃球！"

方如喜听不懂地道的老北京方言，但她知道这是在骂人。

如此强势的婆婆，看来以后只能贯彻一个字：忍。

其实方如喜和她只是第一次见面，但是方如喜已经认定她是"未来婆婆"了。因为这个广场舞大妈的儿子有户口，还在东城区有房产。如果北京户口内部还有鄙视链，那么房山、大兴、通州、昌平就在底层，其次就是朝阳、海淀，最后是东城、西城。

南池子就是故宫东门外，真正的皇城根儿。方如喜第一次来，尽管看到的是破败不堪、堆满杂物的老式四合院，她还是暗自发誓，一定要嫁到这里，爬上老北京鄙视链的顶端。

"丫头，你别看这四合院'脏乱差'，拆迁费可是以亿计算的。"膀大腰圆的未来婆婆一边说一边上菜。面茶、炒肝儿、豆腐脑，配上天源糖蒜和六必居的酱菜。

方如喜慌忙帮忙摆碗、摆筷子。

未来婆婆在旁边看着："要不要加个摊黄菜？"

方如喜没听懂，动作顿住。

未来婆婆在油兮兮的围裙上擦手："咱老北京忌讳说蛋，因为谐音'王八蛋'，所以管鸡蛋叫鸡仔儿，煮鸡蛋叫沃果儿，炒鸡蛋叫摊黄菜，蛋糕叫槽子糕。你肯定不懂。"

那言语里毫不遮掩的优越感，让方如喜脸色微微发白。

一顿饭吃下来，方如喜分不清舌尖上的酸甜苦辣咸，她甚至没怎么听未来婆婆的唠叨，因为她满脑子都是那四个字：以亿计算。她的心跳得飞快，感觉自己中了彩票头等奖。

一碗炒肝儿，未来婆婆没吃完，她把碗往方如喜面前一推："吃不完太浪费，丫头你帮我吃掉吧。反正等你怀了孕，我们都是一家人了。"

方如喜微微愣住。炒肝儿是把猪肥肠用碱、盐浸泡揉搓，用清水加醋洗净后再煮出来的，要放很多淀粉，所以特别浓稠，黑褐色的像糨糊一般，方如喜实在吃不习惯。

刚才她是硬着头皮吃掉的，现在又要吃未来婆婆吃剩的？

见她犹豫，未来婆婆俯下身，不乐意了："我要找个勤俭持家的媳妇儿。毕竟，家业再大，坐吃山空可不行。我们是有几个亿的房产，但也不能浪费半碗炒肝儿。"

方如喜立刻点头，然后捧起那半碗炒肝儿，拿着勺子囫囵吞枣地强咽了下去。

她知道未来婆婆是在给她下马威，可她不知道，其实未来婆婆还挺喜欢她的，现在的女孩子个个带刺，方如喜却是难得温顺。

未来婆婆笑着走到柜子边，拿出牙签剔牙，看着方如喜收拾碗筷去洗。

终于硬着头皮熬过来，方如喜如释重负地走出四合院。

胡同里一辆废品回收的三轮车停靠在一处公厕门外，车上堆满瓶瓶罐罐。由于紧靠公厕及垃圾桶，垃圾桶内装满了剩饭剩菜，气味难闻，成群的苍蝇围绕着回收车飞来飞去。

方如喜原本想捂着鼻子走过去，可恶臭骤然袭来，她猝不及防，胃里翻江倒海，脸色惨白，再也忍不住，低下头哇地呕吐了出来。呕吐物全是令人恶心的黑色猪肥肠。

来不及防备，她的裙子和鞋子上也沾了不少酸臭的呕吐物，她一阵头晕目眩，下意识地伸手扶住旁边的电线杆，胸口剧烈起伏，脸色惨白地低下头，呆呆地望着自己的呕吐物。

她曾经也是全村人的骄傲啊，就像餐桌上色香味俱全的食物。可现在呢？她觉得自己就像被厌弃的呕吐物一样。方如喜突然笑了，先是低低地笑，然后是全身颤抖地笑。

她何尝不厌恶自己，可底层的女性如何追求女权？

方如喜想起村子里一个三十岁的大姐姐，她现在还遵循着村里很常见的女人不能上桌吃饭的规矩，她的公婆觉得她没生儿子，不允许她吃正常的饭菜，她只能吃剩饭和咸菜。

她还不到三十岁，又黄又粗的皮肤像四十岁的。老公出轨，她却笑着说："因为我不好看，没办法，男人都有七情六欲，只要他对我女儿好，我这辈子就别无所求了。"

方如喜曾经亲眼看到她被她老公打得鼻青脸肿，她却说："村子里的女人不都是这么过的吗？这是我的命，嫁鸡随鸡，嫁狗随狗。忍一忍，一辈子就过去了，不难的。"

忍一忍，一辈子就过去了，不难的。

这句话不停地回荡在方如喜的脑海里，她收敛了笑容，慢慢站起身来。

手机蓦地响起，方如喜皱着眉看着屏幕上的信息，深呼吸一口气，接起电话。

腕表大叔的声音听起来很轻快，他似乎心情不错："完成了一个大项目，今天提前下班，我去接你，想吃自助餐吗？"

方如喜尽量让自己的声音听起来很平静，她甚至勉强自己挤出了一丝笑容："明天吧，对不起，今天我要参加室友们的聚会，我一个室友从美国回来了。"

在和"以亿计算"结婚之前，方如喜还想继续享受腕表大叔的"包养"。或许脚踏两只船很不道德，但是抓住一切机会和资源让自己的人生翻盘，这难道有错吗？

方如喜勉强走到东华门大街，在公厕里把身上的脏污洗掉，可胃还是不舒服，她全身乏力，额头上冒着冷汗，从口袋里掏出手机，看打车到聚会的簋街要多少钱。

"不就53块吗，我还出不起了？"自言自语地说完，她点了一下"呼叫"。可最近的司机过来都要十五分钟，软件问她愿不愿意等60秒，届时会送她一张1.33元的优惠券。

方如喜点了"取消"，然后伸手压住痉挛的胃，走向地铁站。

艾筱澍从美国回来了，杨培培请客在簋街吃小龙虾。方如喜纯粹是为了蹭饭才答应去的，可现在她显然没法吃了。

"我有点不舒服，想回去休息。"在等地铁时，方如喜给杨培培打了个电话。

杨培培大概已经到簋街了，电话那头很吵闹，而杨培培的声音依然尖利刺耳："不行不行！人家艾筱澍难得回国，来回机票两万块，你必须来啊！"

方如喜烦闷地挂了电话。为什么非要见艾筱澍？她和艾筱澍向来没什么交集。

谁说室友就一定要做朋友？

方如喜表面上和室友关系友善，其实她内心很反感她们。杨培培太任性，艾筱澍太自私，南庄太装。不尊重他人隐私、作息不统一、爱占便宜等矛盾一直有，大家无非在忍。

有句话说，女生宿舍的关系能有多复杂？六个人的寝室，建了五个微信群。

女生的友谊是建立在互相维护对方的虚荣心上的。

家庭背景、三观、生活方式不同甚至冲撞的人被强行塞进一个宿舍，真是噩梦。不过这种锻炼也不是没用的，毕竟只有经过集体宿舍的洗礼，毕业后才能安心搬进群租房。

从东直门立交桥到交道口东大街，就是大名鼎鼎的簋街了。这条街在夜色阑珊的北京，永远闪烁着耀眼火红的光芒。麻辣小龙虾、馋嘴蛙和重庆烤鱼香飘百里……

簋街热门的餐厅永远人满为患，大门口很多人坐在木凳子上等位。

"其实有些是托儿，"杨培培压低声音对艾筱澍说，"我以前就干过这种兼职，装作等位的食客，有免费的瓜子和柠檬水，坐三四个小时，给人这家店很火爆的感觉。"

艾筱澍摇摇头："我才出国多久，就跟不上国内的互联网文化了。听说国内的90后开始'中年危机'，去年淘宝销售的保温杯总金额达到42亿元。"

"可不是，比如我要减肥，"杨培培摇晃着手上的薯片，嘴里还咔咔吃着，"为了降低热量，就选黄瓜味的。来'大姨妈'了想吃冰激凌，为了健康着想，就吃红枣味的。"

从旁边走过来的南庄接住话头："现在国内流行'自杀式养生'。"

好久不见，南庄和艾筱澍笑着拥抱在一起。

“我真喜欢国内的人情味和热闹，”艾筱澍望着人流如织的簋街，“吸霾都带劲。”

杨培培用手肘戳戳艾筱澍：“那你回北京啊。不过我马上要回四川了。”

“还回北京吗？”南庄伸手抢了杨培培一片薯片，另一只手还捏了捏杨培培的脸。

“到时候再说。”杨培培用手抛起一片薯片，仰头接住，熟练地“自黑”，“我已经觉悟了，我没有好看的皮囊，也没有有趣的灵魂，我的人生就是‘丧’‘尬’‘戏精’和油腻。”

南庄摊手，把手指上的薯片残余放到嘴里吸吮一下：“我就想不通了，我这样努力的90后，熬夜加班加到腰椎间盘突出、颈椎僵硬、视线模糊，为什么还要被人说‘油腻’？”

艾筱澍虽然变了很多，不再高冷，但依然犀利，她端着手臂，冷笑一声：“因为我们90后年纪轻轻，就被戴上了房子的紧箍咒，从此清心寡欲，一心赚钱。”

杨培培举起薯片包装袋，把剩余的薯片残渣哗地倒进嘴里，眼角瞥见在人群中四处张望的方如喜，她去把手上的包装袋丢到垃圾桶里，顺带和方如喜勾肩搭背地走了过来。

“还有十桌排在我们前面！”杨培培哀叹一声，“连吃个饭都这么‘丧’！”

方如喜轮番看了看这三个人，心想：你们有什么资格“丧”啊？

南庄挥挥手：“别光顾着说‘丧’，咱来说说怎么‘脱丧’吧。我先说，我要努力通过AG的考核，成为正式员工。另外，努力‘吸粉’，争取微博粉丝早日突破十万！”

杨培培举起手：“我第二个！虽然穷游、‘间隔年’不流行了，但我还是要做‘沙发客’，走遍祖国的山山水水。在旅行中会遇到很多男生吧？如果我一直没变心，我就追赵祈哲！”

艾筱澍撩了撩鬈发：“下个学年争取到奖学金，毕业时GPA不低于3.9，就这样。”

三个人的视线都落在方如喜身上。

方如喜仰头看了看头顶上的红灯笼，她人生“脱丧”的唯一办法就是想办法嫁到“以亿计算”的四合院去，而腕表大叔那边，她也不舍得抛弃。先让她做个坏女人吧。

可方如喜当然不能据实以答：“我希望我早日找份稳定的好工作。”

南庄犹豫了片刻，看着方如喜说：“你最想做什么类型的工作？或许我可以帮上忙。”

方如喜似笑非笑地摇摇头：“不用了，我自己可以的。”

友情是什么？对方如喜来说，女生之间的友情，就是为了满足彼此的虚荣心而存在的。就算是再需要帮忙，方如喜也不会求助于朋友。这是她最后的尊严。

顺利毕业、找个好工作、过试用期、升职、加薪、脱单、减肥、旅行……没有一代人的青春是容易的。每一代人有每一代人的宿命、委屈、挣扎和奋斗，没什么可抱怨的。

尽情地“丧”吧，“丧”到底就“燃”了，请相信人生可以负负得正。

等位两小时，吃饭半小时。祭奠了五脏庙后，杨培培嚷嚷着要去坐一号线地铁。

“人的一生，好像乘坐地铁一号线：途经国贸，羡慕繁华；途经天安门，幻想权力；途经金融街，梦想发财；经过公主坟，遥想权贵家族……”杨培培掰着手指数着。

她还没说完，方如喜就冷冷地开口了：“这时，有个声音飘然入耳：‘八宝山站快到了！’于是你幡然醒悟，人生苦短，昙花一现，还是做‘佛系’好。”

“对对对！”杨培培用手拍着桌子，“所以我最喜欢一号线。你们呢？”

对杨培培来说，人生的使命，就是如何把这一生过得丰富多彩。

方如喜喝了口茶：“我喜欢二号线，因为有各种国企和事业单位，是‘北京血统’最纯正的线路，二号线串联了老北京的各种门，历史上的九门提督变成‘二号线提督’了。”

对方如喜来说，人生的使命，就是摆脱底层身份、获得“高贵”的血统。

艾筱澍用纸巾擦了擦嘴唇：“我喜欢十四号线，望京的中产、朝阳公园的‘土豪’，他们偶尔提着限量版包包去坐个地铁，还要发朋友圈，像帝王临幸，自称‘体验生活’。”

对艾筱澍来说，人生的使命，就是拥有财富自由，享受物质的最大化。

南庄把嘴里的龙虾肉咽下去，说：“我喜欢十三号线，它托起了‘中国硅谷’半壁江山，虽然挤得像‘釜山行’，但那是中国梦起航的地方，所有人都在努力改变世界！”

对南庄来说，人生的使命，就是利用自己出生的优势，为美好的世界添砖加瓦。

半个小时后，她们四个人并排站在晃晃荡荡的一号线上，动作一致地用右手抓住头顶的扶杆，不约而同地沉默了。车厢玻璃窗上浮现出她们不同的面孔。

可此时，四张面孔上都浮现出离别的忧伤。

她们四个人，家庭出身、社会阶层迥异，所以人生道路和理想追求注定不同，毕业之后就会分道扬镳，在未来的人生中也不会再有太多交集。人生就是一场又一场的告别。

未来的人生，愿我们都能在迷雾中做自己的星辰，在深海里做自己的灯塔。

你有多倔强，就有多坚强。

朝阳区，四元桥，宜家家居。

周末的宜家人满为患，餐厅连座位都没有，南庄和林则熙只能站着吃瑞典肉丸。他们都是会员，可以喝免费咖啡。南庄拿着勺子不停地往咖啡里加糖，白糖哗哗地倒。

林则熙在旁边睨着她，端着杯子把无奶无糖的黑咖啡送入嘴里。

南庄加了很多糖还嫌苦，狐疑地问林则熙：“你怎么喝得下去？比星巴克的好喝？”

林则熙漫不经心地勾了勾唇：“同样是美式咖啡，宜家的咖啡酸度和浆果香突出，苦得柔滑馥郁，而星巴克的咖啡豆经过深度烘焙，焦糖味突出，做花式咖啡还好，做黑咖啡的话，口感缺乏深度和变化。”

喝个咖啡还有这么多讲究？南庄觉得自己可能是个假的富二代。

譬如此刻，她素面朝天扎着高马尾，米色连帽卫衣、淡蓝色牛仔裤和小白鞋，朴素得像邻家女孩。可林则熙呢？牛津蓝衬衫、斜纹领带、菱格纹开襟毛衣、玫瑰金腕表……

南庄忍不住吐槽：“我们走在一起，就像‘霸道总裁爱上我’的老套戏码。”

林则熙闻言，眼眸一闪，右手还端着咖啡杯，左手蓦地捏住南庄的下巴。

在熙熙攘攘、人潮汹涌的宜家餐厅，南庄略显慌乱地瞪着他：“你……”

她的话音未落，林则熙俯身、闭眼、偏头，薄唇贴了上来，在南庄的嘴上辗转了五秒钟，微微松开她，幽深的墨眸直直望进她眼里，濡湿的嘴角上扬，声音低低的，磁性而魅惑：“这才是霸道总裁。”

南庄嫌弃地吐舌：“苦死了！”

林则熙望着她灵巧翻动的丁香舌，眸色一黯，再度俯身，张嘴吸住她丝滑柔软的舌。他就这么旁若无人，像含着棒棒糖一样含住她的舌头，眼角眉梢贪恋得像三岁稚童。

旁边不少人投来惊诧艳羡的视线，有人偷笑，有人掏出手机拍照或者录视频。

察觉到大家的视线，南庄呼吸急促，胸口起伏，面色潮红，用力推开他：“你走开！”

林则熙蓦地“戏精”附身，挺直背脊，扬眉：“有钱又长得帅是我的错吗？”

南庄愣了愣，演就演，谁怕谁？她再次伸手推他：“就是你的错！离我远点！”

林则熙抓住她的手，语气霸道，不可一世："不，女人，你是我的！"

南庄全身鸡皮疙瘩掉了满地，却还是顽强地把"玛丽苏"进行到底，瞪眼叉腰："不好意思，我虽然穷，但是视金钱如粪土，打死也不屈服！"

四周传来一阵笑声，还有人东张西望，以为这是脑残偶像剧的拍摄现场。

林则熙伸出手臂按在咖啡机上，强势"壁咚"了她，俯身贴近："你这磨人的小妖精，你知不知道你这是在玩火？你给我听好了，以后只有我才有资格让你流泪！"

林则熙一边说一边拼命搜索枯肠，绞尽脑汁编到这里，终于再也编不下去了。

而南庄已经笑着扑倒在他的怀里："林则熙，看不出来，你还可以这么逗。"

林则熙恢复了正常，目光宠溺地望向南庄，伸手抚摸她的头发："你开心就好。"

三岛由纪夫说："人将同等强度的爱意保持一分钟以上是不可能的。"

是的，我只会越来越爱你，有增无减。

海淀区，清河，橡树湾。

北京每次召开全国代表大会，很多机构都严阵以待，坐高铁进京需要经过四次安检，进京的人和包裹都查得很严，所有快递一律延迟，生鲜包裹一律不得入京。

这天晚上十一点多，南庄洗完澡准备睡觉，手机突然响了起来，是陌生号码。自从上次她和林则熙去房产中介看了房，就有很多中介找她，所以陌生号码她一般是拒接的。

南庄没想到自己刚刚挂掉电话，404的房门就被敲响了。

林则熙在洗澡，浴室里传来哗哗的水声。赵祈哲公司"团建"，人在济州岛。南庄被敲门声弄得有点慌，走到玄关处不敢开门，先问了一句：

"是谁？"

对方回答："快递。"

这么晚的快递？南庄不太相信。

对方仿佛看破了她的心思："顺丰隔日达，您是楚南庄吧？刚刚我打了您的电话。"

南庄这才想起一个合作伙伴给她寄了正版音源的移动硬盘。

因为进京包裹要重重安检，所以时效很难保证，为了实现"隔日达"，顺丰小哥也太拼了，晚上十一点多还在派送快递，可谓业界良心。但是他敢送，南庄可不敢接啊。

"辛苦了，您把包裹放在门口吧，我晚点开门拿。"南庄想等林则熙洗完澡再一起开门。

"可是我们需要当面交付。"快递小哥不肯让步。

南庄承认自己胆小："那您放到小区南门的快递柜吧，我用取件码取件。"

快递小哥继续和南庄隔着门一问一答："快递柜已经满了。"

拜托，你越坚持，我越觉得危险啊。南庄纠结地抓了抓头发。

林则熙大概是听到了动静，很快从浴室走出来，头发上搭着一条白毛巾，还在滴滴答答地淌水，身上没穿衣服，就套了一件白色浴衣，裹着他线条美好的肌肉，荷尔蒙爆棚。

他的嗓音却淡淡的："我来。"他迈开大长腿，准备去开门。

南庄想起昨晚和林则熙一起看的恐怖片，内心恐惧，弱弱地拉住他的浴衣："等一下，这么晚开门实在不安全，还是让他放门口吧。"

没想到快递小哥居然笑了："有什么不安全的，我还能把你们吃了不成？"

林则熙的瞳眸中闪过一丝不悦，他拿过南庄的手机瞥了眼，再抓起他自己的手机捣鼓了十几秒，然后悠悠地开口："你在顺丰的工号是不是……"他报出了一个六位数。

门外的快递小哥一脸蒙："你怎么知道？"

林则熙慵懒地擦头发："你明天会接到总部的电话，因为有人投诉你骚扰客户。"

快递小哥好半天才明白过来："我骚扰你们了？"

林则熙动作一顿："你看看现在几点，春宵一刻值千金。你怎么赔？"

南庄可以想象到快递小哥此刻一脸大写的"蒙"。

他愣了几秒就表示同意："好好好，我去快递柜等着，有空了马上给您放进去，您明天再抽空去取，这样可以吗？"

南庄打圆场："可以可以，那么再见。"

等快递小哥的脚步声消失在楼道里，南庄忍不住笑着捶了林则熙的胸口一拳："什么'春宵一刻值千金'？亏你说得出来。"

林则熙顺势握住她的手："其实就算你要开门，我也不会让你开的。"

南庄眨巴着眼："为什么？"

林则熙深深地凝望着她："因为你洗完澡新鲜欲滴的样子，我不想被别的男人看到。"

南庄："……"

北京的冬天原本就干燥，家里开了暖气就更加干燥了。

南庄工作时需要盯着屏幕，难免用眼过度，眼睛发干发涩。周末在家里加班时，林则熙把她从电脑前拉到沙发边："休息一下。"

南庄乖乖地躺在沙发上，枕在他的大腿上。

林则熙俯下身，左手拇指扒拉开她的眼皮，右手熟练地挤进去两滴眼药水。

南庄诧异："咦？这眼药水怎么一点也不凉？"

林则熙轻轻地帮她按摩太阳穴："知道你要用，我一直把它放在暖气片上。"

南庄忍不住莞尔。

他们一起做好吃的，当然是他做，她只负责倚在他的背上念菜谱给他听。

他们一起逛超市，她坐在购物车里，他推着她，她指着货架上的酸奶，他给她拿。

他们一起周末睡到自然醒，在床上点了外卖，外卖来了他们还腻腻歪歪没起床。门被敲响了，她推他，催他快点，他抓起秋裤要套上，她脑洞大开地给他的秋裤打了个结。

没想到他嗷嗷叫起来，撒娇说："你快给我解开。这是我最喜欢的秋裤。"

这"反差萌"让她忍不住笑出驴叫。

是啊，他把所有的幼稚都摊开了给她看，像小猫翻身露出肚子，让人忍不住温柔。

那一瞬间，南庄突然想到《月亮与六便士》里的话："我用尽全力，过着平凡的一生。"

她当时觉得那句话很悲伤，但只需要加上一个限定词，就可以让它满足她对美好生活的所有幻想。那就是——"和你"。

这天早上，南庄先醒来，她内心播放着韩剧里的OST，用手肘撑起身子，凑过去慢慢地吻醒林则熙，窗外金子般的晨曦在风中婆娑，多么唯美浪漫的场景啊。

结果林则熙睁开眼，说了句："别人是吃女朋友的口红，我是吃你嘴上的死皮。"

好吧，南庄承认北京太干燥，昨晚她又忘了抹润唇膏。

南庄趴在床上，以手托腮，不爽地蹙眉："所以，你不是被我吻醒的？"

"我是被你嘴上的死皮扎醒的。"

话虽如此，林则熙睁开眼，就一把扣住南庄的后脑勺，回吻汹涌澎湃而来……

这天南庄有点感冒鼻塞，林则熙开车带她一起去上班，她一上车就开了窗，否则胸闷头晕。冬天开窗自然冷风刺骨，于是林则熙车速很慢，后面有人按喇叭他也不管。

南庄脸色发白，扶着额头，勉强说："加速吧，没关系，没什么风。"

可林则熙还是怕把她吹冻了，他把南庄坐的副驾驶座的车窗关了，再打开驾驶座的车窗。南庄微微怔住，转过脸看向他。他继续开车，薄唇紧抿。

冷风从他那边吹来，似乎带了他的温度，十二月的风，她却觉得很暖。

有人说，看一对夫妻关系好不好，就看他们擦肩而过时会不会“性骚扰”对方。

很多情感越来越淡的伴侣，多半是从肢体接触减少开始，换句话说，肢体接触越来越少，情感也就越来越淡，拥抱、轻抚、拉手等肢体接触是一种无声无息的亲密语言。

所以，爱一个人，就是要抱抱，要亲亲。

可是，在家里、在公众场合亲昵无所谓，在公司里南庄就敬谢不敏了。偏偏林则熙不肯放过她。譬如中午在AG食堂，南庄正和项目组的人一边吃饭一边讨论手上的项目……

几个女生抬起头，瞪圆眼睛，手一抖，筷子上夹着的辣椒炒肉片都掉了。

南庄狐疑地看过去，林则熙端着餐盘，身材挺拔，气场强大，脸上似笑非笑。

深橄榄绿色的西装，饱和度低又有色彩，衬得林则熙皮肤更白一度，且更有亮泽。内搭的白色高领毛衫，修饰着他完美的脸形，他的鼻梁和嘴唇在灯光下仿佛被刷了一层白釉。

只要是林则熙出现的地方，总是有女生犯花痴，南庄已经习以为常。

话题戛然而止，坐在南庄旁边的男同事立刻站起身，端走餐盘让座。林则熙一言不发，理所当然地迈开长腿，跨过来坐到南庄旁边，再把餐盘放到桌上，优雅地拿起筷子。

南庄把筷子往餐盘边一放，转过脸来，语气不善：“我们在讨论项目！”

林则熙慢条斯理地端起小碗喝了口排骨海带汤：“你们继续。”

南庄正要争辩，有人来打圆场：“算了，组长，吃饭时本来就不适合谈工作。”

此言一出，大家都附和起来。南庄想了想也是，于是没好气地甩了林则熙一记眼刀。林则熙放下汤碗，漫不经心地扫了下旁边的人，大家立刻会意，纷纷拿着餐盘离开。

南庄无语凝噎，转过脸瞪着林则熙。林则熙面不改色，一本正经：“我本来想和你谈情说爱，但看起来你不感兴趣，那我们就谈工作吧。”

南庄抓起筷子，夹起一片花菜塞进嘴里：“给你三分钟，希望你说的话对我有价值。”

“你目前手上的项目是一个‘恋爱经营’类SSR卡牌游戏吧？四个人气偶像，科学家、特警、总裁、偶像巨星，可以同时和四个男生恋爱，和他们聊微信，会被‘秒回’。”

在这个全世界女生都宣称自己是“小仙女”，少女心泛滥的时代里，“贩卖少女心”的文娱产品火得合情合理。每个女生一夜之间都可以多四个活在手机里的完美男朋友。

南庄没想到林则熙对她的工作了如指掌，她拿筷子戳了戳米饭：“对啊，这其实是贩卖宠爱幻想的游戏，玩家会产生一种无时无刻不被关怀的感觉。毕竟身边的人越来越忙，大家只能在游戏里才能遇见一个‘秒回’自己的人了。”

林则熙语调依然淡淡的：“我每次都‘秒回’你了，所以你卸载那个游戏吧。”

南庄戳米饭的动作一顿，沉吟片刻，终于恍然大悟，转过头来，提高音调：“林则熙，我明白了。刚才男同事坐在我旁边吃饭，所以你不乐意了吧？这个我倒是可以接受。但是，我和游戏里的虚拟男生聊天，这你也能打翻醋坛子，太过分了吧？”

“不是聊天，是互撩。”林则熙放下筷子，幽深的瞳眸深沉无声，他面无表情地看着南庄，“这个游戏还有个卖点，配音是一线声优，满足‘声控’。而这一点，我也可以做到。”

他蓦地凑近，薄唇贴近南庄的耳朵，低声开口：“七年前开学的那一天，你骑着自行车在我身边停下来，问我教学楼怎么走。那天你穿着黄色的卫衣，就像皮卡丘。你早就忘记了，可是我，再也没有从那一眼里走出来。”

公司食堂的喧闹，仿佛被人按了消音键，顷刻间什么都听不见了。

林则熙的声音恍若纤薄的蝶翼掠过阳光，扑棱棱地溅起金色尘埃。

那一瞬，南庄整个身体宛如被电流穿过，从头顶到脚趾，只留下一片酥麻。

仿佛一夜之间，毛白杨高高的树枝上挂满灰绿的柔荑花序。北京的毛白杨多是雄树，花期的每天清早，树下都落了厚厚一层雄花花序，毛茸茸的苞片下藏着紫红色的花蕊。

夜幕里，花树发出浓郁的青馥气味，踩上去沙沙作声。林则熙踩过那层花序，摇摇晃晃的身体勉强站定，他仰起头，右手扯开领带，迷离的瞳眸凝望着四楼亮起的灯光。

赵祈哲调去成都后，南庄搬到404和林则熙合租，不，同居了。

他仰着头，在柔荑花序的香味和夜色中站了许久，灯光在他身后拖拽出长长的影子。

404的浴室门打开，南庄一边擦头发一边走出来，正想着林则熙今天陪楚御明去应酬，怎么还没回来，房门就被敲响了。她快步走过去，踮脚在猫眼里看了看，才打开门。

林则熙的脚步踉踉跄跄，向来沉稳的他，此刻喝到酩酊大醉，酡颜里恍若带了媚色，如黑曜石般澄亮耀眼的瞳眸虽然被酒气蒙上了一层水雾，但像极了趾高气扬的波斯猫的双眼。

玄关处的灯光打下来，他浅栗色的头发顶上反射着熠熠光亮。楚御明真是把他按照顶级电竞偶像来培养的，均色无瑕的皮肤，清秀又刚毅的浓眉，珊瑚唇色，淡妆让他完美绝伦。

南庄一时有些看呆了。

难怪他带队打个比赛，上热搜不说，微博服务器都瘫痪了。

可他还没走近，就有浓烈的酒味刺激着她的鼻子，南庄忍不住蹙眉，嘀咕了句：“干吗喝那么多？”她说完，想转过身给他拿拖鞋，就被他从后面抱住。

林则熙把脸埋在她湿漉漉的头发里，蹭了蹭，头发被他蹭得凌乱，他滚烫的脸直接贴上她的后颈，然后深深吸了一口她刚出浴的淡淡体香，音色醇厚宛如古董八音盒。

他沙哑地呢喃："南庄，南庄。"

他环抱住她，左手上的腕表硌着她。醉得表都戴反了，南庄被那精钢表壳冰了一下。

被他大半个身子压着，南庄喘不过气来，咬牙转过身，半扶着他丢到床上去。

南庄刚想起身给他拿条毛巾擦脸，他蓦地伸出手，拽住她的手腕："不要走，不要走。"

这语气分明是撒娇。南庄想要甩开，回过头却看到他半合着的眼、微微翘起的薄唇，平日里他的目光太凛冽，气质太高冷，喝醉的样子却分明是个孩童，叫人无端心软。

好好好，不走。南庄一只手被他拽着，另一只手帮他脱鞋和袜子。

可林则熙似乎等不及了，用力一拽。南庄只帮他脱掉了右脚的袜子，左脚的还没脱，就被他拽到床上去。他侧过身，双手双脚将她缠住，诚惶诚恐，仿佛担心她再逃脱。

他一只脚穿着黑色袜子，另一只脚光着，看得南庄忍俊不禁。她想推开他，他喝醉了，力道却不小，像八爪鱼一样把她缠得死死的，脑袋埋在她的脖颈里蹭了蹭，就不动了。

睡着了？南庄试图拿开他压在她身上的左腿和左臂，结果一动，他就醒了，反而用力抱得更紧。南庄喘息着，只能保持着被束缚的姿势，闭上眼，可一时半会儿又睡不着。

她想去拿手机过来刷刷微博或者微信，可哪里动弹得了？

想来想去，最后她把手伸到他阿玛尼休闲西装的口袋里，掏出他的手机。

他的手机有人脸识别功能，可以"刷脸"解锁，但也可以输入密码。

反正闲着也是闲着，南庄先是输入了他的生日，不对。她再输入自己的生日，也不对。连着尝试了十多次都没有成功，她差不多准备放弃了，突然脑海里电光石火地一闪。

这次对了。南庄看着解锁的屏幕，忍不住勾唇笑。

林则熙竟然把他们的领证日设作密码，他是有多无聊。

下一秒，南庄睁大眼睛。她的视线落在蓝色手机背景墙纸的左下角，那是一个躺着的蜡笔小新，红衣服、黄短裤、白袜子，还有浓浓的眉毛，是她最喜欢的样子。

南庄深呼吸一口气，颤抖着手点开林则熙的微信，虽然她知道偷窥别人的隐私不好，但是她忍不住。一点开，南庄就发现她的微信对话框被林则熙置顶了，她的心一甜。

在她的微信头像下面就是订阅号，她顺手点开，林则熙关注的公众号多数是电竞圈、投资圈和娱乐圈的，置顶的公众号有三个，一个是AG集团的，一个是菅乔染工作室的，最后一个是"北师大附中"的官方公众号。

南庄点开公众号，查看历史消息，往下滑了滑，看到一个很吸引人的推送标题："2017年最后一天，我用头条换你一个故事。"封面是校门橘黄色的暮色。

南庄忍不住点开。正文只有两个字："如题。"

南庄往下滑。点赞第一的留言是："初恋今天结婚了，我去了，没有尴尬，没有扭捏，大大方方地就去了，她还是和当年在北师大附中我喜欢她时一样温柔可爱。很奇怪，我竟然没有丝毫的妒忌和不愉快。

"那一刻我终于发现，曾经爱她是真的，现在的祝福也是真的。希望她能和那个站在她身边的人白头偕老、一生一世。感谢她那么优秀，我的青春没白过。"

南庄看得心一抽，默默地点了个赞。

点赞第二和第三的留言，南庄都看完了，里面有异地恋修成正果的，有复读成功的。南庄微微笑着，继续往下看，蓦地呼吸一紧。点赞第四的，竟然是林则熙。

"十七岁我喜欢上了一只皮卡丘，那一年，我无数次地经过她放学后的教室，她替我捡过篮球，我们一起走过同一条走廊，一起去停车场提过自行车，可她并不记得我。

"高三时班主任突然找我去，委婉地告诉我，我没有北京户口，要回原籍高考，我当时很冷静，走出办公室后我径直去了她的教室，看到她写作业的样子，我哭了。

“后来我考到北京，看她发了一条朋友圈，说兵哥哥很帅，我就应征入伍。二十二岁我服完兵役，参加校友会，她喝醉了，我在酒店守了她一夜，次日早上她说我们结婚吧。

“人一生中会遇到约2920万人，两个人相爱的概率是0.000049。如果你不爱我，我不会怪你。如果你爱我，那么我的过去、我的未来、我的生命、我的灵魂，都属于你。”

南庄怔怔地望着手机屏幕，一动不动，直到屏幕暗下来。

有风从窗台吹过来，仿佛吹来了一整片璀璨的星空。

她把手机丢到一边，转过身温柔地回抱住了他，闭上眼轻轻地说：“我愿意。”

仿佛听到了南庄这句温软的呢喃，林则熙做了一个梦，回到了十七岁那年。

北师大附中有一整排洋白蜡树，枝头绽出鹅黄绿色的新叶，黄花堕地，在十七岁的林则熙头发和肩膀上打上一层黄绿的花粉。他穿着蓝白相间的校服，藏身在树后。

他正悄悄地凝望着不远处在树下钩槐花的十五岁穿着同样校服的南庄，细竹篙顶头绑一截弯成钩子的铁丝，身为北京妞儿，她从小就帮着采摘槐花做饺子馅，技术娴熟得很。

这是学校明令禁止的，所以南庄叫了一个朋友帮她望风。

“那棵树下好像有人！”朋友先发现端倪。

南庄保持着仰头的姿势，先把那一簇槐花钩下来，等她忙完，低头往朋友指的方向看去，那边早就空空如也，徒留被扯得丝丝卷卷的棉絮，在新绿的嫩枝后面鼓舞起来。春风十里，拂面如醉。满城飘絮的北京，美得就像温柔又热烈的北平。